레이먼드 챈들러

22 세계문학 단편선

레이먼드 챈들러

승영조 옮김

H
현대문학

차례

밀고자
Finger Man

1

4시 남짓한 시간, 나는 대배심원 증언을 마치고 슬그머니 뒤 계단을 통해 펜웨더의 사무실로 올라갔다. 지방 검사인 펜웨더는 여자들이 좋아하는 조각 같은 이목구비에 관자놀이께가 희끗희끗한 남자였다. 그는 책상에서 펜을 가지고 장난을 치다가 말했다.

"배심원들이 그쪽 말을 믿은 모양입니다. 섀넌을 살해한 혐의로 오늘 오후에 매니 티넨을 기소까지 할 것 같아요. 그렇게 되면 이제 몸조심을 해야 합니다."

나는 손가락으로 돌리고 있던 담배를 마침내 입에 물었다. "펜웨더씨, 그렇다고 내게 사람을 붙이진 마십시오. 이 도시의 골목을 좀 아는

데, 당신네 부하들이 아무리 가까이 붙어 있어도 도움이 안 됩니다."

그는 창밖을 바라보았다. "혹시 프랭크 도어를 잘 아십니까?" 그가 나를 외면한 채 물었다.

"거물 정치꾼이고, 또 해결사 아닙니까? 매춘굴이나 도박판을 열려면 반드시 찾아뵤야 할 분이죠. 아니, 이 도시에서 정직하게 장사를 하고 싶어도 그렇고요."

"그렇죠." 펜웨더가 신랄하게 말하고는 나를 돌아보았다. 그리고 목소리를 낮췄다. "티녠의 범행 증거를 잡은 것에 놀라는 사람이 많습니다. 프랭크 도어는 건설위원장인 섀넌을 제거하는 게 득이 된다면 충분히 위험을 무릅쓸 인간이죠. 그 위원회에서 도어는 뇌물 수수 혐의를 받고 있으니 말입니다. 그와 매니 티녠이 거래를 했다는 말도 있고. 나라면 그를 조심할 겁니다."

나는 씩 웃었다. "나는 혼자입니다. 프랭크 도어라면 세력깨나 거느리고 있지만, 나는 그저 혼자 할 수 있는 걸 할 뿐이죠."

펜웨더가 일어서서 책상 너머로 손을 뻗었다. "나는 이틀쯤 이 도시에 없을 겁니다. 기소가 이루어지면 오늘 밤 떠날 예정이죠. 몸조심하세요. 혹시 불상사가 생기면 내 직속 수사반장인 버니 올스를 찾도록 하십시오."

"그러죠."

우리는 악수를 했다. 사무실을 나설 때 노곤한 표정의 여직원이 내게 노곤한 미소를 던진 채 목덜미에 늘어진 파마머리를 감아올리며 나를 바라보았다. 내 사무실로 돌아온 것은 4시 반이 막 지났을 때였다. 나는 작은 응접실 문밖에 서서 잠깐 문을 살펴보았다. 그러고는 문을 열고 들어갔다. 물론 안에는 아무도 없었다.

붉은색의 낡은 소파 하나, 짝이 맞지 않는 의자 둘, 작은 양탄자, 묵은 잡지 몇 권이 놓인 큼직한 책상 하나가 가구의 전부였다. 응접실은 고객이 들어와 앉아서 기다릴 수 있도록 항상 열려 있었다. 혹시라도 그럴 고객이 있을까 싶어서였다.

나는 응접실을 지나 "탐정 필립 말로"라고 쓰인 팻말이 붙은 내 사무실 문을 열쇠로 열고 들어갔다.

루 하거가 창문에서 조금 떨어진 책상 옆 나무 의자에 앉아 있었다. 그는 연노랑 장갑을 낀 두 손으로 지팡이 목을 그러쥔 채, 초록 중절모를 뒤통수에 걸치고 있었다. 모자 밑으로 목덜미 아래까지 자란 매끄러운 검은 머리가 보였다.

"반갑군. 한참 기다렸어." 그가 말하고, 나른하게 웃었다.

"어이, 루. 여긴 어떻게 들어온 거야?"

"문이 열려 있었겠지. 아니면 나한테 딱 맞는 열쇠가 있었거나. 그게 문제가 되나?"

나는 책상을 빙 돌아가서 회전의자에 앉았다. 모자를 책상 위에 얹어 놓고 재떨이에 놓인 불독 파이프를 집어 들어 잎담배를 눌러 담기 시작했다.

"자네라면 문제 될 것 없지. 자물쇠를 좋은 걸로 바꿔야겠군." 내가 말했다.

그가 붉고 도톰한 입술에 미소를 머금었다. 녀석은 썩 잘생겼다. 그가 말했다. "다음 달에도 계속 일을 할 건가? 아니면 경찰 본부의 몇 놈과 함께 호텔 방에서 술판이라도 벌일 건가?"

"계속 일할 거야. 일만 있다면."

나는 파이프에 불을 댕기고, 의자에 등을 기댄 채 그의 말끔한 올리브빛 피부와 일자형 갈색 눈썹을 바라보았다.

그가 책상 위에 지팡이를 올려놓고 장갑 낀 손으로 유리잔을 거머쥐었다. 그리고 입술을 씰룩거렸다.

"자네가 해 줄 일이 좀 있어. 대단한 건 아니지만 짭짤한 건수지."

나는 기다렸다.

"오늘 밤 라스 올린다스에서 한판 벌일 작정이야. 카날레스의 카지노에 가서 말이지." 그가 말했다.

"한 대 피우겠나?"

"그러지. 오늘은 운이 좋을 것 같아. 그래서 보디가드를 데려가려고."

나는 위 서랍에서 새 담뱃갑을 꺼내 책상 위로 밀어 주었다. 루가 집어 들고 담뱃갑을 뜯기 시작했다.

"무슨 판을 벌일 건데?" 내가 물었다.

그는 담배 한 대를 반쯤 꺼내 자세히 살펴보았다. 그런 태도가 어쩐지 시답잖게 여겨졌다.

"내가 카지노 문을 닫은 지 벌써 한 달째잖아. 이 도시에서는 카지노를 열어 놓는 데 필요한 돈조차 벌지 못하겠더라고. 그러니 금주법이 폐지된 후에 경찰 본부 애들 주머니 사정이 영 안 좋지. 박봉으로 먹고 사는 건 정말 악몽인데."

내가 말했다. "어디든 돈 드는 건 마찬가지야. 다만 여기서는 한 조직한테 모두 바친다는 거. 그게 좀 다를 뿐이지."

루 하거는 담배를 입에 찔러 넣고 으르렁거렸다. "그래, 프랭크 도어. 그 뚱땡이 거머리 같은 자식이 혼자 다 처먹지!"

나는 아무 말도 하지 않았다. 상대에게 아무런 상처도 주지 못하는 욕을 하는 것에 재미를 붙일 나이는 진작 지났다. 나는 루가 책상 라이터로 담배에 불을 붙이는 모습을 지켜보았다. 그가 한 차례 연기를 내뿜고 말을 이었다.

"어떻게 보면 웃기는 일인데 말이야, 카날레스의 카지노에서 룰렛 휠을 새로 샀어. 보안관 사무실의 썩을 놈들한테 뇌물을 찔러주고 빼돌린 거지. 카날레스의 수석 딜러인 피나를 좀 아는데, 그 휠이 바로 내가 경찰 놈들한테 압수당한 것이더라고. 그 휠에는 버그가 있어. 근데 그 버그를 내가 꿰고 있단 말씀이지."

"카날레스가 그걸 모를까? 하긴, 카날레스라면 그럴지도." 내가 말했다.

루는 나를 바라보지 않고 말했다. "그 카지노는 꽤나 붐벼. 작은 무도장과 고객의 스트레스를 풀어 주는 5인조 멕시코 밴드도 있지. 손님들은 분통이 터져도 떠나지 않고, 춤이나 좀 춘 다음 다시 돌아가서 또 털리는 거야."

내가 말했다. "그래서 어쩔 건데?"

"필승의 베팅으로 거저먹는 거지 뭐." 그가 나직이 말하고는 긴 속눈썹 사이로 나를 바라보았다.

나는 그를 외면하고 방을 둘러보았다. 붉게 녹슨 색깔의 양탄자, 광고 달력 아래 나란히 늘어놓은 초록색 서류 정리함 다섯 개, 구석의 입식 옷걸이 하나, 호두나무 의자 몇 개가 있고, 창문에는 망사 커튼이 걸려 있었다. 커튼은 은연중 비집고 들어온 외풍으로 빛이 바랬다. 마지막 햇살이 내 책상을 가로지르며 부연 먼지를 비추었다.

내가 말했다. "요약하자면, 자네가 룰렛 휠을 잘 길들여 놓았고, 그걸로 카날레스의 눈이 뒤집힐 만큼 돈을 싹쓸이할 것으로 예상되니까, 내가 신변 보호를 해 줬으면 좋겠다? 말도 안 되는 소리를 하고 자 빠졌군."

"말 돼." 루가 말했다. "어떤 룰렛 휠이든 일정한 주기에 따라 작동하는 경향이 있어. 그 휠을 아주 잘 안다면……"

나는 씩 웃으며 어깨를 으쓱했다. "그래, 내가 뭘 알겠어? 룰렛은 잘 몰라. 내 귀에는 자네가 사기를 치고 싶어 환장했다는 소리로만 들리는군. 내 귀에 이상이 있는 걸까? 아무튼 중요한 건 그게 아니야."

"뭐가 중요한데?" 루가 불퉁하게 물었다.

"요는 내가 보디가드 놀음을 좋아하지 않는다는 거야. 근데 그것도 중요한 게 아닐 수 있어. 나더러 그런 걸 정직한 게임으로 생각해 달라고? 그게 정직한 게임이 아니라고 생각해서 내가 자네를 지켜 주지 않으면 자네는 결딴이 나고? 하지만 내가 그걸 정직한 게임이라고 생각해도, 카날레스는 그렇게 생각하지 않고 광분할 거라는 게 문제야."

"그래서 총을 가진 보디가드가 필요한 거지." 입을 놀리는 것 말고는 근육 한 올 움직이지 않고 루가 말했다.

내가 담담히 말했다. "대뜸 총질을 해 댈 만큼 난 터프하지 않아. 설혹 그렇다고 해도 그런 짓을 하는 건 불안해."

"걱정할 것 없어." 루가 말했다. "자네가 불안해하다니 소가 웃겠군."

나는 좀 더 미소를 지으며 그의 노란 장갑이 책상 위에서 꼼지락거리는 것을 지켜보았다. 꼼지락거려도 너무 꼼지락거렸다. 내가 천천히 말했다. "자네는 결코 그런 식으로 돈을 벌려고 할 사람이 아니야. 나는 그런 자네의 등 뒤에 서 있을 사람이 아니고. 하고 싶은 말은 그게 전부야."

루가 말했다. "그래." 그는 책상 유리 위에 담뱃재를 떨고, 고개를 숙이고는 재를 혹 불어 날렸다. 그가 새로운 이야기를 하듯 말을 이었다. "글렌 양이 나랑 같이 갈 거야. 빨강 머리에 늘씬한 미녀지. 왕년에 모델이었어. 어딜 가든 사람들 이목을 끄는 여자라서, 카날레스가 내 곁에서 찝쩍대는 걸 막아 줄 거야. 그러니 우린 잘해 낼 거야. 그것도 참고하라고."

나는 한동안 입을 다물고 있다가 말했다. "자네는 내가 방금 대배심에서 증언을 하고 왔다는 걸 빤히 알고 있어. 매니 티넨이 아트 섀넌을 찻길에 내동댕이치고서, 승용차 밖으로 상체를 내밀고 섀넌의 손목 밧줄을 끊는 걸 내가 목격했지. 섀넌은 온몸에 총알이 박혀 있었어."

루가 나를 향해 어렴풋이 미소를 지었다. "섀넌이 죽으면 썩어 빠진 정치가 놈들이 더욱 활개를 치기 쉽겠지. 뒷구멍으로 뇌물을 처먹는 놈들 말이야. 섀넌이 공명정대하게 건설위원회를 잘 이끌었다던데, 더러운 자식들이 그를 가만두지 않은 거지."

나는 고개를 내둘렀다. 그런 얘기는 하고 싶지 않았다. 내가 말했다. "카날레스의 코빼기에는 항상 코카인이 가득 차 있어. 그러니 빨강 머리를 봐도 심드렁할걸?"

루가 천천히 일어서서 책상 위의 지팡이를 집어 들었다. 그가 노래진 한 손가락 끝을 잠시 바라보았다. 거의 졸린 표정이었다. 그러다 지팡이를 흔들며 문으로 향했다.

"그럼 나중에 봐." 그가 점잖게 말했다.

나는 그가 문손잡이를 잡기를 기다렸다가 말했다. "토라질 것 없어, 루. 그토록 원한다면, 라스 올린다스에 잠깐 들르도록 하지. 돈은 필요 없어. 거기서 필요 이상으로 내게 관심을 보이지나 마."

그는 나를 바라보지 않고 그저 슬쩍 입술을 핥았다. "고마워. 조심하도록 하지."

그리고 그는 나갔다. 그의 연노랑 장갑이 문 모서리를 돌아 사라졌다.

나는 5분쯤 가만히 앉아 있었다. 그 사이 파이프가 너무 뜨거워졌다. 파이프를 내려놓고 손목시계를 바라본 후, 자리에서 일어나 구석에 있는 작은 라디오 스위치를 켰다. AC 전원의 웅웅거리는 소리가 잦아들고 혼 스피커의 잡음이 들린 후 마침내 말소리가 흘러나왔다.

"KLI에서 초저녁 뉴스를 전해드리겠습니다. 오늘 오후 주요 사건은 대배심에서 메이너드 J. 티넨을 기소하기로 평결했다는 것입니다. 티넨은 저명한 시청 로비스트이자 사교계의 거물입니다. 그의 많은 지인들에게 충격을 안겨 준 이번 기소는 거의 전적으로 목격자 증언을 기초로 한 것이었습니다……"

전화벨이 날카롭게 울리고 여자의 차가운 목소리가 내 귀를 후볐다. "잠시만 기다려 주세요. 펜웨더 씨의 전화입니다."

곧바로 그의 목소리가 들렸다. "기소 평결이 났습니다. 몸조심하십시오."

나는 방금 라디오에서 들었다고 말했다. 잠깐 더 이야기를 나눈 후 그는 바로 비행기를 타러 가야 한다면서 전화를 끊었다.

나는 다시 의자에 등을 기대고 라디오를 들었지만 소리가 귀에 들어오지 않았다. 멍청한 루 하거 생각이 났다. 그를 말리기 위해 내가 할 수 있는 일은 없었다.

2

화요일치고는 사람이 붐볐지만 춤을 추는 사람은 없었다. 5인조 밴드가 아무도 귀담아 듣지 않는 룸바를 물리도록 연주한 10시 무렵이었다. 마림바 연주자가 스틱을 내려놓고 의자 아래에서 술잔을 집어 들었다. 다른 단원들은 권태로운 표정으로 앉아 그저 담배만 빨았다.

나는 악단 무대와 같은 쪽에 있는 바에 옆구리를 기댄 채, 바에 놓인 작은 테킬라 잔을 빙글빙글 돌리며 앉아 있었다. 게임은 룰렛 테이블 세 개 가운데 중앙 테이블에서 벌어지고 있었다.

바텐더가 건너편에서 내 귓전으로 몸을 숙이고 말했다.

"저기 불타는 머리색을 한 여자가 한창 따고 있는 것 같아요."

나는 그를 바라보지 않고 고개를 끄덕였다. "칩을 몇 움큼씩 걸고 있군. 세어 보지도 않고." 내가 말했다.

빨강 머리 여자는 키가 컸다. 그녀 뒤에 서 있는 남자들 머리 사이로 그녀의 이글거리는 머리칼이 보였다. 그 옆에 있는 루 하거의 반질반질한 머리칼도 보였다. 모두가 서서 게임을 하고 있는 것 같았다.

"손님은 안 하십니까?" 바텐더가 물었다.

"화요일엔 안 합니다. 화요일만 되면 꼬이더라고."

"그래요? 테킬라는 스트레이트를 좋아하시나요? 아니면 좀 부드럽게 해드릴까요?"

"무엇으로 부드럽게 하나요? 요술 방망이로?"

그가 피식 웃었다. 나는 테킬라를 좀 더 마시고 인상을 찌푸렸다.

"누가 굳이 이딴 걸 만든 거야?"

"저야 모르죠."

"저 룰렛은 한 게임 한도가 얼마지?"

"그것도 모르겠군요. 사장 마음대로 아닐까요?"

룰렛 테이블은 맞은편 벽 가까이 한 줄로 놓여 있었다. 테이블 둘레로 금박을 입힌 야트막한 금속 난간을 둘렀고, 플레이어들은 그 난간 밖에 있었다.

중앙 테이블에서 언성이 높아지기 시작했다. 양 끝 두 테이블에서 대여섯 명의 사람들이 자기 칩을 집어 들고 자리를 그쪽으로 옮겼다.

그리고 살짝 외국인 억양이 섞인, 아주 점잖고 또렷한 목소리가 들렸다. "마담, 잠시만 기다려 주시면, 카날레스 씨가 금방 오실 겁니다."

나는 그쪽으로 다가가서 난간 가까이 몰려 있는 사람들 사이로 끼어들었다. 가까운 곳에서 딜러 두 명이 머리를 맞대고 서서 곁눈질을 했다. 그중 한 명이 휠 옆에서 칩 갈퀴를 천천히 앞뒤로 움직이고 있었다. 그들은 빨강 머리 여자를 응시하고 있었다.

그녀는 허벅지 옆이 길게 트인 검은 이브닝 가운을 입고 있었다. 곱고 하얀 어깨가 드러나 있었는데, 아름답다고는 못 해도 예쁜 것 이상이었다. 그녀는 테이블 가장자리에 몸을 기대고 휠을 마주 보고 있었다. 그녀의 긴 속눈썹이 파르르 떨렸다. 앞에는 돈과 칩이 수북이 쌓여 있었다.

그녀가 이미 여러 번 같은 말을 했다는 듯 단조롭게 말했다.

"빨리 휠 안 돌릴 거예요! 긁어 갈 때는 잽싸면서 배당을 주기는 싫은가 봐?"

담당 딜러가 차갑고 밋밋한 미소를 지었다. 키가 크고 검은 머리에 냉담한 남자였다. 그가 침착하게 말했다. "마담의 베팅을 감당할 수 없습니다. 카날레스 씨가 오시면……" 그가 단정한 어깨를 으쓱해 보였

16

다.

여자가 말했다. "이건 다 그쪽 돈이에요, 키다리 아저씨. 되찾고 싶지 않아요?"

여자 옆에서 루 하거가 입술을 핥고는 그녀의 팔에 손을 얹고, 이글거리는 눈으로 돈더미를 바라보았다. 그가 점잖게 말했다. "카날레스를 기다리지 뭐……"

"카날레스가 무슨 상관이야! 마침 운이 트였는데! 난 이대로 계속하고 싶다니까."

룰렛 테이블 끝 쪽에 있는 문이 열리고, 아주 호리호리하고 창백한 안색의 남자가 안으로 들어왔다. 곧고 윤기 없는 검은 머리에 널따랗고 앙상한 이마, 속을 알 수 없는 눈빛의 남자였다. 성긴 콧수염은 3센티미터는 됨직한 길이로 입가까지 늘어지고, 양 모서리가 거의 직각으로 다듬어져 있어서, 마치 중국인 같은 인상을 풍겼다. 두툼한 피부가 창백하게 번들거렸다.

그가 슬그머니 딜러 뒤로 가서 중앙 테이블 모서리에 선 채 빨강 머리 여자를 힐끔 바라보고는, 두 손가락으로 콧수염 끝을 만지작거렸다. 손톱 끝이 주홍빛이었다.

그는 갑자기 미소를 띠었다가, 이내 평생 미소를 지어 본 적이 없는 듯 거두었다. 그가 이죽거리듯 느른한 음성으로 말했다.

"좋은 밤이군, 글렌 양. 집에 갈 때 내가 꼭 사람을 붙여 주도록 하지. 그만한 돈이 엉뚱한 사람 주머니에 들어가는 꼴을 볼 수는 없으니까."

빨강 머리 여자는 달갑지 않은 표정으로 그를 바라보았다.

"난 가지 않을 거예요. 당신이 쫓아내지 않는 한."

카날레스가 말했다. "안 가? 대체 뭘 하고 싶기에?"

"베팅을 하는 거죠, 깜씨!"

시끌벅적하던 실내가 순간 쥐 죽은 듯 조용해졌다. 속삭이는 소리조차 나지 않았다. 하거의 얼굴이 서서히 백지장처럼 하얘졌다.

카날레스의 얼굴에는 아무런 표정이 없었다. 그는 우아하고 엄숙하게 한 손을 들어 디너재킷 안에서 큼직한 지갑을 꺼내 키 큰 딜러 앞에 던졌다.

"1만." 둔하게 부스럭거리는 음성으로 그가 말했다. "이게 내 한도지. 항상."

키 큰 딜러가 접힌 지갑을 집어 들고 펴서 빳빳한 지폐 두 다발을 꺼내서 팔랑거린 다음, 지갑을 접어서 테이블 가장자리로 카날레스에게 건넸다.

카날레스는 굳이 몸을 움직여 지갑을 집어 들지 않았다. 딜러 외에는 아무도 움직이지 않았다.

여자가 말했다. "빨강에 걸겠어요."

딜러가 테이블 위로 몸을 수그리고 그녀의 돈과 칩을 차곡차곡 쌓았다. 그것을 빨간 다이아몬드 위에 얹어 놓고, 룰렛 휠의 곡면에 손을 얹었다.

"이의가 없다면, 이건 우리 둘만 하기로 하지." 카날레스가 다른 사람은 쳐다보지 않고 말했다.

고개들이 끄덕거렸다. 아무도 입을 열지 않았다. 딜러가 휠을 돌리고, 룰렛판 위에 왼손 스냅으로 볼을 굴렸다. 그리고 손을 거둔 딜러는 눈에 잘 보이는 테이블 위 가장자리에 두 손을 얹었다.

빨강 머리 여자의 눈이 반짝이고 입술이 천천히 벌어졌다.

볼이 룰렛판 위를 구르다가 밝은 금속의 다이아몬드 꼴들 가운데 하나를 지나 급강하해서, 휠의 측면으로 미끄러져 숫자들 옆의 빗살들을 따라 따라락거리며 돌아갔다. 순간 볼이 딸칵하며 갑자기 궤도를 이탈해서 더블제로 옆으로 떨어졌다. 빨강 27이었다. 휠은 움직이지 않았다.

딜러가 갈퀴를 들고 지폐 두 다발을 천천히 앞으로 밀어 여자가 베팅한 곳에 보탠 후, 판돈 전부를 게임판 밖으로 밀어냈다.

카날레스는 지갑을 가슴 주머니에 집어넣고, 돌아서서 천천히 문으로 걸어가 밖으로 사라졌다.

나는 룰렛 난간 위를 움켜쥔 채 쥐가 난 손가락을 폈다. 많은 사람들이 바로 향했다.

3

루가 나타났을 때 나는 한쪽 구석의 작은 테이블에 앉아 테킬라를 좀 더 홀짝이고 있었다. 소규모 악단이 귀에 거슬리는 탱고를 맥없이 연주하고, 한 커플이 댄스 플로어에서 겸연쩍게 춤을 추고 있었다.

루는 크림색 외투를 걸치고 흰색 비단 스카프 둘레로 옷깃을 세우고 있었다. 표정이 의젓하고 아주 의기양양했다. 그가 하얀 돼지가죽 장갑을 낀 손 하나를 테이블 위에 얹은 채 상체를 숙이고 나를 바라보았다.

"2만 2천도 넘어. 대박이야!" 그가 나직이 말했다.

내가 말했다. "큰돈이군. 자네는 어떤 차를 몰지?"

"무슨 문제라도?"

"룰렛 게임에서?" 나는 잔을 만지작거리며 어깨를 으쓱했다. "룰렛에 대해선 잘 몰라, 루. 하지만 자네가 데려온 매춘부의 매너에는 많은 문제가 있었어."

"그녀는 매춘부가 아냐." 루가 말했다. 그의 목소리에 살짝 근심이 어렸다.

"알았어. 근데 그녀는 카날레스에게 백만장자처럼 굴었어. 차종이 뭐냐니까?"

"뷰익이야. 펜더에 작은 방향지시등이 달렸고 스포트라이트가 두 개 있는 옅은 청록색 세단이지."

내가 말했다. "번화가로 천천히 차를 몰도록 해. 도중에 내가 끼어들 기회를 좀 주고."

그는 장갑을 흔들며 떠났다. 빨강 머리 여자는 어디에도 보이지 않았다. 나는 고개를 숙이고 손목시계를 보았다. 다시 고개를 들자 카날레스가 테이블 맞은편에 서 있었다. 멋들어진 콧수염 위의 두 눈이 나를 생기 없이 바라보았다.

"자네는 내 업소를 싫어한 거 아니었나?" 그가 말했다.

"그 반대인데."

"게임을 하러 온 건 아니지." 그는 내게 묻는 게 아니라 단정 지어 말했다.

"꼭 게임을 해야 하나?" 내가 건조하게 물었다.

아주 희미한 미소가 그의 얼굴을 스쳐 지나갔다. 그가 살짝 상체를 숙이고 말했다. "내가 알기론, 자넨 탐정이야. 영리한 탐정이지."

"그냥 탐정일 뿐이지. 영리하진 않고." 내가 말했다. "윗입술이 길다고 해서 영리한 건 아니야. 그건 유전일 뿐이지."

카날레스는 의자 등받이 위를 손가락으로 감싸고 힘주어 그러쥐었다. "다시는 여기 오지 말게. 무슨 일이 있어도." 그가 거의 잠꼬대를 하듯 아주 나직이 말했다. "나는 골 빈 놈들을 좋아하지 않아."

나는 물고 있던 담배를 뽑아 살펴본 후 그를 바라보았다. 내가 말했다. "좀 전에 모욕을 당했다고 들었는데, 싹싹하게 넘어갔다지? …… 그러니 이번엔 우리가 참아 주지."

그는 잠깐 묘한 표정을 지었다. 그러고는 돌아서서 어깨를 살짝 건들거리며 떠났다. 그는 어기적어기적 걸었는데, 지독한 팔자걸음이었다. 그는 얼굴처럼, 건들거리는 걸음걸이도 흑인 같았다.

나는 자리에서 일어나 커다란 흰색 이중문을 지나 조명이 흐릿한 로비로 나가서, 모자와 외투를 찾아 걸쳤다. 그리고 또 다른 이중문을 지나, 지붕 가장자리에 뇌문이 새겨진 널따란 베란다로 나갔다. 대기에 바다 안개가 끼고, 집 앞에 바람막이로 세운 사이프러스 나무에서 물방울이 뚝뚝 떨어졌다. 살짝 경사진 지면이 멀리 어둠 속으로 뻗어 있었다. 안개 뒤에는 바다가 숨어 있었다.

나는 건물 맞은편 거리에 차를 세워 두었었다. 모자를 푹 눌러쓰고 진입로를 덮고 있는 축축한 이끼를 밟으며 소리 없이 걸었다. 현관마루 모퉁이를 돌다가 나는 갑자기 발길을 멈추었다.

바로 앞에 한 남자가 권총을 들고 있었다. 나를 본 것은 아니었다. 그는 옆구리 아래로 권총을 내린 채 외투에 팔을 바짝 붙이고 있었다. 큼직한 손 때문에 총이 장난감처럼 작아 보였다. 총신에서 반사한 희미한 빛이 안개를 헤치고 나와 안개의 일부처럼 흐릿해 보였다. 거구의 남자는 뒤꿈치로 무게중심을 잡은 채 꼼짝하지 않고 서 있었다.

나는 아주 천천히 오른손을 들어 외투의 두 번째 단추를 끄르고 안으로 손을 넣어 총신이 15센티미터에 이르는 긴 38구경을 꺼냈다. 총을 쥔 손을 외투 겉주머니에 넣었다.

내 앞의 남자가 움직이며 왼손을 얼굴 위로 올렸다. 그가 둥그렇게 모아 쥔 손 안으로 담배를 빨자 빨간 불빛이 잠깐 그의 둔중한 턱과 넓고 검은 콧구멍과 각이 진 공격적인 코를 비추었다. 싸움꾼의 코였다.

그러다 그가 담배를 떨어뜨리고 발로 뭉갰다. 내 뒤에서 가볍고 빠른 발걸음 소리가 희미하게 들렸다. 돌아서기에는 늦었다.

무언가가 홱 움직였고, 나는 불이 꺼지듯 의식이 나갔다.

4

정신이 돌아왔을 때는 춥고 축축하고 두통이 극심했다. 오른쪽 귀 뒤쪽에 말랑한 혹이 나 있었는데, 피가 흐르지는 않았다. 곤봉에 맞은 것이었다.

땅바닥에서 등을 떼고 일어나 보니, 진입로에서 몇 미터 떨어진 곳이었다. 양쪽에 안개에 젖은 나무 두 그루가 서 있었다. 신발 뒤꿈치에 진흙이 엉겨 있었다. 나를 길 밖으로 질질 끌고 간 모양인데 그리 멀리 내다 버린 건 아니었다.

주머니를 뒤져 보았다. 권총은 당연히 사라졌지만, 없어진 것은 권총뿐이었다. 이번 나들이는 제법 재미있다는 생각이 들었다.

나는 안개 속을 살펴보았다. 아무것도 발견할 수 없었고, 아무도 보이지 않았다. 굳이 몸을 사리지 않고 집 옆의 빈터를 돌아, 구불구불

심은 야자수들과 구식 아크등 불빛을 향해 걸었다. 아크등이 출입구 위에서 쉭쉭거리며 깜빡였다. 내가 여태 수송용으로 사용해 온 1925년식 마몬 투어링카가 좁은 길가에 세워져 있었다. 수건으로 운전석을 닦은 후 차에 올라타 힘겹게 시동을 걸고, 초크 레버를 당겨 인적 없는 대로로 나왔다.

거기서 디 카젠스 대로로 향했다. 라스 올린다스의 중심가인 이 대로는 오래전 카날레스의 카지노를 세운 사람의 이름을 딴 것이었다. 잠시 후 번화가 건물들과 표정 없는 상점들, 야간 초인종이 달린 주유소를 지나 마침내 아직 문을 닫지 않은 드러그스토어에 이르렀다.

드러그스토어 앞에는 한껏 모양을 낸 세단 한 대가 세워져 있었다. 나는 그 뒤에 차를 세우고 차에서 내렸다. 모자를 쓰지 않은 남자가 카운터에 앉아 파란 작업복을 입은 종업원과 이야기를 나누고 있었다. 자기들만의 세계에 푹 빠진 듯한 모습이었다. 나는 슬슬 안으로 들어가다가 걸음을 멈추고, 한껏 모양을 낸 세단을 다시 바라보았다. 뷰익이었다. 낮에 보면 옅은 청록색이라고 할 수도 있는 색깔이었다. 스포트라이트가 두 개 있고, 앞쪽 펜더에 고정시킨 얇은 니켈 봉에 작은 달걀 모양의 호박색 방향지시등이 달려 있었다. 운전석 차창이 내려와 있었다. 나는 마몬 투어링카로 돌아가서 손전등을 챙긴 후, 뷰익 운전석 앞의 차량등록증 홀더를 젖혀서 재빨리 손전등으로 비춰 본 후 얼른 손전등을 껐다.

루이스 N. 하거 앞으로 등록된 차였다.

나는 손전등을 제지리에 갖다 놓고 드러그스토어 안으로 들어갔다. 한쪽에 술이 진열되어 있었다. 파란 작업복의 종업원에게 캐나디안 클럽 한 병을 샀다. 그것을 카운터로 가져가서 마개를 땄다. 카운터에는 의자 열 개가 놓여 있었지만, 나는 모자를 쓰지 않은 남자 바로 옆 의자에 앉았다. 그가 전면의 거울에 비친 내 모습을 넌지시 바라보았다.

나는 블랙커피를 잔에 3분의 2쯤 채운 다음 호밀 위스키를 따라 잔을 가득 채웠다. 그것을 쭉 들이켠 후 잠시 기다리자 얼큰하게 술기운이 올라왔다. 그때서야 나는 모자를 쓰지 않은 남자를 살펴보았다.

그는 스물여덟 살쯤 되었는데, 정수리 머리숱이 좀 빠졌고, 혈색 좋은 얼굴에 눈은 꽤 정직해 보였다. 두 손은 더러웠고, 돈은 별로 벌지 못한 것 같았다. 쇠 단추가 달린 회색 능직 재킷을 걸치고, 그것과 어울리지 않는 바지를 입고 있었다.

나는 낮은 목소리로 심드렁하게 말했다. "밖에 있는 뷰익이 자네 차인가?"

그는 앉은 자리에서 전혀 움직이지 않았다. 그가 입을 조그맣게 다물고 거울에 비친 내 눈을 애써 피했다.

"우리 형 겁니다." 잠시 후 그가 말했다.

내가 말했다. "한잔하겠나? 자네 형이 내 옛 친구야."

그가 천천히 고개를 끄덕이고 침을 꿀꺽 삼키더니 천천히 한 손을 움직였다. 그는 결국 위스키 병을 잡고 커피가 담긴 자기 잔에 술을 따랐다. 그리고 단숨에 잔을 비웠다. 내가 지켜보는 동안 그는 구겨진 담뱃갑을 꺼내 담배 한 개비를 입에 꽂고 카운터 위의 성냥을 그어 대더니 세 번 만에 성공해서 연기를 쭉 빨았다. 허둥거렸으면서도 제 딴에는 아주 의연하게 굴었다는 기색이 역력했다.

나는 그에게 가까이 몸을 기울이고 담담하게 말했다. "괜히 걱정할 것 없어."

그가 말했다. "예…… 아니 그게 무, 무슨 뜻이죠?"

종업원이 우리 쪽으로 다가왔다. 나는 커피를 더 달라고 했다. 커피를 받은 나는 종업원이 진열창 앞으로 가서 내게 등을 돌리고 설 때까지 묵묵히 지켜보았다. 두 잔째 커피에 위스키를 탄 후 조금 마시고 종업원의 등을 바라보며 말했다. "그 차 주인에게는 동생이 없어."

그는 몸이 굳었다. 하지만 내게 고개를 돌리고 말했다. "저게 도난 차량이라고 생각하는 겁니까?"

"아니."

"도난 차량이라고 생각지 않는다고요?"

내가 말했다. "아아, 난 그저 사연을 알고 싶을 뿐이야."

"당신은 탐정인가요?"

"그래. 하지만 걱정 마. 지금 심문하려는 게 아니니까."

그는 담배를 세게 빨고 스푼으로 빈 컵을 저었다.

"그것 때문에 일자리를 잃을지도 몰라요." 그가 천천히 입을 열었다. "난 100달러가 필요했어요. 난 택시기사예요."

"그럴 줄 알았지." 내가 말했다.

그가 놀란 표정을 짓고는 고개를 돌리고 나를 빤히 바라보았다.

"한 잔 더 하면서 이야길 계속하자고." 내가 말했다. "차량 절도범이라면 이런 번화가에 차를 세워 두고 드러그스토어에서 빈둥거리진 않지."

종업원이 진열창에서 물러나 우리 근처로 와서 행주로 커피 주전자를 닦았다. 무거운 침묵이 감돌았다. 종업원은 행주를 내려놓고 가게 뒤쪽 칸막이 뒤편으로 가서 씩씩하게 휘파람을 불기 시작했다.

내 옆의 남자는 위스키를 좀 더 따라 마시고 나를 향해 현명하게 고개를 끄덕였다. "그게 말이죠, 내가 손님을 내려 주고 나서 그분을 기다리고 있었는데 말입니다, 뷰익이 옆으로 다가오더니 두 남녀가 내리는 거예요. 남자가 100달러를 주면서 내 모자를 빌려 쓰고 내 택시를 몰고 읍내에 갈 수 있게 해 달라더군요. 나는 여기서 한 시간 동안 기다렸다가 그 사람의 뷰익을 몰고 타운 대로의 캐럴론 호텔로 찾아가기로 했어요. 내 택시가 거기 있을 거랬죠. 그 사람이 100달러를 줬어요."

"그 사람이 왜 그런다던가?" 내가 물었다.

"카지노엘 갔는데, 운이 좋았다더라고요. 호텔로 돌아가는 길에 혹시 노상강도를 만날까 봐 걱정이 된다더군요. 카지노에는 한몫 잡는 걸 지켜보는 녀석들이 꼭 있다면서요."

나는 그의 구겨진 담뱃갑에서 담배 한 개비를 꺼내 손가락으로 반듯하게 폈다. "별로 문제 될 것도 없는 사연이군." 내가 말했다. "자네 신분증 좀 볼 수 있을까?"

그가 신분증을 건네주었다. 이름이 톰 스네이드였고, 그린톱 택시 회사 소속이었다. 나는 위스키병 마개를 닫아 주머니에 찔러 넣고 카운터에 50센트 은화를 던져 주었다.

종업원이 다가와서 거스름돈을 주었다. 얼굴에 호기심이 가득했다.

"톰, 가자고." 내가 그의 앞에서 말했다. "자네 택시를 찾으러 가야지. 여기서 더 기다릴 필요가 있나?"

우리는 밖으로 나갔다. 나는 뷰익에 실려 라스 올린다스의 드문드문한 불빛을 등졌다. 바다 가까이 지어진 작은 해변 마을들을 지나고, 그 뒤의 언덕 사면에 지어진 좀 더 큰 마을들을 지났다. 촉촉이 젖은 콘크리트 노면 위에서 타이어가 노래를 하고, 급커브를 돌 때마다 뷰익 펜

더 위 작은 호박색 방향지시등이 나를 훔쳐보았다.

웨스트 시머론에서 내륙으로 방향을 틀어, 커널 시티를 지난 후 샌 앤젤로 횡단로에 이르렀다. 그 드러그스토어에서 캐릴론 호텔이 있는 타운 대로 5640번지까지 가는 데는 한 시간 가까이 걸렸다. 커다란 슬레이트 지붕을 얹은 캐릴론 호텔은 지하에 주차장이 있고, 저녁이면 연초록빛을 내뿜는 분수가 앞뜰에 있었다.

그린톱 택시 469번은 길 건너편 어두운 곳에 주차되어 있었다. 차에 총알은 박히지 않았다. 운전석 콘솔 박스에서 자기 모자를 발견한 톰 스네이드는 허둥지둥 운전석에 올라탔다.

"이것으로 내 역할은 끝난 거죠? 이제 난 가도 되겠죠?" 이제야 마음이 놓인 그의 목소리가 카랑카랑했다.

나는 그렇다고 말해 주고 그에게 내 명함을 건넸다. 그가 모퉁이를 돌아 사라질 때 시각은 1시 20분이었다. 나는 뷰익에 올라타 천천히 경사로를 돌아 주차장으로 내려가서, 주차된 차들을 쉬엄쉬엄 닦고 있는 흑인 남자에게 차를 맡기고 로비로 향했다.

고행자 같은 표정의 젊은 접수계원이 전화교환대 조명등 아래서 캘리포니아 주 고등법원 판례집을 읽고 있었다. 그는 루가 부재중이라고 말했다. 자기가 근무를 서기 시작한 시간이 7시인데, 그 전부터 자리를 비웠다고 했다. 늦은 시간에 중요한 볼일이 있어서 찾아왔다는 이야기 끝에 그가 루의 방에 전화를 걸었지만 아무도 받지 않았다.

나는 밖으로 나와 몇 분 동안 내 마몬 투어링카에 앉아 담배를 피우고 주머니에 챙겨 온 캐나디안 클럽을 좀 마셨다. 그 후 다시 캐릴론 호텔로 돌아가 공중전화 부스에 들어갔다. 《텔레그램》지에 전화를 걸어 편집부를 부탁하자 본 밸린이라는 남자가 전화를 받았다.

내 이름을 밝히자 그가 버럭 소리를 질렀다. "자네 아직도 말짱해? 그거 기삿감이로군. 지금쯤 매니 티넨 일당이 자네를 관에 때려눕혔을 줄 알았는데?"

내가 말했다. "닥치고 좀 들어 봐. 루 하거라는 사람 아나? 도박꾼인데, 자기 카지노를 갖고 있었지. 근데 한 달 전에 단속을 당해서 문을 닫고 말았어."

본 밸린은 루가 누군지 알지만 개인적인 친분은 없다고 말했다.

"자네 신문사에 혹시 그를 잘 아는 사람 없을까?"

그는 잠시 생각하고는 말했다. "제리 크로스라는 녀석이 있는데, 밤의 세계에서는 한가락 한다는 녀석이지. 대체 뭘 알고 싶은데?"

"루가 축배를 들러 갈 만한 곳." 내가 말했다. 그리고 배경 설명을 많이는 말고 조금만 들려주었다. 내가 곤봉을 얻어맞은 대목과 택시 이야기도 빠뜨렸다. "그가 호텔에 나타나지 않았어. 그에게 연락을 해야 하는데 말이지." 그렇게 설명을 마쳤다.

"음, 자네가 그 사람 친구라면……"

"루 하거의 친구인 것은 맞는데, 그의 주변 사람은 몰라." 내가 재빨리 말했다.

본 밸린이 누군가에게 전화를 받으라고 외친 후, 송화기에 바짝 입을 대고 나직이 말했다. "이봐, 다 털어놔. 솔직히 털어놓으라고."

"그러지. 하지만 이건 자네한테만 말하는 거야. 자네 신문사가 아니고. 나는 카날레스의 카지노 밖에서 곤봉에 얻어맞고 권총을 잃어버렸어. 루와 그의 여자는 자기 차를 버리고 택시를 빌려 탔지. 그리고 사라졌어. 아무래도 예감이 안 좋아. 루는 많은 돈을 주머니에 담고 시내를 돌아다닐 만큼 취하지 않았어. 그렇게 취했다면 여자가 그를 방치하지 않았을 거야. 현실적인 여자니까."

"내가 알아볼게. 큰 기대는 하지 마. 나중에 연락하지." 본 밸린이 말했다.

나는 그가 혹시 잊었을까 봐 메리트 플라자에 묵고 있다고 일러 주었다. 나는 다시 밖으로 나가 마몬에 올라탔다. 숙소에 도착해서 15분쯤 뜨거운 수건을 머리에 얹고 있다가 파자마 차림으로 앉아 따뜻한 레몬차에 탄 위스키를 마시며 이따금 캐럴론 호텔로 전화를 걸었다. 2시 30분에 본 밸린이 전화를 해서 성과가 없었다고 전했다. 루를 찾아내지 못한 것이다. 루는 제리 크로스가 알고 있는 그 어떤 클럽에도 나타나지 않았다.

3시에 마지막으로 캐럴론 호텔에 전화를 했다. 그리고 불을 끄고 잠을 잤다.

아침에도 상황은 마찬가지였다. 나는 빨강 머리 여자에 대해 알아보았다. 전화번호부에는 스물여덟 명의 글렌이 실려 있었다. 그중 여자는 세 명이었다. 한 명은 전화를 받지 않았고, 다른 두 명은 빨강 머리가 아니라고 말했다. 다시 건 전화를 받은 처음의 여자가 나를 보자고 했다.

나는 면도와 샤워를 하고, 아침을 먹고, 콘도 빌딩까지 세 블록을 내려갔다.

글렌 양이 내 사무실의 작은 응접실에 앉아 있었다.

5

내가 잠겨 있는 다른 문을 열자 그녀가 들어와서 의자에 앉았다. 어제 오후에 루가 앉았던 의자였다. 나는 창문을 열고 응접실 바깥문을 잠근 후, 그녀가 장갑을 벗고 반지를 끼지 않은 왼손에 들고 있는 담배에 불을 붙이도록 성냥을 켜 주었다.

그녀는 블라우스와 격자무늬 스커트 위에 헐렁한 외투를 걸치고 있었다. 머리에 꼭 끼는 구식 모자를 쓴 것으로 보아 계속 불운이 겹친 기색이 역력했다. 모자는 그녀의 머리칼을 거의 모두 감추고 있었다. 화장을 하지 않은 맨 얼굴은 서른 살쯤 되어 보였는데, 삶에 지쳐서 표정이 굳어 있었다.

담배를 든 그녀의 손은 거의 꼼짝하지 않았고, 다른 손은 방어 자세를 취하고 있었다. 나는 자리에 앉아 그녀가 말문을 열기만 기다렸다.

그녀는 내 머리 너머의 벽을 응시하며 아무런 말도 하지 않았다. 잠시 후 나는 파이프를 채우고 한동안 묵묵히 담배를 피웠다. 그러다 일어나서 복도로 통하는 문으로 가 투입구로 밀어 넣어진 편지 두 통을 집어 들었다.

다시 책상에 앉아 편지를 살펴보고, 나 혼자 있는 것처럼 그중 한 통을 중얼중얼 두 번 읽었다. 그러는 동안 그녀를 바라보지도 말을 걸지도 않았지만, 곁눈으로는 줄곧 살펴보았다. 그녀는 뭔가 마음을 다잡고 있는 것처럼 보였다.

마침내 그녀가 움직였다. 검정 에나멜가죽 가방을 열고 두툼한 대봉투를 꺼내 고무줄을 벗겨 내고 두 손바닥 사이에 봉투를 끼고 앉아, 머리는 살짝 뒤로 기울인 채 가만히 앉아 있었다. 담배를 문 입꼬리에서 회색 연기가 스멀스멀 새어 나왔다.

그녀가 천천히 말했다. "루가 말하더군요. 내가 비를 맞으면 당신을 만나게 될 거라고. 내가 있는 곳에는 큰비가 내리고 있어요."

나는 대봉투를 물끄러미 바라보았다. "루는 둘도 없는 친구입니다." 내가 말했다. "그를 위해서라면 뭐든 할 겁니다. 옳은 일이라면 말이죠. 엊저녁 일은 그리 옳지 않았어요. 루와 내가 항상 같은 게임을 하는 건 아니라는 뜻입니다."

그녀는 재떨이로 쓰는 유리 사발에 담배를 끄지도 않고 던져 넣었다. 그녀의 눈동자 속에서 갑자기 검은 불길이 일렁이다가 훅 꺼졌다.

"루는 죽었어요." 목소리에 생기가 없었다.

나는 연필을 들고 팔을 뻗어 빨간 담배꽁초 끄트머리를 연기가 나지 않을 때까지 콕콕 찔렀다.

그녀가 계속 말했다. "카날레스의 부하 둘이 내 아파트에 쳐들어와서 그이를 죽였어요. 한 남자가 내 권총처럼 생긴 작은 권총을 쏘았죠. 나중에 내 권총을 찾아보니 사라지고 없었어요. 나는 거기서 죽은 그이와 함께 밤을 보냈어요…… 그럴 수밖에 없었어요."

그녀가 갑자기 말을 끊었다. 그녀의 눈동자가 위로 돌아가고 고개를 푹 꺾더니 책상에 머리를 찧었다. 두 손을 앞으로 모아 대봉투를 느슨하게 쥔 채 그녀는 꼼짝도 하지 않았다.

나는 재빨리 서랍장을 열고 병과 잔을 꺼내 한 잔 가득 따른 후 들고서 다가가 그녀를 일으켰다. 그리고 그녀의 입이 찢어질 정도로 잔 끝을 바짝 들이밀었다. 그녀가 꿈틀거리며 마셨다. 턱 아래로 술이 약간 흘러내리기는 했지만 두 눈에 다시 생기가 돌아왔다.

나는 그녀 앞에 위스키를 내려놓고 다시 자리에 앉았다. 열린 대봉투 주둥이 사이로 안에 든 돈다발이 보였다. 여러 다발이었다.

그녀가 잠꼬대하는 듯한 음성으로 내게 말하기 시작했다.

"현금출납원에게 전부 고액권으로 받는데도 부피가 만만치 않았죠. 봉투에 든 것만도 2만 2천 달러예요. 몇백 달러는 따로 챙겼고요.

루는 걱정했어요. 카날레스가 우리를 잡으러 올 공산이 크다고 생각한 거죠. 그이는 당신이 우리 뒤에 있다고 해도 별로 도움이 되지 않을 거라고 생각했어요."

내가 말했다. "카날레스가 진 것을 그곳에 있던 모든 사람이 목격했습니다. 속은 상했겠지만 카지노를 홍보하는 데는 썩 도움이 됐어요."

내가 아무 말도 하지 않았다는 듯 그녀가 말을 이었다. "우리는 번화가를 빠져나와서 주차된 택시 안에 기사가 앉아 있는 것을 보았어요. 루가 묘안을 떠올렸죠. 기사에게 100달러를 주고 거래를 한 거예요. 우리가 택시를 몰고 샌앤젤로로 먼저 가면, 얼마 후 기사더러 뷰익을 몰고 그 호텔로 오게 한 거죠. 기사가 제안을 받아들였어요. 우리는 그렇게 차를 바꾸었어요. 당신을 따돌린 건 미안해요. 하지만 루는 당신이 상관하지 않을 거라고 말했죠. 당신에게는 나중에 연락하면 될 거라면서요.

루는 자기 호텔로 들어가지 않았어요. 우리는 다른 택시를 잡아타고 내 아파트로 갔죠. 나는 호바트 암스 아파트에 살아요. 사우스 민터 800블럭에 있죠. 거기 안내데스크에선 질문 따윈 하지 않아요. 근데 우리가 집에 들어가서 불을 켜자 복면을 쓴 남자 둘이 거실과 간이식당 사이의 칸막이벽을 돌아 나오더군요. 한 명은 키가 작고 여위었는데, 한 명은 거구에 턱이 마치 선반처럼 복면 아래로 튀어나와 있었어요. 루가 수상한 동작을 하자 거구의 남자가 총을 한 방 쏘았어요. 총소리가 날카롭게 퍼졌지만 그리 크지는 않았어요. 그리고 루가 바닥에 쓰러져 움직이지 않았죠."

내가 말했다. "나한테 곤봉을 먹인 녀석인지도 모르겠군요. 내가 말하진 않았지만."

그녀는 이번에도 내 말을 듣지 않은 것 같았다. 그녀의 얼굴은 하얗고 차분했지만, 회반죽을 바른 듯 무표정했다. "위스키 한 모금 더 했으면 좋겠어요."

나는 두 잔을 따라 같이 마셨다. 그녀가 말을 이었다. "그들이 우리 몸을 뒤졌지만 돈은 없었어요. 밤새 영업을 하는 드러그스토어에 들러 무게를 잰 후 근처 우체국에서 우편물로 부쳤거든요. 그들이 아파트를 뒤졌지만 우린 당연히 방금 들어갔으니 뭘 숨길 시간도 없었죠. 거구의 남자가 내게 주먹을 날렸는데, 깨고 보니 그들은 사라지고 나 혼자 있더군요. 죽은 루와 함께요."

그녀가 턱 옆에 난 자국을 가리켰다. 뭔가 자국이 있긴 했지만 별로 커 보이지는 않았다. 나는 의자에 앉은 채 몸을 약간 돌리고 말했다. "놈들이 도중에 당신들을 앞질러 갔군요. 둘이 택시 타고 가는 것을 도중에 보았겠죠. 그런데 어디로 갈지 그들이 어떻게 알았을까요?"

"나도 밤에 그걸 생각해 봤어요." 글렌 양이 말했다. "카날레스는 내가 어디 사는지 알아요. 언젠가 내 집까지 따라와서는 나를 붙잡고 집에 들여보내 달라고 한 적이 있거든요."

"그렇군요. 하지만 그들이 왜 당신의 아파트로 왔을까요? 그리고 어떻게 안으로 들어갔을까요?"

"내 아파트에 들어가는 건 어렵지 않아요. 창문 바로 밖에 비상계단으로 이어진 선반이 달려 있어서 불이 났을 때 거기로 대피할 수 있게 되어 있거든요. 아마 루의 호텔에도 다른 사람들을 보냈을 거예요. 그건 미리 예상했지만, 그들이 내 아파트를 알고 있을 줄은 미처 생각지 못했어요."

"나머지 얘기를 계속해 보세요." 내가 말했다.

"돈은 나한테 부쳤어요." 글렌 양이 설명했다. "루는 멋진 남자지만, 여자라면 스스로를 지킬 줄 알아야죠. 간밤에 사망한 루와 함께 계속 집에 남아 있었던 것도 그 때문이었어요. 우편물을 기다린 거죠. 그리고 곧장 이리로 왔어요."

나는 자리에서 일어나 창밖을 내다보았다. 맞은편 건물 법정에서 뚱뚱한 여자가 타자를 치고 있었다. 타자기를 두드리는 소리가 들렸다. 나는 다시 자리에 앉아 물끄러미 내 엄지를 바라보았다.

"그들이 총을 증거물로 남겨 두었나요?" 내가 물었다.

"아니요. 그이의 몸 아래 숨겨 둔 게 아니라면요. 거긴 살펴보지 않았어요."

"녀석들이 너무 쉽게 당신을 놓아주었군요. 카날레스의 짓이 아니었을지도 몰라요. 루가 당신에게 모든 것을 털어놓았나요?"

그녀가 조용히 고개를 내둘렀다. 생각에 잠긴 그녀의 눈은 이제 전처럼 흐릿하지 않고 청회색빛을 띠었다.

"알겠습니다. 이 상황에서 정확히 내게 바라는 게 뭐죠?"

그녀는 눈살을 살짝 찌푸리더니 한 손을 뻗어 책상 위에 놓인 불룩한 대봉투를 천천히 내게 밀었다.

"난 철부지가 아니에요. 지금 곤경에 처했단 걸 잘 알아요. 그렇다고 해서 돈을 돌려주고 빈털터리가 될 생각은 없어요. 나는 이 돈의 반을 갖고 감쪽같이 탈출하길 바라요. 정확히 반을 갖고요. 간밤에 경찰을 불렀다면 전부 몰수당했겠죠. 루라면 자기 몫을 당신이 갖기를 바랄 거예요. 당신이 내 편이 되어 준다면 말예요."

"글렌 양, 탐정이 받기엔 거액이군요" 하고 말하며 나는 피곤한 미소를 지었다. "간밤에 경찰을 부르지 않은 탓에 일이 더 어려워졌어요. 하지만 핑계를 댈 수는 있을 겁니다. 내가 현장에 가서 일이 어떻게 돌아가고 있는지 알아보는 게 좋겠군요."

그녀가 재빨리 몸을 앞으로 기울이고 말했다. "돈은 당신이 맡아 줄 거죠? 부탁해요."

"그러죠. 얼른 내려가서 은행 대여금고에 넣어 두겠습니다. 열쇠 하나는 당신이 갖고, 나누는 것은 나중에 얘기합시다. 카날레스가 나를 만날 필요가 있다는 걸 좀 깨달았으면 좋겠지만, 우선 당신은 내 친구가 지내는 작은 호텔에 숨어 있는 게 좋겠습니다. 내가 돌아가는 낌새를 좀 살펴볼 때까지는."

그녀가 고개를 끄덕였다. 나는 모자를 쓰고 대봉투를 허리띠 안에 찔러 넣었다. 그녀에게 혹시 불안하면 서랍 맨 위 왼쪽에 권총이 있다고 말한 후 나는 밖으로 나갔다.

내가 돌아왔을 때 그녀는 그동안 움직인 것 같지 않았다. 하지만 카날레스의 카지노에 전화를 해서 그가 이해해 줄 줄 알았다는 메시지를 남겼다고 말했다.

우리는 조금 길을 돌아서 로레인 호텔로 갔다. 가는 동안 우리에게 총을 갈긴 사람이 없는 것으로 보아 추적을 당하지는 않은 것 같았다.

나는 로레인 호텔의 주간 접수계원인 짐 돌런과 악수를 하면서 손바닥 안에 접어 넣어 둔 20달러를 건네주었다. 그가 돈을 주머니에 찔러 넣고 '톰슨 양'이 방해받지 않고 편히 쉬도록 잘 모시겠다고 말했다.

나는 혼자 떠났다. 정오 신문에는 호바트 암스의 루 하거에 대한 기사가 전혀 실리지 않았다.

6

호바트 암스는 여러 블록이 나란히 건설된 특별할 것 없는 아파트로, 황갈색 현관이 있는 6층짜리 건물이었다. 블록을 따라 도로 양쪽에 많은 차가 세워져 있었다. 나는 천천히 차를 몰고 가며 주변을 살펴보았다. 얼마 전에 일어난 일로 인해 소동이 일어난 기색은 없었다. 평화롭고 화창한 분위기에, 주차된 차들은 자기 집인 양 편안히 퍼질러 앉은 표정이었다.

길가 양옆에 높은 판자 울타리를 두른 좁은 길을 돌아가자, 울타리가 끊긴 곳에 작은 차고가 줄줄이 있었다. "세놓음"이라고 쓰인 간판이 놓인 차고 옆에 차를 세우고, 쓰레기통 두 개 사이를 지나 호바트 암스의 콘크리트 정원으로 들어가서 거리로 빠져나왔다. 한 남자가 쿠페 뒷좌석에 골프 클럽을 넣고 있었다. 로비에서는 필리핀계 한 명이 깔개 위에서 진공청소기를 돌리고, 검은 머리의 유대인 여자 한 명이 전화교환대에서 뭔가를 쓰고 있었다.

나는 자동 승강기를 타고 위층으로 올라가서 복도 왼쪽 마지막 문을 노크하고 기다렸다. 다시 노크를 하고, 글렌 양의 열쇠로 문을 열고 들어갔다.

시체는 없었다.

벽침대 뒷면의 거울에 비친 내 모습을 바라보고 방을 가로질러 창밖을 내다보았다. 창턱 갓돌이 놓였던 곳에 비상계단으로 이어진 선반이 있었다. 눈이 멀었어도 걸어갈 수 있었다. 선반 위에 쌓인 먼지에는 아무런 발자국도 찍혀 있지 않았다.

간이식당이나 부엌에도 특별한 것이 없었다. 침실에는 화사한 양탄자가 깔려 있고, 벽에는 회색 페인트가 칠해져 있었다. 방구석과 휴지통 주변에 쓰레기가 널려 있고, 화장대 위의 부러진 빗에는 빨간 머리칼이 몇 가닥 붙어 있었다. 장식장에는 진 술병 몇 개만 있었다.

나는 거실로 돌아가서 벽침대 안쪽을 살펴보고, 잠시 우두커니 서 있다가 밖으로 나왔다.

진공청소기를 든 로비의 필리핀계 종업원은 그 사이 3미터쯤 나아가 있었다. 나는 전화교환대 옆 카운터에 기대섰다.

"글렌 양은 몇 호실인가요?"

검은 머리의 유대인이 말했다. "524호실입니다" 하며 그가 세탁물 목록에 표시를 했다.

"거기 없더군요. 최근에 들어온 게 언제죠?"

그녀가 고개를 들고 나를 쳐다보았다. "전 못 봤어요. 무슨 일 때문이죠? 뭘 받으러 오신 건가요?"

나는 그저 친구를 만나러 왔다고 말하고 감사 인사를 한 후 자리를 떴다. 글렌 양의 아파트에서는 어떤 소동도 일어나지 않은 것이 분명했다. 나는 골목으로 돌아가서 마몬에 올라탔다.

처음부터 글렌 양의 말을 액면 그대로 믿지는 않았다.

코도바 거리를 지나 한 블록을 더 가서, 큼직한 후추나무 두 그루와 먼지 낀 더러운 유리창 뒤편에 웅크린 채 퇴락한 드러그스토어 옆에 차를 세웠다. 가게 구석에 공중전화 부스가 있었다. 늙은 점원이 나를 향해 어슬렁어슬렁 다가오다가 내가 원하는 게 무엇인지 알고는 다시 돌아가서 코끝에 쇠테 안경을 걸치고 다시 자리에 앉았다.

동전을 집어넣고 다이얼을 돌리자 여자 목소리가 들렸다. "텔레그램 앰입니다!" 그녀가 살짝 말을 끌었다. 나는 본 밸린을 부탁했다.

전화를 받은 그는 이미 누구의 전화인지 알고 있었다. 그가 목청을 가다듬는 소리가 들렸다. 그리고 송화기에 입을 바짝 대고 아주 똑똑히 말했다. "자네에게 전할 말이 있는데, 나쁜 소식이야. 유감스럽게 됐어. 자네 친구 하거가 영안실에 있다네. 10분 전에 들어온 속보야."

나는 전화 부스 벽에 기댔다. 눈이 뻑뻑했다. "또 무슨 소식을 들었지?"

"순찰경관 두 명이 웨스트 시머론의 어느 집 앞마당인가 어딘가에서 그를 발견했어. 심장에 총을 맞았다더군. 간밤에 일어난 일인데, 뭣 때문인지 이제야 뒤늦게 신원을 알아냈어."

내가 말했다. "웨스트 시머론이라고? 일이 그렇게 됐군. 내가 그쪽으로 가지."

나는 고맙다는 말을 하고 전화를 끊었다. 전화 부스 안에 잠시 우두커니 서서, 가게 안으로 들어와 잡지 진열대에서 잡지를 고르는 백발의 중년 남자를 바라보았다.

그러다 다시 동전을 집어넣고 로레인 호텔로 전화를 걸어 접수계원을 찾았다.

내가 말했다. "짐, 자네 교환양에게 말해서, 그 빨강 머리에게 이 전화 좀 돌려 주게."

나는 담배를 꺼내 불을 댕기고 유리문 쪽으로 연기를 내뿜었다. 밀폐된 공간에서 유리에 부딪힌 연기가 넓게 퍼지며 이리저리 소용돌이

쳤다. 얼마 후 전화가 딸깍 연결되며 교환양 목소리가 들렸다. "죄송합니다만 고객이 전화를 받지 않습니다."

"다시 짐을 바꿔 주세요." 내가 말했다. 그가 전화를 받았다. "그녀가 왜 전화를 받지 않는지 올라가서 좀 알아봐 주겠나? 그저 받고 싶지 않아서 그럴지도 모르니까."

짐이 말했다. "그러죠. 열쇠를 가지고 당장 올라가 보겠습니다."

온몸에 땀이 흐르고 있었다. 나는 수화기를 작은 선반에 내려놓고 부스 문을 열어젖혔다. 잡지를 보던 백발의 남자가 재빨리 나를 쳐다보고는 얼굴을 찡그리고 손목시계를 보았다. 담배 연기가 전화 부스 밖으로 쏟아졌다. 잠시 후 나는 발로 문을 걷어차서 닫고 다시 수화기를 들었다.

먼 곳에서 말하는 듯한 짐의 목소리가 들렸다. "여기 안 계시네요. 산책이라도 나가신 모양인데요."

내가 말했다. "그래. 아니면 드라이브라도 하러 나갔나 보군."

나는 수화기를 걸어 놓고 문을 밀고 전화 부스 밖으로 나갔다. 백발의 남자가 진열대에 잡지를 너무 세게 내려놓는 바람에 잡지가 바닥에 떨어졌다. 내가 곁을 지나갈 때 그가 허리를 숙이고 잡지를 집어 들었다. 바로 내 뒤에서 허리를 편 그가 조용하고 아주 단호하게 말했다. "두 손 그대로 가만히 있어. 그리고 조용히 해. 자네 차가 있는 곳으로 계속 걸어가. 이건 장난이 아니야."

곁눈으로 바라보니 근시의 늙은 종업원이 안경 너머로 우리를 힐끔거리고 있었다. 노인이 그렇게 먼 거리를 볼 수 있다 해도 딱히 수상하게 여길 만한 구석은 없었다. 뭔가가 내 등을 쿡 찔렀다. 손가락일지도 모르지만 아닐 거라고 나는 생각했다.

우리는 아주 차분하게 가게 밖으로 나갔다.

차체가 긴 회색 승용차가 내 마몬 뒤에 바짝 붙어 세워져 있었다. 뒷문이 열려 있었고, 네모난 얼굴에 입이 비뚤어진 남자가 발판에 한 발을 얹고 서 있었다. 오른손은 그의 등 뒤 차 안에 있었다.

백발의 남자가 말했다. "자네 차에 타고 서쪽으로 몰고 가. 첫 번째 길모퉁이를 돌아서 40킬로미터로 주행하도록 해. 그 이상은 안 돼."

좁은 도로는 화창하고 조용했다. 후추나무만 살랑거렸다. 코도바에서 한 블록쯤 떨어진 곳에서는 많은 차량이 오가는 소리가 들렸다. 나는 어깨를 으쓱하고 내 차 문을 열고 운전석에 앉았다. 백발의 남자가 내 손을 지켜보며 재빨리 조수석에 올라탔다. 그가 총신이 짧은 권총을 든 오른손을 홱 돌려 나를 겨누었다.

"조심스럽게 자동차 키를 꺼내도록 해."

나는 조심했다. 시동을 걸었을 때 뒤에 있는 승용차 문이 쾅 닫히며 부산스러운 발소리가 들리더니 누군가가 뒷좌석에 올라탔다. 나는 클러치를 넣고 길모퉁이를 돌았다. 백미러를 보니 회색 승용차가 뒤에서 모퉁이를 돌고 있었다. 그 후 조금 거리를 두고 따라왔다.

나는 코도바 거리와 나란히 뻗은 길을 따라 서쪽으로 차를 몰았다. 한 블록 반쯤 지났을 때 뒤에서 내 어깨 위로 손이 넘어와 내 품에서 권총을 꺼내 갔다. 백발의 남자는 짤막한 리볼버를 다리 위에 얹고, 다른 손으로 조심스레 내 몸을 뒤졌다. 그러고는 만족스레 등을 기대고 앉았다.

"좋아. 큰길로 빠져나가서 속도를 올리도록 해. 하지만 경찰차를 보고서 들이받을 생각 같은 건 하지 마. 혹시 그랬다가 어떻게 될지 한번 알아보든지."

나는 두 번 모퉁이를 돈 후 56킬로미터로 속도를 올리고는 한동안 그 속도를 유지했다. 고급 주택 지구를 지나자 전원 풍경이 사라지기 시작했다. 전원 풍경이 완전히 사라지자 뒤따라오던 회색 승용차가 속도를 늦추고 번화가로 방향을 틀더니 시야에서 사라졌다.

"왜 나를 납치한 거지?" 내가 물었다.

백발의 남자가 웃음을 터트리고는 붉고 넓적한 턱을 문질렀다. "볼일이 좀 있어서. 어르신께서 자네한테 할 말이 있으시다더군."

"카날레스가?"

"지랄, 카날레스는 무슨! 난 어르신이라고 했어."

나는 눈앞에 뜸해진 차량들을 지켜보며 몇 분 동안 아무 말도 하지 않았다. 그러다 내가 말했다. "왜 아파트나 골목에서 나를 잡지 않았지?"

"누가 자네를 지키고 있지 않은지 확인한 거야."

"어르신이 누군데?"

"그건 넘어가. 두고 보면 알 테니까. 또 물어볼 거 있나?"

"그래. 담배 피워도 되나?"

내가 불을 붙이는 동안 그가 운전대를 잡아 주었다. 뒷좌석의 남자는 이제껏 한마디도 하지 않았다. 얼마 후 백발의 남자가 차를 세우게 하고는 나와 자리를 바꾸고 차를 몰았다.

"6년 전인가? 가난하던 시절에 나도 이런 차를 몰았지." 그가 흥겹게 말했다.

나는 딱히 대꾸할 말이 떠오르지 않아서, 그저 허파 깊이 담배 연기나 빨며 생각했다. 루가 웨스트 시머론에서 살해되었다면, 살인자들이 돈을 챙기지 못한 이유가 뭘까? 그리고 그가 정말 글렌 양의 아파트에서 살해되었다면, 굳이 힘들게 시신을 웨스트 시머론으로 다시 싣고 간 이유가 뭘까?

7

20분 후 우리는 언덕에 이르렀다. 이어서 가파른 산등성이를 넘고, 길고 하얀 콘크리트 리본 같은 길을 내려가 다리를 건너고, 다음 비탈길을 반쯤 오른 후 자갈길로 방향을 꺾었다. 자갈길은 맨저니타 상록 관목들과 졸참나무 어깨 너머로 한참 뻗어 있었다. 언덕 비탈에는 분수 같은 모습의 팸퍼스 풀잎이 무성했다. 자갈길에서 오도독거리던 바퀴가 굽잇길을 돌아갔다.

우리는 널따란 현관마루가 딸린 산장에 도착했다. 너럭바위 위에 세운 산장 뒤쪽으로 30미터쯤 떨어진 능선에 발전용 풍차가 천천히 돌고 있었다. 산길을 가로질러 휙 날아간 청색 어치가 급상승을 하고는 날카롭게 비스듬히 비껴 날더니 돌멩이처럼 시야 바깥으로 뚝 떨어졌다.

백발의 남자는 현관마루 앞까지 경쾌하게 마몬을 몰고 가서 황갈색 링컨 쿠페 옆에 세운 후 시동을 끄고 긴 주차 브레이크를 당겼다. 그리고 키를 뽑아 가죽 케이스에 곱게 담아 주머니에 찔러 넣었다.

뒷좌석의 남자가 차에서 내려 내 옆의 문을 열었다. 그는 권총을 쥐고 있었다. 나는 차에서 내렸다. 백발의 남자도 내렸다. 우리 모두 집 안으로 들어갔다. 아름답게 가공한 옹이 박힌 송판 벽으로 둘러싸인 커다란 실내가 보였다. 우리는 인디언 깔개를 딛고 안쪽으로 들어갔다. 백발의 남자가 안방 문을 살며시 노크했다.

외치는 소리가 들렸다. "뭐야?"

백발의 남자가 얼굴을 문짝에 붙이고 말했다. "비즐리입니다. 이야기를 나누고 싶으시다는 사람을 데려왔습니다."

안방에서 들여보내라는 소리가 들렸다. 비즐리가 문을 열어 나를 안으로 밀어 넣고 바로 문을 닫았다.

그 방 역시 옹이 박힌 송판으로 벽을 두르고 바닥에 인디언 깔개가 깔려 있었다. 돌 벽난로에서 장작불이 이글거리며 타고 있었다.

정치꾼, 프랭크 도어가 커다란 책상에 앉아 있었다.

그는 뚱뚱한 배를 책상에 밀착시킨 채 뭔가를 만지작거리는 것을 좋아하는 사람으로, 꽤나 영악해 보였다. 살찌고 우중충한 얼굴에 듬성듬성하고 허연 앞머리가 살짝 들려 있고, 작고 날카로운 눈에 두 손이 작고 아주 섬세했다.

그는 허름한 회색 정장 차림이었고, 그의 앞 책상 위에 커다란 검정 페르시아고양이가 앉아 있었다. 그는 작고 단정한 손으로 고양이 머리를 긁어 주고 있었다. 고양이는 그의 손에 머리를 맡긴 채 치렁치렁한 꼬리를 책상 아래로 늘어뜨리고 있었다.

그가 말했다. "앉게." 그는 고양이에게서 눈을 떼지 않았다.

내가 아주 낮은 가죽 의자에 앉자 도어가 말했다. "여기 어떤가? 좋지 않나? 이 녀석은 토비일세. 내 여자 친구지. 유일한 여자 친구라네. 그렇지, 토비?"

내가 말했다. "여기가 마음에 듭니다만, 이런 식으로 오고 싶진 않군요."

도어가 고개를 들고 입을 살짝 벌린 채 나를 바라보았다. 고른 치아가 보기 좋았지만 그건 그의 입에서 자란 게 아니었다. 그가 말했다. "이보게 형제, 나는 바쁜 사람이라네. 설득을 하느니 이게 더 간편해서 말이지. 한잔하겠나?"

"그러죠." 내가 말했다.

그는 두 손바닥으로 고양이 머리를 지그시 감싸서 옆으로 밀어낸 후 두 손으로 의자 팔걸이를 짚었다. 그리고 얼굴이 다소 벌게지도록 용을 써서 힘겹게 자리에서 일어났다. 어기적거리며 붙박이 서랍장으로 다가가 펑퍼짐한 위스키 병과 금테를 두른 유리잔 두 개를 꺼냈다.

"오늘은 얼음이 없다네" 하고 말하며 그는 다시 책상으로 어기적거리며 돌아왔다. "그냥 스트레이트로 들게나."

그는 두 잔을 따른 후 마시라고 손짓을 했다. 내가 다가가서 잔을 집었다. 그는 다시 자리에 앉았다. 나도 잔을 들고 앉았다. 도어는 긴 갈색 시가에 불을 댕기고 내 쪽으로 시가 상자를 살짝 밀어 주고는 의자에 등을 기대 아주 느긋한 표정으로 나를 물끄러미 바라보았다.

"자네가 매니 티넨을 밀고했다지? 그러면 쓰나."

나는 위스키를 음미했다. 맛이 좋았다.

"인생이란 게 간단치만은 않단 말일세." 도어가 말을 이었다. 여전히 아주 느긋하고 억양이 없는 목소리였다. "정치란 건 아주 재밌을 때에도 신경에 거슬릴 만큼 터프하다네. 자넨 내가 어떤 인간인지 알 거야. 난 터프하고, 갖고 싶은 것은 뭐든 손에 넣는 인간이지. 그렇다고 아주 많은 것을 갖고 싶어 하지는 않아. 이제는 말이야. 다만 갖고 싶어 하는 것을 맹렬히 추구하지. 딱히 수단 방법을 가리지 않고 말일세."

"그러시는 걸로 유명하죠." 내가 공손히 말했다.

도어의 눈이 반짝였다. 그는 두리번거리며 고양이를 찾아서는 꼬리를 잡고 끌어당기고, 내리눌러서 모로 눕히고 배를 문지르기 시작했다. 고양이는 그걸 좋아하는 것 같았다.

도어가 나를 바라보며 아주 부드럽게 말했다. "자넨 루 하거를 죽였어."

"어째서 그렇게 생각하시죠?" 내가 무덤덤하게 물었다.

"루 하거를 죽인 거야, 뭐, 한 방 먹일 만한 이유가 있어서 그랬겠지. 암튼 그 한 방을 먹인 게 자네란 말이지. 하거는 심장에 한 방을 맞았어. 38구경으로. 자네는 38구경을 갖고 다니는 데다 명사수인 걸로 유명하잖나. 간밤에 자네는 라스 올린다스에서 하거와 같이 있었는데, 그가 큰돈을 따는 걸 봤어. 자네가 그의 신변을 지켜 주기로 했는데, 더 좋은 생각이 떠오른 거지. 그래서 웨스트 시머론까지 하거와 여자를 따라가서 하거에게 한 방 먹이고 돈을 챙겼어."

나는 위스키를 비우고 일어나서 직접 한 잔 더 따랐다.

"자네는 그 여자와 거래를 했어." 도어가 말했다. "하지만 그 거래는 오래가지 않았지. 그녀가 깜찍하게 잔머리를 굴린 탓에 말이야. 하지만 그건 중요한 게 아니지. 경찰이 하거와 함께 자네 총을 발견했다는 게 중요해. 게다가 자네는 돈을 갖고 있었고 말이야."

내가 말했다. "나를 체포하라는 영장이 발부되었나요?"

"아직은 아니야. 아직 내가 지시하지 않았거든. ……그리고 총도 경찰에 넘기지 않았지. 자네도 알다시피 나한테는 친구가 많아."

내가 천천히 말했다. "나는 카날레스의 카지노 밖에서 곤봉에 얻어맞았습니다. 그럴 만한 짓을 했죠. 그때 내 총을 빼앗겼습니다. 나는 하거를 따라가지 못했고, 다시는 그를 보지 못했습니다. 그 여자가 오늘 아침 대봉투에 돈을 담아 가지고 나한테 와서, 하거가 자기 아파트에서 살해되었다는 이야길 하더군요. 그래서 그 돈을 내가 갖고 있게 되었습니다. 맡아 둔 거죠. 그 여자의 이야기가 다 사실인지 어쩐지는 몰라도, 그녀가 돈을 가지고 온 걸로 보아 사실일 가능성이 높습니다. 게다가 하거는 내 친구였습니다. 그래서 나는 사실을 알아보러 나온 겁니다."

"사실 확인은 경찰한테 맡겨야지." 도어가 씩 웃었다.

"그녀가 함정에 빠졌을 수도 있기 때문이죠. 게다가 나로서도 몇 푼 벌 수 있는 기회였습니다. 합법적으로 말이죠. 샌앤젤로에서도 그런 합법적인 일을 했던 것이고."

도어가 고양이 얼굴 쪽으로 손가락을 내밀자 고양이가 무표정한 낯으로 그것을 깨물었다. 고양이가 그에게서 물러나 책상 모서리에 앉아 자기 발가락을 핥기 시작했다.

"2만 2천 달러. 그 여자가 그 큰돈을 자네한테 넘겼다 이거지." 도어가 말했다. "그렇게나 통 큰 여자가 있을 수 있을까?"

도어가 이어서 말했다. "암튼 결국은 자네가 돈을 챙겼어. 하거는 자네 총에 맞아 죽었고. 그 여자는 사라졌지만, 나라면 얼마든지 그녀를 데려올 수 있지. 우리가 필요로 하면 그녀는 훌륭한 증인이 되어 줄 거야."

"라스 올린다스에서의 게임은 모두 각본이었나요?" 내가 물었다.

도어가 잔을 비우고 다시 시가를 입에 물었다. "물론이지." 그가 태연히 말했다. "그 딜러는 피나라는 녀석인데, 녀석도 한몫했다네. 룰렛 볼은 더블제로 옆에 떨어지도록 조작되어 있었지. 케케묵은 수법이야. 바닥에 버튼이 있는데, 그걸 피나가 발로 조작한 거라네. 그의 다리에는 선이 연결되어 있고, 바지 뒷주머니에는 배터리가 들어 있었지. 정말 케케묵은 수법이야."

내가 말했다. "카날레스는 그걸 아는 것 같지 않던데?"

도어가 낄낄 웃었다. "그는 룰렛 휠이 조작되어 있다는 걸 알고 있었어. 하지만 자기 딜러가 설마 남을 위해 게임을 할 줄은 몰랐지."

"나라면 피나 같은 역을 맡고 싶지 않군요." 내가 말했다.

도어가 시가를 쥔 손을 점잖게 흔들었다. "그는 맡았어…… 아무튼 게임은 신중하고 조용했지. 하거와 여자가 단판 승부를 한 건 아니야. 그저 돈을 걸었고 계속 따기만 하지도 않았다네. 그럴 수도 없었지. 아무리 조작된 룰렛이라도 그렇게 잘되진 않거든."

나는 어깨를 으쓱하고 의자에 앉은 채 몸을 돌렸다. "그 게임에 대해 많이도 아시는군요." 내가 말했다. "그 모든 각본이 나를 궁지에 몰아넣으려는 것이었나요?"

그가 부드럽게 웃었다. "아니, 천만에! 최고의 계략이란 게 늘 그렇듯이, 어떤 일은 우연히 이루어졌다네." 그가 다시 시가를 점잖게 흔들었다. 백회색의 덩굴손 같은 연기가 그의 작고 교활한 두 눈 앞으로 구불구불 피어올랐다. 바깥의 방에서 웅얼거리는 말소리가 들렸다. 그가 간단히 덧붙였다. "내가 비위를 좀 맞춰 줘야 할 사람들이 있다네. 그들의 범법 행위가 내 마음에 안 들더라도 말일세."

"매니 티넨 같은 사람?" 내가 말했다. "그는 시청에 너무 많이 들락거리고 너무 많은 것을 알고 있죠. 좋아요, 도어 씨. 내가 당신을 위해 뭘 어쨌으면 좋겠습니까? 자살이라도 할까요?"

그가 웃었다. 살찐 어깨가 흥겹게 들썩였다. 그가 나를 향해 작은 손바닥을 펴 보였다. "설마 그런 생각이야 하겠나." 그가 건조하게 말했다. "게다가 그보다 더 나은 방법이 있지. 섀넌이 살해된 것에 대한 여론을 생각해 봐도 그렇고 말이야. 나는 자네가 사라졌다고 해서 그 검사 나부랭이가 티넨의 유죄를 입증하지 못할 거라곤 생각지 않아. 자네를 죽여서 입을 막았을 거라는 의심을 사람들에게 주입시킬 수만 있으면 되니까."

나는 자리에서 일어나 책상으로 다가가서 책상에 기대고 도어 쪽으로 몸을 내밀었다.

그가 말했다. "이상한 짓 하지 말게!" 다소 날카롭고 당황한 말소리였다. 그는 팔을 뻗어 서랍을 반쯤 열었다. 굼뜬 몸동작과 달리 손동작은 아주 민첩했다.

내가 그의 손을 굽어보며 씩 웃자 그가 서랍에서 손을 치웠다. 서랍 안에 권총이 들어 있는 게 보였다.

내가 말했다. "나는 대배심에서 이미 증언을 마쳤습니다."

도어가 의자에 등을 기대고 나를 보며 미소를 지었다. "사람은 실수를 하게 마련이지." 그가 말했다. "아무리 똑똑한 탐정이라도 말일세. 자네라면 마음을 바꿔 먹을 수 있을 거야. 그걸 글로 써 주면 돼."

내가 아주 나직이 말했다. "아니요. 그래서는 위증죄로 기소되어 유죄 판결을 받게 될 겁니다. 차라리 살인죄로 기소되는 쪽을 택하렵니다. 그러면 무죄 판결을 받을 수 있으니까요. 특히 펜웨더가 그걸 바라기만 한다면 말입니다. 그는 내 증언이 훼손되길 원치 않을 거요. 티넨 사건은 그에게 너무나 중요하니까."

도어가 담담하게 말했다. "그러면 어디 한번 그렇게 해 보게나. 설령 무죄 판결을 받더라도 자네 몸에는 이미 구정물이 튀었으니, 어떤 배심원도 자네의 증언만으로는 매니한테 유죄 판결을 내리지 않을 거야."

나는 천천히 손을 뻗어 고양이 귀를 긁었다. "2만 2천 달러는 어쩔 겁니까?"

"자네가 선택만 잘하면 몽땅 자네가 가질 수 있지. 어차피 내 돈도 아니니까. 매니가 석방된다면 내가 더 보태 줄 수도 있어."

나는 고양이 턱밑을 간지럽혔다. 고양이가 가르랑거리기 시작했다. 나는 고양이를 들어 부드럽게 품에 안았다.

"그런데 도어, 루 하거는 누가 죽였나요?" 그를 바라보지 않고 내가 물었다.

그는 고개를 내둘렀다. 나는 그를 바라보고 씩 웃었다. "멋진 고양이를 기르시는군요."

도어가 입술을 핥았다. "그 녀석이 자네를 좋아하는 모양이군." 그가 히죽 웃었다. 그것이 마음에 든 모양이었다.

나는 고개를 주억거리고 고양이를 그의 얼굴에 내던졌다.

그가 빽 소리를 질렀다. 그러면서도 고양이를 붙잡으려고 두 손을 쳐들었다. 고양이는 공중에서 날렵하게 몸을 틀어 앞발을 내딛으며 도어의 품에 안착했다. 그 와중에 앞발 하나가 도어의 볼을 바나나 껍질처럼 벗겨 놓았다. 도어가 고래고래 소리를 질렀다.

내가 서랍에서 권총을 꺼내 도어의 목덜미에 총구를 겨눈 것과 동시에 비즐리와 네모난 얼굴의 남자가 안으로 뛰어들었다.

잠시 극적인 장면이 펼쳐졌다. 고양이는 도어의 품에서 빠져나와 방바닥으로 뛰어내려 책상 아래 숨었다. 비즐리가 총신이 짧은 권총을 쳐들었지만, 그것으로 뭘 어쩌겠다는 확신은 없는 것 같았다.

나는 도어의 목에 총구를 찔러 박았다. "총알은 도어 씨가 먼저 처먹을 거야, 형씨들. 이건 장난이 아니야."

도어가 내 앞에서 꿀꿀거리더니 부하들에게 으르렁거렸다. "그만둬."
그는 가슴 주머니에서 손수건을 꺼내 피가 흐르는 볼의 상처를 토닥거렸다. 입이 비뚤어진 남자가 슬금슬금 벽을 따라 옆걸음질을 치기 시작했다.

내가 말했다. "그런 짓거리를 내가 좋아할 것 같나? 이거 빈말이 아니야. 그 발모가지 움직이지 마."

입이 비뚤어진 남자가 옆걸음질을 멈추고 불쾌한 눈길을 던졌다. 그가 두 손을 늘어뜨렸다.

도어가 고개를 반쯤 돌리고 어깨 너머로 내게 말을 걸려고 했다. 그가 어떤 표정인지 알아볼 만큼 얼굴이 보이지는 않았지만, 겁먹은 표정은 아니었을 것이다. 그가 말했다. "이래서는 자네가 얻을 게 없어. 내가 원하기만 했다면 진작 자네를 해치울 수도 있었단 말이야. 지금 자네가 있는 곳이 어디지? 자네가 누굴 쐈다가는 문제만 커질 거야. 차라리 내가 부탁한 대로 하는 게 낫단 말이지. 내가 보기엔 그 수밖에 없어."

내가 잠시 생각에 잠긴 사이 비즐리가 꽤나 흥미로운 표정으로 나를 바라보았다. 이런 일쯤은 그에게 늘 있는 일이라는 투였다. 다른 남자는 흥미로워하지 않았다. 잔뜩 귀를 세우고 동정을 살펴보았지만 집 안의 나머지 사람들도 아주 조용했다.

도어가 총에서 목을 슬쩍 떼며 말했다. "어쩔 건가?"

내가 말했다. "나갈 거요. 나한텐 총이 있으니까. 이거라면 누구한테든 한 방 먹일 수 있을 것 같거든. 필요하다면 말이지. 난 많은 걸 원하지 않습니다. 당신이 말 좀 해 주시죠. 비즐리에게 내 키를 던져 주라고. 그리고 저 남자에게는 나를 겨누고 있는 총을 치우라고. 그러면 납치 사건은 없던 일로 하겠습니다."

도어가 어깨를 으쓱할 것처럼 두 팔을 천천히 움직였다. "그런 다음엔?"

"당신의 제안에 대해 좀 더 생각해 볼 거요. 당신이 내 등 뒤를 잘 지켜 준다면 당신과 한편이 되지 말란 법도 없겠죠. ……그리고 당신이 스스로 생각하는 만큼 터프한 사람이라면, 몇 시간쯤 기다려 주는 건 일도 아니겠지."

"그거 말 되는군." 도어가 낄낄 웃었다. 그리고 비즐리에게 말했다. "자네 작대기는 치우고 이 친구 키를 돌려줘. 총도 돌려주고. 오늘 챙긴 거 말이야."

비즐리가 한숨을 푹 내쉬고 아주 조심스레 바지 속으로 손을 찔러 넣었다. 그는 가죽 케이스에 담긴 내 열쇠를 휙 던져 책상 끄트머리에 떨어뜨렸다. 입이 비뚤어진 남자가 한 손을 들어 주머니 안에 찔러 넣었다. 그러는 동안 나는 도어의 등 뒤로 살짝 비켜섰다. 남자가 내 총을 꺼내 바닥에 떨어뜨린 후 발로 툭 밀어 주었다.

나는 도어의 뒤에서 나와 열쇠를 챙기고, 바닥의 총도 집어 들고 문을 향해 옆걸음으로 움직였다. 도어가 무슨 생각을 하는지 알 수 없는 무표정한 눈길로 나를 지켜보았다. 비즐리는 내가 다가가자 몸을 틀어 문에서 몇 걸음 비켜섰다. 다른 남자는 침묵을 유지했다.

나는 문에 가서 꽂혀 있는 열쇠를 돌렸다. 도어가 나른하게 말했다. "자네는 지금 고무줄 끝에 달린 공 같은 신세야. 멀리 튈수록 더 갑자기 돌아올 걸세."

내가 말했다. "고무줄이 삭았을지도 모릅니다." 그리고 문밖으로 나가서 열쇠를 끼우고 돌렸다. 도중에 총을 맞을 각오를 했지만 그런 일은 일어나지 않았다. 허세를 좀 부렸지만, 그런 허세는 싸구려 결혼반지에 입힌 금박보다 더 부실했다. 허세가 통한 것은 도어가 봐주었기 때문이다. 그 이상도 이하도 아니었다.

나는 집 밖으로 나와 마몬에 시동을 걸고 털털거리며 언덕바지를 넘어 고속도로로 나왔다. 나를 따라오는 기척은 전혀 들리지 않았다.

고속도로 다리에 이르렀을 무렵 2시가 조금 넘었다. 나는 한 손으로 운전을 하며 다른 손으로 목덜미의 땀을 훔쳤다.

8

영안실은 침묵에 잠긴, 길고 환한 복도 끝에 있었다. 카운티 빌딩 중앙 로비 뒤로 뻗어 있는 이 복도 끝에는 두 개의 문과 대리석 벽이 있었다. 문 하나에는 "조사실"이라는 글자가 유리판에 쓰여 있었고, 그 안쪽은 불이 켜져 있지 않았다. 열려 있는 다른 문 안쪽의 사무실은 작고 다소 시끌벅적했다.

수거위 같은 푸른 눈에, 정확히 한가운데 가르마를 탄 녹슨 머리색의 남자가 테이블에 앉아 인쇄용지 몇 장을 들척이고 있었다. 그가 고개를 들고 나를 건너다보더니 갑자기 히죽 웃었다.

내가 말했다. "안녕하십니까, 랜던. ……쉘비 사건 기억하시죠?"

밝은 파란 눈이 깜박였다. 자리에서 일어난 그가 테이블을 돌아와서 손을 내밀었다. "물론이죠. 그런데 어쩐 일로……" 그러다 말을 끊고 손가락을 우두둑 꺾었다. "어이쿠! 그래 그 머시기를 작살내신 분이로군."

나는 열린 문을 통해 복도로 담배꽁초를 내던졌다. "그것 때문에 온 게 아닙니다." 내가 말했다. "암튼 지금은 말입니다. 루이스 하거라는 사람이 간밤이나 오늘 아침에 웨스트 시머론에서 총을 맞고 실려 왔다고 들었습니다…… 한번 볼 수 있을까요?"

"못 볼 이유가 없죠." 랜던이 말했다.

그는 사무실 한쪽에 난 문으로 안내했다. 그곳은 유리로 된 곳만 빼고는 온통 하얗게 페인트와 에나멜이 발라져 있고, 환하게 불이 켜져 있었다. 한쪽 벽에 문짝이 달린 두 단짜리 커다란 궤가 있었고, 거기에 안을 들여다볼 수 있는 유리창이 나 있었다. 안을 들여다보니 하얀 시트에 덮인 시신이 있고, 맨 안쪽에 성에 낀 파이프가 보였다.

시트에 덮인 시신은 머리 쪽이 높고 발치가 아래로 기울어진 테이블에 놓여 있었다. 랜던이 심드렁하게 시트를 아래로 당기자, 창백하고 노르스름한 얼굴이 드러났다. 게슴츠레 뜬 눈이 몽롱하게 천장을 향하고 있었다.

나는 가까이 다가가서 얼굴을 바라보았다. 랜던이 시트를 더 잡아당겨 손가락 관절로 시신의 가슴을 두드리자 판자를 두드리듯 통통 하는 소리가 났다. 가슴 위쪽에 총알구멍이 하나 있었다.

"정확히 직격했어요." 그가 말했다.

나는 재빨리 돌아서서 담배 하나를 꺼내 손가락에 끼고 빙글빙글 돌리다 시선을 떨구었다.

"누가 신원 확인을 해 주었나요?"

"주머니에 신분증이 있었습니다." 랜던이 말했다. "물론 지문 검사도 했죠. 아는 사람인가요?"

내가 말했다. "예."

랜던이 엄지손톱으로 턱밑을 살살 긁었다. 우리는 사무실로 돌아갔고, 랜던이 테이블을 돌아가서 자리에 앉았다.

그는 엄지로 서류를 넘기다가 한 장을 파일에서 꺼내 한참 들여다보았다.

그가 말했다. "순찰 중이던 보안관이 그를 발견한 것은 오전 12시 35분이었습니다. 웨스트 시머론의 구도로 옆이었죠. 지름길 수로가 시작되는 곳에서 400미터 떨어진 곳이었습니다. 통행이 많지 않은 곳인데, 순찰을 하다 보면 이따금 커플들이 야한 짓들을 하고 있는 걸 보죠."

내가 말했다. "죽은 지 얼마나 된 것 같나요?"

"그리 오래되지 않았습니다. 당시 시신이 따뜻했는데, 거긴 밤에 쌀쌀한 곳이죠."

나는 불붙이지 않은 담배를 입에 물고 입술로 담배를 위아래로 까딱거렸다. "분명 시신에서 긴 38구경 탄환이 나왔을 겁니다." 내가 말했다.

"그걸 어떻게 아셨죠?" 랜던이 대뜸 물었다.

"추리한 겁니다. 구멍 크기를 보고."

그가 눈을 반짝이며 흥미롭게 나를 응시했다. 나는 그에게 감사를 표하고 작별 인사를 한 다음 문밖으로 나가 복도에서 담배에 불을 댕겼다. 승강기가 있는 곳으로 가서 하나를 잡아타고 7층에서 내린 다음, 영안실이 없다는 것만 빼면 아래층과 정확히 똑같은 복도를 따라 걸었다. 지방 검사 휘하의 수사관들이 사용하는 작고 썰렁한 사무실들이 나왔다. 반쯤 더 가서 그중 한 사무실 문을 열고 안으로 들어갔다.

벽에 붙여 놓은 책상에 버니 올스가 구부정하니 앉아 있었다. 펜웨더가 나더러 불상사가 생기면 찾아가 보라던 수사반장이었다. 중간이 갈라진 돌출한 턱에 눈썹이 하얀, 중간 체격의 평범해 보이는 남자였다. 사무실에는 다른 벽에 붙여 놓은 다른 책상 하나와 딱딱한 의자 둘이 있고, 고무 매트 위에 놋쇠 타구통과 잡동사니가 놓여 있었다.

올스는 나를 보며 편안히 고개를 끄덕여 보이고 자리에서 일어나 문고리를 잠갔다. 그리고 책상에서 작고 납작한 양철 시가 상자를 꺼내 시가 하나를 물고 불을 댕겼다. 책상 위로 상자를 밀어 준 그가 자기 콧날 위로 나를 응시했다. 나는 등받이가 높은 의자에 앉아 의자를 뒤로 기울였다.

올스가 말했다. "어때요?"

"루 하거 맞더군요." 내가 말했다. "그럴 리가 없다고 생각했건만."

"그랬겠죠. 나한테 물어봤으면 확인을 해 주었을 텐데."

누군가가 문을 열려다가 노크를 했다. 올스는 아랑곳하지 않았다. 누군지 모를 사람이 물러갔다.

내가 천천히 말했다. "그는 밤 11시 30분에서 12시 35분 사이에 살해되었습니다. 그러니 발견된 곳에서 살해된 겁니다. 그 시간대라면 여자가 말한 대로 집에서 살해될 수가 없고, 내가 살해를 할 수도 없습니다."

올스가 말했다. "그래요. 당신이라면 그걸 증명할 수 있을 겁니다. 그리고 당신의 친구가 당신 총으로 그런 것도 아니라는 걸 증명할 수도 있겠죠."

내가 말했다. "내 친구기 내 총으로 그런 짓을 할 리가 없죠. 정말 내 친구라면 말입니다."

올스가 헛기침을 하며 곁눈으로 나를 떨떠름하게 바라보았다. 그가 말했다. "누구라도 생각은 그렇게 하겠죠. 그러니 오히려 그걸 노리고 그랬을 수도 있고."

나는 공중에 들린 의자 앞다리를 바닥에 내려놓고 그를 물끄러미 바라보았다.

"내가 범인이라면, 굳이 이렇게 찾아와서 나와 연루된 돈과 총 이야기를 하겠습니까?"

올스가 무표정하게 말했다. "할 겁니다. 누군가 다른 사람이 이미 그걸 당신 대신에 말했다는 걸 안다면."

내가 말했다. "도어가 부랴부랴 나불댔군요."

나는 담배를 입에서 떼어 놋쇠 타구통에 던져 넣었다. 그리고 벌떡 일어섰다.

"알겠습니다. 아직 나한테 체포영장이 발부된 건 아니니, 경찰서에 가서 해명부터 해야겠군요."

올스가 말했다. "잠깐만 앉아 계십시오."

나는 다시 앉았다. 그가 작은 시가를 입에서 꺼내 휙 내던졌다. 시가가 갈색 리놀륨 장판 위를 굴러가 구석에서 연기를 피워 올렸다. 그는 윗입술을 빨아들이고 아랫입술을 삐죽 내민 채, 책상 위에 두 팔을 얹고서 양손 손가락으로 책상을 토닥거렸다.

"지금 당신이 여기 있는 걸 도어는 알 겁니다." 그가 말했다. "당신이 영안실 탱크에 들어 있지 않은 유일한 이유는, 그들이 위험을 무릅쓰고 그렇게 처리하는 게 좋다는 확신을 못 했기 때문이라는 것뿐입니다. 그런데 혹시라도 펜웨더가 선거에서 떨어지면 나는 완전히 밀려날 겁니다. 당신과 죽이 맞았다면 더더욱 말이죠."

내가 말했다. "매니 티넨의 유죄만 증명하면 그는 결코 낙선하지 않을 겁니다."

올스가 작은 시가 하나를 새로 꺼내 불을 댕겼다. 그는 책상 위의 모자를 집어 들고 잠시 만지작거리다가 머리에 썼다.

"그 빨강 머리는 자기 아파트에서 일어났다는 일을 왜 당신한테 시시콜콜 이야기했을까요? 시체 운운하면서 말이죠."

"놈들은 내가 그리로 찾아가길 원했습니다. 거기서 내 총이 사용되었는가를 알아보러 내가 찾아갈 걸 안 거죠. 그렇게 나를 유인해 냈습니다. 지방 검사가 나한테 사람을 붙여 놓았는지 아닌지를 그런 식으로 알아본 겁니다."

"그거야 추리일 뿐이죠." 그가 떨떠름하게 말했다.

내가 말했다. "확실한 사실입니다."

올스는 두툼한 다리를 흔들다가 발에 힘을 주어 바닥을 딛고 양손으로 무릎을 짚었다. 작은 시가가 그의 입가에서 부르르 떨렸다.

"뜬구름 잡는 이야기에 단지 천연색을 입히기 위해 거금 2만 2천 달러를 풀었다니 정말 황당한 이야기로군요." 그가 메스껍다는 듯 말했다.

나는 다시 일어서서 그를 지나 문으로 향했다.

올스가 말했다. "왜 그렇게 서두르죠?"

나는 돌아서서 어깨를 으쓱하고는 무심히 그를 바라보았다. "그쪽이 나설 것 같지 않아서요."

그가 힘겹게 몸을 일으키고는 지친 음성으로 말했다. "그 택시기사는 아마 거짓말을 했을 겁니다. 그런데 도어 쪽에서는 택시기사가 크게 연루되어 있다는 것을 모를 가능성이 높아요. 그의 기억이 가물가물해지기 전에 그를 만나 봅시다."

9

그린톱 택시회사 차고는 메인 가의 동쪽으로 세 블록 떨어진 데비
버라스 거리에 있었다. 나는 소화전 앞에 마몬을 대고 차에서 내렸다.
올스는 조수석에 퍼질러 앉은 채 툴툴거렸다. "난 여기 남아 있겠습니
다. 혹시 미행이 따라붙었는지 알아보게요."

나는 메아리가 울리는 거대한 차고 안으로 들어갔다. 어둑한 내부에
서 이제 갓 페인트를 칠한 차량 몇 대가 두드러지게 눈에 띄었다. 구
석에는 더러운 유리로 벽을 두른 작은 사무실이 있고, 뒤통수에 더비
모자를 걸치고 까칠한 턱 아래 빨간 넥타이를 맨 키 작은 남자가 안에
앉아 있었다. 그는 압착한 담뱃잎 뭉치를 주머니칼로 잘라 손바닥에
모으고 있었다.

내가 말했다. "배차 담당이신가요?"

"그렇습니다만."

"택시기사를 찾고 있습니다." 내가 말했다. "톰 스네이드라는 사람이
죠."

그는 주머니칼과 담뱃잎 뭉치를 내려놓고 담뱃잎 조각들을 양 손바
닥으로 비비기 시작했다. "무슨 일인데 그러슈?" 그가 경계하는 눈초
리로 물었다.

"무슨 일이 아니라, 친구를 만나러 온 겁니다."

"친구라고? 녀석은 밤일을 하고 있수다. 그러니 지금쯤 집에 돌아갔
겠지. 집이 렌프루 가 1723번지올시다. 그레이 호수 부근이지."

내가 말했다. "고맙습니다. 혹시 전화번호는?"

"그런 거 없수."

나는 주머니 속에 접어 넣은 시내 지도를 꺼내 그의 코앞 탁자 위에 펼쳤다. 그는 심드렁했다.

"저 벽에 큰 지도가 있수다." 그가 딱딱거리듯 말하고는 짧은 파이프에 담뱃잎을 채워 넣기 시작했다.

"이 지도가 익숙해서요." 내가 말했다. 나는 펼친 지도 위로 상체를 숙이고 렌프루 가를 찾기 시작했다. 그러다 멈칫하고는 더비 모자를 걸친 남자의 얼굴을 홱 돌아보았다. "근데 그런 주소를 어떻게 외우고 있나요?" 내가 말했다.

그는 파이프를 입에 넣고 이빨로 꽉 깨물고는 앞이 트인 조끼 주머니 속에 손가락 두 개를 찔러 넣었다.

"얼마 전에 다른 놈팡이 두 놈이 그걸 물어봤거든."

나는 부리나케 지도를 접어 다시 주머니에 찔러 넣으며 밖으로 뛰어나갔다. 훌쩍 보도를 가로질러 운전석에 몸을 밀어 넣고 바로 시동을 걸었다.

"우리가 뒤처졌습니다." 내가 버니 올스에게 말했다. "얼마 전에 두 녀석이 그 친구의 주소를 알아 갔답니다. 어쩌면……"

타이어 찢어지는 소리를 내며 마몬이 모퉁이를 돌자 올스가 차창턱을 붙잡고 욕을 했다. 나는 운전대 위로 몸을 기울이고 더욱 세게 액셀을 밟았다. 중앙로에서 빨간 신호에 걸렸다. 재빨리 차를 돌려 모퉁이 휴게소로 들어가서 주유소를 지나 중앙로로 다시 튀어나와 차량 몇 대를 피한 후 다시 동쪽을 향해 우회전을 했다.

교통경찰이 나를 향해 호루라기를 불고는 차량번호를 읽으려는 듯 눈살을 찌푸리고 응시했다. 나는 계속 차를 몰았다.

줄지어 늘어선 창고, 농산물 시장, 커다란 휘발유 탱크, 더 많은 창고, 철로를 지나고 다리 두 개를 건넜다. 세 번은 간발의 차이로 빨간 신호에 걸리지 않았고, 네 번째는 빨간 신호를 무시하고 돌진했다. 여섯 블록을 지난 후 오토바이 경찰이 사이렌을 울렸다. 올스가 별 모양의 청동 배지를 건네주었다. 나는 그것을 차 밖으로 내밀고 햇빛이 반사하게끔 손목을 까딱거렸다. 사이렌이 멈추었다. 오토바이는 열 블록 이상 우리 뒤에 바짝 붙어서 따라오다가 완전히 사라졌다.

그레이 호수는 샌앤젤로 동쪽 언저리에 있는 두 무리의 작은 산들 사이 절개지에 조성된 저수지였다. 좁지만 돈깨나 들여 만든 포장도로가 작은 산을 감아 돌고, 드문드문 흩어진 싸구려 방갈로 몇 채로 들어가는 작은 커브길이 언덕길 옆에 나 있었다.

우리는 주행 중에 거리 표지판을 읽으며 산속으로 치달렸다. 회색 비단 같은 호수가 시야에서 사라지고, 부스러지고 있는 제방도로 사이로 기진맥진한 고물 마몬이 털털거리며 달렸다. 제방도로에서 사용되지 않는 보행로 위로 토사가 흘러내렸다. 땅다람쥐 구멍이 즐비한 풀밭에서 잡종견이 사냥감을 찾아 뛰어다니고 있었다.

렌프루 가는 거의 산 정상에 있었다. 렌프루 가가 시작되는 곳에 작고 깔끔한 방갈로가 한 채 있었다. 집 앞에 한 아이가 기저귀만 찬 채 발가벗고 철사 울타리 안의 작은 잔디밭에서 엉금엉금 기어 다니고 있었다. 그곳을 지나고 집 두 채를 더 지나 내리막길을 지나고 날카로운 커브길을 돈 후 도로 전체가 그늘에 잠길 만큼 높다란 제방 사이의 길로 들어섰다.

다시 커브를 틀 때 총성이 울려 퍼졌다.

올스가 상체를 벌떡 세우며 말했다. "이런, 젠장! 이건 토끼잡이 총소리가 아니야." 그는 군용 피스톨을 꺼내 들고 조수석 문 잠금장치를 풀었다.

커브길을 빠져나오자 산비탈 아래 새로운 집 두 채가 보였다. 두 건물 사이에는 가파른 경사를 이룬 집터 부지 두 곳이 있었다. 두 건물 사이의 공터에 난 길에 긴 회색 승용차가 횡으로 가로막고 서 있었다. 왼쪽 앞 타이어가 펑크 나고, 코끼리가 귀를 펼친 것처럼 앞문이 둘 다 활짝 열려 있었다.

키가 작고 검은 얼굴의 남자가 열린 오른쪽 문 옆의 길바닥에 두 무릎을 꿇고 앉아 있었다. 축 늘어진 오른손에는 피가 묻어 있었다. 그는 다른 손으로 자기 앞 콘크리트 길바닥에 떨어진 자동 권총을 힘겹게 집어 들려 하고 있었다.

내가 마몬을 급정차시키자 올스가 뛰쳐나갔다.

"총 버려, 거기!" 그가 외쳤다.

한쪽 팔을 늘어뜨린 남자가 얼굴을 와락 구기고 몸에 힘을 빼고서 자동차 발판에 등을 기댔다. 차 뒤에서 총성이 울리더니 내 귀 가까이로 총알이 대기를 찢으며 지나갔다. 이때 나는 막 차에서 내린 참이었다. 회색 승용차가 두 집과 나란히 서 있어서 나는 열린 문을 제외하고는 차량의 왼쪽을 전혀 볼 수 없었다. 바로 그 왼쪽에서 총알이 날아온 것 같았다. 올스가 승용차 문 안쪽에 두 방을 날렸다. 나는 넙죽 엎드려 차 밑으로 보니 다리 한 쌍이 보였다. 그 다리를 향해 방아쇠를 당겼지만 빗나갔다.

이때 가까이 있는 집 모퉁이에서 가늘고 아주 날카로운 소리가 들려왔다. 회색 승용차의 차창이 깨졌다. 그 차창 뒤에서 총이 불을 뿜자 집 모퉁이 벽 시멘트가 부스러져 덤불 위로 떨어졌다. 그때 덤불 속에 숨어 있는 사람의 상반신이 보였다. 그는 비탈 아래로 머리를 향한 채

엎드려서 반자동소총 개머리판을 견착하고 있었다.

택시기사 톰 스네이드였다.

올스가 툴툴거리며 회색 승용차를 공격했다. 그는 차 안으로 두 방을 더 날린 후 보닛 뒤로 재빨리 몸을 날렸다. 승용차 뒤에서 좀 더 총성이 울렸다. 나는 팔을 다친 남자의 총을 발로 멀리 걷어찬 뒤, 그를 스치고 지나 연료통 너머로 슬그머니 바라보았다. 승용차 뒤쪽에 있는 남자의 얼굴이 보이지 않았다.

갈색 정장을 입은 거구의 남자가 방갈로 두 채 사이의 언덕 가장자리를 향해 요란한 소리를 내며 냅다 달리기 시작했다. 올스의 총이 불을 뿜었다. 그 남자는 멈추지 않고 몸을 홱 돌려 총을 한 방 쏘았다. 올스는 이제 온몸을 드러내고 있었다. 그의 모자가 머리에서 홱 젖혀지는 것이 보였다. 그는 두 다리를 벌리고 꼿꼿하게 서서, 마치 경찰 사격 훈련장에 서 있기라도 한 것처럼 피스톨을 겨누고 있었다.

하지만 거구의 남자는 이미 쓰러지고 있었다. 내 총알이 그의 목에 구멍을 낸 것이다. 올스가 조준사격을 했다. 여섯 번째 총알과 마지막 총알이 그의 가슴에 박히자 그가 쓰러지며 몸을 홱 뒤틀었다. 그의 옆통수가 길 갓돌을 치며 역한 소리를 냈다.

우리는 승용차 앞뒤 양쪽에서 남자를 향해 걸어갔다. 올스가 몸을 숙이고 남자의 얼굴이 보이게끔 몸을 뒤집었다. 목이 피범벅이 되어 죽었는데도 얼굴에는 편안하고 호감이 가는 표정을 띠고 있었다. 올스가 그의 주머니를 뒤지기 시작했다.

나는 다른 사람이 어쩌고 있는지 보려고 뒤를 돌아보았다. 그는 꼼짝도 하지 않고 그저 승용차 발판에 앉아 오른팔을 옆구리에 붙인 채 통증 때문에 얼굴을 찌푸리고 있었다.

톰 스네이드가 비탈을 기어올라 우리에게 다가왔다.

올스가 말했다. "이자는 포크 앤드루스라는 녀석입니다. 전에 당구장에서 본 적이 있어요." 그가 일어서서 무릎의 흙먼지를 털었다. 그의 왼손에 잡다한 소지품 몇 가지가 들려 있었다. "포크 앤드루스 맞아요. 일당을 받고 뛰는 총잡이죠. 시급이나 주급을 받고 뛰기도 하고요. 아마 한동안 그렇게 먹고살았을 겁니다."

"내게 곤봉을 날린 건 이 사람이 아닙니다." 내가 말했다. "하지만 곤봉을 맞을 때 본 사람이긴 합니다. 오늘 아침 빨강 머리 아가씨의 말에 조금이라도 진실이 담겼다면, 아마 루 하거를 쏜 게 바로 이 사람일 겁니다."

올스가 고개를 끄덕이고 몇 걸음 걸어가서 자기 모자를 주웠다. 챙에 구멍이 나 있었다. "그렇다고 해도 이상할 게 없죠." 그가 태연히 모자를 쓰며 말했다.

톰 스네이드는 두 손으로 작은 반자동소총을 단단히 틀어쥐고 우리 앞에 서 있었다. 운동화 차림에 모자도 외투도 걸치지 않은 채였다. 그는 두 눈을 반짝이며 희번덕거리더니, 몸을 떨기 시작했다.

"이 자식들을 내가 잡고야 말 줄 알았습니다!" 그가 깍깍거렸다. "내 이놈들을 작살내고야 말 줄 알았다고요!" 그러더니 말을 뚝 멈추더니 안색이 변하기 시작했다. 낯이 파리해진 것이다. 그는 천천히 앞으로 몸이 기울더니 소총을 떨어뜨리고 구부린 무릎 위에 두 손을 얹었다.

올스가 말했다. "거기, 당신은 어디 가서 좀 눕는 게 좋겠군. 안색을 보니 어제 먹은 쿠키를 게울 것 같이."

10

톰 스네이드는 자신의 작은 방갈로 거실 소파에 누워 있었다. 이마에 젖은 수건이 얹혀 있었다. 꿀빛 머리칼의 소녀가 그의 손을 잡고 곁에 앉아 있었다. 소녀보다 머리칼 색이 조금 더 짙은 젊은 여자가 구석에 앉아 몽롱하고 멍한 눈으로 톰 스네이드를 바라보았다.

우리가 들어왔을 때 실내는 무척 더웠다. 모든 창문이 닫혀 있었고 블라인드가 내려져 있었다. 올스가 앞창 두 개를 열고 그 옆에 앉아 바깥에 세워진 회색 승용차를 내다보았다. 검은 피부의 멕시코 인이 튼튼한 손목을 운전대에 걸고 묵묵히 앉아 있었다.

"놈들이 우리 딸을 걸고넘어졌어요." 톰 스테이드가 수건을 이마에 얹은 채 말했다. "그래서 내가 꼭지가 돌아 버린 겁니다. 놈들이 말했죠. 내가 놈들을 돕지 않으면 다시 와서 우리 딸을 잡아가겠다고요."

올스가 말했다. "알았습니다, 톰. 처음부터 이야기를 해 보세요." 그는 작은 시가를 꺼내 입에 물고 불은 붙이지 않은 채 미심쩍은 눈초리로 톰 스네이드를 바라보았다.

나는 아주 딱딱한 윈저 의자에 앉아 싸구려 새 양탄자를 내려다보았다.

"나는 식사를 하고 일하러 갈 시간이 되길 기다리며 잡지를 읽고 있었습니다." 톰 스네이드가 조심스레 말문을 열었다. "딸아이가 문을 열자, 놈들이 총을 들고 들이닥쳐서 창문부터 닫았습니다. 집에 있는 우리 모두를 붙잡았죠. 놈들이 블라인드를 하나만 빼고 모두 내렸습니다. 블라인드를 내리지 않은 창가에서는 그 멕시코 인이 앉아서 망을 보았죠. 입도 뻥긋하지 않더군요. 덩치 큰 녀석이 이 소파에 앉아서 나더러 간밤에 일어난 일을 모조리 말하라고 했습니다. 두 번이나 말하게 했죠. 그러고는 내가 누굴 만났고, 누구랑 시내에 갔는지 모두 잊으라는 것이었습니다. 그것만 명심하라더군요."

올스가 고개를 끄덕였다. "여기 있는 저 탐정을 처음 본 건 몇 시였나요?"

"잘 모르겠는데요." 톰 스네이드가 말했다. "아마 11시 30분에서 12시 15분 사이? 내가 회사 차고에 들어간 것은 캐럴론 호텔에서 택시를 찾은 직후인 1시 15분이었어요. 그 해변의 드러그스토어에서 시내까지는 한 시간 좋이 걸리죠. 드러그스토어에서 같이 이야기를 나눈 게 15분 남짓 되고요."

"그렇다면 탐정을 처음 본 게 자정 무렵이었다는 이야기로군요." 올스가 말했다.

톰 스네이드가 고개를 내두르자 수건이 이마에서 얼굴로 떨어졌다. 그는 다시 수건을 이마로 끌어 올렸다.

"아니요." 톰 스네이드가 말했다. "그 드러그스토어 종업원이 내게 말했습니다. 가게를 자정에 닫는다고요. 그런데 우리가 떠날 때 가게를 닫으려 하질 않았어요."

올스가 고개를 돌리고 무표정하게 나를 바라보았다. 그리고 다시 톰 스네이드를 바라보았다. "그 총잡이 두 명에 대해 더 이야기해 보세요."

"덩치 큰 녀석이 말하더군요. 그 일에 대해 누구에게도 말하지 말라고요. 혹시라도 누가 묻거든 일어서 잘 말하라더군요. 그러면 보상을 받겠지만, 말을 잘못하면 다시 와서 내 딸을 잡아가겠다는 것이었습니다."

"다 헛소리입니다. 계속 말씀하세요." 올스가 말했다.

"그들은 그러고 떠났습니다. 그들이 차를 타고 언덕을 올라가는 것을 지켜보면서 나는 꼭지가 확 돌아 버렸어요. 렌프루 가는 막다른 길이죠. 곁다리 길이라서 산마루를 800미터쯤 돌다가 길이 끊기는 겁니다. 거기서 나오는 다른 길은 없어요. 나오려면 같은 길을 돌아 나와야 하는 겁니다. 나한테 22구경 라이플이 있는데, 내가 가진 총은 그것밖에 없어요. 나는 그걸 가지고 덤불 속에 숨어서 기다렸습니다. 두 번째 총알로 타이어를 맞혔는데, 아마 놈들은 그냥 펑크가 난 줄 알았을 겁니다. 다음 총알이 빗나가자 놈들이 낌새를 챘어요. 놈들이 반격을 했죠. 그 후 난 멕시코 놈을 맞혔어요. 덩치 큰 놈은 차 뒤에 숨었죠. 이야기는 여기까지입니다. 그때 두 분이 나타났어요."

올스가 두툼하고 억센 손가락을 오므렸다 펴며 구석의 여자애를 보고 쓸쓸한 미소를 지었다. "톰, 옆집에는 누가 사나요?"

"그랜디라는 사람이 삽니다. 시외버스 운전기사죠. 그는 혼자 삽니다. 지금은 일하러 갔어요."

"집에 없을 줄 알았습니다." 올스가 히죽 웃었다. 그는 자리에서 일어나 구석으로 가서 소녀의 머리를 쓰다듬었다. "톰, 서에 가서 진술을 해야 할 겁니다."

"그러죠." 톰 스네이드가 마지못해 지친 음성으로 말했다. "간밤에 택시를 빌려주었으니 일자리를 잃겠군요."

"그러진 않을 겁니다." 올스가 부드럽게 말했다. "사장이 자기 택시를 몰아 줄 기사가 너무나 용감하다는 걸 싫어하지 않는다면 말입니다."

그는 소녀의 머리를 다시 쓰다듬어 주고, 입구로 가서 문을 열었다.

나는 톰 스네이드에게 고개를 끄덕이고 올스를 따라 밖으로 나갔다. 올스가 조용히 말했다. "저 사람은 아직 살인 사건에 대해 모르는군요. 아이 앞에서 그런 말을 할 필요는 없겠죠."

우리는 회색 승용차가 있는 곳으로 갔다. 우리는 지하실에서 마대를 몇 장 꺼내 사망한 앤드루스를 덮어 주고, 돌멩이로 그것을 눌러놓았다. 올스는 그 모습을 힐끗 보고 두서없이 말했다. "빨리 전화가 있는 곳을 찾아야겠습니다."

그는 차 문 쪽으로 상체를 기울이고 멕시코 인을 들여다보았다. 멕시코 인은 고개를 뒤로 젖히고 게슴츠레 눈을 뜬 채 갈색 얼굴을 찡그리고 앉아 있었다. 왼쪽 손목에는 운전대와 연결된 수갑이 채워져 있었다.

"이름이 뭐지?" 올스가 불퉁하게 물었다.

"루이 카데나." 멕시코 인이 게슴츠레한 눈을 더 크게 뜨지 않고 그 자세 그대로 나직이 말했다.

"너희 패거리 가운데 하나가 간밤에 웨스트 시머론에서 한 사람을 작살냈는데, 그게 누구 짓이지?"

"뭔 소린지 모르겠슈, 세뇨르." 멕시코 인이 가르랑거리는 목소리로 말했다.

"시치미 떼지 마, 자식아. 짜증 나게시리." 올스가 냉정하게 말했다. 그가 차창에 기댄 채 작은 시가를 입안에서 돌렸다.

멕시코 인은 너무나 지쳤으면서도 은근히 재미있어하는 표정이었다. 그의 오른손에 묻은 피가 기무튀튀하게 굳어 있었다.

올스가 말했다. "택시에 탄 남자를 웨스트 시머론에서 해치운 건 포크 앤드루스였어. 거기에 여자도 하나 같이 있었지. 그 여자는 우리가 데리고 있어. 네가 시치미를 떼 봐야 소용없어."

멕시코 인의 게슴츠레한 눈이 잠깐 희번덕거리고는 이내 원래대로 돌아갔다. 그가 작고 하얀 이빨을 반짝이며 히죽 웃었다.

올스가 말했다. "놈이 총을 어떻게 했지?"

"뭔 소린지 모르겠슈, 세뇨르."

올스가 말했다. "터프한 녀석이군. 이렇게 터프한 녀석들을 보면 나도 겁이 난다니까."

그는 차에서 물러나 시신을 덮은 마대 옆 보도에 살짝 덮인 흙먼지를 발끝으로 문질렀다. 노면 시멘트에 스텐실로 새겨진 개발업자의 상호가 드러났다. 올스가 소리 내어 읽었다.

"'도어 포장건설사, 샌앤젤로.' 그 뚱땡이 영감탱이는 왜 정치만으로 만족하질 못하는 거야?"

나는 올스 옆에 서서 두 집 사이의 언덕을 굽어보았다. 불현듯 아래쪽 멀리 그레이 호수 언저리의 대로를 지나가는 차량들 앞유리가 햇빛을 받아 반짝였다.

올스가 말했다. "어떻게 생각하십니까?"

내가 말했다. "킬러들이 택시에 대해 알아차린 거죠. 그리고 여자가 큰돈을 싸 들고 시내에 들어온 것도요. 그건 카날레스의 짓이 아니었습니다. 카날레스는 2만 2천 달러나 되는 자기 돈을 남에게 그냥 퍼줄 인간이 아니거든요. 그 빨강 머리는 살인 현장에 있었고, 그 살인에는 이유가 있었습니다."

올스가 씩 웃었다. "그래요. 당신에게 누명을 씌우기 위해 그랬겠죠."

내가 말했다. "사람의 목숨을 그렇게 파리 목숨처럼 여기는 건 정말 염병할 짓입니다. 2만 2천 달러나 되는 돈을 뿌리는 것도 그렇고. 나한 테 누명을 씌우기 위해 하거를 죽이고, 그 누명을 더욱 확실히 하려고 그 돈을 내게 넘긴 겁니다."

"그러면 당신이 나가떨어질 줄 알았겠지. 당신이 증언을 못 하게끔." 올스가 툴툴거렸다.

나는 손가락으로 담배를 돌렸다. "너무 미련한 짓이었죠. 아무리 나를 잡기 위한 짓이었다고 해도요. 이제 어떡할 겁니까? 달이 뜨기를 기다리며 노래나 부를까요? 아니면 언덕을 내려가서 선의의 거짓말을 좀 더 풀어 볼까요?"

올스가 포크 앤드루스를 덮은 마대 위에 침을 뱉고 퉁명스럽게 말했다. "여긴 군 소재지니까, 아까의 소동을 죄다 솔라노 지서로 넘기고 한동안 덮어 둘 수 있습니다. 택시기사도 이 일을 묻어 두자고 하면 아주 좋아할 겁니다. 나는 이 일에 너무 깊이 발을 들여놓아서, 개인적으로 골방에서 저 멕시코 인을 좀 데리고 있어야겠습니다."

"나도 그게 좋겠군요." 내가 말했다. "당신이 그걸 오래 덮어 둘 수는 없겠지만, 그 뚱땡이 영감이 고양이를 어떻게 했는지 내가 알아볼 정도의 시간은 끌어 줄 수 있겠죠."

11

호텔로 돌아온 것은 늦은 오후였다. 접수계원이 쪽지를 건네주었다. "될수록 빨리 F. D.에게 전화 요망."

나는 위로 올라가 병 바닥에 깔린 술을 좀 마셨다. 그리고 아래층에 전화해서 술을 시키고, 수염을 깎은 다음 옷을 갈아입고 전화번호부에서 프랭크 도어를 찾았다. 그는 그린뷰 파크 크레센트에 있는 아름다운 고택에 살고 있었다.

입에 착착 감기는 술을 높다란 잔에 따라 얼음 하나를 딸그락 띄우고, 전화기를 옆에 두고 안락의자에 앉았다. 메이드가 먼저 전화를 받았다. 그 후 도어 씨라는 이름을 함부로 입에 담을 수 없다고 생각하는 듯한 남자가 전화를 받았다. 그 후 비단결처럼 고운 목소리가 전화를 받았다. 그 후 긴 침묵이 이어지다가 침묵 끝에 프랭크 도어 본인이 전화를 받았다. 그는 내 말소리를 듣자 반가운 듯했다.

그가 말했다. "오늘 아침 우리의 대화를 죽 생각해 봤더니 더 좋은 생각이 떠오르더군. 이리 좀 와 주겠나? 그리고 그 돈도 가져오면 좋겠어. 이 시간이면 은행에서 찾을 수 있겠지?"

내가 말했다. "그래요. 은행 대여금고는 6시에 문을 닫죠. 하지만 그건 당신의 돈이 아닙니다."

낄낄거리는 그의 웃음소리가 들렸다. "바보처럼 굴지 말게. 그 돈에는 표시가 되어 있어. 자네가 그 돈을 훔쳤다고 고소하고 싶진 않아."

그 말을 곰곰 생각해 보았지만 믿기지 않았다. 지폐에 무슨 표시를 해 두었다는 것 말이다. 나는 술잔을 꺾고 말했다. "내가 그걸 받은 당사자에게라면 기꺼이 넘기겠습니다. 당신 면전에서 말이죠."

그가 말했다. "흠, 그 당사자는 이 도시를 떠났다고 내가 말하지 않았던가? 하지만 불러오는 건 일도 아니지. 무슨 수작을 부리려고 하진 말게나."

나는 물론 그럴 일 없다고 말하고 전화를 끊었다. 잔을 마저 비우고 《텔레그램》지의 본 밸런에게 전화를 걸었다. 그는 경찰이 루 하거에 대해 아는 것도 없고, 신경도 쓰지 않는 것 같다고 말했다. 그는 내가 아직 내 이야기를 기사화하는 것을 허락하지 않는 데 대해 좀 화가 난 듯했다. 말하는 것을 듣자니 그레이 호수 부근의 총격전에 대해서는 아직 듣지 못한 모양이었다.

그리고 올스에게 전화를 했는데 연결이 되지 않았다.

다시 마실 것을 만들어 반쯤 마시자 제법 얼큰하게 술기운이 올라왔다. 나는 모자를 쓰고 남은 반 잔에 대해서는 생각을 접고 차를 세워 둔 곳으로 내려갔다. 초저녁 거리는 집으로 저녁을 먹으러 가는 가장들의 차량으로 붐볐다. 한 대인지 두 대인지 확신할 수 없었지만 미행이 붙었다. 어쨌거나 쫓아와서 내 무릎에 수류탄을 던지려는 사람은 없었다.

도어의 고택은 빨간 벽돌로 지은 네모난 이층 집이었다. 아름다운 정원이 있고, 하얀 지붕돌을 얹은 빨간 벽돌담이 정원을 감싸고 있었다. 현관 옆의 지붕 아래 반짝이는 검정 리무진이 주차되어 있었다. 나는 두 개의 테라스까지 이어진 빨간 포석을 깐 길을 따라갔다. 모닝코트를 입은 작고 창백한 남자가 널따랗고 조용한 복도로 나를 안내했다. 어둑한 색깔의 고가구가 놓인 복도 끝에서 정원이 살짝 내다보였다. 그 끝에서 남자가 나를 직각으로 꺾인 다른 복도로 이끌더니, 짙어 가는 노을을 배경으로 희미하게 불을 밝힌 서재로 조용히 들여보냈다. 그는 나만 남겨 두고 물러갔다.

서재 안쪽의 프렌치 창문이 거의 활짝 열려 있어서, 바깥의 고요한 나무들 뒤로 펼쳐진 놋쇠 빛깔의 하늘이 보였다. 스프링클러가 천천히 돌아가고 있는, 나무들 앞의 융단 같은 잔디밭은 어느덧 어둠에 잠겨 있었다. 서재의 벽에 걸린 커다란 유화 그림이 어둑하게 보였다. 한쪽 벽에는 책이 쌓인 커다란 검정 책상이 놓였고, 푹신한 안락의자가 몇 개 있었고, 벽에서 벽까지 두툼하고 부드러운 융단이 깔려 있었다. 실내에는 고급 시가의 은은한 향기가 감돌았고, 정원의 꽃향기와 촉촉한 흙냄새가 희미하게 배어 있었다. 문이 열리더니 코안경을 낀 젊은 남자가 들어와서 다소 격식 차린 인사를 하고는 막연히 주위를 둘러본 후, 도어 씨가 곧 올 거라고 말했다. 그가 다시 나가고 나는 담배에 불을 댕겼다.

얼마 후 다시 문이 열리고 비즐리가 들어와, 씩 웃으며 나를 지나 창문 바로 안쪽에 앉았다. 이어서 도어가 들어왔고, 글렌 양이 뒤따라 들어왔다.

도어는 검정 고양이를 품에 안고 있었다. 오른쪽 볼에 멋들어지게 내리그어진 두 줄기 빨간 상처가 연고로 번들거렸다. 글렌 양은 아침에 만났을 때와 같은 옷을 입고 있었다. 안색이 어둡고 핼쑥하고 생기가 없었다. 그녀는 전에 나를 본 적이 없다는 듯 나를 지나쳤다.

책상 뒤의 등받이 높은 의자에 몸을 욱여넣은 도어가 고양이를 앞에 내려놓았다. 고양이는 어슬렁어슬렁 책상 구석으로 가서 사무적인 동작으로 느긋하게 제 가슴을 핥기 시작했다.

도어가 말했다. "자, 자, 다들 모였군." 그리고 흥겹게 낄낄거렸다.

모닝코트 차림의 남자가 칵테일 쟁반을 들고 들어와 한 잔씩 돌리고, 글렌 양 옆의 낮은 탁자 위에 쟁반과 셰이커를 내려놓았다. 그리고 다시 문을 나가서 깨질까 봐 걱정된다는 듯 아주 살살 문을 닫았다.

우리 모두 아주 엄숙한 표정으로 잔을 기울였다.

내가 말했다. "둘만 빼고 다 모였네요. 그래도 정족수는 채운 것 같습니다."

"두 사람은 또 뭔가?" 도어가 날카롭게 말하고는 고개를 갸웃했다.

내가 말했다. "루 하거는 영안실에 있고, 카날레스는 경찰을 피해 숨어 있죠. 그것만 아니면 다 모였을 텐데 말입니다. 모두가 이해 당사자니까요."

글렌 양이 몸을 흠칫하더니, 다시 갑자기 긴장을 풀고 의자 팔걸이를 손가락으로 만지작거렸다.

도어가 칵테일을 두 모금 마시고는 옆에 잔을 내려놓고 작고 단정한 두 손을 책상에 얹어 손깍지를 꼈다. 그의 표정이 다소 불길해 보였다.

"돈 말이야." 그가 차갑게 말했다. "지금 그걸 넘겨주게."

내가 말했다. "지금이든 나중이든 안 됩니다. 가져오지 않았으니까."

도어가 나를 노려보았다. 그의 얼굴이 살짝 붉어졌다. 나는 비즐리를 바라보았다. 비즐리는 입에 담배를 물고 주머니에 두 손을 넣은 채 의자 등받이에 뒤통수를 기대고 있었다. 반쯤 잠이 든 것처럼 보였다.

도어가 뭔가 생각하는 듯 나직이 말했다. "허, 거부하겠다?"

"그렇습니다." 내가 단호하게 말했다. "그걸 가지고 있는 한 나는 꽤 안전하죠. 당신이 그걸 내 손아귀에 넘겨준 건 악수였어요. 내가 미쳤다고 그 돈다발의 이점을 포기하겠습니까?"

도어가 말했다. "안전하다고?" 억양이 살짝 불길하게 들렸다.

나는 웃어 젖혔다. "누명으로부터는 안전하지 못하겠지." 내가 말했다. "하지만 그 누명을 씌우는 작업이 영 부실했어요. 내가 또다시 얻어터지는 것으로부터도 안전하지 못하지만, 그 작업 역시 이젠 좀 더 힘들 겁니다. 그런데 뒤통수에 총 맞는 것으로부터는 꽤 안전하죠. 당신한테 소송을 당해서 재산을 몰수당할 걱정도 사실 없고."

도어가 고양이를 쓰다듬으며 지그시 나를 바라보았다.

"그보다 더 중요한 것 두 가지부터 확실히 해 둡시다." 내가 말했다. "루 하거 살인죄는 누가 덮어쓸 건가요?"

"자네가 아니라고 확신하는 이유가 뭐지?" 도어가 비아냥거리듯 물었다.

"나한테는 확실한 알리바이가 있으니까. 루의 사망 시간이 확인될 때까지는 그게 그렇게 확실한 줄 몰랐지. 덕분에 무슨 동기, 무슨 총기를 제시하든 상관없이 나는 깨끗이 누명을 벗었습니다. 내 알리바이를 흠집 내려고 보낸 녀석들은 우연찮게도 작살이 났고 말이지."

도어가 말했다. "그게 그렇게 됐나?" 목소리에는 어떤 감정도 드러나지 않았다.

"앤드루스라는 킬러와 루이 카데나라는 멕시코 인. 당신도 들어 봤을 걸?"

"난 그런 사람 몰라." 도어가 날 선 음성으로 말했다.

"그렇다면 앤드루스가 절명을 했고, 카데나는 체포되었다는 소식을 들어도 기분 나쁠 거 없겠군."

"물론이지." 도어가 말했다. "녀석들은 카날레스가 보낸 거야. 카날레스가 하거를 청부 살해했어."

내가 말했다. "더 좋은 생각이 떠올랐다고 한 게 그건가요? 별로 탐탁지 않은데?"

나는 몸을 숙이고 빈 잔을 의자 아래 살짝 내려놓았다. 글렌 양이 내게 고개를 돌리고 아주 엄숙하게 말했다. 종족의 미래가 걸릴 만큼 중요하니까 자기 말을 꼭 믿어 달라는 듯이. "당연히, 당연히 루를 살해한 건 카날레스였어요. 직접 한 건 아니라도, 우리를 잡으라고 보낸 부하들이 루를 죽인 거라고요."

나는 점잖게 고개를 끄덕였다. "근데 무엇 때문에? 녀석들은 돈을 챙기지도 않았는데? 그들이 루를 죽였을 리가 없어. 그를 데려가려고 했을 수는 있지. 당신과 그를 같이. 하지만 루를 죽인 건 당신이 꾸민 짓이었어. 택시 속임수는 카날레스의 부하들이 아니라, 실은 나를 따돌리려고 한 짓이었지."

그녀가 말을 막으려는 듯 불쑥 손을 내밀었다. 눈빛이 흔들리고 있었다. 나는 더 밀어붙였다.

"내 머리가 잘 돌아가는 편은 아니지만, 정말 그렇게 멋진 농간을 부릴 줄은 꿈에도 몰랐지. 그런 걸 누가 알겠어. 하지만 카날레스는 사기당한 돈도 돌려받지 않고 루를 죽일 하등의 이유가 없지. 사기당한 걸 재빨리 눈치챘다면 말이지."

도어가 입술을 핥으며 턱을 파르르 떨더니 작고 째진 눈으로 우리 둘을 차례로 바라보았다. 글렌 양이 꿈꾸듯 말했다. "루는 그 게임이 어떻게 될지 환히 알고 있었어요. 딜러인 피나와 짜고 한 거니까요. 피나는 아바나로 뜨고 싶어서, 얼마간의 도피 자금을 원했어요. 물론 카날레스도 바보가 아니지만, 내가 터프하고 시끄럽게 일을 벌이지만 않았다면 그렇게 빨리 알아차리진 못했을 거예요. 그래요, 루가 죽은 건 나 때문이에요. 하지만 당신이 생각하는 그런 방식은 아니었어요."

나는 까맣게 잊고 있었던 기다란 담뱃재를 떨어뜨리고 침울하게 말했다. "그래, 살인죄는 카날레스가 덮어쓰면 된다? 그쪽 두 사기꾼은 내가 누명만 벗으면 좋아라 할 줄 아는군…… 루는 카날레스한테 사기를 친 게 들통나면 어디로 가려고 했지?"

"그냥 사라지려고 했어요. 아주 멀리요." 글렌 양이 억양 없이 말했다. "그리고 나도 그이와 함께 사라지려고 했고요."

내가 말했다. "헛소리! 루가 왜 죽었는지 내가 안다는 걸 벌써 잊은 모양이군."

비즐리가 의자에서 일어나 아주 우아하게 오른손을 왼쪽 어깨 쪽으로 움직였다. "대장, 이 똑똑이 탐정이 대장을 괴롭힙니까?"

도어가 말했다. "아직은 아니야. 지껄이게 놔둬."

나는 비즐리를 좀 더 정면으로 마주 볼 수 있도록 몸을 살짝 틀었다. 바깥 하늘은 어두워졌고 스프링클러는 꺼졌다. 밤의 습기가 서서히 실내로 스며들고 있었다. 도어가 개잎갈나무 상자를 열고 긴 갈색 시가를 꺼내 입에 물고는 침도 바르지 않고 의치로 시가 끝을 뜯어냈다. 성냥불을 댕기는 까칠한 소리가 나고, 도어가 천천히, 다소 힘들게 시가 연기를 내뿜었다.

그가 연기 사이로 천천히 말했다. "그런 건 다 잊고 그 돈에 대해 타협을 하지. 매니 티넨이 오늘 오후 감옥에서 목을 맸어."

글렌 양이 의자 팔걸이를 짚고 벌떡 일어섰다. 그리고 다시 천천히 무너지듯 의자에 앉아서는 꼼짝도 하지 않았다.

내가 말했다. "누가 그걸 도왔나요?" 그러고 나서 갑작스레 몸을 홱 틀다가 멈칫했다.

비즐리가 나를 재빨리 돌아보았지만 나는 비즐리를 바라보고 있지 않았다. 창밖에 움직이는 그림자가 보였던 것이다. 어두운 잔디밭과 더 어두운 나무들보다는 밝은 그림자였다. 공허한 기침 소리같이 격한 외마디 소리가 들리고, 창문 안으로 하얀 연기가 얇게 피어올랐다.

비즐리가 몸을 움찔하고는 반쯤 일어서다가 한 팔을 배 밑에 깔고 앞으로 나동그라졌다.

카날레스가 프렌치 창문으로 들어와, 널브러진 비즐리를 지나 세 걸음 더 들어서서 우뚝 섰다. 손에 쥔 기다란 소구경의 검정 권총 총구 끝에는 총신보다 긴 소음기가 달려 있었다.

"꼼짝 마." 그가 말했다. "나는 명사수야. 이런 코끼리 코 같은 총으로도 말이지."

그의 얼굴이 빛이 날 정도로 새하얬다. 어두운 두 눈은 따로 눈동자가 없이 연기 같은 회색 홍채로 가득 채워진 듯했다.

"밤에는 소리가 멀리 퍼지지. 열린 창으론 말이야." 그가 억양 없이 말했다.

도어는 책상에 두 손을 얹은 채 토닥거리기 시작했다. 검정 고양이가 자세를 바짝 낮추고 책상 끝에서 아래로 슬쩍 내려가 의자 아래로 들어갔다. 글렌 양이 기계처럼 아주 천천히 카날레스 쪽으로 고개를 돌렸다.

카날레스가 말했다. "그 책상에는 아마 경보기가 달렸겠지? 방문이 열리기만 하면 바로 쏠 거야. 뒤룩뒤룩한 그 모가지에서 피가 철철 흐르면 꽤 볼 만하겠어."

나는 의자 팔걸이 위에 놓은 오른손 손가락을 5센티미터쯤 움직였다. 소음기를 단 총이 나를 향하자 나는 얼른 손가락의 움직임을 멈추었다. 카날레스가 각진 콧수염 아래 입술을 살짝 움직이며 피식 웃었다.

"자넨 정말 영리한 탐정이야." 그가 말했다. "언젠가는 이렇게 손봐줄 날이 올 줄 알았지만, 자네는 정말 맘에 드는 구석이 꽤 있어."

나는 아무 말도 하지 않았다. 카날레스는 다시 도어를 바라보았다. 그가 아주 신랄하게 말했다. "나는 오랫동안 당신 조직한테 뜯겨 왔어.

하지만 이번엔 심했어. 간밤에 나는 사기를 당해서 돈을 날렸지. 하지만 그까짓 것도 대수로울 거 없어. 지금 나는 루 하거 살해범으로 수배되었더군. 카데나라는 녀석이 자백을 했다지? 내가 놈을 고용했다고…… 그건 정말 해도 해도 너무한 거 아냐?"

도어가 책상 위로 몸을 구부정하니 숙이더니 팔꿈치를 괴고 작은 두 손 안에 얼굴을 파묻고 몸을 떨기 시작했다. 그의 시가가 방바닥에서 연기를 피워 올렸다.

카날레스가 말했다. "내 돈을 되찾아야겠어. 누명도 벗어야겠고. 하지만 무엇보다도 당신한테 이 말을 꼭 해야겠어. 벌어진 그 주둥이에 총알을 박아서 피가 철철 흐르는 것을 보고 싶다고 말이야."

비즐리의 몸뚱이가 양탄자 위에서 꿈틀했다. 그의 두 손이 살짝 뭔가를 더듬거렸다. 도어는 그것을 바라보지 않으려고 애를 썼다. 카날레스는 자기 행동에 취해서 눈이 멀어 있었다. 나는 의자 팔걸이 위에 놓은 손가락을 좀 더 움직였다. 하지만 아직 갈 길이 멀었다.

카날레스가 말했다. "피나가 다 털어놓았지. 안 털어놓을 수가 없게 만들었거든. 당신이 하거를 죽였다더군. 하거는 매니 티넨에게 불리한 증언을 할 비밀 증인이었으니까 말이야. 지방 검사는 그걸 비밀로 했고, 이 탐정도 그걸 비밀로 했어. 하지만 하거 자신은 그 비밀을 지키지 못했지. 이 여편네한테 털어놓고 만 거야. 이 여편네는 그걸 당신한테 말했고…… 그래서 살인은 계획된 거지. 살해 동기를 가진 내가 혐의를 덮어쓰게끔 말이야. 이 탐정이 먼저, 그게 통하지 않으면 다음에는 내가 덮어쓰게끔."

침묵이 감돌았다. 나는 뭔가 말하고 싶었지만, 아무 말도 나오지 않았다. 이 자리에서 카날레스가 아닌 그 누가 감히 입을 나불거리겠나 싶었다.

카날레스가 말했다. "당신은 피나를 시켜서 하거와 이 여편네가 내 돈을 따도록 꾸몄어. 그건 어렵지 않았지. 나는 룰렛 휠로 사기 칠 줄을 모르니까."

도어는 이제 떨지 않았다. 그는 곧 간질 발작이라도 일으킬 사람처럼 백석같이 창백한 얼굴을 들고 천천히 카날레스에게 눈길을 돌렸다. 비즐리가 한쪽 팔꿈치로 바닥을 짚고 상체를 일으켰다. 두 눈은 거의 감겨 있었지만 힘겹게 총을 들어 올리고 있었다.

카날레스가 앞으로 몸을 숙이며 히죽 웃었다. 방아쇠에 건 그의 검지에 힘이 들어가는 것과 동시에 비즐리의 총이 노성을 질렀다.

카날레스의 등이 활처럼 휘며 몸이 굳은 채 앞으로 쓰러졌다. 그가 책상 모서리에 부딪치고는 모서리를 따라 몸이 미끄러지며 바닥에 나동그라졌다.

비즐리는 총을 떨어뜨리고 다시 바닥에 엎어졌다. 그의 몸에서 힘이 빠지고 손가락이 경련을 일으키더니 이내 잠잠해졌다.

나는 다리에 힘을 주고 일어서서 카날레스의 총을 책상 밑으로 걸어찼다. 이젠 의미 없는 짓이었다. 카날레스는 쓰러지기 전에 한 방 이상을 쏘았다. 프랭크 도어의 오른쪽 눈이 없었다.

도어는 고개를 푹 숙인 채 미동도 하지 않았다. 온전한 쪽 얼굴에 아주 울적한 표정이 떠올라 있었다.

문이 열리더니 코안경을 쓴 비서가 슬그머니 들어왔다. 그의 눈이 통방울만 해졌다. 그가 휘청거리며 뒤로 물러서며 문에 기대자 다시 문이 닫혔다. 그의 거친 숨소리가 방을 가로질러 내 귀에까지 들려왔다.

아연 놀란 그가 말을 더듬거렸다. "뭐, 뭐가 잘못됐나요?"

그런 상황에서도 나는 아주 웃긴다는 생각이 들었다. 그러다 그가 심한 근시일 수도 있고, 아니면 그가 서 있는 곳에서는 프랭크 도어의 모습이 아주 자연스러워 보일 수도 있겠다는 생각이 들었다. 그 밖의 광경은 도어의 비서에게 평소 눈에 익은 광경인 모양이었다.

내가 말했다. "그래요. 하지만 우리가 뒤처리를 할 겁니다. 나가 있으세요."

그가 말했다. "예, 알겠습니다." 그리고 그는 다시 나갔다. 나는 어이가 없어서 입이 다물어지지 않았다. 어쨌거나 창문 쪽으로 가서 허리를 숙이고 백발의 비즐리를 살펴보았다. 의식은 없지만 맥이 고르게 뛰고 있었다. 옆구리에서는 피가 천천히 흘러나왔다.

글렌 양이 아까의 카날레스만큼이나 어설픈 표정으로 자리에서 몸을 일으키고 있었다. 그녀가 귀에 거슬리는 카랑카랑한 목소리로 빠르게 내게 말했다. "루가 죽을 줄은 정말 몰랐어요. 알았어도 뭘 어쩔 수 없었을 거예요. 그들이 낙인 도구로 나를 지졌다고요. 말을 안 들으면 어떻게 할지 본보기를 보여 준다면서 말예요. 봐요!"

나는 보았다. 그녀가 드레스 앞자락을 북 찢어 내리자 두 젖가슴 사이에 흉측한 흉터가 보였다.

내가 말했다. "알겠습니다. 정말 역겨운 짓이군요. 하지만 우린 지금 여기로 경찰을 불러야 합니다. 비즐리를 실어 갈 구급차도."

나는 그녀를 옆으로 밀치고 전화기 쪽으로 가다가, 그녀가 내 팔을 붙잡아 그 손을 뿌리쳤다. 그녀가 가녀리고 절망적인 음성으로 내 뒤통수에 대고 말을 계속했다.

"나는 재판이 끝날 때까지 루를 가둬 두는 줄만 알았어요. 그런데 그를 택시에서 끌어내더니 말 한마디 없이 쏘아 버린 거예요. 그리고 키 작은 남자는 택시를 몰고 시내로 들어갔고, 키 큰 남자는 나를 언덕 위의 산장으로 끌고 갔어요. 거기에 도어가 있더라고요. 당신에게 어떻게 누명을 씌울 건지 도어가 말해 주었어요. 그러면서 내가 잘만 해 주면 돈을 주겠지만, 실망시키면 죽도록 고문을 하겠다고 했어요."

문득 내가 사람들에게 너무 등을 보이고 있었다는 생각이 떠올랐다. 나는 수화기가 걸려 있는 전화기를 손에 든 채 몸을 획 돌리고 내 권총을 책상에 내려놓았다.

"부탁해요! 제발 눈감아 줘요." 그녀가 미친 듯이 말했다. "그 모든 게 도어가 피나와 짜고 한 짓이에요. 딜러인 피나는 섀넌을 해치운 조폭 일당이고요. 나는……"

내가 말했다. "그래요. 알겠습니다. 진정해요."

집 안 전체가 아주 조용했다. 많은 사람들이 문밖에서 숨을 죽인 채 귀를 기울이고 있는 듯했다.

"그들의 계획은 그럴 듯했어요." 나는 남아도는 게 시간밖에 없다는 듯 느긋하게 말했다. "루는 프랭크 도어에게 그저 하찮은 하얀 칩 같은 존재였어요. 도어는 우리 둘 다 증언을 못 하게 하려고 했죠. 하지만 너무 잘 처리하려고, 너무 많은 사람을 연루시킨 게 탈이었습니다. 그래서는 배가 산으로 가게 마련이죠."

"루는 다른 주로 달아날 생각이었어요." 그녀가 드레스를 여미며 말했다. "그는 겁을 냈어요. 룰렛 속임수는 결국 대가를 치르게 될 거라고 생각한 거예요."

내가 말했다. "그랬군요." 나는 수화기를 들고 경찰 본부를 부탁했다.

방문이 다시 열리고 비서가 권총을 들고 불쑥 들어왔다. 제복을 입은 운전기사 역시 권총을 들고 그의 뒤에 서 있었다.

나는 전화기에 대고 아주 큰 소리로 말했다. "여긴 프랭크 도어의 집이올시다. 살인 사건이 일어났습니다."

비서와 운전기사가 다시 꽁무니를 뺐다. 복도를 달려가는 발소리가 들렸다. 나는 수화기 고리를 딸깍 누르고《텔레그램》지 사무실을 부탁해서 본 밸린을 찾았다. 내가 그에게 속보 기삿감을 다 전해 주었을 때는, 글렌 양이 프렌치 창문을 통해 어두운 정원으로 사라진 뒤였다.

나는 그녀를 뒤쫓지 않았다. 그녀가 달아나도 대수로울 것이 없었다.

올스에게 연락했지만, 그는 솔라노에 계속 남아 있겠다고 말했다. 그때, 사이렌 소리가 밤을 뒤흔들었다.

골칫거리는 좀 남아 있었지만 대단한 것은 아니었다. 펜웨더는 지나칠 정도로 성실하게 일했다. 사건의 진상이 다 밝혀지지 않았지만, 200달러짜리 정장을 걸친 시청 공무원들이 한동안 차마 얼굴을 들 수 없을 정도의 사실은 밝혀졌다.

피나는 솔트레이크시티에서 체포되었다. 그는 매니 티넨 일당 네 명이 더 연루되었다고 자백했다. 그중 두 명은 체포에 불응하다 사살되었고, 다른 두 명은 가석방 없는 종신형에 처해졌다.

글렌 양은 제대로 종적을 감추어 다시는 소식이 들려오지 않았다. 이것으로 할 말은 다 한 것 같다. 2만 2천 달러를 공무원에게 넘기지 않을 수 없었다는 것만 빼고 말이다. 공무원은 내게 200달러의 수고비와 9달러 20센트의 기름값을 인정해 주었다. 가끔 나머지 돈은 어떻게 되었을지 궁금하다.

네바다 가스
Nevada Gas

1

휴고 캔들리스는 스쿼시 코트 중앙에서 거구를 구부리고 서서 엄지와 검지 사이에 작은 검정 공을 살며시 쥐었다. 그는 서비스라인 가까이에 공을 떨어뜨리고 손잡이가 긴 라켓으로 공을 후려쳤다.

검정 공이 전면 벽 서비스라인 살짝 위를 맞추고 높이 튀어 올라 완만한 곡선을 그리며 하얀 천장과 안전철망을 씌운 조명 바로 밑을 스치듯 지나갔다. 힘을 잃은 검정 공은 뒷벽에 맞았지만 튀어 오르지 못하고 미끄러지듯 아래로 떨어졌다.

조지 다이얼이 대충 휘두른 라켓 끝이 시멘트 뒷벽을 쳤다. 공을 받아치지 못한 것이다.

그가 말했다. "이럴 줄 알았습니다, 변호사님. 12 대 14입니다. 도무지 못 당하겠군요."

조지 다이얼은 키가 크고 검은 머리에 할리우드 배우처럼 잘생긴 남자였다. 아웃도어 차림의 그는 갈색으로 탄 피부에 좀 여위고 인상이 억셌다. 두툼하고 말랑한 입술과 암소같이 큰 눈을 빼면 모든 것이 거칠어 보였다.

"그래. 자네는 항상 나를 못 당했지." 휴고 캔들리스가 즐겁게 웃었다.

그는 풍만한 허리를 뒤로 꺾으며 입을 크게 벌리고 웃었다. 가슴과 배에서 땀이 번들거렸다. 웃통은 벗고, 파란 반바지에 털양말과 고무 밑창을 댄 무거운 스니커즈 운동화 차림이었다. 백발에 넙적한 달덩이 같은 얼굴에 코와 입은 작고, 반짝이는 눈매가 날카로웠다.

"어때, 한 판 더 지고 싶나?" 그가 물었다.

"더 하고 싶으시다면야."

휴고 캔들리스가 얼굴을 찌푸렸다. "그만하지." 그가 짧게 말했다. 그는 라켓을 옆구리에 끼고 반바지에서 방수 주머니를 꺼내, 거기서 담배와 성냥을 꺼냈다. 과장된 몸짓으로 담배에 불을 댕긴 그는 코트 중앙에 성냥을 내던졌다. 다른 사람이 그것을 치워야 할 것이다.

그는 스쿼시 코트 문을 열고 가슴을 활짝 편 채 거들먹거리며 탈의실로 난 복도를 걸어갔다. 다이얼은 고양이처럼 조용히 발소리를 죽이고 우아하게 그의 뒤를 따랐다. 그들은 샤워실로 들어갔다.

캔들리스는 샤워실에서 노래를 불렀다. 큰 덩치에 비누거품을 잔뜩 바른 그는 평소의 취향대로 따뜻한 물로 샤워한 다음 얼음장처럼 찬 물로 마무리했다. 아주 느긋하게 물기를 닦은 그는 다른 수건을 챙겨 들고 우쭐거리며 샤워실을 나와, 얼음과 진저에일을 가져오라고 종업원에게 소리를 질렀다.

빳빳한 흰 가운을 걸친 흑인이 부랴부랴 쟁반을 들고 들어왔다. 캔들리스가 과장된 몸짓으로 계산서에 서명한 후, 이중 사물함을 열고 조니 워커를 한 병 꺼내 탈의실 사물함 사이의 초록 원탁 위에 턱 하니 내려놓았다.

종업원이 조심스레 칵테일 두 잔을 만든 후 말했다. "여⊠습니다요, 미스타 캔들리스." 그리고 25센트를 거머쥐고 떠났다. 조지 다이얼은 이미 옷을 다 차려입은 상태였다. 멋진 회색의 플란넬 의상을 걸친 그가 모퉁이를 돌아와서 잔 하나를 집어 들었다.

"오늘 일과는 이걸로 끝인가요, 변호사님?" 그가 날 선 눈빛으로 잔을 통해 천장 불빛을 바라보았다.

"그렇겠지." 캔들리스가 인심 좋게 말했다. "이젠 집에 가서 여편네한테 점수 좀 따야겠어." 그가 작은 눈으로 재빨리 다이얼을 힐끔 바라보았다.

"제가 댁까지 동승하지 않아도 되겠습니까?" 다이얼이 조심스레 물었다.

"나야 괜찮지만, 우리 마누라가 실망할 텐데?" 캔들리스가 불쾌하다는 듯 말했다.

다이얼이 어깨를 으쓱하고는 두툼한 입술로 부드러운 소리를 냈다. "변호사님은 사람을 놀리는 게 취미시군요."

캔들리스는 대답을 하지 않고, 그를 바라보지도 않았다. 다이얼은 술잔을 들고 말없이 서서 거구의 남자가 모노그램을 수놓은 새틴 속옷을 입고, 회색 자수가 있는 자줏빛 양말을 신고, 역시 같은 모노그램을 수놓은 비단 셔츠를 입고, 검정과 흰색의 작은 체크무늬가 있는 정장을 걸치는 것까지 지켜보았다. 정장의 체크무늬 때문에 덩치가 무슨 헛간처럼 우람해 보였다.

그는 자줏빛 타이를 매면서 흑인 종업원에게 소리를 질러 다시 칵테일을 만들게 했다.

다이얼은 두 번째 잔을 사양하고 초록 사물함들 사이의 매트를 밟으며 조용히 자리를 떴다.

캔들리스는 옷을 다 입고 두 번째 하이볼을 들이켠 후, 조니 워커 병을 사물함에 넣고 잠근 다음 통통한 갈색 시가를 입에 물었다. 그러고는 흑인에게 담배에 불을 댕기게 했다. 그가 으쓱거리며 지나가자 여기저기서 큰 소리로 그에게 인사를 했다.

그가 떠나자 탈의실이 고요해진 듯했다. 그리고 나직이 낄낄거리는 웃음소리가 몇 번 들렸다.

델마 클럽 밖에는 비가 오고 있었다. 제복을 입은 도어맨이 휴고 캔들리스가 줄무늬의 하얀 레인코트를 입는 것을 거들어 주고 그의 차를 부르러 갔다. 정문 캐노피 앞에 차가 서자 도어맨은 나무 발판이 깔린 길을 뒤따라가며 휴고에게 우산을 씌워 주었다. 차는 담황색 줄무늬가 있는 감청색의 링컨 리무진, 차량번호는 5A6이었다.

검은 레인코트를 입은 운전기사는 양쪽 귀까지 목깃을 바짝 올린 채 고개를 돌리지 않고 정면만 바라보았다. 도어맨은 차 문을 열고 휴고 캔들리스가 차에 올라 뒷좌석에 푹 파묻히는 것을 도와주었다.

"잘 있게나, 샘. 집으로 가겠다고 말해 주게."

도어맨이 경례를 하고 문을 닫은 후 운전기사에게 지시를 전달하자,

기사가 고개도 돌리지 않고 끄덕였다. 차가 빗길을 나아갔다.

빗줄기가 비스듬히 내리쳤다. 네거리에서 갑자기 불어닥친 돌풍이 리무진 차창을 때렸다. 길모퉁이에는 선셋 대로를 가로질러 가려는 사람들이 모여 흙탕물을 뒤집어쓸까 봐 전전긍긍하고 있었다. 휴고 캔들리스는 딱하다는 듯이 그들을 바라보며 히죽 웃었다.

선셋 대로를 벗어난 리무진은 셔먼오크스를 지나 베벌리힐스 쪽으로 방향을 틀었다. 속도가 아주 빨라지기 시작했다. 여기서부터는 거리가 한산했다.

차 안은 무척 더웠다. 창문이 모두 닫혀 있었고, 운전석과 뒷좌석 사이에는 유리 칸막이가 있었다. 휴고의 시가 연기가 자욱해서 리무진 뒷좌석은 숨이 막힐 지경이었다.

캔들리스는 얼굴을 찌푸리며 창문을 내리려고 팔을 뻗었다. 차창 레버가 작동하지 않았다. 그는 반대쪽 창문을 내리려고 했다. 역시 소용이 없었다. 그는 화가 치밀기 시작했다. 운전기사에게 호통을 치려고 인터폰을 더듬거렸다. 인터폰 같은 건 없었다.

리무진이 급선회를 하더니 언덕바지 긴 직선 도로를 올라가기 시작했다. 길 한쪽에는 주택이 없이 유칼립투스 나무만 서 있었다. 캔들리스는 문득 등골이 서늘해졌다. 등뼈를 따라 전율이 흘렀다. 그는 앞으로 몸을 숙이고 주먹으로 유리 칸막이를 두드렸다. 운전기사는 고개를 돌리지 않았다. 리무진은 길고 어두운 언덕길을 아주 빠르게 올라갔다.

휴고 캔들리스는 미친 듯이 문손잡이를 더듬었다. 양쪽 모두 손잡이가 없었다. 휴고의 넓적한 달덩이 같은 얼굴에 불신이 가득한 병색 짙은 표정이 떠올랐다.

운전기사가 오른쪽으로 몸을 숙여 뭔가를 향해 장갑 낀 손을 뻗었다. 불현듯 날카롭게 쉬익 하는 소리가 났다. 휴고 캔들리스의 코에 아몬드 냄새가 흘러들었다.

냄새는 희미했다. 아주 희미해서 처음에는 오히려 기분 좋게 느껴졌다. 쉭쉭거리는 소리가 계속 이어졌다. 아몬드 냄새가 씁쓸해지고 독해지면서 치명적으로 바뀌었다. 휴고 캔들리스는 시가를 떨어뜨리고 있는 힘을 다해 차창을 두드렸다. 유리는 깨지지 않았다.

리무진은 언덕에 올라섰다. 이제 주거 지역의 드문드문한 가로등도 보이지 않았다.

캔들리스는 좌석에 등을 털썩 기대고는 앞쪽 칸막이 유리를 향해 세차게 발길질을 했다. 발길질은 멈추지 않았다. 이제 그의 눈에는 아무것도 보이지 않았다. 그의 얼굴이 심하게 일그러지더니 머리가 등받이 쿠션에 부딪치고 살찐 어깨 위로 무너지듯 툭 떨어졌다. 그의 네모나고 커다란 두개골에 씌워진 하얀 펠트 모자가 형편없이 구겨져 있었다.

운전기사가 재빨리 뒤를 돌아보았다. 매 같은 여윈 얼굴이 잠깐 드러났다. 그가 다시 오른쪽으로 몸을 숙이고 쉭쉭거리는 소리를 껐다.

그는 인적 없는 도로 옆에 차를 대고 조명을 모두 껐다. 빗줄기가 지붕을 두드리는 둔탁한 소리가 났다.

운전기사는 빗속으로 나가 뒷좌석 문을 열고 재빨리 뒤로 물러서며 코를 틀어쥐었다.

그는 잠시 차에서 물러나 도로를 살펴보았다.

리무진 뒷좌석의 휴고 캔들리스는 움직이지 않았다.

2

프랜신 레이는 작은 탁자 옆에 놓인 야트막한 빨강 의자에 앉아 있
었다. 탁자에는 설화석 사발이 놓여 있었다. 그녀가 방금 사발에 버린
담배꽁초에서 연기가 피어오르며 따뜻하고 고요한 실내 대기에 아롱
진 무늬를 자아냈다. 그녀는 두 손을 머리 뒤로 넘겨 깍지 끼고 있었
고, 그녀의 안개 낀 푸른 두 눈은 나른하고 유혹적이었다. 진고동색의
머리칼은 물결처럼 흘러내렸고, 그 물결 아래에는 푸른 그늘이 졌다.

조지 다이얼은 상체를 숙이고 그녀의 입술에 키스를 했다. 진하게.
키스를 하는 그의 입술이 뜨거웠고, 몸이 떨렸다. 여자는 움직이지 않
았다. 그가 다시 상체를 세우자 그녀는 나른히 그를 향해 미소 지었다.

목메인 듯한 쉰 목소리로 다이얼이 말했다. "내 말 좀 들어, 프랜시.
대체 언제 그 도박사를 버리고 나랑 같이 살 거야?"

프랜신 레이가 머리 뒤에 깍지 낀 손을 풀지 않고 어깨를 으쓱했다.
"그는 정직한 도박사야, 조지." 그녀가 느릿하게 말했다. "요즘 세상에
그건 대단한 거야. 그리고 당신은 돈도 별로 없잖아."

"벌 수 있어."

"어떻게?" 그녀의 목소리는 낮고 허스키했다. 그런 음성이 첼로처럼
조지 다이얼을 감동시켰다.

"캔들리스에게. 실은 그 사람한테 받을 게 많아."

"어째서?" 프랜신 레이가 나른히 물었다.

다이얼이 그녀를 굽어보며 부드럽게 웃었다. 그는 일부러 눈을 크게
뜨며 순진한 표정을 지었다. 프랜신 레이는 그의 흰자위가 하얗지 않
고 희미하게 다른 색을 띠고 있다고 생각했다.

다이얼은 불붙이지 않은 담배를 든 손을 휘저었다. "암튼 많아. 작년에 그가 리노 출신의 터프가이를 팔아 치웠을 때처럼. 그 터프가이의 이복형제가 여기서 살인 용의자로 붙잡혔는데, 캔들리스가 그를 빼주고 2만 5천 달러를 챙겼어. 그런데 다른 사건이 일어났을 때 검사와 거래를 하고 그 터프가이의 이복형제를 파멸시켜 버렸지."

"그런데 그 터프가이가 가만있었어?" 프랜신 레이가 나직이 물었다.

"아직은. 그는 그게 정당하게 처리된 일인 줄 아는 것 같아. 재판에서 항상 이길 수야 없으니까."

"하지만 그가 알게 되면 큰일 나겠네?" 프랜신 레이가 고개를 끄덕였다. "근데 조지, 터프가이가 누구야?"

다이얼이 다시 그녀 쪽으로 허리를 숙이고 속삭였다. "이런 말을 하면 안 되는 건데, 그 남자 이름은 자파티야. 만나 본 적은 없어."

"그럼 만나지 마, 조지. 당신이 제정신이라면 말이야. 나도 사양하겠어. 당신과 같이 그런 수렁에 발을 들여놓고 싶지 않아."

다이얼이 가볍게 웃었다. 어둠 속에서 매끄러운 얼굴과 치아가 보였다. "그건 내게 맡겨, 프랜시. 내가 당신에게 얼마나 반했는지만 빼고 나머지는 모두 잊어버려."

"술이나 한잔 사." 여자가 말했다.

이곳은 아파트식 호텔의 거실이었다. 실내는 대사관 장식처럼 무척이나 부자연스럽게 온통 빨간색과 흰색이었다. 하얀 벽에는 빨간 무늬가 칠해져 있고, 베네치아식 하얀 블라인드는 테두리에 하얀 주름 휘장이 둘러져 있으며, 가스스토브 앞에는 하얀 테두리의 빨간 반원형 깔개가 깔려 있었다. 창문 사이의 한쪽 벽에는 콩팥 모양의 하얀 책상이 놓여 있었다.

다이얼은 책상으로 다가가서 스카치를 잔 두 개에 따르고 얼음을 넣고 물을 섞은 후, 아직도 담배 연기가 하늘하늘 피어오르는 설화석 사발이 있는 쪽으로 잔을 들고 돌아갔다.

"도박사는 차 버려." 다이얼이 잔을 건네주며 말했다. "녀석은 당신을 수렁에 빠뜨릴 거야."

그녀가 잔을 홀짝이고 고개를 끄덕였다. 다이얼이 그녀의 손에서 잔을 빼내, 같은 자리에 입을 대고 마신 후 잔 두 개를 든 채 상체를 숙여 그녀의 입술에 다시 키스를 했다.

짧은 복도로 통한 문에 빨간 커튼이 드리워져 있었는데, 살짝 벌어진 커튼 사이로 한 남자의 얼굴이 나타났다. 차가운 회색 눈동자가 키스 장면을 눈여겨보더니, 커튼이 다시 소리 없이 맞붙었다.

잠시 후 문 닫는 소리가 크게 나고 복도를 걸어가는 발소리가 났다. 조니 디 루즈가 커튼을 젖히고 방으로 들어왔다. 이때 다이얼은 담배에 불을 댕기고 있었다.

조니 디 루즈는 키가 크고 여윈 체격에 과묵하고, 세련된 검은 옷을 입고 있었다. 서늘한 회색의 눈가에 섬세한 눈웃음 주름이 잡혀 있었다. 가는 입매는 섬세했지만 부드럽지는 않았다. 긴 턱은 가운데가 움푹했다.

다이얼이 그를 빤히 바라보며 알 수 없는 손동작을 했다. 디 루즈는 말없이 책상으로 다가가 잔에 위스키를 따라 단숨에 비웠다.

그는 잠시 등을 돌리고 서서 책상 가장자리를 손으로 톡톡 두드렸다. 그러고는 돌아서서 희미하게 미소를 짓고 말했다. "어이, 잘들 지냈지?" 다소 길게 끌리는 부드러운 말투였다. 그가 내실로 들어갔다.

내실은 트윈 베드가 놓이고 화려하게 장식된 커다란 침실이었다. 그는 벽장으로 가서 황갈색 가죽 옷가방을 꺼내 근처의 침대 위에 얹고 열어젖혔다. 그리고 긴 다리가 달린 장롱 서랍을 뒤져 옷가방을 채우기 시작했다. 그는 나직이 휘파람을 불며 주저 없이 옷들을 차곡차곡 담았다.

옷을 다 꾸린 그는 가방을 닫고 담배에 불을 댕겼다. 그리고 방 한복판에서 잠시 움직이지 않고 가만히 서 있었다. 벽을 향한 회색 눈동자는 아무것도 바라보지 않았다.

잠시 후 그는 다시 옷장으로 다가가서 짧은 가죽끈 두 개가 달린 권총집에 든 작은 권총을 꺼냈다. 그것을 왼쪽 다리에 차고 끈을 묶었다. 그러고는 옷가방을 들고 다시 거실로 나섰다.

프랜신 레이는 옷가방을 보자마자 눈살을 찡그렸다.

"어디 가게?" 그녀가 낮고 허스키한 음성으로 물었다.

"응. 다이얼은 어딨지?"

"가 봐야 한대."

"그거 안됐군." 디 루즈가 부드럽게 말했다. 그는 옷가방을 옆에 내려놓고 서서 서늘한 회색 눈으로 여자의 얼굴을 바라보고, 발끝부터 고동색의 머리칼 끝까지 가녀린 몸을 훑어보았다. "그것 참 안됐어." 그가 말했다. "다시 그를 볼 수 있었으면 좋겠는데. 당신에겐 내가 좀 지루했지."

"아마 그랬을 거야, 조니."

그는 허리를 숙였지만 가방에 손도 대지 않고 다시 상체를 세우고 지나가는 말로 물었다. "몹스 패리시라고 기억 나? 오늘 시내에서 그를 봤어."

그녀의 눈이 커졌다가 곧 게슴츠레해졌다. 치아가 살짝 맞부딪치는 소리가 났고, 턱 선이 잠시 눈에 띌 정도로 불거졌다.

디 루즈는 그녀의 얼굴과 몸을 계속 훑어보았다.

"그래서 뭘 어쩌려고?" 그녀가 물었다.

"이참에 여행이나 좀 하고 싶어서." 디 루즈가 말했다. "한때는 나도 주먹질깨나 했지만 이젠 아냐."

"총질을 하겠지." 프랜신 레이가 나직이 말했다. "우리 어디로 가는 거야?"

"총질이 아니라 여행을 할 거라니까." 디 루즈가 담담히 말했다. "그리고 우리가 아니라 나. 나 혼자 갈 거야."

그녀는 꼼짝도 않고 묵묵히 앉아서 그의 얼굴만 빤히 바라보았다.

디 루즈가 외투 안으로 손을 넣어 책처럼 열리는 긴 지갑을 꺼냈다. 그리고 빳빳한 지폐를 한 묶음 여자의 무릎에 던져 주고 지갑을 다시 넣었다. 그녀는 지폐에 손을 대지 않았다.

"그거면 새 애인을 찾을 때까지 지낼 수 있겠지." 그가 무표정하게 말했다. "더 부쳐 줄 수도 있어, 필요하다면."

그녀가 천천히 일어섰다. 치마 위에 있던 지폐 다발이 바닥으로 떨어졌다. 그녀가 두 팔을 늘어뜨린 채 주먹을 부르쥐자 손등의 힘줄이 도드라졌다. 두 눈은 슬레이트처럼 흐렸다.

"우리 끝난 거야, 조니?"

그는 가방을 들었다. 그녀가 크게 두 걸음을 내디뎌 재빨리 그의 앞에 섰다. 그리고 한 손으로 그의 상체를 밀쳤다. 그는 가만히 서서 부드럽게 눈웃음을 지었지만 입은 웃지 않았다. 샬리미 향수에 그의 코가 씰룩거렸다.

"자기가 어떤 사람인지 잘 알잖아, 조니."

그녀의 허스키한 음성이 버벅거렸다.

그는 기다렸다.

"비둘기. 자기는 비둘기야, 조니."

그가 살짝 고개를 끄덕였다. "맞아. 나는 몹스 패리시를 보고 경찰에 신고했어. 나는 납치 같은 걸 좋아하지 않아. 납치를 일삼는 그런 사람에 대해서는 이번이 아니라도 언제든 경찰에 신고했을 거야. 납치를 막다가 내가 다칠지도 모르지. 그거야 흔히 있는 일이잖아. 이제 됐지?"

"자기가 경찰에 신고한 걸 그가 모를까? 아마 알 거야. 그러니 자기는 그에게서 도망쳐야 할 거야. ……그건 웃기는 일이잖아, 조니. 지금 농담한 거지? 하지만 그게 자기가 나를 떠나려는 이유는 아닐 거야."

"그저 싫증이 난 건지도 모르지."

그녀는 고개를 젖히고 자지러질 듯 날카롭게 웃음을 터트렸다. 디 루즈는 미동도 하지 않았다.

"자기는 터프가이가 아니야, 조니. 자긴 부드러운 남자야. 차라리 조지 다이얼이 자기보다 더 거칠어. 정말이지 자긴 얼마나 부드러운 남자인지 몰라, 조니."

그녀는 뒤로 물러서서 그의 얼굴을 물끄러미 바라보았다. 그녀의 두 눈이 참을 수 없을 만한 감정의 물결에 휩쓸려 젖어 들었다.

"당신은 정말 멋진 남자야, 조니. 진짜 멋진데, 너무 부드러운 건 안 좋아."

디 루즈는 움직이지 않고 나직이 말했다. "부드럽지 않아. 그저 좀 감상적일 뿐이야. 나는 경마를 좋아하고, 세븐카드 스터드*를 즐기고,

---

* 포커 경기 방법의 하나.

주사위 놀음도 좋아해. 운에 맡기는 게임을 좋아하지. 여자도 거기에 포함돼. 하지만 잃더라도 미련을 두지 않고, 사기를 치지도 않아. 그저 다음 테이블로 자리를 옮길 뿐이지. 그럼 또 봐."

그가 허리를 숙여 가방을 들고 그녀의 옆으로 돌아갔다. 실내를 가로질러 빨간 커튼을 지나며 그는 한 번도 돌아보지 않았다.

프랜신 레이는 굳은 눈빛으로 바닥만 바라보았다.

3

채터턴 아파트 측면 출입구의 유리 캐노피 아래 서서, 디 루즈는 아이롤로 가를 둘러보고, 아이롤로 가와 직각을 이룬 윌셔 대로의 불빛과 어둡고 조용한 옆 골목길을 바라보았다.

비가 부드럽게 비스듬히 내리고 있었다. 작은 빗방울이 캐노피 아래로 날아와 그의 담뱃불에 닿아 치직거렸다. 그는 옷가방을 들고 아이롤로 가를 따라 자기 세단이 세워진 곳으로 갔다. 곳곳에 크롬 도금을 해서 광이 나는 검정색 패커드 자동차가 옆길 모퉁이 가까이 주차되어 있었다.

그가 걸음을 멈추고 차 문을 여는 순간, 차 안에서 불쑥 권총이 튀어나왔다. 총구가 그의 가슴을 쿡 찔렀다. 날카로운 음성이 이어졌다. "꼼짝 마! 손모가지 쳐들고!"

디 루즈는 차 안의 남자를 어렴풋이 보았다. 여위고 매 같은 얼굴에 반사광이 조금 비쳤지만 선명하게 보이지는 않았다. 흉골이 아플 만큼 총구가 그의 가슴을 세게 짓눌렀다. 재빠른 발소리가 뒤에서 들리더니 다른 총구가 그의 등을 찔렀다.

"이러면 말귀를 알아먹겠지?" 제삼의 남자가 물었다.

디 루즈는 옷가방을 떨어뜨리고 두 손을 들어 자동차 지붕에 얹었다.

"좋아. 근데 뭐하는 짓이지? 강도인가?" 그가 피곤한 음성으로 물었다.

차 안의 남자가 가시 돋은 웃음을 터트렸다. 뒤에서는 디 루즈의 엉덩이를 후려쳤다.

"물러서! 천천히!"

디 루즈가 두 손을 공중으로 번쩍 쳐든 채 뒷걸음질 쳤다.

"어이, 애송이, 손을 너무 높게 들지 말고. 어깨 높이로." 뒤에 선 남자가 사납게 말했다.

디 루즈는 손을 낮추었다. 차 안의 남자가 밖으로 나와 몸을 곧추세웠다. 그는 다시 디 루즈의 가슴에 총구를 들이대고, 긴 팔을 뻗어 디 루즈의 외투 단추를 끌렀다. 디 루즈는 몸을 뒤로 젖혔다. 긴 팔이 다가왔고, 그의 주머니와 겨드랑이를 더듬었다. 겨드랑이에서 38구경의 무게가 줄어들었다.

"하나 찾았어, 척. 그쪽은 어때?"

"엉덩이엔 없어."

앞쪽 남자가 뒤로 물러나서 가방을 집어 들었다.

"걸어. 우리 똥차를 타고 갈 거니까."

그들은 아이롤로 가를 따라 걸어갔다. 커다란 링컨 리무진이 모습을 드러냈다. 연청색 줄무늬가 하나 있는 파란 차였다. 매 얼굴의 남자가 뒷문을 열었다.

"타."

디 루즈는 리무진 지붕 아래로 고개를 숙이며 축축한 어둠 속에 담배꽁초를 내뱉고 미적미적 차에 발을 올렸다. 희미한 냄새가 코를 간지럽혔다. 너무 익은 복숭아나 아몬드 냄새 같았다. 그는 차에 올라탔다.

"녀석 옆에 앉아, 척."

"어이, 같이 앞에 타자고. 내가 잘……"

"아니. 녀석 옆에 앉아, 척." 매 얼굴의 남자가 단호하게 말했다.

척은 툴툴대며 뒷좌석 디 루즈 옆에 앉았다. 앞서의 남자가 문을 쾅 닫았다. 그의 여윈 얼굴에 떠오른 시큼한 미소가 닫힌 창문으로 보였다. 그리고 그는 차를 빙 돌아 운전석으로 가서 시동을 걸고 천천히 차를 몰았다.

디 루즈는 콧등을 찡그리고 킁킁거리며 수상한 냄새를 음미했다.

그들은 길모퉁이를 돌아 8번가에서 동쪽 노먼디 가로 향하다가, 노먼디 가에서 북쪽 윌셔 대로를 가로지른 후, 다른 거리들 몇 곳을 지나 가파른 언덕을 하나 넘고 멜로즈 가로 향했다. 링컨이 이슬비 속을 무척 조용히 미끄러지듯 나아갔다. 척은 오른쪽 구석에 앉아 권총을 쥔 오른손을 무릎에 얹은 채 오만상을 찌푸리고 있었다. 거리의 불빛에 네모나고 거만한 빨간 얼굴, 그리 편치 않은 얼굴이 비쳤다.

유리 칸막이 너머로 보이는 운전자의 뒤통수는 전혀 움직이지 않았다. 리무진은 선셋 대로와 할리우드 대로를 지나 프랭클린 가에서 동쪽으로 방향을 틀더니, 다시 북쪽 로스펠리즈 대로로 빠져 강둑을 향해 달렸다.

언덕길을 오르는 다른 자동차 불빛이 리무진 안으로 언뜻언뜻 흘러들었다. 디 루즈는 긴장한 채 기회를 노렸다. 다음 불빛이 차 안을 정면으로 비추자 재빨리 몸을 숙이고 왼쪽 바짓단을 걷어 올렸다. 그리고 불빛이 사라지기 전에 다시 쿠션에 몸을 기댔다.

척은 그것을 알아차리지 못한 채 우두커니 앉아 있었다. 언덕을 내려가 리버사이드 드라이브 교차로에서 신호가 바뀌자 반대 차선에 늘어선 차들이 리무진 쪽으로 일제히 밀려왔다. 디 루즈는 전조등 불빛이 밀려드는 순간을 노렸다. 그는 번개같이 몸을 숙이고 팔을 뻗어 왼쪽 다리에 찬 권총집에서 작은 권총을 뽑아 들었다.

그는 다시 쿠션에 등을 기대고 척이 앉은 곳에서 보이지 않도록 왼쪽 허벅지 뒤에 총을 감추었다.

링컨이 빠르게 리버사이드 드라이브를 달려 그리피스 공원 입구를 지났다.

"어이, 지금 어디로 가는 거지?" 디 루즈가 천연덕스레 물었다.

"닥쳐. 곧 알게 될 거야." 척이 으르렁거렸다.

"설마 권총 강도는 아니겠지, 응?"

"닥치라니까." 척이 다시 으르렁거렸다.

"혹시 몹스 패리시의 부하인가?" 디 루즈가 천천히, 조용하게 물었다.

빨간 얼굴의 총잡이가 무릎 위의 권총을 들고 확 돌아보았다. "닥치랬지!"

디 루즈가 말했다. "아, 미안."

디 루즈는 왼손에 쥔 권총을 허벅지 위로 올리고 재빨리 총구를 겨누어 방아쇠를 당겼다. 사소한 소음처럼 작은 총성이 울렸다.

척이 비명을 지르며 한 손을 뒤틀었다. 그 손에서 벗어난 총이 바닥에 떨어졌다. 그가 말짱한 왼손으로 오른쪽 어깨를 움켜쥐었다.

디 루즈는 작은 마우저총을 재빨리 오른손으로 바꿔 쥐고 총구로 척의 옆구리를 쿡 찔렀다.

"가만, 가만히 있어. 손 움직이지 말고. 자, 저 대포를 발로 차서 이쪽으로 넘겨. 빨리!"

척이 바닥에 떨어진 커다란 자동 권총을 발로 찼다. 디 루즈는 재빨리 팔을 뻗어서 그것을 집어 들었다. 여윈 얼굴의 운전자가 뒤를 홱 돌아보았다. 차가 살짝 방향을 틀었다가 다시 직진했다.

디 루즈는 커다란 권총을 들고 무게를 가늠해 보았다. 몽둥이로 쓰기에 마우저는 너무 가벼웠다. 그는 척의 권총으로 척의 옆통수를 후려쳤다. 척이 신음을 하며 앞으로 푹 쓰러져 머리를 움켜쥐었다.

"가스!" 그가 골골거리는 소리로 말했다. "가스! 녀석이 가스를 틀 거야!" 디 루즈가 다시 그를 더 세게 후려쳤다. 척이 자동차 바닥에 널브러졌다.

링컨이 방향을 틀어 리버사이드 드라이브를 벗어나 짧은 다리를 건넜다. 승마 전용 도로를 지나 골프 코스를 가로질러 좁은 비포장도로를 내려갔다. 링컨은 나무들 사이의 어둠 속을 달렸다. 차가 빠르게 달리자, 일부러 그렇게 운전한 것처럼 이리저리 몸이 쏠렸다.

디 루즈는 몸의 중심을 잡고 문손잡이를 더듬거렸다. 손에 걸리는 게 없었다. 그는 입꼬리를 비틀며 권총으로 창문을 후려쳤다. 차창이 돌담 같았다.

매 얼굴의 남지기 몸을 기울이자 쉭쉭거리는 소리가 났다. 갑자기 아몬드 냄새의 강도가 치솟았다.

디 루즈는 주머니에서 허겁지겁 손수건을 꺼내 코를 막았다. 운전자는 기울인 몸을 일으키고 앞으로 웅크린 자세로 머리를 옆으로 꺾은 채 운전을 했다.

디 루즈는 운전자의 머리가 기운 쪽의 유리 칸막이 가까이 커다란 권총의 총구를 들이댔다. 그는 신경질을 부리는 여자처럼 머리를 획 돌리고 두 눈을 감은 채 재빨리 네 발을 잇달아 쏘았다.

유리는 깨지지 않았다. 자세히 보니 유리에 둥그런 구멍만 하나 나 있었다. 구멍 주변으로 별빛처럼 짧은 금이 가기는 했지만 깨지지는 않았다.

그 구멍 가장자리를 총으로 후려치자 유리를 끼운 틀이 헐거워졌다. 이제 가스가 손수건을 뚫고 스며들었다. 그의 시야가 흔들렸다.

매 얼굴의 운전자는 몸을 웅크리고 자기 쪽 차 문을 열더니 운전대를 반대로 획 꺾고는 밖으로 뛰어내렸다.

링컨이 낮은 제방을 훌쩍 넘어 살짝 회전을 하더니 나무둥치를 옆으로 들이받았다. 차체가 뒤틀리면서 한 명이 빠져나갈 수 있을 만큼 뒷문이 열렸다.

디 루즈는 그 문밖으로 머리를 먼저 내밀고 몸을 날렸다. 부드러운 흙에 나동그라진 그는 숨이 턱 막혔다. 그러나 곧바로 맑은 공기를 들이쉴 수 있었다. 그는 고개를 숙이고 웅크린 채 몸을 옆으로 굴러 차에서 멀어졌다.

매 얼굴의 남자가 10여 미터쯤 떨어진 곳에서 무릎을 꿇은 자세로 앉아 있었다. 디 루즈는 그가 주머니에서 총을 꺼내는 것을 보았다.

디 루즈의 손에서 적의 총이 탄창이 빌 때까지 사납게 울부짖으며 반동했다.

매 얼굴 남자의 허리가 서서히 꺾이며 몸뚱이가 어둡고 축축한 땅과 하나가 되었다. 멀리 리버사이드 드라이브를 지나는 차량들 소리가 어슴푸레 들렸다. 나무에서 빗방울이 후드득후드득 떨어졌다. 우중충한 하늘을 배경으로 그리피스 공원 표지판이 불을 밝혔다. 그 밖에는 사위가 어둠과 침묵에 잠겨 있었다.

디 루즈는 숨을 깊이 몰아쉬고 몸을 일으켰다. 탄창이 빈 총을 버리고 외투 주머니에서 작은 손전등을 꺼내 들고서, 외투를 끌어 올려 얼굴에 대고 코와 입을 단단히 차단했다. 자동차로 다가간 그는 전조등을 끄고 손전등으로 운전석을 비추었다. 그는 재빨리 상체를 밀어 넣고 소화기처럼 생긴 구리 실린더의 가스 개폐기를 돌려 잠갔다. 쉭쉭거리던 소리가 멈추었다.

그는 매 얼굴의 남자에게 다가갔다. 이미 죽어 있었다. 그의 주머니에는 약간의 지폐와 동전, 담배, 이집트 클럽의 종이성냥이 있고, 지갑은 없고, 여분의 탄창 두 개와 디 루즈의 38구경이 있었다. 디 루즈는 권총만 챙긴 후 널브러진 시신에서 손을 떼고 허리를 폈다.

그는 어둠에 잠긴 로스앤젤레스 강 건너 글렌데일의 야경을 바라보았다. 다른 불빛들과는 외따로 이집트 클럽의 초록 네온사인이 깜빡거렸다.

디 루즈는 말없이 혼자 미소를 짓고 링컨으로 돌아갔다. 그는 척의 시신을 젖은 땅으로 끌어냈다. 작은 손전등을 비추자 붉었던 척의 얼굴이 파랗게 변해 있었다. 두 눈에는 초점이 없었다. 가슴은 들썩이지 않았다. 디 루즈는 손전등을 내려놓고 좀 더 주머니를 뒤져 보았다.

지갑을 비롯해서 평범한 남자의 소지품이 몇 가지 나왔다. 지갑 속의 운전면허증은 로스앤젤레스 메트로폴 호텔, 찰스 르 그랜드 앞으로 발급된 것이었다. 그리고 이집트 클럽의 종이성냥 몇 개와 메트로폴 호텔 809호실이라는 꼬리표가 달린 열쇠가 하나 나왔다.

그는 주머니에 열쇠를 집어넣고 우그러진 링컨 뒷문을 쾅 닫고는 운전석에 앉았다. 시동이 걸렸다. 우그러진 펜더가 뒤틀리며 나무 옆에서 후진한 차는 천천히 방향을 틀어 무른 흙길을 지나 다시 도로에 올라섰다.

리버사이드 드라이브로 돌아온 그는 전조등을 켜고 다시 할리우드로 향했다. 그는 할리우드 대로에서 북쪽으로 반 블록 떨어진 켄모어 아파트의 커다란 벽돌 건물 정면에 서 있는 몇 그루의 후추나무 아래 차를 세우고, 시동을 끈 후 옷가방을 집어 들었다.

차에서 좀 떨어진 그는 아파트 입구의 불빛에 비친 링컨 번호판을 보았다. 5A6. 아무나 가질 수 없는 이런 번호의 차를 총잡이들이 어떻게 굴릴 수 있었는지 이해가 되지 않았다.

드러그스토어에서 공중전화로 택시를 불렀다. 그는 택시를 타고 채터턴 아파트로 돌아갔다.

4

아파트는 비어 있었다. 따뜻한 실내 공기 속에 살리마 향수와 담배 연기 냄새가 감돌았다. 얼마 전에 누군가가 다녀간 것처럼. 디 루즈는 침실 문을 밀고 들어가 옷장 속의 옷과 서랍장 속의 물건들을 살펴본 다음, 다시 빨간색과 하얀색의 거실로 가서 하이볼을 독하게 한 잔 만들었다.

현관문에 빗장을 지른 그는 술잔을 들고 침실로 가서, 흙 묻은 옷을 벗고 어두운 색깔의 세련된 정장을 걸쳤다. 그는 부드러운 흰색 리넨 셔츠의 깃을 젖히고 넥타이를 매다가 하이볼을 홀짝였다.

작은 마우저의 총신을 면봉으로 닦고 다시 조립한 후, 작은 탄창에 총알을 하나 보충하고, 다시 다리의 권총집에 넣었다. 그리고 손을 씻은 그는 하이볼을 들고 전화기가 놓인 곳으로 갔다.

처음 건 곳은 《크로니클》지였다. 그는 뉴스 편집실의 클로드 워너를 찾았다.

느릿한 말소리가 전신줄을 타고 들려왔다. "워너입니다. 말씀하세요. 여보세요."

디 루즈가 말했다. "존 디 루즈야, 클로드. 5A6이라는 캘리포니아 번호판 좀 알아봐 줘."

"거물 정치가겠군." 느릿한 목소리가 울리더니 조용해졌다.

디 루즈는 가만히 앉아 구석에 놓인 하얀 기둥 모양 탁자를 바라보았다. 세로로 팬 홈들이 주름 같았다. 탁자 위에는 빨간색과 하얀색의 인조 장미들이 담긴 빨갛고 하얀 사발이 놓여 있었다. 그는 역겹다는 듯이 콧잔등을 찡그렸다.

워너의 목소리가 다시 전신줄을 타고 들어왔다. "휴고 캔들리스 앞으로 등록된 1930년산 링컨 리무진. 주소는 웨스트 할리우드, 클리어워터 가 2942, 카사 디 오로 아파트."

디 루즈가 담담한 어조로 말했다. "그거 변호사 아냐?"

"맞아. 거물 주둥이지. 증인 물어 오기의 달인이고." 워너의 목소리가 낮게 깔렸다. "조니, 이건 공공연히 할 말은 아니고 자네니까 하는 말인데, 놈은 뒤룩뒤룩한 뚱보 악당인데 사실 영리하지도 않아. 주둥이를 팔 먹잇감을 찾아 헤매는 놈이지. 근데 놈한테 무슨 일이라도?"

"아냐." 디 루즈가 부드럽게 말했다. "차가 스치고 지나갔는데 멈추진 않았어."

그는 전화를 끊고 하이볼을 비운 후 일어나서 한 잔을 더 만들었다. 그러고는 하얀 책상 위에 놓인 전화번호부를 뒤져 카사 디 오로 아파트의 번호를 찾았다. 다이얼을 돌렸다. 휴고 캔들리스 씨는 외출 중이라고 전화 교환원이 말했다.

"그래도 그의 집으로 연결해 주세요." 디 루즈가 말했다.

한 여자가 심드렁한 목소리로 전화를 받았다. "네, 휴고 캔들리스의 아내입니다. 무슨 일이시죠?"

디 루즈가 말했다. "캔들리스 씨의 거래처입니다. 꼭 만나 봬야 할 일이 있는데 좀 도와주시겠습니까?"

"안됐군요." 심드렁한, 거의 나른한 목소리가 들려왔다. "남편은 급한 볼일이 있어서 나갔어요. 어디 갔는지는 나도 몰라요. 오늘 저녁에 소식이 오기를 기다릴 뿐이죠. 그이는 클럽을 떠나……"

"그게 무슨 클럽이죠?" 디 루즈가 가볍게 물었다.

"델마 클럽이에요. 그이가 클럽을 떠났다는데 집에는 오지 않았어요. 전할 말이 있으시면……"

디 루즈가 말했다. "고맙습니다, 캔들리스 부인. 나중에 다시 연락을 드리겠습니다."

그는 전화를 끊고 새로 탄 하이볼을 마셨다. 스산한 미소가 천천히 입가에 번졌다. 그는 메트로폴 호텔 전화번호를 찾아 전화를 걸어서 "809호실의 찰스 르 그랜드 씨"를 찾았다.

"그분은 609호실인데요." 교환원이 대뜸 말했다. "연결해드리겠습니다." 잠시 후 "응답이 없습니다"라는 대답이 돌아왔다.

디 루즈는 고맙다고 말하고 꼬리표가 달린 열쇠를 주머니에서 꺼내 숫자를 바라보았다. 809호였다.

5

델마 클럽의 도어맨 샘은 입구의 담황색 돌에 기대서서 선셋 대로를 달리는 차들을 지켜보았다. 전조등 불빛에 눈이 따가웠다. 지친 그는 집에 가고 싶었다. 집에서 담배를 피우며 큰 잔으로 진을 들이켜고 싶었다. 하다못해 비라도 그쳤으면 싶었다. 비가 올 때면 클럽 안은 썰렁했다.

그는 벽에서 몸을 떼고 캐노피 아래 긴 인도를 몇 차례 오락가락하며, 큼직한 흰 장갑을 낀 큼직한 검은 두 손을 철썩철썩 마주쳤다. 〈스케이터의 왈츠〉를 휘파람으로 불러 보려고 했지만 한 소절도 제대로 부를 수 없어서, 그 대신 〈로 다운 레이디〉를 불렀다. 그것도 음이 맞지 않기는 마찬가지였다.

디 루즈는 허드슨 가에서 길모퉁이를 돌아와서 벽 근처의 도어맨 옆에 섰다.

"휴고 캔들리스 안에 있죠?" 그는 샘을 바라보지 않고 물었다.

샘은 아니라는 듯 이빨을 딱딱 마주쳤다. "없슈."

"다녀갔나요?"

"데스크에 가서 물어보슈, 미스타."

디 루즈는 장갑 낀 두 손을 주머니에서 꺼내 왼손 검지에 5달러 지폐를 돌돌 말기 시작했다.

"당신이 모르는 것을 그 사람들이 알겠습니까?"

샘이 천천히 히죽 웃으며 장갑 낀 손가락이 지폐를 단단히 돌돌 마는 모습을 바라보았다.

"그거야 그렇습죠. 예, 그 사람 다녀갔슈. 거의 날마다 오니까."

"몇 시에 떠나나요?"

"대충 6시 반쯤?"

"청색 링컨 리무진을 몰고?"

"암. 하지만 그가 직접 몰진 않지. 그런 건 왜 물으슈?"

"그때 비가 왔습니다." 디 루즈가 차분히 말했다. "꽤 많이 왔죠. 아마 그건 링컨이 아니었을 겁니다."

"링컨, 맞수다." 샘이 잘라 말했다. "그 사람을 차 안에 밀어 넣은 게 난데? 그 사람은 링컨 아니면 안 타."

"5A6 번호판의?" 디 루즈가 물고 늘어졌다.

"바로 그거유." 샘이 환하게 웃었다. "그런 번호는 시의원은 돼야 쓰는디."

"운전기사를 혹시 아나요?"

"암……" 샘이 입을 뗐다가 뚝 멈추었다. 그가 바나나 크기만 한 하얀 손가락으로 검은 턱을 벅벅 긁었다. "어, 새 기사를 고용한 게 아니믄 내 눈깔이 삔 거여. 생판 첨 보는 사람이었슈."

디 루즈는 샘의 커다란 흰 손갈퀴에 지폐를 찔러 넣어 주었다. 샘이 지폐를 콱 움켜쥐면서도 커다란 두 눈으로 디 루즈를 수상쩍게 바라보았다.

"어이, 미스타, 대체 그딴 걸 왜 물어보슈?"

디 루즈가 말했다. "방금 찔러준 게 그 답입니다."

그는 다시 길모퉁이를 돌아 허드슨 가로 가서 자신의 검은 패커드 세단에 올라탔다. 차를 몰고 선셋 대로를 달리다가, 서쪽으로 방향을 틀어 거의 베벌리힐스까지 간 다음 언덕 쪽으로 방향을 틀고는 길모퉁이의 간판들을 살펴보기 시작했다. 언덕 옆으로 뻗은 클리어워터 가에서는 도시 전체가 내려다보였다. 카사 디 오로 아파트는 어도비 점토벽돌 벽에 붉은 타일 지붕을 얹은 방갈로식의 고급 공동주택이었다. 각 건물마다 로비가 하나씩 있고, 커다란 개인 차고가 따로 있었다.

디 루즈는 차고가 있는 길 맞은편에 주차를 하고, 커다란 창문을 통해 아파트 관리실을 들여다보았다. 티 없이 하얀 전신 작업복을 입은 관리원이 책상에 두 발을 올려놓고 앉아 잡지를 읽으며 어깨 너머로 밖에서는 보이지 않는 타구에 가래를 뱉었다.

디 루즈는 패커드에서 내려 멀찌감치 위쪽 도로에서 길을 건넌 다음, 다시 돌아와서 관리인의 눈을 피해 슬그머니 차고 안으로 들어갔다.

차는 네 줄로 세워져 있었다. 하얀 양 벽에 두 줄, 그 사이 중앙에 두 줄이 있었다. 빈자리가 많았지만 세워진 차도 많았다. 차는 대부분 크고 비싼 세단이었는데, 오픈카도 몇 대 있었다.

그 가운데 리무진은 한 대뿐이었다. 차량 번호가 5A6이었다.

반짝반짝 윤이 나도록 잘 관리된 차였다. 담황색 줄무늬가 있는 감청색 리무진. 디 루즈는 장갑을 벗고 라디에이터에 손을 대 보았다. 싸늘했다. 타이어를 만진 후 손가락을 보니 잘 마른 먼지가 묻어났다. 타이어 접지면에는 진흙이 엉겨 있지 않았고, 그저 바싹 마른 먼지뿐이었다.

그는 어둑하게 늘어선 차량들을 따라 뒤로 돌아가서 열려 있는 작은 관리실 문에 기대섰다. 잠시 후 관리인이 고개를 쳐들다 화들짝 놀랐다.

"캔들리스의 운전기사를 본 적 있습니까?" 디 루즈가 물었다.

관리인은 고개를 내두르고 구리 타구에 재빨리 뭔가를 뱉었다.

"내가 3시에 여기 왔는데, 전혀 보지 못했습니다."

"그 노인을 찾아 클럽에 간 거 아닙니까?"

"아니요. 아닐 겁니다. 그 덩치는 여기서 나가지 않았어요. 덩치는 항상 차를 끌고 나가죠."

"그는 어디에 묵나요?"

"누구? 매틱? 운전기사들이 묵는 숙소가 저 뒤쪽에 있어요. 하지만 그가 무슨 호텔에 묵는다는 소리를 들은 것 같은데? 어디라고 했더라……" 그의 미간에 골이 파였다.

"메트로폴 호텔?" 디 루즈가 말했다.

차고 관리인이 잠깐 생각을 하는 동안 디 루즈는 그의 뾰족한 턱을 바라보았다.

"그래요. 거기라고 한 것 같아요. 하지만 확실치는 않아요. 매틱은 입이 워낙 무거워서."

디 루즈는 고맙다고 말하고 길을 건너 다시 패커드에 올라탔다. 그는 번화가로 차를 몰았다.

7번가와 스프링 가 길모퉁이에 도착한 것은 9시 25분이었다.

메트로폴 호텔은 한때 고급이었지만 이제는 낡을 대로 낡아서 법정 관리 상태에 놓여 있는 데다 경찰에게는 요주의 건물이었다. 나무 패널은 기름때에 절었고, 도금 거울은 성한 것이 거의 없었다. 천장이 낮은 로비에는 담배 연기가 자욱했고, 낡은 가죽 의자에는 사기꾼들이 진을 치고 있었다. 시가 판매대를 맡고 있는 금발 여성은 더 이상 젊지 않았다. 남루한 술꾼들에게서 좀 떨어져 서 있는 그녀의 눈길은 싸늘했다. 디 루즈는 유리 카운터에 몸을 기대고 검은 머리 위에 쓴 모자를 뒤로 젖혔다.

"카멜 주십시오." 그가 도박꾼스러운 저음으로 말했다.

여자가 그의 앞에 담뱃갑을 툭 내려놓고는, 15센트를 계산하고 잔돈을 그의 팔꿈치 아래로 밀어 주며 희미하게 미소를 지었다. 두 눈에 호감이 깃들어 있었다. 그녀가 맞은편에서 앞으로 몸을 숙여 머리를 내밀어서, 그는 그녀의 머리칼 냄새를 맡을 수 있었다.

"뭐 좀 알려 주시죠." 디 루즈가 말했다.

"뭘요?" 그녀가 부드럽게 물었다.

"809호실에 묵는 사람이 누군지 알아봐 줘요. 다른 종업원한테는 말하지 말고."

금발 여자는 실망한 기색이었다. "직접 물어보지 그러세요?"

"내가 낯을 좀 가려서요." 디 루즈가 말했다.

"물론 그러시겠지!"

그녀가 판매대에 놓인 전화기 앞으로 가서 느릿느릿 우아하게 몇 마디 통화를 한 후 다시 돌아왔다.

"매틱이라네요. 아시는 분인가요?"

"아닙니다." 디 루즈가 말했다. "정말 고맙습니다. 이 멋진 호텔에서 일하는 게 마음에 드시나요?"

"이게 멋진 호텔이라고 누가 그래요?"

디 루즈는 빙그레 웃고 모자를 만지며 인사를 하고 물러났다. 그녀의 눈길이 애잔하게 그의 뒤를 쫓았다. 그녀는 뾰족한 팔꿈치로 카운터를 짚고 두 손을 모아 턱을 괴고는 그의 뒷모습을 물끄러미 지켜보았다.

디 루즈는 로비를 가로지른 후 세 계단을 올라가 열린 승강기에 올라탔다. 덜컹하며 승강기가 출발했다.

"8층이라." 그가 중얼거리고는 주머니에 두 손을 찔러 넣고 승강기 벽에 몸을 기댔다.

8층은 메트로폴 호텔의 최고층이었다. 디 루즈는 니스 냄새가 나는 긴 복도를 걸었다. 복도 끝에서 몸을 돌려 809호실 문을 마주 바라보았다. 갈색 문짝을 똑똑 두드렸다. 응답이 없었다. 구부정하니 허리를 숙이고 열쇠 구멍으로 들여다보고 다시 노크를 했다.

그런 다음 주머니에서 꼬리표 달린 열쇠를 꺼내 문을 열고 안으로 들어갔다.

양면 벽에 난 창은 모두 닫혀 있었다. 실내에 위스키 냄새가 진동했다. 천장에는 불이 켜져 있었다. 널따란 황동 침대, 짙은 갈색 화장대, 갈색 가죽 흔들의자 두 개, 광택 없는 갈색 버번 위스키 병이 놓인 고급스러운 책상. 술병은 거의 비어 있었고 마개도 없었다. 디 루즈는 냄새를 맡아 보고 책상 가장자리에 걸터앉아 실내를 둘러보았다.

그의 눈길이 짙은 갈색 화장대를 지나 침대를 넘어 문이 있는 벽에 이르렀다. 문 너머에 또 다른 문이 있고 그 뒤에서 빛이 새어 나오고 있었다. 그는 다가가서 문을 열었다.

남자가 연갈색 규화석이 깔린 욕실 바닥에 엎어져 있었다. 바닥에 흐른 피가 끈적하고 검게 보였다. 뒤통수 두 군데에 피가 묻어 있었다. 거기서부터 목을 지나 바닥으로 검은 핏물이 흘러내린 자국이 나 있었다. 피는 멈춘 지 오래였다.

디 루즈는 장갑을 벗고 몸을 숙여 두 손가락으로 동맥을 짚어 보았다. 그는 고개를 내두르고 다시 장갑을 끼었다.

욕실에서 나와 문을 닫고 창문 하나를 열었다. 밖으로 몸을 내밀고 비에 젖은 맑은 공기를 들이쉬며 어둡고 좁은 골목으로 가녀린 빗줄기가 사선으로 내리는 것을 굽어보았다.

잠시 후 창문을 다시 닫고 욕실 불을 끄고, 화장대 맨 위 서랍에서 "방해하지 마시오"란 팻말을 꺼낸 후 천장 조명을 끄고 밖으로 나왔다.

그는 문손잡이에 팻말을 걸고 복도를 지나 승강기를 타고 내려가 메트로폴 호텔을 떠났다.

6

프랜신 레이는 채터턴 아파트의 조용한 복도를 걸으며 나지막이 콧노래를 불렀다. 무슨 노래인지도 모르면서 그녀는 콧노래를 멈추지 않았다. 손톱을 체리색으로 붉게 칠한 왼손으로는 양어깨에서 흘러내린 초록 벨벳 망토 자락을 쥐고 있었다. 다른 팔 겨드랑이에는 포장된 술병을 끼고 있었다.

노크를 하지 않고 바로 문을 밀어 연 그녀는 멈칫하고서 얼굴을 찡그렸다. 그녀는 우두커니 서서 기억을 되새겼다. 좀 더 오래 서서 거듭 기억을 되새겨 보았나.

분명 불을 켜 놓았었다. 그랬다. 그런데 지금은 꺼져 있었다. 물론 청소 직원이 다녀간 것일 수도 있었다. 그녀는 안으로 들어서서, 더듬거리며 빨간 커튼을 지나 거실로 들어갔다.

벽난로에서 타오르는 불빛이 빨갛고 하얀 깔개를 지나 검정 물체에 닿아 불그레하니 반짝였다. 번들거리는 검정 물체는 구두였다. 구두는 제자리에 있었다.

프랜신 레이는 신음을 토했다. "아아." 망토를 쥐고 있던 손으로 그녀는 목을 움켜쥐었다. 길고 아름답게 가꾼 손톱들이 목을 찢을 것만 같았다.

딸깍하는 소리가 들리더니 안락의자 옆 램프에 불이 들어왔다. 디 루즈가 의자에 앉아 목석같은 표정으로 그녀를 바라보고 있었다.

그는 외투를 걸치고 모자까지 쓰고 있었다. 아무런 감정도 드러나지 않은 초연한 두 눈은 뭔가 깊은 생각에 잠긴 듯했다.

그가 말했다. "프랜시, 나갔다 온 거야?"

그녀는 반원형 의자 가장자리에 천천히 걸터앉아, 옆구리에 낀 병을 내려놓았다.

"나는 취했더랬어." 그녀가 말했다. "뭐 좀 먹어야겠다 싶었는데, 깨니까 또 취하고 싶더라고." 그녀가 술병을 툭툭 쳤다.

디 루즈가 말했다. "당신 친구 다이얼의 보스가 납치당한 것 같아." 그가 대수롭지 않다는 듯 심드렁하게 말했다.

프랜신 레이의 입이 천천히 벌어졌다. 입이 쩍 벌어지면서 얼굴의 예쁜 티가 일제히 사라졌다. 멍하고 핼쑥한 가면 같은 얼굴에서 빨간 루주가 거칠게 도드라져 보였다. 벌어진 입이 비명을 터트리고 싶은 듯 보였다.

잠시 후 입이 다시 닫히고 얼굴은 다시 예뻐졌다. 그녀의 목소리가 멀리서 들리듯 울렸다. "당신이 지금 무슨 말을 하는지 모르겠다고 하면 믿어 줄 거야?"

디 루즈가 여전히 목석같은 표정으로 말했다. "내가 여기 있다가 거리로 나갔을 때 깡패 두 놈이 나를 덮쳤어. 한 놈은 내 차 안에 숨어 있더군. 물론 놈들이 다른 곳에서 나를 발견하고 여기까지 미행을 했는지도 모르지."

"맞아. 그랬을 거야, 조니." 프랜신 레이가 숨도 쉬지 않고 말했다.

그의 긴 턱이 살짝 움직였다. "놈들은 나를 커다란 링컨 리무진에 처박았어. 정말 굉장한 차였지. 도무지 깨지지 않는 육중한 유리에 문손잡이도 없고, 문이 모두 잠겨 있었어. 앞좌석에는 네바다 가스 통이 있었어. 그건 나치가 아우슈비츠에서 쓴 시안화수소라는 독가스야. 운전을 하던 녀석이 그걸 뒷좌석에 주입했지. 자기는 마시지 않고 말이야. 놈들은 그리피스 공원로로 나를 싣고 갔어. 오렌지 카운티 공항 근처 이집트 클럽 쪽으로." 그는 잠시 말을 멈추고 한쪽 눈썹 끝을 문지르고는 다시 말을 이었다. "놈들은 내가 가끔 마우저총을 다리에 차고 다닌다는 걸 몰랐지. 운전하던 녀석이 나무에 차를 들이받은 덕분에 차에서 빠져나올 수 있었어."

그는 두 손을 펴고 그것을 굽어보았다. 입가에 희미한 금속성 미소가 비쳤다.

프랜신 레이가 말했다. "조니, 난 그 일과 아무런 상관이 없어." 그녀의 목소리가 지지난 여름처럼 가물가물했다.

디 루즈가 말했다. "나보다 먼저 그 차에 실렸던 사람한테는 총이 없었던 모양이야. 휴고 갠들리스라는 남자였지. 그 차는 휴고 갠들리스의 리무진을 위조한 것이었어. 그러니까 같은 색의 같은 모델에, 같은 번호판을 단 차였지만 그의 차는 아니었던 거야. 누군가가 수작을 부린 거지. 캔들리스는 6시 30분에 위조된 그 차를 타고 델마 클럽을 떠났어. 그의 아내는 그가 클럽을 떠났다더군. 한 시간 전에 통화를 했지. 그런데 그의 차는 정오부터 차고를 벗어난 적이 없어. 아마도 지금쯤은 그의 아내도 그가 납치당했다는 것을 알 거야. 모를 수도 있지만."

프랜신 레이의 손톱이 치마를 구겨 쥐었고, 입술이 파르르 떨렸다.

디 루즈는 억양 없이 조용히 말을 계속했다. "오늘 밤 아니면 오후에 시내에서 누군가가 캔들리스의 운전기사를 사살했어. 경찰은 아직 그 사실을 몰라. 누군가가 손을 썼어, 프랜시. 당신이라면 그런 일에 연루되기를 바라지 않았을 거야, 그렇지?"

프랜신 레이는 고개를 숙이고 바닥을 바라보았다. 그녀가 쉰 목소리로 말했다. "난 한잔해야겠어. 아까 마신 술이 다 깨 버렸어. 기분이 영 안 좋아."

디 루즈가 일어서서 하얀 책상으로 다가갔다. 그리고 잔에 술을 따라서 그녀에게 가져갔다. 그녀의 손이 미치지 않을 만큼 거리를 두고 잔을 든 채 그녀의 앞에 섰다.

"가끔 당신과 관계를 가졌을 뿐이지만, 솔직히 나는 한번 시작하면 쉽게 그만두지 못해. 당신이 이 모든 일에 대해 뭔가를 알고 있다면, 지금 솔직히 말하는 게 좋을 거야."

그가 잔을 건네주었다. 그녀는 위스키를 단숨에 들이켰다. 연푸른 눈동자에 좀 더 생기가 돌았다. 그녀가 천천히 말했다. "나는 아무것도 몰라, 조니. 당신이 말한 건 나도 전혀 몰랐던 거야. 하지만 오늘 밤 조지 다이얼이 나랑 같이 살자고 하긴 했어. 캔들리스가 리노 출신의 터프한 남자에게 못된 짓을 했는데, 그 사실을 밀고하겠다고 협박해서 돈을 받아 낼 수 있다고 했어."

"영악하긴, 빌어먹을 멕시코 놈들." 디 루즈가 말했다. "그런데 내가 바로 리노 출신이야. 리노의 터프한 놈들은 내가 다 알아. 그게 누구랬지?"

"자파티."

디 루즈가 아주 나직이 말했다. "자파티는 이집트 클럽을 운영하는 사람이야."

프랜신 레이가 벌떡 일어나서 그의 팔을 붙잡았다. "이 일에서 손 떼, 조니! 이번만큼은 모른 척하면 안 되겠어?"

디 루즈는 고개를 내두르고 한참 그녀를 바라보며 미묘한 미소를 지었다. 그리고 그녀의 손을 떼어 내고 뒤로 물러섰다.

"난 녀석들의 가스 차에 탔댔어. 그건 내가 원한 게 아니었지. 난 녀석들의 네바다 가스를 들이켰어. 어떤 녀석에게 총알을 박아 줬고 말이야. 그러니 경찰에 신고하지 않으면 내가 체포를 당하게 생긴 거지. 누군가가 납치를 당했는데 내가 경찰에 신고하면, 납치당한 사람이 십중팔구 살해될 거야. 리노 출신의 터프한 사람이라면 자파티가 맞는데, 다이얼이 당신에게 말한 사람과 무관하지 않겠지. 몹스 패리시가 자파티와 작당하고 있는 거라면, 나를 그냥 두지 않을 거야. 안 그래도 패리시는 나를 잡아먹으려고 할 텐데."

"자기 혼자 총대를 멜 필요 없어, 조니." 프랜신 레이가 집요하게 말했다.

그는 계속 미소를 띤 채 단호한 눈빛으로 말했다. "혼자가 아니라 우리 둘이야. 긴 외투를 입어. 아직도 비가 좀 오니까."

그녀가 휘둥그레진 눈으로 그를 바라보았다. 그의 팔을 잡았던 손가락이 뻣뻣하게 펴졌다가 다시 긴장해서 손바닥 안으로 오그라들었다. 그녀의 목소리는 두려움에 잠겨 힘이 없었다.

"조니, 나랑? 아, 제발, 그건 안 돼."

디 루즈가 부드럽게 말했다. "외투를 입어. 예쁘게 말이야. 같이 외출을 하는 건 이게 마지막일지도 몰라."

그녀가 비틀거리며 그의 곁을 지나갔다. 그가 그녀의 팔을 잡고 잠시 부드럽게 쓰다듬다가 거의 속삭이듯 말했다.

"프랜시, 당신이 나를 밀고한 건 아니지, 그렇지?"

그녀는 그의 두 눈에 어린 고뇌를 싸늘하게 돌아보며 나지막하고 허스키한 외마디를 내뱉고는 그의 손길을 뿌리치고 재빨리 침실로 들어갔다.

잠시 후 디 루즈의 눈에서 고뇌가 사라지고 입가에 금속성 미소가 되살아났다.

7

디 루즈는 게슴츠레한 눈으로 딜러의 손가락을 지켜보았다. 카드를 돌린 손가락이 테이블을 지나 다시 뒤로 돌아가 테이블 가장자리에 놓였다. 둥글고 통통하고 우아하며 끝으로 갈수록 가늘어지는 손가락이었다. 디 루즈는 고개를 들고 딜러의 얼굴을 바라보았다. 조용한 푸른 눈에 딱히 나이를 꼬집어 말하기 어려운 대머리 남자였다. 머리 전체에 머리칼이 전혀 없었다. 단 한 오라기도.

디 루즈는 딜러의 손을 다시 굽어보았다. 오른손이 살짝 테이블 가장자리로 향했다. 디너재킷처럼 단정한 딜러의 갈색 벨벳 웃옷 소매 단추가 테이블 가장자리에 닿았다. 디 루즈는 특유의 희미한 금속성 미소를 지었다.

그는 빨강에 파란 칩 세 개를 베팅했다. 볼은 검정 2에 멈추었다. 딜러는 베팅을 한 다른 네 명의 남자 가운데 두 명에게 배당금을 지불했다.

디 루즈는 파란 칩 다섯 개를 앞으로 밀어 빨간 다이아몬드 위에 올려놓았다. 그리고 왼쪽으로 고개를 돌려 단단한 체격의 금발 청년이 붉은 칩 세 개를 제로 위에 올려놓는 것을 지켜보았다.

디 루즈는 입맛을 다시고 좀 더 고개를 돌려 여기보다 다소 작은 방 쪽을 바라보았다. 프랜신 레이가 벽에 붙여 놓은 소파에 앉아 머리를 벽에 기대고 있었다.

"알겠어. 이제 알겠어." 디 루즈가 그녀에게 말했다.

프랜신 레이가 눈을 깜빡이고는 머리를 벽에서 떼었다. 앞에 놓인 낮은 원탁에서 잔을 집어 들었다.

그녀는 술을 홀짝이고 아무 말 없이 바닥만 바라보았다.

디 루즈는 금발 청년을 돌아보았다. 다른 남자 세 명도 그새 베팅을 했다. 딜러는 조급해하면서도 게임에 집중했다.

디 루즈가 말했다. "내가 빨강에 걸면 너는 항상 제로에 걸고, 내가 검정에 걸면 항상 더블제로에 거는데, 대체 왜 그러지?"

금발 청년이 미소를 지으며 어깨를 으쓱하고는 아무런 말도 하지 않았다.

디 루즈는 베팅판 위에 손을 얹고 아주 나직이 말했다. "내가 질문을 했잖아?"

"내가 혹시 제시 리버모어 같은 공매도의 귀재인지도 모르죠. 남들과 반대로 베팅하는 걸 좋아하거든요." 금발 청년이 심드렁하게 말했다.

"지금 뭐하는 거요? 뜸이라도 들이는 거요?" 한 남자가 불쑥 말했다.

"신사 여러분, 부디, 게임에 집중합시다." 딜러가 말했다.

디 루즈가 그를 보고 말했다. "돌리세요."

딜러가 왼손으로 회전판을 돌리고 같은 손으로 볼을 반대 방향으로 던졌다. 오른손은 테이블 가장자리에 얹고 있었다.

볼이 제로 옆의 빨강 28에 멈추었다. 금발 청년이 웃으며 말했다. "이런, 한 끗 차이네, 한 끗 차이야."

디 루즈가 칩을 세어 차곡차곡 쌓아 놓고 말했다. "6천 달러를 잃었군. 까놓고 말하면 돈 좀 땡긴 줄 알았는데. 사기나 치는 이 카지노 주인이 대체 누구야?"

딜러가 천천히 미소를 지으며 디 루즈의 눈을 똑바로 바라보았다. 그가 조용히 물었다. "이 카지노에서 사기를 친다고 했나요?"

디 루즈가 고개를 주억거렸다. 그는 굳이 입을 떼지 않았다.

"여기서 사기를 친다고?" 딜러가 말하며 한 발을 움직여 발끝에 체중을 실었다.

게임을 하던 남자 세 명이 재빨리 칩을 집어 들고 구석에 있는 작은 바로 향했다. 그들은 술을 시키고 카운터 옆 벽에 등을 기댄 채 대머리 딜러를 바라보았다. 금발 청년은 제자리에 앉은 채 디 루즈에게 차가운 미소를 보냈다.

"쯧. 매너하고는." 그가 조심스레 말했다.

프랜신 레이는 잔을 비우고 다시 벽에 뒤통수를 기댔다. 그녀는 두 눈을 내리깔고 긴 속눈썹 사이로 디 루즈를 남몰래 바라보았다.

잠시 후 문이 열리고, 덩치가 우람하고 검은 눈썹에 검은 콧수염을 기른 남자가 들어왔다. 딜러가 그를 바라보고는 눈짓으로 디 루즈를 가리켰다.

"그래 여기서 사기를 친다고요?" 그가 억양 없이 되풀이했다. 덩치가 디 루즈 옆으로 어슬렁어슬렁 다가와 팔꿈치로 툭 쳤다.

"나가슈." 그가 무표정하게 말했다.

금발 청년이 씩 웃고 진회색 정장 주머니에 두 손을 찔러 넣었다. 덩치는 그를 바라보지 않았다.

디 루즈는 베팅판 너머에 있는 딜러를 슬쩍 바라보고 말했다. "6천을 돌려주면 나가지."

"나가." 덩치가 팔꿈치로 디 루즈의 옆구리를 쿡쿡 찌르며 짜증스레 말했다.

대머리 딜러는 점잖게 미소를 지었다.

"거기, 터프하게 굴 건가, 응?" 덩치가 디 루즈에게 말했다.

디 루즈는 말도 안 된다는 듯 빈정거리는 표정으로 그를 바라보았다.

"이런, 이런, 허풍선이 주제에. 이 녀석 좀 치워 줘, 니키." 디 루즈가 나직이 말했다.

금발 청년이 주머니에서 오른손을 꺼내 냅다 휘둘렀다. 밝은 불빛 아래 곤봉이 검게 빛났다. 곤봉이 퍽 하며 덩치의 뒤통수에 작렬했다. 덩치의 손이 디 루즈를 스쳤다. 디 루즈는 재빨리 물러서서 겨드랑이에서 권총을 뽑아 들었다. 덩치가 룰렛 테이블 가장자리를 스치며 바닥에 육중하게 나동그라졌다.

프랜신 레이가 벌떡 일어났다. 그녀의 입에서 비명이 찔끔 새어 나왔다.

금발 청년은 옆으로 훌쩍 뛰어 휙 돌아서서 바텐더를 바라보았다. 바텐더는 바 위에 두 손을 올려놓았다. 룰렛 게임을 같이한 세 남자는 흥미진진한 표정을 지을 뿐 움직이지 않았다.

디 루즈가 말했다. "니키, 저 친구의 오른쪽 소매 중간 단추를 살펴봐. 그건 구리일 거야."

"예." 금발 청년은 주머니에 다시 곤봉을 집어넣고 테이블 끝으로 돌아갔다. 그는 딜러에게 다가가 오른쪽 소매 단추 세 개 중 가운데 단추를 쥐고 힘껏 잡아챘다. 한 번 더 잡아채자 단추가 떨어지며 가는 철사가 소매 밖으로 딸려 나왔다.

"어, 정말이네?" 금발 청년이 딜러의 팔을 놓아주고 심드렁하게 말했다.

"이제 6천 달러를 돌려받겠군." 디 루즈가 말했다. "그럼 이제 당신네 보스한테 가서 이야기 좀 해야겠어."

딜러가 천천히 고개를 끄덕이고 룰렛 테이블 옆에 쌓아 놓은 칩 더미에 팔을 뻗었다.

바닥에 쓰러진 덩치는 움직이지 않았다. 금발 청년이 오른손을 뒤로 돌려 허리띠에 찬 권총집에서 45구경 자동 권총을 꺼냈다.

그가 총을 손에 들고 빙글빙글 돌리며 흥겹게 실내를 둘러보다가 씩 웃었다.

8

그들은 식당과 댄스 플로어가 굽어보이는 발코니를 걸어갔다. 아래에서 혀 짧은 소리를 내는 인기 재즈곡이 나긋나긋하게 들려왔다. 짙은 황갈색 피부의 악단이 몸을 흔들며 연주를 하고 있었다. 혀 짧은 재즈 음색과 더불어 음식 냄새와 담배 연기, 땀 냄새가 위로 올라왔다. 발코니는 높고 무대는 낮아서, 오버헤드 카메라 숏처럼 무대 모습이 하나의 패턴처럼 보였다.

대머리 딜러가 발코니 구석에 있는 문을 열고 뒤를 돌아보지도 않고 안으로 먼저 들어갔다. 디 루즈가 니키라고 부르는 금발 청년이 그를 따라 들어갔고, 이어 디 루즈와 프랜신 레이가 들어갔다.

천장에 우윳빛 알전구를 켠 짧은 통로가 나왔다. 그 끝에 난 문은 철문에 페인트를 칠한 것 같았다. 딜러가 포동포동한 손가락으로 옆에 있는 작은 버튼을 누르자 초인종이 울렸다. 전기 자동문이 열리는 소리 같은 소음이 딸깍 들리고, 딜러가 가장자리를 밀자 문이 열렸다.

안에는 화사한 방이 있었다. 반은 사무 공간이고, 반은 휴게 공간이었다. 벽난로에서는 불이 타오르고, 오른쪽에는 벽난로와 직각으로 출입문을 향해 초록색 가죽 소파가 놓여 있었다. 소파에 앉은 남자가 신문을 내려놓고 고개를 들더니, 갑자기 얼굴이 창백해졌다. 그는 키가 작고 두개골이 동글동글하고, 역시 동글동글한 얼굴이 검었다. 흑옥 단추 같은 검은 눈은 광채가 없었다.

방 한복판에는 커다란 책상이 놓여 있었고, 후리후리하게 키가 큰 남자가 책상 끝에 서서 두 손으로 칵테일 셰이커를 들고 있었다. 그가 천천히 고개를 돌리고 방금 들어온 네 사람을 어깨 너머로 바라보며 부드러운 리듬에 맞춰 두 손으로 셰이커를 흔드는 동작을 멈추지 않았다. 남자는 눈이 움푹 들어가고 얼굴에 굴곡이 많았다. 회색 얼굴 피부는 늘어졌고, 가르마 없이 단단히 묶은 빨간 머리칼은 까칠하니 윤기가 없었다. 왼쪽 볼에는 펜싱 결투에서 얻은 상처 같은 희미한 십자 흉터가 있었다.

키 큰 남자가 셰이커를 내려놓고 몸을 획 돌려 딜러를 바라보았다. 소파에 앉은 남자는 움직이지 않았다. 움직임 없이 웅크리고 있는 자세에서 긴장감이 감돌았다.

딜러가 말했다. "이건 날강도 짓이라고 생각합니다. 하지만 나로선 어떡할 수 없었어요. 이들이 빅 조지를 때려눕혔거든요."

금발 청년이 유쾌하게 웃으며 주머니에서 45구경을 꺼냈다. 총구는 바닥으로 향했다.

"이게 날강도 짓이라고?" 그가 말했다. "그렇게 말하면 뒈지지 않을 것 같아?"

디 루즈가 육중한 문을 닫았다. 프랜신 레이는 그의 곁을 떠나 벽난로에서 먼 쪽으로 자리를 옮겼다. 그는 그녀를 바라보지 않았다. 소파에 앉은 남자가 그녀를 바라본 후 실내의 모든 사람을 차례로 둘러보았다.

디 루즈가 조용히 말했다. "키가 큰 쪽이 자파티야. 작은 쪽은 몹스 패리시고."

금발 청년은 실내 중앙에 딜러를 혼자 남겨 두고 방 한쪽으로 비켜섰다. 45구경이 소파에 앉은 남자를 겨누었다.

"물론, 내가 자파티지." 키 큰 남자가 말했다. 그는 잠시 호기심 어린 눈길로 디 루즈를 바라보았다. 그러고는 등을 돌리고 다시 칵테일 셰이커를 집어 들고, 마개를 뽑은 다음 얇은 잔에 술을 채웠다. 그는 잔을 단숨에 비운 후 얇은 순면 수건으로 입을 닦고, 손수건을 세 모서리가 보이도록 다시 곱게 가슴 주머니에 찔러 넣었다.

디 루즈는 희미한 금속성 미소를 머금고 집게손가락으로 왼쪽 눈썹 끝을 문질렀다. 오른손은 재킷 주머니 안에 넣고 있었다.

"니키와 내가 연기를 좀 했습니다." 그가 말했다. "당신을 만나러 들어오면서 한바탕 소란을 피우면 바깥에 있는 사람들 입방아에 오를 듯해서 말이죠."

"흥미로운 이야기로군." 자파티가 고개를 끄덕였다. "나를 만나려고 한 이유가 뭐지?"

"당신이 보낸 사람이 탄 네바다 가스 차." 디 루즈가 말했다.

소파에 앉은 남자가 갑자기 몸을 숙이며 누가 다리를 찌르기라도 한 듯 손으로 다리 아래를 만졌다. 금발 청년이 말했다. "멈춰. ……그래, 그래야지, 패리시 선생. 그러는 건 내 취향이 아니랍니다."

패리시는 다시 움직이지 않았다. 그의 손이 다시 짧고 두꺼운 허벅지 위에 얌전히 놓였다.

자파티가 움푹한 눈을 살짝 더 크게 떴다. "네바다 가스 차라니?" 다소 당황한 음색이었다.

디 루즈는 방 한가운데, 딜러 근처로 갔다. 그는 두 발뒤꿈치에 체중을 싣고 섰다. 그의 회색 눈동자가 다소 반짝였지만 젊어 보이지 않는 얼굴에는 지친 기색이 역력했다.

그가 말했다. "자파티, 누가 그걸 당신한테 떠넘겼을 수도 있겠지만, 난 그렇게 생각지 않습니다. 5A6 번호판의 파란 링컨 리무진 이야기를 하는 겁니다. 앞에 네바다 가스 통을 실은 차. 우리 주에서는 그게 킬러들이 사용하는 물건이란 걸 잘 아시죠?"

자파티가 침을 삼키자 커다란 후두융기가 꿈틀거렸다. 그는 입술을 푸르르 떨다가 입을 앙다물고 다시 입술을 푸르르 떨었다.

소파에 앉은 남자가 괜히 즐겁다는 듯 크게 웃어 젖혔다.

어디서 울리는지 알 수 없는 목소리가 날카롭게 들려왔다. "어이, 금발, 총 버려. 다른 놈은 손 처들고."

디 루즈가 책상 너머의 벽 패널이 벌어진 곳을 쳐다보았다. 그 틈으로 총과 손이 보였지만 얼굴이나 몸은 보이지 않았다. 실내의 불빛이 그 손과 권총을 비추었다.

총구는 프랜신 레이를 향한 것 같았다. 디 루즈가 재빨리 말했다. "그러지." 그리고 두 손을 들었다. 빈손이었다.

금발 청년이 말했다. "빅 조지인가 보군. 푹 쉬더니 다시 기운을 차렸나 봐?" 그가 손바닥을 벌리고 45구경을 자기 앞 바닥에 떨어뜨렸다.

패리시가 소파에서 벌떡 일어나 겨드랑이에서 총을 빼 들었다. 자파티는 책상 서랍에서 리볼버를 꺼내 총구를 겨누었다. 그가 패널을 향해 말했다. "나가. 나가 있어."

패널이 삐걱거리며 닫혔다. 자파티가 대머리 딜러에게 고개를 홱 돌렸다. 딜러는 방에 들어온 후 전혀 움직이지 않은 것 같았다.

"루이스, 가서 일 봐. 기운 차리고."

딜러는 고개를 끄덕이고 몸을 돌려 방에서 나간 후 조심스레 문을 닫았다.

프랜신 레이가 바보처럼 웃었다. 그녀는 실내가 춥다는 듯이 목을 감싼 목깃을 추어올렸다. 그러나 벽난로를 피운 실내는 아주 따뜻했고 창문도 없었다.

패리시가 휘파람을 불며 재빨리 디 루즈에게 다가가 손에 쥔 권총으로 그의 얼굴을 밀어 고개를 뒤로 젖히게 하고 왼손으로 그의 주머니를 뒤져 콜트 권총을 꺼냈다. 이어서 양쪽 겨드랑이를 더듬어 보고 뒤로 돌아가서 엉덩이를 더듬고는 다시 앞으로 돌아왔다.

그는 살짝 뒤로 물러서서 권총 개머리판으로 디 루즈의 볼을 후려쳤다. 디 루즈는 단단한 금속으로 얼굴을 맞으면서도 머리만 살짝 틀었을 뿐 달리 몸을 움직이지 않았다.

패리시가 다시 같은 곳을 후려쳤다. 디 루즈의 광대뼈에서 볼을 따라 천천히 피가 흘러내리기 시작했다. 그의 머리가 살짝 기울고 무릎에 힘이 빠졌다. 그는 천천히 주저앉으며 왼손으로 방바닥을 짚고 머리를 흔들었다. 그는 두 다리를 접고 몸을 웅크렸다. 오른손이 왼발 옆에 축 늘어졌다.

자파티가 말했다. "됐어, 몹스. 피바다로 만들지 마. 녀석들한테 물어볼 게 있어."

프랜신 레이가 다소 바보같이 다시 웃었다. 그녀는 한 손을 쳐들어 벽에 붙이고 휘청였다.

패리시는 거칠게 숨을 씩씩거리며 둥글고 거무칙칙한 얼굴에 흐뭇한 미소를 머금고 디 루즈에게서 물러났다.

"이날이 오기만 기다렸지." 그가 말했다.

그가 디 루즈에게서 2미터 가까이 떨어졌을 때, 디 루즈가 뭔가 작고 검게 반짝이는 물체를 왼쪽 다리에서 뽑아 손에 쥔 것 같았다. 그리고 날카로운 폭음이 울리며 작은 황록색 불꽃이 튀었다.

패리시의 고개가 뒤로 확 꺾였다. 턱 아래 둥근 구멍이 보였다. 곧바로 구멍이 커지며 빨갛게 변했다. 두 손이 축 늘어지고 권총 두 정이 손에서 떨어졌다. 몸이 휘청하더니 육중하게 널브러졌다.

자파티가 외쳤다. "빌어먹을!" 그러고는 리볼버를 재빨리 들어 올렸다.

프랜신 레이가 비명을 지르며 자파티에게 몸을 던지더니 할퀴고 발로 차며 날카로운 소리를 질러 댔다.

리볼버가 두 차례 둔탁한 소리를 내며 발사되었다. 탄환이 모두 벽을 때렸다. 벽에 바른 회반죽이 너덜거렸다.

프랜신 레이는 푹 주저앉아 무릎을 꿇고 두 손으로 바닥을 짚었다. 길고 늘씬한 다리 하나가 드레스 아래로 쭉 뻗었다.

한쪽 무릎을 꿇고 다시 45구경을 손에 쥔 금발 청년이 까칠하게 말했다. "저 자식 총을 여자가 뺐었어!"

자파티가 빈손으로 서서 겁에 질려 있었다. 그의 오른손 손등에 길고 빨갛게 할퀸 자국이 나 있었다. 그의 리볼버는 프랜신 레이의 옆에 떨어져 있었다. 자파티는 겁에 질린 얼굴로 믿을 수가 없다는 듯 자기 리볼버를 굽어보았다.

패리시가 바닥에서 한 차례 기침을 하더니 이내 잠잠해졌다.

디 루즈가 몸을 일으켜 세웠다. 손에 쥔 작은 마우저총이 장난감처럼 보였다. 그가 아주 멀리서 울리는 듯한 소리로 말했다. "저 벽 패널을 살펴봐, 니키……"

방 밖에서도, 어디서도 아무런 소리가 나지 않았다. 자파티는 넋을 잃고 얼어붙은 듯 책상 끝에 서 있었다.

디 루즈가 허리를 숙이고 프랜신 레이의 어깨를 만졌다. "자기, 괜찮아?"

그녀는 두 다리를 움츠리고 일어나서 패리시를 내려다보았다. 그녀의 몸이 파르르 떨렸다.

"미안해. 내가 자기를 오해했던 것 같아." 디 루즈가 옆에서 부드럽게 말했다.

그는 주머니에서 손수건을 꺼내 침을 묻혀 왼쪽 볼을 가볍게 문질러 닦고 수건에 묻은 피를 바라보았다.

니키가 말했다. "빅 조지는 다시 잠이 든 모양이군요. 내가 바보같이 놈을 제대로 작살내지 못했어요."

디 루즈가 살짝 고개를 끄덕였다. "그래, 우리 연기가 좀 서툴렀어. 자파티 선생, 당신의 모자와 외투는 어딨지? 같이 차를 좀 타고 갈 데가 있는데 말이지."

9

후추나무들 그늘 아래서 디 루즈가 말했다. "다 왔어, 니키. 바로 저기야. 걸리적거릴 사람은 없겠지만 그래도 주위를 살펴보는 게 좋겠어."

금발 청년이 패커드 운전석에서 내렸다. 그는 차를 세운 도로 쪽에 잠시 서 있다가 링컨이 주차된 노스 켄모어의 벽돌 아파트 건물 앞으로 슬그머니 다가갔다.

디 루즈는 앞좌석 의지 너머로 몸을 들이밀고 조수석에 앉은 프랜신 레이의 볼을 살짝 꼬집었다. "이제 당신은 집에 가야 해. 이 차를 타고 가. 이따가 만나."

"조니." 그녀가 그의 팔을 붙들었다. "여기서 뭘 할 건데? 제발 오늘 밤은 이쯤에서 그만둘 수 없어?"

"아직은 안 돼. 자파티한테 들을 말이 있어. 그 가스 차에 잠깐만 태우면 정신이 번쩍 들겠지. 아무튼 나한테는 증거가 필요해."

그는 뒷좌석 구석에 앉은 자파티를 슬쩍 바라보았다. 자파티가 목쉰 소리를 내며 어두운 얼굴로 앞을 우두커니 바라보았다.

니키가 길을 건너 돌아와서, 패커드 발판에 한 발을 올리고 섰다.

"열쇠가 없어요. 혹시 갖고 있나요?" 그가 말했다.

디 루즈가 말했다. "그래." 그는 주머니에서 열쇠를 꺼내 니키에게 건네주었다. 니키는 자파티가 앉아 있는 곳으로 돌아가서 차 문을 열었다.

"내리셔."

자파티가 어기적거리며 차에서 내려 부드럽게 비스듬히 내리는 빗속에 서서 입을 우물거렸다. 디 루즈가 뒤따라 내렸다.

"당신은 이제 가 봐."

조수석의 프랜신 레이가 옆의 운전석으로 자리를 옮기고 시동 버튼을 눌렀다. 부드럽게 부르릉거리며 시동이 걸렸다.

"잘 가, 자기." 디 루즈가 부드럽게 말했다. "내 잠자리를 데워 줘. 그리고 부탁인데, 아무한테도 전화하지 마."

패커드가 커다란 후추나무들 아래를 지나 어두운 거리로 떠났다. 디 루즈는 차가 모퉁이를 도는 것까지 지켜보았다. 그는 팔꿈치로 자파티를 쿡 찔렀다.

"갑시다. 당신의 가스 차 뒷좌석에 태워드리지. 하지만 당신한테 가스를 많이 먹일 순 없어요. 칸막이 유리에 구멍이 나서 말이지. 하지만 냄새만큼은 실컷 맡을 수 있을 거요. 우리는 어딘가 변두리로 갈 겁니다. 밤새 같이 놀아 봅시다."

"이게 납치라는 건 알고 있지?" 자파티가 거칠게 말했다.

"난 그렇게 생각지 않아요." 디 루즈가 넉살 좋게 말했다.

길을 건넌 세 사람은 성큼성큼 함께 걸어갔다. 니키가 링컨 뒷문을 열었다. 자파티가 올라탔다. 니키는 문을 쾅 닫고, 운전석에 올라타서 시동 키를 꽂았다. 디 루즈가 옆에 올라타서 가스통에 두 다리를 걸치고 앉았다.

차 전체에서 아직도 가스 냄새가 났다.

니키가 차를 출발시켰다. 그 블록의 중앙쯤에서 차를 돌려 북쪽 프랭클린 가로 가다가 다시 로스펠리즈로 차를 돌려 글렌데일로 향했다. 잠시 후 자파티가 몸을 앞으로 숙이고 유리 칸막이를 두드렸다. 디 루즈는 니키의 머리 뒤쪽 유리 구멍에 귀를 댔다.

자파티의 거친 목소리가 들렸다. "라 크레센타 하천 범람 지역, 캐슬로드의 돌집."

"이런, 벌써 고분고분해졌군." 니키가 앞쪽 도로를 바라보며 중얼거렸다.

디 루즈가 고개를 끄덕이고는 생각에 잠겨 말했다. "그 이상의 뭔가가 있어. 패리시가 죽은 덕분에 녀석은 이제 핑곗거리가 생겼지. 그러지 않았다면 조개처럼 입을 다물었을 거야."

니키가 말했다. "한 방 맞았더니 주둥이 나불거리기도 힘드네요. 조니, 구름과자나 하나 줘요."

디 루즈가 담배 두 대에 불을 붙이고 하나를 금발 청년에게 건네주었다. 그리고 뒷좌석 구석에 축 늘어져 있는 자파티를 슬쩍 돌아보았다. 지나가는 불빛이 긴장한 그의 얼굴을 비출 때마다 얼굴에 드리워진 그늘이 더 짙어 보였다.

커다란 차가 소리 없이 글렌데일을 관통해 몬트로즈를 향해 언덕길을 올라갔다. 몬트로즈에서 선랜드 고속도로로 향했다가, 고속도로를 가로지른 후 황량하다 할 만한 라 크레센타 하천 범람 지역으로 접어들었다.

캐슬 로드가 눈에 띄자 그들은 이 길을 따라 산으로 향했다. 몇 분후 그들은 돌집에 이르렀다.

그 집은 도로에서 꽤나 떨어져 있었다. 앞쪽 너른 공간은 한때는 잔디밭이었을 텐데, 이제는 모래와 자갈로 뒤덮이고, 큼직하고 둥근 바위들도 몇 개 뒹굴고 있었다. 집에 이르기 직전에 도로가 직각으로 꺾여 있었는데, 도로 끝은 1934년의 홍수로 콘크리트가 깨끗하게 잘려 있었다.

홍수가 그곳을 휩쓸고 지나간 것이다. 지금은 그곳에 덤불이 자라고 커다란 돌들이 나뒹굴고 있었다. 깊게 팬 도로 가장자리에 반쯤 뿌리를 드러내고 서 있는 나무의 뿌리가 2미터도 넘게 보였다.

니키는 차를 멈추고 전조등을 끈 후 큼직한 손전등을 꺼내 디 루즈에게 건네주었다.

디 루즈는 차에서 내려 열린 문에 한 손을 짚고 손전등을 든 채 잠시서 있었다. 그리고 외투 주머니에서 권총을 꺼내 들었다.

"축사처럼 보이는군." 그가 말했다. "설마 여기서 총을 쓸 일은 없겠지."

그는 차 안의 자파티를 슬쩍 바라보고 날카로운 미소를 지은 후 모래 두둑을 건너 돌집으로 향했다. 현관문이 반쯤 열려 있고, 그 아래 모래가 쐐기처럼 쌓여 있었다. 디 루즈는 현관문을 피해 건물 모퉁이로 돌아갔다. 그는 불빛이 보이지 않는 널빤지 창문을 바라보며 측벽을 따라 돌았다.

돌집 뒤에는 닭장이었던 곳이 있었다. 무너진 차고에는 세단이 있었다는 것을 알려 주는 녹슨 쓰레기 파편이 하나 남아 있었다. 널빤지 창문처럼 뒷문도 못을 박아 놓은 채였다. 디 루즈는 빗속에 묵묵히 서서 왜 현관문이 열려 있는지를 생각해 보았다. 그러다 몇 달 전 다시 홍수가 휩쓸고 지나갔다는 사실을 떠올렸다. 전보다 심하지는 않았지만, 산 쪽으로 향한 문짝을 파손할 정도는 되었을 것이다.

이웃에 벽토 마감을 한 집 두 채가 버려져 있었다. 홍수가 휩쓸고 지나간 곳에서 멀리, 다소 높은 지대에 불이 켜진 창문 하나가 보였다. 디 루즈의 시야에 보이는 유일한 빛이었다.

그는 다시 앞쪽으로 돌아가 열린 현관으로 들어가서 가만히 선 채 귀를 기울였다. 한참 후 그는 손전등을 켰다.

집에서는 집 냄새가 나지 않았다. 바깥과 다를 것 없는 냄새였다. 거실에 보이는 것은 모래와 부서진 가구 몇 점뿐이었다. 홍수의 수위가 검게 새겨진 벽 위쪽으로 액자 몇 개가 걸린 흔적이 남아 있었다.

디 루즈는 짧은 복도를 지나 부엌으로 들어갔다. 싱크대가 있던 자리에 구덩이가 파여 있고, 녹슨 가스스토브가 처박혀 있었다. 그는 부엌에서 침실로 건너갔다. 지금까지는 집 안에서 어떤 소리도 들리지 않았다.

네모난 침실은 어두웠다. 바닥에 묵은 진흙이 엉겨 있는 양탄자가 깔려 있었다. 녹슨 용수철이 드러난 철제 침대가 하나 있었고, 그 용수철 일부분에 얼룩진 매트리스가 얹혀 있었다.

그 침대 아래로 두 발이 뻗어 나와 있었다.

밤색 가죽 단화를 신은 커다란 발에는 자줏빛 양말이 신겨져 있었다. 양말 측면에는 회색 자수가 놓여 있었다. 그 위로 검고 하얀 체크 무늬 바짓단이 보였다.

디 루즈는 꼼짝 않고 서서 그 발에 손전등을 비추었다. 그는 나직이 혀를 찼다. 전혀 움직이지 않고 한참을 가만히 서 있다가, 손전등을 바닥에 세워 놓았다. 불빛이 천장을 비추고 반사되어 실내 전체를 희미하게 밝혔다.

그는 매트리스를 붙잡고 침대에서 들어냈다. 아래로 팔을 뻗은 그는 침대 아래에 있는 남자의 두 손 가운데 하나를 만져 보았다. 얼음장처럼 차가웠다. 양쪽 발목을 잡고 끌어내리려고 했지만 남자는 너무 크고 무거웠다.

차라리 그 남자 위의 침대를 치우는 것이 더 쉬웠다.

10

자파티는 눈을 감고 등받이에 뒤통수를 기댄 채 살짝 고개를 돌리고 앉아 있었다. 그는 두 눈을 질끈 감고 눈꺼풀에 비치는 커다란 손전등 불빛을 피하려고 최대한 고개를 돌렸다.

니키는 그의 얼굴 가까이 손전등을 들이대고 단조롭게 리듬에 맞추어 불을 켰다 껐다 하기를 되풀이했다.

디 루즈는 열린 차창 옆에서 발판에 한 발을 올리고 서서 빗속을 멀리 바라보았다. 어스레한 지평선 위로 비행 신호등이 희미하게 반짝였다.

니키가 심드렁하게 말했다. "당신은 무엇이 남자를 무너뜨리는지 모를 거야. 어떤 경찰이 손톱으로 턱 보조개를 건드렸다가 그것 때문에 한순간에 무너진 걸 난 본 적 있지."

디 루즈가 소리 죽여 웃었다. "이 친구는 터프해. 손전등 불빛으로 끝날 리가 없다는 걸 알아야 할 거요."

니키는 손전등을 켰다 껐다 하며 말했다. "내 손을 더럽히고 싶지 않지만, 어떻게 될지는 나도 모르지."

잠시 후 자파티가 두 손을 쳐들었다가 천천히 낮추며 말문을 열기 시작했다. 그가 손전등 불빛에 비친 두 눈을 감고 낮고 단조로운 음성으로 말했다.

"패리시가 납치를 한 거야. 그는 내 이복형제지. 그때까지 나는 아무것도 몰랐어. 패리시는 터프한 녀석들 두 명을 거느리고 한 달 전쯤 무작정 나한테 쳐들어왔어. 자기가 살인 용의자로 잡혔을 때, 캔들리스가 나한테 2만 5천 달러를 받고 변호를 해 준 적이 있는데, 그 후 자기를 검찰에 팔아넘긴 것을 용케 알아냈어. 내가 말한 적도 없는데 말이지. 나는 오늘 밤까지도 녀석이 그걸 아는 줄 몰랐어.

녀석이 클럽에 온 것은 7시 남짓이었지. 내게 이렇게 말하더군. '형의 친구인 휴고 캔들리스라는 녀석을 우리가 잡았어. 10만 달러짜리 일거리야. 아주 짭짤하지. 형이 할 일은 그저 이 테이블에 10만 달러를 쫙 까는 걸 거드는 것뿐이야. 다른 돈뭉치랑 좀 뒤섞이게 말이야. 형한테도 한몫 줄 테니까 우릴 도와야 해. 혹시라도 일이 틀어지면 그걸 잘 처리하는 게 형 전문이잖아?' 대충 그렇게 말했지. 그리고 패리시는 손가락이나 씹으며 빈둥빈둥 동료들이 오기만 기다렸어. 동료들이 나타나지 않자 꽤 안달을 하더군. 그러다 밖으로 나가서 맥줏집에서 전화를 걸었지."

디 루즈는 엄지와 검지로 담배를 쥐고 연기를 빨았다. "캔들리스가 여기 있다는 건 어떻게 안 거요?"

자파티가 말했다. "몹스가 말해 주었지. 하지만 이미 죽은 줄은 몰랐어."

니키가 피식 웃고는 손전등을 아주 빠르게 여러 차례 켰다 껐다.

디 루즈가 말했다. "한 1분쯤 계속해." 니키가 자파티의 하얀 얼굴에 계속 불빛을 들이댔다. 자파티가 입술을 씰룩거렸다. 그가 한 차례 눈을 떴다. 두 눈이 죽은 생선 눈처럼 생기가 없었다.

니키가 말했다. "여긴 더럽게 춥군. 이 양반을 어떻게 할까요?"

디 루즈가 말했다. "집 안으로 데려가서 캔들리스와 같이 묶어 두자. 서로 붙어 있으면 따뜻하겠지. 우린 아침에 다시 와서 이 양반이 새로운 생각을 좀 떠올렸는지 알아보자고."

자파티가 몸을 부르르 떨었다. 그의 눈가에 눈물처럼 반짝이는 뭔가가 비쳤다. 잠시 입을 다물고 있다가 그가 말했다. "좋아, 털어놓을게. 다 내가 계획한 거야. 가스 차도 내 생각이었어. 내가 원한 건 돈이 아니었어. 캔들리스였지. 죽여 버리고 싶었어. 일주일 전 금요일에 내 동생이 쿠엔틴 교도소에서 교수형을 당했어."

잠시 침묵이 감돌았다. 니키가 뭐라고 나직이 중얼거렸다. 디 루즈는 움직이지도, 아무런 소리를 내지도 않았다.

자파티가 계속 말했다. "캔들리스의 운전기사인 매틱이 도왔어. 그는 캔들리스를 증오했지. 순조롭게 일을 진행시키려고 그가 위조한 리무진을 운전해 달아날 예정이었어. 그런데 위스키를 얼마나 많이 빨았는지 운전을 할 수가 없었어. 패리시가 놈을 수상쩍게 생각하고 처치해 버렸지. 결국 다른 녀석이 차를 몰았어. 비가 온 게 도움이 되었지."

디 루즈가 말했다. "좀 낫군. 하지만 아직도 다 말하지 않았어, 자파티."

자파티가 재빨리 어깨를 으쓱하고는 손전등 불빛을 피해 살짝 눈을 뜨고 이죽거렸다.

"뭘 더 알고 싶다는 거야?"

디 루즈가 말했다. "누가 나를 처치하라고 했는지를 알고 싶은 거지. ……좋아요, 그만둡시다. 내가 직접 알아보지 뭐."

그는 발판을 딛고 있던 발을 떼고 담배꽁초를 어둠 속으로 내던졌다. 그리고 차 문을 쾅 닫고는 조수석에 올라탔다. 니키가 손전등을 치우고 운전석에 올라타 시동을 걸었다.

디 루즈가 말했다. "니키, 어디든 전화로 택시를 부를 수 있는 곳에 내려 줘. 그리고 너는 한 시간쯤 더 차를 몰고 다니다가 프랜시한테 전화를 해 줘. 거기서 내가 전화를 받을게."

금발 청년은 천천히 고개를 내둘렀다. "조니 형, 형은 좋은 사람이에요. 난 형을 좋아해요. 하지만 이건 너무 지나쳐요. 경찰에 신고를 하는 게 좋겠어요. 우리 집에 가면 내가 왕년에 만들어 둔 사립 탐정 면허가 있다는 거 잊지 마요."

디 루즈가 말했다. "니키, 시간을 좀 줘. 딱 한 시간만."

차가 언덕을 내려가 선랜드 고속도로를 가로지른 후, 몬트로즈를 향해 또 다른 언덕을 내려갔다. 잠시 후 니키가 말했다.

"그러죠."

11

카사 디 오로 아파트 로비의 데스크 끝에 놓인 시계가 1시 12분을 가리켰다. 로비는 고풍스러운 스페인 양식이었다. 검고 빨간 인디언 깔개가 깔리고, 가죽 술 장식의 가죽 쿠션이 놓인 징 박힌 의자들이 놓여 있었고, 회녹색의 올리브 나무 문에는 볼꼴 사나운 연철 띠경첩이 붙어 있었다.

말쑥한 차림에 여위고, 콧수염에 포마드를 바른 접수계원이 책상에 상체를 기대고 시계를 바라보다 하품을 하고, 밝은 색깔의 손톱으로 이빨을 토닥거렸다.

거리로 난 문이 열리며 디 루즈가 들어왔다. 그는 모자를 벗고 탁탁 털더니 다시 쓰고 챙을 꺾어 내렸다. 그리고 한산한 로비를 천천히 둘러보고 데스크로 가서 장갑 낀 손바닥으로 카운터를 툭툭 쳤다.

"휴고 캔들리스의 방갈로가 몇 호실이죠?" 그가 물었다.

접수계원이 짜증 난 표정을 지었다. 시계를 힐끔 바라본 시선이 디 루즈의 얼굴을 향했다가 다시 시계로 향했다. 그는 거만한 미소를 머금고 다소 사투리를 섞어 말했다.

"12C입니다. 연락해 드릴까요? 이런 시간에?"

디 루즈가 말했다. "아니요."

그는 데스크에서 돌아서서 마름모꼴 유리가 끼워진 커다란 문으로 향했다. 아주 고급의 화장실 문 같았다.

손잡이를 잡자 뒤에서 벨이 날카롭게 울렸다.

디 루즈는 어깨 너머로 돌아보고는 다시 데스크로 돌아갔다.

접수계원이 벨에서 잽싸게 손을 뗐다. 그가 차갑고 냉소적이고 오만한 목소리로 말했다. "여긴 보통의 아파트와 다릅니다."

디 루즈의 광대뼈 위에 붙은 반창고 두 개에 검붉은 핏기가 비쳤다. 그는 카운터 위로 상체를 들이밀고는 접수계원의 재킷 옷깃을 부여쥐고 가슴을 확 끌어당겼다.

"그 벨 소린 뭐지?"

접수계원은 안색이 창백해졌지만, 다시 연약한 손으로 힘겹게 벨을 울렸다.

헐렁한 정장을 걸치고 앞머리에 암갈색 가발을 쓴 땅딸막한 남자가 데스크 모서리를 돌아 나와서 통통한 손가락 하나를 내밀고 말했다. "어이."

디 루즈는 접수계원을 놓아주었다. 그는 땅딸막한 남자의 외투 앞에 붙은 시가 재를 무표정하게 바라보았다.

땅딸막한 남자가 말했다. "난 경비원이오. 터프하게 굴고 싶다면 나 좀 봅시다."

디 루즈가 말했다. "내가 할 소리를 하는군. 거기서 나오시지."

그들은 구석으로 가서 야자나무 옆에 앉았다. 땅딸막한 남자가 친근하게 하품을 하고는 가발 끝을 들추어 그 아래를 긁었다.

"나는 커밸릭이오." 그가 말했다. "저 스위스 녀석을 쥐어 패고 싶은 게 한두 번이 아니지. 근데 용건이 뭐요?"

디 루즈가 말했다. "비밀을 지켜 줄 건가?"

"아니. 난 입이 싸. 이 관광목장 같은 데서 지내는 낙은 수다를 떠는 것뿐이거든." 커밸릭이 주머니에서 반쯤 남은 시가를 꺼내 코를 태울 것처럼 시가에 불을 붙였다.

디 루즈가 말했다. "이번에야말로 비밀을 지켜야 할 때지."

그가 외투 안에 손을 넣어 지갑을 꺼내서 10달러 지폐 두 장을 뽑아 들었다. 그것을 검지에 돌돌 감아서 대롱 모양으로 뽑아 땅딸막한 남자의 외투 겉주머니에 찔러 넣었다.

커밸릭은 눈만 끔벅거리며 아무런 말도 하지 않았다.

디 루즈가 말했다. "캔들리스의 방에 조지 다이얼이라는 이름의 남자가 머물고 있어. 그의 차가 지금 밖에 있고, 녀석은 그 차 안에 있어야 하는데 말이지. 녀석을 만나 봐야겠는데, 내 이름을 미리 알리고 싶진 않아. 나랑 같이 그 방에 가 줄 수 있겠나?"

땅딸막한 남자가 조심스레 말했다. "좀 늦은 시간이라 아마 자고 있을 텐데."

"그렇다면 남의 침대에 누운 거니까 깨워야 해." 디 루즈가 말했다.

땅딸막한 남자가 일어섰다. "나는 생각하는 게 싫은데, 당신의 돈은 싫지 않군." 그가 말했다. "아직 안 자는지 가 보지. 여기 좀 있으슈."

디 루즈가 고개를 끄덕였다. 커밸릭은 벽을 따라 걸어가서 모퉁이에 있는 문으로 슬쩍 들어갔다. 그가 걷자 허리의 권총집 때문에 외투 밑이 꼴사납게 불룩 튀어나왔다. 접수계원이 그의 뒷모습을 바라보다가 디 루즈에게 경멸 어린 눈빛을 던지고 손톱 줄을 꺼내 들었다.

10분이 지나고 15분이 지났다. 커밸릭은 돌아오지 않았다. 디 루즈는 벌떡 일어나 얼굴을 찡그리고 모퉁이의 문을 향해 성큼성큼 걸어갔다. 데스크에 있던 접수계원이 흠칫하더니 데스크의 전화기를 바라보았지만 손을 뻗지는 않았다.

디 루즈가 문을 열고 들어가자 지붕을 얹은 테라스 주랑이 나왔다. 빗방울이 경사진 지붕 타일을 부드럽게 두드리고 있었다. 테라스 중앙에는 화사한 빛깔의 타일로 테두리를 두른 타원형 풀장이 있었다.

주랑 끝에는 다른 테라스들이 이어져 있었다. 멀찍이 왼쪽 테라스 끝 창문에 불이 켜져 있었다. 그는 운에 맡기고 그쪽으로 갔다. 가까이 가니 12C라는 문패가 보였다.

그는 계단 두 개를 올라가서 벨을 눌렀다. 멀리서 벨 소리가 울렸다. 그러고는 아무런 기척이 없었다. 잠시 후 다시 벨을 누르고 문을 열어 보았다. 문은 잠겨 있었다. 안쪽 어디선가 희미하게 둔탁한 소리가 난 것도 같았다.

그는 잠시 빗속에 서 있다가 방갈로 모퉁이를 돌아서, 흠뻑 젖은 좁은 길을 지나 집 뒤로 갔다. 작은 쪽문을 열어 보았다. 역시 잠겨 있었다. 디 루즈는 툴툴거리며 겨드랑이에서 총을 꺼내 들었다. 쪽문의 유리 패널에 모자를 대고 권총 개머리판으로 후려쳤다. 유리가 퍽 하고 깨지며 안으로 떨어지는 소리가 살짝 났다.

그는 권총을 집어넣고 모자를 똑바로 쓴 후 깨진 창으로 손을 넣어 문을 열었다.

검은색과 노란색 타일을 깐 부엌이 보였다. 크고 환한 부엌은 주로 칵테일을 만드는 데 쓰이는 듯했다. 헤이그 앤드 헤이그 위스키 두 병, 헤네시 코냑 한 병, 고급 주스 서너 병이 타일을 깐 식기 건조대 위에 놓여 있었다. 짧은 복도를 지나자 거실이 나왔다. 거실에는 그랜드피아노가 구석에 놓여 있고, 그 옆에 램프가 켜져 있었다. 술과 잔이 놓인 낮은 보조탁자 위에도 램프가 있었다. 벽난로의 장작불은 꺼져 가고 있었다.

예의 둔탁한 소리가 좀 더 크게 들렸다.

디 루즈가 거실을 가로질러 밸런스커튼을 친 문을 지나자 화려한 침실로 이어진 다른 복도가 나왔다. 침실 옷장 안에서 둔탁한 소리가 들렸다. 디 루즈가 옷장 문을 열자 남자 하나가 보였다.

그는 옷이 잔뜩 걸린 옷장 바닥에 웅크리고 앉아 있었다. 얼굴은 수건으로 감겨 있고, 발목도 수건으로 묶였고, 양손이 뒤로 묶여 있었다. 이집트 클럽의 딜러만큼이나 심한 대머리였다.

디 루즈는 그를 험악하게 굽어보다가 갑자기 씩 웃고는 허리를 숙이고 수건을 풀어 주었다.

남자가 입안의 행주를 뱉어 내고 거칠게 욕을 하며 옷장 뒤쪽의 옷속을 뒤졌다. 무슨 털 뭉치 같은 것을 움켜쥐더니 펴서 민머리에 썼다.

그러고 보니 경비원 커밸릭이었다.

그는 계속 욕을 내뱉으며 일어나서 살찐 얼굴에 경계 어린 딱딱한 미소를 띠고 디 루즈에게서 물러섰다. 그의 오른손이 재빨리 허리의 권총집을 향했다.

디 루즈는 두 손을 펴 보이며 말했다. "어떻게 된 일이지?" 그리고 사라사 무명천을 씌운 작은 의자에 앉았다.

커밸릭은 잠시 묵묵히 그를 바라보다가 권총에서 손을 뗐다.

"불빛이 보였지." 그가 말했다. "그래서 버저를 눌렀어. 키가 큰 흑인이 문을 열어 주더군. 여기서 많이 본 사람이었지. 다이얼이었어. 난 만나고 싶어 하는 사람이 저 로비에서 기다리고 있다고 조용히 전했지. 물론 당신 이름은 말하지 않았고."

"그래서 곤봉을 맞았군." 디 루즈가 아무런 감정도 싣지 않고 말했다.

"아직 아냐. 조금 있다가지." 커밸릭이 피식 웃고는 입안에서 행주 조각을 뱉어 냈다. "뭐 때문에 곤봉을 얻어맞았는지 말해 주지. 녀석이 어째 재미있다는 듯 웃으며 잠깐 들어오라고 하더군. 녀석을 지나 안으로 들어오니까, 녀석이 문을 닫더니 총구로 내 신장을 쿡 찌르더라고. 녀석이 말했지. '그놈이 완전 흑인이라고 했던가?' 내가 답했지. '그렇소. 근데 권총은 왜 꺼낸 거요?' 그가 말했지. '그 흑인이 회색 눈동자에 검은 곱슬머리이고, 입매가 날카롭던가?' 그래서 내가 말했지. '그렇소. 빌어먹을. 근데 총은 왜 들이대냐고.'

그가 '이러려고' 하더니 내 뒤통수를 갈기더군. 나는 쓰러졌고 정신이 오락가락했지만 기절하진 않았어. 그 후 캔들리스의 계집애가 나타났고, 둘이서 나를 묶어서 옷장 속에 처박았지. 일이 그렇게 된 거야. 한동안 두 사람이 티격태격하는 소리가 들리더니 곧 잠잠하더군. 당신이 벨을 울릴 때까지. 그게 전부야."

디 루즈가 흥거워하며 히죽 웃었다. 그는 온몸의 긴장을 풀고 의자에 늘어져 있었다. 자세가 느른하고 느긋했다.

"그들은 사라졌어." 그가 부드럽게 말했다. "누군가가 귀띔을 해 준 거야. 그게 잘한 짓 같지는 않지만."

커벨릭이 말했다. "나는 왕년에 웰스 파고의 경비였어. 이 정도는 놀랄 일도 아니지. 근데 그 두 사람은 무슨 짓을 벌이고 있는 거야?"

"캔들리스의 여자는 어떻게 생겼지?"

"검고, 잘빠졌고, 시쳇말로 섹스에 굶주린 것 같더군. 좀 지치고 긴장한 것도 같았고. 그들은 3개월마다 운전기사를 새로 들였어. 이 아파트에는 그녀가 좋아하는 놈팡이가 한두 명 더 있지. 나한테 곤봉을 날린 녀석도 기둥서방인 것 같고."

디 루즈는 손목시계를 보며 고개를 끄덕이고는 일어나려고 상체를 세웠다. "경찰에 알릴 시간이 된 것 같군. 혹시 납치 이야기를 알려 주고 싶은 경찰 친구 있나?"

"아직은 아냐." 제삼의 목소리가 들렸다.

조지 다이얼이 복도에서 재빨리 실내로 들어와 소음기가 달린 길고 가는 자동 권총을 말없이 겨누었다. 눈빛은 이글거렸지만 레몬 색깔의 손가락은 아주 단호하게 방아쇠에 걸려 있었다.

"우린 사라지지 않았어." 그가 말했다. "아직 준비가 안 됐거든. 하지만 거기 두 사람이 그렇게 생각한 것도 무리는 아니지."

커밸럭의 통통한 손이 재빨리 허리로 향했다.

총열이 검고 작은 자동 권총에서 두 차례 둔탁한 소리가 났다.

커밸럭의 외투 앞자락에서 풀썩 먼지가 피어올랐다. 그리고 작은 콩깍지에서 씨앗이 터지듯 작은 두 눈을 부릅뜨고 두 팔을 확 벌리더니 육중하게 쓰러지며 옆구리로 벽을 들이받았다. 그러고는 픽 쓰러져 벽에 등을 대고 앉아 눈을 반쯤 뜬 채 잠잠해졌다. 가발은 벌렁 뒤집어진 상태였다.

디 루즈는 재빨리 커밸럭을 바라보고 다시 다이얼에게 눈길을 돌렸다. 그의 얼굴에는 아무런 감정도, 흥분한 기색도 드러나지 않았다.

그가 말했다. "다이얼, 미쳤군. 이걸로 자네는 마지막 기회를 날려 버렸어. 그냥 겁만 줄 수도 있었건만. 하지만 실수를 한 게 이것만은 아니지."

다이얼이 침착하게 말했다. "그래. 이제 보니 그렇군. 자네한테 애들을 보내지 말았어야 했어. 무조건 내가 직접 해야 했던 거야. 프로답지 못한 게 실수였어."

디 루즈가 살짝 고개를 끄덕이고 우정 어리다시피 한 눈길로 다이얼을 바라보았다. "무조건이 아니라 재미로라도 직접 했어야지. 근데 일을 그르쳤다고 알려 준 게 누구지?"

"프랜시. 그녀가 그 때문에 욕 좀 봤지." 다이얼이 야만스럽게 말했다. "나는 떠날 거야. 그래서 한동안 그녀에게 감사 인사를 전할 수 없겠어."

"그러겠군." 디 루즈가 말했다. "근데 자네는 빠져나갈 수 없을 거야. 자네 대장의 돈은 땡전 한 푼도 건드릴 수 없고 말이지. 자네도, 자네의 패거리도, 자네의 여자도 마찬가지야. 지금쯤은 경찰이 다 알아차렸을 테니까."

다이얼이 말했다. "우린 빠져나갈 거야. 그럴 만한 돈도 충분히 있고. 조니, 잘 있게."

다이얼이 굳은 얼굴로 총을 쥔 손을 들어 디 루즈를 겨누었다. 디 루즈는 게슴츠레 눈을 감고 충격에 대비했다. 총은 발사되지 않았다. 다이얼의 뒤에서 부스럭거리는 소리가 나더니 키가 큰 흑인 여자가 회색 모피 코트를 입고 실내로 들어왔다. 목덜미께에서 매듭지어 올린 검은 머리칼 위에 작은 모자를 걸치고 있었다. 그녀는 예뻤다. 여리고 초췌해 보이는 입술에는 숯 검댕처럼 검은 루주를 발랐고, 볼에는 핏기가 없었다.

그녀의 서늘하고 나른한 목소리는 긴장된 표정과 전혀 어울리지 않았다. "프랜시가 누구죠?" 그녀가 차갑게 물었다.

디 루즈가 두 눈을 크게 뜨고 의자에 꼿꼿이 앉은 채 가슴을 향해 슬그머니 오른손을 올렸다.

"프랜시는 내 여자 친구입니다." 디 루즈가 말했다. "다이얼 씨가 내게서 그녀를 떼어 내려고 했었죠. 히지만 그걸 뭐랄 순 없어요. 다이얼 씨가 워낙 잘생겼으니 여러 여자를 거느릴 만하잖아요?"

키가 큰 여자의 얼굴이 갑자기 어둡고 사나워졌다. 그녀가 다이얼의 팔을 홱 움켜쥐었다. 권총을 든 팔이었다.

디 루즈가 겨드랑이로 재빨리 손을 넣어 38구경을 뽑아 들었다. 그러나 발사된 것은 그의 총이 아니었다. 소음기를 단 다이얼의 권총도 아니었다. 그것은 총열이 20센티미터나 되는 커다란 프런티어 콜트였다. 포탄이 터지는 듯한 소리가 났다. 소리는 방바닥에서 울려 퍼졌다. 커밸릭이 통통한 손을 집어넣고 있는 오른쪽 허리께에서.

총은 한 발만 발사되었다. 다이얼은 거인의 손에 일격을 당한 것처럼 벽에 등을 부딪히고, 머리를 벽에 찧었다. 그의 잘생긴 검은 얼굴은 곧바로 피의 가면을 뒤집어썼다.

그가 맥없이 벽 아래로 쓰러졌다. 검은 총열의 작은 자동 권총이 그의 앞에 떨어졌다. 흑인 여자가 총을 향해 달려들었다. 그녀는 널브러진 다이얼의 시신 앞에 무릎을 꿇고 두 손을 뻗었다.

그녀는 총을 쥐고 들어 올렸다. 얼굴이 파르르 떨리고, 힘을 준 입술 사이로 얇고 탐욕스러운 이빨이 드러나 번들거렸다.

커밸릭의 목소리가 울렸다. "나는 터프가이야. 왕년에 웰스 파고의 경비였단 말씀이야."

그의 커다란 권총이 다시 작렬했다. 여자의 입술 사이로 날카로운 비명이 터져 나왔다. 그녀의 몸이 다이얼의 시신 위로 널브러졌다. 그녀가 두 눈을 끔벅거렸다. 얼굴이 창백해지면서 핏기가 가셨다.

"어깨를 쐈어. 그녀는 괜찮아." 커밸릭이 말하며 일어섰다. 그는 외투를 벗어젖히고 가슴을 토닥거렸다.

"방탄조끼를 입었지." 그가 자랑스럽게 말했다. "잠시 조용히 누워 있는 게 나을 것 같더라고. 섣불리 나섰다간 녀석이 내 얼굴을 날릴 것 같아서 말이지."

프랜신 레이는 하품을 하며 긴 초록색 파자마를 입은 다리 한쪽을 쭉 뻗고 맨발에 걸친 얇은 초록색 슬리퍼를 바라보았다. 그리고 다시 하품을 하고 일어서서 콩팥 모양의 책상이 있는 곳까지 오락가락하며 불안하게 실내를 서성였다. 그녀는 술을 한 잔 따라 재빨리 마시고 몸을 부르르 떨었다. 얼굴은 긴장되고 피곤해 보였다. 두 눈은 퀭했다. 눈 아래 다크서클이 어려 있었다.

그녀는 손목에 찬 작은 시계를 바라보았다. 새벽 4시가 다 된 시각이었다. 그녀는 여전히 손목을 들어 올린 채 무슨 소리를 듣고 몸을 홱 돌렸다. 그리고 책상을 등진 채 가쁜 숨을 몰아쉬었다.

디 루즈가 빨간 커튼을 젖히고 안으로 들어왔다. 그는 걸음을 멈추고 무표정하게 그녀를 바라보다가 천천히 모자와 외투를 벗어서 의자에 던져 놓았다. 정장 상의도 벗은 후 어깨에 맨 황갈색 권총집도 풀어 놓고 술병이 놓인 곳으로 갔다.

그는 유리잔 냄새를 맡아 보고 위스키를 3분의 1쯤 채워 단숨에 비웠다.

"그 건달한테 꼭 알려야만 했어?" 그가 손에 쥔 빈 잔을 굽어보며 침울하게 말했다.

프랜신 레이가 말했다. "그래. 난 전화를 하지 않을 수 없었어. 어떻게 됐지?"

"당신은 건달한테 전화를 하지 않을 수 없었군." 디 루즈가 똑같은 어투로 되뇌었다. "녀석이 연루된 것을 당신은 너무나 잘 알고 있었어. 녀석이 나를 해치우고 달아나는 편이 당신에게 좋았겠지."

"조니, 당신 괜찮아?" 그녀가 지친 음성으로 부드럽게 물었다.

디 루즈는 대답하지 않고, 그녀를 바라보지도 않았다. 천천히 잔을 내려놓고 위스키를 새로 따라서 물을 탄 후 얼음을 찾았다. 얼음을 찾지 못한 그는 하얀 책상 상판을 바라보며 조금씩 잔을 비웠다.

프랜신 레이가 말했다. "조니, 세상에 핸디캡 없이 당신과 맞장 뜰 사람은 아무도 없어. 그에게 도움이 되지 않는다 해도 난 알릴 수밖에 없었어. 그는 내가 잘 아는 사람이니까."

디 루즈가 천천히 말했다. "그거 멋지군. 하지만 나는 그리 괜찮지 않았어. 근무 중일 때 번트라인 스페셜 콜트 권총을 차고 방탄조끼를 입는 우스꽝스러운 경비원이 없었다면 지금쯤 난 시체가 되어 있을 거야."

잠시 후 프랜신 레이가 말했다. "나를 날려 버리고 싶어?"

디 루즈가 재빨리 그녀를 바라보고 다시 고개를 돌렸다. 그는 잔을 내려놓고 책상에서 물러났다. 어깨 너머로 그가 말했다. "나한테 진실을 말하는 한은 그러지 않을 거야."

그는 푹신한 의자에 파묻혀 팔걸이에 팔꿈치를 얹고 두 손으로 턱을 괴고 앉았다. 프랜신 레이가 잠시 그를 지켜보다가 다가가서 의자 팔걸이에 걸터앉았다. 그녀는 그의 머리를 부드럽게 뒤로 젖혀 의자에 머리를 기대게 했다. 그리고 그의 이마를 쓰다듬기 시작했다.

디 루즈는 눈을 감았다. 몸이 느른해지고 긴장이 풀렸다. 그의 목소리가 졸음에 겨운 듯 울렸다.

"이집트 클럽에서 당신은 내 목숨을 구해 준 셈이야. 그러니 당신한테는 그 잘생긴 놈을 시켜서 나한테 한 방 날리게 할 권리가 있는 셈이지."

프랜신 레이는 아무 말 없이 그의 이마를 쓰다듬었다.

"잘생긴 놈은 죽었어." 디 루즈가 이어 말했다. "경비원이 그의 얼굴을 날려 버렸지."

프랜신 레이의 손길이 멈추었다. 잠시 후 손길이 다시 움직여 그의 머리를 쓰다듬었다.

"캔들리스의 아내도 한 다리 걸쳤더군. 둘이 따끈따끈한 애인 사이 같더라고. 그녀는 휴고의 돈을 원했어. 그리고 휴고 이외의 세상 모든 남자를 원했지. 다행히 그녀는 무사해. 그녀는 많은 것을 털어놓았어. 자파티처럼."

"그래, 자기." 프랜신 레이가 조용히 말했다.

디 루즈가 하품을 했다. "캔들리스는 죽었어. 우리가 시작하기 전에 이미 죽었지. 놈들은 그에게서 다른 어떤 것도 원하지 않고 그저 죽기 만을 바랐어. 패리시는 돈만 챙길 수 있다면 어떻게 되든 아랑곳하지 않았지."

프랜신 레이가 말했다. "그래, 자기."

"남은 이야기는 아침에 들려줄게." 디 루즈가 쉰 목소리로 말했다. "니키와 나는 법적으로 떳떳하다고 봐…… 같이 리노로 가서, 우리 결혼하자…… 이렇게 한량처럼 사는 건 이제 지쳤어…… 한 잔 더 줄래?"

프랜신 레이는 움직이지 않았다. 다만 손가락으로 부드럽고 나긋하게 그의 이마를 쓰다듬고 관자놀이 위를 문질렀다. 디 루즈의 몸이 의자에서 더 가라앉았다. 그가 머리를 한쪽으로 기울였다.

"그래, 자기."

"나를 자기라고 부르지 마." 디 루즈가 쉰 목소리로 말했다. "그냥 비둘기라고 불러 줘."

그가 깊이 잠이 들자, 그녀는 의자 팔걸이에서 일어나 근처의 의자
에 앉았다. 그녀는 꼼짝도 하지 않고 가만히 앉아서, 손톱을 선홍색으
로 물들인 길고 섬세한 두 손으로 얼굴을 괴고 그를 하염없이 바라보
았다.

스페인 혈통
Spanish Blood

1

존 매스터스 시장은 비대하고 우람한 덩치에 개기름이 자르르 흘렀다. 턱살은 푸르스름하니 번들거렸고, 손가락은 관절이 움푹 들어갈 만큼 두툼했다. 겉주머니가 달린 와인색 정장에 와인색 타이, 황갈색 비단 셔츠 차림에, 갈색 머리는 올백으로 넘기고, 입에는 적색과 금색 띠가 둘린 두툼한 갈색 시가를 물고 있었다.

그는 콧등을 찡그리며 자신의 홀카드*를 다시 슬쩍 들춰 보고 비어져 나오려는 웃음을 삼켰다. 그가 말했다.

* 엎어 놓은 카드.

"한 장 더 때려, 데이브. 시청으로 때리진 말고."

까 놓은 패는 4와 2였다. 부시장 데이브 아거는 상대 카드 두 장을 심각하게 바라보고 자기 패를 굽어보았다. 키가 크고 여윈 체격에 긴 얼굴은 홀쭉하고 머리칼은 젖은 모래색이었다. 그가 천천히 카드 덱에서 맨 위 장을 집어 상대에게 휙 던져 주었다. 스페이드 퀸이었다.

매스터스는 입을 헤벌쭉 벌리고 시가를 덜렁거리며 웃었다.

"내가 이겼어, 데이브. 이번엔 레이디 덕을 봤군." 그가 홀카드를 과장된 몸짓으로 뒤집었다. 5였다.*

데이브 아거는 가만히 앉아서 점잖게 미소를 지었다. 가까이에서 전화벨 소리가 나직이 울렸다. 소리는 높다랗고 뾰족한 아치창 가까이 드리워진 긴 비단 커튼 뒤에서 나고 있었다. 그는 입에 물고 있던 퀄런을 카드 테이블 옆 작은 탁상에 놓인 재떨이 가장자리에 조심스레 내려놓고, 커튼 뒤로 손을 뻗어 전화기를 집어 들었다.

그는 송화기 컵에 대고 거의 속삭이는 음성으로 차갑게 말을 한 다음 한참을 듣기만 했다. 그의 초록 눈빛에는 아무런 변화가 없었다. 마른 얼굴에도 아무런 감정의 동요가 비치지 않았다. 매스터스는 따분해서 몸을 뒤틀며 시가를 깨물었다.

한참 후 아거가 말했다. "알았어. 나중에 우리가 알려 주지." 그는 손에 든 전화기에 수화기를 걸고 다시 커튼 뒤에 내려놓았다.

그는 담배를 집어 들고 귓불을 당겼다. 매스터스가 뇌까렸다. "저런, 뭐가 그리 고민이야? 어서 10달러나 내놔."

아거가 나직이 말했다. "저한테도 레이디가 한 장 있습니다. 또 에이

* 블랙잭 게임은 21에 가장 가까운 숫자를 만들면 이기는 게임으로, 시장의 패 5와 4, 2, 퀸(10)을 더하면 21이 된다. 두 장만으로 21을 만들면 블랙잭이라고 한다.

스가 있고요." 그가 홀카드를 뒤집자, 에이스 옆에 하트 퀸이 나타났다. "블랙잭입니다." 그는 매스터스의 팔꿈치 아래 깔린 5달러 지폐 두 장을 슬그머니 뽑아서 카드 덱 옆에 흐트러진 지폐 더미 위에 얹었다.

매스터스는 입에서 시가를 홱 뽑아내서 테이블 가장자리에 쿡쿡 찍어 찌부러뜨렸다. 잠시 후 그가 씩 웃었다. 아주 까칠한 미소였다.

"빌어먹을 사기꾼 같으니, 카드만 했다 하면 나를 홀랑 벗겨 먹는군."

아거는 피식 웃고 의자에 등을 기댔다. 그는 음료수를 집어 들고 한 모금 마신 뒤 내려놓고는 쿼런을 입에 문 채 말문을 열었다. 모든 움직임이 느릿하고 조심스럽고 거의 무심해 보였다. 그가 말했다. "우린 아주 현명하죠, 안 그런가요, 시장님?"

"아무렴. 그래서 우리가 이 도시를 차지하고 있는 거지. 그래도 블랙잭을 하는 데는 통 도움이 안 돼."

"선거가 이제 두 달 남았잖아요?"

매스터스는 그를 쏘아보고 주머니를 더듬어 새 시가를 꺼내 입에 쑤셔 넣었다.

"그건 왜?"

"우리의 강적한테 무슨 일이 일어났다고 칩시다. 바로 지금. 그럼 그게 좋은 일일까요, 나쁜 일일까요?"

"뭐?" 매스터스가 눈썹을 치켜들었다. 눈썹이 어찌나 무성한지 일을 하려면 눈썹을 위로 들춰야 할 것만 같았다. 그는 떨떠름한 표정으로 잠시 생각하고는 말했다.

"곤란하겠지. 놈을 신속하게 체포하지 않았다면 말이야. 유권자들은 우리가 사주를 했다고 생각할 테니까."

"지금 살인 이야기를 하시는군요, 시장님." 아거가 침착하게 말했다. "저는 살인이라고 말하지 않았는데요."

매스터스는 눈썹을 내리고 콧구멍 밖으로 자란, 거친 검정 코털을 하나 뽑았다.

"뭔데 그래. 어서 털어놔 봐! 뭐가 고민이야?"

아거는 미소를 짓고 연기 도넛을 만들어 띄웠다. 그리고 그것이 둥실 떠올라 흐릿하게 흩어지는 것을 지켜보았다. "방금 연락을 받았는데, 다너갠 마르가 죽었다는군요." 그가 아주 나직이 말했다.

매스터스가 천천히 움직였다. 천천히 온몸을 움직여 카드 테이블로 향하더니, 상체를 테이블 위로 기울였다. 몸이 더 이상 앞으로 나아가지 않자 턱 근육이 굵은 쇠줄처럼 도드라질 때까지 턱을 앞으로 내밀었다.

"뭐라고? 그게 정말이야?" 그가 탁한 음성으로 코앞의 아거에게 말했다.

아거가 냉정하게 고개를 끄덕였다.

"시장님 말씀이 맞습니다. 살인이에요. 살인 사건이 일어났습니다. 바로 30분 전쯤, 그의 사무실에서요. 범인이 누군지는 몰라요. 아직."

매스터스는 어깨를 크게 으쓱하고 의자에 등을 기댔다. 그는 멍한 표정으로 주위를 둘러보더니 느닷없이 파안대소했다. 우렁우렁한 그의 웃음소리가 두 사람이 앉아 있는 첨탑 같은 작은 실내를 맴돌고 건너편의 커다란 거실까지 울려 퍼졌다. 그리고 묵직한 금빛 액자에 끼워 높이 걸어 놓은 유화 속의 널따란 가로수 길을 비출 만큼 높다란 스탠딩 램프들과 육중한 갈색 가구의 미로를 지나며 앞뒤로 메아리쳤다.

아거는 말없이 앉아 있었다. 그는 담뱃불이 완전히 꺼지고 검은 자국만 남을 때까지 재떨이에 천천히 궐련을 비벼 댔다. 그는 앙상한 손가락에 묻은 재를 털고 기다렸다.

매스터스는 웃음을 터트릴 때와 마찬가지로 갑자기 웃음을 그쳤다. 실내가 쥐 죽은 듯 고요했다. 매스터스는 피곤한 표정이었다. 그가 커다란 얼굴을 찡그렸다.

"가만있으면 안 되겠군." 그가 조용히 말했다. "내가 깜빡했어. 빨리 조치를 취해야겠어. 이건 다이너마이트야."

아거가 다시 커튼 뒤로 가서 전화기를 꺼내, 카드가 흩어진 테이블 너머로 건네주었다.

"그래요, 우리가 어째야 할지는 빤하죠?" 그가 침착하게 말했다.

존 매스터스 시장의 탁한 갈색 눈동자에 교활한 빛이 번뜩였다. 그는 입술을 핥고 커다란 손으로 전화기를 잡았다.

"그래." 그가 가르랑거리며 말했다. "빤하지, 데이브. 그렇게 하면 돼, 그렇게……!"

다이얼 구멍에 들어갈까 싶은 굵은 손가락으로 그가 다이얼을 돌렸다.

2

다니갠 마르의 얼굴은 그때도 여전히 냉정하고 단정하고 차분해 보였다. 잿빛의 부드러운 플란넬 정장을 입고, 정장 색과 똑같은 부드러운 잿빛 머리를 뒤로 넘겨 그의 혈색 좋은 젊은 얼굴이 환히 드러나 보였다. 서 있으면 머리칼이 앞을 가리는 이마의 피부는 하얬고, 나머지 피부는 햇볕에 그을려 있었다.

그는 방석을 깐 푸른 사무용 의자에 기대앉아 있었다. 테두리에 청동 그레이하운드가 새겨진 재떨이에는 비벼 꺼진 시가가 하나 있었다. 왼손은 의자 옆으로 늘어지고, 오른손에는 책상 위의 권총이 느슨하게 쥐여 있었다. 닫혀 있는 뒤쪽의 커다란 유리창으로 흘러든 햇살에 잘 다듬어진 그의 손톱이 반들거렸다.

조끼 왼쪽은 피에 젖어 잿빛 플란넬이 거의 검게 물들어 있었다. 그는 완전히 죽었고, 절명한 지 한참 된 상태였다.

짙은 갈색 머리에 호리호리하고 말이 없는 장신의 남자가 갈색 마호가니 서류 캐비닛에 기대 죽은 남자를 골똘히 바라보고 있었다. 두 손은 단정한 푸른 서지 정장 주머니에 찔러 넣고, 밀짚 중절모를 뒤통수에 걸치고 있었다. 태도와 달리 두 눈이나 일자로 꾹 다문 입은 결코 여유롭지 않았다.

모래색 머리의 덩치 큰 남자가 푸른 깔개 위에서 주위 현장을 점검하고 있었다. 그가 허리를 숙인 채 쉰 목소리로 말했다.

"탄피가 없어요, 샘."

갈색 머리의 남자는 움직이지도, 대꾸하지도 않았다. 다른 남자가 허리를 펴고 하품을 하고는 의자의 시신을 바라보았다.

"젠장! 난리가 나겠는데요? 선거가 두 달밖에 안 남았는데, 이게 무슨 날벼락인지."

갈색 머리의 남자가 느릿하게 말했다. "우린 학교를 같이 다녔어. 친구였지. 우리 둘 다 한 여자애를 짝사랑했어. 그가 이겼지만, 우린 좋은 친구로 남았지. 우리 셋 다 말이야. 그는 항상 참 대단했어. ⋯⋯너무 영리했다고나 할까."

모래색 머리의 남자는 아무것도 건드리지 않고 실내를 돌아다녔다. 그는 책상에 놓인 총을 굽어보며 코를 킁킁거리다가 고개를 내두르고 말했다.

"이건 사용하지 않았군요." 그는 콧등을 찡그리며 공중을 향해 코를 킁킁거렸다. "에어컨이 설치돼 있어요. 꼭대기 세 개 층은. 방음 장치도 되어 있고. 꽤나 고급이네요. 제가 듣기론 전체 건물 골조를 전기 용접 했다더군요. 리벳을 전혀 쓰지 않고 말이죠. 그 얘기 들어 보셨나요?"

갈색 머리의 남자가 천천히 고개를 내둘렀다.

"비서는 어디 있었을까요?" 모래색 머리의 남자가 계속 말했다. "이런 거물이 여비서 한 명만 두지는 않았을 텐데."

갈색 머리의 남자가 다시 고개를 내둘렀다. "내가 알기론 한 명뿐이야. 그녀는 점심을 먹으러 나갔어. 그는 독불장군이었어, 피트. 그래도 될 만큼 영리했지. 몇 해만 더 지났으면 이 도시를 독차지했을 텐데."

모래색 머리의 남자는 이제 책상 뒤로 가서 죽은 남자의 어깨에 기댈 듯한 자세로 담황색 기록지가 딸린 가죽 받침의 비망록을 굽어보았다. 그가 천천히 말했다. "임레이라는 사람이 12시 15분에 오기로 되어 있었네요. 약속이 잡힌 건 이것뿐이고요."

그는 자신의 싸구려 손목시계를 슬쩍 보았다. "1시 30분이라. 꽤 지났네요. 임레이가 누구죠? 아니, 잠깐만! 임레이라는 이름의 지방 검사보가 있잖아요. 그는 매스터스-아거 캠프의 판사로 출마할 예정이죠. 아실지 모르겠지만……"

이때 문을 두드리는 날카로운 소리가 들렸다. 사무실은 매우 길어서 문 세 개 가운데 어느 문에서 나는 소리인지 두 사람은 잠시 생각해야 했다. 그러다 모래색 머리의 남자가 가장 멀리 있는 문으로 다가가며 어깨 너머로 말했다. "검시관일 거예요. 기자한테 입을 뻥긋이라도 했다가는 모가지야, 하고 으름장을 놓아야겠죠?"

갈색 머리의 남자는 대꾸하지 않았다. 그는 천천히 책상 쪽으로 가서, 몸을 살짝 앞으로 숙이고 죽은 남자에게 나직이 말했다.

"잘 가게, 다니*. 그냥 다 잊어버려. 뒷일은 내게 맡기고. 벨은 내가 잘 돌봐 줄게."

사무실 끝 쪽 문이 열리고 씩씩해 보이는 남자가 가방을 들고 들어왔다. 그는 빠른 걸음으로 푸른 양탄자를 밟고 와서 책상에 가방을 얹어 놓았다. 모래색 머리의 남자는 기웃거리는 사람들 면전에서 사정없이 문을 닫았다. 그리고 다시 천천히 책상으로 돌아왔다.

씩씩한 남자가 한쪽으로 고개를 갸웃하고 시체를 검사했다.

"두 발 맞았군." 그가 중얼거렸다. "32구경 같은데, 강화 슬러그탄이로군. 심장은 건드리지 않고 근처를 지났지만 거의 즉사한 게 분명합니다. 1, 2분 정도?"

갈색 머리의 남자는 한숨을 내뱉고 창가로 걸어가 실내를 등지고 서서 건너편의 높다란 빌딩들 꼭대기와 따뜻하고 푸른 하늘을 내다보았다. 모래색 머리의 남자가 검시관이 사망자의 눈꺼풀을 들어 올리는 것을 지켜보다가 말했다.

"지문 감식반을 불러야겠습니다. 전화 좀 써야겠어요. 임레이는……"

갈색 머리의 남자가 살짝 고개를 돌리고 흐릿한 미소를 머금었다.

---

* 다너갠.

"사용하게. 범인이야 빤해 보이지만."

"글쎄, 그럴까요?" 하며 검시관은 죽은 남자의 손목을 구부려 보고, 시신의 얼굴 피부에 손등을 대 보았다. "델라게라 형사님 생각과 달리, 이건 그 빌어먹을 정치와 상관이 없을지도 몰라요. 시신 상태도 아주 양호하고요."

모래색 머리의 남자가 손수건으로 조심스레 집어 든 수화기를 내려 놓은 다음, 다이얼을 돌린 후 다시 손수건으로 수화기를 집어 들고 귀에 댔다.

잠시 후 그가 불쑥 말문을 열었다. "피트 마커스입니다. 반장님 좀 바꿔 주세요." 그는 하품을 하고 다시 좀 기다렸다가 다른 어조로 말했다. "마커스와 델라게라입니다, 반장님. 다녀갠 마르 사무실입니다. 지문 감식반은 없고, 카메라맨도 아직 없습니다. ……네? ……국장님이 이리 오실 때까지 현장을 보존하라고요? ……알겠습니다. ……네, 여기 있습니다."

갈색 머리의 남자가 돌아보았다. 전화를 하던 남자가 그에게 몸짓을 했다. "받아 봐요. 스페니시."

샘 델라게라는 조심스럽게 감싼 손수건을 무시하고 수화기를 받아 들어 귀를 기울였다. 그의 표정이 딱딱해졌다. 그가 빠르게 말했다.

"내가 그와 친한 건 맞습니다만, 같은 침대를 쓰진 않았습니다. ……그의 비서 아가씨 한 사람 말고는 아무도 없었습니다. 그녀가 신고를 했습니다. 비망록 메모지에 임레이라는 이름이 쓰여 있고, 12시 15분에 만나기로 되어 있었습니다. 아니요, 아무것도 건드리지 않았습니다. ……아니요. ……알았습니다, 그러죠."

그는 아무 소리가 나지 않을 정도로 살그머니 수화기를 내려놓았다.

수화기에 손을 대고 있다가 갑자기 무겁게 손을 옆으로 떨구고는 쉰 목소리로 말했다.

"피트, 나더러 손을 떼라는군. 자네는 드루 국장이 올 때까지 현장을 보존하도록 해. 아무도 들여보내선 안 돼. 백인이든, 흑인이든, 체로키 인디언이든."

"아니 왜 선배를 빼내죠?" 모래색 머리의 남자가 화가 나서 소리를 질렀다.

"몰라. 명령이야." 델라게라가 단조롭게 말했다.

검시관이 기록을 하다 말고 궁금하다는 듯 날카로운 눈매로 델라게라를 슬쩍 바라보았다.

델라게라는 사무실을 가로질러 문을 열고 옆방으로 갔다. 거기에는 더 작은 사무실이 있었는데, 일부를 막아서 대기실로 쓰고 있었다. 대기실에는 잡지가 놓인 탁자와 가죽 의자 몇 개가 있고, 카운터 안쪽에는 타자기가 놓인 책상 하나, 금고와 서류 캐비닛 몇 개가 있었다. 갈색 머리의 자그마한 여자가 구겨 쥔 손수건 위로 머리를 숙이고 책상에 앉아 있었다. 머리 위의 모자가 삐딱하게 틀어져 있었다. 그녀는 어깨를 들썩이며 헐떡이듯 흐느껴 울었다.

델라게라가 그녀의 어깨를 토닥거렸다. 그녀가 울어서 부은 얼굴에 입을 일그러뜨리고 울먹이며 그를 쳐다보았다. 왜 그러느냐는 듯한 그녀의 얼굴을 향해 미소를 지어 보이며 그가 부드럽게 말했다.

"마르 부인에게 알렸나요?"

그녀가 격하게 흐느끼며 말없이 고개를 끄덕였다. 그는 다시 그녀의 어깨를 토닥여 주고 잠시 곁에 서 있다가 밖으로 나갔다. 입을 굳게 다문 그의 검은 두 눈이 짙게 반짝였다.

3

잉글랜드풍의 그 저택은 데네브 레인이라고 불리는 좁고 구불구불한 콘크리트 차로에서 멀리 떨어진 곳에 있었다. 잔디밭에는 풀이 제법 웃자라서 구불구불한 길에 깔린 디딤돌들이 반쯤 가려져 있었다. 현관문 위에는 삼각 박공처마가 있고, 벽에는 담쟁이가 자라고 있었다. 사방 가까이 나무들이 서 있어서 저택은 다소 어둡고 외딴 느낌을 주었다.

데네브 레인의 모든 주택이 그처럼 일부러 방치된 듯한 분위기를 자아냈다. 그러나 진입로와 차고를 가리고 있는 키 큰 생울타리는 푸들 강아지처럼 손질이 잘 되어 있고, 잔디밭 맞은편 끝에 노란 글라디올러스가 화사하게 핀 곳은 어둡거나 은밀한 느낌을 주지 않았다.

델라게라는 지붕을 열어젖힌 황갈색 캐딜락 투어링카에서 내렸다. 무거운 구형 캐딜락은 흙투성이였다. 차 뒤쪽에는 캔버스 천으로 된 지붕이 접혀 있었다. 그는 하얀 리넨 운동모 아래 검은 선글라스를 썼고, 예전의 푸른 서지 정장은 조끼 스타일의 지퍼 재킷 위에 회색 나들이 정장을 걸친 차림으로 바뀌어 있었다.

그는 그다지 경찰로 보이지 않았다. 다너갠 마르의 사무실에서도 그랬다. 그는 디딤돌이 깔린 길을 천천히 걸어가서 현관의 황동 노커를 잡았지만, 그것으로 노크를 하지는 않았다. 그는 그 옆의 담쟁이덩굴 사이에 거의 감춰진 벨을 눌렀다.

한참을 기다려야 했다. 날은 아주 따뜻하고 조용했다. 벌들이 따스하고 환한 풀밭에서 윙윙거리며 날아다녔다. 멀리서 잔디 깎는 소리가 희미하게 들렸다.

문이 천천히 열리더니 검은 얼굴이 그를 내다보았다. 슬픔에 잠긴 길고 검은 얼굴에 바른 라벤더 분가루 위로 눈물 자국이 비쳤다. 검은 얼굴이 억지로 미소를 띠고 더듬더듬 말했다.

"안녕하세유, 미스타 샘. 반가워유."

델라게라는 운동모와 검은 선글라스를 벗고 말했다. "안녕하세요, 미니. 마르 씨 일은 정말 안됐습니다. 마르 부인을 좀 만나 봬야겠어요."

"네, 어서 들어오세유, 미스타 샘."

가정부가 비켜서자 그는 바닥 타일을 깐 그늘진 홀로 들어갔다.

"혹시 기자가 찾아왔나요?"

여자는 천천히 고개를 저었다. 따뜻한 갈색 눈동자는 충격을 받아 놀란 기색이 역력했다.

"아직은 아무도 안 왔어유. 마르 부인도 좀 전에 오셨는디, 암말도 하지 않으셔유. 볕이 들지도 않는 저 일광욕실에서 마냥 우두커니 서 있어유."

델라게라가 고개를 끄덕였다. "다른 사람한테는 아무 말 마세요, 미니. 경찰에선 한동안 발표를 하지 않을 겁니다. 신문에도 안 나고요."

"암말도 안 하겠슈, 미스타 샘. 할 말도 없지만서두."

델라게라는 그녀에게 미소를 지어 보이고는, 크레이프 고무 밑창을 댄 신발을 내디디며 소리 없이 타일이 깔린 홀을 따라 건물 뒤로 가서, 직각으로 방향을 틀어 똑같이 생긴 다른 홀로 들어갔다. 그는 문 앞에서 노크를 했다. 응답이 없었다. 문손잡이를 돌리고, 길고 좁은 실내로 들어갔다. 창문이 많았는데도 실내는 어둑했다. 창 가까이 나무들이 자라고 있어서 유리창에 나뭇잎들이 맞닿아 부대끼고 있었다. 몇몇 창문에는 사라사 무명천 커튼이 드리워져 있었다.

방 한가운데 있는 키 큰 여자는 그를 돌아보지 않았다. 그녀는 미동도 없이 꼿꼿이 서서, 두 손을 부르쥐고 옆으로 늘어뜨린 채, 창밖만 응시하고 있었다.

실내의 모든 빛을 끌어모은 듯한 그녀의 적갈색 머리칼은 부드러운 후광처럼 차갑고 아름다운 얼굴을 감싸고 있었다. 그녀는 겉주머니가 달린 푸른 벨벳의 스포티한 앙상블 차림이었다. 멋 부린 남자의 손수건처럼 세심하게 가슴 주머니 위로 살짝 고개를 내민 푸른 테두리의 하얀 손수건이 이 의상의 포인트였다.

델라게라는 말없이 기다렸다. 차츰 실내의 어둠이 눈에 익었다. 잠시 후 여자가 침묵을 깨고 허스키한 저음으로 말했다.

"아, 그이가 당하고 말았어, 샘. 결국 살해되고 말았어. 그이가 그렇게나 미움을 많이 받은 거야?"

델라게라가 나직이 말했다. "그 바닥이 원래 험악하잖아, 벨. 내가 보기에 그는 될수록 깨끗하게 처신했지만, 그래도 적을 만드는 건 피할 수 없었어."

그녀가 천천히 고개를 돌리고 그를 바라보았다. 순간 그녀의 머리칼 색이 바뀌었다. 머리칼이 금빛으로 반짝였다. 그녀의 두 눈은 놀랍도록 푸르고 맑았다. 그녀가 살짝 떨리는 목소리로 말했다.

"누가 그이를 죽인 거지, 샘? 뭔가 알아낸 게 있어?"

델라게라는 천천히 고개를 주억거리고 고리버들 의자에 앉아 운동모와 선글라스를 무릎 사이에 올려놓았다.

"그래. 누가 그랬는지 알 것 같아. 지방 검사보인 임레이라는 남자야."

"맙소사!" 여자가 숨을 몰아쉬었다. "이 썩어 빠진 도시에서 대체 무슨 일이 일어나고 있는 거지?"

델라게라가 단조롭게 말을 이었다. "그게 좀 그렇지. 영문을 알고 싶겠지만, 아직은……"

"알고 싶어, 샘. 내가 어딜 바라보든, 그이의 두 눈이 나를 따라다니는 것만 같아. 내게 뭔가를 해 달라고 부탁하는 것만 같아. 그는 내게 아주 멋진 남자였어, 샘. 물론 우리에게도 문제가 없진 않았지만, 그건 별것 아니었어."

델라게라가 말했다. "그 임레이라는 자는 매스터스와 아거 캠프의 판사 후보로 출마할 예정이야. 방탕한 40대 남자인데, 스텔라 라모트라는 이름의 나이트클럽 댄서와 동거를 해 온 모양이야. 우여곡절 끝에 그들이 함께 있는 사진이 찍혔는데, 둘 다 만취한 상태에 알몸이었어. 다니가 그 사진을 가지고 있었지. 다니의 책상에서 발견되었어. 그리고 책상 메모장에는 임레이와 12시 15분에 만나기로 약속한 게 기록돼 있었어. 두 사람이 다투다가 임레이가 사고를 친 것 같아."

"샘, 당신이 사진을 발견한 거야?" 여자가 아주 나직이 물었다.

그는 입꼬리를 비틀어 미소를 지으며 고개를 내둘렀다.

"아니. 내가 발견했다면 그것을 폭로하지 않았을 거야. 드루 국장이 발견했어. 나를 수사에서 손 떼게 한 후에 말이지."

그녀가 그를 향해 고개를 확 돌렸다. 맑고 푸른 두 눈을 부릅뜨고 있었다.

"수사에서 손을 떼게 했다고? 다니의 친구인 당신을?"

"그래. 하지만 너무 심각하게 생각지는 마. 나는 경찰이야, 벨. 어쨌든 명령에 따라야지."

그녀는 입을 다문 채 더 이상 그를 바라보지 않았다. 잠시 후 그가 말했다.

"푸마 호숫가의 별장 열쇠가 필요해. 무슨 증거가 있는지, 거기 가서 둘러보라는 출장 명령을 받았어. 다니가 거기서 회의를 했으니까."

여자의 표정이 변했다. 거의 경멸하는 듯한 표정이었다. 그녀의 목소리는 공허했다.

"열쇠를 갖다 줄게. 하지만 거기서는 아무것도 찾아내지 못할 거야. 경찰을 도와서 임레이라는 자를 무혐의 처리할 수 있도록 다니의 오점을 찾을 생각이라면……"

그는 살짝 미소를 짓고 천천히 고개를 저었다. 두 눈이 너무나 슬프고 진지해 보였다.

"말도 안 되는 소리 하지 마. 경찰 배지를 반납하면 했지, 그럴 일은 없을 거야."

"알겠어." 그녀가 그를 지나 문밖으로 나갔다. 그는 그녀가 떠나는 동안 가만히 앉아 멍한 눈으로 벽을 바라보았다. 그의 얼굴에 상심한 표정이 떠올랐다. 그는 소리 죽여 아주 나직이 욕을 내뱉었다.

여자가 돌아와 그에게 다가와서 손을 내밀었다. 그의 손바닥에 뭔가 찰그랑 떨어졌다.

"열쇠 받으시죠, 경찰 나리."

델라게라는 자리에서 일어나 열쇠를 주머니에 쑤셔 넣었다. 그의 얼굴은 딱딱하게 굳어 있었다. 벨 마르는 탁자로 다가가서 칠보 세공을 한 상자를 손톱으로 찍듯이 열어젖히고 담배를 꺼냈다. 그녀가 등을 돌린 채 말했다.

"아까 말했지만, 거기 가 봐야 소용없을 거야. 이제까지 알아낸 게 고작 그이가 협박을 받았다는 것뿐이라니 정말 한심해."

델라게라는 천천히 숨을 내쉬며 잠시 가만히 서 있다가 돌아섰다.

"그래." 그가 나직이 말했다. 날씨가 좋다는 듯, 아무도 죽지 않았다는 듯, 목소리가 이제 아주 무덤덤했다.

문간에서 그가 다시 돌아보았다. "돌아와서 다시 보자, 벨. 그때쯤이면 좀 진정이 될 거야."

그녀는 대꾸하지도, 움직이지도 않았다. 불을 붙이지 않은 담배를 입에 가까이 대고 꼭 쥐고만 있었다. 잠시 후 델라게라가 말을 이었다.

"이번 일에 대한 내 기분이 어떨지 알 거야. 다니와 나는 한 형제 같았어. 내가, 내가 듣기론 네가 그 친구와 사이가 그리 좋지 않았다더군. ……그게 사실이 아니라니 천만다행이야. 하지만 너무 괴로워하지 마, 벨. 괜히 스스로한테 모질게 굴 것 없어. 나한테도 마찬가지고."

그는 잠깐 기다리며 그녀를 다시 물끄러미 바라보았다. 그녀가 여전히 움직이지도, 입을 열지도 않자 그는 걸음을 옮겼다.

4

대로 옆에 좁다란 바윗길이 나 있었다. 길은 언덕 측면을 따라 호수로 이어졌다. 소나무 숲 사이로 여기저기 통나무 별장 지붕들이 보였다. 산비탈에는 개방식 헛간이 한 채 있었다. 델라게라는 흙투성이 캐딜락을 헛간에 넣어 두고 좁은 바윗길을 따라 호수로 내려갔다.

호수는 짙푸른 빛이었지만 수심은 아주 낮았다. 카누 두어 척이 호수 위를 떠다녔고, 선체 밖에 장착된 모터 소리가 멀리 물굽이 뒤에서 통통거렸다. 그는 무성한 덤불 벽 사잇길을 따라 솔잎을 밟으며 걸어가서, 나무 그루터기 하나를 돌아 마르의 통나무 별장으로 이어진 작은 통나무 다리를 건넜다.

통나무를 반으로 켜서 지은 이 별장은 호수 쪽으로 널따란 현관마루가 나 있었다. 별장은 쓸쓸하고 허전해 보였다. 통나무 다리 아래로 흐르는 샘물이 별장 옆을 휘돌아 현관마루 한쪽 끝에서 급경사를 이루며 큼직하고 납작한 돌멩이들 위로 흘러내렸다. 봄철에 수위가 높아지면 돌멩이가 모두 물에 잠길 것이다.

델라게라는 나무 계단을 올라 주머니에서 열쇠를 꺼내 묵직한 현관문 자물쇠를 땄다. 그는 집 안에 들어가기 전에 현관마루에 잠시 서서 담뱃불을 댕겼다. 도시의 열기에 시달린 뒤라 이곳이 더욱 시원하고 맑고 쾌적하고 고요했다. 큼직한 아메리카어치가 나무 그루터기에 앉아 날개를 가다듬고 있었다. 저 멀리 호수 위에서 누군가가 한가롭게 우쿨렐레를 켜는 소리가 들렸다. 그는 별장 안으로 들어갔다.

먼지 긴 사슴뿔 몇 개, 잡지가 흩어져 있는 큼직한 통널 탁자, 구식 배터리 라디오, 상자 모양 축음기와 그 옆에 대충 쌓아 놓은 음반 더미가 눈에 띄었다. 그 옆의 커다란 석조 벽난로 근처 탁자 위에는 반쯤 남은 스카치위스키 한 병과 닦아 놓지 않은 길쭉한 유리잔들이 있었다. 위쪽 대로를 지나가던 차 한 대가 그리 멀지 않은 곳에서 멈추는 소리가 들렸다. 델라게라는 뜨악하게 주위를 둘러보고 왠지 패배감을 느끼며 중얼거렸다.

"헛걸음했군."

이곳에 중요한 것은 아무것도 없었다. 다너건 미르 같은 남자가 산속 별장에 중요한 것을 버려둘 리가 없었다.

그는 두 개의 침실을 살펴보았다. 하나는 간이침대 두 개가 놓인 임시 침실이었고, 다른 하나는 조립식 침대와 가구가 놓인 침실로, 침대 위에 화려한 여성용 파자마가 가로놓여 있었다. 벨 마르의 파자마 같지는 않았다.

뒤쪽의 작은 부엌에는 석유 버너와 장작 난로가 놓여 있었다. 그는 다른 열쇠로 뒷문을 열고 작은 뒷마당으로 나갔다. 근처에 땔감이 잔뜩 쌓여 있었고, 장작을 쪼개는 모탕 위에 쌍날 도끼가 놓여 있었다.

그때 파리 떼가 눈에 띄었다.

나무 보행로가 집 옆을 지나 아래쪽 장작 헛간으로 이어져 있었다. 숲을 뚫고 비춘 여우볕이 보행로를 가로지르고 있었다. 그 햇살 속에서 뭔가 갈색의 끈적끈적한 물질 위에 파리 떼가 엉겨 붙어 있었다. 파리 떼는 날아가려고 하지 않았다. 델라게라는 허리를 숙이고 손을 뻗어 그 끈적한 물질을 만져 보고, 손가락에 묻은 냄새를 맡았다. 그리고 갑작스런 충격에 얼굴이 굳었다.

그곳에서 조금 떨어진, 장작 헛간 문밖 그늘 속에 더 작은 다른 갈색 자국이 보였다. 그는 주머니에서 부리나케 열쇠를 꺼내, 헛간에 채워진 큼직한 맹꽁이자물쇠를 딸 열쇠를 찾았다. 그리고 헛간 문을 벌컥 열어젖혔다.

안에는 땔감이 허술하게 잔뜩 쌓여 있었다. 쪼개지 않은 통나무로, 차곡차곡 쌓아 놓은 것이 아니라 아무렇게나 던져 놓은 상태였다. 델라게라는 커다란 통나무를 한쪽으로 치우기 시작했다.

한참 통나무를 치우고 나서야 아래로 팔을 뻗어 무명 양말을 신은 차고 딱딱한 발목을 붙잡을 수 있었다. 그는 두 발목을 당겨 남성의 시체를 환한 곳으로 끌어냈다.

시신은 호리호리한 체격에 키는 크지도 작지도 않았고, 잘 재단된, 바구니 뜨기식 옷감 정장을 입고 있었다. 작고 단정한 구두는 잘 닦인 상태였는데, 살짝 먼지가 앉아 있었다. 얼굴은 거의 남아 있지 않았다. 박살이 나 있던 것이다. 두개골 위쪽이 쪼개져 뇌수와 피가 숱이 적은 회갈색 머리칼에 엉겨 붙어 있었다.

델라게라는 재빨리 몸을 일으켜 세우고 다시 집 안으로 돌아가 반쯤 남은 스카치위스키 병이 있는 거실로 들어갔다. 그는 코르크 마개를 뽑고 병째 들이켜고는 잠시 후 다시 들이켰다.

"휴!" 그는 소리 내어 한숨을 몰아쉬고, 위스키 때문에 속이 찌르르해서 한 차례 몸을 떨었다.

헛간으로 돌아가 다시 시신을 살필 때 어디선가 자동차 엔진 시동이 걸리는 소리가 들렸다. 그는 흠칫했다. 엔진 소리가 커지더니 곧 잦아들며 다시 조용해졌다. 델라게라는 한 차례 어깨를 으쓱하고 시신의 주머니를 뒤졌다. 텅 비어 있었다. 세탁소 표지가 붙어 있었음직한 주머니 하나는 뜯겨 나갔고, 외투 안주머니의 양복점 라벨도 뜯겨 나간 채 너덜너덜한 실밥만 남아 있었다.

시신은 경직된 상태였다. 사망한 지 24시간쯤 되었을 것이다. 그 이상은 아니었다. 얼굴에 진하게 묻은 피가 완전히 굳지 않았기 때문이다.

델라게라는 잠시 시신 옆에 웅크리고 앉아 푸마 호면에 반짝이는 윤슬과 멀리서 번뜩이는 카누의 노를 바라보았다. 그리고 헛간으로 돌아가 피가 많이 묻은 묵직한 각목 따위를 찾아보았지만 그런 것은 없었다. 그는 다시 집 안으로 들어가서 현관마루로 나와, 마루 끝으로 가서 급경사면을 굽어보다가, 그 아래의 크고 납작한 돌멩이들을 바라보았다.

"그럼 그렇지." 그가 나직이 말했다.

돌멩이 두 개에 파리 떼가 엉겨 붙어 있었다. 수가 적잖았다. 아까는 알아차리지 못했다. 급경사면은 높이가 9미터쯤 되어, 곤두박질친다면 머리가 으깨지고도 남았다.

그는 흔들의자에 앉아 몇 분 동안 꼼짝 않고 담배만 피웠다. 생각에 잠긴 그의 얼굴은 평온했고, 검은 두 눈은 다른 먼 세상을 향해 있었다. 마침내 그의 입꼬리에 단호한 미소가 걸렸다. 미소 속에 희미한 냉소가 배어 있었다.

미소를 지운 그는 묵묵히 집 안으로 돌아가서, 다시 시신을 끌어당겨 헛간에 넣고, 통나무로 허술하게 덮어 두었다. 그는 장작 헛간 자물쇠를 채우고, 별장 현관도 잠근 다음, 대로로 이어진 좁고 가파른 길을 올라 캐딜락을 세워 둔 곳으로 갔다.

차를 몰고 떠났을 때는 벌써 6시가 지났지만, 아직도 태양이 빛나고 있었다.

5

길가의 독일식 맥줏집은 옛 가게의 카운터가 바 구실을 했고, 바에는 스툴이 세 개 딸려 있었다. 델라게라는 출입구 쪽 스툴에 앉아 빈 맥주잔 안쪽의 거품을 바라보았다. 바텐더는 멜빵바지를 입은 갈색 머리의 꼬마였다. 부끄럼을 타는 눈빛에 머리칼은 찰랑찰랑했다. 그가 더듬거리며 말했다.

"하, 한 잔 더, 더 드릴까요, 선생님?"

델라게라는 고개를 내두르고 스툴에서 일어섰다.

"얌마, 밀주가 어째 이렇게 맛이 없냐. 변두리 술집의 금발 여자 같잖아." 그가 우울하게 말했다.

"포, 포틀라 양조맥주인데요? 최, 최고라던데."

"천만에. 최악이야. 영업 허가도 없을 테니 그거나 계속 팔아라. 나, 간다."

그는 방충망 문으로 다가가서 양지바른 대로를 내다보았다. 그림자가 꽤나 길게 드리워져 있었다. 콘크리트 길 건너편에는 가로세로 각 10센티미터짜리 하얀 각목으로 울타리를 둘러친 자갈 깔린 공터가 있었다. 그곳에 차 두 대가 주차되어 있었다. 델라게라의 낡은 캐딜락과 깐깐하게 생긴 먼지투성이 포드 승용차였다. 카키색 능직 바지를 입은 장신의 깡마른 남자가 캐딜락 옆에 서서 차를 살펴보고 있었다.

델라게라는 불독 파이프를 꺼내 지퍼 달린 주머니에서 꺼낸 담뱃잎을 반쯤 채우고, 천천히 조심스레 불을 댕긴 후 성냥을 구석으로 튕겨버렸다. 그리고 방충망 문으로 밖을 내다보다가 살짝 몸이 굳었다.

키가 크고 깡마른 남자가 델라게라의 캐딜락 뒷부분 캔버스 덮개를 들추고 있었다. 그는 캔버스 일부를 걷고 그 아래 내부 공간을 들여다보았다.

델라게라는 방충망 문을 가만히 열고 콘크리트 대로를 큰 걸음으로 느긋하게 걸어갔다. 고무를 댄 신발 밑창에 자갈 밟히는 소리가 났지만, 깡마른 남자는 돌아보지 않았다. 델라게라가 옆으로 다가갔다.

"내 뒤를 밟는 모양인데, 무슨 꿍꿍이수작을 부리려는 겁니까?"

남자가 천천히 돌아보았다. 우울하고 시무룩한 얼굴에 눈동자는 미역 색깔이었다. 그는 허리에 왼손을 얹으며 여미지 않은 외투를 뒤로 홱 젖혔다. 허리띠의 권총집에 찔러 넣은 총이 보였다. 고리가 달린 기병용 권총이었다.

그는 희미하게 입꼬리를 비틀며 델라게라를 위아래로 훑어보았다.

"이 똥차 당신 거요?"

"그런 것 같소만?"

깡마른 남자는 외투를 좀 더 뒤로 젖히고 안주머니에 달아 놓은 청동 배지를 보여 주었다.

"나로 말하면 톨루카 군의 수렵 감시요원이올시다, 선생. 지금은 수사슴 사냥철이 아닐 텐데? 암사슴 사냥철은 더더욱 아니고?"

델라게라는 아주 천천히 시선을 내리깔고, 캔버스 아래쪽을 보려고 허리를 구부정하니 숙여 캐딜락 뒤쪽을 들여다보았다. 잡동사니 위에 어린 사슴이 한 마리 있었고, 옆에는 라이플이 놓여 있었다. 죽은 암사슴의 부드러운 두 눈은, 비록 죽어서 생기가 없었지만, 은근히 그를 꾸짖으며 쳐다보는 것 같았다. 사슴의 날씬한 목에 마른 핏자국이 있었다.

델라게라는 허리를 펴고 나직이 말했다. "더럽게 예쁘군."

"사냥 면허증 있나?"

"난 사냥하지 않소." 델라게라가 말했다.

"그래 봐야 도움이 안 될 텐데? 보아하니 라이플도 있구먼."

"난 경찰이오."

"오호라, 경찰이시다? 배지는 있으시고?"

"있겠지."

델라게라는 안주머니로 손을 넣어 배지를 꺼내 소매에 쓱쓱 문지른 다음, 손바닥 안에 쥐고 보여 주었다. 깡마른 수렵 감시요원은 그것을 빤히 굽어보다가 입술을 핥았다.

"경위? 시 경찰국 소속이고." 그의 얼굴은 무심하고 시큰둥했다. "좋아, 경위. 그쪽의 고물차를 타고 20킬로미터쯤 같이 갑시다. 여기 내차로 돌아올 때는 얻어 타고 오지 뭐."

델라게라는 배지를 집어넣고, 자갈 바닥에 불독 파이프를 살살 털고 불씨를 자갈 속에 비벼 껐다. 그는 캔버스 덮개를 다시 대충 씌웠다.

"내가 체포된 건가?"

"체포된 거요, 경위."

"그럼 갑시다."

그는 캐딜락 운전석에 앉았다. 깡마른 감시요원이 반대편으로 돌아가서 옆자리에 올라탔다. 델라게라는 차를 출발시키고 유턴을 해서 평탄한 콘크리트 대로를 달렸다. 멀리 보이는 산골짜기에 안개가 자욱했다. 안개 너머로 산봉우리 여러 개가 하늘을 배경으로 우뚝 솟아 있었다. 델라게라는 서둘지 않고 편안히 큰 차를 몰았다. 두 남자는 묵묵히 앞만 바라보았다.

한참 후 델라게라가 말했다. "푸마 호에 사슴이 사는 줄 몰랐는걸? 적어도 내가 가 본 곳엔 없었지."

"그 옆에 보호구역이 있소이다, 경위." 감시요원이 담담히 말했다. 그는 먼지 낀 창유리 밖을 물끄러미 바라보았다. "톨루카 군 산림 일부가 보호구역이지. 다 알면서 왜 그러시나?"

델라게라가 말했다. "모르겠는데? 내 평생 사슴을 쏘아 본 적이 없어서 말이지. 경찰 노릇을 해 왔어도 그렇게까지 터프해지진 않았거든."

감시요원이 말없이 그저 씩 웃었다. 콘크리트 대로가 산등성이를 지나자, 길 오른쪽이 급경사를 이루며 작은 협곡들이 펼쳐지기 시작했다. 언덕바지인 길 왼쪽으로 더러 비포장 샛길이 있었고, 반쯤 잡초에 덮인 샛길에 바퀴 자국이 나 있었다.

델라게라는 큰 차를 갑자기 왼쪽으로 홱 돌려서, 붉은 흙과 마른 풀이 듬성듬성한 공터로 질주해 들어간 후 브레이크를 꽉 밟았다. 차가 미끄러지며 기우뚱하더니 끼익 소리를 내며 요란하게 멈추었다.

감시요원의 몸이 오른쪽으로, 이어서 앞쪽으로 홱 쏠렸다. 그는 욕설을 씨불이며 재빨리 자세를 바로잡고 권총을 뽑으려고 오른손을 왼쪽 허리로 뻗었다.

델라게라는 여위고 딱딱한 그의 손목을 잡아 비틀어서 몸 쪽으로 밀어붙였다. 볕에 탄 감시요원의 얼굴이 핼쑥해졌다. 그는 왼손으로 권총집을 더듬거리다가 몸에 힘을 뺐다. 그가 딱딱하고 기분 나쁜 음성으로 말했다.

"일을 더 꼬이게 하는군. 난 솔트 스프링스에서 전화 제보를 받고 온 거야. 당신의 차가 어떻게 생겼고, 어디에 있는지 들었지. 차 안에 암사슴 사체가 있다는 말도 들었어. 나는……"

델라게라는 그의 손목을 놓아주고 권총집을 열어 재빨리 콜트 권총을 뽑아 들었다. 그리고 그것을 차 밖으로 던져 버렸다.

"내려, 촌뜨기! 네 말대로 차를 얻어 타도록 해. 대체 뭐가 문제지? 월급만으로는 먹고살 수가 없어서 그러나? 염병할 사기꾼 같으니, 네가 푸마 호에서 수작을 부린 거잖아!"

감시요원은 천천히 차에서 내려 멍한 얼굴로 입을 헤벌리고 공터에 섰다.

"터프하군. 후회할 거야, 경위. 정식으로 고발하겠어." 그가 중얼거렸다.

델라게라는 옆좌석으로 건너가서 오른쪽 문으로 내렸다. 그는 감시
요원 가까이에 서서 아주 천천히 말했다.

"내 생각이 틀렸을지도 모르지. 누군가가 당신한테 제보를 했을지도
몰라. 그랬을 수도 있을 거야."

그는 감시요원을 지켜보며 암사슴 사체를 차 밖으로 꺼내 땅바닥에
내려놓았다. 깡마른 남자는 움직이지 않고, 3미터 남짓 떨어진 풀밭의
권총을 찾으러 가려고도 하지 않았다. 미역 색깔의 눈빛이 아주 차갑
고 심드렁했다.

델라게라는 캐딜락 안으로 돌아가 브레이크를 풀고 시동을 걸었다.
그는 다시 대로로 나섰다. 감시요원은 여전히 움직이지 않았다.

캐딜락이 급발진을 해서 언덕을 내려가 시야에서 사라졌다. 차가 완
전히 떠난 후 감시요원은 권총을 찾아 총집에 찔러 넣고, 암사슴을 끌
고 가서 덤불에 숨긴 다음, 산마루를 향해 대로를 따라 걷기 시작했다.

6

켄워디 홀 데스크의 여자가 말했다.

"이분이 세 번 전화를 했어요, 경위님. 그런데 전화번호는 가르쳐 주
지 않더라고요. 어떤 여자가 두 번 전화했고요. 이름이나 전화번호는
남기지 않았어요."

그녀는 델라게라에게 쪽지 세 장을 건네주었다. '조이 칠'이라는 이
름과 세 번 전화한 시간이 적혀 있었다. 그는 편지 두 통을 집어 들고,
운동모를 슬쩍 들어 데스크의 여자에게 인사한 후 승강기를 탔다. 4층

에서 내려 좁고 조용한 복도를 걸어가서 잠긴 문을 열었다. 불을 켜지 않고 커다란 프렌치 창으로 다가가서 창문을 활짝 열고, 가만히 서서 캄캄한 밤하늘과 네온 불빛을 바라본 후, 두 블록 너머 오테가 거리의 눈부신 차량 전조등 빛살을 바라보았다.

그는 담뱃불을 댕기고 우두커니 선 채 반을 피웠다. 어둠 속의 얼굴이 아주 우울하고 고민에 차 있었다. 마침내 창가를 떠나 작은 침실로 들어가서 테이블 램프를 켜고 옷을 다 벗었다. 샤워를 하고 물기를 닦은 다음 깨끗한 속옷을 입고 작은 부엌으로 간 그는 칵테일을 한 잔 만들었다. 그것을 마시고 다시 담배를 피우며 옷을 마저 걸쳤다. 권총집을 차고 있을 때 거실의 전화가 울렸다.

벨 마르였다. 몇 시간 동안 계속 울었는지 목이 쉬고 음성이 떨렸다.

"샘, 연락이 돼서 다행이야. 내가…… 내가 일부러 그렇게 말한 건 아냐. 충격을 받아서 어째야 좋을지 모르겠고, 정말 미칠 것만 같아서 그랬어. 이해하지, 샘?"

"그래, 이것아." 델라게라가 말했다. "그런 건 신경 쓰지 마. 아무튼 네 말이 옳았어. 푸마 호에서 방금 돌아왔는데, 그저 나를 따돌리려고 거기로 보냈던 모양이야."

"이제 나한테는 너밖에 없어, 샘. 혹시 그들에게 당하는 건 아니겠지?"

"그들이라니?"

"나도 알아. 난 바보가 아냐, 샘. 이 모든 게 음모라는 걸 나도 알아. 그이를 제거하기 위해 벌인 비열한 정치적 음모 말이야."

델라게라는 수화기를 꽉 움켜쥐었다. 입이 굳어 버린 듯 잠시 입이 떨어지지 않았다. 그러다 그가 말했다.

"그게 아니라, 그냥 겉으로 보이는 게 다일 수도 있어, 벨. 사진을 둘러싸고 싸움이 일어난 것 말이야. 그따위 남자가 판사로 출마를 해서는 안 된다고 말할 자격이 다니에겐 있었어. 그건 협박이랄 수도 없는 거지…… 그리고 알다시피 그의 손에는 총이 들려 있었으니."

"시간 나면 나한테 좀 와 줄래, 샘?"

그녀는 감정이 고갈된 듯한 목소리에 바람을 담아 망설이며 말했다. 그는 다시 머뭇거리며 책상을 톡톡 두드렸다.

"그러지. 그런데 최근에 푸마 호 별장에 간 사람이 누구지?"

"글쎄? 나는 거기 가 본 지 1년도 넘었어. 그이는 혼자 갔어. 거기 가서 사람들을 만났겠지. 난 몰라."

그는 뭐라고 혼잣말을 하고는 잠시 후 인사를 하고 전화를 끊었다. 그는 책상 너머의 벽을 물끄러미 바라보았다. 두 눈이 생기를 띠며 매섭게 번뜩였다. 더는 의심할 게 없다는 듯 단호한 표정이었다.

그는 침실로 돌아가서 외투를 걸치고 밀짚 중절모를 썼다. 나가는 길에 '조이 칠'이라는 이름이 쓰인 메모지를 집어 들고, 갈가리 찢어서 재떨이에 넣고 태워 버렸다.

7

모래색 머리칼의 덩치 큰 형사, 피트 마커스는 가구가 거의 없어 썰렁한 사무실의 작은 책상 앞에 앉아 몸을 옆으로 돌리고 있었다. 책상은 어질러져 있었고, 맞은편 벽 쪽으로 작은 책상이 두 개 더 놓여 있었다. 다른 책상 하나는 깔끔했는데, 초록색 사건 기록부 한 권과 검정 펜 세트, 작은 동판 달력, 재떨이용 전복 껍데기 하나가 놓여 있었다.

창가에 놓인 의자 안쪽에 둥근 밀짚 쿠션 하나가 과녁처럼 세워져 있었다. 피트 마커스는 왼손에 싸구려 펜을 한 줌 쥐고, 멕시코 인 단검 던지기 선수처럼 쿠션을 향해 펜을 휙휙 던졌다. 과녁을 맞힐 마음도 솜씨도 없으면서 그런 행동을 멈추지 않았다.

문이 열리고 델라게라가 들어왔다. 그는 문을 닫고 문에 기댄 채 마커스를 무심히 바라보았다. 모래색 머리의 남자는 삐거덕거리며 의자를 빙 돌려 책상에 닿도록 뒤로 젖히고 앉아 넓적한 엄지손톱으로 턱을 긁었다.

"어서 오세요, 스페니시. 잘 다녀오셨나요? 선배가 왜 안 돌아오느냐고 국장이 꽤나 짖어 대던데?"

델라게라는 툴툴거리며 매끈한 갈색 입술 사이로 담배를 찔러 넣었다.

"네가 마르의 사무실에 있을 때 그 사진을 찾아냈지?"

"예. 하지만 내가 발견한 건 아니에요. 국장이 발견했지. 왜요?"

"국장이 발견하는 것을 직접 봤어?"

마커스는 잠시 뚱하니 그를 바라보다가 신중하게 나직이 말했다.

"국장이 발견한 게 맞아요, 샘. 심어 놓은 게 아닙니다. 선배가 알고 싶은 게 그거라면 말이죠."

델라게라가 고개를 끄덕이고 어깨를 으쓱했다. "총알에 대해서는 좀 알아냈어?"

"예. 32구경이 아니라 25구경이랍니다. 아주 소형 권총이죠. 총알은 구리-니켈 합금인데, 자동 권총이에요. 탄피는 찾지 못했습니다."

"임레이가 탄피는 잘 챙기고서, 정작 살인을 부추긴 사진은 챙기지 않고 떠났다 이거지?" 델라게라가 담담하게 말했다.

마커스는 공중에 들고 있던 발을 바닥에 내리고 앞으로 몸을 숙인 채 황갈색 눈썹이 보이도록 눈을 치켜뜨고 그를 쳐다보았다.

"그게 그렇다면, 사진이 살인 동기일 수는 있지만, 사진 때문에 살인을 사전에 계획한 거라고는 볼 수 없겠군요. 마르의 손에 총이 들린 것만 봐도 그렇고요."

"좋은 추리야, 피트." 작은 창문 쪽으로 걸어간 델라게라는 창가에 서서 밖을 내다보았다. 잠시 후 마커스가 부루퉁하니 말했다.

"내가 지금 하는 일 없이 빈둥거리고 있다는 거 아십니까, 스페니시?"

천천히 돌아선 델라게라는 마커스에게 가까이 다가가 서서 그를 굽어보았다.

"속상할 것 없어. 넌 내 파트너인데, 나한테는 마르가 경찰국에 심어놓은 사람이라는 꼬리표가 붙어 있잖아. 그래서 너도 덤터기를 쓴 셈이지. 네가 빈둥거릴 동안 나를 푸마 호로 쫓아낸 이유가 뭔지 알아? 내 차 뒤에 사슴 사체를 몰래 실어 놓고, 수렵 감시요원으로 하여금 나를 체포하게 하려던 거였어."

아주 천천히 자리에서 일어난 마커스는 두 주먹을 부르쥐고, 진한 회색 눈을 부릅떴다. 커다란 코의 콧구멍 쪽에서 핏기가 사라졌다.

"……! 그렇게까지 할 사람이, 여긴 없어요, 샘." 그가 쥐어짜는 듯한 목소리로 말했다.

델라게라가 고개를 저었다.

"내 생각도 그래. 하지만 나를 그리로 보냈다고 귀띔을 해 줄 순 있었겠지. 뒷일은 누군가 외부인이 처리할 수 있도록 말이야."

피트 마커스는 다시 자리에 앉았다. 그는 뾰족한 펜 하나를 집어 들고 밀짚 쿠션에다 냅다 던졌다. 뾰족한 펜촉이 쿠션에 꽂혀 파르르 떨리더니 뚝 부러져서 바닥에 떨어져 굴러갔다.

"제 말 좀 들어 보세요." 그가 쳐다보지도 않고 쉰 목소리로 말했다. "경찰 노릇이 저에겐 직업일 뿐이죠. 그게 다예요. 밥벌이일 뿐이에요. 선배처럼 무슨 숭고한 일로 생각하진 않는다고요. 말만 해요. 그럼 이 빌어먹을 경찰 배지를 그 늙은이 낯짝에다 패대기를 쳐 주겠어요."

델라게라가 허리를 숙이고 그의 옆구리를 툭 쳤다.

"그럴 것 없어. 내게 좋은 생각이 있거든. 넌 집에 가서 술이나 한잔 해."

그는 문을 열고 재빨리 밖으로 나가 대리석 복도를 지나갔다. 복도 끝에 세 개의 문이 있고, 가운데 문에 "수사반장실"이라는 문패와 "들어오시오"라는 표시가 있었다. 델라게라는 평범한 난간으로 가로막은 작은 응접실로 들어갔다. 난간 너머에 있는 경찰 속기사가 그를 쳐다보고 고개로 내실을 가리켰다. 델라게라는 난간 문을 열고 들어가 노크를 한 다음 내실로 들어갔다.

커다란 사무실 안에 두 남자가 있었다. 테드 맥킴 반장이 육중한 책상 뒤에 앉아서, 안으로 들어오는 델라게라를 날카롭게 쏘아보았다. 그는 물컹하게 살집이 늘어진 거구의 남자였다. 까칠하고 우울한 표정이었다. 두 눈 가운데 하나는 비뚜름했다.

책상 한쪽 끝에 놓인 둥그런 등받이 의자에 앉은 남자는 멋을 낸 옷차림에 각반을 차고 있었다. 그 옆의 의자에는 진주색 모자와 회색 장갑, 흑단 지팡이가 놓여 있었다. 그는 부드러운 흰 머리칼이 부스스했고, 방탕해 보이는 잘생긴 얼굴은 끊임없이 문질러 댄 덕분에 혈색이 좋았다. 긴 호박 파이프에 담배를 꽂아 피우고 있는 그는 뭔가 즐거운 듯하면서도, 비꼬는 듯한 표정으로 델라게라에게 웃음을 지어 보였다.

델라게라는 맥킴 반장을 마주 보고 앉았다. 그리고 흰 머리의 남자를 잠깐 돌아보며 말했다.

"안녕하세요, 국장님."

드루 국장이 건성으로 고개를 끄덕이고 아무런 말도 하지 않았다.

맥킴이 손톱을 물어뜯은 뭉툭한 손가락을 반짝이는 책상 위에 얹고 깍지를 낀 채 상체를 앞으로 숙였다. 그가 조용히 말했다.

"조사할 시간이 넉넉했는데, 뭐 좀 발견했나?"

델라게라는 아주 무표정한 시선으로 그를 물끄러미 바라보았다.

"내 주제에 뭘 발견하겠습니까? 내 차 뒤에 암사슴 사체가 실린 것 말고요."

맥킴의 얼굴에는 아무런 변화가 없었다. 얼굴의 근육 한 가닥 움직이지 않았다. 드루 국장이 광이 나는 핑크빛 손톱 하나를 성대 앞에 대고 혀와 이빨로 째지는 소리를 만들어 냈다.

"아무리 농담이라도 상관을 공격해서야 쓰나."

델라게라는 계속 맥킴을 바라보며 기다렸다. 맥킴이 천천히 슬픈 어조로 말했다.

"델라게라, 이제까지 자네는 경력에 흠잡을 데가 없었어. 자네 할아버지도 최고의 보안관으로 손꼽히던 분이셨잖나. 그런데 자네는 오늘 큰 오점을 남겼더군. 수렵법을 위반하고, 톨루카 군 공무원의 업무를 방해하고, 체포에 불응한 혐의로 고발되었지. 그 점에 대해 할 말 있나?"

델라게라가 억양 없이 말했다. "체포영장이 발부되었습니까?"

맥킴이 아주 천천히 고개를 내둘렀다.

"이건 경찰국 내부 고발일세. 외부의 공식 고발은 없어. 아마 증거 부족 탓이겠지." 그가 농담기 없이 메마른 미소를 지었다.

델라게라가 조용히 말했다. "그렇다면 내 배지를 회수할 참이군요?"

맥킴이 말없이 고개를 끄덕였다.

드루가 말했다. "맥킴, 방아쇠를 너무 일찍 당기는 거 아닌가? 배지 반납은 좀 이르잖나."

델라게라는 배지를 꺼내 소매에 쓱쓱 문질러 닦고 바라본 후 매끄러운 목제 책상 위로 밀어 주었다.

"알겠습니다, 반장님." 그가 아주 부드럽게 말했다. "나는 스페니시입니다. 순수 스페인 혈통이죠. 멕시코계 흑인도 아니고 야키 족*도 아닙니다. 이런 상황에서 할아버지라면 입을 놀리지 않고 총알로 말씀하셨을 겁니다. 그렇다고 내가 이 상황을 우습게 보는 건 아닙니다. 다녀갠 마르의 친구라는 것 때문에 지금 이런 누명을 썼는데, 그렇다고 해서 하등 달라질 게 없다는 걸 반장님도 알고 나도 압니다. 국장님과 그의 정치 후견인은 그렇게 생각지 않는 것 같습니다만."

드루가 벌떡 일어섰다. "뭣이? 내게 그따위 말을 하다니!" 그가 버럭 소리를 질렀다.

델라게라는 천천히 미소를 머금었다. 그는 아무런 말도 하지 않고, 드루를 바라보지도 않았다. 드루는 다시 자리에 앉아 오만상을 찌푸리고 씩씩거렸다.

잠시 후 맥킴이 책상 중간 서랍에 배지를 집어넣고 일어섰다.

* 멕시코 서북 인디언.

"자네는 위원회 결정이 날 때까지 직무 정지일세. 무슨 문제가 있으면 내게 연락하게."

맥킴은 뒤도 돌아보지 않고 안쪽 문을 통해 재빨리 밖으로 나가 버렸다.

델라게라는 의자를 뒤로 빼고 모자를 바로 썼다. 드루가 목청을 가다듬고 회유하는 듯한 미소를 보이며 말했다.

"내가 좀 성급했던 것 같군. 아일랜드계가 좀 그렇잖나. 악감정은 없다네. 우리 모두가 배워야만 하는 교훈을 지금 자네는 배우고 있는 거라네. 내가 충고 한마디 해도 되겠나?"

델라게라는 자리에서 일어나 그를 향해 미소를 지어 보였다. 딱딱한 얼굴로 입꼬리만 살짝 치켜든 메마른 미소였다.

"무슨 충고일지 압니다, 국장님. 마르 사건에서 손 떼라는 거 아닙니까."

드루가 다시 넉살 좋게 웃음을 터트렸다. "그건 아닐세. 마르 사건은 종결됐어. 임레이가 변호사를 통해 자백했다네. 자기가 총을 쏘았다고. 정당방위라고 주장했지. 아침에 자진 출두할 거야. 음, 내가 충고하고 싶은 건 다른 걸세. 톨루카 군으로 돌아가서 수렵 감시요원에게 사과를 하게. 사과만 하면 될 거야. 그리고 나서 좀 기다려 보게나."

델라게라는 조용히 방을 가로질러 문을 열었다. 그리고 뒤를 돌아보고는 돌연 씩 웃으며 하얀 치아를 드러냈다.

"나는 척 보면 한눈에 사기꾼을 알아봅니다, 국장님. 그 녀석은 이미 수고비를 받았으니, 사과를 받을 일은 없을 겁니다."

그는 밖으로 나갔다. 드루는 딸깍하는 소리와 함께 문이 닫히는 것을 지켜보았다. 그의 얼굴이 분노로 일그러졌다. 붉은 피부가 밀가루

반죽처럼 희끄무레해졌다. 호박 파이프를 쥐고 있는 손이 부들부들 떨리며, 칼날같이 주름을 잡은 아주 깨끗한 바지 무릎 위에 담뱃재가 떨어졌다.

"염병." 조용한 실내에 그의 말이 딱딱하게 울려 퍼졌다. "빌어먹을 스페인 새끼가 주둥이만 살아 있군. 잘만 나불대는데, 그 주둥이를 꿰매 버리는 건 일도 아니지!"

그가 분노로 휘청거리며 자리에서 일어나, 바지에 묻은 담뱃재를 살살 털어 내고, 모자와 지팡이를 집어 들려고 팔을 뻗었다. 매니큐어를 칠한 손가락들이 바들바들 떨렸다.

8

뉴턴 가 3번가와 4번가 사이에는 값싼 옷 가게와 전당포, 허름한 호텔들과 카지노가 자리 잡고 있었다. 호텔 앞에 선 남자들은 은밀히 두리번거리며 입에 담배를 문 채 입술을 움직이지도 않고 교묘히 무슨 말들을 주고받고 있었다. 그 블록의 중간쯤에 "스톨 당구장"이라고 쓰인 나무 간판이 캐노피 위에 튀어나와 있었다. 인도에 지하 당구장으로 내려가는 계단이 나 있었다. 델라게라는 계단을 내려갔다.

당구장에 들어서자 주변이 거의 캄캄했다. 당구대에는 덮개를 씌워 놓았고, 큐가 가지런히 세워져 있었다. 하지만 뒤쪽 멀리 불이 켜져 있었다. 하얀 불빛에 사람들의 머리와 어깨가 실루엣으로 보였다. 투덜거리는 소리와 우쭐거리는 소리가 왁자하게 들렸다. 델라게라는 불빛을 향해 다가갔다.

무슨 신호라도 받은 듯 갑자기 소리가 뚝 그쳤다. 그리고 침묵을 깨며 당구공 부딪치는 날카로운 소리가 들리고, 당구공이 쿠션에 닿는 둔탁한 소리가 연이어 들리더니, 3쿠션으로 공을 맞힌 소리가 마지막으로 들렸다. 그러고는 다시 왁자하게 지껄이는 소리가 울려 퍼졌다.

델라게라는 덮개를 씌운 당구대 옆에 서서 지갑에서 10달러 지폐를 한 장 꺼내고, 지갑에서 다시 작은 스티커를 한 장 꺼냈다. 스티커에 "조 어딨나?"라고 써서 지폐에 붙이고 지폐를 네 겹으로 접었다. 그리고 모여 있는 사람들 근처로 가서 천천히 사람들 틈을 비집고 당구대로 다가갔다.

무표정하고 창백한 얼굴에 가지런히 가르마를 탄 갈색 머리의 키 큰 남자가 큐 끝에 초크 칠을 하며 흩어진 당구공들을 살펴보고 있었다. 그는 상체를 숙이고, 하얗고 억센 손가락으로 브리지를 걸고 큐를 겨누었다. 당구대 둘레의 왁자한 소리가 뚝 끊겼다. 키 큰 남자가 유연하고 부드럽게 3쿠션을 돌렸다.

포동포동한 얼굴의 남자가 높은 스툴에 엉덩이를 걸치고 읊었다. "맥스 칠, 40점. 연속 8득점."

키 큰 남자는 다시 초크 칠을 하며 느긋이 주위를 둘러보았다. 그의 눈길이 무표정하게 델라게라를 스쳐 지나갔다. 델라게라가 그에게 다가가서 말했다.

"자신 있나, 맥스? 이번엔 실패한다는 데 5달러 걸지."

키 큰 남자가 고개를 끄덕였다. "좋아."

델라게라가 당구대 가장자리에 접은 지폐를 올려놓았다. 줄무늬 셔츠를 입은 청년이 그것을 집으려고 손을 뻗었다. 맥스 칠이 자연스럽게 그의 손을 가로막고 지폐를 집어 조끼 주머니에 찔러 넣고 담담하게 말했다. "5달러 베팅 접수." 그리고 상체를 숙이고 다시 샷을 날렸다.

매끄럽게 대회전을 한 공이 정확히 표적구를 맞추었다. 우렁찬 박수가 터졌다. 키 큰 남자가 줄무늬 셔츠를 입은 조수에게 큐를 건네주고 말했다. "잠깐 쉬자. 볼일 좀 봐야겠어."

그는 어두운 실내를 가로질러 "남자용"이라고 표시된 화장실 안으로 들어갔다. 델라게라는 담뱃불을 댕기고 주위에 서 있는 뉴턴 가의 한량들을 둘러보았다. 맥스 칠의 상대 역시 키가 크고 창백하고 무표정했는데, 심판 옆에 서서 서로 쳐다보지도 않고 이야기를 나누고 있었다. 두 사람 근처에는 황갈색 정장을 입은 아주 잘생긴 필리핀계 남자가 혼자 거만하게 서서 초콜릿 색깔의 궐련 연기를 내뿜고 있었다.

맥스 칠이 당구대로 돌아와 큐를 집어 들고 초크 칠을 했다. 그가 조끼 안에 손을 넣고 나른하게 말했다. "5달러 거슬러 주지" 하며 접힌 지폐를 델라게라에게 건넸다.

그는 거의 동작을 멈추지 않고 잇달아 세 번 3쿠션을 성공시켰다. 심판이 말했다. "칠 44점. 연속 12득점."

두 남자가 무리에서 벗어나 출입구로 향해 갔다. 델라게라가 계단 가까이 덮개를 씌운 당구대 사이까지 그들 뒤를 따라갔다. 거기서 걸음은 멈춘 그는 손에 쥔 지폐를 펴서 스티커의 질문 아래에 쓰인 주소를 읽었다. 그는 지폐를 구겨서 주머니에 쑤셔 넣었다.

뭔가 딱딱한 것이 그의 등을 쿡 찌르더니 밴조* 줄을 뜯는 것 같은 날카로운 음성이 들렸다.

---

* 미국 민속 음악에 쓰이는 현악기.

"어이, 한 푼만 인심 쓰고 가지 그래?"

델라게라는 코를 벌름거리며 훅 끼쳐 오는 냄새를 맡았다. 앞서 계단을 올라간 두 남자의 다리가 도로의 불빛에 비쳤다.

"싫어?" 현을 뜯는 듯한 목소리가 음산하게 울렸다.

순간 옆으로 몸을 날린 델라게라가 공중에서 몸을 비틀었다. 동시에 뱀처럼 한 팔을 뒤로 홱 뻗었다. 그리고 바닥에 쓰러지면서 남자의 발목을 거머쥐었다. 남자가 휘두른 권총이 델라게라의 머리 대신 어깨의 급소를 가격했다. 왼쪽 어깨에 날카로운 통증이 작렬했다. 그는 뜨거운 숨을 거칠게 몰아쉬었다. 무엇인가가 그의 밀짚 중절모를 스쳐 지나갔다. 가까이에서 씩씩거리는 소리가 여리게 들렸다. 델라게라는 몸을 구르며 남자의 발목을 비틀고, 한 발을 앞으로 크게 내딛으며 상체를 세웠다. 그는 고양이처럼 유연하게 벌떡 일어나, 거머쥔 남자의 발목을 세게 패대기쳤다.

황갈색 정장을 입은 필리핀 남자가 뒤로 나동그라졌다. 권총을 쥔 손이 공중에서 허우적거렸다. 델라게라가 작은 갈색 손을 걷어차자 권총이 탁자 아래로 날아갔다. 필리핀 남자는 그대로 누운 채 머리만 곧추세웠다. 중절모가 기름 바른 머리에 여전히 찰싹 붙어 있었다.

당구장 뒤쪽에서는 3쿠션 게임이 평화롭게 계속되고 있었다. 누군가가 격투 소리를 들었다 해도, 그 소리가 뭔지 좀 더 알아보려고 움직인 사람은 없었다. 델라게라는 바지 뒷주머니에서 가죽끈이 달린 곤봉을 재빨리 꺼내 치켜들었다. 주름살 없는 갈색 얼굴의 필리핀 남자가 흠칫했다.

"젖 좀 더 먹고 와야겠다, 애송아. 일어나."

델라게라의 목소리는 차가웠지만 편안했다. 갈색 머리의 남자가 허둥지둥 일어나서 두 손을 들더니, 왼손이 슬쩍 오른쪽 어깨로 향했다. 델라게라가 심드렁하니 손목을 휘둘러 곤봉으로 가격했다. 갈색 머리의 남자가 배고픈 고양이처럼 조그맣게 비명을 질렀다.

델라게라는 어깨를 으쓱해 보이고, 빈정거리듯 히죽 웃었다.

"총을 든 강도라? 그래, 누렁이, 다음에 또 보자. 지금은 바쁘니 말이야. 꺼져!"

필리핀 남자가 쪼그려 앉은 채 당구대 사이로 엉금엉금 물러났다. 델라게라는 곤봉을 왼손으로 바꿔 쥐고 오른손으로 재빨리 권총 손잡이를 쥐었다. 그는 그렇게 잠시 서서 필리핀 남자의 눈을 응시했다. 그러다 돌아서서 성큼 계단을 올라 밖으로 떠났다.

갈색 머리의 남자가 벽을 따라 잽싸게 달려가서 당구대 아래로 기어들어 가 자기 권총을 집어 들었다.

9

와락 문을 열어젖힌 조이 칠은 가늠쇠가 없고 총신이 짧은 낡은 권총을 쥐고 있었다. 키가 작고 탄탄한 체구의 그는 굳은 얼굴에 어두운 표정을 짓고 있었다. 면도도 되어 있지 않았고, 셔츠도 더러웠다. 등 뒤의 방에서 고약한 짐승 냄새가 풍겨 왔다.

그는 총을 늘어뜨리고 쌉쌀하게 웃으며 뒤쪽으로 물러섰다.

"경찰 나리군. 찾아오느라 욕봤수다."

델라게라가 안으로 들어가서 문을 닫았다. 뻣뻣한 머리칼에 눌러쓴 밀짚 중절모를 뒤로 젖히고, 무표정하게 조이 칠을 바라보다가 말했다.

"이 도시의 양아치들 주소를 다 외울 수가 없어서, 네 형한테 좀 찔러줘야 했어."

키 작은 남자가 뭐라고 투덜거리더니 침대에 벌렁 드러누워 권총을 베개 밑에 쑤셔 넣었다. 그리고 머리 뒤로 양손을 깍지 끼고 천장을 게슴츠레 바라보았다.

"경찰 나리, 배춧잎 좀 갖고 계슈?"

델라게라가 침대 앞의 나무 의자를 휙 끌어당겨 거꾸로 놓고 다리를 벌려 앉았다. 그리고 불독 파이프를 꺼내 천천히 담배를 채우며 뜨악하게 주위를 둘러보았다. 덧문을 닫은 창문과 칠이 벗겨진 침대 프레임, 흐트러진 더러운 침대 시트, 얼룩진 수건 두 개가 걸려 있는 구석의 세면대, 텅 빈 화장대 위에 덩그러니 놓인 기드온 성경과 그 옆에 반쯤 남은 진 술병이 보였다.

"잠수 탄 거야?" 심드렁하니 그가 물었다.

"쫓기고 있슈. 아주 바짝 뒤를 쫓기고 있지. 아주 따끈따끈한 정보를 갖고 있는데, 100달러는 거뜬히 나갈 거유."

델라게라가 자기 지갑을 천천히, 무관심한 듯 밀어 주고, 불을 댕긴 성냥을 파이프에 대고, 속 터질 만큼 느긋이 파이프를 뻐끔거렸다. 침대에 누운 키 작은 남자는 곁눈으로 눈치를 살피며 안절부절못했다. 델라게라가 천천히 말했다.

"넌 괜찮은 끄나풀이야, 조이. 앞으로도 그렇겠지. 하지만 경찰한테 100달러는 무리야."*

"그만한 가치가 있수다. 마르 사건을 당장 해결하고 싶기만 하다면

---

* 1935년의 100달러는 오늘날의 구매력 기준으로 약 1,700달러이다.

말이지."

델라게라가 싸늘하게 그를 주시했다. 불독 파이프가 이빨에 꽉 물렸다. 그가 아주 조용하고도 살벌하게 말했다.

"읊어 봐, 조이. 그만한 가치가 있으면 주지. 하지만 혀를 잘못 놀리지 않는 게 좋을 거야."

키 작은 남자가 몸을 모로 돌리고 팔꿈치로 상체를 받쳤다. "그 야한 사진 속의 임레이와 같이 있던 여자가 누군지 아슈?"

"이름은 알아. 사진을 보진 못했어." 델라게라가 단조롭게 말했다.

"스텔라 라모트는 댄서로 일할 때의 가명이지. 본명은 스텔라 칠이오. 내 누이지."

델라게라가 의자 등받이를 껴안고 팔짱을 꼈다.

"좋아. 계속해 봐." 그가 말했다.

"그년이 녀석을 함정에 빠뜨린 거요. 눈이 째진 필리핀 놈한테 헤로인 좀 얻으려고 그런 짓을 벌인 게지."

"필리핀 놈?" 델라게라가 까칠하게 바로 반문했다. 그새 얼굴이 굳어 있었다.

"그래요. 갈색의 작달막한 녀석. 매끈하게 생겼고, 옷도 잘 입고, 헤로인을 파는 빌어먹을 자식이지. 토리보라는 놈인데, 화끈한 녀석이란 뜻의 스페인 어로 다들 '칼리엔테 키드'라고 부릅니다. 스텔라의 이웃집에 사는데, 처음 스텔라에게 약을 처먹인 것도 그 자식이죠. 그러다 녀석이 스텔라에게 함정을 파게 한 거유. 스텔라가 술에 약을 풀어서 임레이의 정신을 잃게 했죠. 그리고 필리핀 놈을 불러들여 소형 카메라로 사진을 찍었고, 아주 깜찍한 수작 아니겠수? 그리고 그다음에 누가 계집애 아니랄까 봐, 그 짓을 후회하면서 맥스 형과 나한테 실토를

188

하지 뭐요."

델라게라가 말없이 뻣뻣하게 고개를 끄덕였다.

키 작은 남자가 교활하게 웃으며 작은 이빨을 드러냈다. "그래서 내가 어쨌겠수? 녀석을 감시했지. 그림자처럼 따라다녔수다. 얼마 후 녀석이 벤돔에 있는 데이브 아거의 고층 아파트에 들어가는 걸 보고야 말았지…… 이만하면 한 장 값은 한 거 아뇨?"

델라게라는 천천히 고개를 끄덕이고, 손바닥의 재를 조금 털고는 훅 불어서 날렸다.

"그 사실은 누가 또 알고 있지?"

"맥스 형. 형이 내 말을 보증해 줄 거요. 뭐 좀 찔러준다면 말이오. 하지만 형은 직접 연루되는 건 원치 않수. 그런 게임은 하질 않지. 스텔라에게 이 도시를 떠나라고 돈을 쥐여 주고 일을 마무리한 것도 형이오. 그 녀석들은 터프하니까 말이지."

"조이, 네가 필리핀 놈을 어디까지 미행했는지 맥스는 모르는 눈치던데?"

키 작은 남자가 상체를 벌떡 일으키더니, 두 발을 휙 돌려 바닥을 디뎠다. 얼굴이 부루퉁했다.

"경찰 나리, 내 말이 거짓말인 줄 아슈? 난 한 톨도 거짓말하지 않았수."

델라게라가 조용히 말했다. "너를 믿어, 조이. 하지만 증거가 더 필요해. 네 생각을 말해 봐."

키 작은 남자가 콧방귀를 뀌었다. "제기랄, 그야 빤한 거 아뇨? 필리핀 놈이 전부터 매스터스와 아거를 위해 일하고 있었던 게 아니라면, 함정을 파서 사진을 찍은 후 거래를 텄겠지. 그 후 마르가 사진을 손에 넣었는데, 놈들이 일부러 슬쩍 넘겨준 게 아니라면 그런 사진을 어떻게 갖고 있었겠수? 임레이는 놈들의 캠프에서 판사로 출마할 예정이었는데, 그는 애물단지였어요. 처지 곤란한 애물단지였다 이겁니다. 술을 너무 밝히는 데다 성질도 고약해서 말이지. 그건 누구나 알고 있는 사실이우."

델라게라의 눈이 잠깐 번뜩였다. 나머지 얼굴은 목각 인형처럼 변화가 없었다. 입에 문 파이프도 시멘트에 박은 듯 미동도 하지 않았다.

조이 칠이 예의 교활한 미소를 머금고 말을 계속했다. "그래서 놈들은 거래를 튼 겁니다. 익명으로 마르에게 사진을 보낸 다음, 누가 어떤 사진을 갖고 있는지 임레이에게 귀띔을 해 줍니다. 마르가 스캔들을 터트릴 거라고 알려 주는 거죠. 임레이 같은 자식이 어쩌겠습니까? 당연히 사냥을 하러 가겠죠. 매스터스와 그의 떨거지들 덕분에 꿩도 먹고 알도 먹는 겁니다."

"아니 사슴 고기를 뜯겠지." 델라게라가 다른 생각을 하며 말했다.

"엉? 암튼, 이만하면 제값 한 거 아뇨?"

지갑을 집어 든 델라게라가 지폐를 탈탈 털어 꺼낸 뒤 무릎에 얹어 놓고 셌다. 그가 지폐들을 돌돌 말아 침대로 휙 던져 주었다.

"스텔라와 통화를 하고 싶은데, 연락되나?"

키 작은 남자가 셔츠 주머니에 돈을 쑤셔 넣고 고개를 내둘렀다. "안 됩니다. 맥스 형한테 다시 가 보슈. 걔는 도시를 떴을 겁니다. 이제 돈도 있겠다, 나도 뜰 겁니다. 아까 말했다시피 놈들은 터프하니까요. 혹시 내가 미행을 하다 꼬리를 밟혔는지도 모르죠. 요새 웬 놈들이 내 뒤를 밟고 있거든요."

그가 일어서서 하품을 하고는 덧붙였다. "진 한잔 꺾겠수?"

델라게라는 고개를 내두르고, 키 작은 남자가 화장대로 가서 술병을 들어 두꺼운 유리잔에 술을 가득 따르는 것을 지켜보았다. 남자는 단숨에 잔을 비웠다.

그가 막 잔을 내려놓으려고 할 때 창문에서 쨍 하는 소리가 났다. 그리고 장갑 낀 손으로 뭔가를 퍽 때린 듯한 소리가 났다. 양탄자 너머 얼룩진 바닥 판자에 유리 파편 하나가 떨어졌다. 조이 칠의 발치께였다.

조이 칠은 1, 2초 동안 미동도 하지 않고 서 있었다. 손에 들린 유리잔이 툭 떨어져서 한 번 튀어 오르고는 데굴데굴 굴러 벽에 가서 부딪쳤다. 그리고 그의 무릎이 꺾였다. 그가 모로 픽 쓰러지더니, 천천히 바닥에 등을 대고 널브러졌다.

그의 왼쪽 눈 위의 구멍에서 볼을 따라 피가 진득하게 흘러내리기 시작했다. 출혈 속도가 빨라지면서 구멍이 더 커지고 붉어졌다. 이제는 더 이상 그 무엇에도 관심이 없다는 듯, 조이 칠의 두 눈이 몽롱하게 천장을 향했다.

델라게라는 미끄러지듯 소리 없이 의자에서 내려앉아 침대 옆으로 기어갔다. 벽을 따라 창가로 다가가서 팔을 뻗어 조이 칠의 셔츠 안쪽을 더듬었다. 잠시 심장에 손가락을 대고 있다가 손을 떼고 고개를 내두른 그는 자세를 낮춘 채 모자를 벗고는 아주 천천히 머리를 들어 창틀 구석에서 밖을 내다보았다.

길 건너편 창고의 높다란 벽이 보였다. 여기저기 창이 나 있었는데, 어디에도 불이 켜져 있지 않았다. 델라게라는 다시 고개를 숙이고 숨죽여 조용히 뇌까렸다.

"소음기를 단 라이플이겠군. 깔끔한 솜씨야."

그는 다시 머뭇머뭇 손을 뻗어 조이 칠의 셔츠에서 지폐 뭉치를 꺼냈다. 다시 웅크린 채 벽을 따라 문간으로 가서, 팔을 뻗어 문 열쇠를 챙긴 후 문을 열고, 벌떡 일어나 재빨리 밖으로 나선 다음 밖에서 문을 잠갔다.

지저분한 복도를 지나 몇 층을 내려가니 좁다란 로비가 나왔다. 로비는 비어 있었다. 책상이 하나 있고 그 위에 초인종이 놓여 있는데 사람은 없었다. 델라게라는 거리 쪽 통유리문 뒤에 서서 길 건너편에 있는 여인숙 목조 건물을 바라보았다. 현관마루에서 노인 둘이 흔들의자에 앉아 담배를 피우고 있었다. 무척이나 평화로워 보였다. 그는 몇 분 동안 두 노인을 지켜보았다.

그는 밖으로 나가 재빨리 길 양쪽을 예리한 눈초리로 살펴보고, 주차된 차량들 옆을 따라 길모퉁이까지 걸어갔다. 두 블록을 지나서 택시를 잡아탄 그는 뉴턴 가의 스톨 당구장으로 돌아갔다.

이제는 당구장 전체에 불이 환히 켜져 있었다. 당구공이 구르고 부딪치는 소리가 들리고, 당구 치는 사람들이 짙은 담배 연기 속을 오갔다. 델라게라는 주위를 둘러본 다음, 계산대 옆 높은 스툴에 앉아 있는 얼굴이 통통한 남자에게 다가갔다.

"당신이 스톨이오?"

통통한 얼굴의 남자가 고개를 끄덕였다.

"맥스 칠은 어디 있나요?"

"떠난 지 한참 됐소. 그 사람들은 100점 내기를 딱 한 판만 칩니다. 아마 집에 갔겠지."

"집은 어디죠?"

통통한 얼굴의 남자가 순간적으로 한 줄기 빛살 같은 눈길을 그에게 던졌다.

"내가 알 리가 있나."

델라게라가 배지를 넣고 다니는 주머니 위로 손을 올렸다. 그는 다시 손을 내렸지만, 일부러 천천히 내렸다. 통통한 얼굴의 남자가 씩 웃었다.

"경찰이군? 그렇다면야 뭐. 그랜드 가에서 서쪽으로 세 블록 거리에 있는 맨스필드 호텔에 삽니다."

10

잘생긴 데다 값비싼 황갈색 정장을 걸친 필리핀 남자, 세페리노 토리보가 전신국 창구에서 10센트 동전 두 개와 1센트 동전 세 개를 챙겨서 앞으로 내밀며, 권태로운 표정의 금발 아가씨에게 미소를 지어 보였다.

"자기야, 바로 처리되지?"

그녀는 차가운 눈길로 전보용지를 슬쩍 바라보았다. "맨스필드 호텔? 20분 안에 도착할 거예요. 자기라고 부르지 마시고요."

"알았어, 자기야."

토리보는 전신국 밖으로 우아하게 어슬렁어슬렁 걸어 나갔다. 금발의 여직원이 전보용지를 못에 쿡 찔러 박으며 어깨 너머로 말했다.

"미친 거 아냐? 세 블록 거리에 있는 호텔로 전보를 치다니."

세페리노 토리보는 스프링 가를 활보하며 초콜릿 색깔의 담배에서 피어오른 연기를 말쑥한 어깨 너머로 흘려 보냈다. 그는 4번가에서 서쪽으로 길을 틀어 세 블록을 더 지난 다음 이발소 옆에 있는 맨스필드 호텔 옆문으로 들어갔다. 그는 중이층까지 대리석 계단을 올라가서, 문서실 뒤쪽을 따라 양탄자가 깔린 계단을 더 올라 3층에 이르렀다. 승강기를 지나 방 호수를 살피며 긴 복도 끝까지 성큼성큼 걸어갔다.

그런 다음 승강기 쪽으로 반쯤 되돌아와서 휴게 공간에 자리를 잡았다. 유리창 한 쌍이 달리고, 유리를 얹은 탁자와 의자가 놓여 있었다. 그는 피우던 담배꽁초로 새 담배에 불을 붙인 후, 의자 등받이에 기대앉아 승강기 소리에 귀를 기울였다.

승강기가 3층에 멈출 때마다 그는 앞으로 몸을 푹 숙이고 발소리에 귀를 기울였다. 그렇게 10여 분이 지난 뒤 마침내 발소리가 들렸다. 그는 일어서서 휴게 공간이 시작되는 벽 모퉁이로 다가갔다. 오른쪽 옆구리에서 길고 가는 총을 꺼낸 그는 총을 오른손으로 바꿔 쥐고, 벽에 붙어 선 채 총을 늘어뜨렸다.

얼굴에 천연두 자국이 난 땅딸막한 필리핀 남자가 벨보이 유니폼을 입고 작은 쟁반을 든 채 복도를 지나갔다. 토리보가 총을 들어 올린 채 "쉿!" 하는 소리를 냈다. 땅딸막한 필리핀 남자가 고개를 돌렸다. 총을 본 그는 입을 떡 벌리고 눈을 부릅떴다.

토리보가 말했다. "몇 호실 가는 거야?"

땅딸막한 필리핀 사람은 겁을 먹고 비위를 맞추려는 듯한 미소를 지었다. 그리고 가까이 다가와서 쟁반 위에 놓인 노란 봉투를 보여 주었다. 봉투에 338이라는 숫자가 연필로 쓰여 있었다.

"내려놔." 토리보가 조용히 말했다.

땅딸막한 필리핀 사람이 전보를 탁자에 내려놓았다. 그는 계속 총을 바라보았다.

"이제 가 봐." 토리보가 말했다. "넌 전보를 문 아래로 넣은 거야, 알았지?"

땅딸막한 필리핀 사람은 둥글고 검은 머리를 꾸벅 숙이고 다시 겁먹은 미소를 짓고, 잽싸게 승강기 쪽으로 떠났다.

토리보는 재킷 주머니에 총을 넣고, 접혀 있는 흰 종이를 꺼냈다. 그는 조심스레 종이를 펼쳐서 반짝이는 흰 가루를 왼손 엄지와 검지 사이의 오목한 손바닥에 쏟았다. 가루를 코로 흡입한 그는 불꽃 색깔의 비단 손수건을 꺼내 코를 닦았다.

그는 잠시 가만히 서 있었다. 그의 두 눈이 슬레이트처럼 흐릿해졌고, 광대뼈가 도드라진 갈색 얼굴의 피부가 팽팽해진 듯했다. 그는 이빨 사이로 소리 나게 숨을 들이켰다.

그는 노란 봉투를 집어 들고 복도 끝까지 가서 마지막 문 앞에 서서 노크를 했다.

안에서 외치는 소리가 들렸다. 그는 입을 문 가까이 대고 높은 음으로 아주 공손하게 말했다.

"전보가 왔습니다."

침대 스프링이 삐걱거렸다. 안에서 발소리가 다가왔다. 열쇠가 돌아가고 문이 열렸다. 이 무렵 토리보는 다시 가느다란 총을 꺼내 들고 있었다. 문이 열리자 우아하게 허리를 틀고 옆걸음으로 재빨리 안으로 들어갔다. 그리고 맥스 칠의 복부에 총구를 들이밀었다.

"물러서!" 그가 으름장을 놓았다. 밴조 현을 뜯는 듯한 금속성의 목소리였다.

맥스 칠은 뒷걸음질을 치며 총구에서 멀어졌다. 그는 침대가 있는 곳까지 물러나, 두 다리가 침대에 걸리자 그대로 주저앉았다. 스프링이 삐걱거리고 신문이 바스락거렸다. 깔끔하게 가르마를 탄 갈색 머리칼 아래 창백한 얼굴에는 아무런 표정이 떠올라 있지 않았다.

토리보는 조용히 문을 닫고 딸깍 문을 잠갔다. 그 소리에 맥스 칠의 얼굴에 갑자기 병색이 돌았다. 그의 입술이 떨리기 시작하더니 멈추지 않았다.

토리보가 금속성 목소리로 조롱하듯 말했다.

"경찰한테 불었다면서? 아디오스."

가느다란 총이 반동으로 튀어 오르고, 한 번 더 튀어 올랐다. 흐릿한 연기가 총구에서 하늘거렸다. 총소리는 망치로 못을 박는 소리, 아니 주먹으로 나무를 세게 친 소리보다 크지 않았다. 그런 소리가 일곱 번 울렸다.

맥스 칠은 아주 천천히 침대에 쓰러졌다. 두 발은 여전히 바닥에 닿아 있었다. 두 눈은 초점을 잃었고, 입이 벌어지고 붉은 거품이 입술을 적셨다. 헐렁한 셔츠 앞부분 여러 곳에서 피가 비쳤다. 두 발을 바닥에 대고 천장을 향한 채 드러누운 자세로 푸른 입술 위에서 붉은 거품이 부글거렸다.

토리보는 총을 왼손에 옮겨 쥐고 옆구리에 찔러 넣었다. 옆걸음으로 침대로 다가가 옆에 서서 맥스 칠을 내려다보았다. 얼마 후 붉은 거품이 부글거리다 멈추었고, 맥스 칠의 얼굴은 여느 시체처럼 잠잠하고 공허해졌다.

토리보는 뒤로 돌아가 문을 열고 뒷걸음으로 집을 나서며 계속 침대를 바라보았다. 그의 뒤에서 뭔가가 움직였다.

그가 휙 돌아서며 손을 휘둘렀다. 뭔가가 그의 머리를 덮쳤다. 바닥이 이상하게 기우뚱하며 얼굴로 확 덮쳐 왔다. 그는 언제 얼굴이 바닥에 부딪쳤는지도 모르게 고꾸라졌다.

델라게라가 현관문에 가로놓인 필리핀 남자의 두 다리를 집 안으로 걸어차서 집어넣었다. 문을 닫고 잠근 다음, 가죽끈이 달린 곤봉을 빙빙 돌리며 뚜벅뚜벅 침대로 다가갔다. 그는 한참 침대 옆에 우두커니 서 있었다. 마침내 그가 소리 죽여 말했다.

"지웠군. 그래. 지워 버렸어."

그는 필리핀 남자에게 돌아가서, 몸을 돌려놓고 주머니를 뒤졌다. 신분증은 없고 돈만 두둑한 지갑, 가마우지가 새겨진 금 라이터, 금 담뱃갑, 열쇠, 금색 연필과 주머니칼, 불꽃 색깔의 손수건, 잔돈, 권총 두 정과 예비 탄창, 그리고 황갈색 재킷 안주머니에 헤로인 다섯 봉지가 들어 있었다.

그는 그것들을 방바닥에 늘어놓고 일어섰다. 필리핀 남자가 두 눈을 감은 채 한쪽 볼을 씰룩거리며 힘겹게 숨을 쉬었다. 델라게라는 주머니에서 가는 철사 한 사리를 꺼내 갈색 머리 남자의 손목을 뒤로 돌려 묶었다. 그리고 남자를 침대로 끌고 가서 침대 다리에 기대앉히고, 철사로 침대 기둥과 목을 함께 감았다. 철사 끝에는 고리 매듭을 짓고 불꽃 색깔의 수건을 고리에 감았다.

그는 욕실로 가서 물 한 잔을 가져와 필리핀 남자의 얼굴에 냅다 끼얹었다.

토리보가 몸서리를 치다가 목에 감긴 철사 때문에 캑캑거렸다. 그가 눈을 부릅뜨고는 입을 쩍 벌리고 고함을 지르려고 했다.

순간 델라게라가 토리보의 갈색 목둘레를 감고 있는 철사를 팽팽하게 잡아챘다. 스위치를 끈 것처럼 소리가 뚝 끊겼다. 고통스레 꺽꺽거리는 소리가 났다. 토리보의 입에서 침이 질질 흘렀다.

델라게라는 다시 철사를 늦추고는 필리핀 남자의 머리 가까이로 자기 머리를 들이댔다. 그리고 나직이, 건조하고 무섭도록, 나긋한 소리로 말했다.

"다 불고 싶어질 거야. 지금 당장은 아닐지 모르지. 조금 있다가도 아닐지 몰라. 하지만 머잖아 다 불고 싶어질 거야."

필리핀 남자가 두 눈을 희번덕거리더니 침을 퉤 뱉었다. 그러고는 입을 꽉 다물었다.

델라게라가 스산한 미소를 머금었다.

"터프하군." 그가 나직이 말했다. 그리고 손수건을 다시 홱 잡아당겼다. 세게, 팽팽하게 당기자 울대뼈 위 갈색 목으로 철사가 파고들었다.

필리핀 남자의 두 다리가 경련하기 시작했다. 몸이 푸들거렸다. 갈색 얼굴이 짙은 보라색으로 바뀌었다. 눈이 튀어나오고 핏발이 섰다.

델라게라는 다시 철사 줄을 늦추었다.

필리핀 남자가 가쁘게 헐떡거렸다. 머리를 푹 숙였다가 다시 얼른 침대 기둥에 뒤통수를 붙였다. 그가 진저리를 쳤다.

"얘기하겠소." 그가 나직이 말했다.

11

무쇠대가리 투미가 레드 잭 카드 위에 블랙 텐 카드를 아주 살그머니 내려놓는 순간 초인종이 울렸다. 그는 입술을 핥으며 카드를 모두 내려놓고, 식당 입구 아치를 통해 방갈로 현관문 쪽을 돌아보았다. 그가 천천히 일어섰다. 성긴 회색 머리에 코가 큰 거구의 남자였다.

아치 건너편 거실에는 여윈 금발의 아가씨 하나가 소파에 누워, 빨간 등갓이 찢어진 램프 아래서 잡지를 읽고 있었다. 그녀는 예뻤지만 너무 창백했고, 크게 휜 가는 눈썹 때문에 평소에도 깜짝 놀란 표정을 짓고 있는 것 같았다. 그녀는 잡지를 내려놓고 마룻바닥으로 두 다리를 휙 돌리고는 흠칫 놀란 듯 날카로운 눈길로 무쇠대가리 투미를 바라보았다.

투미가 말없이 엄지를 까딱거렸다. 여자가 일어서서 부리나케 아치를 지나 여닫이문을 밀고 부엌으로 들어갔다. 그녀는 소리 나지 않도록 천천히 여닫이문을 닫았다.

초인종이 다시 더 길게 울렸다. 투미는 흰 양말을 신은 발을 카펫 슬리퍼 속으로 찔러 넣고, 커다란 코에 안경을 걸친 다음, 옆에 있는 의자에서 리볼버를 집어 들었다. 그리고 방바닥에서 구겨진 신문 한 장을 집어 왼손에 든 리볼버 앞을 대충 가렸다. 그는 건들건들 현관문을 향해 걸어갔다.

그는 하품을 하며 문을 열고 졸린 듯한 눈길로 안경을 통해 현관마루에 서 있는 키 큰 남자를 바라보았다.

"그래, 용건을 읊어 보슈." 그가 심드렁하게 말했다.

델라게라가 말했다. "경찰이오. 스텔라 라모트를 만나러 왔소."

무쇠대가리 투미는 크리스마스 장작 같은 우람한 팔로 문틀을 짚고 팔에 체중을 실었다. 표정은 여전히 심드렁했다.

"집구석을 잘못 찾아왔소. 여기에 계집앤 없수다."

델라게라가 말했다. "들어가서 내가 찾아보지."

투미가 빙글거리며 말했다. "맘대로? 그건 안 되지."

델라게라가 아주 민첩하고 유연한 동작으로 주머니에서 권총을 뽑아 들고 투미의 왼쪽 손목을 후려쳤다. 신문과 큼직한 리볼버가 현관 마루 바닥에 떨어졌다. 투미에게서 심드렁한 표정이 사라졌다.

"케케묵은 수작 가지고 되겠어? 들어가자고." 델라게라가 쏘아붙였다.

왼 손목을 털던 투미가 문틀을 짚고 있던 다른 팔을 세차게 휘둘렀다. 델라게라의 턱을 노린 것이다. 델라게라는 살짝 머리를 움직여 피했다. 그는 얼굴을 찡그리며 끌끌 혀를 찼다.

투미가 그를 향해 몸을 날렸다. 델라게라는 옆으로 슬쩍 피하며 총으로 큼직한 회색 머리를 가격했다. 몸통의 반은 현관마루에, 반은 집 안에 걸친 채로 투미가 바닥에 넙죽 엎어졌다. 하지만 전혀 얻어맞은 적이 없다는 듯 그저 툴툴거리며 두 손을 짚고 다시 일어서기 시작했다.

델라게라는 투미의 총을 멀리 걷어찼다. 집 안의 미닫이문이 살짝 삐걱거렸다. 투미가 한쪽 무릎과 한 손을 짚고 일어설 때 델라게라는 소리가 나는 쪽을 바라보았다. 투미가 델라게라의 배에 일격을 적중시켰다. 델라게라가 툴툴거리며 투미의 머리를 다시 세차게 가격했다.

투미가 고개를 흔들며 으르렁거렸다.

"내 대가리는 암만 쳐 봐야 헛일이야."

그가 옆으로 몸을 날려 델라게라의 다리를 붙잡고 핵 들어 올렸다. 델라게라가 현관마루 바닥에 엉덩방아를 찧으며 현관문 쪽으로 쓰러졌다. 문틀에 머리를 부딪쳐 머리가 띵했다.

금발의 여윈 여자가 작은 자동 권총을 들고 아치를 지나 달려왔다. 그녀는 총으로 델라게라를 겨누고 앙칼지게 외쳤다.

"야, 손들어!"

델라게라가 머리를 흔들며 뭔가 말을 하려고 숨을 고르는 순간, 투미가 그의 다리를 비틀었다. 투미는 뵈는 게 다리밖에 없다는 듯, 이를 악물고 죽자 사자 그의 다리를 비틀었다.

델라게라의 머리가 다시 뒤로 넘어가며 얼굴이 창백해졌다. 엄청난 통증으로 입이 뒤틀렸다. 그는 신음을 내뱉으며 왼손으로 투미의 머리칼을 거머쥐고 있는 힘을 다해 커다란 머리를 잡아당겼다. 턱이 가까이 다가오자 콜트 총신으로 턱을 갈겼다.

투미가 무기력한 살덩이처럼 축 늘어지며 델라게라의 다리 위로 엎어졌다. 델라게라는 큰 덩치에 짓눌려 움직일 수가 없었다. 그는 오른손으로 바닥을 짚고 투미의 덩치에 눌린 몸을 빼려고 했다. 오른손에 총을 쥔 채로는 몸을 뺄 수가 없었다. 금발 여자가 눈을 부라리며 분노로 얼굴이 하얘진 채 다가왔다.

델라게라가 맥 빠진 소리로 말했다.

"어리석게 굴지 말아요, 스텔라. 조이가……"

금발 여자의 얼굴이 뜨악해졌다. 두 눈도 뜨악해지며 작은 동공이 이상하게 번들거렸다.

"경찰이잖아!" 그녀가 비명처럼 외쳤다. "경찰이라니! 난 정말 경찰이 싫어!"

그녀의 손에 들린 권총에서 굉음이 터졌다. 그 메아리가 실내를 가득 채우고, 열린 현관문 밖으로 빠져나가 길 건너편 높은 나무 담장에 부딪쳐 잦아들었다.

곤봉을 휘두른 것 같은 날카로운 일격이 델라게라의 머리 왼쪽을 때렸다. 통증이 머리를 울렸다. 눈이 멀 것만 같은 하얀 섬광이 퍼지며 세상을 가득 채웠다. 그리고 세상이 어두워졌다. 그는 바닥없는 어둠의 나락으로 소리 없이 추락했다.

12

　빨간 안개가 낀 듯이 다시 빛이 돌아왔다. 옆머리와 얼굴 전체, 치아 뿌리까지 빠개질 듯 아팠다. 혀는 뜨겁고 둔중해서 움직일 수 없었다. 그는 두 손을 움직여 보았다. 자기 손이 아닌 것처럼 멀리 떨어져 있는 것 같았다.

　그러다 눈을 떴다. 빨간 안개가 사라지고 얼굴 하나가 보였다. 커다란 얼굴이었다. 커다란 얼굴이 바짝 다가와 있었다. 얼굴은 푸둥푸둥 살이 쪘고, 늘어진 목살이 파르스름했다. 씩 웃고 있는 두툼한 입술에 반짝이는 띠를 두른 시가가 물려 있었다. 그 얼굴이 키득거렸다. 델라게라는 다시 눈을 감았다. 통증이 해일처럼 그를 삼켰다. 그는 정신을 잃었다.

　몇 초, 아니 몇 년은 지난 듯했다. 다시 예의 얼굴이 눈에 들어왔다. 탁한 음성이 들렸다.

　"어라, 정신이 들었군. 역시 아주 터프한 친구야."

　얼굴이 다가왔다. 시가 끝에서 체리색 불빛이 이글거렸다. 델라게라는 연기에 숨이 막혀 심하게 기침을 했다. 옆머리가 빠개질 것만 같았다. 피가 다시 광대뼈를 타고 흘러내리는 것이 느껴졌다. 핏물이 피부 위를 간질간질하게 흘러내려가 조금 전까지 흐르다가 딱딱하게 굳은 피를 넘어 내려갔다.

　"이러니까 보기 좋은데 그래." 탁한 음성이 말했다.

아일랜드 억양이 섞인 다른 목소리가 뭔가 은근하고 외설적인 말을 했다. 큰 얼굴이 그 소리가 난 쪽을 돌아보며 버럭 소리를 질렀다.

이제 델라게라는 완전히 정신이 들었다. 실내가 또렷이 보였고, 안에 네 사람이 있는 것이 눈에 띄었다. 큰 얼굴은 매스터스 시장이었다.

여윈 금발의 아가씨가 침대 끝에 웅크리고 앉아 마약을 한 듯한 표정으로 바닥을 바라보고 있었다. 팔은 옆구리에 딱 붙은 채로 두 손이 쿠션 뒤로 돌아가 있었다.

데이브 아거는 커튼 친 창문 옆 벽에 늘씬하고 호리호리한 몸을 기대고 있었다. 그의 쐐기꼴 얼굴이 심드렁해 보였다. 소파의 다른 쪽 끝에는 드루 국장이 낡은 램프 아래 앉아 있었다. 불빛에 그의 머리가 은빛으로 보였다. 푸른 눈은 아주 밝고 열의에 차 있었다.

매스터스는 반들반들한 권총을 쥐고 있었다. 델라게라는 그것을 못본 척하고 천천히 상체를 일으켰다. 완강한 손이 그의 가슴을 밀쳐 그를 다시 쓰러뜨렸다. 울컥 욕지기가 밀려왔다. 탁한 목소리가 까칠하게 울렸다.

"가만있게. 자네는 이미 실컷 날뛰었어. 이젠 우리가 파티를 열 차례야."

델라게라가 입술에 침을 묻히고 말했다. "물 한 잔 주쇼."

데이브 아거가 벽에서 물러서더니 부엌 아치를 지나갔다. 그는 물잔을 가지고 돌아와서 델라게라의 입에 대 주었다. 델라게라가 물을 마셨다.

매스터스가 말했다. "경위, 자네의 용기가 맘에 들어. 그런데 엉뚱한 데서 용기를 내더군. 눈치도 없는 것 같고 말이야. 그것 참 안됐어. 그때문에 끝장이 나게 생겼으니. 내 말 알아듣겠나?"

금발 아가씨가 고개를 돌리고 게슴츠레한 눈으로 델라게라를 바라보다가 다시 외면했다. 아거는 벽으로 다시 돌아갔다. 피가 흐르는 델라게라의 머리 때문에 자기 얼굴이 욱신거린다는 듯, 드루가 신경질적으로 옆얼굴을 손가락으로 문지르기 시작했다. 델라게라가 천천히 말했다.

"나를 죽이면 문제만 커질 뿐이오, 매스터스. 얼간이는 아무리 거물이어도 역시 얼간이라더니. 당신은 아무 이유도 없이 벌써 두 사람이나 죽였어. 그러면서도 어떻게 대처해야 할지 모르고 있고."

거구의 남자가 발끈하며 번들거리는 총을 쳐들었다가 다른 사람들의 눈치를 보며 천천히 총구를 낮추었다. 아거가 나른하게 말했다.

"진정하세요. 말이나 들어 봅시다."

델라게라가 여전히 느리고 태연한 음성으로 말했다. "저기 있는 아가씨는 당신이 죽인 두 남자의 누이올시다. 그녀는 자기 이야기를 오빠들한테 털어놓았소. 임레이를 함정에 빠뜨려서 사진을 찍은 것에 대해서 말이오. 그리고 사진이 어떻게 다녀간 마르에게 전해졌는지에 대해서도. 당신네 필리핀 건달이 또 내게 다 불었소이다. 덕분에 사건 전모를 알게 되었지. 당신은 임레이가 마르를 죽일 거라고 확신하지 못했어. 마르가 임레이를 죽일 수도 있었지. 누가 누굴 죽여도 좋았지만, 임레이가 마르를 죽일 경우 사건을 재빨리 종결지어야 했지. 그 점에서 당신은 실수를 했어. 무슨 일이 벌어졌는지 알지도 못하고 일을 수습한 게 실수야."

매스터스가 까칠하게 말했다. "형편없군, 경위. 형편없어. 괜히 내 시간만 낭비했어."

금발 아기씨가 델라게라에게 고개를 돌렸다가 매스터스의 등을 바라보았다. 그녀의 두 눈에서 시퍼런 증오의 빛이 타올랐다. 델라게라는 아주 살짝 어깨를 으쓱하고 말을 계속했다.

"당신이 칠 형제에게 킬러를 보낸 것 정도야 별일 아니었지. 나를 마르의 사람으로 보았으니, 조사에서 손을 떼게 한 다음 함정에 빠뜨려 직무 정지를 시킨 것도 별일 아니었어. 하지만 임레이가 실종된 것은 참으로 별일이었지. 그래서 어떻게 해야 좋을지 모르게 된 거야."

매스터스의 검고 매서운 눈이 커지며 멍해졌다. 그의 두꺼운 목살이 부풀어 올랐다. 벽에서 몇 걸음 다가온 아거의 몸이 딱딱하게 굳었다. 잠시 후 매스터스가 이를 뿌드득 갈더니 아주 조용히 말했다.

"이번엔 들을 만하군. 그 부분에 대해 말해 봐."

델라게라가 두 손가락 끝으로 피 묻은 얼굴을 긁고 손끝을 바라보았다. 눈빛이 깊고 노련했다.

"매스터스, 임레이는 죽었소. 마르가 죽기 전에 죽었지."

실내가 쥐 죽은 듯 고요해졌다. 아무도 움직이지 않았다. 델라게라가 바라본 네 사람 모두 충격을 받아 얼어붙은 듯했다. 한참 후 매스터스가 숨을 깊이 몰아쉬고 속삭이듯 말했다.

"말해 봐, 경위. 어서 말하지 않으면 확……"

아무런 감정도 실리지 않은 델라게라의 음성이 차갑게 매스터스의 말을 중간에 잘랐다.

"임레이는 곧장 마르를 만나러 갔어. 왜 안 그랬겠어? 자기가 배신당한 것도 몰랐으니 말이지. 다만 그는 오늘이 아니라 엇저녁에 그를 만나러 갔던 거요. 마르와 함께 푸마 호 별장으로 차를 타고 가면서 부드럽게 설득하려고 했지. 암튼 그건 웃기는 짓이었소. 그 후 거기에 도착해서 몸싸움이 벌어졌고, 임레이가 죽고 말았지. 현관마루 끝에서 아래로 떨어져서 바위에 부딪쳐 머리가 깨져 죽은 거요. 임레이는 지난 크리스마스에 죽었고, 지금 마르의 별장 헛간에 있습니다. ……그래요, 마르는 시신을 헛간에 대충 숨겨 놓고 시내로 돌아온 겁니다. 그리고 오늘 전화를 받았는데, 누군가가 임레이라는 이름을 대며 12시 15분에 만나자고 한 겁니다. 마르가 어쨌겠소. 당연히 핑계를 대고 여직원에게 점심을 먹으러 가라고 내보낸 후, 바로 집어 들 수 있는 곳에 권총을 놓아두었지. 그리고 만반의 준비를 했소. 하지만 방문자에게 농락만 당하고서, 총은 써 보지도 못했지."

매스터스가 퉁명스레 말했다.

"염병, 더럽게 똑똑하군. 그렇다고 모든 걸 알 수는 없어."

그가 드루를 돌아보았다. 드루는 핏기 없는 얼굴로 몸이 굳어 있었다. 아거는 벽에서 좀 더 멀리 떨어져 드루 가까이 다가와 있었다. 금발 아가씨는 꼼짝달싹도 하지 않았다.

델라게라가 심드렁하게 말했다. "물론 추측한 거지만, 사실과 일치할 거라고 봅니다. 그럴 수밖에 없으니까. 마르는 서툰 총잡이가 아닌 데다, 만반의 준비를 갖추고 촉각을 곤두세우고 있었습니다. 그런데 왜 쏘지 못했을까요? 그건, 그를 찾아온 사람이 여자였기 때문입니다."

그가 손을 들어 금발 아가씨를 가리켰다.

"킬러가 저기 있습니다. 저 아가씨는 임레이를 함정에 빠뜨렸지만, 그래도 그를 사랑했습니다. 약에 절은 구제 불능이란 원래 그런 법이죠. 그녀는 슬프고 미안해져서 직접 마르를 미행했습니다. 본인에게 물어보시죠!"

금발 아가씨가 거침없이 벌떡 일어났다. 쿠션에서 재빨리 꺼낸 오른손에는 작은 자동 권총이 들려 있었다. 전에 델라게라를 쏘았던 총이었다. 그녀의 초록 눈동자는 흐릿하고 공허하고 멍했다. 매스터스가 팔을 휘둘러 번들거리는 리볼버로 그녀의 팔을 쳐냈다.

그녀가 일말의 망설임도 없이 매스터스를 향해 두 발의 직격탄을 날렸다. 그의 두꺼운 목에서 피가 분출하며 외투 앞섶으로 흘러내렸다. 그가 비틀거리며 리볼버를 델라게라의 발치에 떨어뜨렸다. 그는 델라게라의 의자 뒤 벽 쪽으로 쓰러지며 팔을 뻗어 벽을 짚었다. 벽에 닿은 손이 아래로 미끄러지며 그가 바닥에 철퍼덕 쓰러졌다. 그러고는 다시 움직이지 않았다.

번들거리는 리볼버가 델라게라의 손 가까이에 있었다.

드루가 일어나서 버럭 소리를 질렀다. 여자는 천천히 아거를 향해 돌아섰다. 델라게라는 무시하는 듯했다. 아거가 옆구리에서 재빨리 반자동 루거를 꺼내 앞을 가리고 있는 드루를 밀쳤다. 작은 자동 권총과 루거가 동시에 불을 뿜었다. 작은 쪽이 빗나갔다. 여자가 소파에 나동그라지며 왼손으로 가슴을 그러쥐었다. 그녀는 눈을 굴리며 다시 총을 겨누려고 했다. 그러다 소파 위에서 모로 쓰러지며 힘이 풀린 왼손이 가슴에서 아래로 툭 떨어졌다. 드레스 앞자락이 금세 피범벅이 되었다. 그녀의 두 눈이 부릅떠였다가 감기고, 다시 뜨였다가 그대로 움직임을 멈추었다.

아거가 루거 총구를 델라게라에게로 돌렸다. 극도의 긴장으로 두 눈썹이 역팔자로 휘었다. 깔끔하게 빗질을 한 모래색 머리칼이 마치 한 붓으로 그린 듯 이마로 흘러내렸다.

델라게라가 그를 향해 총을 네 발 날렸다. 격발이 너무나 빨라서 기관총을 갈긴 듯한 소리가 터져 나왔다.

쓰러지기 직전, 아거의 얼굴이 핼쑥해지고 노인 같은 공허한 표정이 떠올랐고, 두 눈은 백치처럼 멍해졌다. 그의 긴 몸뚱아리가 잭나이프처럼 접히며 바닥으로 고꾸라졌다. 손에는 여전히 루거가 쥐여 있었다. 몸 아래 다리 하나가 뼈가 없는 것처럼 접힌 채 깔렸다.

초연이 알싸한 냄새를 풍겼다. 총소리에 귀가 먹먹했다. 델라게라는 천천히 일어서서 드루를 향해 리볼버를 까딱거렸다.

"국장님, 당신이 원한 파티가 바로 이건가요?"

드루가 창백한 얼굴로 몸을 떨며 천천히 고개를 주억거렸다. 그는 군침을 꿀떡 삼키고, 나동그라진 아거의 시신 곁을 지나 천천히 실내를 가로질러 갔다. 그는 소파에 쓰러진 여자를 굽어보며 고개를 내둘렀다. 그리고 매스터스에게 다가가서 한쪽 무릎을 꿇고 앉아 그를 만져 보았다. 그가 다시 일어섰다.

"모두 죽은 것 같군." 그가 중얼거렸다.

델라게라가 말했다. "잘됐군요. 그 덩치는 어떻게 됐죠? 그 싸움꾼?"

"매스터스가 떠나보냈어. 내, 내가 보기에 매스터스는 자네를 죽일 생각까지는 없었어."

델라게라가 살짝 고개를 끄덕였다. 그의 표정이 다시 부드러워지고, 굳은 주름살이 풀리기 시작했다. 피가 흐르지 않은 얼굴 반쪽은 다시 차츰 인간적으로 보이기 시작했다. 그는 손수건으로 얼굴을 훔쳤다. 손수건이 새빨갛게 변했다. 그는 손수건을 던져 버리고 헝클어진 머리칼을 손가락으로 몇 번 빗었다. 머리칼이 조금 굳은 피에 엉겨 있었다.

집 안은 괴괴했다. 밖에서도 아무런 소리가 나지 않았다. 드루는 귀를 기울이고 코를 킁킁거리더니 현관문으로 가서 밖을 내다보았다.

바깥 거리는 어둡고 조용했다. 그는 델라게라 가까이로 다시 돌아왔다. 아주 서서히 그의 얼굴에 미소가 피어올랐다.

"아주 굉장한 발표를 해야겠군." 그가 말했다. "경찰국장이 몸소 비밀 작전을 펼쳐야 했고, 정의로운 경찰관은 국장을 돕기 위해 누명을 뒤집어써야 했으니 말이야."

델라게라가 무표정하게 그를 바라보았다.

"꼭 이래야 했습니까?"

이제 다시 안색이 붉어진 드루가 천연덕스레 말했다. "경찰국을 위해, 시민과 우리 시를 위해, 그리고 우리 자신을 위해선 이럴 수밖에 없었지."

델라게라가 그의 눈을 똑바로 바라보았다.

"나도 이런 걸 좋아합니다." 생기 없는 음성으로 그가 말했다. "그게 정확히, 내가 원하는 대로 이루어지기만 한다면."

13

모래색 머리칼의 형사, 피트 마커스는 정류장 쪽으로 차를 대고 나무로 에워싸인 저택을 바라보며 탄복했다.

"이야, 멋지군. 나도 저런 곳에서 푹 쉬어 봤으면 좋겠어요."

델라게라가 차에서 천천히 내렸다. 몸이 찌뿌둥하고 몹시 피곤한 기색이었다. 그는 밀짚 중절모를 벗어 겨드랑이에 끼었다. 머리 왼쪽은 머리칼을 밀고 봉합한 다음 두꺼운 거즈와 테이프로 둘러져 있었다. 철사 같은 검은 머리칼 한 줄기가 붕대 가장자리 위로 드리워진 모습이 자못 우스꽝스러웠다.

그가 말했다. "그건 그래. 하지만 여기 오래 있진 않을 거야. 기다려."

그는 풀밭 사이로 구불구불 뻗은 디딤돌 길을 따라갔다. 아침 햇살에 나무 그림자가 잔디밭을 가로질러 길게 드리워져 있었다. 집 안에는 커튼이 드리워져 있었고 아주 조용했다. 현관의 황동 노커에 갈색 화환이 걸려 있었다. 델라게라는 현관 쪽으로 올라가지 않았다. 발길을 돌려 창문 아래로 난 다른 길을 따라, 글라디올러스 화단을 지나 집 옆으로 돌아갔다.

뒤뜰에는 나무가 더 많고, 잔디도 꽃도 볕도 그늘도 더 많았다. 수련이 핀 연못에는 커다란 황소개구리 석상이 있었다. 그 너머 철틀 위에 타일을 깐 식탁과 반원형 접이식 의자가 있었다. 한 의자에 벨 마르가 앉아 있었다.

그녀는 검은색과 흰색의 헐렁한 캐주얼 옷차림이었다. 밤색 머리에는 챙이 넓은 정원용 밀짚모자를 쓰고 미동도 없이 앉아 잔디밭 너머를 멀리 바라보고 있었다. 하얀 얼굴 위로 색조 화장이 반짝였다.

천천히 고개를 돌린 벨이 희미한 미소를 머금고 옆의 의자를 가리켰다. 델라게라는 앉지 않았다. 대신 옆구리에서 밀짚모자를 뽑아 한 손가락으로 챙을 툭 치고 말했다.

"사건이 종결됐어. 이제 검시를 하고 조사를 하고, 수많은 사람들이 공공연히 나불대고 갈구며 나팔을 불어 대겠지. 한동안은 신문에 대서특필될 거야. 하지만 공식적으로는 종결됐어. 이제 그만 잊어도 돼."

여자가 선명한 푸른 눈을 크게 떠 갑자기 그를 바라보고는 다시 잔디밭 너머로 눈길을 돌렸다.

"머리 많이 다쳤어, 샘?" 그녀가 나직이 물었다.

델라게라가 말했다. "아니. 괜찮아. ……어떻게 된 일이냐 하면, 라모트라는 여자가 매스터스를 쐈고, 다니도 쐈어. 아거가 그녀를 쐈고, 내가 아거를 쐈어. 모두 죽었지. 서로 물고 물려서 말이야. 아직 알 수 없는 건, 임레이가 정확히 어떻게 죽었나 하는 거야. 지금으로선 그게 중요하지 않겠지만."

벨 마르는 그를 쳐다보지 않고 조용히 말했다.

"근데 임레이의 시신이 별장에 있다는 건 어떻게 알았어? 신문에서 본 건데……"

그녀가 갑자기 말을 끊고 진저리를 쳤다.

그는 손에 쥔 모자를 무심히 바라보았다. "나도 몰랐어. 어떤 여자가 다니를 쐈을 거라는 생각은 했지만, 별장의 시신을 보고 직감적으로 임레이인 줄 알았지. 인상착의도 비슷했고."

"그게 여자라는 건 어떻게 안 거야? ……그러니까 다니를 쏜 사람이." 그녀가 망설이며 거의 속삭이듯 말했다.

"그냥 알았어."

그는 몇 걸음 물러서서 나무들을 우두커니 바라보았다. 그리고 천천히 돌아서서 다시 벨에게 다가가 그녀 옆에 섰다. 얼굴에 지친 기색이 역력했다.

"우리는 함께 멋진 시간을 보냈어. 우리 셋 말이야. 너와 다니, 그리고 나. 그런데 세상만사가 참 고약한 것 같아. 이제 모든 게 과거가 되어 버렸어. 좋았던 모든 날들이."

그녀가 여전히 속삭이듯 말했다. "다 지나가 버린 건 아닐지도 몰라, 샘. 앞으로 우린 자주 만날 거잖아."

그의 입가에 희미하게 미소가 떠올랐다가 사라졌다. "이번에 나는 처음으로 수사 결과를 날조했어." 그가 조용히 말했다. "이게 마지막이 길 바랄 뿐이야."

벨 마르의 머리가 움찔했다. 의자 팔걸이를 꽉 잡고 있는 그녀의 두 손이 니스를 칠한 나무와 대비되어 하얗게 보였다. 온몸이 경직된 듯 보였다.

잠시 후 델라게라가 주머니에 손을 넣어 금빛으로 반짝이는 무언가 를 꺼냈다. 그리고 그것을 침통하게 바라보았다.

"배지를 돌려받았어." 그가 말했다. "전처럼 깨끗하진 않지만, 여느 배지만큼은 깨끗하겠지. 이대로 유지되게끔 애를 쓸 거야." 그는 배지 를 다시 주머니에 넣었다.

아주 천천히 여자가 그의 앞에 섰다. 그녀는 턱을 쳐들고 오랫동안 그를 정면으로 응시했다. 얼굴이 하얀 석고 가면에 색조 화장을 한 것 같았다.

그녀가 말했다. "세상에! 이제야 알겠어, 샘."

델라게라는 그녀의 얼굴을 바라보지 않았다. 그는 그녀의 어깨 너머 멀리 막연한 곳을 바라보았다. 그가 모호하고 초연하게 말했다.

"그래…… 그게 여자라고 생각한 것은 여자가 쓸 만한 작은 권총이 었기 때문이었어. 하지만 그 때문만은 아니었지. 별장에 다녀온 후, 다 니가 만반의 준비를 갖추고 있었다는 걸 알게 되었어. 그러니 남자였 다면 그를 먼저 공격하기가 쉽지 않았을 것 같았어. 하지만 임레이가 그를 쏘았다고 보기에 딱 좋은 조건이었지. 매스터스와 아거는 임레 이가 그랬을 거라고 지레짐작하고 변호사에게 전화를 걸어서 그의 짓 이라고 밝히고, 아침에 그를 넘겨주겠다고 약속했어. 임레이가 죽은 걸 몰랐으니 그럴 수밖에. 게다가 탄피를 수거해 간 사람이 여자일 거라고는 어떤 경찰도 생각지 못했을 거야.

조이 칠의 이야기를 들은 후 나는 그 여자가 라모트일 수도 있다고 생각했어. 하지만 그녀를 보고 나서는 그렇게 생각지 않았는데도 그렇다고 말했어. 비열한 짓이었지. 아무튼 그 때문에 그녀가 살해됐으니까. 그 인간들을 돌이켜 보면 어차피 그녀가 살아남을 가능성은 그리 크지 않았지만 말이야."

벨 마르는 여전히 그를 빤히 바라보고 있었다. 산들바람에 그녀의 머리칼이 살짝 날렸다. 그녀의 신체 중 움직인 것은 그것이 전부였다.

그는 멀리 던졌던 시선을 거두어 잠깐 그녀를 침통하게 바라보고 다시 눈길을 돌렸다. 그가 주머니에서 작은 열쇠 뭉치를 꺼내 탁자 위에 툭 던졌다.

"진상을 완전히 파악하기 전까지 세 가지가 이해되지 않았어. 비망록에 쓰인 글. 다니의 손에 들린 총. 사라진 탄피. 그러다가 문득 알아차렸지. 다니는 곧바로 사망한 게 아니었어. 그는 대범했지. 생명의 불꽃이 가물거리는 최후의 순간까지 대범했어. 누군가를 애써 보호하기 위해서 말이야. 메모장에 쓰인 글은 필체가 좀 흔들렸지. 다니는 그걸 나중에 썼던 거야. 혼자 있을 때. 죽어 가면서. 그러잖아도 줄곧 임레이를 생각하고 있었는데, 그 이름을 써 놓음으로써 사건에 혼선을 일으킨 거야. 그 후 그는 책상에서 총을 꺼내 움켜쥐고 죽었지. 이제 남은 것은 탄피뿐이었지. 하지만 그것 역시 곧 알아차렸어.

총은 가까운 곳에서 발사되었어. 책상 바로 건너편에서 말이야. 책상 한쪽 끝에는 책이 여러 권 있었지. 그 때문에 거기에 떨어진 탄피가 책상 위에 고스란히 남아 있게 된 거야. 그래서 그가 그걸 챙길 수 있었지. 바닥에 떨어졌다면 챙기지 못했을 거야. 네가 준 열쇠 꾸러미에 사무실 열쇠가 있었어. 간밤 느지막하게 가 봤지. 시가를 담은 상자에서 탄피를 찾아냈어. 설마 거기에 탄피가 있을 줄은 아무도 생각지 못했지. 우리 인간이란 발견될 거라고 기대한 것만 발견하는 법이니까."

그는 말을 멈추고 옆얼굴을 문질렀다. 잠시 후 그가 말을 이었다.

"다니는 할 수 있는 최선을 다했어. 그리고 죽었지. 그건 멋진 행동이었어. 나는 그의 뜻이 이루어지게 할 거야."

벨 마르가 천천히 입을 열었다. 웅얼거림이 곧 명료한 단어로 바뀌었다.

"단순히 바람을 피운 게 문제가 아니었어, 샘. 하필이면 왜 그런 여자들인가가 문제였던 거야." 그녀가 진저리를 쳤다. "나는 이제 시내로 가서 자수하겠어."

델라게라가 말했다. "아니야. 그의 뜻이 이루어지게 할 거라고 했잖아. 시내에서는 지금 이대로의 결과에 만족하고 있어. 멋진 정치라는 건 그런 거지. 이 도시는 매스터스—아거 일당의 손아귀에서 빠져나왔어. 얼마 안 있어서 드루의 손아귀에 들어가겠지. 하지만 그는 너무 약해서 오래 해 먹지 못해. 그러니 문제 될 게 없어…… 너는 그 어떤 사안에 대해, 그 어떤 행동도 할 필요 없어. 다니가 최후의 기력을 다해 이루고자 했던 대로 하면 돼. 너는 이대로 있으면 돼. 잘 있어."

그는 충격을 받은 그녀의 하얀 얼굴을 다시 한 번 더 힐긋 바라보았다. 그리고 획 돌아서서 잔디를 밟고, 수련이 있고 황소개구리 석상이 있는 연못을 지나, 집 옆을 돌아 차를 세워 둔 곳으로 나갔다.

피트 마커스가 차 문을 열어 주었다. 델라게라는 안으로 들어가서 자리에 앉아 등받이에 머리를 기대고 몸을 축 늘어뜨린 채 두 눈을 감았다. 그가 힘없이 말했다.

"천천히 몰아, 피트. 머리가 빠개질 것 같아."

마커스가 시동을 걸고 차도로 진입해서 데네브 레인을 따라 시내로 천천히 차를 몰았다. 나무가 우거진 집이 등 뒤로 멀어져서 마침내 키 큰 나무들에 가려 보이지 않았다.

멀리 떠난 후에야 비로소 델라게라는 다시 눈을 떴다.

눈 가의 돈다발
Pick-Up on Noon Street

1

　남자와 여자가 바짝 붙어서 천천히 걸어갔다. 그들이 나온 호텔 입구의 스텐실 간판에는 흐릿하게 "서프라이즈 호텔"이라고 쓰여 있었다. 자줏빛 정장 차림의 남자는 매끈하고 반들거리는 머리칼 위에 파나마모자를 쓰고 있었다. 그는 팔자걸음으로 소리 없이 걸었다.

　여자는 초록 모자를 쓰고 굽이 10센티미터가 넘는 하이힐에 속이 비치는 스타킹과 미니스커트 차림이었다. 그녀에게서 미드나이트 나르키소스 향수 냄새가 났다.

　길모퉁이에서 남자가 몸을 기울여 여자의 귓전에 대고 뭐라고 소곤거렸다. 그녀가 풀쩍 물러서며 깔깔거렸다.

"스마일러, 당신 집에 날 데려가려면 한잔 사야 해."

"자기야, 술은 다음에 해. 주머니가 거덜 났어."

여자의 목소리가 딱딱해졌다. "그럼 다음 블록에서 헤어져, 멋쟁이 아저씨."

"자기야, 그럴 순 없어." 남자가 대꾸했다.

교차로의 아크 등불이 그들을 비추었다. 그들은 서로 떨어져서 길을 건넜다. 길 건너편에서 남자가 여자의 팔을 잡았다. 여자가 팔을 뿌리쳤다.

"야, 이 거지 사기꾼아!" 그녀가 새된 소리를 질렀다. "더러운 족발 저리 안 치울래? 허풍선이는 필요 없어. 주제도 모르고 매달리긴!"

"자기야, 대체 얼마나 마시려고 그래, 응?"

"많이."

"안 그래도 빚을 지고 있는데, 어디서 술을 구해?"

"두 손 멀쩡하잖아, 안 그래?" 여자가 빈정거렸다. 목소리가 카랑카랑했다. 그녀는 다시 그에게 바짝 붙어 섰다. "총 있지, 응? 있잖아."

"그래. 근데 총알이 없어."

"저 중앙로의 금붙이들은 그걸 몰라."

"그건 안 돼." 자줏빛 정장의 남자가 툴툴거렸다. 그러다 손가락을 우두둑 꺾고는 정색을 했다. "잠깐. 좋은 생각이 떠올랐어."

그는 걸음을 멈추고, 멀리 어스레한 스텐실 간판이 있는 쪽을 돌아보았다. 여자가 장갑으로 그의 턱을 톡톡 쳤다. 장갑에서 미드나이트 나르키소스 향수 냄새가 났다.

남자가 다시 손가락을 우두둑 꺾고 희미한 불빛 속에서 활짝 미소를 지었다. "그 술꾼들이 아직도 거기 처박혀 있다면 술을 구할 수 있어. 잠깐만 기다려, 응?"

"그럼 난 집에 가 있을게. 당신이 빨리 오기만 한다면."

"자기, 집이 어딘데?"

여자가 그를 빤히 바라보았다. 어렴풋한 미소가 입술을 따라 퍼지다가 입꼬리에 이르러 잦아들었다. 산들바람이 하수구에서 신문지 한 장을 들어 올려 남자의 다리에 던졌다. 남자가 신문지를 냅다 걸어찼다.

"칼리오페 아파트 4B호야. 이스트 48번가 246번지. 금방 올 거지?"

남자가 바짝 다가가서 여자의 등 뒤로 팔을 뻗어 엉덩이를 토닥거렸다. 낮고 싸늘한 목소리로 그가 말했다.

"자기, 꼭 기다리고 있어."

여자가 한숨 돌리고 고개를 끄덕였다. "알았어, 멋쟁이 아저씨. 기다릴게."

남자가 깨진 보도블록을 밟고 길을 되짚어갔다. 그는 건널목을 지나 스텐실 간판이 있는 곳까지 갔다. 거기서 유리문을 열고 좁은 로비로 들어갔다. 회반죽 벽에 갈색 나무 의자들이 길게 늘어서 있었다. 그 사이로 데스크가 있는 곳까지는 비집고 걸어갈 공간만 있었다. 데스크에는 대머리 흑인이 한가하게 앉아 넥타이에 꽂은 커다란 초록 핀을 만지작거리고 있었다.

자줏빛 정장의 흑인 남자는 카운터에 상체를 기대고 하얀 이빨을 반짝이며 잠깐 딱딱한 미소를 지어 보였다. 꽤나 젊은 데다 얇고 뾰족한 턱에 이마가 좁고 눈빛이 왈패처럼 희번덕거렸다.

그가 나직이 말했다. "권투선수였다는 그 목소리 허스키한 남자 아직 여기 있죠? 간밤에 주사위 놀음 물주를 한 사람 말예요."

대머리 접수계원이 천장에 붙은 파리들을 쳐다보았다. "나가는 걸 보진 못했어, 스마일러."

"그걸 물은 게 아니잖아요."

"그래, 아직 여기 있지."

"아직도 취해 있나요?"

"그렇겠지. 암튼 나가지 않았어."

"349호실이죠?"

"네가 거기 있었던 거 아냐? 왜 그런 걸 묻고 그래?"

"그가 나를 홀랑 벗겨 먹었어요. 돈 좀 빌려야겠어요."

대머리 남자는 마땅찮은 표정을 지었다. 스마일러는 그의 넥타이핀에 박힌 초록색 보석을 은근히 바라보았다.

"그냥 돌아가, 스마일러. 여긴 취한 사람이 아무도 없어. 우리가 이 중앙로의 인생 낙오자들인 줄 알아?"

스마일러가 아주 나직이 말했다. "그는 내 친구예요, 아저씨. 20달러는 빌려줄 거라고요. 아님 아저씨가 반만 빌려주든지."

그가 손바닥을 내밀었다. 접수계원은 그 손바닥을 한참 바라보았다. 그러다 마지못해 고개를 끄덕이고, 젖빛 유리 칸막이 뒤로 갔다가 거리 쪽 현관문을 바라보며 천천히 다시 돌아왔다.

접수계원이 손을 내밀었다. 스마일러의 손바닥 위에서 마스터키가 대롱거렸다. 스마일러가 키를 움켜쥐고 싸구려 자줏빛 정장 안에 쑤셔 넣었다.

스마일러의 얼굴에 불현듯 싸늘한 미소가 떠올랐다.

"내가 올 때까지 잘 지켜요, 아저씨."

접수계원이 말했다. "어서 가 봐. 손님들 몇 명은 일찍 집에 갔어." 그는 벽에 걸린 초록색 전자시계를 힐끗 쳐다보았다. 7시 15분이었다. "그리고 벽이 그리 두껍지 않다는 거 잊지 마." 그가 덧붙였다.

말라깽이 청년은 그를 향해 씩 웃으며 고개를 끄덕이고, 점잖게 다시 로비로 돌아가 다소 어둑어둑한 계단으로 향했다. 서프라이즈 호텔에는 승강기가 없었다.

7시 1분, 마약 첩보원인 피트 앵글리치는 딱딱한 침대에서 뒹굴다가 왼쪽 손목에 찬 싸구려 가죽 시계를 바라보았다. 눈 밑에는 다크서클이 짙게 드리워지고 넓적한 턱에는 수염이 텁수룩하게 자라 있었다. 싸구려 면 파자마 차림의 그는 몸을 틀어 맨발로 방바닥을 딛고 일어서서 뭉친 근육을 두드리고 기지개를 켠 다음, 곧게 무릎을 편 채 상체를 숙여 발끝에 손끝을 대며 신음을 토했다.

그는 흠집투성이 화장대로 다가가서 1리터들이 병에 담긴 싸구려 호밀 위스키를 들이켠 후 인상을 찌푸리고는 코르크 마개를 끼우고 손 두덩으로 마개를 때려 박았다.

"하, 속이 쓰리군." 그가 허스키한 목소리로 툴툴거렸다.

그는 화장대 거울에 비친 얼굴과 텁수룩한 수염, 목의 숨통 근처에 난 굵고 하얀 상처 자국을 물끄러미 바라보았다. 목소리가 허스키한 것은 목에 상처를 낸 탄환이 성대를 건드린 탓이었다. 그의 목소리는 블루스 가수처럼 허스키하면서도 부드러웠다.

그는 파자마를 벗고 방 한가운데 알몸으로 서서 양탄자가 거칠게 쭉 찢어진 곳을 발가락으로 더듬거렸다. 체격이 떡 벌어진 탓에 실제보다 키가 좀 작아 보였다. 구부정한 어깨에 코는 조금 뭉툭하고, 광대뼈 피부는 가죽처럼 보였다. 검은 곱슬머리는 짧고, 꿰뚫어 보는 듯한 두 눈에 작은 입은 생각이 기민한 사람 같아 보였다.

그는 어둑하고 더러운 욕실로 가서 욕조에 들어가 샤워기를 틀었다. 물은 뜨겁지 않고 미지근했다. 그는 샤워기 아래 서서 몸에 비누칠을 한 후 온몸을 문지르고 뭉친 근육을 주물러 푼 후 비눗기를 씻어 내렸다.

그는 수건걸이에서 더러운 수건을 잡아채서 피부가 화끈거릴 정도로 문질러 댔다.

빼꼼히 열린 욕실 문 너머에서 희미한 소리가 들렸다. 그는 멈칫했다. 숨을 죽이고 귀를 기울이자 다시 소리가 들렸다. 방바닥이 삐걱거리는 소리, 딸깍거리는 소리, 옷자락이 바스락거리는 소리.

피트 앵글리치는 문손잡이를 잡고 천천히 당겨 욕실 문을 열었다.

파나마모자에 자줏빛 정장을 걸친 흑인이 한 손에 피트 앵글리치의 외투를 들고 화장대 옆에 서 있었다. 그의 앞 화장대에는 권총 두 정이 놓여 있었다. 하나는 피트 앵글리치의 낡은 콜트 권총이었다. 방문은 닫혀 있었고, 근처 양탄자 위에 꼬리표 달린 열쇠가 떨어져 있었다. 문에서 저절로 떨어졌거나 문밖에서 밀어냈을 것이다.

외투를 방바닥에 떨어뜨린 스마일러의 왼손에 지갑이 들려 있었다. 그는 오른손으로 콜트를 집어 들고 씩 웃었다.

"좋아, 흰둥이. 샤워가 끝났으면 물기를 닦도록 해." 그가 말했다.

피트 앵글리치는 수건으로 몸을 감쌌다. 그는 물기를 닦고 왼손에 젖은 수건을 들고 알몸으로 서 있었다.

스마일러는 화장대 위에 빈 지갑을 내려놓고 왼손에 쥔 돈을 셌다. 오른손에는 계속 콜트를 거머쥐고 있었다.

"87달러네. 짭짤하군. 주사위 놀음으로 틸린 건 일부밖에 안 되지만 내가 다 가질 거야. 아, 진정해. 여기 종업원들과 내가 좀 친하거든."

"너무하는군, 스마일러." 피트 앵글리치가 까칠하게 말했다. "그건 내 전 재산이야. 몇 달러는 남겨 놔." 목소리가 술에 전 사람처럼 걸쭉하고 쉬어 있었다.

스마일러가 하얀 이를 반짝이며 갸름한 머리를 내둘렀다. "그럴 순 없어. 데이트가 있어서 배춧잎이 필요하거든."

피트 앵글리치가 엉거주춤 한 걸음 내딛고는 멈춰 서서 겸연쩍게 히죽 웃었다. 그의 것이었던 총이 홱 하니 그를 향했던 것이다.

스마일러는 옆걸음으로 조금 움직여 호밀 위스키 병을 집어 들었다. "이것도 내가 챙기겠어. 우리 자기가 술꾼이라서 말이지. 그건 사실이야. 당신 바지에 든 것은 당신이 가져. 공평하지?"

순간 피트 앵글리치가 옆으로 몸을 솟구쳤다. 1미터 남짓한 거리였다. 스마일러의 얼굴이 움찔했다. 총구를 홱 돌리다가 왼손의 위스키 병을 떨어뜨려 병이 발등을 찍었다. 그는 꽥 소리를 지르며 거칠게 병을 걷어찼다. 순간 그의 발가락이 찢어진 양탄자에 걸렸다.

피트 앵글리치가 수건의 젖은 쪽 끝으로 스마일러의 두 눈을 후려쳤다.

스마일러가 비틀거리며 고통의 비명을 질렀다. 피트 앵글리치는 권총을 쥔 스마일러의 오른 손목을 왼손으로 거머쥐고 비틀어 올렸다. 그의 손이 스마일러의 손아귀 쪽으로 천천히 미끄러지며 권총을 감쌌다. 총구가 방향을 틀어 스마일러의 옆구리를 찔렀다.

스마일러가 무릎으로 피트 앵글리치의 배를 세게 걷어찼다. 왝 하며 몸이 꺾인 피트 앵글리치가 방아쇠에 걸린 스마일러의 손가락을 반사적으로 눌렀다.

자줏빛 옷에 밀착된 총에서 먹먹한 소리가 났다. 스마일리의 눈자위가 하얗게 돌아가고 좁은 턱이 축 늘어졌다.

피트 앵글리치는 그를 바닥에 내려놓고 허리를 푹 숙인 채 헐떡거렸다. 얼굴이 파랬다. 그는 바닥에 떨어진 호밀 위스키 병을 집어 코르크 마개를 따고 독한 술을 들이켰다.

파랗게 질린 안색이 되돌아오고 호흡이 느려졌다. 그는 손등으로 이마의 땀을 훔쳤다.

스마일러의 맥을 짚어 보았다. 맥이 뛰지 않았다. 절명한 것이다. 피트 앵글리치는 그의 손에서 총을 빼낸 다음 현관으로 가서 복도를 내다보았다. 아무도 없었다. 바깥 열쇠구멍에 마스터키가 꽂혀 있었다. 그것을 뽑아 들고 안에서 문을 잠갔다.

그는 속옷을 입고 양말과 구두를 신었다. 푸른색 낡은 서지 정장을 걸치고 구겨진 셔츠 깃에 검은 넥타이를 둘러맸다. 죽은 남자에게 돌아가 주머니에서 지폐 뭉치를 꺼냈다. 옷가지 몇 벌과 화장실 용품을 싸구려 천 가방에 담은 후 문간에 세워 두었다.

휴지를 뜯어 연필로 리볼버를 속속들이 쑤석거려 닦은 후 사용한 탄창을 교체하고, 탄피를 욕실 바닥에 놓고 뒤꿈치로 찌그러뜨린 후 양변기에 넣고 물을 내렸다.

그는 밖에서 문을 잠그고 계단을 내려가 로비로 갔다.

대머리 접수계원이 그를 바라보고 흠칫하며 바로 시선을 떨구었다. 그의 얼굴이 잿빛으로 변했다. 피트 앵글리치가 카운터에 몸을 기대고 손에 쥔 열쇠 두 개를 흠집투성이 나무 카운터 위에 툭 떨어뜨렸다. 접수계원은 열쇠를 바라보며 몸을 떨었다.

피트 앵글리치가 느리고 허스키한 음성으로 말했다. "무슨 이상한 소리 들었나?"

접수계원이 고개를 내두르고 침을 꿀꺽 삼켰다.

"여기서 누가 도박이라도 했나?" 피트 앵글리치가 말했다.

접수계원은 옷깃 속으로 목을 움츠리고 고통스럽게 고개를 내둘렀다. 천장 등불 아래 대머리가 검게 번들거렸다.

"유감스럽군. 근데 간밤에 내가 무슨 이름으로 숙박계를 썼지?" 피트 앵글리치가 말했다.

"숙박계를 쓰지 않으셨습니다." 접수계원이 속삭였다.

"난 여기에 오지도 않은 것 같은데?" 피트 앵글리치가 나긋하게 말했다.

"네, 선생님을 뵌 적이 없습니다."

"앞으로도 볼 일이 없을 거야. 결코, 나를 알지도 못하지. 안 그래?"

접수계원이 고개를 주억거리며 애써 미소를 지으려고 했다.

피트 앵글리치가 지갑에서 3달러를 꺼냈다.

"난 신세 지고는 못 사는 사람이야." 그가 천천히 말했다. "349호실 요금. 내일 오전, 좀 늦게까지. 당신한테 마스터키를 받은 녀석은 잠을 아주 푹 잘 것 같더군." 그는 말을 멈추고 접수계원의 얼굴을 차갑게 쏘아보다가 친절하게 덧붙였다. "물론 그를 끌어내고 싶어 할 친구들이 없다면 말이지."

접수계원의 입에 거품이 비쳤다. 그가 말을 더듬었다. "어, 없, 없……"

"그래. 그럴 거야." 피트 앵글리치가 말했다.

그는 옷가방을 들고 출입구를 지나 스텐실 간판 밑으로 나와 잠시 중앙로의 새하얀 불빛을 바라보며 가만히 서 있었다.

그러다 다른 쪽으로 걸어갔다. 그 길은 아주 어둡고 조용했다. 눈 가에 가려면 네 블록을 지나야 했는데, 그곳은 흑인 거주지였다.

도중에 딱 한 사람을 만났다. 갈색 머리의 여자가 초록 모자를 쓰고 속이 비치는 스타킹 차림에 굽이 10센티미터가 넘는 하이힐을 신고 있었다. 그녀는 먼지를 덮어쓴 야자수 아래서 담배를 피우며 서프라이즈 호텔을 돌아보곤 했다.

2

바퀴 없는 낡은 식당차가 거리 끝의 공작기계 공장과 하숙집 사이에 자리 잡고 있었다. 식당차 양옆에는 빛바랜 금색으로 "벨라 도나"라고 쓰여 있었다. 피트 앵글리치는 끄트머리에 있는 철제 계단을 두 걸음 올라 식용유 냄새 속으로 들어갔다.

흰 옷을 입은 뚱뚱한 흑인 요리사가 등을 돌리고 있었다. 낮은 카운터 맨 끝에 백인 여자가 깃을 세운 남루한 폴로 외투 차림에 싸구려 갈색 펠트 모자를 쓰고, 왼손으로 볼을 괸 채 커피를 홀짝이고 있었다. 다른 사람은 없었다.

피트 앵글리치는 입구 가까이에 옷가방을 내려놓고 스툴에 앉아 말했다.

"어이, 몹시."

뚱보 요리사가 번들거리는 검은 얼굴을 하얀 어깨 위로 돌리고 활짝 웃음을 지었다. 그가 붉은빛이 도는 두툼한 혀를 두툼한 입술 사이로 내밀었다.

"잘 지냈나? 뭐 먹을겨?"

"스크램블드에그 두 개, 커피, 토스트, 감자는 빼고."

"싸나이가 그걸 밥이라고 묵나?" 몹시가 툴툴거렸다.

"과음했거든." 피트 앵글리치가 말했다.

카운터 끝에 앉은 여자가 날카롭게 그를 바라보고는 선반 위의 싸구려 알람시계와 장갑 낀 자기 손목의 시계를 보았다. 그녀는 눈을 내리깔고 다시 자기 커피 잔을 바라보았다.

뚱보 요리사는 프라이팬에 달걀 두 개를 깨 넣고 우유를 부은 후 휘저었다.

"한잔할겨?"

피트 앵글리치는 고개를 내둘렀다.

"운전해야 해, 몹시."

요리사가 씩 웃었다. 그는 카운터 아래서 갈색 병을 꺼내 유리잔에 가득 따라서 피트 앵글리치 옆에 놓았다.

피트 앵글리치는 냉큼 잔을 집어 들고 쭉 들이켰다.

"운전은 나중에 해야겠군." 그는 빈 잔을 내려놓았다.

여자가 일어서서 의자들을 지나 카운터에 10센트를 내려놓았다. 뚱보 요리사가 현금등록기를 툭 쳐서 열고 거스름돈 5센트를 꺼내 주었다. 피트 앵글리치는 무의식적으로 여자를 바라보았다. 허름한 옷차림에 순진한 눈, 파마를 한 갈색 머리칼이 목까지 내려오고, 눈썹은 말끔히 뽑아 낸 뒤에 놀란 눈처럼 둥그렇게 눈썹을 그려 넣은 모습이었다.

"혹시 길을 잃은 건 아니죠, 아가씨?" 그가 부드럽고 허스키한 목소리로 물었다.

여자는 5센트를 집어넣으려고 가방을 열다가 화들짝 놀라서 뒤로 물러서며 가방을 떨어뜨렸다. 내용물이 왈칵 쏟아졌다. 그녀가 눈을 동그랗게 뜬 채 그것을 굽어보았다.

피트 앵글리치가 다가가서 한쪽 무릎을 꿇고 물건을 가방에 주워 담았다. 값싼 니켈 콤팩트, 담배, 저거노트 클럽이라는 금박 글자가 박힌 자줏빛 종이성냥, 손수건 두 장, 구겨진 1달러 지폐 한 장과 동전 약간.

그는 닫은 가방을 들고 일어서서 여자에게 내밀었다.

"죄송합니다. 저 때문에 놀라셨나 보군요." 그가 부드럽게 말했다.

그녀는 한 차례 숨을 몰아쉬고 가방을 받아 들더니 식당차에서 뛰쳐나갔다.

뚱보 요리사가 그녀의 뒷모습을 바라보았다. "저 아가씨는 험악한 이 도시 사람이 아녀." 그가 느릿느릿 말했다.

그는 스크램블드에그와 토스트를 접시에 올리고, 두툼한 잔에 커피를 따른 후, 피트 앵글리치 앞에 갖다 놓았다.

피트 앵글리치는 음식을 깔짝거리며 몽롱하니 중얼거렸다. "여자 혼자에, 저거노트 클럽의 성냥이라. 트리머 왈츠가 운영하는 클럽인데, 그가 저런 여자를 보면 여자한테 무슨 일이 생기는지 자넨 알지?"

요리사가 입술을 핥고는 카운터 아래에서 위스키 병을 꺼냈다. 그는 잔에 술을 따른 후 비슷한 양의 물을 병에 담고 다시 카운터 아래에 술병을 내려놓았다.

"나는 터프가이가 아니고, 새삼 터프가이가 되고 싶지도 않아." 그가 천천히 말했다. "하지만 그런 백인들한테는 완전히 질렸어. 언젠가 그는 큰코다칠 거야."

피트 앵글리치가 옷가방을 발로 툭 차고 말했다.

"그래. 근데 몹시, 내 가방 좀 보관해 줘."

그리고 그는 자리를 떴다.

서늘한 가을 밤, 두어 대의 승용차가 휙 지나갔다. 그러나 보도는 어둡고 인기척이 없었다. 흑인 야간 순찰대원 한 명이 천천히 걸어가며 거리의 꾀죄죄한 가게들 문이 잘 닫혔는지 살펴보고 있었다. 길 건너편에는 목조 주택들이 있었고, 그중 두어 집에서 시끄러운 소리가 났다.

피트 앵글리치는 네거리를 지나 계속 걸어갔다. 식당차에서 세 블록을 지났을 때 그는 다시 그 여자를 보았다.

그녀는 벽에 기댄 채 움직이지 않았다. 여자 너머의 저층 아파트 계단에서 희미하고 노란 불빛이 흘러나오고 있었다. 또 그 너머에 전면 대부분이 광고판에 가린 작은 주차장이 있었다. 어디선가 흘러나온 희미한 불빛에 그녀의 옆얼굴과 모자와 허름한 폴로 외투가 어렴풋이 보였다. 그는 아까의 그 여자임을 바로 알아보았다.

그는 아파트 문간으로 들어가 그녀를 지켜보았다. 그녀가 들어 올린 팔에서 빛이 반짝였다. 손목시계에 빛이 반사된 것이었다. 그리 멀지 않은 곳에서 8시를 알리는 종소리가 느릿하게 들렸다.

뒤쪽 길모퉁이에서 날카로운 불빛이 거리를 비췄다. 커다란 승용차가 천천히 모퉁이를 돌아 시야에 들어왔다. 차가 방향을 틀 때 전조등 빛이 약해졌다. 블록을 따라 천천히 차가 다가오는 동안 차창 유리가 검게 번들거렸다.

주문 제작한 듀센버그였다. 피트 앵글리치는 아파트 문간에 시시 씩 웃었다. 중앙로에서 여섯 블록이나 떨어진 곳에 이런 고급 차가? 하이힐을 신고 또각또각 달리는 날카로운 발소리에 그는 흠칫했다.

그가 있는 쪽으로 여자가 보도를 달려오고 있었다. 희미한 전조등 빛에 그녀가 비칠 만큼 듀센버그는 가까이 있지 않았다. 피트 앵글리치는 문간에서 나가 그녀의 팔을 붙잡고 안으로 끌어들였다. 그러면서 외투 속에서 슬그머니 권총을 꺼내 들었다.

여자가 옆에서 숨을 헐떡였다.

듀센버그가 천천히 두 사람이 있는 곳을 지나쳤다. 차에서 총알이 날아오지는 않았다. 제복을 입은 운전기사는 차를 세우지 않았다.

"저는 못 해요. 무서워요." 여자가 피트 앵글리치의 귀에 대고 헐떡였다. 그러고는 그에게서 떨어져 듀센버그와 반대 방향으로 보도를 따라 달리기 시작했다.

피트 앵글리치는 듀센버그의 뒷모습을 바라보았다. 듀센버그는 주차장을 가리고 있는 광고판의 맞은편 차로에 있었다. 차는 거의 기다시피 서행하고 있었다. 앞좌석 차창에서 뭔가 밖으로 날아가 털썩하고 보도에 떨어졌다. 차는 소리 없이 속도를 올리더니 어둠 속으로 조용히 멀어졌다. 한 블록쯤 지난 후 듀센버그의 전조등이 다시 환하게 켜졌다.

거리에는 아무런 움직임이 없었다. 차에서 내던진 것은 보도의 안쪽 가장자리, 광고판 가까이에 떨어졌다.

여자가 머뭇거리며 살금살금 다시 돌아왔다. 피트 앵글리치는 가만히 서서 그녀가 돌아오는 것을 지켜보았다. 그녀가 가까이 왔을 때 그가 나직이 물었다.

"대체 무슨 일이죠? 내가 도와드릴까요?"

그녀는 헉하며 홱 돌아섰다. 그의 존재를 까맣게 잊어버린 모양이었다. 그녀가 어둠 속에서 그를 향해 고개를 돌렸다. 그녀의 눈동자가 움직이며 순간적으로 반짝였다. 창백한 턱이 살짝 파르르 떨렸다. 그녀의 목소리는 낮고 급한 데다 겁에 질려 있었다.

"식당차에 계시던 분이군요. 거기서 당신을 보았어요."

"말해 보세요. 그게 뭐죠? 당신한테 주는 건가요?"

그녀가 다시 그에게 눈길을 돌리고 고개를 끄덕였다.

"꾸러미 안에 뭐가 들었죠? 돈?" 피트 앵글리치가 다그치듯 물었다.

그녀가 다급하게 말했다. "저한테 그것 좀 갖다 주시겠어요? 제발 부탁해요. 그래 주시면 정말 고맙겠어요. 저는……"

그는 웃었다. 낮고 걸걸한 웃음이었다. "갖다 달라고? 나도 일을 할 때 돈을 좀 뿌려 대긴 하지만, 대체 무슨 일이죠? 솔직히 말해 봐요."

그녀가 그를 뿌리쳤지만 그는 팔을 놓아주지 않았다. 그는 외투 아래 보이지 않는 곳에 총을 찔러 넣고, 두 손으로 그녀를 붙잡았다. 그녀는 속삭이듯 흐느끼며 말했다.

"그걸 가져가지 않으면 그가 나를 죽일 거예요."

날카롭고 차갑게 피트 앵글리치가 말했다. "누가? 트리머 왈츠가?"

그녀가 그를 거칠게 뿌리쳤다. 거의 그의 손아귀에서 빠져나갈 듯했지만 부질없는 짓이었다. 보도에서 발걸음 소리가 들렸다. 검은 그림자 두 개가 간판 앞에 나타났다. 그들은 아무것도 집어 들지 않고 계속 걸어왔다. 좀 더 가까이 다가오자 담뱃불 두 개가 빨갛게 보였다.

나직한 말소리가 들렸다. "어이 거기, 아가씨. 남친 바꾸고 싶지 않아, 앙?"

여사가 피트 앵글리치 뒤로 숨었다. 두 흑인 가운데 한 명이 나직이 웃으며 끝이 빨간 담배를 까딱거렸다.

"이크, 백인 계집 아냐. 그냥 가자, 가." 다른 흑인이 빠르게 말했다.

그들은 낄낄거리며 그냥 지나쳤다. 그들이 길모퉁이를 돌아 시야에서 사라졌다.

"이제 됐어요." 피트 앵글리치가 걸걸하게 말했다. "그만 나오세요." 딱딱하고 화난 말투였다. "아, 젠장, 그럼 그냥 여기 있어요. 내가 가서 그 빌어먹을 돈을 가져올 테니."

그는 여자 곁을 떠나 아파트 건물에 바짝 붙어서 재빨리 걸음을 옮겼다. 광고판 가장자리에서 발길을 멈춘 그는 어둠 속에서 눈대중으로 꾸러미를 찾았다. 꾸러미는 검게 포장이 되어 있었는데, 썩 크지는 않았지만 눈에 띌 만큼은 컸다. 그는 허리를 숙이고 광고판 아래를 살펴보았다. 광고판 뒤에는 아무도 없었다.

그는 네 걸음을 더 가서 웅크리고 앉아 꾸러미를 집어 들었다. 천과 두꺼운 고무줄 두 개가 만져졌다. 그는 가만히 서서 귀를 기울였다.

멀리 대로에서 차 소리가 들렸다. 길 건너편 한 하숙집의 유리문 안쪽에서 불이 켜졌다. 창문이 하나 열려 있었지만 어두웠다.

그의 뒤쪽에서 여자의 비명이 들렸다.

그가 흠칫하며 휙 돌아서자 불빛이 그의 미간을 비췄다. 길 건너편 어두운 창문에서 비춘 것이었다. 눈부신 하얀 빛줄기가 그를 광고판에 핀으로 꽂을 듯 몰아붙였다.

그는 전혀 움직이지 않고 단지 눈을 깜박거리며 주위를 살폈다.

시멘트 보도에 부산한 발소리가 나고 광고판 끝에서 더 작은 스포트라이트가 그의 옆구리를 찔렀다. 스포트라이트 뒤에서 누군가가 천연덕스레 말했다.

"어이, 절대 움직이지 마시오. 경찰이 당신을 포위했습니다."

리볼버를 든 남자들이 광고판 양 끝에서 그에게 다가왔다. 멀리서 시멘트 보도에 부딪치는 하이힐 소리가 들렸다. 그러다 소리가 뚝 멈추었다. 그러고는 빨간 스포트라이트를 켠 차 한 대가 모퉁이를 돌아와서 피트 앵글리치와 주위 남자들을 향해 다가갔다.

천연덕스러운 목소리의 남자가 말했다. "나는 앵거스 형사올시다. 괜찮다면 꾸러미는 내가 가져가겠소. 그리고 잠시 두 손을 모아 주시면……."

수갑이 딸깍하고 피트 앵글리치의 손목에 걸렸다.

그는 귀를 기울여 하이힐 소리를 찾았다. 하지만 이제 주변이 너무 시끄러웠다.

문들이 열리고 검은 인영들이 집에서 쏟아져 나오기 시작했다.

3

키가 185센티미터인 존 비도리는 할리우드에서 모르는 사람이 없는 유명인이었다. 쾌활하고 낭만적인 성격의 그는 갈색 머리에 묘하게도 관자놀이만 백발이었다. 어깨는 떡 벌어졌고 엉덩이는 작았다. 허리는 영국 위병장교처럼 날씬해서, 만찬 야회복이 기분 나쁠 정도로 너무나 잘 어울렸다.

그래서 그는 자기를 어떻게 알지 못하느냐며 당장 사과라도 받아야 할 것처럼 피트 앵글리치를 바라보았다. 피트 앵글리치는 손목에 찬 수갑과 두툼한 낄개를 딛고 선 자신의 구두를 바라보고, 벽에 걸린 기다란 괘종시계를 바라보았다. 그는 안색이 환해지며 눈을 반짝였다.

부드럽고 맑고 잘 가다듬은 목소리로 비도리가 말했다. "아니, 뵌 적이 없는 분이군요." 그가 피트 앵글리치에게 미소를 지어 보였다.

사복을 입은 형사 앵거스는 조각을 새겨 넣은 서재 테이블 한쪽 끝에 기대서서 모자챙을 한 손가락으로 톡톡 쳤다. 다른 두 형사는 벽 가까이 붙어 서 있었다. 네 번째 남자는 작은 책상에 앉아 속기록 공책을 펴 놓고 있었다.

앵거스가 말했다. "아, 당신이 이 사람을 알 거라고 생각해서 데려왔습니다. 이 사람에게서 딱히 많은 것을 알아낼 수가 없어서요."

비도리가 눈썹을 치켜들며 아주 희미하게 미소를 지었다. "그것 참 놀랍군요." 그는 쟁반에 잔을 몇 개 얹고 칵테일을 만들기 시작했다.

"어쩌다 보니 이렇게 됐습니다." 앵거스가 말했다.

"당신 능력이 뛰어난 줄 알았습니다만." 비도리가 잔마다 스카치를 따르며 미묘하게 말했다.

앵거스가 자기 손톱을 바라보며 말했다. "비도리 씨, 이 사람이 우리한테 뭔가를 말하지 않으려고 한다고 제가 말했죠? 근데 그게 참 의미심장하단 말입니다. 그의 말에 따르면, 자기 이름이 피트 앵글리치이고, 왕년에 권투선수였는데, 여러 해 전에 그만두었다고 합니다. 1년 전쯤까지는 사립 탐정이었고, 그 후론 하는 일이 없답니다. 주사위 게임으로 푼돈을 좀 땄고, 술에 취해서 그냥 이리저리 거닐었다고 하는군요. 그러다 공교롭게도 눈 가에 가게 되었다는 겁니다. 그는 당신의 차에서 누군가가 물건을 내던지는 걸 보았고, 그걸 집어 들었습니다. 우린 그를 부랑자로 체포할 수는 있지만, 그 이상 뭘 어쩔 수가 없습니다."

"우연히 그럴 수도 있겠죠." 비도리가 나직이 말했다. 그는 한 번에 진을 두 개씩 들고 네 명의 형사에게 돌린 후, 자기 잔을 들고 살짝 고개를 끄덕이고는 술을 들이켰다. 아주 우아한 동작이었다.

"그래요, 나는 이 사람을 모릅니다." 그가 다시 말했다. "솔직히 이 사람은 내게 염산을 던질 사람으로는 보이지 않는군요." 그가 한 손을 내둘렀다. "그러니 그를 이리 데려온 것은 아무래도……"

피트 앵글리치가 갑자기 고개를 들고 비도리를 빤히 바라보며 비아냥거렸다.

"그것 참 대단한 칭찬이로군, 비도리. 그런데 경찰이 네 명이나 시간을 내서 용의자를 데리고 누군가를 방문하는 일이 흔치는 않지."

비도리가 상냥하게 미소를 지었다. "할리우드니까요. 아무튼 그 누군가가 꽤 유명하시니까."

"유명하셨죠, 과거에. 마지막 영화를 찍으면서는 여자들한테 말 못할 그 부위가 꽤 아프셨죠?" 피트 앵글리치가 말했다.

앵거스의 몸이 굳었다. 비도리의 얼굴에서 핏기가 사라졌다. 그는 잔을 천천히 내려놓고 팔을 늘어뜨렸다. 그가 깔개를 지나 성큼 다가와서 피트 앵글리치 앞에 섰다.

"그건 자네 생각일 뿐이지." 그가 거칠게 말했다. "경고하는데……"

피트 앵글리치가 그를 쏘아보았다. "이봐요, 유명한 양반. 어떤 놈팡이가 당신에게 1천 달러를 내놓지 않으면 염산을 던지겠다고 해서 당신은 돈다발을 거리에 던졌고, 나는 그걸 집어 들었습니다. 하지만 나는 당신의 그 빳빳한 돈을 한 푼도 먹지 못했어요. 그래서 당신이 그걸 돌려받았죠. 당신은 1만 달러어치의 홍보 효과를 올렸는데, 거기에는 땡전 한 푼도 안 들었어요. 그것 참 멋진 일 아닙니까?"

앵거스가 날카롭게 말했다. "어이, 작작 좀 해."

"뭐라고?" 피트 앵글리치가 코웃음 쳤다. "그쪽이 나더러 솔직히 말하라고 하지 않았나? 그래서 지금 말하고 있는 거야. 나는 이랬다저랬다 하는 사람을 싫어해. 알아들어?"

비도리가 씩씩거리더니 느닷없이 주먹을 말아 쥐고 피트 앵글리치의 턱을 갈겼다. 피트 앵글리치의 머리가 홱 돌아갔다. 그는 질끈 눈을 감았다가 잠시 후 눈을 부릅떴다. 한 차례 몸을 떨고 그가 차갑게 말했다. "팔꿈치를 들고 엄지는 내려, 비도리. 그딴 식으로 사람을 패면 손모가지가 부러질 거야."

비도리는 뒤로 물러서서 고개를 절레절레 내두르고 자기 엄지를 바라보았다. 곧 그의 얼굴에 핏기가 돌아왔다. 그가 어느새 다시 미소를 머금었다.

"미안하게 됐군." 그가 뉘우치며 말했다. "정말 유감이오. 내가 좀 모욕을 당하는 데 익숙하질 않아서 말이지. 나는 이 남자를 알지 못하니 그만 데려가는 게 좋겠소, 경위. 수갑을 채운 건 그리 정당한 것 같지 않군."

"당신의 장기 말들을 위해서나 그런 말을 하쇼. 나는 아무렇지도 않으니까." 피트 앵글리치가 말했다.

앵거스가 다가와서 그의 어깨를 토닥였다. "어이, 일어나. 가자. 자네는 좋은 사람들과 잘 어울릴 줄을 모르는군."

"그래. 차라리 난 부랑자들을 더 좋아하지." 피트 앵글리치가 말했다.

그는 양탄자에 발바닥을 쓱쓱 문질러 닦고 천천히 일어섰다.

벽에 기대고 서 있던 두 형사가 그에게 다가왔다. 그리고 그들은 아치를 지나 커다란 실내를 벗어났다. 앵거스와 다른 형사가 뒤를 따랐다. 그들은 작은 개인용 로비에서 승강기를 기다렸다.

"무슨 생각으로 그랬지?" 앵거스가 쏘아붙였다. "그와 함께 자폭이라도 하려고 그랬나?"

피트 앵글리치가 웃음을 터트렸다. "거슬려서. 그냥 좀 거슬리더라고."

승강기가 오자 일행은 체스터 타워스의 거대하고 조용한 로비로 내려갔다. 대리석 데스크 끝에는 경비원 두 명이 빈둥거리고 있고, 그 뒤에 접수계원 두 명이 긴장한 채 서 있었다.

피트 앵글리치는 권투선수들이 서로 인사하듯 수갑 찬 손을 쳐들었다. "아니, 아직도 신문기자들이 오질 않았네?" 그가 빈정거렸다. "이번 일을 쉬쉬하며 감추려 들면 비도리가 좋아하지 않을 텐데?"

"어이, 잘난 친구, 계속 가기나 해." 형사 하나가 그의 팔을 확 잡아당기며 쏘아붙였다.

그들은 복도를 지나 나무 꼭대기 높이에서 계단이 거의 수직으로 뚝 떨어지는 측면 출입구를 통해 좁은 거리로 나왔다.

나무 꼭대기 저편으로 도시의 불빛이 빨강과 초록, 파랑, 자주색의 찬란한 빛의 실로 뜨개질한 거대한 황금 양탄자처럼 펼쳐져 있었다.

경찰차 두 대에 시동이 걸렸다. 피트 앵글리치는 첫 번째 경찰차 뒷좌석에 떠밀려 들어갔다. 앵거스와 다른 형사가 그의 양쪽에 탔다. 경찰차는 언덕길을 내려가 파운틴 대로에서 동쪽으로 방향을 틀어, 저녁 거리 몇 킬로미터를 조용히 달렸다. 선셋 대로에 이르자 경찰차는 속도를 늦추고 높다랗고 하얀 시청 건물을 향해 갔다. 광장에서 첫 번째 경찰차가 로스앤셀레스 가로 방향을 틀어 남쪽으로 갔고, 다른 차는 계속 직진했다.

잠시 후 피트 앵글리치가 시무룩한 표정으로 앵거스를 슬쩍 바라보왔다.

"나를 어디로 데려가는 거지? 이건 경찰국으로 가는 길이 아닌데."

앵거스가 엄숙한 갈색 얼굴을 천천히 그에게 돌렸다. 이 거구의 형사는 아무런 대꾸도 하지 않고, 의자에 등을 기댄 채 어둠을 향해 하품을 했다.

경찰차는 로스앤젤레스 가에서 5번가를 지나, 동쪽 샌피드로로 가다가, 다시 남쪽으로 방향을 틀어 여러 블록을 지났다. 조용한 거리와 시끌벅적한 거리를 지나고, 남자들이 현관마루의 그네의자에 말없이 앉아 있는 거리를 지나, 슬롯머신으로 가득한 맥주홀이나 싸구려 식당과 드러그스토어 앞에서 젊은 흑인과 백인 부랑배들이 왁자지껄 시비를 걸고 있는 블록을 지나갔다.

샌타바버라에서 경찰차는 다시 동쪽으로 방향을 틀어 눈 가로 천천히 나아갔다. 차는 식당차 위쪽 모퉁이에서 멈추었다. 피트 앵글리치는 다시 얼굴이 굳었지만 아무 말도 하지 않았다.

"좋아. 팔찌를 벗겨 줘." 앵거스가 느릿느릿 말했다.

피트 앵글리치 옆에 앉은 다른 형사가 조끼에서 열쇠를 꺼내 수갑을 풀고 흥겹게 딸랑거린 다음 옆구리에 찼다. 앵거스가 차 문을 활짝 열고 밖으로 나갔다.

"나오게." 그가 어깨 너머로 말했다.

피트 앵글리치가 차에서 내렸다. 앵거스는 가로등 불빛에서 살짝 벗어나 걸음을 멈추고 고갯짓으로 그를 불렀다. 그리고 외투 아래로 손을 넣어 총을 꺼내고는 나직이 말했다. "이렇게 할 수밖에 없었어. 안 그러면 자네 정체가 다 까발려지고 말 테니까. 여기서 자네 정체를 아는 것은 피어슨뿐이야. 자넨 어떻게 생각해?"

피트 앵글리치는 자기 총을 돌려받고, 고개를 천천히 내두르며 외투 속에 넣었다.

"여기서 잠복한 게 발각된 것 같아." 그가 천천히 말했다. "우연인지 모르지만, 이 주변에서 서성거린 여자가 한 명 있었어."

앵거스가 잠시 말없이 그를 빤히 바라보다가 고개를 끄덕이고는 경찰차로 돌아갔다. 문이 닫히고 차가 출발하더니 속도를 높였다.

피트 앵글리치는 샌타바버라에서 중앙로로 걸어간 후, 중앙로에서 남쪽으로 방향을 틀었다. 잠시 후 환하게 불을 밝힌 보랏빛 저거노트 클럽 간판이 그의 눈을 찔렀다. 그는 댄스 음악이 울려 퍼지고 있는 곳을 향해 양탄자 깔린 널따란 계단을 올라갔다.

4

여자는 작은 댄스 플로어를 빼곡히 둘러싼 테이블 사이로 지나가기 위해 옆걸음질을 해야 했다. 그녀의 엉덩이가 남자의 어깨 뒷부분을 건드리자, 남자가 팔을 뻗어 그녀의 손을 잡고 히죽 웃었다. 그녀는 처량한 미소를 짓고는 손을 뿌리치고 계속 지나갔다.

청동색 금사로 짠 민소매 의상을 입고 파마한 갈색 머리를 목까지 늘어뜨린 그녀는 이전보다 한결 나아 보였다. 허름한 폴로 외투에 싸구려 펠트 모자보다 말이다. 그리고 10센티미터가 넘는 하이힐을 신고 더 이상 올릴 수 없을 만큼 치마를 올려 다리와 허벅지를 다 드러낸 것보다도 나았다. 지금은 광택 없는 황금색 오페라모자를 한쪽 옆으로 세련되게 살짝 기울여 쓰고 있었다.

얼굴은 작고 예쁘지만 초췌하고 다소 경박해 보였다. 두 눈은 동그 랬다. 접시가 달그락거리는 소리와 시끌벅적한 말소리, 댄스 플로어의 발소리를 지우며 댄스곡이 날카롭게 울려 퍼졌다. 그녀는 천천히 피 트 앵글리치의 자리로 다가와 의자를 꺼내 앉았다.

그녀는 두 팔꿈치를 탁자에 얹고 손등으로 턱을 괴고 그를 빤히 바 라보았다.

"안녕하세요." 그녀가 살짝 떨리는 음성으로 말했다.

피트 앵글리치는 담뱃갑을 앞으로 밀어 주고, 그녀가 담배 한 개비 를 뽑아 입에 무는 것을 지켜보고는 성냥불을 댕겼다. 그녀는 그의 손 에서 성냥불을 넘겨받아 직접 담배에 불을 붙여야 했다.

"술은요?"

"시킬 겁니다."

그는 더벅머리에 아몬드색 눈동자의 웨이터를 불러 사이드카 두 잔 을 주문했다. 웨이터가 떠나자 피트 앵글리치는 의자에 등을 기대고 뭉툭한 자기 손가락을 바라보았다.

여자가 아주 나직이 말했다. "그쪽이 보낸 지폐를 받았어요."

"마음에 들던가요?" 그의 말소리는 평소처럼 퉁명스러웠다. 그는 여 자를 바라보지 않았다.

그녀가 깔깔 웃었다. "우리가 손님들 마음에 들어야죠."

피트 앵글리치는 그녀의 어깨 너머로 악단이 있는 반원형 무대 구 석을 바라보았다. 거기에 한 남자가 작은 마이크 곁에 서서 담배를 피 우고 있었다. 그는 우람한 체격에 사회자치고 나이가 많았다. 머리칼 이 매력적인 백발이었고, 술꾼인 듯 커다란 딸기코에 안색이 검었다. 그는 모든 사람과 세상 모든 것을 향해 미소를 짓고 있었다. 피트 앵글리치는 잠시 그를 바라보다가 그의 눈길이 향한 곳을 주시했다. 그리고 아까처럼 격의 없이 퉁명스럽게 말했다. "마음에 들든 어쨌든 당신은 여기 있을 거요."

여자가 허리를 곧추세웠다가 다시 턱을 괴었다. "지금 모욕하는 거예요?"

그가 천천히 그녀에게 눈길을 돌리고 심드렁하게 그녀를 바라보았다. "아가씨는 빈털터리에다 기댈 곳도 없지. 나도 그래 봐서 잘 압니다. 게다가 아가씨는 오늘 밤 나를 곤경에 빠뜨렸어요. 나를 두 번이나 욕보인 셈이지."

더벅머리 웨이터가 돌아와 쟁반을 내려놓고 술잔 두 개의 밑바닥을 더러운 수건으로 훔친 다음 두 사람 앞에 내려놓았다. 그가 다시 떠났다.

여자가 잔을 잡고 재빨리 들어 올려 죽 들이켰다. 그리고 잔을 내려놓으며 살짝 진저리를 쳤다. 그녀의 얼굴이 하였다.

"왠지 재치 있는 농담이네요." 그녀가 재빨리 말했다. "여기 계시지 마세요. 저는 감시당하고 있어요."

피트 앵글리치는 입을 대지 않은 잔을 만지며 무대 구석을 향해 일부러 히죽 웃었다.

"그래요. 알 만합니다. 근데 눈 가의 돈다발에 대해 말해 보세요."

그녀가 재빨리 팔을 뻗어 그의 팔을 움켜쥐었다. 그녀의 날카로운 손톱이 팔을 찔렀다. "여기서는 말고요." 그녀가 소리를 죽여 말했다. "그쪽이 어떻게 저를 찾아냈는지 몰라도 암튼 그건 아무래도 좋아요. 그쪽은 마음씨가 좋아서 여자를 구해 줄 것 같으니까요. 저는 무서워 죽겠어요. 하지만 여기서 그런 얘기를 하고 있을 순 없어요. 뭐든 시키는 대로 하겠어요. 어디든 가라는 데로 갈게요. 하지만 여긴 안 돼요."

피트 앵글리치는 그녀에게 잡힌 팔을 빼고 다시 의자에 등을 기댔다. 두 눈은 차가웠지만 말은 따뜻했다.

"알겠습니다. 트리머가 그런다면야. 그가 미행도 하나요?"

그녀가 재빨리 고개를 끄덕였다. "세 블록도 벗어나기 전에 붙잡혔어요. 그는 그걸 즐거운 우스갯짓이라고 생각하더군요. 하지만 당신이 여기 계신 걸 보면 그렇게 생각지 않을 거예요. 그러니 잘 생각하세요."

피트 앵글리치는 칵테일을 마셨다. "그가 이쪽으로 올 모양이군요." 그가 차분히 말했다.

백발의 사회자가 인사를 하고 이야기를 주고받으며 테이블 사이를 지나다녔다. 피트 앵글리치와 여자가 앉아 있는 곳으로 곧장 다가오고 있는 것은 아니었다. 여자는 피트 앵글리치의 머리 뒤쪽에 있는 커다란 도금 거울을 바라보았다. 그리고 갑자기 얼굴을 찡그리더니 겁에 질려 몸을 떨었다. 입술이 걷잡을 수 없이 파르르 떨렸다.

마침내 트리머 왈츠가 태연히 다가와서 한 손으로 테이블을 짚었다. 그는 피트 앵글리치에게 커다란 딸기코를 들이대고, 부드럽고 김빠진 미소를 지었다.

"어이, 피트. 놈들이 맥킨리를 묻어 버린 이후 통 보이질 않더군그래? 어떻게 지냈나?"

"뭐, 그럭저럭. 술이나 펐죠, 뭐." 피트 앵글리치가 허스키하게 말했다.

트리머 왈츠가 담뿍 미소를 지어 보이고는 여자를 돌아보았다. 그녀는 그를 힐끔 바라본 후 외면을 하고 테이블보를 만지작거렸다.

왈츠가 부드럽고 정다운 목소리로 말했다. "이 숙녀를 그 전부터 안거야, 아니면 여기 와서 찍은 거야?"

피트 앵글리치는 심드렁한 표정으로 어깨를 으쓱했다. "그저 술 한잔 같이할 사람이 필요했죠. 그래서 지폐 한 장을 보냈습니다. 답이 됐나요?"

"그래. 완벽하군." 왈츠가 잔 하나를 집어 들고 냄새를 맡았다. 그러고는 안쓰럽게 고개를 내둘렀다. "이런, 더 나은 놈을 시키지 그랬나. 50센트짜리라니 원. 내 방에 가서 제대로 된 놈을 마시지 않겠나?"

"우리 둘 다 말인가요?" 피트 앵글리치가 점잖게 물었다.

"그래, 거기 둘 다. 5분쯤 있다가 와. 나는 좀 둘러보고 이따 가지."

그는 여자의 볼을 살짝 꼬집고 맞춤 정장을 걸친 어깨를 건들거리며 지나갔다.

여자가 천천히, 절망적으로 어물어물 말했다. "피트가 당신 이름이군요. 피트, 당신은 요절이라도 하고 싶은가 보죠? 제 이름은 토큰 웨어예요. 참 웃기는 이름이죠?"

"좋은데요, 뭘." 피트 앵글리치가 부드럽게 말했다.

여자는 피트 앵글리치의 목에 난 하얀 흉터 아래의 한 지점을 빤히 바라보았다. 그녀의 눈에 눈물이 어렸다.

트리머 왈츠는 여기저기 테이블 사이를 돌아다니며 손님들과 이야기를 나누었다. 그리고 맞은편 벽까지 가서는 벽을 따라 무대로 돌아가서, 실내를 휘 둘러보다가 이윽고 피트 앵글리치를 똑바로 바라보았다. 그는 고갯짓을 하고 두꺼운 커튼을 젖히고 뒷걸음질을 했다.

피트 앵글리치가 의자를 뒤로 빼고 일어섰다. "갑시다." 그가 말했다.

토큰 웨어는 유리 재떨이에 담배를 얼른 비벼 끈 후 남은 잔을 비우고 일어섰다. 두 사람은 테이블 사이를 지나 댄스 플로어 가장자리를 따라 무대 쪽으로 다가갔다.

커튼을 젖히자 양쪽에 문이 난 어스레한 복도가 나왔다. 바닥에는 해진 빨간 양탄자가 덮여 있었다. 벽은 부스러지고 문짝은 쪼개져 있었다.

"왼쪽 맨 끝이에요." 토큰 웨어가 속삭였다.

두 사람은 그쪽으로 갔다. 피트 앵글리치가 문을 두드리자 트리머 왈츠가 들어오라고 외쳤다. 피트 앵글리치는 잠시 가만히 서서 문을 바라보다가, 고개를 돌려 넌지시 여자를 바라보았다. 그리고 문을 밀어 열고 여자에게 몸짓을 했다. 두 사람은 안으로 들어섰다.

실내는 그리 밝지 않았다. 둥그런 갓을 씌운 작은 독서용 램프가 반들거리는 나무 책상에서 빛을 내뿜었지만 해진 빨간 양탄자와 외풍을 막기 위해 바깥벽에 둘러친 길고 무거운 빨간 커튼에는 빛이 닿지 않았다. 밀폐된 실내 공기에서는 텁텁하고 달콤한 술 냄새가 났다.

트리머 왈츠는 책상에 앉아 컷글라스 디캔터와 금줄을 두른 잔, 얼음 통이 놓인 쟁반을 두 손으로 잡고 있었다.

그가 큼직한 코를 주물럭거리며 히죽 웃었다.

"알아서들 앉게. 이건 750밀리리터에 6달러 90센트나 하는 스카치야. 그것도 도매가로 말이지."

피트 앵글리치는 문을 닫고 천천히 실내를 둘러보았다. 방바닥까지 내려온 커튼과 켜지 않은 천장 조명이 눈에 띄었다. 그는 편안하게 천천히 외투의 맨 위 단추를 끌렀다.

"여긴 덥군요." 그가 나직이 말했다. "저 커튼 뒤에 창문이 있나요?"

여자는 왈츠의 책상 맞은편에 있는 둥근 의자에 앉았다. 왈츠는 그녀에게 아주 푸근하게 미소를 지어 보였다.

"좋은 생각이야. 창문 좀 열어 주겠나?" 왈츠가 말했다.

피트 앵글리치가 책상 끝을 지나 커튼을 향해 걸어갔다. 왈츠를 막 지나친 그는 외투 아래 한 손을 넣어 권총을 거머쥐었다. 그는 빨간 커튼을 향해 조용히 다가갔다. 커튼 아래, 커튼과 벽 사이의 그늘에 널찍하고 네모난 구두코가 살짝 보였다.

커튼 앞에 이른 피트 앵글리치는 왼손을 뻗어 커튼을 홱 젖혔다.

바닥에는 구두가 덩그러니 놓여 있었다. 피트 앵글리치 뒤에서 왈츠가 삭막하게 웃었다. 그러고는 차갑고 쉰 목소리가 들렸다. "어이, 두 손 처들어."

여자가 놀라 소리를 질렀다. 비명은 아니었다. 피트 앵글리치는 두 손을 늘어뜨린 채 천천히 돌아서서 바라보았다. 체구가 거대하고 고릴라 같은 외모의 흑인이었다. 헐렁한 체크무늬 정장을 입고 있어서 덩치가 더 커 보였다. 작은 옆방에서 아무런 기척도 없이 튀어나온 그는 오른손에 권총을 쥐고 있었다. 손이 커다란 검은 권총을 거의 다 덮을 만큼 컸다.

트리머 왈츠 역시 총을 쥐고 있었다. 새비지 자동 권총이었다. 두 남자는 피트 앵글리치를 말없이 응시했다. 피트 앵글리치는 초점 없는 눈으로 입을 꾹 다문 채 두 손을 들었다.

체크무늬 정장의 흑인이 큰 보폭으로 어슬렁 다가와 가슴에 총구를 들이대고 옷 속으로 손을 밀어 넣었다. 다시 나온 그의 손에 피트 앵글리치의 권총이 들려 있었다. 그는 총을 뒤로 내던졌다. 그리고 권총을 쥔 손을 슬쩍 들어 올리더니 개머리판으로 피트 앵글리치의 턱을 갈졌다.

피트 앵글리치의 몸이 휘청했다. 혀 아래에서 짭짤한 피가 흘러나왔다. 그는 눈을 깜박거리고 쉰 목소리로 말했다. "덩치, 너를 아주 오래 기억해 주마."

흑인이 씩 웃었다. "그럼 쓰나. 오래는 곤란하지."

그는 개머리판으로 다시 피트 앵글리치를 가격했다. 그리고 갑자기 권총을 허리춤에 찔러 넣고 우람한 두 손을 뻗어 피트 앵글리치의 목을 조였다.

"나는 터프한 녀석들을 이렇게 쥐어짜는 걸 좋아해." 그가 거의 부드러운 음성으로 말했다.

피트 앵글리치의 경동맥을 압박하는 두 엄지가 문손잡이처럼 굵고 단단하게 느껴졌다. 바로 앞에서 굽어보는 흑인의 얼굴이 더욱 커 보였다. 그늘진 거대한 얼굴에는 함박웃음을 짓고 있었다. 흐린 조명 속에서 그 얼굴이 실재하지 않는 환상처럼 흔들렸다.

피트 앵글리치는 작은 주먹으로 그 얼굴을 후려쳤다. 풍선을 친 것처럼 별 느낌이 들지 않았다. 거구의 남자는 그를 자빠뜨리고 무릎으로 등을 찍어 눌렀다.

피트 앵글리치는 한동안 머리에서 욱신거리는 천둥 같은 맥박 소리 외에는 아무런 소리도 듣지 못했다. 그러다 멀리서 여자의 비명이 희미하게 들리는 듯했다. 훨씬 더 멀리서 트리머 왈츠가 중얼거리는 소리도 들렸다.

"그만 진정해, 루프. 진정해."

뜨거운 핏빛이 밴 아득한 어둠이 피트 앵글리치의 세계를 가득 채웠다. 그 어둠이 점점 조용해졌다. 이윽고 어둠 속에서는 아무것도 움직이지 않았다. 심지어는 피도 돌지 않았다.

흑인은 피트 앵글리치의 축 늘어진 몸을 바닥에 내던지고 두 손을 비비며 뒤로 물러섰다.

"역시 쥐어짜는 게 좋아." 그가 말했다.

5

체크무늬 정장의 흑인이 소파 겸용 침대 옆에 앉아 나른하게 다섯 줄의 밴조를 뜯고 있었다. 큼직한 얼굴이 진지하고 평화롭고 조금은 슬퍼 보였다. 맨손으로 느릿느릿 밴조 줄을 뜯는 그의 한쪽 입꼬리에 찌그러진 담배꽁초가 가까스로 매달려 있었다.

그의 목구멍에서 단조로운 소리가 낮게 흘러나왔다. 그는 노래를 부르고 있었다.

벽난로 위의 싸구려 전자시계가 11시 35분을 가리켰다. 이곳은 밝고 가구가 가득 들어찬 작은 거실이었다. 빨간 전기스탠드의 아래쪽에 프랑스 인형이 잔뜩 붙어 있었고, 그 바닥에는 커다란 다이아몬드 꼴의 화사한 양탄자가 깔려 있었다. 커튼을 친 두 창문 사이에는 거울이 걸려 있었다.

뒤쪽의 문이 빠끔히 열려 있었다. 복도로 통하는 근처의 현관문은 닫혀 있었다.

피트 앵글리치는 입을 벌리고 두 팔을 활짝 벌린 채 바닥에 뻗어 눈을 감고 있었다. 그는 숨을 쌕쌕거렸다. 붉은 조명을 받은 그의 얼굴은 붉게 열이 오른 듯 보였다.

흑인이 우람한 손에 든 밴조를 내려놓고 일어서서 하품을 하고 기지개를 켰다. 그는 실내를 가로질러 가서 벽난로 위의 달력을 바라보았다.

"이건 8월이 아니잖아." 그가 툴툴거렸다.

그는 달력 한 장을 뜯어내서, 꾸깃꾸깃한 후 피트 앵글리치의 얼굴을 향해 던졌다. 달력 뭉치가 의식을 잃은 그의 볼에 적중했다. 그는 움찔하지도 않았다. 흑인은 담배꽁초를 손바닥에 뱉은 후, 손가락으로 튕겨서 방금 달력 뭉치를 보낸 것과 같은 방향으로 날려 보냈다.

그는 몇 걸음 어슬렁 다가가서 허리를 숙이고 피트 앵글리치의 관자놀이에 생긴 멍을 손가락으로 비비적거렸다. 그러고는 히죽 웃으며 멍을 쿡 눌렀다. 피트 앵글리치는 움직이지 않았다.

흑인은 몸을 세우고 의식 잃은 남자의 옆구리를 발로 걷어찼다. 계속 걷어차기는 했지만 세게 차지는 않았다. 피트 앵글리치가 살짝 움직이며 잘게 신음하더니 한쪽으로 머리를 돌렸다. 흑인은 흡족한 표정을 지으며 그를 떠나 침대로 돌아갔다. 밴조를 들고 현관문 가로 가서 벽에 기대 놓았다. 작은 탁자의 신문 위에 권총이 놓여 있었다. 그는 빠끔히 열린 내실 문으로 들어가서 반쯤 찬 술병을 들고 돌아왔다. 그것을 손수건으로 잘 닦은 후 벽난로 위에 올려놓았다.

"어이, 이제 슬슬 일어날 시간이야." 그가 소리 내어 혼잣말을 했다. "깨어나면 기분이 안 좋겠지. 한잔 걸치는 게 좋을 거야. 아니지, 더 좋은 방법이 생각났어."

그는 다시 술병을 집어 들고 우람한 다리 한쪽을 꿇고 앉아 피트 앵글리치의 입과 턱에 진을 쏟아 부었다. 진이 셔츠 앞섶을 흥건히 적셨다. 그는 바닥에 술병을 내려놓고 다시 병의 지문을 닦은 뒤, 유리병 마개를 침대 아래로 던져 넣었다.

"찾아봐, 흰둥아. 지문은 나오지 않겠지만." 그가 나직이 말했다.

그는 권총 아래 깔린 신문을 잡아당겨 권총을 양탄자 위로 떨어뜨리고, 발로 차서 피트 앵글리치가 손을 뻗으면 닿을 수 있는 곳에 놓아두었다.

그는 문간에서 실내 배치를 꼼꼼히 살펴보고 고개를 끄덕인 후 밴조를 집어 들었다. 문을 열고 바깥 동정을 살핀 후 다시 실내를 돌아보았다.

"잘 있어, 친구." 그가 나직이 말했다. "이제 난 사라질 시간이야. 많이 남지도 않은 자네 목숨이 그나마도 갑자기 끝장나게 돼서 안됐군."

그는 문을 닫고 복도를 지나 계단을 내려갔다. 닫힌 문들 뒤에서 라디오 소리가 희미하게 들렸다. 아파트 입구의 로비에는 아무도 없었다. 체크무늬 정장을 입은 흑인은 로비의 어두운 모퉁이에 있는 공중전화 부스에 슬그머니 들어가 동전을 넣고 다이얼을 돌렸다.

중후한 목소리가 들려왔다. "경찰국입니다."

흑인은 송화기에 입을 바짝 대고 다소 비음으로 말했다.

"경찰이오? 저기, 칼리오페 아파트에서 총싸움이 벌어졌는데, 이스트 48번가 246번지의 아파트 4B호실이오. 알아들었소? 짭새 좀 보내 조치를 취해 주쇼!"

그는 재빨리 전화를 끊고 낄낄거리며 아파트 정문 계단을 달려 내려가서 작고 더러운 세단 속으로 뛰어들었다. 그는 바로 시동을 걸고 중앙로 쪽으로 차를 몰았다. 중앙로까지 한 블록이 남았을 때 경광등을 켠 순찰차가 중앙로에서 막 방향을 틀어 48번가로 향했다.

세단을 탄 흑인은 낄낄 웃으며 계속 차를 몰았다. 순찰차와 스쳐 지나갈 때 그는 노래를 흥얼거렸다.

　문이 딸깍 닫히는 순간 피트 앵글리치는 게슴츠레 눈을 떴다. 그는 천천히 고개를 돌리다가, 통증으로 얼굴을 찌푸리고는 그대로 잠깐 동작을 멈추었다. 하지만 계속 고개를 돌려 방 한쪽 끝과 중앙에 아무도 없는 것을 볼 수 있었다. 그는 머리를 반대로 돌려 나머지 공간을 살펴보았다.

　그는 권총이 있는 곳으로 몸을 굴려 총을 집었다. 그의 것이었다. 일어나 앉아서 기계적으로 약실을 열었다. 미소를 짓고 있던 얼굴이 흠칫 굳었다. 안에 있던 탄환이 한 발 발사되었다. 총열에서 화약 냄새가 났다.

　일어서서 머리를 낮춘 채 살짝 열려 있는 내실 문으로 살그머니 다가갔다. 계속 몸을 낮추고 문가에 이르러 천천히 문을 밀어 열었다. 아무런 일도 일어나지 않았다. 침대 두 개가 놓인 침실을 들여다보았다. 침대에는 금빛 무늬를 넣은 장밋빛 다마스크 시트가 덮여 있었다.

　침대 하나에는 누군가가 누워 있었다. 여자였다. 그녀는 움직이지 않았다. 피트 앵글리치의 얼굴에 딱딱한 미소가 돌아왔다. 그는 몸을 곧추세우고 까치발로 살그머니 침대까지 다가갔다. 안쪽 욕실 문이 열려 있었지만, 거기서는 아무런 소리도 들리지 않았다. 피트 앵글리치는 침대에 누운 흑인 여자를 굽어보았다.

　그는 흠칫 숨을 멈추었다가 천천히 내쉬었다. 여자는 죽어 있었다. 초점 없는 눈을 반쯤 뜬 채 두 손은 옆으로 늘어져 있었다. 다리는 살짝 뒤틀리고, 짧은 치마와 얇은 스타킹 사이에 맨살이 드러나 있었다. 방바닥에는 초록 모자가 떨어져 있었다. 그녀는 굽이 10센티미터가 넘는 하이힐을 신고 있었다. 실내에서는 미드나이트 나르키소스 향내가 감돌았다. 그는 서프라이즈 호텔 밖에 있던 여자를 기억해 냈다.

그녀는 완전히 숨이 멎은 지 오래된 상태였다. 왼쪽 가슴 아래 화약에 그을린 상처의 피가 굳어 있었다.

피트 앵글리치는 거실로 돌아가서 술병을 들고 단숨에 전부 들이켰다. 잠시 가만히 서서 숨을 씩씩거리며 머리를 굴렸다. 아래로 늘어진 왼손에는 권총이 들려 있었다. 앙다문 작은 입은 입술이 거의 보이지 않았다.

술병 유리를 만지작거리다가 빈 병을 침대 위에 던져 놓고, 총을 옆구리의 권총집에 찔러 넣은 후, 문을 열고 조용히 복도로 나섰다.

길고 어둑한 복도에는 냉기가 감돌았다. 맨 위 계단 벽에만 노란 조명등이 하나 켜져 있었다. 현관마루 위의 2층 발코니로 나가는 방충망 문이 하나 있었다. 그 방충망 한쪽 구석에서 차가운 회색 달빛이 부서지고 있었다.

피트 앵글리치는 느긋이 계단을 내려가 로비로 가서, 현관 유리문 손잡이를 잡았다.

문 앞쪽에 빨간 서치라이트가 떨어졌다. 붉은빛이 유리문을 투과해 그 너머의 싸구려 커튼을 비추었다.

피트 앵글리치는 문 아래로 얼른 자세를 낮추고 허리를 숙인 채 벽을 따라 옆으로 이동했다. 재빨리 주위를 탐색한 그의 두 눈에 어두운 공중전화 부스가 들어왔다.

"함정이군." 그가 나직이 말하고는 공중전화 부스 안으로 슬그머니 들어갔다. 그는 몸을 웅크리고 어렵게 문을 닫았다.

현관마루에 올라서는 발소리가 들리고 현관문이 삐걱거리며 열렸다. 발소리가 복도를 울리다가 멈추었다.

중후한 목소리가 들렸다. "조용하군. 장난전화였나?"

다른 목소리가 들렸다. "4B호랬어. 아무튼 살펴는 봐야지."

발소리가 아래층 복도를 지나더니 다시 돌아왔다. 이번에는 계단을 오르는 발소리가 들렸다. 위층 복도에서 발소리가 울렸다.

피트 앵글리치는 공중전화 부스의 문을 열고 슬그머니 현관문까지 나와 웅크린 채 경광등 주변을 살펴보았다.

길가의 순찰차가 어둑하게 보였다. 전조등이 부서진 보도를 비추고 있었다. 다른 거리는 어두워서 보이지 않았다. 그는 한숨을 내쉬고 문을 열고 재빨리 나갔다. 하지만 너무 빠르지는 않은 걸음으로, 현관마루의 나무 계단을 딛고 내려갔다.

순찰차는 양쪽 앞문을 열어 둔 채 비어 있었다. 길 건너편에서 검은 인영들이 조심스레 다가오고 있었다. 피트 앵글리치는 곧장 순찰차로 다가가 안으로 들어갔다. 조용히 양쪽 문을 닫은 그는 시동을 걸고 기어를 넣었다.

그는 차를 몰고 모여드는 이웃 사람들을 지나갔다. 첫 번째 모퉁이에서 방향을 튼 그는 경광등을 껐다. 속도를 올린 후 빠르게 중앙로에서 멀어졌다가 잠시 후 다시 중앙로로 향했다.

잡담하는 사람들과 불빛과 차량들 근처에 이른 그는 먼지 낀 가로수가 늘어선 길가에 차를 세우고, 순찰차에서 내렸다.

그는 중앙로를 향해 걸어갔다.

트리머 왈츠는 왼손으로 전화기를 토닥거렸다. 오른손 검지는 윗입술 밑으로 집어넣어 천천히 잇몸과 이빨을 문질렀다. 경박해 보이는 흐린 두 눈으로는 책상 너머 체크무늬 정장을 걸친 거구의 흑인을 바라보고 있었다.

"깜찍하군." 그가 삭막한 음성으로 말했다. "깜찍해. 경찰이 덮치기전에 놈이 튀어 버렸다 이거지. 아주 잘한 짓이야, 루프."

흑인은 입에서 시가 꽁초를 꺼내 큼직하고 납작한 엄지와 검지로 으스러뜨렸다.

"제기랄, 놈은 졸도한 상태였어요." 그가 씩씩거렸다. "내가 중앙로에 도착하기 전에 순찰차가 스쳐 지나갔다고요. 제기랄, 그새 튀었을수는 없어요."

"방금 전화한 게 그놈이야." 왈츠가 맥없이 말했다. 그는 책상 맨 위 서랍을 열어 묵직한 새비지 권총을 앞에 꺼내 놓았다.

흑인이 새비지를 바라보았다. 그의 눈동자는 흑요석처럼 까맣고 광택이 없었다. 그는 부루퉁하니 주둥이를 내밀었다.

"그년은 내 눈을 피해 서너 명의 놈팡이들과 바람을 피웠어요." 그가 툴툴거렸다. "나한테 빚을 한 방 진 거라고요. 암, 그건 빚을 받은 거예요. 그럼, 이제 나가서 그 영리한 원숭이를 잡아 오겠습니다."

그가 일어서기 시작했다. 왈츠는 두 손가락으로 권총 개머리판을 살살 건드렸다. 그가 고개를 내두르자 흑인이 다시 자리에 앉았다. 왈츠가 말했다.

"놈은 이미 튀었어, 루프. 그리고 너는 죽은 여자가 있는 곳을 경찰에 신고했어. 놈이 총을 가지고 있는 현장에서 경찰이 놈을 붙잡지 못하면, 그 여자와 그를 연결시킬 방법이 없어. 그래서는 네가 용의자가 되고 말지. 거긴 네 집이니까."

흑인은 히죽 웃으며 까만 눈으로 계속 새비지를 바라보았다.

그가 말했다. "그거 오금이 저리네요. 내 오금은 너무 커서 탈인데. 아무래도 줄행랑을 쳐야겠죠?"

왈츠가 한숨을 내쉬었다. 그가 진지하게 말했다. "그래, 잠시 여길 뜨는 게 좋겠어. 글렌데일 역에서 샌프란시스코행 열차가 얼마 후 출발할 거야."

흑인은 부루퉁해 보였다. "샌프란시스코는 곤란해요, 보스. 거기서 어떤 년을 좀 쥐어쨌거든요. 근데 그년이 뒈져 버렸어요. 거긴 곤란해요, 보스."

"잘 알면서 왜 그래, 루프." 왈츠가 차분히 말했다. 그는 딸기코를 만지작거리다가 손바닥으로 백발을 뒤로 넘겼다. "자네의 커다란 갈색 눈을 보니 상황을 잘 알고 있구먼. 걱정하지 마. 자네는 내가 지켜 줄 테니까. 일단 골목에 세워 둔 차를 타도록 해. 글렌데일로 가는 동안 해결책을 찾게 될 거야."

흑인은 눈을 깜박이고 커다란 손으로 턱에 붙은 시가 재를 털어 냈다.

"자네의 멋진 총은 여기 두는 게 좋을 거야. 자네 총도 좀 쉬어야지." 왈츠가 덧붙였다.

루프는 손을 뒤로 뻗어 뒷주머니에서 천천히 권총을 꺼냈다. 그는 한 손가락으로 그것을 나무 책상 위로 밀어 보냈다. 그의 두 눈 안쪽에는 졸린 듯 희미한 웃음이 감돌았다.

"그러죠, 보스." 그가 거의 잠꼬대를 하듯 말했다.

그는 방을 가로질러 가서 방문을 열고 밖으로 나갔다. 왈츠는 자리에서 일어나 벽장으로 가서, 검은 펠트 모자를 쓰고 가벼운 외투를 걸치고 검은 장갑을 꼈다. 새비지는 왼쪽 주머니에 찔러 넣고 루프의 권총은 오른쪽에 넣었다. 밖으로 나간 그는 복도를 따라 댄스곡이 흘러나오는 무대 쪽으로 갔다.

복도 끝에서 그는 빠끔히 내다볼 수 있을 정도로만 커튼을 살짝 젖혔다. 악단이 왈츠를 연주하고 있었다. 중앙로에는 사람이 많았지만 조용한 편이었다. 왈츠는 한숨을 내쉬고 잠시 춤추는 사람들을 지켜보다가 다시 커튼을 늘어뜨렸다.

길을 되짚어간 그는 자기 사무실 문을 지나 계단으로 이어진 복도 끝으로 갔다. 계단 밑에는 어두운 골목으로 통하는 다른 문이 열려 있었다.

왈츠는 그 문을 가만히 닫고 벽에 기대 어둠 속에 서 있었다. 오토바이 엔진이 털털거리는 소리가 그를 향해 다가왔다. 이 골목은 한쪽이 막혀 있었다. 골목을 나가서 직각으로 방향을 틀면 건물 앞쪽이 나왔다. 중앙로 불빛이 골목 교차로 끝의 벽돌 벽을 비추고, 그 너머에 대기 중인 차를 희미하게 비추고 있었다. 작은 세단은 어둠 속에서도 낡고 더러워 보였다.

왈츠는 오른손을 외투 주머니에 넣어 루프의 총을 꺼내 쥐고, 외투로 가린 채 팔을 늘어뜨렸다. 그는 소리 없이 세단까지 걸어가서 운전석 쪽으로 돌아가서 올라타려고 문을 열었다.

커다란 손 두 개가 차에서 나와 그의 목을 틀어쥐었다. 거칠고 우악스러운 손이었다. 왈츠는 희미하게 컥컥거리는 소리를 내다가 고개가 뒤로 꺾이며 거의 눈먼 시선을 하늘로 향했다.

그러다 오른손을 움직였다. 몸은 뻣뻣하게 굳은 데다 목은 뒤로 꺾이고 눈이 튀어나오려는 상황이었는데도 그것과 아무 상관이 없다는 듯이 손이 움직였다. 총구가 무언가 부드러운 것을 압박할 때까지 그 손은 조심스럽고 섬세하게 앞으로 나아갔다. 부드러운 그것이 무엇인가를 확인하는 것처럼 그의 손길은 서두르지 않고 그것을 살살 건드렸다.

트리머 왈츠는 눈으로 보지 못했고, 거의 느끼지도 못했다. 숨도 쉬지 못했다. 그러나 그의 손은 루프의 끔찍한 두 손이 닿지 않는 곳에 존재하는 초연한 힘처럼 그의 두뇌에 복종했다. 왈츠의 손가락이 지그시 방아쇠를 당겼다.

트리머 왈츠의 목에서 스르르 이탈한 두 손이 밑으로 툭 떨어졌다. 왈츠는 골목에 나동그라질 듯 비틀거리며 뒤로 물러서다 어깨를 벽에 부딪쳤다. 그리고 천천히 자세를 바로잡으며 고통에 시달린 허파 속에서 나온 깊은 숨을 몰아쉬었다. 몸이 떨리기 시작했다.

그 사이 커다란 고릴라의 시신이 차 밖으로 쓰러져 그의 발아래 콘크리트 바닥에 나동그라졌다. 그런 모습을 그는 제대로 보지 못했다. 발아래 축 널브러진 시신이 거대했지만, 더는 위협이 되지 않았다. 더는 중요하지도 않았다.

왈츠는 널브러진 시신 위에 총을 떨어뜨렸다. 그는 잠시 목을 문질렀다. 호흡이 가쁘고 고통스럽고 시끄러웠다. 입안에서 혀를 굴리자 피 맛이 났다. 그는 골목 위로 빠끔히 열린 쪽빛 하늘을 힘없이 쳐다보았다.

잠시 후 그가 허스키하게 말했다. "이럴 줄 알았어, 루프. 그래, 이럴 줄 알았어."

그는 웃음을 터트리고 진저리를 친 다음 외투 깃을 가다듬고 널브러진 시신을 돌아 차로 다가가서 팔을 뻗어 시동을 껐다. 그는 다시 골목길을 되짚어 저거노트 클럽 후문으로 돌아갔다.

차 뒤의 그늘에서 한 남자가 나타났다. 왈츠의 왼손이 번개같이 외투 주머니로 향했다. 반짝이는 금속이 이미 그를 겨누고 있었다. 그는 손을 옆구리에 늘어뜨렸다.

피트 앵글리치가 말했다. "트리머, 전화를 하면 밖으로 나올 줄 알았지. 이리 올 줄도 알았고. 아주 잘했어."

잠시 후 왈츠가 쉰 목소리로 말했다. "놈이 내 목을 졸랐어. 이건 정당방위야."

"물론이지. 그러고 보니 우리 둘 다 목이 시원찮군. 내 목은 병들었어."

"피트, 원하는 게 뭐지?"

"당신은 내게 여자를 죽였다는 누명을 씌우려고 했지."

왈츠가 거의 미친 듯이 갑자기 웃음을 터트렸다. 그가 조용히 말했다. "피트, 나는 주변에서 누가 알짱거리면 기분이 나빠져. 자넨 그걸 알아야 해. 토큰 웨어랑은 가까이하지 않는 게 좋았어."

피트 앵글리치는 총신이 조명을 받아 번들거리도록 총을 살짝 틀었다. 왈츠에게 다가간 그는 총구로 그의 복부를 쿡 찔렀다.

"루프가 죽어 버렸어." 그가 나직이 말했다. "참 편리하기도 하지. 그 여자는 어디 있지?"

"그녀와는 어떤 사이기에 그러나?"

"실없는 소리 하지 마. 나는 바보가 아니야. 당신은 존 비도리에게 돈을 뜯어내려고 했어. 그런데 내가 토큰의 앞을 가로막은 셈이지. 나는 그 뒷이야기가 궁금해."

왈츠는 복부에 총구를 댄 채 꼼짝도 하지 않고 서 있었다. 다만 장갑 속의 손가락들만 꿈틀거렸다.

"좋아." 그가 굼뜨게 말했다. "얼마면 그 주둥이에 자물쇠를 채울 거지? 얼마나 채우고 있을 거야?"

"2세기는 채우고 있을 거야. 루프가 내 주머니를 탈탈 털어 갔어."

"대신 나한테 뭘 줄 거지?" 왈츠가 천천히 물었다.

"개뿔도 줄 게 없어. 난 여자도 원해."

왈츠가 아주 부드럽게 말했다. "500달러 주지. 여자는 안 돼. 중앙로의 떨거지한테 500이면 아주 짭짤하잖아? 영리한 놈이라면 그걸 받고 다 잊어버려."

총이 그의 복부를 떠났다. 피트 앵글리치는 재빨리 그의 옆으로 돌아가서 그의 주머니를 툭툭 쳐 보고, 새비지를 꺼내 왼손에 쥐었다.

"속을 뻔했군." 그가 뜨악하게 말했다. "친구 사이에 여자 하나 가지고 뭘 그러시나? 그냥 내게 넘겨줘."

"그럼 사무실로 올라가야 해." 왈츠가 말했다.

피트 앵글리치가 피식 웃었다. "그거야 기꺼이 협조해 주지. 앞장서."

그들은 다시 계단을 올라갔다. 복도 반대편 커튼 너머에서는 악단이 듀크 엘링턴의 애절한 곡을 자지러지게 연주하고 있었다. 쓸쓸하고 단조로운 색소폰 소리와 비통한 바이올린, 나직이 깔린 드럼 소리가 들렸다. 왈츠는 사무실 문을 열고 전등 스위치를 켠 후 책상에 가서 앉았다. 그는 모자를 뒤로 젖히고 히죽 웃으며 열쇠로 서랍을 열었다.

피트 앵글리치는 그를 지켜보며 손을 뒤로 뻗어서 열쇠를 돌려 문을 잠그고, 벽을 따라 벽장으로 가서 안을 들여다보고는 왈츠 뒤의 창문을 가린 커튼 쪽으로 갔다. 그는 계속 권총을 겨누고 있었다.

그는 책상 끝으로 다시 돌아갔다. 왈츠가 지폐 뭉치를 그에게 내밀었다.

피트 앵글리치는 그것을 무시하고 책상 위로 몸을 기울이고 말했다. "그건 내려놓고 여자를 넘겨줘, 트리머."

왈츠는 여전히 미소를 띤 채 고개를 저었다.

"당신은 비도리한테 1천 달러를 요구했어, 트리머. 아니 1천 달러로 시작을 한 거야. 눈 가는 당신의 뒤뜰이나 다름없어. 그런데 여자한테 겁을 줘서 당신의 더러운 일에 끌어들일 필요가 꼭 있었을까? 실은 그 여자의 약점을 잡으려고 그랬을 거야. 그래서 여자를 굴복시키려고 말이지."

왈츠가 살짝 눈살을 찌푸리며 지폐를 가리켰다.

피트 앵글리치가 천천히 말했다. "그녀는 허름하고 외롭고 겁에 질렸더군. 아마 가구도 없는 싸구려 단칸 셋방에서 살겠지. 친구도 없고. 그게 아니면 당신네 술집에서 일하지도 않았을 거야. 그녀에게 관심을 가진 사람도 없었겠지. 나 말고는. 설마 그녀를 매춘굴에 넣은 건 아니겠지, 트리머?"

"돈이나 갖고 어서 꺼져." 왈츠가 힘없이 말했다. "이 바닥의 잡것들이 어떻게 되는지는 자네도 알잖나."

"물론이지. 잡것들이 나이트클럽을 운영하고 있지." 피트가 부드럽게 말했다.

그는 총을 아래로 내리고 돈을 향해 손을 뻗기 시작했다. 말아 쥔 그의 주먹이 무심히 위로 향했다. 그의 팔꿈치가 위로 들리고, 주먹이 방향을 틀어 거의 정확히 왈츠의 턱 관절에 적중했다.

왈츠가 맥없이 무너졌다. 입이 쩍 벌어지고, 모자가 뒤로 날아갔다. 피트 앵글리치가 그를 쏘아보며 툴툴거렸다. "진작 이럴걸."

실내는 아주 고요했다. 악단 소리가 볼륨을 줄인 라디오처럼 희미하게 들렸다. 피트 앵글리치는 왈츠의 뒤로 가서 외투 안주머니에 손을 집어넣고 지갑을 꺼내 탈탈 털었다. 돈과 운전면허증, 권총 소지 허가증, 여러 장의 보험 카드가 나왔다.

그것들을 다시 집어넣고 시무룩하게 엄지손톱으로 턱을 문지르며 책상을 바라보았다. 반짝이는 가죽 받침을 댄 메모장이 앞에 놓여 있었다. 맨 위의 백지에 희미한 글씨 자국이 보였다. 그것을 옆으로 들고 불빛에 비춰 보다가, 연필을 들고 지면을 살살 문질렀다. 글자가 희미하게 나타났다. 지면 전체를 연필로 문지르자 글자를 읽을 수 있었다. "눈 가 4632번지. 리노를 찾을 것."

그는 메모지를 뜯어서 주머니에 넣고, 총을 집어 들고 문으로 갔다. 열쇠를 돌려 문을 열고 나간 그는 밖에서 문을 잠그고 다시 계단을 지나 골목으로 나갔다.

흑인의 시신이 작은 세단과 어두운 벽 사이에 그대로 널브러져 있었다. 골목에는 사람이 없었다. 피트 앵글리치는 허리를 숙이고 시신의 주머니를 뒤져 돌돌 만 지폐를 꺼냈다. 희미한 성냥불 아래 돈을 세어 보고, 87달러를 챙긴 후 나머지는 다시 흑인의 주머니에 넣었다. 찢어진 종잇조각 하나가 길에 뒹굴고 있었다. 한쪽만 들쑥날쑥 찢어진 메모지였다.

피트 앵글리치는 차 옆에 웅크리고 앉아 다시 성냥불을 댕기고 반쪽짜리 메모지를 읽어 보았다.

"······번지. 리노를 찾을 것."

그는 씩 웃고는 성냥불을 버렸다. "잘됐군." 그가 나직이 말했다.

그는 차에 올라타 시동을 걸고 골목을 빠져나갔다.

7

현관문 채광창에 쓰인 번지수가 집 안의 불빛에 비쳐 희미하게 보였다. 집 안의 불빛은 그것이 전부였다. 커다란 이 목조 주택은 경찰이 잠복했던 곳에서 한 블록 위에 있었다. 정면 창문들에는 커튼이 드리워져 있었다. 그 뒤에서 소리가 들려왔다. 말소리와 웃음소리, 흑인 여성의 칼칼한 노랫소리였다. 차 여러 대가 길 양쪽 보도 옆에 주차되어 있었다.

짙은 갈색 옷을 입고 금테 코안경을 쓴 장신의 깡마른 흑인이 문을 열었다. 그의 뒤쪽에 있는 또 다른 문은 닫혀 있었다. 그는 두 문 사이의 어두운 부스 안에 서 있었다.

피트 앵글리치가 말했다. "리노?"

장신의 흑인이 말없이 고개를 끄덕였다.

"루프가 데려온 여자를 찾아왔습니다. 백인 아가씨."

장신의 흑인은 잠시 조용히 서서 피트 앵글리치의 머리 너머를 바라보다가 말했다. 어딘가 다른 곳에서 들리는 듯 나른히 부스럭거리는 목소리였다.

"들어오쇼. 문은 닫고."

피트 앵글리치는 안으로 들어서서 바깥문을 닫았다. 장신의 흑인이 안쪽 문을 열었다. 문짝이 두껍고 육중했다. 그 문을 열자 소리와 빛이 와락 덮쳐 왔다. 자줏빛 조명이었다. 그는 안쪽 문을 지나 홀로 들어갔다.

자줏빛 조명은 기다란 거실에서 널따란 아치를 지나 흘러나왔다. 무거운 벨루어 커튼이 쳐진 거실에는 커다란 소파와 푹신한 의자가 놓여 있고, 모퉁이에 유리 카운터가 놓인 바가 있었다. 바 안쪽에 흰 옷을 입은 흑인이 한 명 있었다. 거실에서는 네 쌍의 남녀가 한가롭게 술을 마시고 있었다. 부족장 같은 흑인 남자들은 매끄러운 머리칼에 체격이 날씬했고, 여자들은 민소매에 속이 비치는 비단 스타킹을 신고 눈썹이 깔끔하게 정돈되어 있었다. 부드러운 자줏빛 조명은 비현실적인 분위기를 자아냈다.

르노는 피트 앵글리치의 어깨 너머를 막연히 바라보다가 눈꺼풀이 무거운 눈길을 낮추고 지친 음성으로 말했다. "저 아가씨들 중에 누구요?"

아치 너머의 흑인 남자들이 말없이 바라보고 있었다. 바텐더가 허리를 구부리고 두 손을 카운터 아래에 넣었다.

피트 앵글리치는 주머니에 천천히 손을 넣어 찢어진 종잇조각을 꺼냈다.

"이게 도움이 될지?"

리노가 종이를 받아들고 살펴보았다. 그는 나른하게 조끼 주머니에 손을 넣어 같은 색의 다른 종잇조각을 꺼냈다. 그는 들쑥날쑥한 가장자리를 맞추었다. 다시 고개를 든 그는 천장을 바라보았다.

"누가 보냈지?"

"트리머."

"마음에 안 들어." 장신의 흑인이 말했다. "내 이름을 함부로 쓰다니. 정말 마음에 안 들어. 그건 미련한 짓이지. 그건 그렇고 신원은 확실하군."

그가 돌아서서 길고 곧은 계단을 올라가기 시작했다. 피트 앵글리치가 뒤를 따랐다. 거실의 흑인 청년들 가운데 하나가 소리 내어 깔깔 웃었다.

리노가 갑자기 걸음을 멈추고 휙 돌아서더니 다시 계단을 내려가서 아치를 지나 거실로 들어갔다. 그는 깔깔 웃은 청년에게 다가갔다.

"이건 사업이오." 그가 지친 음성으로 말했다. "백인들은 여기 오지 않아. 알겠소?"

웃었던 청년이 말했다. "알았어, 리노." 그리고 길고 뿌연 유리잔을 들어 보였다.

리노는 혼자 뭐라고 중얼거리며 다시 계단을 올라갔다. 2층 복도에는 닫힌 문이 많았다. 불꽃색의 벽 램프에 희미한 분홍빛 조명이 켜져 있었다. 복도 끝에서 리노가 열쇠를 꺼내 문을 열었다.

그는 옆으로 비켜섰다. "데려가쇼." 그가 간단명료하게 말했다. "여기선 원래 하얀 물건을 취급하지 않아."

피트 앵글리치는 그를 지나 침실로 들어갔다. 주름 장식의 야한 침대 근처 구석에 오렌지색 바닥 램프가 켜져 있었다. 창문은 모두 닫혀 있어서 실내 공기가 탁하고 텁텁했다.

토큰 웨어가 침대에 모로 누워 벽을 향한 채 소리를 죽여 흐느끼고 있었다.

피트 앵글리치가 침대 옆으로 가서 그녀를 건드렸다. 움찔하며 돌아누운 그녀가 그를 향해 고개를 휙 돌리고는 눈을 동그랗게 뜬 채 고함이라도 지를 것처럼 입을 반쯤 벌렸다.

"안녕하세요." 그가 조용히, 아주 부드럽게 말했다. "당신을 한참 찾 았습니다."

여자가 새삼 그를 빤히 바라보았다. 그녀의 얼굴에서 서서히 두려움 이 물러났다.

8

사진기자가 사진기를 굽어보며 왼손에 든 플래시 전구를 높이 쳐들 었다.

"자, 비도리 씨, 웃으세요." 그가 말했다. "처연하게 웃어요. 여자들이 그런 것에 껌벅 죽으니까."

비도리는 의자에서 돌아앉아 옆모습을 보이고 있었다. 그는 빨간 모 자를 쓴 여자에게 미소를 지어 보이고, 여전히 미소를 띤 채 카메라를 향해 얼굴을 돌렸다.

플래시가 터지며 셔터 누르는 소리가 들렸다.

"좋아요, 비도리 씨. 하지만 전에는 이보다 나았는데 말입니다."

"요새 워낙 스트레스를 받아서 그렇습니다." 비도리가 부드럽게 말 했다.

"어련하시겠습니까. 얼굴에 염산을 뿌리겠다니 웃기지도 않죠." 사 진기자가 말했다.

빨간 모자를 쓴 여자가 킥킥 웃다가, 손등에 빨간 바느질 자국이 보 이는 목이 긴 장갑으로 입을 가리고 기침을 했다.

사진기자는 자기 물건을 챙겼다. 반들거리는 청색 서지 정장을 걸친 이 남자는 나이가 지긋하고 눈이 슬퍼 보였다. 그는 백발의 머리를 내두르고 모자를 고쳐 썼다.

"아무렴, 얼굴에 염산을 뿌린다는 건 정말 웃기지도 않아요. 그럼 비도리 씨, 우리 애들이 아침에 찾아뵐 수 있기를 바랍니다."

"기꺼이 만나야죠." 비도리가 지친 음성으로 말했다. "올라오기 전에 로비에서 전화를 하라고 전해 주십시오. 그리고 가시기 전에 한잔하시죠."

"그러고는 싶지만 지금은 곤란하군요." 사진기자가 말했다.

그는 카메라 가방을 어깨에 메고 무거운 걸음을 옮겼다. 하얀 외투를 걸친 작은 일본인이 불쑥 나타나 그를 밖으로 안내하고는 다시 사라졌다.

"얼굴에 염산이라니, 하하하!" 빨간 모자를 쓴 여자가 말했다. "정말 끔찍한 일이야. 여자인 내가 이런 말을 해도 될지 모르겠지만 말이지. 자기, 나 한잔해도 되지?"

"누가 말리겠어." 비도리가 툴툴거렸다.

"아무도 못 말리지."

그녀는 엉덩이를 살랑거리며 네모난 도자기 쟁반이 놓인 탁자로 가서 칵테일을 만들었다. 비도리가 반쯤 멍하니 말했다. "아침까지 더는 마시지 마.《더 불러틴》,《더 프레스트리뷴》, 통신사 세 곳,《더 뉴스》. 그만하면 괜찮군."

"내가 보기엔 완벽하네, 뭐." 빨간 모자의 여자가 말했다.

비도리가 그녀에게 얼굴을 찡그리고는 나직이 말했다. "하지만 아무도 붙잡지 못했어. 무고한 행인만 하나 잡았지. 당신은 이런 협박에 대해 아무것도 모를 거야, 안 그래?"

그녀가 나른하지만 차가운 미소를 지었다. "나라면 고작 1천 달러를 받으려고 누군가를 협박하진 않을 거야. 나이 마흔이 넘은 사람답게 좀 굴어, 조니. 난 홈런을 노리는 여자야, 항상."

비도리는 일어서서 방을 가로질러 목공예 캐비닛이 있는 곳으로 가서 작은 서랍을 열고 큼직한 크리스털 공을 꺼냈다. 그는 의자로 돌아가서 자리에 앉아 몸을 앞으로 수그리고 공을 양손에 든 채 거의 멍하니 그것을 응시했다.

빨간 모자의 여자는 술잔 너머로 그를 지켜보았다. 크게 뜬 그녀의 두 눈은 흐리멍덩했다.

"맙소사! 이젠 신이라도 들렸어?" 그녀가 속삭이듯 말했다. 그녀는 쟁반에 탕 하니 술잔을 내려놓고 남자 곁으로 다가가서 허리를 숙였다. 낮고 날 선 목소리가 흘러나왔다. "늙어 노망이 났다는 말 들어 봤어, 조니? 40대의 특히 사악한 남자들이 주로 노망에 걸린다던데? 갑자기 꽃과 장난감에 빠지고, 종이를 오려 인형을 만들고, 유리 공을 가지고 논다지? 맙소사, 조니, 당신이 그러잖아! 당신은 아직 그럴 때가 아니야."

비도리는 크리스털 공을 빤히 바라보았다. 그리고 천천히 심호흡을 했다.

빨간 모자의 여자가 그에게로 더 가까이 몸을 숙였다. "드라이브나 가자, 조니." 그녀가 정답게 속삭였다. "난 밤공기가 좋더라. 이런 공기를 마시면 내 편도선이 생각나거든."

"드라이브하고 싶지 않아." 비도리가 머뭇거리며 말했다. "뭔가, 뭔가 느껴져. 뭔가 일이 티질 것 같이."

여자가 갑자기 허리를 숙이고 그의 양손에 들린 공을 쳐냈다. 공이 바닥에 쿵 하고 떨어져 굴렀다. 양탄자가 두툼해서 멀리 굴러가지는 않았다.

비도리가 얼굴을 씰룩이며 벌떡 일어섰다.

"난 드라이브를 하고 싶단 말야, 자기야." 여자가 천연덕스레 말했다. "멋진 밤이잖아. 자기한텐 멋진 차도 있고. 그러니 드라이브를 하고 싶어."

비도리는 두 눈에 혐오감을 담고 그녀를 응시했다. 그는 천천히 미소를 지었다. 혐오감은 사라졌다. 그는 팔을 내밀어 두 손가락으로 그녀의 입술을 만졌다.

"당연히 드라이브를 해야지." 그가 부드럽게 말했다.

그는 공을 집어 캐비닛에 잘 챙겨 넣고, 내실 문을 지나갔다. 빨간 모자를 쓴 여자는 백을 열고 입술에 루주를 바른 후, 입술을 오므리고, 콤팩트 거울을 보며 화장을 하고, 빨간 테두리가 있는 베이지색의 거친 울 외투를 찾아 조심스레 걸치고, 목도리처럼 두른 스카프 끝을 어깨 뒤로 넘겼다.

외투를 입고 모자를 쓴 비도리가 돌아왔다. 외투 아래로 술이 있는 머플러가 드리워져 있었다.

그들은 아래층으로 내려갔다.

"뒤로 몰래 나가자." 그가 문간에서 말했다. "기자들이 혹시 기웃거리고 있을지 모르니까."

"뭐하러 그래, 조니!" 빨간 모자를 쓴 여자가 인조 눈썹을 치켜떴다. "사람들은 내가 들어오는 것을 보았고, 내가 여기 있는 걸 보았어. 당신의 여자 친구가 여기서 밤을 샜다고 사람들이 생각하길 바라는 거야?"

"제기랄!" 비도리가 거칠게 내뱉고는 문을 확 열어젖혔다. 실내 뒤쪽에서 전화벨이 울렸다. 다시 욕설을 내뱉은 비도리가 문에서 손을 떼고 서서 기다리는 동안, 하얀 재킷을 입은 일본계의 작은 남자가 들어와 전화를 받았다.

일본계 남자는 수화기를 옆에 내려놓고 사과의 미소를 띠고 손짓을 했다.

"받으셔유? 지는 먼 소린지 모르겠슈."

비도리가 돌아가서 수화기를 들었다. "네, 존 비도리올시다." 그리고 귀를 기울였다.

수화기를 쥔 그의 손가락에 차츰 힘이 들어갔다. 그의 온 얼굴이 딱딱하게 굳어 가며 창백해졌다. 그가 쉰 목소리로 천천히 말했다. "끊지 말고 잠깐 기다려."

그는 수화기를 옆에 내려놓고 탁자에 한 손을 얹고 몸을 기댔다. 빨간 모자를 쓴 여자가 뒤로 다가왔다.

"나쁜 소식이야? 자기 얼굴이 표백한 달걀 같아." 비도리가 천천히 고개를 돌리고 그녀를 응시했다. "여기서 꺼져." 그가 억양 없이 말했다.

그녀가 웃음을 터트렸다. 그는 허리를 펴고 크게 한 걸음 내딛고는 그녀의 입을 세게 후려쳤다.

"내가 말했지, 여기서 꺼져." 그가 아주 살벌하게 다시 말했다.

그녀는 웃음을 그치고 장갑을 낀 손가락으로 입술을 만졌다. 눈을 동그랗게 뜨고 있었지만 충격을 받은 것은 아니었다.

"왜, 조니, 왜 갑자기 내쫓는 거야." 그녀가 놀라서 말했다. "자기 아주 살벌해. 물론 난 갈 거야."

그녀는 홱 돌아서서 고개를 가볍게 내두르며 다시 문간으로 돌아가서 손을 흔들고 밖으로 나갔다.

비도리는 손을 흔드는 그녀를 바라보고 있지 않았다. 그녀가 나가고 문이 딸깍 닫히자마자 그는 수화기를 들고 무겁게 말했다. "이리 건너와, 왈츠, 당장 이리 와!"

그는 수화기를 제자리에 툭 내려놓고, 잠시 멍하니 서 있었다. 그는 내실로 다시 돌아갔다가, 모자와 외투를 벗고 잠시 후 다시 나타났다. 그는 두툼하고 짧은 자동 권총을 쥐고 있었다. 그는 총구를 밑으로 해서 야회복 재킷 안주머니에 권총을 집어넣고, 다시 천천히 수화기를 들고 차갑고 단호하게 말했다. "앵글리치 씨라는 분이 나를 찾으면 올려 보내세요. 앵글리치." 이름의 철자를 하나씩 불러 준 그는 가만히 수화기를 내려놓고 옆에 놓인 편안한 의자에 앉았다.

그는 팔짱을 끼고 기다렸다.

9

하얀 재킷을 입은 일본계 남자가 문을 열고 고개를 꾸벅하고는 헤웃으며 공손하고 나지막이 말했다. "아, 들어가십쇼. 네, 넵. 어서."

피트 앵글리치가 토큰 웨어의 어깨를 토닥거린 후 그녀를 길고 화사한 실내루 먼저 들여보냈다. 멋진 가구를 배경으로 선 그녀는 초라하고 스산해 보였다. 두 눈이 울어서 붉게 변했고, 입은 얼룩이 져 있었다.

그들이 뒤로 문을 닫자 일본계 남자가 조용히 사라졌다.

그들은 발소리가 나지 않는 두툼한 양탄자를 밟고, 은은한 램프와 붙박이 책장을 지나고, 설화석고와 상아, 도자기와 비취 골동품이 놓인 선반, 그리고 푸른 유리 테두리를 두른 커다란 거울을 지났다. 멋진 자필 서명이 든 사진들로 장식한 벽, 편안한 의자가 딸린 낮은 테이블, 꽃이 놓인 높은 테이블, 그리고 더 많은 책과 더 많은 의자, 더 많은 깔개를 지나, 마침내 한 손에 유리잔을 들고 멀찍이 앉아 차갑게 그들을 응시하고 있는 비도리에게 이르렀다.

그는 무심코 손을 까딱거리며 여자를 위아래로 훑어보았다.

"아, 그래, 경찰이 체포했다는 남자군. 그래. 내가 뭘 어떻게 해 주면 좋겠소? 경찰이 실수를 한 모양인데."

피트 앵글리치는 의자를 살짝 돌려세운 후 토큰 웨어를 그곳에 앉혔다. 그녀는 천천히, 뻣뻣하게 자리에 앉아서는 입술에 침을 바르고 넋이 나간 듯 비도리를 응시했다.

비도리가 입술을 살짝 비틀며 점잖게 혐오감을 비쳤다. 눈빛이 날카로웠다.

피트 앵글리치가 자리에 앉았다. 그는 주머니에서 껌 하나를 꺼내 포장을 벗기고 이빨 사이로 밀어 넣었다. 그는 낡고 닳고 피곤해 보였다. 옆얼굴과 목에는 검은 멍이 들어 있었다. 면도를 하지 않아 얼굴이 까칠했다.

그가 천천히 말했다. "이쪽은 웨어 양입니다. 당신의 돈을 받기로 한 여자죠."

비도리가 흠칫했다. 그는 담배를 든 손으로 의자 팔걸이를 불안하게 토닥거리기 시작했다. 여자를 응시하면서도 말은 하지 않았다. 그녀가 그에게 희미하게 미소를 지어 보이고는 얼굴을 붉혔다.

피트 앵글리치가 말했다. "내가 눈 가를 거닐고 있을 때였습니다. 나는 거기에 저격수들이 있다는 것을 알아차렸고, 그곳에 사는 사람과 살지 않는 사람을 구분할 수 있었습니다. 이 여자를 만난 것은 오늘 저녁 눈 가의 식당차에서였죠. 여자는 불안해 보였고, 자꾸 시계를 보았습니다. 그녀는 거기에 사는 사람이 아니었습니다. 나는 그녀가 떠나자 뒤를 밟았죠."

비도리가 살짝 고개를 끄덕였다. 담배 끝의 재가 툭 떨어졌다. 그는 슬쩍 그것을 굽어보고 다시 고개를 끄덕였다.

"그녀는 눈 가를 걸어 올라갔습니다." 피트 앵글리치가 말했다. "백인 여자에겐 위험한 거리죠. 나는 그녀가 어느 문간에 숨는 것을 보았습니다. 그 후 커다란 듀센버그 한 대가 소리 없이 길모퉁이를 돌아오더니 전조등을 껐고, 당신의 돈다발이 보도에 떨어졌습니다. 그녀는 겁에 질려 있었죠. 나더러 그걸 좀 갖다 달라더군요. 내가 가져왔죠."

비도리가 여자를 바라보지 않고 부드럽게 말했다. "여자가 사기꾼으로 보이진 않는데? 그래, 경찰에게 이 여자 이야길 했나요? 아마 하지 않았겠지. 이야기를 했다면 여기 왔을 리가 없으니까."

피트 앵글리치는 고개를 끄덕이고 입안에 있는 껌을 질겅거렸다. "경찰한테 이야길 하긴요. 앞으로 두 시간 안에는 안 합니다. 이건 수지맞는 일이니까요. 우린 우리 몫을 받아야겠습니다."

비도리는 벌떡 일어섰다가 다시 가만히 앉아 미동도 하지 않았다. 의자 팔걸이를 토닥거리던 손길도 멈추었다. 얼굴은 냉랭하고 하얗고 험악했다. 그러다 그는 야회복 재킷 안으로 손을 넣고 조용히 짧은 자동 권총을 꺼냈다. 그는 권총을 쥔 손을 두 무릎 위에 얹고 몸을 살짝 앞으로 기울이고는 씩 웃었다.

"협박을 하는 녀석들은 항상 재미난 구석이 있어." 그가 진지하게 말했다. "그래 자네 몫은 얼마나 될 것 같나? 자네는 대가로 뭘 내놓을 건데?"

피트 앵글리치는 묵묵히 총을 바라보았다. 그는 턱을 편안히 움직이며 껌을 질경거렸다. 아무런 걱정이 없는 눈빛이었다.

"침묵." 그가 진지하게 말했다. "단지 침묵뿐이죠."

비도리가 총을 홱 움직였다. "말해. 빨리 말해 봐. 난 침묵을 좋아하지 않아."

피트 앵글리치가 고개를 끄덕였다. "염산을 던지겠다고 협박한 사람은 없었습니다. 당신은 아무런 협박도 받지 않았어요. 돈을 갈취하려고 했다는 건 거짓말입니다. 광고 효과를 노린 거죠. 그게 전부입니다." 그는 의자에 등을 기댔다.

비도리는 피트 앵글리치의 어깨 너머를 바라보았다. 얼굴에 미소가 떠오르더니 순간 얼굴이 굳었다.

트리머 왈츠가 열린 옆문으로 몰래 들어와 있었다. 그의 손에는 커다란 새비지 권총이 들려 있었다. 그는 천천히, 아무 소리 없이 양탄자를 밟고 다가왔다. 피트 앵글리치와 여자는 그를 보지 못했다.

피트 앵글리치가 말했다. "그 모든 것이 거짓이었습니다. 그저 주목을 받기 위한 것이었죠. 안 그런가요? 그렇다고 난 확신하지만 좀 돌아볼까요? 처음에는 아주 순조로웠는데, 뒤에 가서 일이 틀어지고 말았습니다. 내가 끼어든 후에 말이죠. 이 아가씨는 트리머 왈츠의 저거노트 클럽에서 일했는데, 빈털터리에다 겁도 많아서 이용해 먹기 쉬웠습니다. 그래서 왈츠가 그녀를 범죄 현장으로 보낸 거죠. 왜? 그녀

272

가 체포되어야 했으니까요. 경찰이 잠복하고 기다리고 있으니까. 왈츠가 시켰다고 그녀가 자백을 해도, 왈츠는 헛소리라고 웃어넘기면서, 그런 무모한 짓을 자기 텃밭에서 벌이겠냐고 지적하겠죠. 게다가 사업이 잘만 되는데 고작 그런 푼돈을 노리겠냐고 하겠죠. 그리고 돈다발을 가지러 간 여자가 너무나 멍청하다는 사실을 지적할 겁니다. 영리한 그가 그렇게 멍청한 짓을 저지를까요? 천만의 말씀이죠.

경찰은 그의 말에 긴가민가할 겁니다. 그러면 당신은 허세를 부리면서 여자를 고발하지 않겠다고 나서는 겁니다. 여자가 자백을 하지 않아도 마찬가지로 고발하지 않겠다고 하겠죠. 어느 쪽이든 당신은 인기를 끌 겁니다. 인기가 곤두박질하고 있는 당신에게는 그게 절실히 필요했죠. 인기를 끄는 데 드는 돈은 왈츠에게 찔러줄 뒷돈이 전부라는 게 당신 생각이었습니다. 그 무슨 미친 짓인가요? 할리우드의 폐물이 너무 욕심을 낸 거 아닙니까?"

왈츠는 이제 반쯤 거리를 좁혔다. 비도리는 그를 바라보지 않았다. 그는 여자를 바라보며 희미하게 미소를 지었다.

"이제 내가 사건에 말려든 후 일이 얼마나 터프하게 굴러갔는가를 말해 볼까요?" 피트 앵글리치가 말했다. "나는 저거노트에 가서 그녀와 이야기를 나누었습니다. 왈츠가 우리 둘을 자기 사무실로 불렀고, 그의 밑에서 일하는 거구의 원숭이가 나를 거의 목 졸라 죽일 뻔했죠. 정신을 차리고 보니 어느 아파트였습니다. 거기엔 죽은 여자가 있었고, 그녀는 총을 맞았는데, 내 총에는 총알이 하나 없었습니다. 그 총은 내 옆에 떨어져 있었고, 술 냄새가 코를 찔렀습니다. 그리고 곧 경찰차가 들이닥쳤습니다. 웨어 양은 눈 가의 매춘굴에 갇혀 있었죠.

그 험한 모든 일이 왜 일어났을까요? 바로 왈츠가 당신을 위해 멋진 협박 조작극을 연출해 주었기 때문입니다. 그리고 그는 당신을 홀랑 벗겨 먹었겠죠. 아마 재산의 반은 털어먹었을 겁니다. 당신은 흔쾌히 재산을 바치고도 좋아했겠죠, 비도리. 그 대가로 인기를 얻었을 테니까. 하지만 그 대가로 당신은 엄청난 대가를 지불해야 했을 겁니다!"

왈츠는 이제 가까이, 아주 가까이 다가와 있었다. 비도리가 벌떡 일어섰다. 권총이 피트 앵글리치의 가슴을 향했다. 비도리의 목소리는 가늘고 노인처럼 맥이 없었다. 그가 나른하게 말했다. "저 친구를 데려가게, 왈츠. 이런 짓은 정말 피곤하군."

피트 앵글리치는 뒤를 돌아보지도 않았다. 그의 얼굴은 목각 인디언처럼 굳어 있었다.

왈츠가 피트 앵글리치의 등에 총구를 들이댔다. 그는 어슴푸레 미소를 짓고 서서, 피트 앵글리치의 등에 총구를 들이대고 그 어깨 너머로 비도리를 바라보았다.

"피트, 그만 입 다물어." 그가 건조하게 말했다. "오늘 저녁은 이걸로 충분해. 여긴 오지 말았어야 했어. 중간에 그만둘 사람이 아니란 건 알고 있었지만 말이야."

비도리가 옆으로 살짝 움직이며 두 발을 수평으로 벌렸다. 그의 잘생긴 얼굴에 묘한 초록빛이 어렸고, 눈동자는 병든 것처럼 번들거렸다.

토큰 웨어는 왈츠를 응시하고 있었다. 그녀의 두 눈에는 공포가 서려 있었고, 눈을 부릅뜨고 있어서 홍채 둘레의 흰자위가 다 드러나 있었다.

왈츠가 말했다. "여기서는 뭘 어쩔 수 없어, 비도리. 그렇다고 나 혼자 녀석을 데리고 나갈 수도 없으니, 모자와 외투를 챙기도록 해."

비도리가 고개를 아주 살짝 끄덕였다. 머리가 거의 움직이지 않을 정도였다. 두 눈은 여전히 병색이 돌았다.

"저 여자는 어쩌지?" 그가 나직이 물었다.

왈츠는 씩 웃으며 고개를 내두르고 피트 앵글리치의 등에 총구를 세게 밀어붙였다.

비도리는 좀 더 옆으로 움직여서 다시 발을 벌렸다. 권총을 힘껏 쥐고 있었지만, 총구는 누구에게도 향하지 않았다.

그는 눈을 감았다. 잠깐 질끈 감았다가는 다시 부릅떴다. 그가 천천히, 조심스레 말했다. "계획한 대로 잘 돌아가는 것처럼 보였어. 할리우드에서는 막무가내이고 파렴치한 일들이 전에도 종종 일어났지만, 내가 사람을 해치고 죽이기까지 하게 될 줄은 몰랐어. 나는, 나는 그런 짓을 할 정도로 비열한 놈은 아니었어, 왈츠. 더는 못 하겠어. 왈츠, 자네는 총을 치우고 그만 떠나는 게 좋겠어."

왈츠는 고개를 저으며 묘하게 비틀린 미소를 지었다. 그는 새비지를 살짝 옆으로 튼 채 피트 앵글리치에게서 물러났다.

"카드는 이미 돌렸어." 그가 차갑게 말했다. "당신은 게임을 계속해야 할 거야. 계속하라고."

비도리는 한숨을 쉬며 어깨를 늘어뜨렸다. 갑자기 외롭고 쓸쓸한 남자로 변한 그는 더 이상 젊지 않았다.

"아니." 그가 부드럽게 말했다. "나는 끝났어. 변변찮은 명성의 마지막 불꽃이 꺼졌어. 내 쇼는 이것으로 끝이야. 항상 모자랐지만, 그래도 그건 내 쇼였지. 총을 치워, 왈츠. 그만 가 봐."

왈츠의 얼굴은 싸늘하고 딱딱하고 표정이 없었다. 두 눈이 킬러처럼 무심했다. 그는 새비지를 좀 더 틀었다.

"비도리, 모자를 써." 그가 단호하게 말했다.

"미안하네." 비도리가 말했다. 그리고 총을 발사했다.

왈츠의 총이 동시에 불을 뿜었고, 두 발의 총성이 한데 섞였다. 비도리가 옆으로 휘청하며 몸을 반쯤 틀었다가 다시 몸을 바로 세웠다.

그는 왈츠에게서 눈을 떼지 않았다. "초보자의 행운이군." 그리고 묵묵히 기다렸다.

피트 앵글리치가 마침내 콜트를 뽑아 들었지만, 이제는 쓸모가 없었다. 왈츠가 천천히 모로 쓰러졌다. 딸기코의 한쪽 옆과 볼이 깔개를 눌렀다. 그는 왼팔을 꿈틀하며 들어 올리려고 하다가 입에 거품을 물고 잠잠해졌다.

피트 앵글리치가 널브러진 왈츠의 시신 곁에 있는 새비지를 멀리 걷어찼다.

비도리가 맥없이 물었다. "죽었나?"

피트 앵글리치는 끌끌거릴 뿐 대답하지 않았다. 그는 여자를 바라보았다. 그녀는 전화기가 놓인 탁자에 등을 기대고 선 채 깜짝 놀란 사람의 진부한 자세 그대로 한 손으로 자기 입을 막고 있었다. 너무 진부해서 멍청해 보였다.

피트 앵글리치는 비도리에게 눈길을 돌리고 쓸쓸하게 말했다. "초보자의 행운 맞습니다. 하지만 빗나갔더라면 어쩔까요? 그는 당신을 맞힐 생각이 없었어요. 그저 좀 더 당신을 다그치고 싶었을 뿐이죠. 그러니 당신이 비명을 지를 일은 없었을 겁니다. 솔직히 말하면, 나는 그가 살인 현장에 없었다는 증거를 갖고 있습니다."

비도리가 말했다. "안됐군. 안됐어." 그는 털썩 자리에 앉아 머리를 등받이에 기대고 두 눈을 감았다.

"맙소사. 하지만 비도리 씨 멋져요! 용감했고요." 토큰 웨어가 탄복하며 말했다.

비도리가 손을 왼쪽 어깨에 얹고 지그시 눌렀다. 손가락 사이로 천천히 피가 새어 나왔다. 토큰 웨어가 소리 죽여 비명을 질렀다.

피트 앵글리치는 실내를 돌아보았다. 하얀 외투를 걸친 일본계 남자가 슬그머니 들어와 소리 없이 벽에 기대어 웅크리고 서 있었다. 피트 앵글리치는 다시 비도리를 바라보았다. 그리고 아주 천천히, 마지못하다는 듯 입을 열었다. "웨어 양은 샌프란시스코에 가족이 있습니다. 그녀를 집에 보내 주세요, 선물을 좀 들려서 말입니다. 그게 자연스럽고, 공평하죠. 그녀는 왈츠가 맡긴 일을 내게 떠넘겼어요. 그래서 내가 이일에 끼어들게 된 겁니다.

내 말대로 하세요. 당신은 생각을 바꾸었습니다. 그 사실을 내가 왈츠에게 말했더니 그가 당신의 입을 막으려고 이리 온 겁니다. 터프한 녀석들은 꼭 그러죠. 경찰은 웃어 젖히겠지만, 대놓고 웃지는 않을 겁니다. 어차피 그렇게 돼야 경찰도 호평을 받을 테니까요. 엉터리 각본은 버려요. 알았죠?"

비도리가 눈을 뜨고 낮은 음성으로 말했다. "자네는…… 자네는 정말 싹싹하군. 잊지 않겠네." 그의 머리가 축 늘어졌다.

"기절했어요." 여자가 울먹였다.

"그렇군." 피트 앵글리치가 말했다. "그에게 진한 키스나 한 번 해 줘요. 그러면 반짝 정신을 차릴 겁니다. 그리고 당신은 평생 잊지 못할 것을 갖게 될 겁니다."

그는 이를 뿌드득 갈고 전화기로 다가가서 수화기를 집어 들었다.

금붕어
Goldfish

1

그날 나는 전혀 하는 일 없이 그저 다리를 건들거리며 앉아 있었다. 따뜻한 흔들바람이 사무실 창문으로 불어오고, 골목 너머의 맨션 하우스 호텔 석유 보일러에서 나온 작은 검댕이 마치 공터에 떠다니는 꽃가루처럼 내 책상 유리 상판 위에서 뒹굴고 있었다.

나는 캐시 혼이 오면 같이 점심이나 먹으러 나갈 생각뿐이었다.

그녀는 키가 크고 허름한 옷차림에 눈빛이 슬픈 금발 여성인데, 전직 경찰이었다. 조니 혼이라는 부도수표 같은 남자와 결혼한 그녀는 어떻게든 남편을 선도하려다가 직장을 잃었다. 이전에 이미 실패했지만, 그녀는 그래도 또 다시 선도해 보려고 그가 출감할 날만 기다리고 있었다. 기다리는 동안 그녀는 맨션 하우스 호텔에서 담배 판매대를 운영하며 5센트짜리 시가 연기 속에서 도박꾼들이 지나가는 것을 지켜보았다. 한번은 그들 중 한 사람에게 도시를 떠날 수 있도록 10달러를 빌려주기도 했다. 그렇게 마음이 여린 여자였다.

그녀는 자리에 앉아 반짝이는 큼직한 가방을 열고 담뱃갑을 꺼내서는 내 책상 라이터로 불을 붙였다. 그녀가 연기를 뭉클 내뿜고 코를 찡그렸다.

"리앤더 진주라고 들어 봤어요?" 그녀가 물었다. "어머, 푸른 서지 정장이 아주 흰하네? 입은 옷을 보니, 은행에 쌓아 둔 돈 좀 있나 봐요?"

"없어." 내가 말했다. "둘 다. 리앤더 진주라고는 들어 본 적이 없고, 모아 둔 돈도 없어."

"그럼 2만 5천 달러의 현상금에 관심이 있겠군요."

나는 그녀의 담배를 하나 뽑아 불을 댕겼다. 그녀가 일어서서 창문을 닫고 말했다. "저 호텔 냄새는 일하면서 질리도록 맡았어요."

그녀는 다시 자리에 앉아 말을 계속했다. "사건이 일어난 것은 19년 전이었어요. 범인은 15년 동안 리벤워스에 수감되었다가, 풀려난 지 4년 되었죠. 솔 리앤더라는 북부의 제재업자가 아내에게 주려고 샀다더군요. 진주 말예요. 진주 두 알을 사는 데 20만 달러를 들었대요."

"그만한 진주라면 손수레로 날라야 했겠네?" 내가 말했다.

"진주에 대해 모르시는군요." 캐시 혼이 말했다. "비싸다고 해서 큰 게 아니라고요. 아무튼 지금은 값이 더 나가요. 그리고 RIC 보험사에서 2만 5천 달러를 현상금으로 내건 게 아직도 유효하답니다."

"알겠어. 도둑맞았다 이거지?" 내가 말했다.

"이제야 머리가 좀 돌아가나 보군요?" 그녀는 어느 숙녀처럼 담배를 비벼 끄지 않고 그냥 재떨이에 던져 넣었다. 내가 대신 담뱃불을 껐다.

"범인이 리벤워스에 투옥된 게 바로 그 진주 때문이었는데, 경찰은 진주를 찾아내지 못했어요. 그건 우편열차 강도 사건이었죠. 범인은 몰래 열차에 숨어 있다가, 와이오밍에서 우편 칸으로 잠입해서 우편 담당자를 사살하고, 등기우편물을 몽땅 털어서 열차에서 뛰어내렸죠. 그리고 캐나다 브리티시컬럼비아에 갔다가 검거되었어요. 하지만 갖고 있는 게 아무것도 없었죠. 검거 당시에 말예요. 경찰은 그저 범인만 잡았을 뿐이죠. 그는 종신형을 선고받았어요."

"긴 이야기 같으면, 한잔하며 하지?"

"해가 떨어지기 전에는 안 마셔요. 그게 무책임한 인간이 되지 않는 방법이죠."

"에스키모들은 고달프겠군. 해가 떨어지지 않는 여름에 말이지." 내가 말했다.

내가 작고 납작한 병을 꺼내는 모습을 그녀는 가만히 지켜보다가 말을 이었다. "범인 이름은 사이프였어요. 월리 사이프. 단독범이었죠. 그는 훔친 물건의 소재에 대해 입도 뻥끗하지 않았어요. 잠꼬대도 하지 않았죠. 그리고 15년 후 장물을 내놓는 조건으로 사면이 되었답니다. 진주만 빼고 다 내놓았죠."

"그걸 다 어디에 숨겼을까? 혹시 모자 속에?"

"이봐요, 지금 농담할 때가 아니라고요. 저는 그 진주에 대한 단서를 갖고 있어요."

나는 손으로 입을 턱 막고 짐짓 엄숙한 표정을 지었다.

"그는 진주를 훔친 적이 없다고 말했고, 경찰은 그 말을 반쯤 믿었어요. 아무튼 그를 풀어 주었죠. 하지만 등기우편 화물 속에는 진주가 있었고, 경찰은 그걸 찾아내지 못했어요."

목이 칼칼해지기 시작했다. 나는 아무 말도 하지 않았다.

캐시 혼이 말을 계속했다. "윌리 사이프는 리벤워스에서 딱 한 번, 그러니까 15년 동안 딱 한 번, 셸락 용매* 한 깡통을 들이붓고 아주 뻗간 적이 있어요. 그때 감방 동료 가운데 필러 마도라는 작달막한 남자가 있었는데, 마도는 20달러짜리 지폐를 쪼개서 위조한 죄로 27개월 형을 받고 복역 중이었죠. 사이프가 그에게 말했어요. 아이다 호 어딘가에 진주를 묻어 두었다고."

나는 살짝 앞으로 몸을 기울였다.

"슬슬 구미가 당기죠?" 그녀가 말했다. "음, 실은 말예요, 필러 마도가 지금 우리 집에 묵고 있어요. 코카인 중독자인데, 잠꼬대를 하더라고요."

나는 다시 의자에 등을 기댔다. "어이쿠, 현상금은 따 놓은 당상이군."

그녀가 나를 차갑게 쏘아보다가 다시 표정을 누그러뜨렸다. 그리고 다소 맥없이 말했다. "그래요. 이야기가 좀 황당하게 들리긴 할 거예요. 참 오랜 세월이 흘렀고, 온갖 똑똑한 인간들이 분명 이 사건에 군침을 흘렸을 거예요. 우체국 수사관부터 탐정까지 너나없이 말예요. 그러다 마침내 그 마약쟁이가 짠 하고 나타난 거예요. 필러 마도는 괜찮은 난쟁이죠. 아무튼 난 그의 말을 믿어요. 그는 사이프가 어디 있는지 알고 있다고요."

내가 말했다. "그 모든 걸 그가 잠꼬대로 말했다고?"

* 에탄올.

"물론 그건 아니죠. 제가 누군지 잘 아시면서 왜 그러세요. 노련한 여자 경찰이라면 귀가 밝다고요. 제가 오지랖이 너무 넓은 건진 몰라도, 가만 보니 그는 전과자인데 마약을 좀 심하게 하는 것 같더라고요. 지금 투숙객이라고는 그 남자밖에 없어서, 가끔 방문 앞에 가서 그가 혼자 중얼거리는 소리에 귀를 기울이곤 했죠. 그런 식으로 정보를 얻어서 그를 다그쳤죠, 뭐. 나머진 그가 직접 내게 말해 주었어요. 그는 도와줄 사람을 원해요."

나는 다시 앞으로 몸을 기울였다. "사이프는 어디 있다는데?"

캐시 혼은 미소를 지으며 고개를 내둘렀다. "그것만큼은 말하려고 하질 않아요. 그리고 사이프가 지금 어떤 이름을 쓰고 있는지도 말하지 않고요. 하지만 사이프는 북쪽 어딘가, 그러니까 워싱턴 주 올림피아나 그 근처 어딘가에 있어요. 필러가 거기서 그를 보고 금세 알아보았는데, 사이프는 그를 보지 못했다더군요."

"필러는 여기서 뭘 하고 있는 건데?" 내가 물었다.

"그가 체포된 곳이 바로 여기예요. 늙은 전과자는 항상 통한의 실수를 저질렀던 장소를 잊지 못하고 찾아오는 법이잖아요. 하지만 지금 이곳엔 그의 친구가 아무도 없어요."

나는 다른 담배에 불을 댕기고 다시 한 잔 더 마셨다.

"사이프가 출감한 지 4년이 됐다면서? 필러는 27개월을 복역했고. 그럼 필러는 출감한 후 여태 뭘 한 거야?"

캐시 혼은 중국산 도자기 같이 푸른 눈을 크게 뜨고 딱하다는 듯이 그를 바라보았다. "감옥에 들어간 게 그때 한 번으로 끝이었겠어요?"

"그렇군. 그런데 그가 내게 사실을 털어놓을까? 도와줄 사람을 찾는 건 아마 보험사 사람을 처리하기 위해서일 텐데? 진주가 정말 있고,

사이프가 필러에게 그 위치를 알려 준 게 사실이라면 말이지. 안 그래?"

캐시 혼이 한숨을 내쉬었다. "당신에게 털어놓을 거예요. 그는 안달이 나 있거든요. 뭔가를 두려워하고 있어요. 당장 일어나요. 그가 저녁에 또 약을 하기 전에 말예요."

"그러지, 뭐. 그러길 바란다면."

그녀는 가방에서 납작한 열쇠를 꺼낸 후, 내 메모지에 주소를 적어 주었다. 그녀는 천천히 일어섰다.

"우리 집은 2세대 주택이에요. 내 방은 따로 있죠. 하지만 방 사이에 문이 있고, 내 방 쪽에 자물쇠가 채워져 있어요. 그가 문을 열어 주지 않으면 이 열쇠를 써요."

"그러지." 내가 말했다. 나는 천장을 향해 담배 연기를 내뿜고 그녀를 빤히 바라보았다.

그녀는 문으로 다가가다 걸음을 멈추고 다시 돌아왔다. 그녀가 발밑을 바라보며 말했다.

"내 몫은 크게 생각하지 않아요. 아무런 역할을 하지 못했다고 할 수도 있으니까요. 하지만 조니가 출감했을 때 수중에 1, 2천 달러만 있으면……"

"그럼 그가 정신을 차릴까?" 내가 말했다. "그건 꿈이야, 캐시. 다 꿈일 뿐이라고. 아무튼 성공한다면 당신 몫은 3분의 1이야."

그녀는 숨을 참고 나를 쏘아보며 눈물을 삼켰다. 그녀가 문으로 향하다가 걸음을 멈추고 다시 돌아왔다.

"할 말이 더 있어요." 그녀가 말했다. "그는 늙었어요. 사이프 말이에요. 15년을 복역했으니, 대가를 지를 만큼 지른 거죠. 그것도 혹독하세

말예요. 그 때문에 괜히 꺼림칙한 건 아니죠?"

나는 고개를 저었다. "그는 강도질을 한 거잖아? 살인까지 했다면서? 암튼 지금은 어떻게 생계를 꾸려 가고 있지?"

"그의 아내한테 돈이 좀 있어요." 캐시 혼이 말했다. "지금은 금붕어를 기르며 지내죠."

"금붕어를? 참 별일이군." 내가 말했다.

그녀가 나갔다.

2

일전에 그레이 호수 지역에 왔을 때, 나는 지방 검사의 부하인 버니 올스가 포크 앤드루스라는 총잡이를 저격하는 일을 도운 적이 있었다. 하지만 그 지역은 그레이 호수에서 멀리 떨어진 높은 언덕 위에 있었다. 이 집은 그 중간쯤 높이에, 언덕 돌출부를 돌아가는 도로의 만곡부에 있었다. 택지는 계단식으로 되어 있는데, 계단 앞쪽 옹벽은 금이 가 있고, 뒤쪽에는 여러 채의 집을 지을 수 있는 공터가 있었다.

원래 2세대 주택이라 현관이 두 개 있고, 현관 계단도 두 개가 있었다. 그중 하나는 밖을 내다볼 수 있는 격자창을 문패로 가려 놓았는데, 문패에 "순환로 1432번지"라고 쓰여 있었다.

나는 주차를 하고 직각으로 솟은 계단을 올라갔다. 석죽 화분 사이를 지나 좀 더 계단을 올라 문패가 달린 현관 앞에 섰다. 투숙객은 분명 이쪽에 묵고 있을 것이다. 나는 벨을 눌렀다. 응답이 없어서 다른 쪽 현관 앞으로 갔다. 역시 아무도 응답하지 않았다.

내가 응답을 기다리고 있을 때, 회색의 닷지 쿠페가 커브길을 돌아 지나가며 차에 탄 단정한 푸른 옷차림의 작은 여자 하나가 잠깐 나를 바라보았다. 차 안에 다른 사람이 있는지는 알 수 없었다. 나는 자세히 바라보지 않았다. 그것이 중요한 줄 몰랐던 것이다.

나는 캐시 혼의 열쇠를 꺼내 안으로 들어갔다. 닫혀 있던 거실에서는 편백 기름 냄새가 났다. 생활에 필요한 가구가 다 있었고, 정면에 쳐져 있는 레이스 커튼 아래로 햇살이 조용히 비껴들고 있었다. 작은 거실과 부엌, 욕실이 있고, 뒤쪽으로는 분명 캐시의 것으로 보이는 침실이, 앞쪽에는 재봉실로 사용하는 듯한 다른 침실이 있었다. 2세대 주택의 옆집으로 통하는 문이 있는 곳이 바로 이 침실이었다.

나는 문을 열고 마치 거울 속으로 들어가듯 안으로 들어갔다. 가구를 제외한 모든 것이 꽤 낡아 보였다. 옆집 거실에는 트윈 침대가 있었지만 사용한 흔적은 없었다.

나는 집 뒤쪽으로 가서, 두 번째 욕실을 지나 캐시의 침실과 같은 위치에 있는 닫힌 침실 문을 두드렸다.

응답이 없었다. 문손잡이를 돌려 열고 안으로 들어갔다. 침대 위에 있는 작은 남자가 필러 마도인 듯했다. 그의 발이 먼저 눈에 띄었다. 바지와 셔츠는 입고 있었지만 맨발이 침대 밖으로 쑥 나와 있었기 때문이다. 두 발목은 밧줄로 묶여 있었다.

두 발바닥에 화상 자국이 있었다. 창문이 열려 있는데도 살이 탄 냄새가 났다. 나무가 탄 냄새도 났다. 책상에 놓인 전기다리미는 아직도 전원이 연결되어 있었다. 나는 다가가서 플러그를 뽑았다.

캐시 혼의 부엌으로 돌아가 냉장고를 열어 보니 브루클린 스카치가 한 병 있었다. 그것을 약간 마신 후 잠시 심호흡을 하고 집 뒤의 공터를 내다보았다. 집 뒤에는 시멘트 포장을 한 좁은 보행로가 있고, 찻길로 이어진 나무 계단이 있었다.

필러 마도의 방으로 돌아갔다. 가늘고 붉은 세로줄 무늬가 있는 갈색 정장 윗도리가 의자 위에 걸쳐져 있었는데, 주머니가 뒤집혀서 내용물이 바닥에 떨어져 있었다.

그가 입은 정장 바지 주머니 역시 뒤집혀 있었다. 열쇠 몇 개와 잔돈, 손수건이 그의 곁 침대 위에 놓여 있었고, 여성용 콤팩트 같은 금속 상자에서 반짝이는 하얀 가루가 쏟아져 있었다. 코카인이었다.

그는 키가 160센티미터도 안 될 만큼 작았고, 숱이 적은 갈색 머리에 귀는 큼직했다. 눈동자에는 특별한 색이 없었다. 그저 눈일 뿐인 두 눈을 부릅뜨고 절명한 상태였다. 두 팔은 쭉 뻗어 침대 아래로 이어진 밧줄에 손목이 묶여 있었다.

총상이나 자상이 있는지 살펴보았지만 전혀 보이지 않았다. 발바닥을 제외하고는 아무런 상처가 없었다. 쇼크나 심장마비, 아니면 두 가지 이유 모두로 절명한 것이 분명했다. 시신은 아직 따뜻했다. 입에 물린 재갈 역시 따뜻하고 축축했다.

이제까지 내 손이 닿은 모든 곳을 닦아 내고, 캐시의 거실 창밖을 잠시 내다본 후 집을 떠났다.

맨션 하우스의 로비에 들어서서 구석의 담배 판매대로 다가갈 때 시간은 어느덧 3시 반이 되어 있었다. 나는 유리판 위에 상체를 기대고 카멜 담배를 샀다.

캐시 혼은 내게 담배를 획 던져 주고 내 바깥 가슴 주머니에 잔돈을 넣어 주고는 고객 접대용 미소를 지었다.

"어때요? 오래 안 걸렸군요." 그녀가 구식 부싯돌이 달린 철제 라이터로 담배에 불을 댕기려고 애를 쓰는 술꾼을 곁눈질로 힐긋 바라보았다.

"심각한 이야긴데, 놀라지 마." 내가 그녀에게 말했다.

그녀는 재빨리 돌아서서 술꾼에게 종이성냥갑을 던져 주었다. 그는 성냥갑을 잡으려고 하다가 담배와 성냥갑을 모두 떨어뜨리고는 씩씩거리며 바닥에서 그것들을 주워 들고 어깨 너머로 돌아보며 자리를 떴다. 엉덩이라도 차일까 봐 겁을 집어먹은 표정이었다.

캐시가 차갑고 공허한 눈으로 내 머리 너머를 바라보았다.

"말씀하세요." 그녀가 나직이 말했다.

"이제 그쪽 몫은 절반이야." 내가 말했다. "필러가 죽었어. 살해당했지. 침대에서."

그녀의 두 눈이 파르르 떨렸다. 유리판 위 내 팔꿈치 근처에 놓인 손가락 두 개가 움찔했다. 입가에 하얀 주름이 잡혔다. 그것이 전부였다.

"잘 들어." 내가 말했다. "내 말이 끝날 때까지 아무 말도 하지 마. 그는 쇼크로 죽었어. 누가 싸구려 전기다리미로 발바닥을 태웠더군. 보아하니 다리미가 당신 것은 아니었어. 필러는 너무 빨리 죽어서 많은 말을 털어놓진 못했을 거야. 입에 재갈까지 물려 있었거든. 그곳에 갈 때까지만 해도 허튼짓을 하는 것 같았는데, 이젠 모르겠어. 그가 입을 열었다면 우린 볼 장 다 본 거고, 사이프 역시 마찬가지야. 내가 그를 먼저 찾아내지 못한다면 말이지. 상대는 수단 방법을 가리지 않을 놈들이야. 필러가 다 털어놓지 않았다면 아직 시간은 있어."

그녀가 고개를 돌리고 로비 입구의 회전문 쪽을 바라보았다. 두 볼이 하얗게 빛났다.

"내가 어떡하면 되죠?" 그녀가 나지막이 말했다.

나는 시가 상자를 쿡 찌르고 그 안에 그녀가 주었던 열쇠를 떨어뜨렸다. 그녀가 긴 손가락으로 슬쩍 꺼내서 감추었다.

"집에 가면 그를 발견할 텐데, 아무것도 몰랐던 것으로 해. 진주는 잊어버리고, 나에 대해서도 잊어버려. 경찰이 지문 조회를 하면 전과 사실을 알게 될 테고, 그 전과 때문에 당한 거라고 생각할 거야."

나는 담뱃갑을 뜯어 한 대에 불을 댕기고 잠시 그녀를 바라보았다. 그녀는 미동도 하지 않았다.

"해낼 수 있겠어?" 내가 물었다. "못 하겠다면 지금 말해."

"당연히 해낼 수 있죠." 그녀의 눈썹이 치켜 올라갔다. "날 뭘로 보는 거예요?"

"사기꾼과 결혼한 여자잖아." 내가 잔인하게 말했다.

그녀는 얼굴을 붉혔다. 내가 바라던 것이 그것이었다. "그인 사기꾼이 아니에요. 그저 미련한 곰탱이일 뿐이라고요! 나를 나쁘게 보는 사람은 아무도 없어요. 경찰 본부 사람들도 그렇고요."

"그래. 그러는 게 좋지. 아무튼 우리가 살인을 한 것도 아니니까. 이제 와서 우리가 발설을 하면, 현상금과는 작별을 하게 될 거야. 누가 준다고 해도 말이지."

"두말할 나위가 없죠." 캐시 혼이 당차게 말했다. "아, 불쌍한 난쟁이 같으니." 그녀가 울먹이다시피 했다.

나는 그녀의 팔을 토닥거리고, 진심으로 따뜻한 미소를 지어 보인 후 맨션 하우스를 떠났다.

3

RIC 보험사 사무실은 그라스 빌딩에 있었는데, 작은 사무실 세 개가 꾀죄죄해 보였다. 이 회사는 허름한 외양을 압도할 만큼 덩치가 컸다.

사무실의 상주 매니저 이름은 루틴이었는데, 차분한 눈길을 한 중년의 대머리 남자였다. 섬세한 손가락으로 얼룩무늬 시가를 쓰다듬고 있던 그는 깨끗하게 닦은 큼직한 책상에 앉아 평화롭게 내 턱을 바라보았다.

"말로*? 음, 들어 본 적이 있는 이름이군요." 그가 반들거리는 작은 손가락 하나로 내 명함을 짚었다. "그래 무슨 일로 오셨나요?"

나는 손가락으로 담배를 굴리며 목소리를 낮췄다. "리앤더 진주라고 아시죠?"

그가 다소 떨떠름한 미소를 지었다. "모를 리가요. 그것 때문에 이 회사에서 15만 달러를 날렸는데. 그때 나는 야심만만한 애송이 손해 사정인이었지."

내가 말했다. "내게 좋은 생각이 있습니다. 미친 짓일지도 모르고, 그럴 가능성이 높지만, 한번 진주를 찾아보고 싶습니다. 2만 5천 달러의 현상금이 아직 유효한가요?"

그가 낄낄 웃었다. "2만 달러요, 말로. 차액은 우리가 썼지. 시간 낭비하지 마쇼."

"내 시간은 내가 알아서 씁니다. 좋아요, 2만 달러군요. 협조를 좀 받을 수 있겠습니까?"

* 1936년 《블랙 마스크》지 발표 당시의 주인공 이름은 Carmady였다.

"무슨 협조?"

"다른 지점들에 보여 줄 내 신원 확인서를 좀 써 주시죠. 다른 주에서 일을 볼 수도 있고, 현지 경찰의 협조가 좀 필요할지도 몰라서요."

"다른 주 어디?"

나는 미소로 대답을 대신했다. 시가로 재떨이 가장자리를 톡톡 치며 그 역시 미소로 답했다. 누구의 미소도 정직하지 않았다.

"확인서는 안 됩니다." 그가 말했다. "뉴욕 본사에서 좋아하지 않을 거요. 우리와 제휴한 탐정사가 있어서 말이죠. 하지만 비공식적으로 전폭적인 협조를 받을 수 있습니다. 그리고 성공만 하면 2만 달러를 드리죠. 물론 그럴 리는 없겠지만."

나는 담배에 불을 댕기고 등을 기대고 앉아 천장을 향해 연기를 내뿜었다.

"안 된다고? 왜? 당신네는 진주를 찾지 못했습니다. 하지만 진주는 어딘가에 존재하죠. 안 그런가요?"

"물론 존재했죠. 지금도 존재한다면 그건 우리 소유입니다. 하지만 20만 달러에 이르는 거액이 20년 동안이나 어디 묻혀 있다가 갑자기 나올 리는 없어요."

"알겠습니다. 암튼 일은 내가 알아서 합니다."

그는 조금 붙어 있는 시가 재를 털고 지그시 나를 바라보았다. "당신의 앞일이 기대됩니다. 미친 짓이라 해도 말입니다. 근데 우린 큰 조직입니다. 지금부터 내가 당신한테 미행을 붙인다고 생각해 보시오. 그럼 어떻게 될까?"

"내가 졌소. 미행이 붙으면 나는 알아차릴 겁니다. 이런 짓을 워낙 오래 해 와서 그런 걸 놓칠 리가 없으니까. 나는 손을 떼겠습니다. 내가 가진 정보를 모두 경찰에 넘겨주고 집에나 가겠소."

"경찰에는 왜요?"

나는 다시 책상 너머로 상체를 기울였다. "왜냐하면" 나는 천천히 말을 이었다. "단서를 가진 사람이 오늘 살해됐으니까."

"저, 저런." 루틴이 코를 문질렀다.

"내가 살해한 게 아니오." 내가 덧붙였다.

우리는 잠시 말문을 열지 않았다. 그러다 루틴이 말했다. "당신은 신원 확인서를 위한 게 아니군. 내가 그걸 만들어 줬어도 내버렸겠지. 당신이 잘 알고 있는 그 사실을 내게 털어놓은 마당에 내가 그걸 당신에게 만들어 줄 리가 없으니 말이오."

나는 씩 웃으며 일어서서 문으로 향했다. 그가 일어나서 부리나케 책상을 돌아 나와 작고 단정한 손으로 내 팔을 잡았다.

"이봐요. 당신이 미쳤다는 건 알겠는데, 혹시 뭔가 얻는 게 있으면 우리 쪽 사람들을 통해 그걸 좀 알려 주십시오. 우린 그런 정보 제공이 필요해요."

"대체 내가 뭘 먹고 산다고 생각하시오?" 내가 사납게 말했다.

"2만 5천 주겠소."

"2만인 줄 알았는데?"

"2만 5천. 정말 당신은 미쳤어. 사이프한테는 진주가 없었습니다. 그가 가졌다면 이미 여러 해 전에 우리와 타협을 했을 겁니다."

"좋아요, 그러죠. 진작 그러시지 왜 이제야 그런 결심을 하시는지, 원." 내가 말했다.

우리는 악수를 나누고, 그 누구도 속이고 있지 않지만 속이려는 시도를 그만두지 않으리라는 것을 서로가 아는 현명한 키플처럼 서로를 향해 씩 웃었다.

내가 사무실로 돌아온 것은 5시 15분 전이었다. 독한 술을 두 잔 걸치고 자리에 앉아 파이프를 빨며 내 두뇌와 면담을 했다. 전화가 울렸다.

여자가 말했다. "말로?" 작고 차갑고 긴장된 목소리였다. 모르는 여자였다.

"예."

"러시 매더를 만나 보세요. 그를 아시죠?"

"아니요." 나는 거짓말을 했다. "내가 왜 그를 만나야 합니까?"

돌연 얼음처럼 차가운 카랑카랑한 웃음소리가 전화선을 타고 왔다. "발바닥이 탄 어떤 남자 때문이죠." 목소리가 말했다.

전화가 끊겼다. 나는 수화기를 내려놓고 성냥불을 댕긴 후 불꽃이 내 손가락을 태울 때까지 벽을 응시했다.

러시 매더는 퀸 빌딩에 거주하는 악덕 변호사였다. 구급차 뒤꽁무니나 따라다니고, 알리바이를 만들어 주고, 구린 데서 푼돈 냄새를 맡는 악덕 변호사. 그가 사람 발바닥을 태우는 것 같은 험한 일에 연루된 적이 있다는 말은 들어 보지 못했다.

4

스프링 가 아랫마을에 퇴근 시간이 다가오고 있었다. 택시는 도로변에서 빈둥거리고, 속기사들은 일찌감치 집으로 향하고, 시가지 전차는 길을 막고, 교통경찰은 합법적인 우회전을 막아 대고 있었다.

퀸 빌딩은 마른 겨자색에 전면이 좁고, 입구에는 커다란 의치가 세워져 있었다. 안내판에는 무통치료 치과의사들 명패와, 우편집배원이 되는 방법을 가르치는 사람들 명패, 이름만 적힌 명패, 그리고 이름 없이 호실만 적힌 명패가 걸려 있었다. 변호사 러시 매더는 619호였다.

나는 덜커덩거리는 개방형 승강기에서 나와 더러운 고무 매트 위에 놓인 더러운 타구통을 바라보고는, 담배꽁초 냄새가 나는 복도를 지나 619호실 팻말이 붙은 우윳빛 유리 패널 아래쪽 문손잡이를 돌렸다. 문이 잠겨 있어서 노크를 했다.

유리 건너편에 인영이 나타나더니 삐걱거리는 소리와 함께 문이 안으로 열렸다. 나는 턱이 통통하고 검은 눈썹이 짙은 푸짐한 체격의 남자를 바라보았다. 기름기가 번들거리고, 중국인 탐정 찰리 챈*처럼 양쪽 입꼬리에 붙은 콧수염을 기르고 있어서 얼굴이 실제보다 더 투실투실해 보였다.

그는 니코틴이 밴 손가락을 뻗으며 말했다. "아니 이런, 떠돌이 개 사냥꾼이 몸소 납셨군. 잊을 수 없는 눈이야. 이름이 아마 말로?"

나는 안으로 들어서서 문이 삐걱거리며 닫히길 기다렸다. 양탄자를 깔지 않은 바닥에 갈색 리놀륨 장판이 깔려 있었다. 평범한 책상이 하나 있고, 그것과 직각으로 접이식 뚜껑 달린 책상이 있고, 조제식품 봉지처럼 불에 타지 않을 것 같은 커다란 초록색 금고 하나, 서류 케이스 둘, 의자 셋, 그리고 붙박이 벽장이 있고, 입구 쪽 구석에 세면대가 있었다.

"자, 자, 앉게나." 매더가 말했다. "만나서 반갑군." 그가 부산스럽게 책상 뒤로 돌아가서 닳아서 터진 의자 쿠션을 다독거리고는 ⌐ 위에

* 미국 작가 얼 데어 비거스의 탐정소설에 등장하는 중국계 미국인 형사로, 그가 등장하는 시리즈물은 초기 할리우드에서 크게 인기를 끌었다.

앉았다. "이렇게 찾아와 줘서 고맙네. 그래 사업은 잘되고?"

나는 자리에 앉아 이빨로 담배를 물고 그를 바라보았다. 나는 아무런 말도 하지 않았다. 그가 진땀을 흘리는 모습을 그저 지켜보기만 했다. 그의 머리칼 속에서부터 땀이 나기 시작했다. 그는 연필을 쥐고 장부에 무슨 기록을 했다. 그러고는 힐끔 나를 바라보고 다시 장부에 뭐라고 썼다. 그는 장부에 대고 말을 했다.

"어쩌실 생각인지?" 그가 부드럽게 물었다.

"무엇에 대해?"

그는 나를 바라보지 않았다. "일을 어떻게 같이할 것인가에 대해 말이지. 그러니까 그 보석 말일세."

"그 여편네는 누구지?" 내가 물었다.

"응? 어떤 여편네?" 그는 여전히 나를 바라보지 않았다.

"나한테 전화한 여자."

"누가 전화를 했다고?"

나는 수화기를 걸어 놓는 구식 전화기를 향해 팔을 뻗었다. 수화기를 들고 다이얼을 아주 천천히 돌렸다. 경찰서 번호였다. 보나 마나 그는 그 번호를 자기 모자만큼이나 잘 알 것이다.

그가 팔을 뻗어 수화기 걸이를 지그시 눌렀다. "이런, 너무 성급하시군." 그가 툴툴거렸다. "경찰서에는 왜 전화를 하려고."

나는 천천히 말했다. "경찰은 당신과 이야기를 나누고 싶어 할 거야. 어떤 남자의 발바닥이 탔다는 것을 아는 어떤 여편네를 당신이 알고 있으니까."

"꼭 그래야겠나?" 그의 목이 부풀어서 넥타이가 조였다. 그가 확 하니 목깃을 풀었다.

"내가 그러는 게 아니지. 나는 가만히 있는데 당신이 나를 건드려서 반사적으로 놀아나게 할 생각이라면 그렇게 할 수밖에."

매더가 납작한 양철 담배통을 열고 물고기 내장을 뽑아내는 것 같은 소리를 내며 담배 한 대를 입에 찔러 넣었다. 그의 손이 떨렸다.

"알았어. 알았어. 화내지 말게." 그가 쉰 목소리로 말했다.

"개수작은 집어치워." 내가 딱딱거렸다. "허튼소리도 하지 말고. 당신이 내게 맡길 일이 있다면 그건 너무 추잡해서 건드리고 싶지 않은 일거리겠지. 하지만 들어는 보지."

그가 고개를 끄덕였다. 이제 편안한 표정이었다. 그는 내가 허세를 부리고 있다는 것을 알고 있었다. 그는 희부연 연기를 한바탕 내뿜고 연기가 위로 떠오르는 것을 지켜보았다.

"그래." 그가 차분히 말했다. "내가 가끔 버벅댈 때가 있지만, 그렇다고 멍청해서 그런 건 아니야. 멍청한 짓을 하긴 하지만, 그래도 우리가 멍청한 건 아니지. 자네가 그 집에 들어갔다가 나오는 것을 캐럴이 보았어. 경찰은 오지 않았고."

"캐럴?"

"캐럴 도노반. 내 친구야. 그녀가 당신한테 전화를 했지."

나는 고개를 끄덕였다. "계속해 봐."

그는 말하지 않았다. 그저 가만히 앉아 올빼미처럼 나를 바라보기만 했다.

나는 씩 웃고 책상 위에 살짝 상체를 기댔다. "아, 그게 마음에 걸렸군. 그 집에 내가 왜 갔는지, 기껏 가서는 왜 경찰에 신고를 하지 않았는지 그걸 몰라서 말이야. 이유는 간단해. 그냥 아무도 모르는 일이라고 생각했기 때문이지."

"서로 실없는 소리는 그만하지?" 매더가 씁쓸하게 말했다.

"그래." 내가 말했다. "그럼 진주에 대해 이야기해 볼까? 그럼 되겠지?"

그의 눈이 반짝였다. 흥분할 듯했지만 흥분하지 않았다. 그저 목소리를 낮추고 차갑게 말했다. "캐럴이 어느 날 밤 그 꼬마를 꾀었어. 미친 꼬맹이가 코카인에 떡이 됐는데, 골통 속의 옛 기억을 곱씹더란 말이지. 녀석은 진주에 대해 말하곤 했지. 서북부인가 캐나다인가에 사는 어떤 영감에 대한 이야기였어. 오래전에 진주를 훔쳤는데 지금도 그걸 가지고 있다는 거야. 다만 그 영감이 누구인지, 어디에 사는지는 말하려고 하질 않았어. 그 대목에선 교활했지. 끝까지 입을 열지 않았거든. 왜 그랬는지는 나도 몰라."

"제 발바닥을 태우고 싶었던 거지." 내가 말했다.

매더의 입술이 파르르 떨리더니 머리칼 속에 다시 진땀이 비쳤다.

"내가 그런 게 아니야." 그가 쉰 목소리로 말했다.

"당신이 그랬든 캐럴이 그랬든 무슨 상관이야? 어쨌든 그는 죽었어. 경찰은 살인이라고 생각할 거고. 당신은 알고 싶었던 것을 알아내지 못했지. 내가 여기 오게 된 것도 그 때문인데, 당신은 자기가 갖지 못한 정보를 내가 갖고 있는 줄 알고 있겠지? 천만에. 내가 다 알고 있다면 여기 오기나 했을까? 당신이 다 알고 있다면 나를 이리 불렀을까? 안 그래?"

그는 상처 입은 사람처럼 아주 천천히, 머쓱하게 웃었다. 그는 자리에서 엉거주춤 일어나서, 책상 옆의 안쪽 서랍을 열고, 멋진 갈색 병을 꺼내 책상에 올려놓았다. 줄무늬 유리잔도 두 개 꺼냈다. 그가 나지막이 말했다. "반타작하지. 그쪽과 내가. 캐럴은 뺄 거야. 그녀는 너무 거

칠어, 말로. 거친 여자를 많이 봤지만, 그녀는 푸른 산화 피막 처리를
한 철갑판 같은 여자야. 외모만 봐선 그런 생각이 들지 않겠지?"

"내가 그녀를 본 적이 있던가?"

"봤을 거야. 당신이 봤다고 그녀가 말하더군."

"아, 닷지 쿠페에 타고 있던 여자."

그가 고개를 끄덕이고, 두 잔에 술을 가득 따라서는 병을 내려놓고
일어섰다. "물? 나는 물을 좀 타서 마시겠어."

"아니." 내가 말했다. "그런데 나는 왜 끼워 넣는 거지? 나는 당신이
언급한 것 이상을 알지 못해. 알아 봐야 아주 조금뿐이지. 나는 당신이
생각하는 것만큼 많이 알지 못해."

그는 술잔 너머로 나를 힐끔 바라보았다. "리앤더 진주를 찾아 주면
5만 달러를 벌 수 있는 곳을 나는 알고 있어. 그쪽이 받을 수 있는 것
의 두 배를. 그러니 원래의 당신 몫을 주고도 나는 내 몫을 챙길 수 있
지. 그쪽은 탐정 간판을 갖고 있잖나. 내가 공개적으로 일을 하려면 그
게 필요해서 말이야. 물 좀 타지그래?"

"물은 필요 없어." 내가 말했다.

그는 붙박이 수도꼭지가 있는 곳으로 가서 물을 틀고 잔에 반쯤 받
아 돌아왔다. 그는 다시 자리에 앉아 씩 웃고는 잔을 들었다.

우리는 마셨다.

5

지금까지 나는 꼭 네 가지 실수를 했다. 첫 번째로, 비록 캐시 혼 때

문이기는 하지만 어쨌든 이 사건에 발을 들여놓았다는 것이 실수였다. 두 번째는 필러 마도가 죽은 것을 발견한 후에도 여전히 발을 빼지 않았다는 것이다. 세 번째는 러시 매더로 하여금 그가 얘기한 것에 대해 내가 알고 있다는 사실을 알게 한 일이다. 네 번째 최악의 실수는 위스키를 마셨다는 것이다.

목으로 넘길 때부터 맛이 수상했다. 그가 해롭지 않은 것으로 자기가 마실 것을 바꿔치기했다는 것을 안 순간 그것은 아주 명백해졌다.

나는 여전히 손에 빈 잔을 든 채 잠시 가만히 앉아 정신을 차리려고 했다. 매더의 얼굴이 점점 커지며 달덩이처럼 둥글고 흐릿해지기 시작했다. 그가 나를 지켜보는 동안 그의 찰리 챈 수염이 씰룩거렸다.

나는 바지 뒷주머니에 대충 뭉쳐서 쑤셔 넣어둔 손수건을 꺼냈다. 그 안에 있는 작은 가죽 곤봉을 그는 보지 못한 것 같았다. 아무튼 매더는 외투 아래 한 손을 찔러 넣은 채 움직이지 않았다.

나는 일어서서 만취한 것처럼 앞으로 몸을 휘청거리며 그의 정수리를 정통으로 가격했다.

그가 컥 소리를 질렀다. 그는 일어서려고 했다. 나는 그의 턱을 후려쳤다. 그가 비틀거리며 외투 아래 넣었던 손을 빼고 허우적거리며 책상 위에 놓인 유리잔을 쓰러뜨렸다. 나는 마비가 되어 욕지기가 치미는 것을 참으며 쓰러진 잔을 세워 놓고 말없이 서서 주위의 소리에 귀를 기울였다.

그리고 쪽문으로 다가가서 손잡이를 돌렸다. 잠겨 있었다. 나는 계속 비틀거리면서 사무실 의자를 하나 끌어다 문손잡이 아래 괴어 놓았다. 그리고 숨을 헐떡이며 문에 기대서서 이를 악물고 어리석은 나 자신을 욕했다. 그러다 수갑을 꺼내 들고 다시 매더에게 돌아갔다.

그때 검은 머리에 회색 눈의 아주 예쁜 여자가 옷장에서 나오며 32 구경으로 나를 쿡 찔렀다.

　그녀는 단추가 많이 달린 푸른 정장을 입고 있었다. 뒤집은 접시 모양의 모자가 이마를 가로지르고 있었다. 빛나는 검은 머리칼이 양옆으로 보였다. 푸른빛이 도는 회색 눈은 차가웠지만 그래도 발랄해 보였다. 생기 있고 젊고 우아한 얼굴이 조각 같았다.

　"그만해, 말로. 그만 누워서 잠이나 자. 당신은 할 만큼 했어."

　나는 가죽 곤봉을 휘두르다가 그녀 쪽으로 쓰러졌다. 그녀는 고개를 내둘렀다. 그녀의 얼굴이 움직이자 내 눈 앞에서 갑자기 얼굴이 커졌다. 얼굴 윤곽이 변하며 흔들렸다. 그녀의 손에 들린 총이 터널로 보이다가 때로는 이쑤시개로 보였다.

　"바보처럼 굴지 마, 말로." 그녀가 말했다. "당신이 몇 시간 푹 자면, 우리가 몇 시간 앞서겠지. 내가 총을 쏠 일이 없게 해 줘. 안 그러면 쏠 거야."

　"제기랄. 정말 쏘겠군." 내가 중얼거렸다.

　"그렇고말고. 나는 내 맘대로 살고 싶은 여자거든. 이제 좀 낫군. 앉아."

　방바닥이 일어서서 나를 들이받았다. 나는 거친 바다에 뗏목을 타고 앉아 있는 것 같았다. 두 손바닥으로 힘겹게 몸을 떠받쳤다. 바닥이 거의 느껴지지 않았다. 손에 감각이 없었다. 아니, 몸뚱이 전체가 무감각했다.

　나는 여자를 노려보려고 했다. "하아! 레, 레이디 키, 킬러라니!" 나는 낄낄거렸다.

　그녀는 들릴락 말락 하게 나지막이 차가운 웃음을 던졌다. 이제 내 머리에서 북 치는 소리가 나고 있었다. 먼 정글에서 울리는 전쟁의 북소리 같았다. 빛과 어둠이 물결치고, 우듬지에 부는 바람 같은 소리가 났다. 나는 눕고 싶지 않았다. 나는 누웠다.

여자의 음성이 아주 멀리서 요정의 소리처럼 들려왔다.

"반반 어때, 응? 저치는 내 방식을 좋아하지 않겠지만. 비대하고 말랑한 저 심장에 이상이 없어야 할 텐데. 그거야 두고 보면 알겠지."

의식이 표류할 때 마치 총소리 같이 먹먹한 소리가 울렸다. 그녀가 매더에게 한 방 쏘아서 그런 것이었으면 싶었지만, 그것이 아니었다. 그녀가 나를 잠재운 것이다. 내 가죽 곤봉으로.

다시 정신을 차렸을 때는 밤이었다. 머리 위에서 뭔가 묵직하게 쿵쿵거리는 소리가 들렸다. 책상 너머 열린 창을 통해 어떤 건물의 위쪽에 비친 노란 불빛이 보였다. 다시 쿵 하는 소리가 들리고 불빛이 사라졌다. 지붕 위의 광고 간판이었다.

나는 수렁에서 빠져나오려는 사람처럼 바닥에서 몸을 일으켰다. 세면대까지 허우적거리고 가서 얼굴에 물을 뿌렸다. 정수리가 욱신거려서 얼굴을 찡그리고 다시 현관으로 허우적거리며 돌아가 전등 스위치를 찾았다.

책상 주위에 서류가 흩어져 있고, 부러진 연필들과 봉투들, 빈 갈색 위스키 병, 담배꽁초와 재가 어질러져 있었다. 허겁지겁 파헤친 서랍들의 잔해였다. 굳이 그 내용을 살펴보지 않았다. 사무실을 벗어나 덜컹거리는 승강기를 타고 거리로 나와, 자연스레 술집으로 들어가 브랜디를 한잔하고, 내 차를 타고 집으로 향했다.

옷을 갈아입고 가방을 꾸린 후, 위스키를 좀 들이켜고 전화를 받았다. 9시 반 무렵이었다.

캐시 혼의 목소리가 울렸다. "당신 아직 떠나지 않았군요. 그러길 바랐어요."

"지금 혼자 있어?" 내가 물었다. 아직 목소리가 탁했다.

"그래요. 하지만 좀 전까진 아니었어요. 몇 시간 동안 경찰들이 바글거렸죠. 아주 친절하고 배려가 깊던데요? 해묵은 원한쯤으로 생각하더군요."

"그럼 지금은 아마 도청되고 있겠지." 내가 툴툴거렸다. "내가 어디로 떠날 거라고 누가 그랬어?"

"아, 그건, 당신의 여자가 말해 주었어요."

"검은 머리의 여자? 아주 쌀쌀맞고? 캐럴 도노반이라는 이름의?"

"그녀가 당신의 명함을 갖고 있던데요. 그렇다는 것은 그러니까……"

"나한테 여잔 없어." 내가 침울하게 말했다. "그리고 보나 마나 당신은 아주 무심코, 그저 지나가는 소리로, 북쪽 어느 도시 이름을 말했을 거야. 안 그래?"

"그, 그랬어요." 캐시 혼이 맥없이 인정했다.

나는 북쪽으로 가는 야간 비행기를 탔다.

머리가 욱신거리고 얼음물이 마시고 싶은 맹렬한 갈증에 시달렸다는 것만 빼고는 멋진 여행이었다.

6

워싱턴 주 올림피아의 의사당로에 자리 잡은 스노�퀼미 호텔은 도시에서 흔히 볼 수 있는 네모반듯한 공원 구역을 마주하고 있었다. 나는 커피숍 문을 열고 나와 언덕을 걸어 내려가서, 퓨젓사운드 만의 가장 끝, 가장 외딴 곳으로 향했다. 폐기된 부두의 해안선이 끊긴 곳이었다. 1.2미터 길이로 자른 장작이 부두 앞쪽에 가득 쌓여 있고, 노인들이 그 무더기들 중앙에서 빈둥거리거나, 입에 파이프를 물고 궤짝에 걸터앉아 있었다. 그들 뒤에 있는 간판에는 이렇게 쓰여 있었다. "장작과 불쏘시개. 무료 배송."

그 뒤로는 야트막한 벼랑이 솟아 있고, 청회색 하늘을 배경으로 북부의 광대한 소나무 숲이 어스레하게 펼쳐져 있었다.

6미터쯤 거리를 두고 마주 놓인 궤짝에 노인 둘이 외면한 채 앉아 있었다. 나는 한 노인에게 다가갔다. 그는 검은색과 붉은색의 체크무늬였음직한 빛바랜 매키노 모직 반코트에 코듀로이 바지를 입고 있었다. 중절모에는 스무 해 여름의 땀이 배어 있었다. 한 손에는 짧고 검은 파이프를 들고, 더러운 다른 손으로는 천천히 조심스레, 그리고 열광적으로, 코에서 삐져나온 긴 꼬부랑 코털을 잡아채곤 했다.

나는 궤짝을 모로 세워 놓고 걸터앉아, 내 파이프에 담배를 채우고 불을 댕긴 후 연기를 한 모금 내뿜었다. 나는 한 손으로 바닷물을 가리키며 말했다. "저 물이 태평양을 만난 적 있다는 생각을 해 보신 적 있습니까?"

노인이 나를 바라보았다.

내가 말했다. "여기처럼 막다르고 조용하고 아늑한 곳. 저는 이런 곳을 좋아합니다." 노인은 계속 나를 바라보았다.

"이런 곳에서 오래 산 사람이라면 이 동네와 근처 마을의 모든 사람을 다 알 겁니다. 돈을 걸어도 좋아요."

그가 말했다. "얼마 걸 건데?"

나는 주머니에서 1달러 은화를 하나 꺼냈다. 이곳 사람들은 아직도 은화를 더러 사용했다. 노인은 은화를 건너다보고, 고개를 주억거리고는 갑자기 긴 코털을 잡아채 위로 쳐들고 바라보았다.

"자네가 질걸?" 그가 말했다.

나는 은화를 내 무릎에 내려놓았다. "이 주변에서 금붕어를 많이 기르는 사람을 아십니까?" 내가 물었다.

노인이 은화를 빤히 바라보았다. 근처에 있는 다른 노인은 헐렁한 작업복 차림에 끈이 없는 신발을 신고 있었다. 그 노인도 은화를 바라보았다. 두 노인이 동시에 침을 뱉었다. 처음의 노인이 말했다. "가는 귀먹었어." 노인은 천천히 일어서서 들쭉날쭉한 널빤지로 지은 오두막으로 다가갔다. 그가 그 안으로 들어가 문을 쾅 닫았다.

두 번째 노인은 부루퉁하니 도끼를 툭 내던지고, 닫힌 문 쪽으로 카악 침을 뱉더니 장작더미 사이로 사라졌다.

오두막 문이 열리고, 매키노 코트를 입은 노인이 고개를 빠끔 내밀었다.

"여긴 시궁창 게들밖에 없어." 그렇게 말하고는 다시 문을 쾅 닫았다.

나는 주머니에 은화를 집어넣고 다시 언덕을 올라갔다. 이곳 노인들의 말을 알아들으려면 시간깨나 걸릴 것 같았다.

의사당로는 남북으로 뻗어 있었다. 회녹색 전차가 텀워터라는 곳까지 왕복 운행을 하고 있었다. 멀리 주정부 청사가 보였다. 의사당로 북쪽으로 호텔 두 곳과 몇몇 가게를 지나 좌우로 길이 갈라졌다. 오른쪽은 터코마와 시애틀로 가는 길이었다. 왼쪽 길은 다리 건너 올림픽 반도로 향했다.

이 좌우의 갈림길 너머에서 거리가 갑자기 낡고 누추해졌다. 아스팔트 포장이 깨져 있고, 중국집이 하나, 판잣집 극장이 하나, 그리고 전당포가 하나 있었다. 비포장 보도 위로 돌출한 간판 하나에는 "담배 가게"라고 쓰여 있고, 그 아래에 아무도 읽기를 바라지 않는다는 듯이 작은 글자로 "당구장"이라고 쓰여 있었다.

나는 대중잡지 판매대와 안에서 파리가 날아다니는 시가 진열장을 지나 안으로 들어갔다. 왼쪽으로는 긴 나무 카운터 하나와 슬롯머신 몇 대, 당구대 하나가 있었다. 세 사람이 슬롯머신을 하고 있었고, 긴 코에 턱이 없는 장신의 말라깽이 남자가 불 꺼진 시가를 물고 혼자 당구를 치고 있었다.

나는 스툴에 앉았다. 살벌한 눈빛을 한 대머리 남자가 계산대 뒤의 의자에서 일어나 두꺼운 회색 앞치마에 두 손을 닦고 내게 금니를 드러냈다.

"호밀 위스키 한 잔 주시오. 금붕어를 기르는 사람을 아십니까?" 내가 말했다.

"그러지. 모르겠소." 그가 말했다.

그가 카운터 뒤에서 뭔가를 따라 두꺼운 유리잔을 밀어 주었다.

"25센트요."

나는 냄새를 맡고 코를 찡그렸다. "'그러지'라고 말한 호밀 위스키 정체가 뭐요?"

대머리 남자가 커다란 병을 들어 보였다. 라벨에 "딕시 스트레이트 호밀 위스키, 최소 4개월 이상 보장"이라고 쓰여 있었다.

"알겠소." 내가 말했다. "이제 막 들어온 거군."

나는 물을 좀 타서 마셨다. 콜레라 배양액 같은 맛이 났다. 나는 카운터에 25센트를 내려놓았다. 바텐더가 얼굴을 돌려 금니를 드러내며 우악스러운 두 손으로 카운터를 잡고 내게 턱을 내밀었다.

"아까 금붕어는 뭔 소리요?" 거의 나긋한 음성으로 그가 물었다.

"나는 방금 이사 왔소." 내가 말했다. "앞유리창을 꾸밀 금붕어를 찾고 있지. 금붕어."

바텐더가 아주 천천히 말했다. "내가 금붕어를 기르는 사람을 알 만한 사람으로 보이나?" 그는 얼굴이 하얀 편이었다.

혼자 당구를 치던 코가 긴 남자가 큐를 걸어 놓고 내 옆으로 와서 카운터에 5센트를 던졌다.

"오줌 지리지 말고 콜라나 한 잔 줘." 그가 바텐더에게 말했다.

바텐더가 힘겹게 카운터에서 몸을 떼어 냈다. 나는 나무 표면에 흠집이라도 나지 않았는지 내려다보았다. 그는 콜라를 꺼내 거품 제거용 막대로 휘저어 탄산을 좀 제거한 후 카운터에 내려놓고, 심호흡을 한 번 하고는 코로 숨을 내뿜고 투덜거리더니 "화장실"이라고 쓰인 문으로 사라졌다.

코가 긴 남자가 콜라를 집어 들고 카운터 안쪽의 더러운 거울을 들여다보았다. 그의 입 왼쪽이 살짝 뒤틀리더니 그 사이로 희미한 말소리가 흘러나왔다. "필러는 안녕한가?"

나는 엄지와 검지를 코에 대고 킁킁 흡입하는 시늉을 하고는 슬프게 고개를 내둘렀다.

"약깨나 하나 보군?"

"그래." 내가 말했다. "그쪽 이름은 들어 보지 못했는데?"

"선셋이라고 불러 줘. 나는 항상 서쪽으로 가거든. 그가 아무 말도 하지 않을 줄 알았지."

"그는 앞으로도 침묵할 거야." 내가 말했다.

"자네 이름은 뭐지?"

"엘 파소의 도지 윌리스." 내가 말했다.

"어디 묵고 있지?"

"호텔."

그는 빈 잔을 내려놓았다. "앞장서 봐."

7

우리는 내 방으로 올라가서 각자 스카치와 진저에일 잔을 앞에 두고 마주 보고 앉았다. 선셋은 눈동자가 안으로 치우친 모들뜨기 눈으로 무덤덤하게 나를 잠깐씩 뜯어보다가 아주 골똘히 바라보았다.

나는 술을 음미하며 기다렸다. 마침내 그가 입술을 움직이지 않고 "감방" 하고 목으로만 말했다. "왜 필러가 직접 오지 않았지?"

"그가 여기 와서 머물지 못하는 것과 같은 이유야."

"그게 무슨 뜻이지?"

"직접 알아봐." 내가 말했다.

그는 내가 뭔가 의미 있는 말을 했다는 듯 고개를 주억거렸다. "얼마나 받을 수 있지?"

"2만 5천."

"죽이는군." 선셋이 무례할 만큼 열띤 목소리로 말했다.

나는 등을 기대고 앉아 담배에 불을 댕기고, 열린 창문 쪽으로 연기를 내뿜고는 산들바람이 연기를 낚아채서 흩어 놓는 것을 지켜보았다.

"이봐. 그런데 난 그쪽에 대해 전혀 몰라. 말만 번드레한 사기꾼일 수도 있지. 내가 어찌 알겠어?" 선셋이 툴툴거렸다.

"왜 나를 못 믿고 갈구는 거야?" 내가 물었다.

"암호는 알고 있겠지, 응?"

도박을 해야 할 때였다. 나는 그를 향해 씩 웃었다. "그래. 금붕어가 암호였어. 담배 가게가 약속된 장소였고."

무표정한 그의 얼굴로 보아 내 짐작이 옳았음을 알 수 있었다. 혹시나 했지만 천만다행이 아닐 수 없었다.

"그래, 그럼 다음 계획은 뭐지?" 선셋이 물었다. 그는 잔에서 꺼낸 얼음 조각 하나를 빨다가 와작 씹었다.

나는 웃었다. "그래, 선셋, 자네가 조심성이 많은 걸 보니 마음에 들어. 우린 몇 주 동안 내내 이렇게 계속할 수도 있겠지. 하지만 카드를 까자고. 그 영감은 어디 있지?"

선셋은 입을 앙다물더니 입술에 침을 바르고는 다시 입을 앙다물었다. 그는 천천히 잔을 내려놓고 오른손을 허벅지 쪽으로 늘어뜨렸다. 나는 실수를 했다는 것을 알아차렸다. 필러는 영감이 어디 있는지 알고 있었다. 그러니 나도 알고 있어야 했다.

선셋의 음성은 내가 실수했다는 사실을 전혀 드러내지 않았다. 그가 역공을 했다. "내가 카드를 까 보이지 않는다고 말하면서도 자네는 느긋하게 앉아서 내 카드를 다 읽고 있군그래? 난 더 보여 줄 카드가 없어."

"그럼 이건 어때? 필러가 죽었어." 내가 사납게 말했다.

그의 눈썹 하나와 한쪽 입꼬리가 움찔했다. 눈동자는 전보다 살짝 더 썰렁해진 듯했다. 목소리는 한 손가락으로 마른 가죽을 긁듯 조금 까칠해졌다.

"왜?"

"자네들이 몰랐던 경쟁 때문이겠지." 나는 등을 기대고 씩 웃었다.

권총이 햇살을 받아 부드러운 금속성 청색을 띠었다. 나는 그것이 어디서 나타났는지 보지 못했다. 나를 향한 총구는 둥글고 검고 공허했다.

"웃기는 소릴 하고 자빠졌군." 선셋이 생기 없이 말했다. "나는 사기꾼한테 당할 만큼 호락호락한 놈이 아니야."

나는 잘 보이도록 일부러 오른손이 바깥으로 나오도록 팔짱을 끼었다.

"내가 속이려고 했다면 또 모를까. 하지만 아니야. 필러는 어떤 여자와 놀았는데, 그 여자가 그에게서 제법 정보를 짜냈어. 영감이 어디 있는지는 그가 말하지 않았지. 그래서 그 여자가 왈패를 하나 데리고 필러가 사는 곳으로 찾아갔지. 그들은 필러의 발바닥에 다림질을 했어. 필러는 그 충격으로 죽고 말았지."

선셋은 무덤덤해 보였다. "아직 내 귀에는 빈 방이 많아." 그가 말했다.

"나도 마찬가지야." 나는 갑자기 화가 난 척 버럭 소리를 질렀다. "자네는 여태 의미 있는 말은 한마디도 하지 않았어. 필러를 안다는 것 빼고는 말이야."

그는 방아쇠 고리에 낀 손가락으로 권총을 빙글빙글 돌리며 묵묵히 바라보았다. "사이프 영감은 웨스트포트에 있어." 그가 심드렁하게 말했다. "그걸 안다고 무슨 의미가 있나?"

"물론이지. 그가 진주를 갖고 있었나?"

"그걸 내가 어떻게 알겠어?" 그는 다시 권총을 똑바로 잡고 허벅지로 내려뜨렸다. 이제는 총구가 나를 겨누지 않았다. "자네가 말한 경쟁자는 어디 있지?"

"그들의 미행을 따돌리려고 했는데 확신할 순 없어. 이제 손을 내리고 술 좀 마셔도 되겠나?"

"그래, 마셔. 자네는 어쩌다 이 일에 끼어들었지?"

"필러는 감방에 있는 내 친구의 아내가 사는 집에 묵었어. 정직하고 믿을 수 있는 여자지. 그가 그녀를 일에 끌어들였고, 그녀가 그 사실을 내게 전했어. 나중에 말이야."

"사고 후에? 자네 몫은 얼마지? 반은 내 몫으로 정해져 있어."

나는 술을 마시고 빈 잔을 치웠다. "엿 같군."

총구가 살짝 들렸다가 다시 내려갔다. "모두 몇 명이야?" 그가 딱딱하게 말했다.

"셋. 필러가 빠졌으니까. 그리고 그 경쟁자만 따돌릴 수 있다면."

"발바닥을 다림질하는 놈들? 그건 문제없어. 어떤 놈들이지?"

"남자 이름은 러시 매더야. 남부의 악덕 변호사, 50세, 뚱뚱하고, 아래로 꼬부라진 가는 콧수염을 길렀고, 갈색 머리에 정수리는 대머리고, 173센티미터, 82킬로그램, 깡다구는 별로 없어. 여자는 캐럴 도노반, 검은 머리, 긴 곱슬, 회색 눈, 예쁘고, 얼굴이 작고, 25세에서 28세 사이, 155센티미터, 54킬로그램쯤, 마지막으로 보았을 때 파란 옷을 입었고, 한마디로 철의 여인이지."

선셋은 냉담하게 고개를 끄덕이고 총을 치웠다. "그녀가 낯짝을 들이밀면 좀 말랑하게 주물러 주지." 그가 말했다. "집에 내 고물차가 한 대 있어. 웨스트포트 쪽으로 바람이나 쐬러 가서 한번 찔러 보자고. 자네가 금붕어 이야기로 좀 쉽게 다가갈 수 있을지도 모르지. 영감이 금붕어에 미쳤다고들 하니까 말이야. 나는 뒤에 숨어 있을 거야. 나한테는 영감이 워낙 감방의 현자 같아서 말이지. 영감은 나한테서 감방 냄새가 나는 걸 다 안다니까."

"대단하군. 사실 내가 금붕어광이긴 해." 내가 진심으로 말했다.

선셋이 술병을 들어 두 손가락 높이만큼 스카치를 따르고 병을 내려놓았다. 그는 일어서서 옷깃을 잡아채 바로 세우고 볼품없는 턱을 한껏 앞으로 내밀었다.

"하지만 실수해선 안 돼, 친구. 귀찮은 짓을 해야 할 수도 있어. 은밀한 곳에 잠적해서 손가락을 좀 비틀어 줘야 할 수도 있고, 강탈을 해야 할 수도 있어."

"상관없어." 내가 말했다. "우리 뒤엔 보험사가 있으니까."

선셋은 조끼 끝을 홱 잡아 내리고 가는 목덜미를 문질렀다. 나는 모자를 쓰고, 앉아 있던 의자 옆에 두었던 가방에 스카치 병을 담고, 창가로 가서 창문을 닫았다.

우리는 출입구로 향했다. 내가 문손잡이를 막 잡는 순간 손잡이가 흔들렸다. 나는 선셋에게 벽 쪽으로 물러서라고 고갯짓을 했다. 잠시 문을 응시하자 곧 문이 열렸다.

두 자루의 권총이 먼저 들어섰다. 거의 같은 높이였는데, 하나는 32

구경이고, 또 하나는 큼직한 스미스 앤드 웨슨이었다. 둘 다 나란히 문을 통과할 수는 없어서 여자가 먼저 들어왔다.

"반가워, 능력자 아저씨. 시계가 제로야. 아저씨가 능력 좀 보여 줘야겠어." 그녀가 건조하게 말했다.

8

나는 천천히 방 안으로 물러섰다. 방문객 두 명은 양쪽에서 나를 밀어붙였다. 나는 가방에 발이 걸려 엉덩방아를 찧고 신음을 하며 옆으로 굴렀다.

선셋이 태연하게 말했다. "둘 다 손들어. 얌전히, 어서!"

나를 굽어보던 두 사람이 고개를 홱 돌리는 순간 나는 권총을 뽑아 옆구리에 감추고 계속 신음을 했다.

잠시 침묵이 감돌았다. 어떤 총소리도 들리지 않았다. 입구의 문은 여전히 활짝 열려 있었고, 선셋은 벽에 바짝 붙어 있었다.

여자가 입을 앙다물고 말했다. "저 탐정을 맡아, 러시. 문 닫고. 저 말라깽이가 여기서 총을 쏠 수는 없어. 총은 아무도 못 쏴." 그리고 그녀는 내가 거의 들을 수 없을 만큼 작게 속삭이는 소리로 덧붙여 말했다. "문을 세게 닫아!"

러시 매더는 스미스 앤드 웨슨을 내게 겨눈 채 뒷걸음질했다. 그의 뒤에는 선셋이 있었고, 그것이 신경 쓰인 그는 눈알을 굴렸다. 나는 간단히 그에게 총알을 박을 수도 있었지만, 할 만한 짓은 아니었다. 선셋은 두 다리를 벌리고 서서 혀를 삐죽 내밀었다. 그의 밋밋한 눈가에 주름살이 잡혔다. 미소라고도 할 수 있을 묘한 표정이었다.

그는 여자를 노려봤고, 여자는 그를 노려봤다. 두 사람의 총구가 서로를 노려봤다.

문에 이른 러시 매더가 문틀을 잡고 힘주어 문을 닫았다. 무슨 일이 벌어질 것인지 나는 정확히 알아차렸다. 문이 쾅 닫힐 때 32구경이 불을 뿜을 것이다. 정확한 순간을 노리면 총소리가 울려 퍼지지 않을 것이다. 문이 닫히는 소리에 총성이 묻혀 버릴 테니까.

나는 팔을 뻗어 캐럴 도노반의 발목을 잡고 와락 끌어당겼다.

문이 쾅 닫혔다. 발사된 총알이 천장에 박혔다.

그녀는 발을 내지르며 내게 몸을 돌렸다. 선셋이 단호하면서도 다소 느긋하게 말했다. "꼭 그래야겠다면 그래야겠지. 갑시다!" 그의 콜트 공이치기가 딸깍 뒤로 젖혀졌다.

그의 음성에 어린 무엇인가가 캐럴 도노반을 진정시켰다. 그녀는 긴장을 풀고 자동 권총을 옆구리에 찔러 넣고 내게서 물러서며 나를 사납게 노려보았다.

매더가 문 열쇠를 돌리고 문짝에 기대 거칠게 숨을 몰아쉬었다. 그의 모자가 삐딱하게 한쪽 귀를 덮고, 챙 아래로 두 개의 반창고 끄트머리가 살짝 보였다.

그동안 아무도 움직이지 않았다. 바깥 복도에서는 아무런 발소리도 들리지 않았고, 놀라서 소란을 떠는 사람도 없었다. 나는 무릎을 꿇은 채 상체를 일으키고 권총을 눈에 띄지 않게 집어넣은 후, 똑바로 일어서서 창가로 다가갔다. 아래 보도에서 스노퀄미 호텔을 올려다보는 사람은 아무도 없었다.

나는 널따란 구식 창틀에 앉아, 마치 성직자한테 욕이라도 들은 듯 다소 황당한 표정을 지었다.

여자가 내게 불쑥 쏘아붙였다. "이 문둥이가 당신의 파트너야?"

나는 대답하지 않았다. 그녀의 얼굴이 천천히 붉어지더니 두 눈이 이글거렸다. 매더가 한 손을 내밀며 곤혹스러워했다. "이봐, 캐럴, 내 말 좀 들어 봐. 이런 식으로 굴면 곤란……"

"닥쳐!"

"그래, 그러지." 매더가 쉰 목소리로 말했다.

선셋이 여자를 서너 번 나른하게 건너다보았다. 그는 권총 손잡이를 엉치뼈에 편안히 얹은 채 조금도 긴장한 기색이 없었다. 그가 일단 총을 뽑은 것을 본 이상, 나는 그녀가 바보 같은 짓을 하지 않기를 바랐다.

그가 천천히 말했다. "그쪽 두 사람에 대해서는 이미 들었어. 그쪽은 뭘 제안할 거지? 그런 걸 듣기는 싫지만, 총질했다는 혐의를 받을 순 없어서 말이야."

여자가 말했다. "네 사람이라도 만족할 만큼 나눠 가질 수 있어." 매더가 커다란 머리를 정열적으로 끄덕이며 미소를 짓기까지 했다.

선셋이 나를 힐끔 바라보았다. 나는 고개를 끄덕였다. "네 사람이나." 그가 한숨을 내쉬었다.

"하지만 그게 최선이야. 다 같이 내 숙소로 가서 입가심이나 하자고. 난 이곳이 마음에 안 들어."

"우린 심플해 보여야 해." 여자가 통명스럽게 말했다.

"죽여 버리면 심플해." 선셋이 느긋하게 말했다. "그렇게 하는 놈들을 난 많이 봤어. 그래서 대화를 해야 하는 거지. 이건 총질할 일이 아니야."

314

캐럴 도노반이 왼쪽 옆구리의 스웨이드 가방을 벌리고 32구경을 안에 찔러 넣었다. 그녀가 빙그레 웃었다. 웃는 모습이 예뻤다.

"난 거기에 걸었어. 그러자고." 그녀가 조용히 말했다. "장소는 어디야?"

"아웃워터 가. 택시*를 타고 갈 거야."

"앞장서, 노름쟁이."

우리는 방을 나와 승강기를 타고 내려갔다. 넷이 다정한 모습으로 사슴과 새들의 박제와 말린 야생화 액자들이 즐비한 로비를 지났다. 의사당로를 벗어난 택시는 광장을 지나, 의사당을 제외하고는 시내에서 지나치게 크다 싶은 빨간 아파트 건물을 지났다. 의사당 건물들과 닫혀 있는 시장 관저의 높다란 대문이 멀어졌다.

보도 양쪽에는 참나무가 늘어서 있었다. 정원을 둘러싼 담장 너머로 큼직한 저택들이 몇 채 보였다. 택시는 그것들을 재빨리 지나 퓨젓사운드로 이어진 도로 쪽으로 방향을 틀었다. 잠시 후 커다란 나무들 사이의 좁은 개간지에 집 한 채가 나타났다. 나무들 뒤로 멀리서 바닷물이 반짝였다. 그 집은 현관에 지붕을 올렸고, 잡초와 웃자란 관목들이 우거진 채 방치된 작은 잔디밭이 딸려 있었다. 비포장 진입로 끝에 헛간이 한 채 있고, 그 안에 고풍스러운 오픈카가 웅크리고 있었다.

우리는 택시에서 내렸고, 내가 요금을 냈다. 우리 네 사람은 몸을 숨기고 그 집을 유심히 지켜보았다. 그러다 선셋이 말했다. "내 숙소는 2층이야. 아래층에는 학교 선생이 한 명 살고 있지. 그녀는 집에 없어. 자, 올라가서 입가심을 하자고."

* 택시를 뜻하는 구어 hack을 살려 표현했다.

우리는 잔디를 가로질러 현관으로 갔다. 선셋이 문을 활짝 열고 좁은 계단을 가리켰다.

"숙녀 먼저. 앞장서, 예쁜이. 이 도시에서는 아무도 문을 잠그지 않아."

여자가 그를 쏘아보고는 그를 지나쳐서 계단을 올라갔다. 다음에 내가 올라가고, 매더에 이어 마지막으로 선셋이 올라갔다.

2층의 대부분을 차지한 원룸은 나무에 가려 어두웠다. 지붕창이 하나, 지붕의 경사면 아래 접힌 널따란 침대 겸용 소파, 식탁, 고리버들 의자 몇 개, 작은 라디오가 있고, 중앙에는 둥그런 검정 스토브가 놓여 있었다.

선셋이 작은 부엌 쪽으로 가서 네모난 병과 잔을 몇 개 들고 돌아왔다. 그는 술잔들을 채운 후 하나를 집어 들고 나머지는 식탁에 놓아두었다.

우리는 각자 잔을 챙겨 들고 자리에 앉았다.

선셋이 잔을 단숨에 비우고 허리를 숙여 바닥에 내려놓고는 콜트를 꺼내 들고 허리를 세웠다.

갑작스러운 싸늘한 침묵 속에서 매더가 침을 삼키는 소리가 들렸다. 웃음이라도 터트릴 듯 여자의 입이 씰룩거렸다. 그러다 그녀가 앞으로 몸을 숙이고 잔을 쥔 왼손을 핸드백 위에 얹었다.

선셋의 입이 가늘게 일직선으로 찢어졌다. 그가 천천히 조심스레 말했다. "발바닥을 태워 먹었다지, 엉?"

매더가 마른침을 삼키며 통통한 두 손을 천천히 펴기 시작했다. 그를 향해 총구가 홱 돌아갔다. 그가 두 무릎에 손을 얹고 슬개골을 움켜쥐었다.

선셋이 노곤한 음성으로 말을 이었다. "잡것들이 무슨 자백을 받으려고 사람 발을 태워 먹고서, 뻔뻔하게 그의 친구 집 거실로 들어오다니. 그 발에 크리스마스 리본이라도 묶어서 오지 그랬어?"

매더가 발작하듯 말했다. "지, 진정해. 어, 어떻게 보상을 해 줄까?" 여자는 살짝 미소를 지을 뿐 아무런 말도 하지 않았다.

선셋이 씩 웃었다. "밧줄." 그가 부드럽게 말했다. "물에 적셔서 단단히 매듭을 지어 칭칭 묶어 놓을 거야. 그런 다음 나랑 내 친구는 너희들이 진주라고 부르는 반딧불이를 잡으러 갈 거야. 그리고 나중에 돌아와서……" 그는 말을 멈추고 목울대를 왼손으로 쓱 그었다. "내 생각 어때?" 그가 나를 슬쩍 바라보았다.

"좋아, 하지만 노래를 부를 것까진 없어." 내가 말했다. "밧줄은 어디 있지?"

"서랍장에." 선셋이 대답하며 한쪽 귀로 구석을 가리켰다.

나는 칸막이들을 지나 그쪽으로 향했다. 매더가 갑자기 신음을 토하더니 눈알을 뒤집고 의자에서 앞으로 고꾸라지면서 그대로 기절했다.

선셋이 화들짝 놀랐다. 어리석게도 그런 일을 전혀 예상치 못한 것이다. 그가 오른손을 왝 돌려서 콜트로 매더의 등을 겨누었다.

여자가 슬그머니 핸드백 아래로 손을 밀어 넣었다. 핸드백이 살짝 들렸다. 간단한 동작으로 손에 잡힌 핸드백 밑의 권총—선셋이 핸드백 안에 있다고 생각한 것—이 총알을 내뱉으며 순간 불을 뿜었다.

선셋이 기침을 했다. 그의 콜트가 작렬하면서 매더가 앉아 있던 의자 등받이에서 나뭇조각이 터져 나갔다. 선셋은 콜트를 떨어뜨리고 턱을 축 늘어뜨린 채 고개를 쳐들려고 애를 썼다. 긴 두 다리가 그의 앞으로 쭉 미끄러지며 발꿈치가 바닥을 긁었다. 그는 턱을 늘어뜨린 채로 시선은 위를 향하고 지체장애자처럼 앉아 사망했다. 마치 소금에 절인 호두 과육처럼.

나는 캐럴 도노반이 앉아 있는 의자를 걷어찼다. 그녀가 매끄러운 두 다리를 허우적대며 나동그라졌다. 머리에 쓴 모자가 구겨졌다. 그녀가 소리를 꽥 질렀다. 나는 그녀의 손을 밟고 서서 몸을 홱 돌리고 그녀의 총을 멀리 걷어찼다.

"일어나."

그녀가 천천히 일어나서 입술을 깨물고 눈을 부라리며 내게서 물러났다. 얼굴이 궁지에 몰린 악동처럼 일그러졌다. 그녀가 등이 벽에 닿을 때까지 뒷걸음질을 쳤다. 으스스한 얼굴에서 두 눈이 희번덕거렸다.

나는 매더를 힐끔 굽어보고 닫힌 문 쪽으로 다가갔다. 그 뒤에 욕실이 있었다. 나는 열쇠를 돌리고 여자에게 몸짓을 했다.

"들어가."

그녀는 뻣뻣하게 걸어와 거의 스칠 듯 내 앞을 지나쳤다.

"잠깐 내 말 좀 들어 봐, 탐정 아저씨……"

나는 그녀를 안으로 밀어 넣고 문을 쾅 닫은 후 열쇠를 돌렸다. 그녀가 창밖으로 뛰어내려도 상관없었다. 밖에서 이미 높다란 창문을 쳐다본 적이 있었다.

나는 선셋에게 다가가서 더듬어 보았다. 주머니 안에 작고 딱딱한 고리에 끼운 열쇠 뭉치가 만져졌다. 그를 의자에서 끌어 내리지 않고 열쇠만 꺼냈다. 다른 것은 찾아보지도 않았다.

고리에는 자동차 열쇠도 달려 있었다.

다시 매더를 바라보니 손가락들이 백설처럼 하얗게 변해 있었다. 현관마루로 이어진 좁고 어두운 계단을 내려가서 집 옆으로 돌아가 보니 헛간에 구식 투어링카가 있었다. 열쇠 가운데 하나로 시동을 걸 수 있었다.

출발하기 전에 차에서 심한 소리가 나서 포장되지 않은 진입로 갓길에 차를 댔다. 집 안에서는 아무런 기척도 들리지 않았다. 집 뒤와 옆의 키 큰 소나무들 위쪽 가지가 끊임없이 흔들리며 나뭇가지 사이로 차갑고 무정한 햇살이 비치고 있었다.

나는 다시 의사당로가 있는 시내를 향해 최대한 빨리 차를 몰아, 광장을 지나고 스노퀄미 호텔을 지나, 태평양과 웨스트포트를 향해 다리를 건넜다.

9

목재용 나무가 점점 드문드문해지는 삼림지를 지나며 한 시간 동안 빠르게 질주하는 동안, 냉각수를 보충하기 위해 세 번 멈추었고, 헤드 개스킷이 새며 털털거리는 소리에 또 한 번 멈춘 뒤 파도 소리가 들리는 곳에 이르렀다. 노란 중앙선이 그려진 넓고 하얀 도로를 따라 언덕 옆을 돌아가자 멀리 옹기종기 모인 건물들이 반짝이는 바다 앞에 모습을 드러냈다. 길은 두 갈래로 갈라졌다. "웨스트포트-14.5킬로미터"라는 간판이 세워진 왼쪽 길은 건물들 쪽으로 향하지 않았다. 그쪽 길은 캔틸레버식* 녹슨 철교를 가로질러, 바람에 허리가 굽은 사과나무 과수원 지역을 관통하고 있었다.

* 한쪽 끝은 고정되고 한쪽 끝은 받쳐지지 않은 방식의 철골 구조.

20분을 더 달려 털털거리며 웨스트포트로 접어들었다. 뒤편 바다로 뻗은 모래곶의 다소 높은 지대 위로는 목조 주택이 점점이 흩어져 있었다. 모래곶의 끝에 좁고 긴 부두가 있고, 부두 끝에 돛배들이 모여 있었다. 반쯤 내린 돛이 바람에 불려 외돛대에 부딪쳤다. 그 너머로 부표를 띄운 해협과 길고 불규칙한 해안선이 이어지고, 해안선을 따라 바닷물 거품이 모래톱을 덮고 있었다.

그 모래톱 너머 태평양이 일본 쪽으로 펼쳐져 있었다. 이곳은 해변 쪽 마지막 소도시였다. 미국 본토에서 사람이 걸어갈 수 있는 가장 먼 서쪽인 것이다. 지난날 죄수가 감자만 한 크기의 진주 두 알을 숨기기에 딱 좋은 곳이었다. 적만 없다면 말이다.

나는 앞마당에 "간단한 점심, 차, 저녁"이라는 간판을 세워 둔 시골 집 앞에 차를 세웠다. 주근깨투성이의 작은 토끼 같은 얼굴의 남자가 검은 닭 두 마리를 향해 정원 갈퀴를 휘두르고 있었다. 닭들이 그에게 바락바락 대들고 있는 것처럼 보였다. 선셋의 자동차 엔진이 털털거리며 멈추자 그가 돌아보았다.

나는 차에서 내려 쪽문으로 들어가 간판을 가리켰다.

"점심 됩니까?"

그는 닭을 향해 갈퀴를 내던지고 두 손을 바지에 쓱쓱 닦더니 눈짓을 했다. "집사람이 준비해 놓았을 거요." 그리고 여리고 어린 개구쟁이 같은 목소리로 내게 털어놓았다. "햄에그가 고작이지만."

"그거면 됩니다." 내가 말했다.

우리는 집 안으로 들어갔다. 무늬 있는 방수 식탁보를 씌운 식탁 세 개가 있고, 벽마다 석판인쇄 그림이 몇 점 걸려 있었고, 벽난로 위에는 돛을 올린 배 한 척이 유리병 속에 들어 있었다. 나는 자리에 앉았다. 주인이 반회전문을 지나 사라지자 누군가가 그에게 소리를 질렀고, 부엌에서 지글지글거리는 소리가 났다. 그가 돌아와서 내 어깨 너머로 몸을 기울여 식탁보 위에 냅킨과 포크와 나이프를 내려놓았다.

"사과 브랜디를 먹기엔 좀 이르죠?" 그가 소곤거리듯 말했다.

잘못 생각했다고 내가 말했다. 다시 사라진 그는 유리잔과 맑은 호박색 액체가 담긴 1리터들이 병을 가져왔다. 그는 내 식탁에 앉아 술을 따랐다. 부엌에서 풍부한 바리톤 음성이 지글거리는 소음을 누르며 〈클로이〉라는 사랑 노래를 우렁차게 불러 젖히고 있었다.

우리는 잔을 부딪치고 브랜디를 들이켠 후 화끈한 열기가 척추를 타고 기어오르길 기다렸다.

"이곳은 처음이오?" 작은 남자가 물었다.

나는 그렇다고 대답했다.

"시애틀에서 온 모양이군? 좋은 옷을 입고 있는 걸 보니 말이지."

"시애틀 맞습니다."

"여긴 외지인이 별로 안 와요." 그가 내 왼쪽 귀를 바라보며 말했다. "여기를 경유해서 딱히 갈 곳이 없으니 말이오. 금주법이 폐지되기 전에는……" 그는 말을 멈추고 딱따구리 부리 같은 눈초리로 내 오른쪽 귀를 바라보았다.

"그래요, 금주법이 폐지되기 전에는." 짐짓 과장되게 어깨를 으쓱거리며 말한 나는 일부러 술을 들었다.

그가 몸을 앞으로 숙이고 내 턱에 숨결을 내뿜었다. "젠장, 그때는 부두의 생선 가게에서도 질펀하게 마실 수 있었지. 게와 굴 아래 숨겨서 들여왔거든. 젠장, 웨스트포트에는 술이 지천이었어. 애들한테 스카치 병을 가지고 놀게 할 정도였으니까. 차고에는 차를 박아 두질 않왔지. 차 대신 캐나다 밀주가 천장까지 쌓여 있었거든. 젠장, 그런 부두를 연안 경비정이 가로막고서 매주 하루씩 하역하는 걸 감시했어. 매주 금요일. 항상 같은 날이었지." 그가 눈을 끔벅거렸다.

나는 담배 연기를 빨았고, 부엌에서는 지글거리는 소리와 〈클로이〉를 불러 젖히는 바리톤 음성이 이어졌다.

"그런데 젠장, 자네가 술을 사러 여기 온 건 아니겠지." 그가 말했다.

"젠장, 아닙니다. 난 금붕어를 사러 왔습니다." 내가 말했다.

"그렇군." 그가 부루퉁하니 말했다.

나는 우리 잔에 사과 브랜디를 한 잔 더 따랐다. "이건 내가 내겠습니다. 그리고 두 병 더 가져갈 거요." 내가 말했다.

그의 표정이 환해졌다. "그런데 당신 이름이 뭐랬더라?"

"말로. 금붕어를 사러 왔다는 게 농담인 줄 아시는군. 농담 아닙니다."

"젠장, 그렇게 작은 놈들을 사고팔아서 입에 풀칠이나 하겠소?"

나는 소매를 내밀었다. "아까 이게 좋은 옷이라지 않았나요? 진귀한 것을 사고팔면 먹고살 수 있습니다. 항상 유행하는 신상품이란 게 있거든요. 여기 어딘가에 사는 영감이 진귀한 소장품을 가지고 있다는 정보를 입수했습니다. 아마도 그걸 팔려고 할 겁니다. 금방 또 새끼를 받아 키울 수 있으니까."

콧수염이 난 거구의 여자가 반회전문을 걷어차고 소리를 버럭 질렀다. "햄에그 가져가!"

주인이 부랴부랴 건너가서 내 먹거리를 가지고 돌아왔다. 나는 먹었다. 그는 한참 나를 지켜보았다. 얼마 후 그가 갑자기 식탁 아래로 깡마른 허벅지를 철썩 쳤다.

"월리스 영감!" 그가 낄낄 웃었다. "월리스 영감을 만나러 온 게 분명해. 젠장, 그런데 우린 그 영감을 잘 몰라. 이웃 사람처럼 굴지를 않으니 말이오."

그는 의자에 앉은 채 몸을 홱 돌리더니 싸구려 커튼 너머 멀리 보이는 언덕을 가리켰다. 언덕 꼭대기에 노랗고 하얀 집이 햇살 아래 빛나고 있었다.

"젠장, 저기가 영감이 살고 있는 곳이지. 영감이 그걸 엄청 기르고 있더군. 금붕어를! 아이고, 그것 참 지렁이 어금니 부러질 노릇이여."

이 남자에 대한 관심은 그것으로 끝이었다. 나는 점심을 마저 먹어치우고, 밥값을 내고, 병당 1달러씩, 사과 브랜디 세 병 값도 내고, 악수를 하고 고물 투어링카를 세워 둔 곳으로 나갔다.

서두를 이유는 없어 보였다. 러시 매더는 깨어났을 테고, 그가 여자를 풀어 주었을 것이다. 하지만 그들은 웨스트포트에 대해 아무것도 알지 못했다. 그들이 있는 자리에서 선셋이 그 말을 언급한 적이 없기 때문이다. 올림피아에 도착했을 때도 그들은 알지 못했다. 알았다면 바로 웨스트포트로 달려갔을 테니까. 그들이 내 호텔 방 밖에서 엿들었다면, 내가 혼자가 아님을 알았을 것이다. 내 방에 들이닥쳤을 때 그들은 내가 혼자인 줄 알고 있었다.

시간은 많았다. 나는 부두로 차를 몰고 내려가서 주위를 둘러보았다. 부두는 터프해 보였다. 생선 좌판들, 싸구려 술집들, 어부 전용 술집 하나, 당구장 하나, 슬롯머신이 있고 음란한 핍쇼를 벌이는 오락실 하나가 있었다. 부둣가의 물속에 잠겨 있는 커다란 나무통 속에서는 미끼용 물고기가 퍼덕거리고 있었다. 한량들도 있었다. 그들은 시비를 걸며 사람들을 괴롭히고 있는 듯했다. 주위에 경찰은 보이지 않았다.

나는 언덕으로 다시 차를 몰고 노랗고 하얀 집으로 향했다. 그 집은 가장 가까운 주거지에서 네 블록은 떨어진 곳에 외따로 서 있었다. 정원 전면에 꽃이 피어 있고, 깔끔하게 다듬은 잔디밭과 정원석들이 보였다. 갈색과 흰색 드레스를 입은 여자가 분무기로 진딧물 약을 살포하고 있었다.

나는 고물차를 세우고 밖으로 나가서 모자를 벗었다.

"월리스 씨가 여기 사십니까?"

그녀는 잘생긴 얼굴에 조용하고 차분해 보였다. 그녀가 고개를 끄덕였다.

"만나실 건가요?" 그녀가 조용하고 차분한 목소리로 또랑또랑 말했다.

열차 강도의 아내 목소리 같지가 않았다.

나는 이름을 밝히고, 마을에서 그의 금붕어에 대한 이야기를 들었는데 멋진 금붕어에 관심이 많다고 말했다.

그녀는 분무기를 내려놓고 집 안으로 들어갔다. 내 머리 주변에서 벌들이 붕붕 날아다녔다. 차가운 바닷바람 따위는 아랑곳하지 않는 커다란 벌들이었다. 멀리서 백사장을 철썩이는 파도 소리가 배경음악처럼 들렸다. 아무런 열기도 깃들지 않은 북부의 햇살은 내게 암울하게만 비쳤다.

여자가 집 밖으로 나와 문을 열어젖혔다.

"그이는 맨 위층에 계세요." 그녀가 말했다. "계단으로 올라가시면 돼요."

나는 한 쌍의 소박한 흔들의자를 지나, 리앤더 진주를 훔친 남자의 집 안으로 들어갔다.

10

커다란 방 둘레가 모두 수족관으로 되어 있었다. 선반을 달아 2층으로 올린 수족관은 금속 테를 두른 커다란 직육면체로, 일부는 위쪽에 조명등이 달렸고, 일부는 아래쪽에 조명등이 있었다. 녹조류가 낀 유리벽 안쪽에 수초를 되는 대로 심어서 꾸몄고, 물은 유령 같은 초록빛을 띠고 있었다. 그 초록빛을 가르며 온갖 무지개 색깔의 물고기들이 움직이고 있었다.

금빛 다트처럼 생긴 길고 가는 물고기, 치렁치렁한 멋진 꼬리를 살랑거리는 베일테일, 착색유리처럼 투명한 물고기, 손톱만 한 길이의 작은 구피, 신부의 앞치마처럼 현란한 금붕어 캘리코 파파이스, 눈망울이 망원경처럼 돌출하고 개구리 같은 얼굴에 치렁치렁한 지느러미를 가진 검은색의 차이니스 무어들이 점심을 먹으러 가는 뚱보들처럼 초록빛 물속을 유영하고 있었다.

실내의 빛은 대부분 경사진 커다란 천장 채광창에서 흘러든 것이었다. 천창 아래 원목 테이블에 장신의 수척한 남자가 왼손에 꿈틀거리는 빨간 금붕어를 한 마리 들고 서 있었다. 오른손에는 접착테이프를 감은 면도날을 들고 있었다.

그는 굵은 회색 눈썹 아래 움푹 들어간 무채색의 불투명한 눈으로 나를 바라보았다. 나는 그의 곁으로 다가가서 그가 들고 있는 금붕어를 굽어보았다.

"물곰팡이병인가요?" 내가 물었다.

그가 천천히 고개를 끄덕였다. "흰곰팡이요." 그는 금붕어를 테이블에 내려놓고 조심스레 등지느러미를 펼쳤다. "그리 좋지 않군. 이 녀석을 좀 다듬어 줄 건데, 그럼 아주 말짱해질 거요. 그런데 무슨 일로?"

나는 손가락 사이에 끼운 담배를 돌리며 그를 향해 미소를 지었다.

"사람 같군요. 그러니까 그 금붕어 말입니다. 금붕어한테도 사람처럼 문제가 생기니까요." 내가 말했다.

그는 금붕어를 나무 테이블 위에 얹고 지느러미에서 너덜거리는 부분을 잘라 냈다. 꼬리도 펼쳐 잘라 냈다. 물고기는 더 이상 꿈틀거리지 않았다.

"더러는 치료할 수 있지." 그가 말했다. "더러는 그럴 수 없고. 예를 들어 부레에 문제가 생기면 치료할 수 없소이다." 그가 나를 힐끔 쳐다보았다. "놈에겐 이런 치료가 아프지 않아요. 혹시 아플 거라고 생각할까 봐 하는 소리요. 물고기가 충격을 받아 죽을 순 있지만, 인간처럼 통증을 느끼진 않거든."

그는 면도날을 내려놓고 자줏빛 액체를 면봉에 적셔 상처에 발랐다. 그리고 병에 든 하얀 바셀린을 손가락으로 찍어 상처에 발랐다. 그런 다음 방 한쪽의 작은 수족관에 금붕어를 넣었다. 금붕어가 평화롭게, 아주 만족스럽다는 듯 유영했다.

수척한 그 남자는 손을 씻고, 긴 의자 가장자리에 앉아 생기 없는 눈으로 나를 응시했다. 아주 오래전에 한때는 그래도 잘생긴 얼굴이었을 것이다.

"금붕어에 관심이 있소?" 그가 물었다. 목소리가 마치 교도소 독방과 운동장에서 중얼거리는 양 조용하고 조심스러웠다.

나는 고개를 내둘렀다. "딱히 관심이 있는 건 아닙니다. 그저 핑곗거리였죠. 사이프 씨, 당신을 만나기 위해 참 먼 길을 찾아왔습니다."

그는 입술에 침을 바르고 나를 계속 응시했다. 다시 들려온 그의 목소리는 노곤하고 부드러웠다.

"윌리스올시다, 나는."

나는 담배 연기 도넛을 날리고 그 구멍에 손가락을 찔러 넣었다. "내 볼일을 보려면 당신은 사이프여야 합니다."

그는 앞으로 몸을 숙이고 양손을 쫙 벌린 앙상한 두 무릎 사이로 떨어뜨려 맞잡았다. 그의 시대에 걸맞게 험한 일을 해 온, 마디 굵은 손이었다. 그는 나를 향해 고개를 곧추세웠다. 무성한 눈썹 아래 생기 없는 두 눈이 싸늘했다. 하지만 목소리만큼은 여전히 부드러웠다.

"탐정을 만나는 게 한 1년 만이군. 이렇게 말을 나누는 것도 그렇고. 그래 당신의 볼일이란 게 뭐지?"

"맞혀 보시오." 내가 말했다.

그의 목소리가 더 부드러워졌다. "이보게, 탐정. 나한테는 여기 멋진 집이 있네. 조용하지. 더 이상 아무도 나를 귀찮게 하지 않아. 아무도 그럴 권리가 없지. 나는 백악관으로부터 직접 사면을 받았어. 나는 물고기들과 놀며 소일하고 있다네. 남자라면 뭐든 자기가 돌보는 걸 좋아하게 마련이지. 나는 세상에 땡전 한 푼 빚진 게 없어. 다 갚았거든. 이보게, 탐정, 이제 내가 원하는 게 있다면 날 좀 내버려 두라는 것일세." 그는 말을 멈추고 한 차례 고개를 내둘렀다. "누구도 나를 들쑤셔선 안 돼. 더 이상은."

나는 아무런 말도 하지 않았다. 그저 희미하게 미소를 띠고 그를 지켜보았다.

"아무도 나를 건드릴 수 없어." 그가 말했다. "대통령에게 직접 사면을 받았단 말일세. 그냥 날 좀 내버려 두라고."

나는 고개를 내두르고 그를 향해 계속 미소를 지었다. "그것만큼은 곤란하겠군요. 당신이 포기를 할 때까지는."

"이보게." 그가 부드럽게 말했다. "자네는 이 일에 새로 뛰어든 모양이군. 그게 자네에게는 새로운 일이겠지. 스스로 해결하고 싶을 테고, 하지만 나는 말일세, 줄잡아 20년 동안 그 일에 시달렸고, 수많은 사람을 만났네. 그들 가운데는 잘난 사람도 많았어. 그들은 나한테 아무것도 없다는 걸 알고 있어. 가진 적도 없지. 누군가 다른 사람이 갖고 있었단 말일세."

"우편물 담당자가 갖고 있었죠. 물론." 내가 말했다.

"이보게." 그가 여전히 부드럽게 말했다. "나는 형기를 마쳤어. 나는 인생의 쓴맛 단맛을 다 본 사람일세. 그 일을 기억하는 사람이 있는 한, 계속 나를 의심하겠지. 그리고 걸핏하면 들쑤셔 보려고 사람을 보내겠지. 그건 좋아. 그까짓 거야 대수로울 것 없지. 그래, 자네를 다시 집으로 돌려보내려면 내가 뭘 어쩌면 되겠나."

나는 고개를 내두르고 그의 어깨 너머로 커다랗고 조용한 수족관에서 유영하는 물고기들을 바라보았다. 피로가 엄습했다. 집 안이 너무 조용해서 온갖 망념이 머릿속에 떠올랐다. 오래전의 망념들. 어둠 속을 질주하는 열차와 우편 칸에 숨어 있는 총기 강도, 권총의 작렬, 바닥에 쓰러져 죽은 우편물 담당자, 어딘가 열차 급수 탱크가 있는 역에서 몰래 뛰어내린 남자. 그리고 19년 동안 비밀을 지킨, 거의 지킨 남자.

"당신은 한 가지 실수를 했습니다." 내가 천천히 말했다. "필러 마도라는 이름의 남자를 아시죠?"

그가 고개를 들었다. 그가 기억을 더듬고 있다는 것을 알 수 있었다. 그 이름이 그에게 무슨 의미가 있는 것 같지는 않았다.

"당신이 리벤워스에서 알게 된 사람입니다." 내가 말했다. "20달러짜리 지폐의 앞뒷면을 분리한 후 가짜를 뒤에 붙인 죄로 그곳에 들어간 녀석이죠."

"그래, 기억나는군." 그가 말했다.

"당신이 진주를 가지고 있다고 그에게 말했었죠." 내가 말했다.

그가 내 말을 믿지 않는다는 것을 알 수 있었다.

"내가 그에게 농담을 좀 한 모양이군." 그가 천천히, 공허하게 말했다.

"그랬을지도 모르죠. 하지만 요는 말입니다, 그 녀석은 그렇게 생각질 않았다는 겁니다. 그는 얼마 전에 한 친구와 이 동네에 왔습니다. 자칭 선셋이라는 친구죠. 그들은 어디선가 당신을 보았고, 필러는 당신을 알아보았습니다. 그는 한몫 잡아 볼 생각을 하게 됐죠. 그는 마약쟁이였는데, 잠꼬대를 했습니다. 어떤 여자가 그걸 주워들었고, 또 다른 여자와 악덕 변호사가 또 그걸 주워들었습니다. 필러는 발바닥이 타서 죽었죠."

사이프는 눈을 깜박이지도 않고 나를 바라보았다. 입가의 주름살이 깊어졌다.

나는 담배를 흔들며 말을 계속했다. "그가 얼마나 많은 말을 했는지는 모르지만, 악덕 변호사와 여자가 지금 올림피아에 와 있습니다. 선셋도 올림피아에 있습니다. 이제 죽었지만요. 두 사람이 그를 죽였죠. 당신이 있는 곳을 그들이 아는지 어쩐지는 모르겠습니다. 하지만 언젠가는 알아내겠죠. 그들처럼 다른 사람도 알아낼 겁니다. 그들이 진주를 찾아내지 못하고 당신이 진주를 팔려고 하지도 않는다면, 경찰은 지쳐서 나가떨어질 겁니다. 보험회사도 나가떨어지고, 우체국도 나가떨어지겠죠."

사이프는 미동도 하지 않았다. 두 무릎 사이에 관절이 도드라지게 움켜쥔 양손도 움직이지 않았다. 그저 생기 없는 두 눈만이 나를 응시하고 있었다.

"하지만 협잡꾼들만큼은 나가떨어지지 않을 겁니다." 내가 말했다. "그들은 결코 손을 떼지 않을 겁니다. 당신을 항복시킬 만큼 충분한 돈과 충분한 시간, 충분한 수단을 가지고 두어 명이 줄기차게 찾아올 겁니다. 당신의 아내를 납치하거나 숲에서 당신을 납치해서 고문도 마다하지 않을 겁니다. 내놓지 않고는 못 견딜 겁니다…… 그런데 나한테 공평하고 점잖은 해결책이 있습니다."

"자넨 어떤 족속이지?" 사이프가 갑자기 물었다. "자네한테서 탐정 냄새가 나는 것 같았는데, 이제는 모르겠군."

"보험사 냄새겠죠." 내가 말했다. "거래를 합시다. 모두 2만 5천 달러의 현상금이 걸려 있습니다. 5천은 내게 정보를 준 여자 몫입니다. 그녀는 정당하게 정보를 입수했으니 그걸 받을 자격이 있습니다. 1만은 내 몫입니다. 모든 일처리를 내가 했고, 모든 총잡이를 해결했으니까. 1만은 당신 몫입니다. 물론 당신은 직접 한 푼도 받지 않을 겁니다. 나를 거쳐서 받게 됩니다. 더 좋은 해결책이 있습니까? 어떻게 생각하시나요?"

"좋군." 그가 점잖게 말했다. "나한테 진주가 없다는 것 한 가지만 빼고."

나는 얼굴이 와락 구겨졌다. 그것이 내 패의 전부였다. 나는 더 이상 꺼낼 카드가 없었다. 나는 벽에서 물러나 똑바로 서서 담배를 바닥에 떨어뜨리고 발로 뭉갰다. 그리고 떠나려고 돌아섰다.

그가 일어나서 손을 내밀었다. "잠깐 기다리게." 그가 진지하게 말했다. "내가 증명을 해 보이지."

그가 내 앞을 지나 방 밖으로 나갔다. 나는 물고기를 쏘아보며 입술을 깨물었다. 어디선가, 그리 가깝지 않은 곳에서 자동차 엔진 소리가 들렸다. 서랍이 열렸다 닫히는 소리가 들렸다. 분명 옆방이었다.

사이프가 수족관 방으로 돌아왔다. 그는 깡마른 손에 반짝이는 콜트 45구경을 쥐고 있었다. 남자의 팔뚝만큼이나 긴 놈이었다.

그것을 내게 겨누며 그가 말했다. "바로 이 안에 진주가 있다네. 여섯 개가 있지. 납 진주 말일세. 나는 100미터 거리에 있는 파리 수염도 이걸로 빗겨 줄 수 있다네. 자네는 탐정도 아니야. 자, 이제 꺼지게나. 가서 자네의 화끈한 친구들에게 전하게. 어느 요일이든, 그리고 일요일에 두 번이라도 내가 이걸로 아가리를 날려 줄 준비가 되어 있다고 말이야."

나는 움직이지 않았다. 남자의 생기 없는 두 눈에 광기가 어려 있었다. 나는 꼼짝도 하지 않았다.

"아주 멋진 연기로군요." 내가 천천히 말했다. "내가 탐정이라는 걸 증명할 수 있습니다. 당신은 전과자라서 그런 걸 소지하고 있는 것만으로도 중범죄가 됩니다. 총을 내려놓고 차분히 이야기를 합시다."

전에 들어 본 엔진 소리를 내는 자동차가 바깥에 멈춘 것 같았다. 브레이크 소리가 요란하게 들렸다. 보도를 지나 계단을 올라오는 발소리가 들렸다. 느닷없는 날 선 목소리, 갑작스러운 비명.

사이프가 뒤로 물러나 커다란 75~110리터들이 수족관과 테이블 사이에 섰다. 그는 나를 향해 씩 웃어 보였다. 궁지에 몰린 투사의 함박웃음이었다.

"자네 친구들이 이렇게 쫓아올 줄 알았지." 그가 느릿느릿 말했다. "자네 권총을 꺼내서 바닥에 던지게. 아직 시간 있을 때, 숨이 붙어 있을 때 말이야."

나는 움직이지 않았다. 그의 눈동자 위 철사 같은 머리카락을 바라보았다. 그리고 두 눈을 들여다보았다. 내가 움직인다면, 그가 말한 대로 하더라도 그는 나를 쏠 것이다.

발소리가 계단을 올라왔다. 발소리가 부산스럽게 뒤얽혔다. 누군가 반항하는 사람이 있다는 암시였다.

세 사람이 방 안으로 들어왔다.

11

사이프 부인이 벋정다리를 내밀고 먼저 들어왔다. 두 눈은 넋이 나갔고, 팔을 구부린 채 뭔가를 움켜쥔 듯 손가락을 갈고리처럼 구부린 손을 앞으로 내밀고 있었다. 거기 존재하지 않는 뭔가를 느끼고 움켜쥔 듯한 자세였다. 캐럴 도노반의 작고 무정한 손에 딱 맞는 작은 32 구경 총구가 사이프 부인의 등을 밀어붙이고 있었다.

매더가 마지막으로 들어왔다. 그는 취해서 무모했고, 얼굴은 불콰하고 야만적으로 보였다. 그는 스미스 앤드 웨슨을 내게 겨누고 음흉하게 웃었다.

캐럴 도노반이 사이프 부인을 옆으로 밀쳤다. 부인이 비틀거리며 방 구석으로 가서 멍한 눈으로 무릎을 꿇고 앉았다.

시이프가 도노반을 빤히 비리보았다. 그녀가 아가씨인 데다 젊고 예뻐서 그는 당황했다. 그런 여자를 상대해 본 적이 없었던 것이다. 그녀를 보자 그는 투기를 잃어버렸다. 남자들만 쳐들어왔다면 아마 사정없이 총을 갈겼을 것이다.

작고 하얀 얼굴의 여자가 그를 차갑게 마주 보며 아주 싸늘하게 말했다. "좋아, 영감. 그 불방망이 내려놔. 살살."

사이프가 여자에게서 눈을 떼지 않고 몸을 천천히 숙였다. 그리고 우람한 프론티어 콜트를 바닥에 내려놓았다.

"영감, 이리로 차."

사이프가 발로 찼다. 아무것도 깔리지 않은 맨바닥 위로 권총이 방 한복판까지 미끄러져 갔다.

"좋아, 영감. 러시, 영감을 감시해. 나는 탐정을 무장해제할 테니까."

권총의 두 자루 총구가 획 돌아가며 싸늘한 잿빛 눈동자가 이제 나를 향했다. 매더는 사이프 쪽으로 좀 더 다가가서 스미스 앤드 웨슨으로 사이프의 가슴을 겨누었다.

여자가 미소를 지었다. 엷은 미소였다. "아저씨 영리한 거 맞아? 맨날 무모한 짓이나 하고 말이야. 근데 실수했어, 탐정 아저씨. 아저씬 그 말라깽이 친구의 몸을 뒤져 보지 않았지? 신발 안에 지도가 있더라고."

"나한테는 그런 게 필요 없었지." 나는 능글맞게 말하고 그녀에게 히죽 웃어 보였다.

나는 일부러 히죽거려서 그녀의 눈길을 끌었다. 사이프 부인이 바닥에서 무릎걸음으로 기어가고 있었기 때문이다. 사이프의 콜트가 점점 가까워지고 있었다.

"하지만 이제 다 끝났어, 아저씨도, 아저씨의 그 잘난 웃음도. 내가 아저씨의 쇠붙이를 챙기는 동안 가죽 장갑 잘 쳐들고 있어. 쳐들어."

그녀는 그래 봐야 여자였다. 54킬로그램에 155센티미터쯤 되는 가녀린 여자. 나는 89킬로그램에 182센티미터에 육박한다. 나는 두 손을 들어 올리며 그녀의 턱을 갈겼다.

미친 짓이었지만, 나는 도노반-매더의 짓거리, 도노반-매더의 총부리, 도노반-매더의 터프한 주둥이를 참을 만큼 참았다. 나는 그녀의 턱을 갈겼다.

그녀는 주춤주춤 1미터쯤 물러서며 장난감 같은 총을 발사했다. 총알이 내 갈비를 태웠다. 그녀가 쓰러지기 시작했다. 슬로모션 영화처럼 천천히 쓰러졌다. 어딘가 멍청해 보이는 모습이었다.

사이프 부인이 콜트를 쥐고 그녀의 등을 쏘았다.

매더가 홱 돌아섰고, 그 순간 사이프가 그를 덮쳤다. 매더가 뒤로 펄쩍 뛰며 소리를 버럭 지르고 다시 사이프를 겨누었다. 사이프가 우뚝 멈춰 섰다. 그의 수척한 얼굴에 광적으로 환한 웃음이 다시 돌아왔다.

총알을 맞은 여자가 강풍에 맞은 문짝처럼 앞으로 나가떨어졌다. 푸른 옷자락이 펄럭이고, 뭔가가 내 가슴을 쳤다. 그녀의 머리였다. 나는 그녀가 뒤로 튕겨 나갈 때 잠깐 그녀의 얼굴을 보았다. 전에 본 적이 없는 이상한 표정이었다.

그녀는 내 발치에 널브러졌다. 아래쪽에서 빨간 액체가 흘러나오는 작은, 완전히 절명한 여자의 뒤에, 키 큰 여자가 연기가 피어오르는 콜트를 양손에 쥐고 있었다.

매더가 사이프에게 두 방을 날렸다. 사이프가 여전히 미소를 머금고 앞으로 고꾸라지며 탁자 끝에 부딪쳤다. 그가 병든 금붕어에게 발라준 자줏빛 액체가 그의 몸뚱이 위에 쏟아졌다. 그가 쓰러지는 동안 매더는 한 방을 더 날렸다.

나는 잽싸게 루거를 뽑아 매더가 가장 고통스러워하면서도 치명적이지는 않을 부위인 오금에 총알을 박았다. 그는 보지 못한 덫에 갑자기 채인 것처럼 나가떨어졌다. 나는 그가 신음을 내뱉기도 전에 재빨리 수갑을 채웠다.

나는 권총들을 이리저리 차 버리고 사이프 부인에게 다가가서 양손에 쥔 커다란 콜트를 빼앗았다.

잠시 실내가 쥐 죽은 듯 괴괴했다. 소용돌이치며 천창 쪽으로 올라가던 연기가 오후의 햇살에 비껴 창백하고 엷은 회색빛을 띠었다. 멀리서 파도치는 소리가 들렸다. 이어서 아주 가까이에서 웅얼거리는 소리가 났다.

뭔가 할 말이 있는지 사이프가 낸 소리였다. 그의 아내가 여전히 두 무릎을 꿇은 상태로 그에게 기어가서 옆에 웅크려 앉았다. 그의 입술에 피가 묻고 거품이 나고 있었다. 그는 정신을 차리려고 눈을 질끈 감았다 떴다. 그는 아내에게 미소를 지어 보였다. 그의 말소리가 아주 여리게 흘러나왔다.

"무어야, 해티. 무어."

그리고 그의 고개가 힘없이 떨어지고 얼굴에서 미소가 흩어졌다. 한쪽으로 돌아간 그의 머리가 맨바닥에 닿았다.

사이프 부인이 그를 붙들고 있다가 아주 천천히 일어나서 메마른 눈길로 조용히 나를 바라보았다.

그녀가 낮고 명료한 음성으로 말했다. "남편을 침대에 눕히게 좀 도와주시겠어요? 이런 사람들과 함께 여기 두고 싶지 않아요."

내가 말했다. "그러죠. 아까 그가 한 말은 뭐죠?"

"나도 몰라요. 금붕어에 대해 무슨 뜻 없는 소릴 한 거겠죠."

내가 사이프의 양어깨를 들고 그녀가 발을 들어 그를 침실로 데려가서 침대에 눕혔다. 그녀는 그의 두 손을 가슴 위에 포개 얹고 눈을 감겨 주었다. 그리고 창가로 가서 블라인드를 내렸다.

"됐어요, 고마워요." 그녀가 나를 바라보지 않고 말했다. "전화는 아래층에 있어요."

그녀는 침대 옆 의자에 앉아 사이프의 팔 언저리 침대보에 머리를 얹었다.

나는 침실을 나가 문을 닫았다.

12

매더의 다리에서 천천히 피가 흘러 나왔지만 위험할 정도는 아니었다. 내가 그의 무릎에 손수건을 조여 묶는 동안 그는 겁에 질린 눈으로 나를 바라보았다. 그는 인대가 끊어졌고, 아마 슬개골도 부서졌을 것이다. 그래도 나중에 경찰이 체포하러 왔을 때 조금 절뚝거리면서 걸을 수는 있었다.

나는 아래층에 내려가서 현관마루에 서서 집 앞에 차 두 대가 있는 것을 보고는 언덕 아래 부두를 바라보았다. 우연히 이곳을 지나간 사람이 있었다면 모를까, 아까의 총소리가 어디서 난 것인지 알아차린 사람은 없을 것이다. 아마 총소리가 났다는 것조차 모를 것이다. 아마 이 주변 숲에서는 사냥을 하는 총소리가 종종 났을 것이다.

나는 다시 집 안으로 들어가서 거실 벽에 걸린 크랭크 전화기를 보왔지만, 아직 손을 대지 않았다. 무엇인가 마음에 걸리는 것이 있었다. 담뱃불을 댕기고 창밖을 내다보고 있자니 환청이 들렸다.

"무어야, 해티. 무어."

나는 수족관 방으로 다시 올라갔다. 매더는 이제 굵은 신음을 게워 내고 있었다. 고문을 서슴지 않는 매더 같은 인간이 어떻게 되든 내가 알 바 아니었다.

여자는 완전히 죽었다. 총에 맞은 수족관은 없었다. 금붕어들은 초록빛 물속에서 평화롭게 유영하고 있었다. 천천히, 평화롭고 편안하게. 금붕어들 역시 매더를 아랑곳하지 않았다.

검정 차이니스 무어들이 들어 있는 수족관이 구석 위쪽에 있었다. 40리터들이쯤 되는 수족관이었다. 길이가 10센티미터쯤 되는 큰 놈 네 마리뿐이었는데, 온몸이 새카맸다. 그중 두 마리는 수면으로 올라가 산소를 뻐끔거렸고, 다른 두 마리는 바닥에서 느릿느릿 움직이고 있었다. 이 금붕어들은 살집이 통통하고 널따란 꼬리지느러미에 등지느러미가 높이 솟아 있었다. 두 눈은 앞에서 보면 개구리처럼 보일 정도로 불퉁했다.

나는 그것들이 수족관 안에서 자라는 초록 물풀 속에서 유유히 돌아다니는 것을 지켜보았다. 빨간 우렁이 두 마리가 수족관 유리를 닦고 있었다. 수면 쪽의 금붕어보다 바닥 쪽의 것이 더 통통하고 움직임이 둔해 보였다. 왜 저럴까?

수족관 두 개 사이에 긴 손잡이가 달린 뜰채가 있었다. 나는 뜰채를 들고 수족관 바닥을 훑어서 통통한 무어 금붕어 한 마리를 잡아서 밖으로 꺼냈다. 뜰채 그물 안에 든 채로 금붕어를 뒤집어서 은빛이 도는 배를 살펴보았다. 봉합한 것 같은 자국이 보였다. 그곳을 만져 보았다.

안쪽이 딱딱했다.

바닥의 다른 금붕어도 건져 냈다. 똑같은 자국에 똑같이 딱딱한 응어리가 있었다. 수면에서 공기를 뻐끔거리는 두 마리 가운데 하나를 잡았다. 봉합 자국이 없고 딱딱한 응어리도 없었다. 붙잡기도 더 어려웠다.

한 마리는 수족관에 다시 넣었다. 볼일이 있는 것은 다른 두 마리였다. 나는 여느 인간 못지않게 금붕어를 좋아하지만, 일은 일이고 범죄는 범죄다. 나는 외투를 벗고 소매를 걷어붙이고, 테이프를 감은 면도날을 테이블에서 집어 들었다.

꽤나 난잡한 작업이었다. 시간은 5분쯤 걸렸다. 그리고 마침내 그것들이 내 손바닥에 놓였다. 지름이 2센티미터에 가깝고, 무겁고, 완벽하게 둥글고, 우윳빛 흰색에, 다른 어떤 보석에도 없는 내부의 빛을 일렁이는 그것. 리앤더 진주.

나는 진주를 닦아서 손수건으로 싼 다음 소매를 내리고 다시 외투를 걸쳤다. 매더를 바라보았다. 그의 아픔과 겁에 질린 두 눈과 얼굴에 번진 땀. 매더의 그 어떤 모습에도 나는 아랑곳하지 않았다. 그는 살인자였고, 고문을 자행한 자였다.

나는 수족관 방 밖으로 나갔다. 침실 문은 여전히 닫혀 있었다. 아래층으로 가서 벽에 걸린 전화기 크랭크를 돌렸다.

"여긴 웨스트포트의 월리스네 집입니다." 내가 말했다. "사건이 일어났습니다. 의사가 필요하고 경찰도 와야 할 겁니다. 조치해 줄 수 있나요?"

교환양이 말했다. "의사를 보내드리겠습니다, 월리스 씨. 하지만 시간이 좀 걸릴 겁니다. 웨스트포트에 보안관이 한 분 계시는데, 보안관께 전하면 될까요?"

"될 겁니다." 나는 고맙다는 말과 함께 전화를 끊었다. 아무튼 시골 전화는 편리한 구석이 있다.

나는 새 담배에 불을 댕기고 현관마루의 투박한 흔들의자들 가운데 하나에 앉았다. 얼마 후 발소리가 들리더니 사이프 부인이 밖으로 나왔다. 그녀는 잠시 언덕 아래를 바라보며 서 있다가 내 곁의 다른 흔들의자에 앉았다. 그녀의 마른 눈이 줄곧 나를 주시했다.

"혹시 탐정이신가요?" 그녀가 천천히, 자신 없이 말했다.

"그래요. 리앤더 진주의 보험사를 대신해서 왔습니다."

그녀는 눈길을 돌리고 먼 곳을 바라보았다. "그이도 여기라면 평화를 찾을 줄 알았어요." 그녀가 말했다. "더는 아무도 그이를 괴롭히지 않을 줄 알았죠. 이곳이 일종의 성소가 될 줄만 안 거예요."

"그는 한사코 진주를 지키려고 했는데 그러지 말아야 했습니다."

그녀가 이번에는 재빨리 고개를 돌리고 나를 바라보았다. 멍한 표정이 곧 두려운 표정으로 바뀌었다.

나는 주머니에 손을 넣어 손수건으로 싼 것을 꺼내 손바닥 위에 펼쳐 보였다. 하얀 리넨 손수건 위에 그것들이 고스란히 놓여 있었다. 살인도 서슴지 않을 20만 달러짜리 물건이.

"그는 성소에서 살 수도 있었습니다." 내가 말했다. "그에게서 성소를 빼앗고 싶어 한 사람은 없었는데, 그는 성소만으로는 양이 차질 않았어요."

그녀가 천천히 망설이듯 진주를 바라보았다. 그러고는 입술을 일그러뜨렸다. 그녀가 목이 멘 소리로 말했다.

"불쌍한 월리." 그녀가 말했다. "그래서 당신이 그걸 찾아내고야 말왔군요. 참 영리하시군요. 그이는 그걸 숨기려고 금붕어를 수십 마리나 죽였어요." 그녀가 내 얼굴을 쳐다보았다. 그녀의 눈동자 깊숙이 살짝 놀란 빛이 비쳤다.

그녀가 말했다. "나는 항상 그게 싫었어요. 당신은 《구약》의 희생양 이야기를 아시나요?"

나는 고개를 내둘렀다. 모른다.

"산양에게 인간의 죄를 짊어지게 해서 황무지로 쫓아내는 거예요. 금붕어가 그의 희생양이었죠."

그녀가 내게 미소를 지었다. 나는 웃지 않았다.

계속 희미한 미소를 머금은 채 그녀가 말했다. "아시다시피 예전에 그이에겐 진주가 있었어요. 진짜 진주가. 그것 때문에 온갖 고초를 겪은 탓에 그걸 진짜 자기 것으로 여기게 됐죠. 그인 그 진주에서 어떤 이득도 얻지 못했을 거예요. 그걸 다시 찾아냈다 해도 말예요. 그이가 감옥에 있는 동안 숨겨 둔 장소의 지형이 달라진 바람에 묻힌 곳을 찾지 못했거든요."

내 척추를 따라 위에서 아래로 천천히 차가운 전율이 흘렀다. 나는 입을 떡 벌리고 내 목소리인가 싶은 소리를 내뱉었다. "허!"

그녀가 한 손가락을 뻗어 진주 하나를 만졌다. 나는 여전히 손을 내밀고 있었다. 내 손이 마치 벽에 못질한 선반이라도 된 듯이 말이다.

"그래서 그이는 이것들을 샀어요." 그녀가 말했다. "시애틀에서요. 이것들은 속이 비어 있었는데, 하얀 왁스로 속을 채웠죠. 그 과정을 전문용어로 뭐라고 하던데 잊어버렸네요. 썩 괜찮아 보였죠. 물론 나는 진짜 진주를 본 적이 없어요."

"왜 이런 걸 샀단 말입니까?" 내가 침울하게 물었다.

"모르시겠어요? 진주는 그이의 원죄였어요. 그이는 황야에 진주를 감춰야 했던 거예요. 이 황야에 말예요. 그이는 금붕어 속에 감추었죠. 아실지 모르지만……" 그녀가 다시 내 쪽으로 상체를 기울이고 눈을 빛냈다. 그리고 아주 천천히, 아주 열렬하게 말했다. "때로 나는 생각해요. 작년쯤에, 기어이 그이는 이게 진짜 진주라고 믿게 되었다고 말예요. 이 진주가 당신에겐 무슨 의미가 있죠?"

나는 진주를 굽어보았다. 내 손과 손수건이 천천히 진주를 덮었다.

내가 말했다. "나는 평범한 사람입니다, 사이프 부인. 그 희생양 이야기는 내 머리로 이해하기가 힘들군요. 굳이 말하자면, 스스로를 속이려고 한 게 아닐까요? 정상적인 패배자들이 그러듯 말입니다."

그녀가 다시 미소를 지었다. 미소를 지을 때 그녀는 예뻤다. 그녀는 가볍게 어깨를 으쓱해 보였다.

"물론 남들은 그렇게 생각하겠죠. 하지만 나는……" 그녀가 두 손을 펴 보였다. "아, 그래요, 이젠 그것도 다 부질없어졌군요. 그걸 유품으로 내가 가져도 될까요?"

"이걸 갖겠다고요?"

"그, 가짜 진주 말예요. 보나 마나 당신은 그걸……"

나는 일어섰다. 지붕이 없는 구식 포드 로드스터가 털털거리며 언덕을 올라오고 있었다. 안에 탄 남자의 가슴에 커다란 별이 하나 달려 있었다. 엔진이 털털거리는 소리가 마치 동물원의 늙고 성난 대머리원숭이가 투덜거리는 소리처럼 들렸다.

사이프 부인은 한 손을 반쯤 내민 채 내 곁에 서 있었다. 희미하지만 간절한 표정을 지은 채.

나는 돌연 그녀를 향해 험악하게 이를 드러내고 히죽 웃었다.

"그래, 아까 거기서 참 훌륭했소이다." 내가 말했다. "정말 깜빡 넘어갈 뻔했군요. 등줄기가 다 서늘했댔지. 하지만 당신은 실수를 했습니다. 진주가 대뜸 '가짜'라고 말하는 건 당신에게 안 어울려요. 양손에 콜트를 쥔 채 그렇게 빠르고 무자비했던 당신이 그런 말을 하다니. 결정적인 것은, '무어야, 해티. 무어'라고 한 사이프의 마지막 말입니다. 진주가 가짜라면 그걸 어디에 숨겼는지 굳이 말을 할 까닭이 없지 않겠습니까? 그리고 그는 죽어 가면서까지 거짓말을 할 정도로 어리석지 않죠."

한동안 그녀의 얼굴은 조금도 변하지 않았다. 그러다 달라졌다. 뭔가 섬뜩한 것이 그녀의 두 눈에 비쳤다. 그녀는 입을 모아 내게 침을 칵 뱉었다. 그리고 집 안으로 들어가 문을 쾅 닫았다.

나는 2만 5천 달러를 조끼 주머니에 찔러 넣었다. 반은 내 몫이고 반은 캐시 혼의 몫이다. 내가 그녀에게 수표를 내밀 때, 그리고 조니가 쿠엔틴 교도소에서 풀려나길 기다리며 그것을 은행에 입금시킬 때 그녀의 눈빛이 어떨지 눈에 선했다.

포드가 다른 차들 뒤에 멈추었다. 운전자가 차 밖으로 침을 퉤 뱉고는 사이드브레이크를 걸고, 차 문을 열지 않고 밖으로 뛰어내렸다. 셔츠 바람의 거구의 남자였다.

나는 그를 만나러 계단을 내려갔다.

붉은 바람
Red Wind

1

그날 밤 사막바람이 불었다. 고온 건조한 샌타애나의 전형적인 열풍이었다. 이 바람이 산 고개를 넘어 내려오면 머리카락이 곱슬곱슬 말리고 피부가 가려워지고 괜히 초조해진다. 그런 밤이면 어느 술판이든 한바탕 싸움으로 끝난다. 유순하고 가냘픈 아낙네들은 식칼의 날을 만지며 남편의 목을 노려본다. 어떤 일이든 가능하다. 칵테일 바에서 거나하게 맥주를 걸칠 수도 있다.

내가 살고 있는 아파트의 길 건너편에 신장개업한 멋진 칵테일 바에서 나는 맥주를 마시고 있었다. 일주일 전쯤 문을 열었는데 아직 이렇다 할 손님이 없었다. 바 뒤에 있는 청년은 20대 초반인데 평생 술 한잔해 보지 않은 것처럼 보였다.

다른 손님은 한 명뿐이었다. 그 주정뱅이는 문 쪽으로 등을 돌리고 등받이 없는 의자에 앉아 있었다. 앞에다 10센트짜리 동전을 스무 개쯤 반듯하게 쌓아 놓고, 작은 잔으로 호밀 위스키를 스트레이트로 마시며 자기만의 세계에 푹 빠져 있었다.

나는 그에게서 멀찍이 떨어진 카운터에 앉아 큰 잔으로 맥주를 마시다가 말했다.

"어이, 자네는 거품을 확실히 걷어 내고 주는군. 그러는 게 자네한테도 좋아."

"이제 막 개업을 했잖아요. 그래야 단골이 생기죠." 청년이 말했다. "전에 여기 오신 적 있으시죠?"

"어, 그래."

"근처에 사시나 봐요?"

"길 건너 버글런드 아파트에 살지. 내 이름은 필립 말로*야." 내가 말했다.

"찾아 주셔서 감사합니다. 제 이름은 루 페트럴이에요." 그가 광이 나는 갈색 카운터 위로 내게 상체를 기울이며 말했다. "혹시 저분 아세요?"

"몰라."

"저분은 이제 집에 가셔야 해요. 택시라도 불러서 집에 보내드려야 할까 봐요. 다음 주에 마실 것까지 미리 드시고 계시네요."

"이런 밤에는 그냥 내버려 둬." 내가 말했다.

---

* 1938년 《다임 디텍티브》지 발표 당시의 주인공 이름은 John Dalmas였다.

"몸 상하잖아요." 청년이 샐쭉하게 나를 바라보았다.

"위스키!" 술꾼이 고개를 들지도 않고 혀 꼬부라진 소리로 말했다. 카운터를 두드리면 동전 탑이 무너질까 봐 그는 손가락을 튀겨 딱 소리를 냈다.

청년이 나를 바라보며 어깨를 으쓱했다. "줘야 할까요?"

"몸 상하라고 해. 내 몸 아냐."

청년이 스트레이트 호밀 위스키를 새로 따라 주었다. 아마 위스키에 물을 탔을 것이다. 카운터 뒤에서 술을 가지고 올 때 마치 할머니를 걸어차고서 죄책감을 느끼는 듯한 표정을 짓고 있었기 때문이다. 술꾼은 청년을 눈여겨보지 않았다. 그는 뇌종양 수술을 하는 명의 같은 손놀림으로 신중하게 동전 몇 개를 집어 들었다.

청년이 돌아와 내 잔에 맥주를 더 채워 주었다. 밖에서 바람이 울부짖었다. 이따금 스테인드글라스 문이 바람에 덜컥거렸다. 그건 꽤 육중한 문이었다.

청년이 말했다. "저는 술꾼이 제일 싫어요. 둘째로 싫은 건 술꾼이 여기서 곯아떨어지는 거고요, 셋째로 싫은 건 그게 첫 손님인 거예요."

"워너브라더스에서 그 말을 써먹고 싶겠는데." 내가 말했다.

"벌써 써먹었어요."

그때 새로운 손님이 왔다. 바깥에서 브레이크 밟는 소리가 나더니 반회전문이 열렸다. 들어온 남자는 다소 급한 기색이었다. 그는 손으로 문을 잡은 채 반짝이는 갈색 눈으로 담담히 실내를 재빨리 둘러보았다. 탄탄한 체구에 얼굴이 갸름하고 입매가 단정한 미남이었다. 갈색 상의 주머니 밖으로 하얀 손수건이 살짝 삐져나와 있었다. 왠지 긴장을 했으면서도 자못 냉정해 보였다. 아마 열풍 때문일 것이다. 나도 긴장되기는 마찬가지였는데 냉정하지는 못했다.

그는 술꾼의 등을 바라보았다. 술꾼은 체스를 하듯 빈 유리잔 여러 개를 이리저리 움직이고 있었다. 새 손님은 나를 바라보더니, 다른 쪽의 반원형 좌석들을 둘러보았다. 좌석은 모두 비어 있었다. 그는 안으로 들어서서, 혼자 중얼거리며 몸을 건들거리는 술꾼을 지나, 바텐더 청년에게 말했다.

"아가씨 하나가 여기 들어오지 않았나? 키가 크고 예쁘고, 갈색 머리에 푸른 비단 크레이프 드레스 위에 날염 볼레로 재킷을 걸쳤지. 벨벳 띠를 두른 챙 넓은 밀짚모자를 썼고." 내가 싫어하는 딱 부러진 음성이었다.

"아니요. 그런 여자는 온 적 없는데요." 바텐더 청년이 말했다.

"고맙네. 스트레이트 스카치. 바로 줄 수 있지?"

청년이 건네주자 녀석은 계산을 하고 단숨에 들이켠 후 밖으로 향했다. 그는 서너 발 내딛더니 걸음을 멈추고 술꾼을 마주 보았다. 술꾼이 씩 웃고 있었다. 술꾼은 어디에선가 거의 순간적으로 잽싸게 총을 뽑아 들었다. 단호히 총을 들고 있는 그는 나보다도 덜 취한 것처럼 보였다. 키 큰 갈색 머리의 남자는 꼼짝 않고 서 있다가 고개를 까닥하며 살짝 뒤로 젖히고는 다시 꼼짝도 하지 않았다.

차 한 대가 밖에서 홱 하니 지나갔다. 술꾼의 총은 22구경 자동 권총으로, 큼직한 가늠쇠가 달려 있었다. 총성이 두 방 울리더니 살짝, 아주 조금 연기가 피어올랐다.

"잘 가게, 왈도." 술꾼이 말했다.

그리고 그는 바텐더와 내게 총을 돌렸다.

갈색 머리의 남자가 쓰러지기까지 일주일은 걸린 듯했다. 비틀거리다가 중심을 잡고 한 팔을 흔들다가 다시 비틀거렸다. 모자가 먼저 떨어지고, 이어서 그가 바닥에 얼굴을 찧었다. 그렇게 쓰러진 후에는 언제 몸부림을 쳤나 싶게 잠잠해졌다. 엎질러진 콘크리트처럼.

술꾼은 의자에서 미끄러지듯 내려와 동전을 주머니에 쓸어 담고 슬며시 출입문으로 향했다. 그가 몸을 모로 돌렸지만 총구는 여전히 우리를 향해 있었다. 나한테는 총이 없었다. 맥주 한잔하는 데 그게 필요할 줄은 미처 몰랐다. 카운터 뒤의 청년은 움직이지 않았고 끽소리도 내지 않았다.

술꾼은 어깨를 살짝 문에 대고는 계속 우리를 주시하다가 뒷걸음으로 문을 밀고 나갔다. 문이 활짝 열리자 세찬 바람이 들이닥치며 바닥에 쓰러진 남자의 머리칼을 날렸다. 술꾼이 말했다.

"불쌍한 자식. 언젠가는 코피 터질 거라고 했잖아."

반회전문이 빙글 닫혔다. 나는 서두르기 시작했다. 허튼짓을 잘하는 오랜 습관 탓이었지만, 이번 경우에는 그것과 무관했다. 바깥에서 차가 출발하는 요란한 소리가 났다. 내가 인도로 나섰을 때 차는 이미 빨간 후미등을 깜빡이며 가까운 길모퉁이를 돌고 있었다. 나는 처음으로 100만 달러를 받은 사람처럼 차량번호를 챙겼다.

평소처럼 사람과 차들이 거리를 오가고 있었다. 총이 발사된 것을 알고 대처하는 사람은 아무도 없었다. 22구경의 총소리를 문짝 닫히는 정도의 소리로 바꿔 버릴 만큼, 심지어 총소리를 집어삼켜 버릴 만큼 바람 소리가 거칠었다. 나는 칵테일 바로 돌아갔다.

청년은 여전히 꼼짝하지 않았다. 두 손을 카운터에 얹은 채 가만히 서서, 살짝 고개를 내밀고 갈색 머리 남자의 등을 굽어보고 있었다. 갈색 머리 남자 역시 꼼짝하지 않았다. 나는 허리를 숙이고 그의 목 동맥을 만져 보았다. 그는 움직이지 않을 것이다. 영원히.

청년의 얼굴은 표정도 안색도 둥글게 자른 스테이크 같았다. 충격을 받았다기보다는 화가 난 눈빛이었다.

나는 담배에 불을 댕겨 천장을 향해 연기를 내뿜고 툭 하니 말했다.

"전화해."

"안 죽었을지도 몰라요." 청년이 말했다.

"22구경을 쓴다는 건 실수를 하지 않는다는 뜻이야. 전화 어디 있지?"

"없어요. 전화를 놓을 돈까진 없었거든요. 젠장, 이렇게 800달러를 거저 날리다니!"

"이 바가 네 거야?"

"이 일이 일어나기 전까지는요."

그는 흰 가운과 앞치마를 벗어 던지고 카운터 안쪽 끝으로 돌아갔다.

"문을 잠글 거예요." 그가 열쇠를 꺼내며 말했다.

그가 카운터 문을 밀고 나와 밖에서 빗장을 걸었다. 나는 허리를 숙이고 왈도를 뒤집었다. 처음에는 총을 맞은 자리가 보이지 않다가 잠시 후 확인할 수 있었다. 외투 가슴 위에 작은 구멍이 두 개 나 있었다. 피는 셔츠에만 살짝 묻어 있었다.

술꾼은 킬러로서 나무랄 데가 없었다.

거의 8분 만에 순찰차가 도착했다. 루 페트럴은 다시 카운터 뒤로 돌아가 있었다. 그는 다시 흰 가운을 입고 금전등록기의 돈을 계산해서 주머니에 담고 작은 장부에 기록을 하고 있었다.

나는 반원형 좌석 하나의 가장자리에 앉아 담배를 피우며 왈도의 얼굴이 점점 경직되어 가는 것을 지켜보았다. 볼레로 재킷을 걸쳤다는 여자는 누굴까? 왜 왈도는 자기 차의 시동을 끄지 않았을까? 왜 그토록 서둘렀을까? 술꾼은 그를 기다리고 있었던 것일까, 아니면 그냥 우연히 마주친 것일까?

순경들이 땀을 흘리며 안으로 들어왔다. 그들은 여느 순경처럼 덩치가 컸고, 한 명은 경찰모에 꽃 한 송이를 꽂았는데, 모자를 조금 삐딱하게 쓰고 있었다. 시신을 본 그는 꽃을 버리고 허리를 숙여 왈도의 맥을 짚었다.

"죽은 것 같아." 그가 말했다. 그러고는 시신을 살짝 돌렸다. "그래, 총 맞은 데가 여기군. 깔끔한 솜씨야. 두 분은 그가 총 맞는 것을 봤습니까?"

보았다고 내가 말했다. 카운터 뒤의 청년은 아무 말도 하지 않았다. 킬러가 왈도의 차를 타고 떠난 것 같다고 나는 순경에게 말했다.

순경이 왈도의 지갑을 홱 펼쳐서 재빨리 속을 훑어보고 휘파람을 불었다. "지갑이 빵빵한데 운전면허증은 없구면." 그가 지갑을 치웠다. "오케이. 우린 아무것도 건드리지 않았습니다, 보셨죠? 차를 가졌다면 조회를 해서 뭘 좀 알아낼 수 있을까 했던 것뿐이죠."

"행여나 안 건드렸겠다." 루 페트럴이 말했다.

경찰이 떫은 표정을 짓고는 부드럽게 말했다. "그래, 친구, 건드리긴 했지."

청년은 깨끗한 하이볼 잔을 집어 들고 닦기 시작했다. 그는 우리가 거기 있는 동안 계속 그 잔을 닦았다.

잠시 후 강력반 왜건이 사이렌을 울리며 달려와 끽 소리를 내며 문밖에 멈추더니 남자 넷이 들어왔다. 형사 두 명과 사진사, 그리고 감식반원이었다. 둘 다 내가 모르는 형사였다. 아무리 오래 탐정 노릇을 했대도 대도시 형사를 다 알 수는 없는 노릇이다.

둘 중 한 명은 키가 작고, 갈색 피부에 과묵하고, 수염이 없는 얼굴에 미소를 띠고 있었다. 검정 곱슬머리에 눈빛이 부드럽고 지적이었다. 다른 형사는 키가 크고 깡마른 체격에 턱이 길고, 딸기코에 눈동자는 흐리멍덩했다. 그는 술고래처럼 보였다. 외모가 터프했는데, 짐짓 자기가 실제보다 더 터프하다고 생각하는 듯했다. 그가 손을 까딱까딱하며 나를 벽에 붙어 있는 가장 안쪽 좌석으로 밀어냈고, 파트너는 청년을 앞쪽 카운터에 그대로 세워 두었다. 순경들은 떠났고, 지문 감식반원과 사진사가 일을 시작했다.

검시관이 와서 이내 화를 내고는 자리를 떴다. 전화기가 없어서 운구차를 부를 수가 없었기 때문이다.

키 작은 형사가 왈도의 주머니와 지갑을 비우고, 내용물을 모두 좌석 테이블에 펼쳐진 큼직한 손수건 위에 쏟았다. 수북한 지폐, 열쇠, 담배, 손수건, 그것 말고는 별것 없었다.

키 큰 형사가 나를 맨 안쪽 좌석으로 밀어붙였다. "꺼내 보쇼. 나는 코퍼닉 경위올시다." 그가 말했다.

나는 지갑을 앞에 꺼내 놓았다. 그가 지갑을 열어 보고 돌려준 후 수첩에 기록했다.

"필립 말로? 사립 탐정이군. 여긴 무슨 일로 온 거요?"

"술 마실 일이 있어서. 길 건너 버글런드 아파트에 삽니다." 내가 말했다.

"저 청년을 아십니까?"

"개업한 후 한 번 들른 적이 있습니다."

"지금 이 친구가 좀 이상해 보이지 않습니까?"

"아니요."

"젊은 친구가 이런 일을 아주 우습게 여기고 있는 것 같은데? 아, 대답하지 않으셔도 됩니다. 사건 이야기나 해 보쇼."

나는 세 번에 걸쳐 이야기해 주었다. 한 번은 사건의 윤곽을, 또 한 번은 세부적인 부분을, 마지막으로는 내가 사건을 제대로 이해하고 있다는 것을 알게끔. 마침내 그가 말했다.

"그 여자가 관심을 끄는군. 킬러가 피살자를 왈도라고 불렀지만, 왈도가 안으로 들어올 거라고 확신한 것 같지는 않아. 그러니까 내 말은, 그 아가씨가 여기 있을 거라고 왈도가 확신하지 않았다면, 왈도가 여기 올 거라고는 누가 확신할 수 있겠느냔 이야기지."

"그것 참 심오하군." 내가 말했다.

그가 나를 뜯어보았다. 나는 웃지 않았다.

"원한에 의한 살인 같잖나? 계획 살인 같지는 않아. 우연 덕분이 아니었으면 도주할 길이 없었으니 말이지. 이런 도시에서는 차를 잠그지도 않고 내버려 두는 법이 없거든. 근데 목격자가 둘이나 있는 데서 킬러가 대놓고 일을 저지르다니. 그게 탐탁지 않아."

"나는 목격자가 되는 게 탐탁지 않아. 보수가 시원찮아서 말이지." 내가 말했다.

그가 히죽 웃었다. 그의 치아에 반점이 있었다. "킬러가 정말 취했었나?"

"그렇게 총을 쐈는데? 천만에지."

"내가 보기에도 그래. 음, 간단한 사건이군. 녀석은 전과가 있을 거고, 지문을 잔뜩 남겨 놓았지. 지금은 녀석의 사진 한 장 없지만 몇 시간 안에 신원을 파악하게 될 거야. 녀석은 왈도에게 원한이 있었지만, 오늘 밤에 만날 계획은 없었어. 왈도는 어떤 아가씨와 만나기로 했는데, 길이 엇갈려서 그저 물어보려고 잠깐 들른 거지. 이렇게 무더운 밤, 이런 열풍 속에서는 여자 얼굴이 망가지겠지. 여자라면 당연히 어딘가에 들어가서 기다리려고 할 거야. 그래서 마침 자리를 잘 잡은 킬러가 왈도에게 두 방을 먹이고 도주한 거지. 당신네 두 사람은 신경도 안 쓰고. 아주 간단한 사건이야."

"그렇군." 내가 말했다.

"너무 간단해서 좀 구리긴 하네." 코퍼닉이 말했다.

그는 펠트 중절모를 벗고서 추레한 금발을 헝클어뜨리곤 두 손으로 머리를 감싸 쥐었다. 얼굴이 못생긴 말상이었다. 그는 손수건을 꺼내 얼굴을 닦고, 목덜미와 손등을 닦았다. 그리고 빗을 꺼내 머리를 빗었다. 빗어서 더 흉해진 머리에 다시 모자를 썼다.

"내가 생각한 게 좀 있긴 한데." 내가 말했다.

"응? 뭔데?"

"왈도는 그 아가씨가 어떤 옷을 입었는지 알고 있었지. 그러니 그는 오늘 밤 이미 그녀와 함께 있었던 게 분명해."

"그래서? 그가 혹시 뒷간에 볼일이 있었는데, 돌아와 보니 여자가 사라졌다? 그녀가 변심을 했을 수도 있다?"

"그렇지." 내가 말했다.

하지만 내가 생각한 건 그게 아니었다. 왈도는 보통의 남자라면 입에 담을 수 없을 만큼 섬세하게 여자의 옷차림을 묘사했다. 푸른 비단 크레이프 드레스 위에 날염 볼레로 재킷을 걸쳤다고. 나는 볼레로 재킷이란 게 뭔지도 모른다. 나라면 푸른 드레스 아니면 푸른 비단 드레스 정도라고 말했을 것이다. 푸른 비단 크레이프 드레스라고는 결코 말하지 않았을 것이다.

얼마 후 두 남자가 바구니를 가지고 왔다. 루 페트럴은 여전히 잔을 닦으며 키 작은 형사와 이야기를 하고 있었다.

우리 모두 경찰국으로 동행했다.

루 페트럴의 신원에는 아무런 문제가 없었다. 그의 아버지는 콘트라 코스타 군의 안티오크 인근에 포도밭을 갖고 있었다. 그가 루에게 1천 달러*를 주어서 사업을 하게 했고, 루는 정확히 800달러를 털어서 칵테일 바를 열고 네온사인 간판을 걸었다.

경찰은 그를 풀어 주고 더 이상 지문을 채취할 필요가 없게 될 때까지 가게 문을 열지 말라고 말했다. 그는 주위 사람 모두와 악수를 나눈 후 씩 웃고는, 살인 사건이 장사에 도움이 될 것 같다고 말했다. 신문에서 떠드는 소리를 믿는 사람은 아무도 없으니, 직접 이야기를 듣기 위해 자기를 찾아와서, 그가 이야기를 들려주는 동안 술을 사서 마실 테니까 말이다.

"도무지 걱정이란 걸 할 줄 모르는 녀석이 있게 마련이지. 남들에 대한 걱정 말이야." 루가 떠난 뒤 코퍼닉이 말했다.

"왈도만 안됐지. 킬러의 지문은 잘 나왔나?" 내가 말했다.

"선명하지 않아." 코퍼닉이 씁쓸하게 말했다. "하지만 잘 분류해서 오늘 밤 워싱턴에 텔레타이프로 보낼 거야. 일치하는 게 나오지 않으면 자네는 종일 아래층 창고의 사진을 뒤져야 할 거야."

나는 코퍼닉과 이바라라는 이름의 그의 파트너와 악수를 하고 자리

* 오늘날의 소득 가치 기준으로 약 8천만 원.

를 떴다. 그들은 아직 왈도의 신원도 파악하지 못했다. 그의 주머니 안에는 그것을 알려 줄 만한 물건이 없었다.

2

내가 우리 동네로 돌아온 것은 저녁 9시 무렵이었다. 버글런드 아파트로 들어서기 전에 거리를 둘러보았다. 길 건너편의 칵테일 바 창문에 코를 박고 안을 들여다보는 사람이 한두 명 있을 뿐 어둑한 거리는 한산했다. 사람들은 경찰과 운구차를 보았지만 무슨 일이 일어났는지는 알지 못했다. 길모퉁이 드러그스토어에서 핀볼 게임을 하는 사내애들을 빼면 말이다. 녀석들은 모르는 게 없다. 일자리를 구하는 방법만 빼고.

여전히 열풍이 불고 있었다. 후끈한 바람이 먼지를 말아 올리고 벽보를 찢어 발겼다.

나는 아파트 로비로 들어가서 자동 승강기를 타고 4층으로 올라갔다. 철문을 열어젖히고 나오자 키 큰 여자가 승강기를 기다리고 있었다.

그녀는 갈색 웨이브 머리에 챙이 넓은 밀짚모자를 쓰고 있었다. 모자는 벨벳 띠를 둘렀고, 나비매듭 리본이 붙어 있었다. 커다란 푸른 눈에, 턱까지 닿지는 않을 정도의 속눈썹을 하고 있었다. 비단 크레이프일지도 모를 푸른 드레스를 입었는데, 선이 단순했지만 곡선미가 살아 있었다. 그 위에 날염 볼레로 재킷인지도 모를 겉옷을 걸치고 있었다.

내가 말했다. "그게 볼레로 재킷인가요?"

그녀가 나를 무심히 바라보며 길을 가로막은 거미줄을 걷어 내는 듯한 동작을 했다.

"그래요. 비켜 주실래요? 좀 바빠서요. 이만……"

나는 움직이지 않았다. 그녀가 승강기로 들어가지 못하게 길을 가로막은 채. 나는 그녀와 서로 노려보았고, 그녀의 얼굴이 서서히 달아올랐다.

"이런 옷차림으로 거리에 나가지 않는 게 좋을 겁니다." 내가 말했다.

"아니, 감히 당신이……"

승강기가 철커덕거리고는 다시 내려가기 시작했다. 나는 그녀가 무슨 말을 하려고 했는지 알 수 없었다. 그녀의 목소리에는 맥줏집 거품처럼 싸한 구석이 없었다. 부드럽고 가벼운 음성이었다. 마치 봄비처럼.

"지금 수작을 부리는 게 아닙니다." 내가 말했다. "당신은 곤경에 처해 있어요. 그들이 지금 승강기를 타고 여기 4층으로 올라오고 있다면, 당장 이 복도를 벗어나기도 녹록지 않을 겁니다. 우선 모자와 재킷을 벗어요. 빨리!"

그녀는 움직이지 않았다. 그리 진하지 않은 화장 아래의 얼굴이 좀 창백해진 듯했다.

"경찰이 당신을 찾고 있어요." 내가 말했다. "바로 당신 같은 옷을 입은 여자를요. 시간이 되면 내가 이유를 말해 줄게요."

그녀가 재빨리 고개를 돌리고 복도를 살펴보았다. 그녀의 외모를 보니 다시 허세를 부려도 탓할 생각이 들지 않았다.

"뉘신지 모르지만 무례하군요. 나는 301호에 사는 르로이 부인이에요. 장담컨대……"

"엉뚱한 층에 계시는군요." 내가 말했다. "여긴 4층입니다." 승강기가 1층에 멈추었다. 철문을 젖히는 소리가 승강기 통로를 타고 올라왔다.

"벗어요! 당장!" 내가 내뱉듯 말했다.

그녀가 재빨리 모자와 볼레로 재킷을 벗었다. 나는 그것을 움켜쥐고 둘둘 말아 겨드랑이에 끼웠다. 그리고 그녀의 팔꿈치를 잡고 돌려세운 다음 복도를 걸어갔다.

"나는 402호에 삽니다. 당신의 301호와는 한 층 위 맞은편 집이군요. 선택하세요. 다시 말하지만 지금 무슨 수작을 부리는 게 아닙니다."

그녀는 새가 부리로 깃을 다듬듯이 재빠른 동작으로 머리를 매만졌다. 1만 년은 계속해 온 버릇이었다.

"내 집으로." 그녀가 말했다. 그리고 핸드백을 옆구리에 끼고 빠르게 복도를 걸었다. 승강기가 아래층에 멈추었다. 승강기가 멈출 때 그녀도 걸음을 멈추었다. 그녀가 고개를 돌리고 나를 마주 보았다.

"계단은 승강기 앞을 지나가야 나옵니다." 내가 나직이 말했다.

"실은 여기에 살지 않아요." 그녀가 말했다.

"그럴 줄 알았습니다."

"경찰이 나를 찾고 있다고요?"

"그래요. 하지만 내일이나 되어야 수색에 들어갈 겁니다. 왈도의 신원을 알아내지 못할 경우에 말이죠."

그녀가 나를 의아하게 바라보았다. "왈도라뇨?"

"아, 왈도가 누군지 모르시는군요." 내가 말했다.

그녀가 긍정했다. 승강기가 다시 내려가기 시작했다. 그녀의 푸른

356

눈에 두려움이 잔물결처럼 일렁였다.

"모르는 사람이에요. 하지만 여기서 벗어나게 좀 도와줘요." 그녀가 다급하게 말했다.

내 집 앞에 거의 다 온 상태였다. 나는 열쇠를 찔러 넣고 돌린 후, 문을 안으로 밀어 열었다. 안으로 들어가서 조명 스위치를 켰다. 그녀가 파도처럼 나를 지나 안으로 들어갔다. 백단향이 아주 희미하게 코끝을 스쳤다.

나는 문을 닫고 내 모자를 의자 위에 던져 놓은 후, 내가 풀지 못한 체스 문제를 펼쳐 놓은 게임 탁자로 그녀가 다가가는 모습을 지켜보았다. 일단 집에 들어와 문을 닫자 그녀의 두려움이 가셨다.

"체스를 좋아하시는군요." 그녀가 조신한 어조로 말했다. 마치 내 집을 구경하러 온 사람 같았다. 차라리 그랬으면 좋을 것이다.

우리는 가만히 서서 멀리서 들려오는 소리에 귀를 기울였다. 승강기 문이 열리는 쇳소리가 나고 발소리가 멀어졌다.

나는 씩 웃었지만 즐거워서가 아니라 긴장해서였다. 작은 부엌으로 가서 유리잔 두 개를 찾다가 아직도 내가 그녀의 모자와 볼레로 재킷을 옆구리에 끼고 있다는 것을 알았다. 나는 벽침대 뒤쪽의 옷방으로 가서 서랍장에 넣고 다시 부엌에 가서 고급 스카치위스키를 꺼내 하이볼 두 잔을 만들었다.

이 칵테일을 가지고 돌아갔을 때 그녀는 권총을 들고 있었다. 손잡이에 자개 장식을 한 작은 자동 권총이었다. 나를 향해 번쩍 총구를 쳐든 그녀의 눈에는 두려움이 가득했다.

나는 양손에 잔을 든 채 걸음을 멈췄다. "이 열풍 때문에 당신도 스트레스가 심한 모양이군요. 나는 탐정입니다. 원한다면 증명을 할 수도 있어요."

그녀가 살짝 고개를 끄덕였다. 얼굴이 창백해 보였다. 나는 천천히 다가가서 잔 하나를 그녀 옆에 내려놓고, 탁자 맞은편으로 가서 내 잔을 내려놓은 다음, 귀퉁이가 구겨지지 않은 명함을 한 장 꺼냈다. 그녀는 의자에 앉아 왼손으로 푸른 드레스의 무릎 부분을 반듯이 폈다. 다른 손에는 여전히 권총을 쥐고 있었다. 나는 그녀의 칵테일 옆에 명함을 내려놓고 의자에 앉았다.

"아까처럼 상대가 그렇게 접근하게 하지 마세요. 총을 겨눈 게 진심이라면 말이죠." 내가 말했다. "그리고 지금 그거 안전장치를 풀지 않았군요."

그녀가 얼른 권총을 내려다보고는 몸을 한차례 떨고 권총을 핸드백에 집어넣었다. 그녀는 칵테일을 반쯤 단숨에 마시고 잔을 탁 내려놓고는 명함을 집어 들었다.

"이 술은 아무한테나 주는 게 아닙니다. 그럴 능력도 없고." 내가 말했다.

그녀의 입꼬리가 올라갔다. "돈을 원하시나요?"

"네?"

그녀는 아무 말도 하지 않았다. 그녀가 다시 핸드백에 손을 댔다.

"안전장치를 푸는 거 잊지 마세요." 내가 말했다. 그녀의 손이 멈칫했다.

내가 말을 이었다. "왈도라는 사람은 키가 큽니다. 180센티미터쯤? 날씬한 체격에 갈색 머리, 호리호리하고, 반짝이는 갈색 눈동자에 얼굴과 입매가 아주 갸름합니다. 갈색 정장에 하얀 손수건을 주머니에 꽂았고, 다급하게 당신을 찾았습니다. 이만하면 누군지 아시겠나요?"

그녀가 다시 잔을 집었다. "그 사람 이름이 왈도라고요?" 그녀가 말했다. "그런데 그는 어떻게 되었나요?" 술 때문에 혀가 살짝 꼬부라진 듯했다.

"안 좋은 일이 있었습니다. 길 건너편에 칵테일 바가 있는데…… 근데 저녁 내내 어디에 있었나요?"

"내 차 안에요. 대부분은." 그녀가 차갑게 말했다.

"거리가 떠들썩했던 것을 모르시나요?"

그녀의 두 눈이 시치미를 떼려다 실패했다. 그녀의 입이 말했다. "좀 소란스러웠다는 거 알아요. 경찰과 빨간 경광등을 보았어요. 누가 다쳤나 보다 했죠."

"그래요. 그 전에 왈도라는 사람이 당신을 찾고 있었습니다. 칵테일 바에서요. 그가 당신의 인상착의를 말했습니다."

그녀의 두 눈이 리벳처럼 조여지며 긴장한 표정이 역력했다. 입술이 떨리기 시작하더니 멈추지 않았다.

"내가 거기 있었습니다." 내가 말했다. "칵테일 바 사장 청년과 이야기를 나누고 있었죠. 술꾼 한 명과 청년과 나밖에 없었죠. 술꾼은 자기 세계에 빠져서 다른 데 관심을 두지 않았습니다. 그때 왈도가 들어와서 당신에 대해 물었고, 우리가 당신을 본 적 없다고 말하자, 그는 나가려고 했습니다."

나는 칵테일을 조금 마셨다. 나도 누구 못지않게 뜸 들이기의 효과를 좋아한다. 그녀의 두 눈이 나를 잡아먹을 듯했다.

"그냥 떠나려고 한 겁니다. 그때 누구에게도 신경을 쓰지 않던 술꾼이 그를 왈도라고 부르더니 권총을 뽑아 들었습니다. 두 방을 쏘았죠." 내가 손가락을 두 번 딱딱 튀겼다. "이렇게. 그리고 죽었습니다."

그녀는 내 말을 묵살하며 대놓고 웃었다.

"그러니까 제 남편이 당신을 고용해서 내 뒷조사를 했군요. 그 모든 게 쇼라는 걸 알 만하네요. 당신과 왈도 이야기 말예요."

나는 그녀를 멍하니 바라보았다.

"그이가 질투 같은 걸 다 할 줄은 몰랐네요." 그녀가 쏘아붙였다. "그것도 우리 집안의 운전기사였던 사람을 질투하다니. 물론 상대가 스탠이라면 조금은 그럴 수도 있겠죠. 하지만 조지프 코트는……"

나는 홰홰 손을 저었다. "이봐요, 우리 사이에 오해가 있는 듯하군요." 내가 툴툴거렸다. "나는 스탠이나 조지프 코트라는 사람을 모릅니다. 집안 운전기사라는 사람도 모릅니다. 이 동네 사람들은 전용 기사를 둘 여력이 없죠. 남편에 대해 말하자면, 그래요, 이 동네에도 더러 남편이 있기는 해요. 아주 흔한 건 아니지만 말입니다."

그녀는 천천히 고개를 내두르며 손을 핸드백 가까이 두고는 푸른 눈을 반짝였다.

"실없는 소리 마세요, 말로 씨. 정말 마음에 안 드는군요. 나는 당신네 탐정이란 자들을 잘 알아요. 죄다 썩었죠. 당신은 나를 속여서 당신 집으로 데려왔어요. 이게 당신 집인지는 분명치 않지만 말예요. 돈 몇 푼에 영혼이라도 팔려는 한심한 사람의 집을 아마 빌렸겠죠. 이제 당신은 내게 겁을 주려고 하고 있어요. 내 남편한테서 돈을 받은 것으로 모자라 나한테 공갈 협박을 하려는 건가요? 좋아요." 그녀가 숨도 쉬지 않고 말을 쏟아 냈다. "그래, 내가 얼마 주면 되겠어요?"

나는 빈 잔을 내려놓고 의자 등받이에 기댔다.

"실례지만 담배 좀 태우겠습니다. 빈정이 상해서 말입니다." 내가 말했다.

내가 담뱃불을 댕기는 동안 그녀는 자기에게 잘못이 있을지 모른다는 일말의 우려도 없이 나를 빤히 지켜보았다.

"그러니까 피살자 이름이 조지프 코트로군요? 칵테일 바에서는 킬러가 그를 왈도라고 부르긴 했지만 말이죠." 내가 말했다.

그녀는 역겹지만 참아 주겠다는 듯이 웃는 얼굴로 말했다. "말 돌리지 마요. 얼마면 돼요?"

"조지프 코트를 왜 만나려고 했죠?"

"그가 내게서 훔쳐 간 것을 사려고 했어요. 남들에게도 그건 값나가는 물건이에요. 거의 1만 5천 달러*짜리라고요. 사랑하는 남자가 내게 준 거죠. 그이는 죽었어요. 그래요! 죽었다고요! 불타는 비행기 안에서 죽었어요. 이제 남편한테 가서 이를 테면 일러요. 비열한 쥐새끼!"

"나는 새끼가 아니오. 쥐도 아니고." 내가 말했다.

"아무튼 비열해. 굳이 내 남편한테 전할 것도 없어요. 내가 직접 말하겠어요. 어차피 알게 될 테니까."

나는 히죽 웃었다. "그러는 게 깔끔하겠군요. 그럼 뭘 알게 될 건지 말씀해 주시죠."

그녀가 잔을 들고 남은 것을 비웠다.

"남편은 내가 조지프와 밀회라도 하는 줄 알고 있어요. 과거에는 그게 밀회였는지도 모르죠. 그렇다고 사랑을 나눈 건 아니에요. 운전기사와 그런 짓을 하다니요! 집 앞에서 만나 일자리를 준 부랑자와! 굳이 바람을 피우고 싶다면 그렇게까지 진창에서 구를 필요도 없다고요!"

---

* 오늘날의 소득 가치 기준으로 12억 원이다.

"물론 그러시겠죠." 내가 말했다.

"나는 그만 가겠어요." 그녀가 말했다. "막기만 해 봐." 그녀가 자개 장식 권총을 재빨리 꺼내 들었다. 나는 가만히 있었다.

"형편없는 인간 같으니!" 그녀가 버럭 소리를 질렀다. "당신이 탐정 인지 뭔지 내가 어떻게 알아? 사기꾼일 수도 있는걸. 이따위 명함이 무슨 소용이야? 이런 건 누구나 만들 수 있어."

"물론이죠." 내가 말했다. "그러고 보니 나도 참 선견지명이 대단한 모양입니다? 오늘 당신이 이 아파트에 들어올 것을 예상해서 2년 전 부터 여기 살고 있다가, 기어이 당신을 만나서 그 뭐냐, 길 건너편 술 집에서 우연히 마주친 왈도라는 이름의 조지프 코트라는 남자랑 밀회 를 약속한 것 아니냐고 당신한테 이렇게 공갈 협박을 하다니 말입니 다. 1만 5천 달러나 나가는 그 뭔가를 살 돈은 진짜 있으시죠?"

"흥! 이제는 내 돈을 털려고 하는군요!"

"흥!" 내가 흉내를 냈다. "이제 나는 순 날강도로군요, 그렇죠? 그 권 총, 안전장치를 풀지 않으려면 그냥 치워요. 멋진 총을 그딴 식으로 막 굴리는 걸 보면 전문가로서 기분이 언짢거든요."

"당신은 마음에 드는 구석이 눈곱만큼도 없어요. 내 앞에서 꺼져요."

나는 움직이지 않았다. 그녀도 움직이지 않았다. 우리 둘 다 자리에 가만히 앉아 있었다. 서로 가까운 사이도 아닌데 말이다.

"떠나기 전에 한 가지만 알려 주시죠." 내가 사정했다. "대체 아래층 의 집을 빌린 이유는 뭡니까? 거리에서 남자를 주워 가지고 오려고?"

"바보 같은 소리 하지 마요." 그녀가 쏘아붙였다. "여기엔 내 집이 없 어요. 아깐 거짓말을 했어요. 그건 그의 집이에요."

"조지프 코트의 집?"

그녀가 고개를 주억거렸다.

"내가 말한 왈도의 인상착의가 조지프 코트와 일치하나요?"

그녀가 다시 고개를 주억거렸다.

"좋아요. 마침내 한 가지 사실을 알게 됐군요. 왈도가 총을 맞기 전에, 그러니까 그가 당신을 찾고 있을 때, 왈도가 당신의 차림새를 말했고, 그 말이 경찰 귀에도 들어갔습니다. 경찰은 왈도가 누군지 모르지만, 아무튼 그걸 알아내는 데 도움이 될 그 차림새의 여자를 찾고 있단 걸 이제 아시겠죠? 이해가 되십니까?"

그녀의 손에 들린 총이 갑자기 떨리기 시작했다. 그녀가 다소 멍한 눈으로 총을 내려다보고는 다시 핸드백에 천천히 집어넣었다.

"당신에게 그런 말을 다 하다니 내가 바보였어요." 그녀가 나직이 말했다. 그녀는 나를 한참 바라보더니 숨을 깊이 들이쉬었다.

"그는 자기가 머물고 있는 곳을 내게 말해 주었어요. 그는 겁이 없는 것 같았어요. 공갈 협박을 하는 치들이 다 그런 줄만 알았죠. 그가 거리에서 만나자고 했는데 내가 늦게 왔어요. 도착해 보니 경찰이 깔려 있었죠. 그래서 다시 돌아가서 한참 차 안에 앉아 있었어요. 그러고서 조지프의 집에 가서 노크를 했죠. 그리고 돌아가서 다시 차 안에서 기다렸어요. 여기에 세 번이나 왔어요. 마지막에는 승강기를 타려고 한 층 더 올라갔어요. 3층에서 두 번이나 사람들 눈에 띄었거든요. 그리고 당신을 만났어요. 그게 전부예요."

"아까 남편 이야기도 했잖아요? 그 사람은 어디 있죠?" 내가 퉁명스럽게 말했다.

"그이는 회의 중이에요."

"허, 회의?" 내가 심술궂게 말했다.

"남편은 아주 중요한 인물이에요. 회의가 잦죠. 수력발전 공학자인데, 전 세계를 돌아다녀요. 그리고……"

"됐어요." 내가 말했다. "남편에 대해서는 나중에 시간 나면 점심이나 같이하면서 직접 그에게 듣겠습니다. 아무튼 조지프가 거머쥐고 있던 당신의 약점은 이제 사장되었습니다. 조지프와 함께."

"그가 정말 죽었나요? 정말?" 그녀가 나직이 말했다.

"죽었습니다." 내가 말했다. "죽었어요. 죽었다고요. 죽었어."

마침내 그녀가 그것을 믿었다. 한사코 믿지 않을 줄만 알았는데 말이다. 침묵 속에서 승강기가 4층에 멈추었다.

복도를 걸어오는 발소리가 들렸다. 우리 둘 다 같은 생각을 했다. 나는 검지를 들어 입술에 댔다. 그녀는 이제 가만히 있었다. 표정이 얼어붙었다. 커다란 푸른 눈에 그늘이 드리워졌다. 열풍이 닫힌 창문을 흔들어 댔다. 샌타애나의 바람이 불 때면, 열풍이든 아니든 창문을 단단히 닫아야 한다.

복도의 소리는 남자 한 사람의 평범한 발소리였다. 하지만 그 소리는 내 현관문 앞에 멈추었고, 노크를 했다.

나는 벽침대 뒤의 옷방을 가리켰다. 그녀는 옆구리에 핸드백을 꼭 낀 채 소리 없이 서 있기만 했다. 이번에는 그녀의 잔을 가리켰다. 그녀가 그것을 재빨리 챙겨 들고 양탄자를 밟고 슬그머니 옷방으로 들어가 조용히 문을 닫았다.

내가 왜 이런 고생을 자초하고 있는지 알 수 없었다.

다시 노크 소리가 들렸다. 손에 땀이 났다. 나는 삐걱 소리가 나게 의자를 뒤로 빼고 일어서서 큰 소리로 하품을 했다. 그러고는 입구로 다가가서 문을 열었다. 총을 들지 않고. 그건 실수였다.

3

   처음에는 그가 누군지 알아보지 못했다. 왈도가 그를 알아보지 못한 것은 아마도 나와는 반대의 이유 때문일 것이다. 그러니까 그는 칵테일 바에서 내내 모자를 쓰고 있었는데, 지금은 쓰고 있지 않았다. 정확히 모자가 시작되는 지점부터 머리칼이 전혀 없었다. 그 모자선 위의 피부가 흉터 조직처럼 새하얗게 반들거렸다. 그저 스무 살쯤 더 먹어 보이는 것이 아니라 전혀 딴사람으로 보였다.

   그러나 그가 들고 있는 자동 권총이 예의 가늠쇠가 커다란 22구경이라는 것을 나는 알아보았다. 그리고 그의 눈빛도 알아보았다. 번들거리고, 날카롭고, 경박한 도마뱀의 눈 같았다.

   그는 혼자였다. 그가 살짝 내 얼굴에 총을 갖다 대고 입을 거의 벌리지 않고 말했다. "그래, 나야. 안으로 좀 들어가지?"

   나는 그가 원할 만큼, 그러니까 그가 안에서 수월하게 문을 닫을 수 있을 만큼 넉넉하게 물러선 후 멈춰 섰다. 그렇게 하기를 바란다는 것을 눈빛만 봐도 알 수 있었다.

   나는 겁을 먹지는 않았지만 무력해지고 말았다.

   그는 문을 닫고 나를 좀 더 뒤로 천천히 물러서게 했다. 발뒤꿈치에 뭔가가 닿을 때까지. 그의 두 눈은 내 눈 속을 들여다보고 있었다.

   "게임 탁자가 있군. 어떤 멍청이가 여기서 체스를 두는 거야? 자네가?" 그가 말했다.

   나는 침을 삼켰다. "딱히 체스를 두는 건 아니야. 그냥 빈둥거릴 뿐이지."

   "둘이 있다는 뜻이군." 그가 목이 잠긴 낮은 소리로 말했다. 지난날 경찰한테 고문을 당하다가 곤봉으로 울대를 얻어맞은 적이라도 있는 듯이.

"이건 문제 풀이야." 내가 말했다. "체스를 두고 있는 게 아니라. 체스 말들을 봐."

"난 봐도 몰라."

"아무튼 난 혼자야." 내가 말했다. 목소리가 적당히 떨렸다.

"아무래도 상관없어." 그가 말했다. "어차피 난 볼 장 다 봤으니까. 내일이든 다음 주든 어떤 끄나풀이 나를 경찰에 찌르겠지. 될 대로 되라고 해. 난 그저 너 같은 낯짝이 싫어. 포드햄인가 어딘가의 대학 미식축구 팀에서 레프트 태클*로 뛰었다는 그 칵테일 바의 말쑥한 계집애 같은 자식도 싫어. 너 같은 놈들은 딱 질색이야."

나는 말하지도, 움직이지도 않았다. 큰 가늠쇠가 거의 애무하듯 내 볼을 스쳤다. 남자는 미소를 지었다.

"게다가 이건 도랑 치고 가재도 잡는 격이란 말이야." 그가 말했다. "만일을 대비해서 나 같이 늙은 전과자는 지문을 남기지 않지. 내게 불리한 것은 목격자 두 명뿐이야. 육시랄."

"왈도가 그쪽한테 무슨 짓을 한 거지?" 나는 자못 떠는 척하느니 차라리 궁금해하는 척하려고 했다.

"미시간에서 은행을 털었는데 놈이 찌르는 바람에 감방에서 4년을 썩었어. 놈은 기소가 취하되고 말이야. 미시간 교도소에서의 4년은 여름 유람선 여행 같은 게 아니야. 거기서는 다들 종신형 재소자처럼 고분고분해지지."

* 포지션 가운데 하나.

"왈도가 거기 올 줄은 어떻게 안 거야?" 내가 골골거리며 물었다.

"몰랐어. 아, 그래, 놈을 찾고 있긴 했지. 당장 놈의 낯짝을 보고 싶었어. 전날 밤에 거리에서 놈을 얼핏 보긴 했는데 놓쳐 버렸거든. 그 후놈을 찾지 못했는데, 그때 찾고야 만 거야. 귀여운 놈. 놈은 어떻게 됐지?"

"죽었어." 내가 말했다.

"내 솜씨가 녹슬지 않았군." 그가 낄낄거렸다. "취했든 안 취했든 말이야. 암튼 이제는 그런 걸로 밥벌이는 못 하지. 놈들은 아직 내가 누군지 알아내지 못했지?"

나는 재까닥 대답을 했어야 했다. 그가 총으로 내 목을 쿡 쑤셨다. 나는 숨이 막혀 본능적으로 총을 붙잡으려고 손을 뻗을 뻔했다.

"이런, 이런." 그가 내게 나직이 주의를 주었다. "벙어리도 아니면서 왜 이러나."

나는 다시 옆구리로 손을 내리고 손바닥을 펴 보였다. 그러기를 바라는 것 같았다. 그는 총 말고는 어떤 것으로도 나를 건드리지 않았다. 나 역시 총을 가지고 있는지 없는지는 아랑곳하지 않는 것 같았다. 아마 내게 총이 있었어도 마찬가지였을 것이다. 그저 나를 없앨 생각뿐이었다면 말이다.

그는 이 거리로 돌아오면서도 앞으로 어떻게 되든 아랑곳하지 않은 것 같았다. 아마 열풍이 무슨 영향을 끼쳤을 것이다. 바람은 부두의 파도처럼 닫힌 창문을 계속 두드리고 있었다.

"경찰이 지문을 떴어." 내가 말했다. "얼마나 잘 떴는지는 모르겠지만."

"잘 떴겠지. 하지만 텔레타이프를 거치면 다르지. 항공우편으로 워싱턴에 보내서 결과를 알아보려면 시간깨나 걸리고. 이봐, 내가 왜 여기 왔는지 한번 맞춰 봐."

"그쪽은 그 청년과 내가 칵테일 바에서 이야기하는 것을 들었어. 나는 내 이름과 주소를 말했고."

"이봐, 그건 '어떻게'지. '왜'를 말해 보라고." 그가 히죽 웃었다. 두 번 다시 보고 싶지 않은 불쾌한 미소였다.

"그건 관둬." 내가 말했다. "교수형 집행자가 왜 왔는지 맞춰 보라고 그쪽한테 묻진 않을 거야."

"이야, 터프한데? 자네를 처리한 후 그 청년을 찾아갈 거야. 나는 경찰국에서 집까지 녀석을 미행했어. 그런데 너를 먼저 처리해야겠더군. 나는 왈도의 렌터카를 타고 미행했지. 시청에서부터, 그러니까 경찰국에서부터 말이야. 형사 녀석들 참 한심하잖아? 녀석들은 범인이 자기 무릎에 앉아 있어도 범인을 알아보지 못할 거야. 시가전차를 쫓아가며 기관총을 갈겨 대서 행인 둘과 자기 택시 안에서 졸고 있는 운전기사와 2층에서 걸레질하던 청소부를 죽여도 마찬가지야. 쫓아가다가 놓쳐 버리지. 정말 한심하다니까."

그는 내 목에 총구를 대고 비틀었다. 두 눈이 전보다 더 광기를 띠었다.

"덕분에 시간을 벌었어." 그가 말했다. "왈도의 렌터카가 바로 분실 신고되는 일은 없을 거야. 왈도의 신원을 바로 파악하지도 못할 테고. 나는 왈도를 알아. 아주 영악하지. 수완이 좋은 녀석이거든, 왈도는."

"토하겠어. 내 목에서 총을 치우지 않는다면." 내가 말했다.

그가 씩 웃으며 총을 내려 내 심장을 겨누었다. "여긴 괜찮아? 지금 박아 줘?"

내가 여태 본의 아니게 제법 큰 소리로 말했던 모양이다. 벽침대 뒤 살짝 벌어진 옷방의 문 틈으로 어둠이 고개를 내밀고 있었다. 그리고 좀 더 벌어졌다. 3센티미터. 그리고 10센티미터. 그리고 두 눈이 보였다. 하지만 나는 그쪽을 바라보지 않았다. 그저 대머리 남자의 눈을 골똘히 바라보았다. 아주 골똘히. 나는 그의 눈길이 내게서 떠나는 걸 원치 않았다.

"무섭나?" 그가 나직이 물었다.

나는 그의 총구에 가슴을 댄 채 몸을 떨기 시작했다. 내가 떠는 모습을 보면 좋아할 것 같아서였다. 여자가 문밖으로 나왔다. 그녀는 다시 총을 쥐고 있었다. 그녀가 너무나 안쓰러웠다. 그녀는 문으로 나가려고 하거나 비명을 지르게 될 것이다. 어느 쪽이든 결판이 나고 말 것이다. 우리 둘 다.

"근데 밤새 이러고 있을 건가?" 내가 푸념을 했다. 길 건너편에서 들리는 라디오 소리처럼 내 목소리가 아스라이 들렸다.

"어, 나는 이러는 게 좋아. 난 그런 사람이야." 그가 미소를 지었다.

여자가 그의 뒤쪽 어딘가에서 부유하듯 움직였다. 그 어떤 동작도 그녀의 움직임만큼 조용할 수는 없을 것이다. 그래 봐야 도움은 안 될 것이다. 그가 그녀에게 맥없이 당하진 않을 테니까. 불과 5분 동안 그의 눈을 들여다보았을 뿐이지만 그를 평생 알고 지낸 것만 같았다.

"내가 고함을 지를지도 몰라."

"그래, 그럴지도 모르지. 어서 질러 봐." 그가 킬러의 미소를 띠고 말했다.

그녀는 현관문 쪽으로 가지 않았다. 바로 그의 뒤에 있었다.

"그럼, 이쪽에서 고함을 질러야겠군." 내가 말했다.

그것이 신호였다는 듯이 그녀가 아무 기척도 없이 돌연 작은 권총으로 그의 옆구리 늑골을 가격했다.

당연히 그가 반응을 했다. 무릎반사와도 같은 반응이었다. 그의 입이 벌어지고 두 팔이 들리더니 살짝 등이 굽었다. 그의 총구가 내 오른쪽 눈을 향했다.

나는 재빨리 자세를 낮추고 있는 힘껏 무릎으로 사타구니를 올려쳤다.

그의 허리가 접히자 주먹으로 턱을 갈겼다. 최초의 미 대륙횡단 철로에 최후의 대못을 박듯이. 지금도 주먹을 쥐면 이때의 느낌이 되살아난다.

그의 총구가 내 옆얼굴을 스쳤지만 발사되지는 않았다. 그는 이미 나가떨어졌다. 그가 모로 쓰러진 채 숨을 헐떡이며 고통으로 몸을 뒤틀었다. 그의 오른쪽 어깨를 걷어찼다. 세차게. 권총이 그의 손을 떠나 양탄자 위로 미끄러져 의자 아래로 들어갔다. 내 뒤쪽 어디선가 바닥에서 체스 말들이 구르는 소리가 났다.

여자가 그를 굽어보았다. 그러다 심한 충격을 받아 둥그렇게 뜬 눈을 들고 내 눈을 주시했다.

"덕분에 살았어요. 이제 내가 가진 건 모두 당신 거예요. 영원히." 내가 말했다.

그녀는 내 말을 듣지 못했다. 눈을 너무 부릅뜨고 있어서 선명한 푸른 홍채 아래 하얀 실금들이 다 보였다. 그녀는 작은 권총을 든 채 뒷걸음으로 재빨리 현관문으로 가서 손을 더듬어 문손잡이를 잡고 돌렸다. 그리고 문을 당겨 열고 밖으로 나갔다.

문이 닫혔다.

그녀는 모자도, 볼레로 재킷도 챙기지 않았다.

권총은 가져갔지만 여전히 안전장치가 잠겨 있어서 쏠 수도 없었다.

여전히 바람이 불었지만, 그녀가 떠난 후 집 안은 고요했다. 그때 방바닥에서 헐떡이는 소리가 들렸다. 그의 얼굴이 창백하다 못해 푸른 빛을 띠었다. 그의 뒤로 가서 총이 더 있는지 몸을 뒤져 봤지만 없었다. 구멍가게에서 파는 수갑을 책상에서 꺼내 그의 두 손을 앞으로 모아 손목에 채웠다. 아주 세게 비틀지만 않으면 수갑이 풀리지 않을 것이다.

그는 격통에 시달리면서도 내 관 치수를 재듯 나를 주시했다. 여전히 바닥에 모로 쓰러져 있는 대머리 남자가 싸구려 은빛 아말감으로 때운 검은 반점이 있는 이빨을 드러내고 신음하며 몸을 뒤틀었다. 그의 입이 검은 구덩이처럼 보였다. 그의 숨결이 작은 파도처럼 밀려 나오다 턱 막혀 멈추었다가 다시 힘없이 되풀이되었다.

나는 옷방으로 가서 서랍을 열었다. 내 셔츠 위에 여자의 모자와 재킷이 놓여 있었다. 나는 그것들을 서랍 뒤쪽 아래에 쑤셔 넣고 다시 그 위에 셔츠를 반듯하게 덮어 놓았다. 그리고 부엌으로 가서 독한 위스키를 한 잔 따라 마시고 잠시 가만히 서서 유리창에 부딪치는 열풍에 귀를 기울였다. 차고 문이 쿵쾅거렸고, 절연 처리용 자재들 사이에 축 늘어진 전선이 아파트 측면을 후려치며 몽둥이로 양탄자 치는 소리를 냈다.

술기운이 올라왔다. 다시 거실로 가서 창문을 열었다. 방바닥의 킬러는 백단향 냄새를 맡지 못했지만 다른 사람은 맡을지도 모른다.

다시 창문을 닫고 손을 씻은 후 경찰국에 전화를 걸었다.

코퍼닉이 아직 근무하고 있었다. 건방진 그의 목소리가 들렸다. "어?

말로? 잠깐 말하지 말게. 음, 뭔가 알아낸 게 있군?"

"킬러의 신원은 확인됐나?"

"알려 줄 수 없어. 유감천만이지만 말이야. 사정이 어떤지 자네도 잘 알잖아."

"그래. 그가 누군지는 관심 없어. 그냥 내 아파트로 와서 킬러나 데려가."

"뭐라고!" 그러고는 목소리가 은밀하고 낮게 바뀌었다. "잠깐. 잠깐만 기다려." 멀찍이서 문 닫히는 소리가 난 듯했다. 그리고 다시 그의 말소리가 들렸다. "얘기해 봐." 그가 나직이 말했다.

"수갑을 채웠어." 내가 말했다. "다 가져가. 무릎으로 까긴 했지만 아주 말짱해. 녀석은 목격자를 제거하려고 여기 왔다더군."

잠깐 침묵이 감돌았다. 그리고 아주 상냥한 목소리가 들렸다. "음, 그런데 거기에 자네 말고 또 누가 있나?"

"다른 사람? 없어. 나뿐이야."

"그럼 그대로 있어. 조용히. 알겠지?"

"이 동네 건달들을 다 불러서 구경이라도 시킬 줄 아는 거야?"

"아, 진정해, 진정. 그대로 가만히, 조용히 앉아 있어. 지금 난 거기 있는 거나 마찬가지야. 아무것도 건드리지 마. 알겠지?"

"알았어." 시간을 절약할 수 있게끔 그에게 다시 내 주소와 아파트 호수를 알려 주었다.

그의 깡마르고 큰 말상 얼굴에서 광이 나는 모습이 눈에 선했다. 나는 의자 아래 떨어진 22구경 권총을 집어 들고 의자에 앉아 있었다. 바깥 복도에서 발소리가 들리고 이어서 현관문을 두드리는 조용한 노크 소리가 들릴 때까지.

코퍼닉은 혼자였다. 그가 후다닥 들이닥쳐서 씩 웃으며 나를 밀치고 들어와 문을 닫았다. 문을 등지고 선 그는 외투 왼쪽 아래에 오른손을 찔러 넣고 서 있었다. 키 크고 깡마른 체격에 흐린 눈빛이 잔인해 보였다.

그는 천천히 눈길을 내리고 바닥에 쓰러진 남자를 바라보았다. 남자의 목이 살짝 비틀려 있었다. 병든 두 눈이 잘게 떨렸다.

"이 녀석이 확실한 거야?" 코퍼닉이 쉰 목소리로 말했다.

"그럼. 이바라는 어딨지?"

"아, 그는 바빠." 그는 나를 바라보지도 않고 말했다. "저게 자네 수갑이야?"

"그래."

"열쇠 줘."

열쇠를 던져 주었다. 그는 민첩하게 킬러 옆에 한쪽 무릎을 꿇고 앉아 수갑을 풀어 한쪽으로 던졌다. 허리에서 자기 수갑을 꺼내 대머리 남자의 두 손을 등 뒤로 돌려 채웠다.

"두고 보자, 개자식." 킬러가 아무 억양 없이 말했다.

코퍼닉이 씩 웃고는 주먹을 말아 쥐고 수갑 찬 남자의 입을 사정없이 후려쳤다. 그의 목이 부러질 듯 뒤로 홱 젖혀졌다. 입가에서 핏방울이 떨어졌다.

"수건 좀 줘." 코퍼닉이 명령하듯 말했다.

수건을 가져와서 건네주었다. 그는 수갑 찬 남자의 입에 수건을 사정없이 욱여넣고 일어서서 추레한 금발을 깡마른 손가락으로 쓸어 넘겼다.

"좋아. 말해 봐."

여자 이야기는 쏙 빼고 자초지종을 들려주었다. 이야기가 좀 우스꽝스럽게 들렸다. 코퍼닉은 아무 말 없이 나를 지켜보았다. 그는 딸기코 옆을 문질렀다. 그러고는 빗을 꺼내 저녁에 칵테일 바에서 했던 대로 머리를 빗었다.

내가 다가가서 권총을 건네주었다. 그는 유심히 살펴보고 옆주머니에 찔러 넣었다. 그가 의미심장한 눈빛으로, 아주 환한 미소를 지으며 얼굴을 씰룩거렸다.

나는 허리를 숙이고 체스 말들을 주워 상자에 담기 시작했다. 그 상자를 벽난로 위에 올려놓고 게임 탁자의 접힌 다리 하나를 곧게 편 후 한동안 체스 문제를 풀었다. 그러는 동안 코퍼닉은 계속 나를 지켜보았다. 나는 그가 뭔가를 생각해 내길 바랐다.

마침내 그가 입을 열었다. "녀석은 22구경을 쓰는군. 잘 다루는 총이 많아서 이런 걸 쓰는 거지. 그러니까, 녀석이 명사수라는 뜻이야. 녀석은 여기 와서 노크를 했고, 이걸로 자네 배를 쿡 찌르고 뒷걸음질 치게 한 다음, 입막음을 하러 왔다고 말했어. 그런데 자네가 녀석을 때려눕혔지. 자네는 총도 없는데. 혼자 그를 때려눕힌 거야. 그것 참 대단해."

"이봐." 내가 말하며 방바닥을 바라보았다. 나는 다른 체스 말을 집어 손가락 사이에 끼우고 까딱거렸다. "나는 체스 문제를 풀고 있었어. 세상 시름을 달래려고."

"뭔가 마음에 걸리는 게 있지?" 코퍼닉이 부드럽게 말했다. "노련한 경찰을 속여 먹으려고? 설마?"

"근사하게 체포해서 넘겨주었는데, 대체 뭘 더 바라는 거야?"

방바닥의 남자가 수건을 물고 희미한 소리를 냈다. 그의 대머리가 땀으로 번들거렸다.

"뭐가 문제야? 뭔가 마음에 걸리는 게 있지?" 코퍼닉이 거의 속삭이듯 말했다.

나는 재빨리 그를 바라보고 눈길을 돌렸다. "그래." 내가 말했다. "내가 혼자 녀석을 때려눕힐 수 없었다는 걸 잘도 알아차렸군. 녀석은 내게 총을 겨누고 있었는데, 녀석은 명사수가 맞고."

코퍼닉이 한쪽 눈을 찡긋하고 다른 쪽 눈으로 나를 사랑스레 바라보았다. "계속해. 나도 그런 줄 알았어."

나는 좀 더 그럴 듯하게 이야기를 얼버무렸다. 나는 느긋하게 말을 이었다. "보일하이츠에서 범죄를 저지른 녀석이 나랑 같이 있었어. 강도였지. 걸리진 않았어. 주유소에서 푼돈을 털어댔지. 나는 녀석의 가족을 잘 알아. 녀석은 그리 나쁜 놈이 아니야. 차비나 좀 빌리려고 여기 왔댔어. 노크 소리가 들렸을 때 녀석이 저기 숨었어."

내가 벽침대와 그 옆의 문을 가리켰다. 코퍼닉이 천천히 고개를 돌려 뒤를 바라보았다. 그가 다시 윙크를 했다.

"그리고 그 친구한테 총이 있었군." 그가 말했다.

나는 고개를 끄덕였다. "녀석이 뒤로 접근을 했어. 그거 용기가 없으면 못할 일이지. 그 녀석에게 기회를 좀 줘야 해. 이번 일에 끼워 넣지 말아 줘."

"혹시 수배잔가?" 코퍼닉이 부드럽게 물었다.

"아직 아니라더군. 곧 그렇게 될까 봐 겁을 먹고는 있었지만."

코퍼닉이 미소를 짓고 말했다. "나는 강력계 형사야. 그딴 범죄는 내 알 바 아니지."

재갈을 물고 수갑을 찬 방바닥의 남자를 가리키고 내가 나긋하게 말했다. "저건 자네가 잡은 거야, 그렇잖아?"

코퍼닉의 미소가 가실 줄 몰랐다. 크고 희읍스름한 혀가 밖으로 나와 두꺼운 아랫입술을 마사지했다.

"내가 어떻게 잡았지?" 그가 속삭였다.

"왈도한테서 탄환이 나왔지?"

"그럼. 긴 22구경 슬러그탄. 하나는 갈비뼈를 박살 냈고, 하나는 심장에 적중했지."

"자네는 주도면밀했어. 일말의 가능성도 배제하지 않았지. 나에 대해서도 알아볼 게 있었어. 그래서 내가 무슨 총을 가졌는지 알아보러 우리 집에 들렀지."

코퍼닉이 일어나서 킬러 옆에 가서 다시 한쪽 무릎을 꿇고 앉았다. "어이, 내 말 들리나?" 그가 바닥에 쓰러진 남자의 얼굴 가까이 얼굴을 들이대고 물었다.

남자가 희미하게 신음을 했다. 코퍼닉이 일어서서 하품을 했다. "이놈이 뭐라고 지껄이든 무슨 상관이겠어. 계속 말해 봐."

"자네는 나한테 22구경 권총이 있을 거라고 생각진 않았지만, 그래도 집을 둘러보고 싶었어. 그래서 저 안쪽도 뒤져 봤지" 하며 나는 옷방을 가리켰다. "그동안 나는 아무 말도 하지 않았고, 아마 기분이 좀 상해 있었는데, 그때 노크 소리가 들렸어. 그리고 놈이 들어왔지. 그래서 자네가 몰래 나와서 놈을 때려잡은 거야."

"아." 코퍼닉이 말처럼 많은 이를 다 드러내고 활짝 웃었다. "접수했어. 내가 놈에게 한 방 먹이고, 무릎으로 거길 갈겨서 잡았지. 자네는 총이 없었고, 놈이 민첩하게 나를 향해 돌아섰을 때 내가 레프트 훅으로 놈을 다운시킨 거야. 됐지?"

"됐어." 내가 말했다.

"경찰국에서도 그렇게 말할 거지?"

"그래." 내가 말했다.

"자네를 보호해 주겠어. 나한테 잘해 주는 사람한테는 나도 항상 잘 해 주지. 친구는 걱정 마. 그에게 도움이 필요하다면 나한테 연락하고."

그가 다가와 손을 내밀었다. 나는 그 손을 잡고 흔들었다. 죽은 물고 기처럼 진득거리고 차가운 손이었다. 그런 손, 그리고 그런 손의 임자 를 만나면 속이 매스꺼워진다.

"한 가지 남았어." 내가 말했다. "자네 파트너인 이바라 말이야. 그를 따돌리면 기분 나빠 하지 않을까?"

코퍼닉이 머리를 박박 긁고는 큼직한 노란 비단 손수건을 꺼내 자 기 모자를 닦았다.

"그 이태리 출신?" 그가 코웃음을 쳤다. "그 녀석은 내 알 바 아니지." 그가 다가와 내 얼굴에 대고 소곤거렸다. "우리 각본에 대해 실수나 하 지 마."

입 냄새가 고약했다. 그럴 줄 알았다.

4

코퍼닉이 각본을 늘어놓을 때 수사반장실에는 다섯 명뿐이었다. 속 기사, 수사반장, 코퍼닉, 나, 이바라. 이바라는 벽에 닿도록 의자를 벌 렁 뒤로 젖히고 앉아 있었다. 모자가 그의 눈을 다 가리고 있었지만, 모자 아래 부드러운 눈빛이 어렴풋이 보일 듯했고, 윤곽이 뚜렷한 라

틴계의 입술 언저리에는 희미한 미소가 물려 있었다. 그는 코퍼닉을 똑바로 바라보지 않았다. 코퍼닉은 그를 전혀 바라보지 않았다.

바깥 복도에는 코퍼닉이 나와 악수를 하는 사진들이 붙어 있었다. 사진 속의 코퍼닉은 모자를 똑바로 쓰고 권총을 든 채 준엄한 표정을 짓고 있었다.

그들은 왈도가 누군지 알아냈지만 내게는 알려 주지 않겠다고 말했다. 그들이 알아냈다는 건 믿기지 않았다. 수사반장의 책상에 왈도의 시신 사진이 놓여 있었기 때문이다. 잘 뽑은 사진이었다. 머리를 곱게 빗고, 넥타이를 똑바로 매고, 눈동자가 빛나게끔 조명이 정확히 눈을 비추고 있었다. 심장에 총 두 방을 맞은 시신의 사진인 줄은 아무도 모를 것이다. 금발 여자가 좋을까 빨강 머리 여자가 좋을까를 고민하는 무도회장의 킹카 같았다.

내가 집에 돌아온 것은 자정 무렵이었다. 아파트 출입문이 잠겨 있어서 주머니에서 열쇠를 찾을 때 어둠 속에서 누군가가 나직이 말을 걸었다.

"부탁해요!" 그 말이 전부였다. 하지만 나는 알아들었다. 나는 돌아서서 화물 적재 구역 바로 밖에 세워진 쿠페형 캐딜락의 어두운 형체를 바라보았다. 등불은 없었다. 거리의 빛은 여자의 눈빛 정도의 밝기였다.

내가 그곳으로 다가갔다. "정말 바보로군요." 내가 말했다.

그녀가 말했다. "타세요."

차에 올라타자 차가 출발했다. 그녀는 프랭클린 가를 따라 한 블록 반을 지나 킹슬리 드라이브로 방향을 꺾었다. 열풍이 여전히 기승을 부리며 거세게 몰아쳤다. 어느 아파트의 열린 측면 창문에서 경쾌한 라디오 음악이 흘러나왔다. 주차된 차가 많았지만 그녀는 작은 신형 패커드 컨버터블 뒤의 빈 주차 공간을 발견했다. 패커드의 앞유리창에는 중개인 스티커가 붙어 있었다. 그녀가 보도에 붙여 차를 세운 후 장갑 낀 두 손으로 운전대를 잡고 운전석 구석에 등을 기댔다.

그녀는 검정 아니면 짙은 갈색의 옷을 입고, 어벙해 보이는 작은 모자를 쓰고 있었다. 여전히 백단향이 풍겼다.

"제가 당신에게 못되게만 굴었죠?" 그녀가 말했다.

"내 목숨을 구해 주셨는데 무슨 말씀을."

"나중에 어떻게 되었죠?"

"형사를 불렀습니다. 마음에 안 드는 그 형사에게 몇 가지 거짓말을 했죠. 범인 체포의 영예를 모두 그에게 안겨 주었는데, 그게 그거죠 뭐. 당신이 한 방 먹인 남자는 왈도를 살해한 자였습니다."

"당신 말씀은, 저에 대해 경찰에 말하지 않았다는 뜻인가요?"

"당신은 내 목숨을 구했어요." 내가 거듭 말했다. "그게 전부죠. 달리 또 하고 싶은 게 있나요? 나는 준비됐어요. 기꺼이, 최선을 다해 돕겠습니다."

그녀는 가만히 앉아 아무런 말도 하지 않았다.

"나는 당신이 누군지 아무한테도 말하지 않았습니다. 실은 나도 모르지만요." 내가 말했다.

"저는 프랭크 C. 바샐리의 아내예요. 올림피아 24596번지, 프리몬트 플레이스 212호실에 살죠. 알고 싶은 게 그건가요?"

"고맙군요." 내가 중얼거리고는 불을 댕기지 않은 담배를 손가락 사이에 끼우고 돌렸다. "그런데 왜 돌아왔죠?" 그리고 나는 왼손 손가락들을 우두둑 꺾었다. "모자와 재킷? 올라가서 가져오겠습니다." 내가 말했다.

"그것 때문만이 아니에요. 제 진주 목걸이를 찾고 싶어요." 나는 움찔했다. 이 마당에 진주 목걸이를 한사코 챙겨야 하나 싶었다.

자동차 한 대가 규정 속도보다 두 배는 빠르게 거리를 질주해 지나갔다. 옅은 먼지구름이 가로등 불빛 속으로 격렬히 떠올라 휘돌다가 사라졌다. 여자는 재빨리 차창을 올렸다.

"좋아요." 내가 말했다. "진주 목걸이에 대해 말해 보세요. 살인 사건이 터지고, 수수께끼의 여자와 미치광이 킬러가 연루되고, 영웅이 나타나 목숨을 구해 주고, 형사는 거짓 보고서를 작성한 마당이니, 이제 진주도 찾아야겠죠. 좋아요. 자초지종을 말해 봐요."

"저는 그것을 5천 달러에 사기로 했어요. 당신은 왈도라고 부르고, 나는 조지프 코트라고 부르는 그 남자에게 말예요. 그는 진주를 가지고 있어야 해요."

"진주는 없었습니다." 내가 말했다. "그의 주머니에서 나온 소지품을 나도 보았어요. 지폐가 두둑했지만 진주는 없었죠."

"자기 집에 숨겨 두었을 수도 있잖아요."

"그래요." 내가 말했다. "내가 아는 한, 그는 자기 주머니가 아니라도 캘리포니아의 어디에든 숨겨 두었을 수 있죠. 근데 이렇게 무더운 밤에 댁의 부군은 어디 계시죠?"

"시내에서 회의 중이에요. 그렇지 않으면 제가 여기 올 수도 없었는걸요."

"그를 데려올 수도 있었을 텐데요." 내가 말했다. "이 뒤쪽 럼블 시트*를 이용할 수도 있고 말이죠."

"글쎄요. 프랭크는 90킬로그램이나 나가고 아주 깐깐해요. 럼블 시트에 앉는 건 달가워하지 않을 거예요, 말로 씨."

"젠장, 지금 우리가 무슨 얘기를 하고 있는 거죠?"

그녀는 대답하지 않았다. 장갑을 낀 두 손으로 날씬한 핸들을 얄밉게 톡톡 두드리기만 했다. 나는 불을 댕기지 않은 담배를 창밖으로 내던지고, 살짝 몸을 틀어 그녀를 와락 붙잡았다.

내가 놓아주자, 그녀는 내게서 최대한 멀리 몸을 빼고 장갑 낀 손등으로 입을 닦았다. 나는 가만히 앉아 있었다.

우리는 한동안 아무 말도 하지 않았다. 그러다 그녀가 느릿느릿 말을 꺼냈다. "당신이 이랬으면 했어요. 하지만 내가 늘 이런 식이었던 건 아니에요. 스탠 필립스가 비행기 사고로 죽은 후에만 그랬죠. 그런 일이 없었다면 나는 필립스 부인이 되었을 거예요. 스탠은 내게 진주를 주었어요. 언젠가 1만 5천 달러짜리라고 말하더군요. 41개의 하얀 진주로 된 목걸이인데, 그중 가장 큰 건 지름이 8밀리미터가 넘어요. 무게는 몰라요. 감정하거나 보석상에게 보여 준 적이 없어서 그런 건 모르죠. 하지만 스탠이 준 거라서 그것을 소중히 여겼어요. 스탠을 사랑했으니까요. 다들 평생 한번은 그러잖아요. 이해되시죠?"

"당신 이름은 뭐죠?" 내가 물었다.

"롤라."

"계속해요, 롤라." 나는 주머니에서 다른 담배를 꺼내 손가락 사이에 끼우고 그냥 심심풀이로 비비적거렸다.

"은으로 만든 목걸이 고리는 간단한 양날 프로펠러 모양이에요. 펜던트 중앙에는 작은 다이아몬드가 하나 박혀 있어요. 프랭크에게는

---

* 자동차 후부를 뒤로 젖혀 앉을 수 있게 만든 자리.

내가 직접 산 인조 진주라고 말했어요. 그는 그 차이를 모르더군요. 사실 구별하기가 쉽지 않죠. 프랭크는 시샘이 아주 많아요."

어둠 속에서 그녀가 내게 더 가까이 다가와서 서로 몸이 맞닿았다. 하지만 나는 움직이지 않았다. 바람이 세차게 불고 나무가 흔들렸다. 나는 손가락으로 계속 담배를 돌렸다.

"그 이야기 읽어 보셨을 거예요." 그녀가 말했다. "아내와 진짜 진주 이야기인데, 진주가 가짜라고 남편한테 거짓말하는 이야기 말예요."

"읽어 보았습니다. 서머싯 몸의 단편."

"저는 조지프를 고용했어요. 그때 남편은 아르헨티나에 있었죠. 저는 무척 외로웠어요."

"그러셨겠죠." 내가 말했다.

"조지프와 저는 자주 드라이브를 하러 갔어요. 가끔은 술도 한두 잔 같이 마셨죠. 하지만 그게 전부였어요. 저는 바람을 피우지 않았어요."

"그에게 진주 이야기를 했군요." 내가 말했다. "그리고 90킬로그램짜리 덩치가 아르헨티나에서 돌아와서 그를 해고하자, 그가 진주를 훔쳐 갔고. 그게 진짜라는 걸 알고 있었으니까요. 그 후 큰 거 다섯 장을 주면 돌려주겠다고 제안했고."

"그래요." 그녀가 솔직히 말했다. "물론 저는 경찰에 알리고 싶지 않았어요. 또 물론 그런 상황에서 조지프는 자기가 어디에 사는지 내가 아는 걸 꺼려하지도 않았죠."

"사망한 왈도가 좀 안됐다는 생각이 듭니다." 내가 말했다. "공교롭게도 원한을 품은 옛 친구와 마주치다니."

나는 구두 밑창에 성냥을 그어 담배에 불을 붙였다. 담배가 열풍에 바싹 말라 마른 풀처럼 탔다. 여자는 내 곁에 조용히 앉아 다시 운전대에 두 손을 얹었다.

"젠장맞을 비행사들과 여자들의 로맨스라니." 내가 말했다. "그런데 당신은 아직도 그를 사랑하죠. 아니면 사랑한다고 생각하거나. 진주 목걸이는 어디에 보관했나요?"

"화장대 위의 러시아 공작석 보석함에 두었어요. 다른 모조 장신구 몇 점과 함께요. 늘 사용하는 장신구는 달리 둘 데가 없었어요."

"그런데 그게 1만 5천 달러짜리라 이거죠. 조지프는 그걸 자기 아파트에 숨겨 두었을 것 같고? 301호라고 했죠?"

"예." 그녀가 말했다. "어려운 부탁을 드려서 죄송해요."

나는 문을 열고 차 밖으로 나갔다. "이미 보수를 받은걸요. 우리 아파트의 현관문은 그리 튼튼하지 않습니다. 경찰이 왈도의 사진을 공개하면 주소를 금방 알아내겠지만, 그게 오늘 밤은 아닐 겁니다."

"당신은 진짜 매력적인 분이세요. 저는 여기서 기다릴까요?" 그녀가 말했다.

나는 캐딜락 발판에 한 발을 딛고 서서 차 안으로 상체를 기울인 채 그녀를 바라보았다. 나는 질문에 대답하지 않았다. 다만 거기 서서 반짝이는 그녀의 눈을 바라보았다. 그러다 차 문을 닫고 프랭클린 가를 올라갔다.

얼굴이 쪼글쪼글해질 정도로 열풍이 부는데도 그녀의 머리칼에서 풍기는 백단향을 맡을 수 있었다. 그리고 그녀의 입술을 느낄 수 있었다.

나는 버글런드 아파트의 출입문을 열고, 조용한 로비를 지나 승강기를 타고 3층으로 올라갔다. 발소리를 죽이고 조용한 복도를 지나 301호 현관문 아래를 들여다보았다. 불빛이 없었다. 나는 문을 두드렸다.

깊숙한 옆주머니를 달고 히죽 웃는 주류 밀매업자의 해묵은 비밀 노크 신호였다. 응답이 없었다. 지갑 속에 덮개로 위장해서 운전면허증을 끼워 둔 두껍고 단단한 셀룰로이드를 꺼내, 문틈으로 밀어 넣으며 문손잡이를 경첩 쪽으로 밀어붙였다. 셀룰로이드의 가장자리가 스프링 잠금장치의 사면에 걸리더니 고드름이 부서지듯 툭 하는 소리와 함께 잠금장치가 풀렸다. 문을 열고 거의 어둠에 잠긴 실내로 들어갔다. 거리의 불빛이 흘러들어 실내 여기저기를 비추고 있었다.

나는 문을 닫고 불을 켠 다음 가만히 서 있었다. 이상한 냄새가 감돌았다. 순간적으로 냄새의 정체를 알아냈다. 연기로 쪄서 말린 담배 냄새였다. 나는 창가의 흡연 장소를 찾아가서 갈색 꽁초 네 개를 굽어보았다. 멕시코 아니면 남미산 담배였다.

내가 사는 위층에서 발소리가 들리더니 누군가가 욕실로 들어갔다. 변기 물 내리는 소리가 들렸다. 나는 301호실 욕실로 들어갔다. 잡동사니가 약간 있을 뿐, 뭔가를 숨길 공간은 없었다. 작은 부엌을 뒤지는 데는 좀 더 시간이 걸렸지만, 나는 대충 살펴보고 말았다. 이 아파트에 진주 목걸이가 있을 리 없다는 것을 나는 알고 있었다. 집을 나온 왈도는 옛 친구를 만나 총을 두 방 맞기 전에, 마음이 급했고 뭔가에 쫓기고 있었다는 것을 나는 알고 있었다.

나는 거실로 돌아가서 벽침대를 조금 내리고 뒷면 거울을 통해 옷방에 아직도 누가 있는지를 살펴보았다. 벽침대를 완전히 내린 나는 더 이상 진주를 찾지 않았다. 한 남자가 눈에 들어온 것이다.

키가 작고 관자놀이께가 희끗희끗한 중년 남자였다. 짙은 갈색 피부에 엷은 황갈색 정장을 입고 와인색 넥타이를 매고 있었다. 작고 깔끔한 갈색의 두 손은 양옆으로 축 늘어져 있었다. 반짝이는 구두를 신은 작은 발 역시 축 늘어져 발끝이 거의 방바닥을 가리키고 있었다.

그는 목에 벨트를 감고 침대의 금속 틀 꼭대기에 매달려 있었다. 혀가 밖으로 나올 수 있음직한 길이보다 훨씬 더 길게 삐져나와 있었다.

그가 살짝 건들거렸다. 그 모습이 보기 싫어 침대를 세워 닫자, 그가 베개 두 개 사이에 파묻혀 건들거리지 않았다. 나는 아직 그를 건드리지 않았다. 몸이 얼음처럼 차갑다는 것을 확인하려고 만져 볼 필요까지는 없었다.

나는 그를 빙 돌아 옷방으로 들어가서 손수건을 쥐고 서랍을 열었다. 혼자 사는 남자의 잡동사니 말고는 아무것도 없었다.

나는 옷방에서 나와 남자를 조사하기 시작했다. 지갑은 없었다. 왈도가 가져가서 버렸을 것이다. 납작한 담뱃갑이 반쯤 차 있고, 스페인어로 금색 글자가 찍혀 있었다. "몬테비데오, 파이산두 19번지, 루이스 타피아 상회." 성냥은 스페지아 클럽의 것이었다. 우둘투둘한 갈색 가죽으로 만든 겨드랑이 권총집이 있고, 그 안에 9밀리미터 탄을 쓰는 마우저 권총이 들어 있었다.

마우저를 가진 걸 보니 프로라서, 죽은 것이 안쓰럽게 여겨지지 않았다. 하지만 아주 훌륭한 프로는 아니었다. 훌륭한 프로였다면, 벽을 날려 버릴 수 있는 총을 옆구리에서 뽑아 보지도 못한 채 맨주먹에 이렇게 결딴이 나지는 않았을 테니 말이다.

정황이 조금은 짐작이 갔다. 담배꽁초가 네 개 있는 것으로 보아, 누군가를 기다렸거나 이야기를 나누었다. 왈도는 이 남자의 목을 가격해 단숨에 기절을 시켰다. 이 남자에게 마우저는 이쑤시개만큼도 도움이 되지 않았다. 그 후 왈도는 아마 이미 사망했을 이 남자의 목을 허리띠로 묶어 매달았을 것이다. 부랴부랴 아파트를 나와 여자를 찾아 헤맨 것도 이 일 때문일 것이다. 칵테일 바 바깥에 차를 잠그지 않고 방치한 것도 이해가 된다.

왈도가 이 남자를 죽였다면 모든 게 설명이 된다. 이게 정말 왈도의 아파트라면. 내가 누구한테 속은 게 아니라면.

나는 좀 더 주머니를 뒤졌다. 왼쪽 바지 주머니에서 금색 접이식 주머니칼과 동전 몇 개가 나왔다. 왼쪽 뒷주머니에는 향기 나는 수건이 잘 접혀 있었다. 오른쪽 뒷주머니에는 접히지는 않았지만 깨끗한 수건이 있었다. 오른쪽 허벅지 옆주머니에는 네댓 장의 화장지가 있었다. 깔끔한 남자였다. 그는 수건으로 코를 푸는 걸 좋아하지 않았다. 화장지 아래 새 열쇠, 그러니까 자동차 열쇠 네 개가 매달린 작은 열쇠고리가 있었다. 열쇠고리에는 금색으로 글자가 새겨져 있었다. "패커드 하우스. R. K. 포겔쟁 사社 드림."

나는 모든 물건을 원래대로 넣어 두고 벽침대를 다시 세워 놓았다. 그리고 문손잡이를 비롯해 내 손이 닿은 곳을 손수건으로 닦고, 불을 끄고 밖으로 나왔다. 복도에는 아무도 없었다. 거리로 나가서 모퉁이를 돌아 킹슬리 드라이브로 갔다. 캐딜락이 움직이지 않고 그대로 있었다.

차 문을 열고 안을 들여다보았다. 그녀 역시 조금도 움직이지 않은 것 같았다. 얼굴에는 아무런 표정도 드러나 있지 않았다. 이목구비 이외에는 어떤 것도 알아볼 수 없었지만, 백단향만은 쉽게 맡을 수 있었다.

"그 향수, 성직자라도 흔들리겠습니다. 진주는 없더군요."

"아, 도와주셔서 고마워요." 그녀가 낮고 부드럽게 떨리는 소리로 말했다. "괜찮을 거예요. 이제 난 어쩌지…… 이제 우리는……"

"이제 집에 가세요." 내가 말했다. "그리고 무슨 일이 생기든 나를 본 적이 없는 겁니다. 무슨 일이 생기든. 다시는 나를 볼 일도 없고.”

“그건 싫어요.”

“행운을 빌어요, 롤라.” 나는 차 문을 닫고 뒤로 물러섰다.

시동이 걸리고 전조등이 켜졌다. 커다란 캐딜락이 바람을 안고 거만한 동작으로 천천히 모퉁이를 돌아 사라졌다. 나는 그 차가 서 있던 빈자리 가까이 우두커니 서 있었다.

이제는 아주 캄캄했다. 라디오 소리가 흘러나오던 아파트 창문들 역시 캄캄해졌다. 나는 신형으로 보이는 패커드 컨버터블의 뒷모습을 바라보고 서 있었다. 전에 본 적이 있었다. 아파트로 올라가기 전에, 롤라의 차 앞에 있던 것을. 같은 자리에 조용히 어둡게 주차된 채, 반짝이는 앞유리 오른쪽 구석에 안전검사필증이 붙어 있었다.

문득 다른 것이 떠올랐다. 3층의 시신 주머니에 있던 “패커드 하우스”라는 글자가 찍힌 열쇠고리의 새 차 열쇠들.

나는 컨버터블 앞으로 가서 안전검사필증에 휴대용 손전등을 비춰보았다. 중개인 이름과 표어 아래 다른 이름과 주소가 쓰여 있었다. 웨스트 로스앤젤레스, 아비다 가 5315번지. 유지니 콜첸코.

미친 짓이었다. 나는 301호로 다시 올라가서, 전에 그랬던 것처럼 문을 따고 들어가 벽침대 뒤로 가서 공중에 매달린 갈색의 시체 바지 주머니에서 열쇠고리를 꺼냈다. 거리의 컨버터블로 돌아온 것은 5분이 지나서였다. 열쇠는 딱 맞았다.

5

작은 집이었다. 로스앤젤레스 서쪽의 소텔 대로를 지나 협곡 가장자리에 있는 이 집은 시들어 가고 있는 유칼립투스 나무들이 집 앞에 둥그렇게 자리 잡고 있었다. 그 너머, 길 건너편에서는 무슨 파티가 열리고 있었는데, 사람들이 집 밖으로 나와 프린스턴 대학과의 대항전에서 예일 대학이 터치다운을 했을 때 같은 환호성을 올리며 보도에 술병들을 내던졌다.

내가 찾던 주소의 집은 철망 울타리를 둘렀고 장미가 약간 있었다. 진입로에는 포석이 깔리고, 활짝 열린 차고 안에는 차가 없었다. 집 앞에도 차는 없었다. 나는 초인종을 울렸다. 오래 기다린 끝에 갑자기 문이 열렸다.

나는 그녀가 기다린 사람이 아니었다. 반짝이는 아이섀도를 바른 두 눈을 보니 그것을 알 수 있었다. 그밖에는 아무것도 알아낼 수 없었다. 그녀는 그저 우두커니 서서 나를 바라보았다. 큰 키에 여위고 굶주린 듯한 모습의 백인 여성이었다. 연지를 바른 광대뼈, 중간에 가르마를 탄 무성한 검은 머리, 3단 샌드위치를 먹기 안성맞춤인 커다란 입이 두드러져 보였다. 발톱에는 페디큐어를 했고, 산호와 금빛의 파자마 차림에 샌들을 신고 있었다. 양쪽 귓불에는 작은 풍경이 매달려 산들바람에 가볍게 딸랑거렸다. 그녀는 야구 방망이만큼 긴 빨부리에 담배를 꽂아 물고서 깔보는 듯 느리게 움직였다.

"아음, 무스은 일이시죠? 무어를 바라는 거예요? 저 건너편 머엇진 파티장에서 기를 잃고 오셨나?"

"하하. 정말 근사한 파티군요." 내가 말했다. "하지만 아닙니다. 나는 그저 당신네 차를 댁으로 가져왔습니다. 잃어버리셨댔죠?"

길 건너편 앞마당에서 누군가가 진전섬망증*을 보이며 주정을 했고, 혼성 사 인조가 간밤에 살아남은 옷가지를 마저 찢어발기고 볼꼴 사나운 스트립쇼를 벌였다. 이런 일이 벌어지는 동안 이국적인 검은 머리의 백인 여성은 눈 하나 깜짝하지 않았다.

그녀는 아름답지도, 예쁘지도 않았지만, 그녀가 있는 곳이라면 이런 일이 일어나도 이상할 것 없어 보였다.

"뭐라고요?" 타 버린 토스트 부스러기처럼 까슬한 목소리로 그녀가 마침내 말했다.

"당신네 차." 나는 어깨로 차를 가리키며 그녀의 두 눈을 주시했다. 그녀는 칼을 즐겨 사용하는 유형이었다.

긴 담배 빨부리가 천천히 그녀의 옆구리로 내려가고 담배가 바닥으로 떨어졌다. 내가 꽁초를 발로 비볐다. 그러면서 나는 홀 안으로 들어섰다. 그녀가 뒤로 물러섰고, 나는 문을 닫았다.

복도는 기차역의 긴 홀 같았다. 철제 바구니 속에서 램프가 분홍 빛을 뿜어 냈다. 복도 끝에는 주렴이 드리워지고, 바닥에는 호랑이 가죽이 깔려 있었다. 그런 공간이 그녀와 잘 어울렸다.

"성함이 콜첸코 맞으시죠?" 아무런 동작 없이 내가 물었다.

"네에. 코올첸코 마자요. 먼 일로 오셨다고요?"

이제 그녀는 창문을 닦으러 온 사람 보듯 나를 바라보았다. 그것도 불편한 시간에.

나는 왼손으로 명함을 꺼내 내밀었다. 그녀는 고개만 살짝 숙여 내

* 알코올 중독.

손에 든 명함을 읽었다.

"탐정?" 그녀가 나직이 말했다.

"예."

그녀는 침 튀는 언어*로 뭐라고 말하더니 다시 영어로 말했다. "들어 오세요! 이 비루머글 바람 땜에 피부가 종잇장처럼 말라요."

"이미 들어왔습니다." 내가 말했다. "방금 문도 닫았고요. 정신 좀 차리세요, 나지모와**. 그 남자는 누구죠? 그 키 작은 남자."

주렴 뒤에서 어떤 남자가 기침을 했다. 그녀는 어패류용 포크에 찔린 것처럼 팔딱 뛰었다. 그러고는 애써 미소를 지으려고 했다. 하지만 성공적이지는 못했다.

"답례를 해야겠네?" 그녀가 부드럽게 말했다. "여기서 쫌만 기다릴래요? 10달러면 되겠죠, 네?"

"아니요." 내가 말했다.

나는 천천히 팔을 뻗어 한 손가락으로 그녀의 어깨를 짚고 말했다. "그는 죽었습니다."

그녀가 1미터는 팔딱 뛰더니 외마디 비명을 질렀다.

의자가 심하게 삐걱거리는 소리가 났다. 주렴 뒤에서 발소리가 나더니 큼지막한 손이 주렴을 뚫고 나와서 주렴을 홱 걷었다. 억센 모습의 커다란 금발 남자가 나타났다. 파자마 위에 자줏빛 로브를 걸치고, 로브 주머니에 찔러 넣은 오른손에는 뭔가를 쥐고 있었다. 느닷없이 주렴을 걷고 나타난 그가 느닷없이 동작을 멈추었다. 못 박힌 듯 서 있는 남자는 턱이 돌출했고 무채색의 두 눈은 잿빛 얼음 같았다. 시비를 걸

---

* 독일어.

** 러시아 출신의 유명 여배우.

기엔 만만찮은 남자였다.

"자기, 뭔 일이야?" 그가 딱딱하고 까칠한 음성으로 말했다. 페디큐어를 바른 여자에게 잘 어울리는 맹한 말투였다.

"콜첸코 양의 차 때문에 왔습니다." 내가 말했다.

"웬만하면 모자 좀 벗지? 가벼운 운동 삼아서?" 그가 말했다.

나는 모자를 벗고 사과를 했다.

"됐군." 그가 말했다. 오른손은 여전히 자줏빛 주머니 속에 푹 찔러 넣고 있었다. "그러니까 콜첸코 양의 차 때문에 왔다? 그래 계속 말해 보슈."

나는 여자를 밀치고 지나가 남자에게 다가갔다. 그녀가 움찔 물러나 벽에 기대고는 두 손바닥을 벽에 붙였다. 고교 시절 '춘희'를 연기하는 여학생처럼. 담배가 빠진 긴 빨부리가 그녀의 발치에 떨어져 있었다.

남자의 두어 걸음 앞까지 다가가자 그가 태연히 말했다. "거기서 말해도 들을 수 있어. 섣부른 짓은 하지 마. 내 주머니에는 총이 있고, 사용법은 진작에 배웠지. 그래, 차가 어떻다고요?"

"그 차를 빌린 남자가 가져올 수 없게 되었지." 내가 말했다. 그리고 계속 손에 들고 있던 명함을 그에게 내밀었다. 그가 보는 둥 마는 둥하고는 다시 나를 돌아보았다.

"그래서?" 그가 말했다.

"그쪽은 항상 이렇게 터프하나? 아니면 파자마를 입었을 때만?" 내가 물었다.

"개떡 같은 소린 관두고. 그래, 그가 직접 가져올 수 없는 이유가 뭐라고?" 그가 물었다.

내 근처에 있던 갈색 머리의 여자가 코맹맹이 소리를 냈다.

"괜찮아, 여보. 내가 처리할게. 계속 말해 보슈." 남자가 말했다.

그녀가 우리 둘 곁을 슬쩍 지나 주렴 뒤로 냉큼 사라졌다.

나는 잠시 기다렸다. 거구의 남자는 꼼짝도 하지 않았다. 해바라기하는 두꺼비만큼이나 무심해 보였다.

"그가 가져올 수 없게 된 이유가 뭐냐 하면, 누군가가 그를 박살 냈기 때문이지. 그쪽이 그걸 처리할 수 있나?" 내가 말했다.

"엉? 그걸 증명하기 위해 그를 데려왔나?" 그가 말했다.

"아니. 그쪽이 넥타이를 매고 모자를 쓴다면 내가 데리고 가서 보여 주지."

"제기랄, 아까 그쪽이 누구랬지?"

"난 말한 적 없어. 아까 내 명함을 본 줄 알았는데?" 나는 그에게 명함을 다시 보여 주었다.

"아, 그렇군. 필립 말로, 사립 탐정. 음, 음. 그러니까 내가 당신과 함께 어딜 가서 누구를 봐야 한다고? 왜?"

"그가 차를 훔친 것 같으니까." 내가 말했다.

덩치가 고개를 끄덕였다. "그랬나 보군. 그랬겠지. 근데 누가?"

"키 작은 갈색 피부의 남자인데, 주머니에 차 열쇠가 있었어. 버글런드 아파트의 길모퉁이에 주차를 했고."

그는 전혀 당황한 기색이 없이 잠시 그것을 생각했다. "차에서 뭘 좀 알아냈군? 많이는 아니고 조금?" 그가 말했다. "근데 오늘은 짭새들이 파티에라도 몰려갔나 봐. 그래서 당신이 그들 일을 대신하고?"

"그런가?"

"명함을 보니 사립 탐정이잖아." 그가 말했다. "당신과 같이 온 경찰들은 부끄러워서 여기 들어오질 못한 건가?"

"아니, 난 혼자 왔어."

그가 씩 웃었다. 볕에 탄 피부에 하얀 상처 자국이 두드러져 보였다. "그래, 당신이 누군가가 죽은 것을 발견하고 열쇠를 챙겨서 차를 찾아 이리 끌고 왔다? 경찰 없이? 맞아?"

"맞아."

그가 한숨을 내쉬었다. "안으로 들어오슈." 그가 말했다. 그는 주렴을 옆으로 홱 젖히고 내가 지나가게끔 길을 터 주었다. "내가 들어야 할 무슨 이야기가 있는 모양이니 말이지."

내가 그를 지나치자 묵직한 주머니를 여전히 내게 향한 채 그가 돌아섰다. 아주 가까이 설 때까지 나는 그의 얼굴에 땀방울이 맺힌 것을 알아차리지 못했다. 열풍 때문일 수도 있지만 나는 그렇게 생각지 않았다.

이곳은 거실이었다.

우리는 자리에 앉아 어두운 마룻바닥을 사이에 두고 서로를 바라보았다. 거실에는 작은 나바호 인디언 깔개와 갈색 터키 깔개가 자주 쓰는 몇 점의 가구와 잘 조화를 이루고 있었다. 가구는 속이 가득 차 있었다. 그리고 벽난로와 장난감 그랜드 피아노, 중국 병풍, 티크 원목 받침이 달린 중국 등롱이 하나 있고, 격자 창문들에는 금빛 망사 커튼이 드리워져 있었다. 남향의 창문들은 열려 있었다. 나무 밑동에 하얗게 회칠을 한 과일나무 한 그루가 방충망 바깥에서 잎사귀를 휘날리며, 길 건너편의 소음에 바람 소리를 보태고 있었다.

덩치가 편안히 비단 의자에 앉아 슬리퍼를 신은 발을 발걸이 의자에 턱 얹었다. 그의 오른손은 처음 보았을 때부터 줄곧 같은 자리를 지켰다. 총을 쥐고 말이다.

검은 머리의 백인 여자는 어두운 곳에서 오락가락하고 술병을 들이켜며 귓불에서 풍경 소리를 냈다.

"괜찮아, 여보." 남자가 말했다. "별문제 없어. 누가 누굴 끝장냈다는데, 이 친구는 우리가 그 일에 관심이 있는 줄 알아. 그냥 앉아서 쉬어."

여자가 고개를 젖히고 반쯤 찬 위스키를 입에 들이부었다. 그녀는 한숨을 내쉬고 "넨장" 하며 시큰둥하니 투덜거리고는 소파에 웅크리고 앉았다. 다리가 긴 그녀의 몸이 커다란 소파를 다 차지했다. 페디큐어를 한 발톱이 어두운 구석에서 나에게 윙크를 한 번 보내더니 이후 그대로 잠잠했다.

나는 담배를 꺼냈다. 다행히 총에 맞지 않고 담뱃불을 댕긴 후 못다 한 이야기를 계속했다. 전부 사실은 아니었지만 전부 거짓말도 아니었다. 나는 버글런드 아파트에 대해, 그리고 거기서 내가 살았다는 것에 대해 말해 주고, 왈도가 내 아래층 301호에 살았고, 사업상의 이유로 그를 눈여겨보고 있었다고 말했다.

"왈도는 뭐지?" 금발 남자가 끼어들었다. "사업상의 이유는 또 뭐고."

"어이, 그쪽은 비밀이 하나도 없나?" 내가 말했다. 그는 살짝 얼굴을 붉혔다.

나는 아파트 길 건너편에 있는 칵테일 바와 그곳에서 일어난 사건에 대해 이야기했다. 날염 볼레로 재킷이나 그 옷을 입은 여자에 대한 이야기는 하지 않았다. 나중에도 여자 이야기는 전혀 하지 않았다.

"내가 보기에 그건 은밀한 작업이었어. 내 말이 무슨 뜻인지 알지 모르겠지만." 내가 말했다. 그가 다시 얼굴을 붉히며 입을 앙다물었다. 내가 이어 말했다. "시청에 가서도 나는 왈도를 안다는 말을 아무에게도 하지 않았지. 때가 되면 알겠지만, 그날 밤만큼은 그가 어디 사는지 경찰이 알아내지 못할 거라고 생각한 나는 그의 집을 느긋하게 조사할 수 있었어."

"무엇을 찾으려고?" 덩치가 탁한 음성으로 말했다.

"편지. 말이 난 김에 말하자면 거긴 아무것도 없더군. 시체 한 구 빼고. 벽침대 위쪽에, 그러니까 보이지 않는 곳에 허리띠를 목에 매고 매달려 있었어. 키가 작고, 45세쯤 된 멕시코계, 아니면 남미계인데, 황갈색의 고급 옷을 입었고……"

"됐어." 덩치가 말했다. "충분히 알아들었어, 말로. 그쪽이 조사한 건 공갈 협박 건인가?"

"그래. 가장 흥미로운 대목은 사망한 그 갈색 피부의 남자가 옆구리에 총을 차고 있었다는 거야."

"물론 주머니에 20달러짜리로 500달러가 들어 있진 않았겠지? 안 그래?"

"맞아. 하지만 왈도가 칵테일 바에서 살해되었을 때 700달러 넘게 갖고 있었지."

"내가 왈도를 과소평가한 모양이군." 덩치가 조용히 말했다. "놈이 내 하수인을 해치우고 놈의 보수와 총까지 몽땅 쓸어 갔다 이거지. 왈도는 총을 가지고 있던가?"

"아니."

"여보, 여기 술 좀 갖다 줘." 덩치가 말했다. "그래, 떨이 매장의 셔츠보다 더 싸게 그 왈도라는 놈을 내가 해치우려고 한 게 맞아."

검은 머리의 여자가 오므린 다리를 펴고 얼음과 소다를 넣은 칵테일을 만들어 왔다. 그녀는 아무것도 곁들이지 않고 술만 잔에 따라서 다시 소파에 웅크리고 앉았다. 반짝이는 커다란 두 눈이 진지하게 나를 지켜보고 있었다.

"자, 건강을 위하여." 덩치가 잔을 들며 말했다. "나는 아무도 죽이지 않았지만, 이제 이혼 소송을 하게 됐어. 자네 말대로라면 자네 역시 아무도 죽이지 않았지만 경찰국에서 끌려갔지. 제기랄! 인생은 역시 고해야. 그래도 난 여기 애인이 있지. 상하이에서 만난 백인, 러시아 인이야. 금고만큼이나 안전하고, 동전 하나 때문에 사람 목이라도 벨 것처럼 그악스럽지. 그래서 내가 좋아하지만. 위험을 감수하지 않고서야 미녀를 차지할 수가 없지."

"멍청한 소리 작작 해." 여자가 내뱉듯 말했다.

"내가 보기에 자네도 괜찮은 사람 같군." 덩치가 여자를 무시하고 계속 말했다. "염탐꾼치고는 말이야. 해결책이 있나?"

"있지. 돈이 좀 들지만."

"그럴 줄 알았어. 얼마나?"

"500."

"넨장, 이 열풍 때문에 내가 사랑의 재처럼 건조해지고 있어." 러시아 여자가 탄식했다.

"500이면 된다?" 금발 남자가 말했다. "대가로 내가 얻는 건 뭐지?"

"내가 잘 처리하면, 그쪽은 이 사건에서 발을 뺄 수 있지. 내가 못 해내면 돈은 주지 않아도 돼."

그가 생각에 잠겼다. 그의 얼굴은 이제 피곤하고 주름살이 생긴 것 같았다. 짧은 금발 머리칼 속에서 작은 땀방울이 번들거렸다.

"자넨 살인 사건 때문에 진술을 해야 할 거야." 그가 투덜거렸다. "내 말은, 두 번째 살인 사건 말이지. 그리고 내가 사려고 했던 것을 난 갖지 못했어. 그게 비밀리에 처리해야 할 거라면, 차라리 내가 직접 사는 게 낫지."

"그 갈색 피부의 남자는 누구지?" 내가 물었다.

"레온 발레사노스라는 우루과이 녀석이야. 또 다른 내 수입품이지. 나는 사업차 여러 곳에 돌아다니거든. 그는 치즐타운, 그러니까 베벌리힐스 근처의 선셋 대로에 있는 스페지아 클럽에서 일하고 있었어. 아마 룰렛 게임을 맡고 있었을 거야. 녀석에게 500달러를 주고 그 왈도라는 놈한테 가서, 콜첸코 양이 내 앞으로 달아 놓은 물건에 대한 청구서를 되사서 이리 가져오라고 했지. 그건 현명하지 못했어, 그렇잖아? 원래 그 청구서는 내 가방 안에 있던 건데, 왈도라는 녀석이 틈을 노려서 훔쳐 갔던 거야. 그래, 우루과이 녀석과 왈도 사이에 무슨 일이 벌어졌을까? 자네 육감으로 보기에 말이야."

나는 칵테일을 좀 마시고 한심하다는 듯 그를 바라보았다. "그쪽의 우루과이 친구는 아마 퉁명스럽게 말했겠지. 왈도는 말을 안 들었을 테고. 그래서 갈색 피부의 남자는 마우저라면 말이 통할 거라고 생각했을 텐데, 왈도가 워낙 빨랐어. 그렇다고 고의로 살인을 했다는 건 아니야. 공갈 협박범이 살인까지 하는 일은 드물거든. 아마 화가 치밀어서 목을 좀 졸랐는데 그게 좀 길어지고 말았겠지. 그러고 나서 도망을 쳐야 했는데, 다른 약속이 있었어. 가욋돈이 생기는 일이었지. 그래서 일행을 찾으러 근처를 좀 뛰어다녔어. 그러다 공교롭게, 총을 갈길 만큼 원한을 가진 데다 취하기까지 한 친구와 우연히 맞닥뜨린 거야."

"지랄, 그 모든 일에 우연의 일치가 너무 많군." 덩치가 말했다.

"열풍 때문이지." 나는 씩 웃었다. "오늘 밤에는 다들 제정신이 아니야."

"500달러짜리 일거리에 대해 장담은 못 한다고? 대신 자네가 나를 커버해 주지 못하면 땡전 한 푼 안 받겠다, 이거지?"

"바로 그거야." 내가 웃으며 말했다.

"제정신 아닌 게 맞네." 그가 말하고는 하이볼을 마셨다. "제안을 받아들이도록 하지."

"두 가지 경우가 있어." 내가 의자에 앉은 채 몸을 앞으로 숙이고 나직이 말했다. "왈도는 칵테일 바 밖에 타고 달아날 차를 세워 두었는데, 시동을 켜 놓고 문도 잠그지 않았지. 그런데 바에서 총에 맞아 죽어 버렸고, 킬러가 그 차를 가져갔어. 바로 그 차에서 골칫거리가 튀어나올 공산이 높아. 알다시피, 왈도의 모든 물건이 보나 마나 그 차 안에 있을 테니까."

"내 청구서와 그쪽 편지도?"

"그렇지. 하지만 그런 물건에 대해 경찰은 합리적으로 처리할 거야. 당신이 언론의 입방아에 오를 만큼 유명하지 않다면. 그렇다면 난 손가락이나 빨아야겠지. 근데 당신이 유명 인사라면 문제가 달라져. 당신 이름이 뭐랬지?"

대답이 나오기까지 한참 시간이 걸렸다. 대답을 듣자, 내 예상에서 크게 빗나가지 않았다. 즉시 모든 것이 일목요연해졌다.

"프랭크 C. 바샐리." 그가 말했다.

잠시 후 러시아 여자가 택시를 불러 주었다. 내가 떠날 때 길 건너편에서는 파티에서 할 수 있는 별의별 짓을 다 하고 있었다. 그 집 담벼락이 아직 무너지지 않은 것이 눈에 띄었다. 유감스러웠다.

버글런드 아파트 입구의 유리문 잠금장치를 열 때 경찰 냄새가 났다. 손목시계를 보니 새벽 3시 직전이었다. 로비의 어두운 모퉁이에서 한 남자가 얼굴에 신문지를 덮고 의자에 앉아 졸고 있었다. 긴 발을 앞으로 쭉 뻗은 자세였다. 신문 모서리가 살짝 들렸다가 다시 내려갔다. 남자는 움직이지 않았다.

나는 복도를 따라 승강기 앞으로 가서 4층으로 올라갔다. 사뿐사뿐 복도를 지나 현관문 잠금장치를 열고 활짝 문을 열어젖히고 안으로 들어가 전등 스위치를 찾았다.

사슬 스위치가 딸각하며 안락의자 옆의 스탠드 조명이 켜졌다. 뒤쪽 게임 탁자 위의 체스 말들은 예전처럼 흩어져 있었다.

코퍼닉이 딱딱하고 불쾌한 미소를 머금고 그곳에 앉아 있었다. 이바라, 작은 키의 갈색 피부 남자는 평소처럼 조용히 희미한 미소를 띠고 멀찍이 떨어져 앉아 있었다.

코퍼닉은 크고 누런 말 이빨을 활짝 드러냈다. "어이, 오랜만이군. 아가씨들이랑 데이트라도 했나?"

나는 문을 닫고 모자를 벗은 후 천천히 목덜미를 수건으로 닦고 또 닦았다. 코퍼닉은 계속 미소를 머금고 있었다. 이바라는 부드러운 갈색 눈으로 딱히 뭔가를 바라보고 있지 않았다.

"자리에 앉게." 코퍼닉이 느긋하게 말했다. "평소 집에 온 것처럼 마음 편히 먹으라고. 의논할 게 좀 있으니까. 이거야 원, 이런 밤에 수사를 하는 건 정말 싫다니까. 그런데 집에 술이 떨어진 건 알고 있었나?"

"짐작은 했지." 내가 말했다. 나는 벽에 몸을 기댔다.

코퍼닉은 여전히 미소를 짓고 있었다. "나는 항상 사립 탐정을 싫어했는데, 오늘 밤처럼 탐정 집을 뒤질 기회는 없었어."

그는 나른하게 의자 옆으로 팔을 뻗어 날염 볼레로 재킷을 집어 들어 게임 탁자 위에 던졌다. 그리고 다시 챙이 넓은 모자를 집어 그 옆에 놓았다.

"네가 이것들을 걸치면 그 누구보다 더 깜찍할 거야, 분명." 그가 말했다.

나는 등받이가 긴 의자를 집어서 빙글 돌린 후 다리를 벌리고 걸터앉아, 등받이 위로 팔짱을 낀 채 코퍼닉을 바라보았다.

그가 아주 천천히 일부러 느릿느릿 일어나서, 내 앞으로 다가와 외투를 단정하게 가다듬었다. 그러고는 오른손을 들어 내 얼굴을 세게 후려쳤다. 나는 뺨이 얼얼했지만 움직이지 않았다.

이바라는 벽을 보거나, 바닥을 보거나, 아무것도 보지 않았다.

"어이 친구, 부끄러운 줄을 알아야지." 코퍼닉이 나른하게 말했다. "이렇게 멋지고 값비싼 물건을 그렇게 간수해서야 쓰겠어, 엉? 낡은 셔츠 밑에 쑤셔 넣다니. 자네 같은 애송이 염탐꾼들 때문에 항상 골치가 아프다니까."

그는 잠시 그대로 나를 굽어보며 서 있었다. 나는 움직이지도, 말하지도 않았다. 그저 딸기코 술꾼의 번들거리는 두 눈을 들여다보았다. 그는 옆구리에 주먹을 얹고 있다가 어깨를 으쓱하고는 돌아서서 다시 의자로 갔다.

"좋아." 그가 말했다. "그럼 계속해 볼까? 이것들은 어디서 났지?"

"어떤 여자 것이지."

"제대로 말해 봐. 여자 것인지 누가 몰라서 그래? 능글맞은 자식! 이게 어떤 여자 것인지 내가 말해 보지. 이건 길 건너편에서 왈도라는 남자가 총에 맞아 죽기 20분 전에 찾던 여자 거야. 설마 그걸 까먹지는 않았겠지?"

나는 아무 말도 하지 않았다.

"넌 그녀에 대해 관심이 많았어." 코퍼닉은 계속 냉소를 흘렸다. "그런데 넌 영악했지. 나를 놀려 먹었어."

"그렇다고 영악하달 수야 있나." 내가 말했다.

그가 대뜸 얼굴이 일그러지더니 슬슬 몸을 일으켰다. 이바라가 느닷없이 나직이 웃었다. 그는 애써 웃음을 삼켰다. 코퍼닉이 그에게 홱 고개를 돌리고 빤히 바라보았다. 그리고 다시 내게 고개를 돌렸다. 눈길이 온화했다.

"이 기니* 녀석은 너를 좋아해. 네가 선량한 줄 알지." 그가 말했다.

이바라의 얼굴에서 미소가 떠났지만, 별다른 표정을 짓지는 않았다. 완전히 무표정했다.

코퍼닉이 말했다. "너는 그 여자가 누군지 줄곧 알고 있었어. 왈도가 누군지, 어디에 사는지도 알고 있었지. 이 아파트 바로 아래층 복도 맞은편 집 말이야. 너는 왈도라는 자가 누군가를 해치우고 도주하려고 한 것도 알고 있었어. 다만 왈도는 그 계집을 만나야 할 일이 있어서, 도주하기 전에 만나 보려고 안달을 했지. 그런데 만나지 못하고, 동부의 알 테실로레라는 은행 강도한테 죽고 말았어. 그래서 네가 그 여자를 만났고, 덫을 놓았어. 그게 바로 너 같은 놈들이 주머니를 채우는 방식이야. 내 말 맞지?"

* 이탈리아 출신을 비하하는 비속어.

"맞아. 하지만 그런 사실을 알게 된 것은 바로 얼마 전이야. 근데 왈도의 신원은 알아냈나?" 내가 말했다.

코퍼닉이 나를 향해 이를 드러냈다. 혈색이 안 좋은 그의 뺨에 붉은 반점들이 나타났다.

이바라가 방바닥을 굽어보며 아주 나직이 말했다. "왈도 라티건. 워싱턴에서 텔레타이프로 보낸 걸 받았지. 좀도둑질 때문에 형을 조금 살았더군. 디트로이트에서는 은행 강도 일당의 차를 몰았고. 나중에 일당을 경찰에 넘기고 자기는 기소 취하 처분을 받았어. 일당 가운데 한 명이 바로 알 테실로레였지. 녀석은 한마디도 자백을 하지 않았지만, 길 건너편에서 그들이 마주친 것은 순전히 우연이었던 것 같아."

이바라가 부드럽고 조용한 목소리로 말했다. 소리에 의미를 담는 남자의 목소리였다.

내가 말했다. "고마워, 이바라. 담배 좀 피워도 될까? 그랬다가는 코퍼닉이 내 담배를 발차기로 날려 버릴까?"

이바라가 풀썩 웃었다. "물론 피워도 되지." 그가 말했다.

"기니가 자네를 좋아하는 게 분명하다니까." 코퍼닉이 이죽거렸다. "기니가 또 뭘 좋아할지 알겠나?"

나는 담뱃불을 댕겼다. 이바라가 코퍼닉을 바라보고 아주 나직하게 말했다. "기니라는 말을 과용하는군. 자꾸 나를 그렇게 부르는 게 마음에 안 들어."

"기니, 그게 네 마음에 들든 말든 뭔 상관이야."

이바라가 좀 더 미소를 지었다. "자네, 실수하는 거야." 그가 말했다. 그는 휴대용 손톱 줄을 꺼내 고개를 숙이고 손톱을 다듬기 시작했다.

코퍼닉이 땍땍거렸다. "말로, 처음부터 너한테서 구린내가 났어. 그래서 그 두 불량배의 사진을 찍을 때 이바라와 나는 생각했지. 짬을 내서 너랑 이야기를 좀 더 나눠 봐야겠다고 말이야. 왈도의 시신 사진 한 장을 가져왔는데, 정말 멋진 작품이지. 정면으로 빛을 받아 눈이 반짝이고, 넥타이는 반듯하고, 하얀 손수건이 주머니에 잘 꽂혀 있고. 아주 걸작이야. 그래서 이리 오는 길에 그저 관행대로 이곳 관리인을 찾아 사진을 보여 주었지. 바로 알아보더군. 녀석은 A. B. 허멜이라는 이름으로 301호실에 살았어. 그래서 거기 들어가 보니 시체가 한 구 있더군. 그걸 가지고 또 사방에 수소문을 했지. 아는 사람이 없더군. 그런데 목을 맨 벨트 아래가 손가락에 눌려 멍이 들었는데, 그 자국이 왈도의 손가락들과 딱 일치한다더군."

"그거 반가운 소리로군." 내가 말했다. "난 또 내가 그를 죽인 줄 알았지 뭐야."

코퍼닉이 나를 한참 노려보았다. 그의 얼굴은 이제 웃음기가 사라지고 아주 사납게 변해 있었다.

"또 다른 것도 찾아냈지." 그가 말했다. "왈도가 타고 도주하려던 차. 또 놈이 가져가려고 했던 물건도 찾아냈고."

나는 훅 하니 담배 연기를 뱉어 냈다. 바람이 닫힌 창문을 두드려 댔다. 실내 공기가 탁했다.

"아, 우린 참 영리하다니까." 코퍼닉이 이죽거렸다. "우린 네가 설마 그렇게 배짱이 두둑할 줄 몰랐어. 이것 좀 봐."

그는 깡마른 손을 외투 주머니에 쑤셔 넣고 천천히 뭔가를 꺼내, 초록색 게임 탁자 위에 반짝이는 것들을 죽 늘어놓았다. 양날 프로펠러 고리가 달린 하얀 진주 목걸이였다. 목걸이가 담배 연기로 혼탁한 실내에서 부드럽게 반짝였다.

롤라 바샐리의 진주. 비행사가 그녀에게 주었다는 진주 목걸이였다. 죽은 남자, 그녀가 아직도 사랑하는 남자가 주었다는.

나는 목걸이를 지그시 바라보았다. 그러나 움직이지는 않았다. 한참 후 코퍼닉이 엄숙하다 싶은 음성으로 말했다. "멋진 목걸이야, 그렇지? 말로 씨, 이제 우리에게 자초지종을 들려줄 마음이 좀 드나?"

나는 일어서서 의자를 밀어내고 천천히 걸어가서 진주 목걸이를 굽어보았다. 가장 큰 진주가 8밀리미터쯤 되는 것 같았다. 순백색에 무지갯빛을 띠었고, 부드럽게 반짝였다. 나는 게임 탁자에 놓인 그녀의 옷가지 옆의 목걸이를 천천히 집어 들었다. 제법 무거웠고, 매끄럽고, 섬세했다.

"멋지군." 내가 말했다. "이것 때문에 여러 가지로 문제가 많았지. 그래, 이제 솔직히 말하지. 이 목걸이는 굉장히 비쌀 거야."

이바라가 내 뒤에서 웃음을 터트렸다. 아주 점잖은 웃음이었다.

"100달러쯤 나갈 거야." 이바라가 말했다. "훌륭한 인조 진주지. 훌륭하지만 인조야."

나는 다시 진주를 집어 들었다. 코퍼닉의 번들거리는 눈이 고소하다는 듯 나를 바라보았다.

"어떻게 구별하지?" 내가 물었다.

"나는 진주를 잘 알아." 이바라가 말했다. "그건 괜찮은 물건이지. 여자들이 일종의 보험으로 곧잘 장만해 두는 물건이야. 그런데 그게 유리처럼 매끄러워. 진짜 진주는 이빨 끝에 대 보면 걸끄럽지. 해 봐."

나는 진주 두어 개를 이빨 끝에 대고 앞뒤로, 그리고 옆으로 긁어 보았다. 걸리는 데가 전혀 없었다. 이 진주들은 딱딱하고 매끄러웠다.

"그래, 아주 좋은 모조품이지." 이바라가 말했다. "예닐곱 개는 진짜처럼 살짝 물결무늬도 있고, 평평한 데도 있어."

"이게 진짜라면 1만 5천 달러쯤 나갈까?"

"그래, 아마도. 꼭 집어 말하긴 어려워. 여러 가지 조건에 따라 달라서."

"그 왈도 녀석 솜씨가 제법이었군." 내가 말했다.

코퍼닉이 벌떡 일어섰지만, 나는 그를 돌아보지 않았다. 나는 여전히 진주를 굽어보았다. 그의 주먹이 내 옆얼굴, 어금니 부근을 가격했다. 이내 피 맛이 났다. 나는 뒤로 비틀거리며, 가격이 실제보다 강력한 척했다.

"자리에 앉아서 솔직히 말해 봐, 이 자식아!" 코퍼닉이 거의 속삭이듯 말했다.

나는 앉아서 손수건으로 볼을 두드리고, 입안의 상처를 혀로 핥았다. 그러다 다시 일어나서 그가 내 입에서 날려 버린 담배가 있는 곳으로 가서 그것을 집어 들었다. 담배를 재떨이에 비벼 끄고 다시 앉았다.

이바라는 손톱을 다듬다가 램프 가까이에 대고 살폈다. 코퍼닉의 눈썹 양 끝에는 진주 같은 땀방울이 맺혀 있었다.

"왈도의 차에서 목걸이를 발견했군. 서류는 없던가?" 내가 이바라를 바라보며 말했다.

그가 눈을 들지 않고 고개를 내둘렀다.

"믿겠어." 내가 말했다. "그럼 들어 봐. 나는 왈도가 오늘 밤 칵테일 바에 들어와서 여자에 대해 묻기 전까지는 한 번도 그를 본 적이 없어. 내가 아는 사실 가운데 말하지 않은 것은 없어. 집에 돌아와서 승강기에서 내렸을 때, 그 여자, 그러니까 왈도가 말한 대로 날염 볼레로 재킷을 입고 챙이 넓은 모자를 쓰고, 푸른 비단 크레이프 드레스를 입은 여자가 승강기를 기다리고 있었지. 여기 바로 내가 사는 층에서 말이야. 그녀는 좋은 여자로 보였어."

코퍼닉이 이죽거리듯 웃었다. 그래 봐야 나는 빈정이 상하지 않았다. 나는 그의 약점을 쥐고 있었다. 그는 바로 그 점을 잊지 말아야 했다. 이제 그는 그 사실을 알게 될 것이다. 곧.

"나는 경찰이 그녀를 증인으로 찾고 있다는 것을 알고 있었어." 내가 말했다. "그리고 거기에는 뭔가 다른 사연이 있다고 생각했지. 하지만 그녀에게 무슨 잘못이 있다고는 전혀 생각지 않았어. 그녀는 그저 난처한 상황에 처한 좋은 여자였는데, 본인은 난처해졌다는 것을 알지 못했지. 나는 그녀를 이리 불러들였어. 그녀는 내게 총을 겨누었지. 그렇다고 해서 쏘려던 건 아니었어."

코퍼닉이 흠칫 상체를 곧추세우곤 입술을 핥기 시작했다. 그의 표정이 확 굳었다. 마치 회색 화산암처럼. 그는 찍소리도 내지 않았다.

"왈도는 예전에 그녀의 운전기사였어." 내가 이어 말했다. "당시 그는 조지프 코트라고 불렸지. 그녀는 프랭크 C. 바샐리의 부인이야. 남편은 거구의 수력발전 공학자지. 과거에 어떤 남자가 그녀에게 진주목걸이를 주었는데, 그녀는 그걸 가게에서 샀다고 남편에게 말했어. 왈도는 그 목걸이에 은밀한 사연이 있다는 걸 눈치챘지. 왈도가 워낙 잘생겨서 바샐리 씨는 남아메리카에서 돌아와서 바로 그를 해고했고, 그는 목걸이를 훔쳤어."

이바라가 불쑥 고개를 들고 이를 반짝였다. "그럼 그가 그게 모조라는 걸 몰랐단 말인가?"

"아마 진짜는 장물아비한테 팔아먹고, 모조품을 구했을 거야." 내가 말했다.

이바라가 고개를 끄덕였다. "그랬을 수도 있겠군."

"그는 또 다른 것도 훔쳤어." 내가 말했다. "바샐리 씨 가방에서 훔친 건데, 그가 바람을 피우고 있다는 사실을 입증하는 물건이지. 그는 아내와 남편 둘 다에게 공갈 협박을 했어. 부부는 그런 사실을 몰랐지. 여기까지 이해가 되나?"

"이해돼." 코퍼닉이 입에 힘을 바짝 주고 거칠게 말했다. 그의 얼굴은 여전히 젖은 회색 화산암 같았다. "계속해 봐, 염병할."

"왈도는 그들 부부를 두려워하지 않았어." 내가 말했다. "자기가 사는 곳을 숨기지도 않았지. 그건 어리석은 짓이었지만, 덕분에 구차한 속임수를 쓸 필요가 없었어. 기꺼이 위험을 감수해야 했지만 말이야. 오늘 밤에 그 여자는 목걸이를 사려고 5천 달러를 가지고 이 마을로 왔어. 그런데 왈도를 만나지 못했지. 그녀는 이 아파트로 왈도를 찾아왔어. 4층까지 걸어서 올라온 다음 한 층을 내려가려고 했지. 제법 신중하게 처신을 한 거야. 덕분에 내가 그녀를 만났지. 나는 그녀를 이리 불러들였어. 그래서 알 테실로레가 목격자를 제거하려고 나를 찾아왔을 때, 그녀가 옷방에 있게 된 거야." 나는 옷방 문을 손으로 가리켰다. "그녀가 자기 권총을 들고 옷방을 나와, 뒤에서 놈을 후려쳐서 내 목숨을 구했지." 내가 말했다.

코퍼닉의 얼굴은 이제 처참하게 일그러져 있었다. 이바라가 손톱 줄을 작은 가죽집에 밀어 넣고 그것을 천천히 주머니에 넣었다.

"그게 다인가?" 그가 부드럽게 말했다.

나는 고개를 끄덕였다. "왈도의 아파트가 어딘지 그녀가 말해 줘서, 내가 가서 목걸이를 찾아보았다는 것만 빼고. 그 집에 가 봤더니 시신이 있더군. 그의 주머니에서 나는 새 자동차 열쇠를 발견했지. '패커드'라는 글자가 찍혀 있었어. 나는 거리로 내려가서 패커드 컨버터블을 찾아서 그 차가 원래 있던 곳으로 몰고 갔어. 바샐리가 딴살림을 차린 곳이었지. 바샐리는 스페지아 클럽의 한 친구를 보내서 뭔가를 사 오게 했는데, 그 친구는 바샐리가 준 돈 대신 총을 가지고 그걸 사려고 했어. 그래서 왈도가 그를 때려눕혔지."

"그게 다인가?" 이바라가 나직이 말했다.

"그래." 나는 볼 안쪽의 상처를 혀로 핥았다.

이바라가 천천히 말했다. "그쪽이 원하는 건 뭐지?"

코퍼닉의 얼굴이 경련을 일으키더니 길고 단단한 허벅지를 철썩 치고는 이죽거렸다. "정말 착한 녀석이군. 바람난 계집한테 홀딱 반해서 법을 싹 어긴 녀석에게 원하는 게 뭐냐고 물은 거야? 저 녀석이 원하는 건 내가 알아서 주겠어, 기니!"

이바라가 천천히 고개를 돌리고는 그를 바라보았다. "그러지 못할 걸?" 그가 말했다. "그저 손끝 하나 건드리지 말고 말쩡하게 보내 주고, 덤으로 그가 원하는 것도 줘야 할 거야. 그는 너한테 경찰 노릇을 어떻게 해야 하는가에 대한 교훈을 줄 거니까 말이야."

코퍼닉은 한참 움직이지도 말하지도 않았다. 우리는 아무도 움직이지 않았다. 코퍼닉이 몸을 앞으로 숙이자 외투가 벌어지며 경찰용 권총 손잡이가 총집 밖으로 보였다.

"그래서 원하는 게 뭐라고?" 그가 내게 물었다.

"그 게임 탁자 위에 놓인 것. 재킷과 모자, 그리고 모조 진주 목걸이. 그리고 몇 명의 이름이 신문에 나오지 않게 할 것. 너무 많은가?"

"그래, 너무 많아." 코퍼닉이 거의 부드럽게 말했다. 그는 몸을 홱 돌리더니 순식간에 권총을 뽑아 들었다. 허벅지에 팔뚝을 얹고는 총으로 내 배를 겨누었다.

"그보다는 네가 체포에 불응하고 저항하다가 배에 총구멍이 나는 게 더 낫겠어." 그가 말했다. "난 그게 더 좋아. 내가 알 테실로레를 체포한 것에 대한 보고서, 그것도 어떻게 체포했느냐에 대한 보고서 때문에 말이야. 지금쯤 쫙 깔리고 있을 조간신문에 실린 내 사진 때문에라도 말이지. 그걸 보며 네가 낄낄거리며 오래 사는 꼴을 볼 순 없지."

갑자기 입이 마르고 타는 듯한 느낌이 들었다. 멀리서 바람이 뭔가를 후려치는 소리가 들렸다. 마치 총소리 같았다.

이바라가 바닥에 디딘 두 발을 까딱거리며 차갑게 말했다. "이봐 경찰, 넌 두 사건을 모두 해결했어. 그걸 위해 이제 네가 할 일은 잡동사니 몇 점을 여기 남겨 두고, 신문에서 이름 몇 개를 빼는 거야. 그건 검사에게 올릴 보고서에서 뺀다는 뜻이지. 검사가 그걸 알게 되면 너한테 좋지 못할 테니까."

코퍼닉이 말했다. "나는 그보다 이게 좋아." 손에 쥔 총은 바위처럼 꿈쩍하지 않았다. "나를 돕지 않는다면 너도 어떻게 될지 몰라."

이바라가 말했다. "그 여자가 노출되면 너는 파트너를 속이고 거짓 보고서를 올린 게 밝혀질 거야. 일주일만 지나면 경찰국에서 네 이름을 들을 수 없게 되겠지. 네 이름만 들어도 다들 구역질을 할 거야."

코퍼닉의 권총 공이치기가 딸깍 뒤로 젖혀졌다. 그가 커다란 손가락을 방아쇠 고리 안으로 집어넣는 게 보였다.

이바라가 자리에서 일어났다. 총구가 그를 향해 돌아갔다. 그가 말했다. "기니가 얼마나 겁대가리 없는지 볼까? 샘, 그 총 치워."

그가 움직이기 시작했다. 그는 침착하게 네 걸음을 내디뎠다. 코퍼닉은 바위처럼 미동도 하지 않았다.

이바라가 한 걸음 더 내디뎠다. 순간 총이 떨리기 시작했다.

이바라가 단조롭게 말했다. "총 치워, 샘. 네가 냉정을 되찾으면 모든 게 원래대로 돌아갈 거야. 안 치우면 다쳐."

그는 한 걸음 더 내디뎠다. 코퍼닉이 입을 벌리고 숨을 몰아쉬고는 머리에 일격을 맞기라도 한 듯 축 늘어지고, 눈꺼풀이 닫혔다.

이바라가 그의 손에서 권총을 잡아챘다. 너무나 순간적이라서 언제 그랬나 싶을 정도였다. 그는 총을 옆구리에 붙인 채 재빨리 뒤로 물러났다.

"열풍 때문이야, 샘. 다 잊어버려." 그가 전처럼 침착하게, 훈훈하다 싶은 음성으로 말했다.

코퍼닉은 어깨가 더욱 아래로 처지며 두 손에 얼굴을 묻었다. "그래." 그가 손가락 사이로 말했다.

이바라가 조용히 현관문으로 다가가 문을 열었다. 그는 게슴츠레한 눈으로 나른하게 나를 바라보았다. "생명을 구해 준 여자를 위해서라면 나도 뭐든 할 거야." 그가 말했다. "그걸 묵과는 하겠지만, 경찰인 내가 그걸 기꺼워할 거라고는 생각지 마."

내가 말했다. "벽침대의 그 남자 이름은 레온 발레사노스야. 스페지아 클럽에서 일했지."

"고마워. 그만 가지, 샘." 이바라가 말했다.

코퍼닉이 무겁게 일어나 현관으로 가서 열린 문을 지나 시야에서 사라졌다. 이바라가 그를 따라 나가서는 막 문을 닫으려고 할 때 내가 말했다.

"잠깐."

그가 왼손을 문에 얹은 채 천천히 고개를 돌렸다. 푸른 권총을 오른쪽 옆구리 가까이 늘어뜨리고 있었다.

"내가 이번 일을 한 것은 돈 때문이 아니야." 내가 말했다. "바샐리 부부는 프리몬트 플레이스 212호에 살지. 그쪽이 진주를 그녀에게 갖다 줘도 돼. 그리고 바샐리라는 이름이 신문에 나지 않는다면 나는 500달러를 받게 될 거야. 그건 경찰 기금으로 기부하겠어. 나는 생각만큼 영리한 놈이 아니야. 어쩌다 보니 그렇게 된 거지. 그쪽이 어쩌다 보니 비열한 파트너를 둔 것처럼."

이바라가 게임 탁자 위의 진주를 넌지시 바라보았다. 그의 눈이 반짝였다. "진주는 자네가 가져." 그가 말했다. "500달러는 좋아. 기금이 불겠군."

그가 조용히 문을 닫았다. 잠시 후 승강기가 철거덩하는 소리가 들렸다.

7

나는 창문을 열고 바람 속으로 머리를 내민 채 경찰차가 떠나는 것을 지켜보았다. 바람이 집 안으로 세차게 밀려들었지만 아랑곳하지 않았다. 그림 한 점이 벽에서 떨어지고 체스 말 두 개가 탁자에서 굴러 떨어졌다. 롤라 바샐리의 볼레로 재킷이 들썩이고 팔랑거렸다.

나는 부엌으로 가서 스카치를 좀 마시고 거실로 돌아가서 그녀에게 전화를 걸었다. 늦은 시간이기는 했지만.

그녀가 직접, 아주 재빨리 전화를 받았다. 잠을 잔 목소리가 아니었다.

"말로입니다." 내가 말했다. "여긴 잘됐습니다. 그쪽은요?"

"네. ……네." 그녀가 말했다. "전 혼자 있어요."

"그걸 찾았습니다. 경찰이 찾은 거죠. 그런데 그 엉큼한 녀석이 당신을 속였습니다. 진주 목걸이를 찾았는데 진짜가 아닙니다. 진짜는 녀석이 팔아 치웠어요. 내가 보기에, 예전의 고리만 남기고 진주는 바꿔치기한 것 같습니다."

그녀는 한동안 말이 없었다. 그러다 가녀리게 말했다. "경찰이 찾았다고요?"

"왈도의 차에서요. 하지만 경찰은 그 사실을 밝히지 않을 겁니다. 우린 거래를 했어요. 조간신문을 보시면 그 이유를 알게 될 겁니다."

"뭐라 드릴 말씀이 없군요. 그 고리를 제가 가져도 될까요?"

"그럼요. 내일 에스콰이어 클럽에서 4시에 만날까요?"

"당신은 정말 좋은 분이시군요." 그녀가 목소리를 길게 끌었다. "그러죠. 프랭크는 아직 회의가 끝나지 않았어요."

"그놈의 회의. 그건 사람의 진을 빼죠." 내가 말했다. 우리는 인사를 하고 전화를 끊었다.

나는 웨스트 로스앤젤레스로 전화를 했다. 그는 여전히 러시아 여자와 같이 거기에 있었다.

"아침에 500달러 수표를 보내 주쇼." 내가 그에게 말했다. "원한다면 경찰 구호 기금으로 직접 내도 되고. 어차피 거기 기부할 거니까."

아침 신문 3면에 코퍼닉의 사진 두 장과 멋진 기사가 실렸다. 301호실의 갈색 피부 남자는 전혀 신문에 나지 않았다. 아파트 관리협회에서도 로비를 한 것이다.

나는 아침 식사를 한 후 외출했다. 바람은 잦아들었다. 상쾌하고 시

원하고 살짝 안개가 끼어 있었다. 하늘은 친근하고 편안한 회색이었다. 나는 대로로 차를 몰고 나가 최고의 보석상을 찾아갔다. 일광 전구 아래 깔린 검은 벨벳 받침에 진주 목걸이를 내려놓았다. 윙칼라 셔츠에 줄무늬 바지를 입은 남자가 께느른하게 진주를 내려다보았다.

"좋은 겁니까?" 내가 물었다.

"죄송합니다만, 우리는 보석 감정을 하지 않습니다. 감정사 연락처를 알려드리죠."

"실없는 소리 하지 맙시다. 이건 네덜란드 제품이오." 내가 말했다.

그는 전등 초점을 맞춘 후 몸을 숙이고 목걸이 일부를 만지작거렸다.

"그런 목걸이를 만들고 싶습니다. 고리를 그대로 사용해서, 아주 급히." 내가 덧붙여 말했다.

"아니, 이런 목걸이를요?" 그가 고개를 들지 않고 말했다. "이건 네덜란드가 아니라 보헤미아에서 만든 겁니다."

"그건 그렇고, 복제할 수 있습니까?"

그는 고개를 내두르고 벨벳 받침을 밀어냈다. 거기에 오물이 묻었다는 듯이. "3개월쯤 걸릴 겁니다. 이 나라에서는 이런 유리를 만들지 않아요. 비슷한 것을 원한다면 적어도 3개월은 걸립니다. 그리고 이 가게에서는 결코 복제품을 만들지 않습니다."

"여긴 꽤나 고급인가 보군요." 내가 말했다. 나는 그의 검은 소매 아래 명함을 찔러 넣었다. "그걸 만들어 줄 사람의 연락처를 알려 주십시오. 3개월이 아니라 당장 만들어야 하고, 똑같지는 않아도 됩니다."

그는 어깨를 으쓱하고는 명함을 가지고 떠났다가 5분 후에 돌아와서 명함을 돌려주었다. 뒷면에 뭔가가 쓰여 있었다.

멜로즈 거리에 늙은 아랍인 가게가 있었다. 접이식 유모차부터 프랑스 호른까지, 빛바랜 플러시 상자에 담긴 자개 오페라글라스부터 터프한 할아버지를 둔 서부 보안관을 위해 아직도 생산되는 44구경 싱글액션 6연발 권총까지, 창가에 온갖 잡동사니가 수북이 쌓여 있었다.

늙은 아랍인은 안경과 사발 모양 모자를 썼고 수염이 무성했다. 그는 내 진주를 살펴보더니 떨떠름하게 고개를 내둘렀다. "20달러짜리군. 괜찮아 보이지만 아주 좋은 건 아니오. 아시겠습니까? 아주 좋은 유리는 아니라고."

"진짜 같아 보이긴 하나요?"

그는 억세고 튼튼한 손을 펴 보이며 말했다. "사실을 말하자면, 이런 걸로는 애들도 못 속일 거요."

"복제해 주십시오." 내가 말했다. "이 고리를 사용해서요. 물론 나머지는 돌려주세요."

"그러죠. 2시에 오슈." 그가 말했다.

우루과이 출신의 갈색 피부의 남자 레온 발레사노스가 석간신문에 등장했다. 그가 익명의 아파트에서 목을 맨 채 발견되었으며, 경찰이 수사 중이라는 기사였다.

4시에 나는 에스콰이어 클럽의 시원한 바에 들어가서 길게 뻗은 부스를 따라가며 여자 혼자 앉아 있는 곳을 찾았다. 그녀는 아주 널따랗고 얇은 접시 같은 모자를 쓰고, 남성용 같은 셔츠와 넥타이를 곁들인 갈색 맞춤 정장을 입고 있었다.

나는 그녀 옆에 앉아 옷 꾸러미를 옆으로 슬쩍 건네주고 말했다. "열어 보지 마십시오. 웬만하면 그냥 소각해 버리는 게 나을 겁니다."

그녀는 피곤해 보이는 눈으로 나를 바라보았다. 손가락으로는 페퍼

민트 냄새가 나는 얇은 유리잔을 만지작거렸다.

"고마워요." 그녀의 얼굴이 아주 창백했다.

내가 하이볼을 주문하자 웨이터가 물러났다.

"신문은 보셨나요?"

"네."

"그 코퍼닉이라는 형사가 당신의 업적을 훔쳐 갔다는 것을 아시겠죠? 그 때문에 경찰이 딴소리를 하거나 당신을 소환하진 않을 겁니다."

"이제 그건 중요하지 않아요." 그녀가 말했다. "아무튼 고마워요. 제발, 제발 목걸이를 보여 줘요."

화장지로 대충 감싼 목걸이를 주머니에서 꺼내 건네주었다. 은빛 프로펠러 모양 고리가 벽 조명등 불빛을 받아 반짝였다. 작은 다이아몬드가 반짝였다. 진주는 흰 비누처럼 희멀건 색이었다. 크기도 일정하지 않았다.

"말씀이 맞네요." 그녀가 단조롭게 말했다. "내 진주가 아니에요."

웨이터가 하이볼을 가져왔다. 그녀는 목걸이를 재빨리 가방에 담았다. 웨이터가 떠나자 다시 목걸이를 천천히 만지작거리다가 가방에 넣고서 건조하고 맥없는 미소를 지어 보였다.

나는 한 손을 탁자 위에 얹은 채 잠시 가만히 서 있었다.

"말씀하신 대로 고리만 간직하겠어요."

내가 천천히 말했다. "당신은 나에 대해 전혀 알지 못합니다. 간밤에 당신은 내 목숨을 구했고, 우리는 잠깐 시간을 같이했지만, 잠깐뿐이었습니다. 당신은 지금도 나에 대해 전혀 알지 못합니다. 이해하시죠? 시청에 가면 이바라라는 멕시코계의 훌륭한 형사가 있습니다. 왈도의 옷가방에서 진주를 발견한 사람이죠. 확인을 하고 싶다면……"

그녀가 말했다. "바보 같은 소리 마세요. 이제 다 끝났어요. 다 추억일 뿐이에요. 추억을 곱씹으며 살기엔 젊은 나이고요. 그렇게 생각하는 게 제일 좋겠죠. 스탠 필립스를 사랑했지만, 그이는 이미 세상을 떠났으니까요. 그것도 오래전에."

나는 그녀를 물끄러미 바라보며 아무 말도 하지 않았다.

그녀가 조용히 덧붙였다. "오늘 아침 남편이 내가 전혀 몰랐던 것을 알려 주더군요. 우린 헤어지기로 했어요. 그래서 오늘은 웃을 수가 없어요."

"안됐군요." 나는 진심 아닌 소리를 했다. "뭐라 드릴 말씀이 없군요. 나중에 우리가 또 만날 수도 있고, 만나지 못할 수도 있겠죠. 사는 세계가 그리 겹치지 않으니까요. 행운을 빌어요."

나는 일어섰다. 우리는 잠시 서로를 바라보았다. "하이볼은 입도 대지 않으셨잖아요." 그녀가 말했다.

"당신이 드세요. 그 박하 음료를 마셔서는 속만 울렁거릴 테니까."

나는 탁자에 한 손을 얹고 잠시 그대로 서 있었다.

"누구든 당신을 괴롭히면 내게 알려 주세요." 내가 말했다.

나는 뒤돌아보지 않고 바를 나가서, 차를 몰고 선셋 대로를 따라 서쪽을 향해 달렸다. 해안 고속도로로 가는 도중의 길가 정원들에는 온통 열풍에 타 버린 꽃들과 시들어 검게 변한 나뭇잎으로 가득했다.

그러나 바다는 서늘하고 한적하고 여느 때와 같았다. 나는 말리부까지 계속 차를 몰고 가서 주차를 하고, 누군가의 철망 울타리 안쪽에 있는 커다란 바위 위에 앉았다. 밀물이 반쯤 들어온 상태였다. 해조류 냄새가 났다. 나는 잠시 바다를 바라보다가 보헤미아의 유리로 만든 모조 진주 목걸이를 주머니에서 꺼내 한쪽 매듭을 자르고 진주를 하나씩 빼냈다.

빼낸 진주를 모두 왼손에 그대로 쥐고 잠시 생각했다. 실은 다시 생각할 것도 없었다. 나는 확신했다.

"스탠 필립스 부인의 추억을 위해." 나는 큰 소리로 외쳤다. "또 하나의 허풍선이를 위해."

나는 갈매기가 떠 있는 바다를 향해 진주를 하나씩 던졌다. 진주가 살짝 물보라를 일으키자 갈매기들이 물을 차고 날아올라 물보라를 향해 급강하했다.

진주는 애물단지

Pearls Are a Nuisance

1

그날 아침, 내가 아무것도 하지 않고 그저 타자기에 끼워 놓은 백지를 하염없이 바라보며 어떻게 편지를 쓸 것인지만 생각하고 있었던 건 틀림없는 사실이다. 늘 아침이면 뾰족하게 할 일이 없다는 것 역시 틀림없는 사실이다. 그렇다고 해서 내가 펜러독 할멈의 진주 목걸이를 찾으러 나서야 할 이유는 없다. 행여나 내가 경찰이라면 모를까.

전화를 건 사람은 엘런 매킨토시였다. 상황이 달라진 것은 물론 그 전화 때문이었다. "자기, 잘 지내? 바빠?" 그녀가 물었다.

"바쁘기도 하고 한가하기도 해." 내가 말했다. "주로 한가한 편이지. 난 잘 지내. 이번엔 무슨 일이야?"

"자기는 나를 사랑하지 않는 것 같아, 월터. 암튼 자기는 할 일이 좀 있어야 해. 돈이 너무 많으니까 할 일이라도 있어야지. 펜러독 부인의 진주를 누가 훔쳐 갔는데 자기가 찾아 줬으면 좋겠어."

"여기가 경찰서인 줄 아나 봐?" 내가 차갑게 말했다. "여긴 월터 게이지의 사택이올시다. 전화 받은 사람은 게이지 씨이고."

"그럼 게이지 씨한테 엘런 매킨토시 양의 말씀 좀 전해 주세요. 30분 안에 이리 튀어 오지 않으면 다이아몬드 약혼반지가 담긴 소포를 받게 될 거라고요."

"그 말씀이 저에게 크나큰 도움이 되었습니다. 덕분에 그 할멈은 너끈히 50년은 더 사시겠네요." 내가 말했다.

하지만 전화는 이미 끊긴 뒤였다. 나는 모자를 쓰고 아래층으로 내려가서 패커드를 타고 출발했다. 혹시 관심이 있는 분을 위해 말하자면, 때는 바야흐로 늦봄의 화창한 아침 녘이었다. 펜러독 부인은 캐런들렛 공원 지역의 넓고 한적한 거리에 살고 있었다. 그 집은 50년이 지나도록 조금도 낡지 않은 것처럼 보이지만, 엘런 매킨토시가 거기서 또 50년을 살게 될지도 모른다고 생각하면 마냥 즐겁지만은 않았다. 앞으로 50년 동안 죽지도 않는 펜러독 할멈이 계속 간호사를 필요로 할 경우에 말이다. 펜러독 씨는 몇 년 전 아무런 유언도 남기지 않고 세상을 떴다. 그 탓에 유산 처리에 갈팡질팡하면서 실업자 명단이 에이스 투수의 팔만큼이나 길어졌다.

현관 초인종을 누르자 문이 열렸지만 금방은 아니었다. 문을 연 작은 노파는 메이드 앞치마를 두르고 정수리의 백발이 떡이 져 있었다. 노파는 전에 본 적 없고, 보고 싶지도 않다는 듯이 나를 바라보았다.

"엘런 매킨토시 양 계십니까?" 내가 말했다. "저는 월터 게이지입니다."

노파는 콧방귀를 뀌고 아무 말도 없이 팽 돌아섰다. 우리는 곰팡내 나는 집 안으로 들어가서 유리창을 둘러친 현관마루로 나왔다. 그곳에는 고리버들 가구가 가득 들어차 있었고, 이집트 무덤 냄새가 났다. 노파는 다시 콧방귀를 뀌고 물러났다.

잠시 후 다시 문이 열리고 엘런 매킨토시가 들어왔다. 키가 크고 꿀빛 머리칼에, 과일 가게 주인이 남몰래 먹으려고 상자에서 몰래 빼돌린 햇복숭아 같은 피부를 지닌 여자를 아마 당신은 좋아하지 않을 것이다. 그런 여자가 싫다니 참 안됐다.

"자기야, 역시 와 줬구나." 그녀가 호들갑을 떨었다. "고마워, 월터. 어서 앉아. 다 이야기해 줄게."

우리는 앉았다.

"펜러독 부인의 진주 목걸이가 도난당했어, 월터."

"그건 전화로 이미 들었어. 내 체온은 아직 정상이야."

"간호사로서 한마디 해도 된다면, 아마 저체온일 거야. 그것도 영구적인. 암튼 진주 목걸이는 펜러독 씨가 금혼식 선물로 부인께 준 건데, 크기가 고른 49개의 분홍빛 진주로 된 거야. 부인은 최근 목걸이를 하지 않았어. 아마 크리스마스 때나, 아주 오래된 친구를 두어 명 불러 같이 오래도록 저녁 식사를 했던 때만 빼고 말이야. 아, 예전의 모든 고용인들과 친구들에게 저녁을 대접하는 추수감사절도 있네. 그때도 목걸이를 했어."

"과거 시제와 현재 시제를 뒤죽박죽으로 섞어서 말하는군. 무슨 말인지는 알겠어. 계속해 봐." 내가 말했다.

"암튼, 월터." 엘런이 눈을 동그랗게 뜨고 말했다. "그 진주를 도둑맞았어. 그래, 그 말을 세 번이나 한 거 알아. 하지만 그게 참 얄궂단 말이야. 목걸이는 가죽 상자에 담아 금고 안에 보관했댔어. 금고가 낡아서 곧잘 빠끔히 벌어져 있었으니까, 힘센 남자라면 그게 잠겨 있더라도 손가락을 넣어 열어젖힐 수 있긴 할 거야. 오늘 아침에 금고 속에 있는 서류를 볼 일이 있어서 갔다가 진주한테 인사나 하려고 들여다보았더니……."

"설마 그 목걸이를 물려받을지도 모른다는 속셈으로 펜러독 부인한테 매달려 있는 건 아니겠지?" 내가 까칠하게 말했다. "진주 목걸이가 나이 들고 뚱뚱한 금발의 할머니들한테는 잘 어울리지만, 키가 크고 가냘픈……."

"헛소리 좀 작작 해, 자기." 엘런이 말을 가로막았다. "내가 그 진주를 노릴 까닭이 없어. 그건 모조품이니까."

나는 침을 꿀떡 삼키고 그녀를 멍하니 바라보았다. 그녀의 눈치를 보며 내가 말했다. "허, 펜러독 영감이 가끔 모자에서 사팔뜨기 토끼를 쑥쑥 꺼냈다는 말을 듣긴 했지만, 아내한테 금혼식 선물로 모조품 진주를 주다니 그것 참 별일이네."

"아 진짜, 바보 같은 소리 좀 작작 해, 월터! 그땐 그게 진짜였어. 실은 펜러독 부인이 진짜를 팔고 모조품을 만들게 한 거야. 옛 친구인 갤러모어 보석상의 랜싱 갤러모어 씨가 부인을 위해 아주 은밀하게 처리해 주었어. 물론 그녀는 누구한테도 그걸 알리고 싶어 하지 않았지. 경찰에 신고하지 않은 것도 그 때문이야. 월터, 자기라면 꼭 찾아 줄 수 있겠지, 응?"

"어떻게? 그나저나 진짜는 왜 팔아 치웠대?"

"펜러독 씨가 거느리고 있던 많은 사람들에 대한 대책도 세우지 못하고 갑자기 돌아가셨거든. 그때 또 대공황이 닥쳐서 전혀 돈이 없었어. 집안 살림을 꾸리고 근근이 고용인들 급여를 줄 돈밖에 없었는데, 고용인들은 모두 펜러독 부인과 오랫동안 함께 지내 온 사람들이었지. 부인은 그들을 해고하느니 차라리 굶어 죽는 쪽을 택할 분이야."

"그렇다면 얘기가 다르지." 내가 말했다. "존경스러운 분이네. 하지만 진주를 어떻게 찾지? 그나저나 그게 모조품이라면, 찾는 게 왜 중요하지?"

"아, 그 진주, 그러니까 그 모조품을 만드는 데도 200달러나 들었어. 특별히 보헤미아에서 여러 달 걸려서 만들었거든. 요즘 보헤미아 형편을 보면, 그렇게 훌륭한 모조품을 새로 만들 수 없을 것 같아. 그리고 부인은 그게 모조품이라는 게 소문이 나거나, 모조품인 걸 알아낸 도둑이 소문을 내겠다고 협박을 하는 게 두려운 거야. 근데, 자기야, 그걸 누가 훔쳐 갔는지는 내가 알아."

"엉?" 점잖은 사람이 쓸 만한 낱말이라고 생각지 않아서 좀처럼 쓰는 법이 없는 말이 입 밖으로 튀어나왔다.

"몇 달 전에 고용한 운전기사야, 월터. 헨리 아이켈버거라는 이름의 덩치 큰 악당이지. 엊그제 갑자기 아무 이유도 없이 사라졌어. 펜러독 부인을 버리고 떠난 사람은 이제껏 아무도 없었어. 예전의 운전기사는 너무 나이가 많아서 돌아가셨지. 하지만 헨리 아이켈버거는 말 한마디 없이 떠났거든? 그러니 그가 진주를 훔친 게 분명해. 그는 전에 나한테 키스를 하려고까지 했어, 월터."

"그랬군. 아니, 뭐라고? 너한테 키스를 하려고 했다고?" 내 목소리가 싹 달라졌다. "그 비곗덩어리 지금 어딨어? 행방을 알고는 있는 거야? 나한테 얻어터지려고 길모퉁이에서 어슬렁거리고 있진 않을 거 아냐?"

엘런이 비단결 같은 긴 눈썹을 낮추고 나를 지그시 바라보았다. 그 녀가 그럴 때면 나는 젖은 생머리처럼 축 늘어지고 만다.

"그는 달아나지 않았어. 진주가 모조품이라는 걸 알아내고, 펜러독 부인을 협박해도 탈이 날 일이 없겠다고 생각한 게 분명해. 그를 소개 해 준 업소에 전화를 해 봤더니, 다시 그 소개소에 돌아가서 구직 등록 을 해 놓았더라고. 하지만 업계 규칙상 그의 주소는 알려 줄 수 없대."

"다른 사람이 진주를 훔쳐 갔을 수도 있잖아? 도둑이 들었거나."

"달리 훔쳐 갈 만한 사람이 없어. 고용인들은 의심의 여지가 없고, 밤마다 냉장고처럼 문단속을 단단히 하는 데다, 누군가가 침입한 흔 적도 없어. 게다가 헨리 아이켈버거는 진주를 어디에 보관했는지 알 고 있었어. 부인이 마지막으로 목걸이를 한 후 내가 그걸 어디에 보관 하는지 그가 봤거든. 그날은 펜러독 씨의 기일이라서, 아주 친한 친구 두 분을 초대해서 저녁 식사를 같이했댔어."

"아주 성대하게 기일을 치렀나 보군." 내가 말했다. "알았어. 직업소 개소에 가서 주소를 알아낼게. 어느 소개소지?"

"에이다 투미 가사소개소. 이스트세컨드 가 200번지에 있는데, 아주 음침한 동네야."

"헨리 아이켈버거에게도 음침할까? 우리 동네보다 두 배는 아늑하 겠지." 내가 말했다. "그러니까 녀석이 너한테 키스를 하려고 했다고, 엉?"

"월터, 중요한 건 진주야." 엘런이 부드럽게 말했다. "그게 모조품인 걸 알고 이미 바다에 던져 버리지나 않았으면 좋겠어."

"바다에 던졌다면 다이빙해서 건져 오라고 할 거야."

"그는 키가 188센티미터나 되고 덩치가 우람한 데다 힘도 세, 월터. 물론 너만큼 잘생기진 않았어." 엘런이 수줍게 말했다.

"호락호락하지 않겠군." 내가 말했다. "붙어 볼 맛이 나겠어. 잘 있어, 자기."

그녀가 내 소매를 잡았다. "하나 더 있어, 월터. 사나이답게 한판 붙는 건 좋은데, 경찰이 출동할 만큼 소란을 피우진 말아야 해, 알지? 자기도 우람하고 힘 좋고 대학 시절 라이트 태클로 이름을 날렸다지만, 약점이 하나 있잖아. 술 먹고 가지 않겠다고 약속해 줄래?"

"아이켈버거가 내 술이야."

2

이스트세컨드 가의 에이다 투미 가사소개소는 그 이름값과 지역 값을 했다. 잠깐 대기하고 있던 접수실의 냄새가 여간 퀴퀴하지 않았다. 낮짝깨나 두꺼운 중년 여자가 소개소를 운영했는데, 헨리 아이켈버거가 운전기사로 구직 등록을 한 것이 맞다면서, 면담을 하려면 소개소로 불러내거나 내 집으로 보내는 수밖에 없다고 말했다. 하지만 내가 10달러 지폐를 내밀고, 그것이 소개소에 지불할 수수료와 전혀 무관한, 그저 진심 어린 신의의 표시라고 말하자, 그녀는 싹싹하게 주소를 알려 주었다. 샌타모니카 대로의 서쪽, 예전에 셔먼이라고 불린 지역 근방이었다.

나는 득달같이 그곳으로 차를 몰았다. 혹시 헨리 아이켈버거가 소개소에 전화해서, 내가 찾아갈 것이라는 말을 듣게 될까 봐서였다. 알고 보니 그곳은 허름한 호텔이었다. 편리하게도 시가전차 선로와 가깝고, 입구가 중국인 세탁소 입구와 붙어 있었다. 2층으로 계단을 올라가야 호텔이 나왔는데, 계단을 덮고 있는 고무 매트가 여기저기 바스러져서, 조악한 황동 나사를 듬성듬성 박아 매트를 고정시켜 놓은 상태였다. 계단을 반쯤 오르자 중국인 세탁소에서 풍기는 냄새 대신 등유와 시가 꽁초 냄새가 진동했다. 계단을 마저 오르자 나무 선반에 숙박부가 놓여 있었다. 마지막 기록은 3주 전에 연필로 쓴 것으로 필체가 개발새발이었다. 그것을 보니 호텔 지배인이 숙박 기록에 통 신경을 쓰지 않는다는 것을 알 수 있었다.

숙박부 옆에 초인종이 있고 "지배인"이라고 쓰인 딱지가 붙어 있었다. 나는 초인종을 울리고 기다렸다. 곧바로 복도 끝에서 문이 열리고 발을 끌며 느릿느릿 다가오는 소리가 들렸다. 나타난 남자는 해어진 가죽 슬리퍼를 신고 빛바랜 바지를 입고 있었다. 푸짐한 복부 둘레에 좀 더 자유를 베풀기 위해 바지 위 단추 두 개가 풀려 있었다. 빨간 멜빵을 걸쳤고, 셔츠는 겨드랑이가 거무죽죽했다. 그 밖의 다른 곳과 얼굴도 철저한 세탁과 손질이 절실히 필요해 보였다.

"빈방 없어" 하며 그가 냉소를 흘렸다.

내가 말했다. "묵으러 온 거 아니오. 아이켈버거라는 사람을 찾고 있소. 여기 묵고 있다고 들었는데, 숙박부를 보니 적혀 있진 않더군. 물론 알겠지만, 그건 불법이지."

"별걸 다 아네?" 뚱보가 다시 냉소를 흘렸다. "이 복도로 죽 가서 218호야." 그가 엄지로 가리켰다. 엄지가 색깔로 보나 크기로 보나 영락없이 까맣게 탄 구운 감자 같았다.

"친절하게 안내 좀 해 주지그래." 내가 말했다.

"지랄. 부지사 납셨군." 그가 말하고는 우람한 뱃살을 흔들기 시작했다. 작은 눈이 노란 비곗살에 푹 파묻혔다. "좋아. 따라와."

음침하고 으슥한 뒤쪽 복도로 가자 막다른 문에 이르렀다. 나무 문 위쪽 채광창이 닫혀 있었다. 뚱보가 포동포동한 손으로 문을 쾅쾅 두드렸다. 반응이 없었다.

"나갔어." 그가 말했다.

"문을 따 주쇼." 내가 말했다. "들어가서 아이켈버거를 기다리려고."

"돼지 먹 감는 소리 하고 있네." 뚱보가 까칠하게 말했다. "네가 뭔데, 엉?"

그 소리에 나는 발끈했다. 그는 제법 우람한 체격에 키가 180센티미터쯤 되었지만, 몸뚱이는 맥주에 대한 추억으로 출렁거렸다. 어두운 복도를 둘러보니 인기척 하나 없었다.

나는 뚱보의 배에 주먹을 먹였다.

꽥 소리를 내며 엉덩방아를 찧은 그는 오른쪽 무릎에 턱을 박고 캑캑거리며 한참 눈물을 쏟았다.

"씨." 그가 징징거렸다. "스무 살은 어린 놈이 비겁하게."

"문이나 여슈." 내가 말했다. "그쪽하고 입씨름할 시간 없으니까."

"1달러." 그가 셔츠로 눈물을 훔쳤다. "2달러면 지퍼 채우지."

나는 주머니에서 2달러를 꺼내 주고 남자를 일으켜 세웠다. 그는 2달러를 챙기고 5센트면 살 수 있는 흔한 마스터키를 꺼냈다.

"형씨, 그 주먹질 말인데." 그가 말했다. "그거 어디서 배운 거야? 다른 덩치들처럼 알통이 튀어나온 것도 아닌데 말이야." 그가 문을 땄다.

"나중에 무슨 소리를 듣더라도 그냥 못 들은 척하슈. 혹시 손해를 본다면 충분히 변상해 줄 거요." 내가 말했다.

그가 고개를 끄덕이자 나는 안으로 들어갔다. 그가 뒤에서 문을 잠갔다. 그의 발소리가 멀어지고 정적이 흘렀다.

방은 작고 초라하고 야했다. 갈색 서랍장과 그 위에 걸린 작은 거울, 등받이가 높은 나무 의자 하나, 나무 흔들의자가 또 하나 있고, 누더기처럼 기운 광목 시트가 덮인 싱글 침대는 에나멜이 벗겨져 있었다. 하나뿐인 창문의 커튼은 파리똥으로 얼룩져 있고, 녹색 블라인드는 맨 아래 살이 하나 없었다. 구석에는 세면대가 있고 그 옆에 종이처럼 얇은 수건이 두 장 걸려 있었다. 물론 욕실은 없고 벽장도 없었다. 칙칙한 무늬의 천을 선반에서 늘어뜨려 벽장으로 쓰고 있었다. 그 천을 들춰 보니 가장 큰 기성복 사이즈의 회색 정장이 한 벌 있었다. 내가 기성복을 입었다면 바로 그 사이즈였을 것이다. 나는 기성복을 입지 않는다. 바닥에는 검정 단화가 한 켤레 있었는데, 적어도 300밀리미터는 되어 보였다. 싸구려 천으로 만든 옷가방이 하나 있었고, 잠겨 있지 않아서 당연히 속을 뒤져 보았다.

물론 서랍장도 뒤져 보았는데, 뜻밖에도 그 안의 모든 것이 너무나 단정하고 깨끗하고 가지런했다. 하지만 들어 있는 것이 별로 없었다. 무엇보다도 진주가 없었다. 미심쩍은 곳이든 아니든 실내의 모든 곳을 샅샅이 뒤져 보았지만 흥미로운 것은 아무것도 없었다.

나는 침대에 걸터앉아 담배에 불을 댕기고 기다렸다. 헨리 아이켈버거가 바보 천치라면 모를까, 전혀 도둑일 것 같지 않았다. 그가 남긴 흔적이나 방 안의 물건으로 볼 때 진주 목걸이를 훔치는 것 같은 짓을 할 만한 위인이 아니었다.

담배를 평소 하루에 피우는 양보다 더 많은 네 대를 피웠을 때 가까이 다가오는 발소리가 들렸다. 가볍고 빠른 걸음으로, 몰래 다가오는 소리는 아니었다. 문에 열쇠가 꽂혀 돌아갔고, 문이 벌컥 열렸다. 한 남자가 들어와 나를 빤히 바라보았다.

나는 키가 188센티미터에 체중은 90킬로그램이 넘는다. 이 남자도 키는 컸지만 체중은 나보다 덜 나갈 것 같았다. 옷은 조금 허름한 구석이 있어서 그저 단정하다고 일컫는 그런 종류의 푸른 서지 정장을 입고 있었다. 머리칼은 굵은 금발이었고, 목은 만화에 나오는 프로이센군 하사처럼 굵고, 어깨는 떡 벌어지고, 손은 크고 단단하고, 젊은 시절 주먹깨나 맞아 본 험상궂은 얼굴이었다. 당시 내가 블랙 유머라고 생각한 그런 눈빛을 띤 작은 초록색 두 눈이 나를 향해 반짝였다. 호락호락한 남자가 아니라는 것을 한눈에 알아보았지만, 두렵지는 않았다. 나는 체격이나 근력에서 그보다 뒤질 것이 없었고, 그의 지적 능력이 나보다 나을 것 같지도 않았다.

나는 침착하게 침대에서 일어나 말했다. "나는 아이켈버거라는 사람을 찾아왔소."

"여긴 어떻게 들어왔지?" 쾌활하고 다소 굵직한 목소리였는데, 불쾌하게 들리지는 않았다.

"그 설명은 있다 합시다." 내가 딱딱하게 말했다. "아이켈버거라는 사람을 찾아왔는데, 당신이 그 사람인가?"

"흥! 배꼽 빠지겠군." 남자가 말했다. "코미디언 쌈 싸 먹겠어. 허리띠 좀 풀고 웃어야겠으니 좀 기다려 봐."

그가 두 걸음 더 안으로 들어섰다. 나 역시 두 걸음 그에게 다가갔다.

"내 이름은 월터 게이지야." 내가 말했다. "그쪽은 아이켈버거지?"

"5센트 주면 알려 주지." 그가 말했다.

나는 그 말을 무시했다. "나는 엘런 매킨토시 양의 약혼자야." 내가
차갑게 말했다. "엘런한테 키스를 하려고 했다면서?"

그는 나를 향해 또 한 걸음 다가왔고, 나 역시 한 걸음 다가갔다. "하
려고 했다? 그게 무슨 뜻이지?" 그가 냉소를 흘렸다.

날카롭게 내지른 오른손이 그의 턱에 적중했다. 크게 한 방 먹인 것
같은데 그는 흔들리지도 않았다. 이어 그의 목에 왼손 잽을 두 방 먹이
고, 다시 오른손으로 꽤 넓적한 그의 코 옆을 강타했다. 그는 코웃음을
치며 내 명치를 가격했다.

나는 반으로 접히며 두 손으로 바닥을 짚고 방을 맴돌았다. 너무나
잘 돌아서, 한 바퀴는 돌았겠다 싶은 순간 벌렁 뒤집어지며 방바닥에
뒤통수를 찧었다. 덕분에 일시적으로 균형을 잃어버린 내가 이 상황
을 어떻게 만회하나 고민하고 있을 때, 젖은 수건이 내 얼굴을 쳐 대기
시작해서 억지로 눈을 떴다. 헨리 아이켈버거가 내게 얼굴을 들이대
고 자못 걱정스러운 표정을 짓고 있었다.

"이봐, 자네 맷집은 중국인의 찻잎만큼이나 여리군그래?" 그의 말소
리가 울렸다.

"브랜디 좀 줘!" 내가 꺽꺽거리며 말했다. "뭐가 어떻게 된 거지?"

"양탄자 찢어진 곳에 발이 걸린 거야. 술 달라는 거 진심이야?"

"브랜디로 줘." 다시 꺽꺽거리고는 눈을 감았다.

"이러다 내가 또 마시기 시작하면 곤란한데." 그의 말소리가 울렸다.

문이 열렸다 닫혔다. 나는 꼼짝하지 않고 누운 채 애써 복통을 다스
렸다. 긴 회색 장막에 감싸인 시간이 천천히 흘렀다. 그러다 방문이 열
리고 다시 닫혔다. 잠시 후 뭔가 딱딱한 것이 내 입술을 눌렀다. 입을
벌리자 술이 목으로 넘어갔다. 기침이 나왔지만 격렬한 술기운이 정맥

을 타고 흐르며 순식간에 힘을 북돋아 주었다. 나는 일어나 앉았다.

"고마워, 헨리." 내가 말했다. "편하게 말해도 되지?"

"그래, 돈 드는 것도 아니니까."

나는 일어서서 그의 앞에 섰다. 그가 나를 흥미롭게 응시했다. "괜찮아 보이는군." 그가 말했다. "왜 미리 아프다고 말하지 않았지?"

"이런 빌어먹을!" 하며 나는 있는 힘을 다해 그의 턱주가리를 갈겼다. 그는 머리를 흔들어 대더니 짜증이 난 눈빛을 했다. 그가 머리를 흔드는 동안 나는 그의 얼굴과 턱에 세 방을 더 먹였다.

"제대로 붙어 보자는 거냐?" 그가 빽 소리를 지르고는 침대를 붙잡아 내게 내던졌다.

나는 가까스로 침대를 피했지만 너무 급하게 움직이는 바람에 균형을 잃고 쓰러져 창문 아래쪽 널판 속으로 10센티미터쯤 머리가 파묻혔다.

젖은 수건이 내 얼굴을 쳐 대기 시작했다. 나는 눈을 떴다.

"야 인마, 잘 들어. 넌 투 스트라이크 노 볼이야. 방망이를 좀 더 잘 휘둘러야겠어."

"브랜디 줘." 내가 꺽꺽거렸다.

"위스키나 처먹어." 그가 내 입에 잔을 갖다 대자 나는 게걸스레 마셨다. 그리고 다시 몸을 일으켰다.

뜻밖에도 침대는 제자리에 놓여 있었다. 내가 침대에 걸터앉자 헨리 아이켈버거가 옆에 앉아 내 어깨를 두드렸다.

"우린 사이좋게 지낼 수 있겠어." 그가 말했다. "자네 여자한테 키스를 한 적은 없는데, 하고 싶지 않았다고 할 순 없지. 걱정되는 게 그것뿐이야?"

그는 밖에 나가서 사 온 500밀리리터들이 위스키를 물 잔에 반쯤 채워 숙연하게 들이켰다.

"아니, 하나 더 있어." 내가 말했다.

"말해 봐. 하지만 또 펀치를 날리진 마. 알겠어?"

나는 마지못해 수긍했다. "펜러독 부인의 일은 왜 그만둔 거지?"

뻣뻣한 금발 눈썹 아래의 두 눈이 나를 응시했다. 그러다 그가 자기 손에 들린 병을 보았다. "자네 눈에는 내가 미남으로 보이나?"

"그래, 헨리."

"알랑거리지 마." 그가 딱딱거렸다.

"아니야, 헨리. 아주 핸섬하다곤 못 하겠지만, 사내다운 건 분명해."

그는 다시 위스키를 반 잔쯤 따라 내게 건네주었다. "자네 차례야." 그가 말했다. 나는 뭘 하는 짓인지도 모르고 그것을 벌컥벌컥 들이켰다. 내가 기침을 멈추자 헨리가 내 손에서 잔을 빼앗아 다시 술을 채워주었다. 그는 침울하게 술을 마셨다. 병은 거의 바닥이 났다.

"누가 절세 미녀를 사랑했다고 생각해 봐. 나 같은 얼굴에, 나 같은 녀석이 말이야. 변두리 대학에서 아주 터프하게 미식축구를 하던 가축 우리 출신의 남자. 얼굴이나 교육보다 축구 점수판을 더 중시한 남자. 고래나 화물 열차 따위를 뺀 모든 것과 싸우고, 그 모두를 이겼지만, 당연히 이따금은 얻어터질 수밖에 없던 남자 말이야. 그러다 기껏 얻은 일자리에서 줄곧 절세 미녀와 마주치는데 그게 그림의 떡인 걸 알아. 자네라면 어떡하겠나, 응? 난 그냥 그만뒀어."

"헨리, 화해의 악수를 하고 싶다." 내가 말했다.

그는 맥없이 나와 악수를 하고 말했다. "그래서 그만둔 거야. 달리 내가 뭘 어떡할 수 있겠어?" 그가 술병을 들고 불에 비춰 보았다. "나

432

한테 이걸 사 오라고 한 건 실수한 거야. 난 한번 마셨다 하면 세계 일 주를 하고도 남을 만큼 마신단 말이야. 돈은 좀 가지고 있나?"

"물론이지." 내가 말했다. "원하는 게 위스키라면 얼마든지 사지. 나 한테는 할리우드 프랭클린 가에 아주 멋진 아파트도 있어. 이 검소한 임시 숙소를 헐뜯고 싶지 않지만, 내 아파트로 가자. 거긴 여기보다 훨 씬 더 크고, 활개를 펼 수 있는 방도 남는 게 있어." 나는 유쾌하게 손 짓을 해 보였다.

"이런, 벌써 취했군." 헨리가 말했다. 작은 초록 눈에는 존경의 빛이 어려 있었다.

"아직 안 취했어, 헨리. 위스키가 얼큰하게 올라오고 기분이 아주 좋 긴 하지만 말이야. 내 말투는 신경 쓰지 마. 그쪽의 퉁명스런 말투처럼 개인적인 문제니까. 하지만 우리가 떠나기 전에 한 가지 더 얘기하고 싶은 중요한 사항이 있어. 난 펜러독 부인의 진주를 찾아 달라는 부탁 을 받았지. 자네가 그걸 훔쳐 갔을 가능성이 좀 있다던데?"

"헛다리 짚었어." 헨리가 부드럽게 말했다.

"이건 비즈니스 차원의 문제야, 헨리. 이걸 해결하는 최고의 방법은 솔직하게 털어놓는 거지. 그 진주는 모조품일 뿐이야. 그러니 우리가 합 의에 이르는 건 식은 죽 먹기지. 헨리 자네한테 난 아무런 악의도 없고, 오히려 위스키를 조달해 준 것에 대해 고마울 따름이지만, 비즈니스는 비즈니스야. 아무것도 묻지 않고 50달러를 줄 테니 진주를 돌려줘."

헨리는 짧고 씁쓸하게 웃고 신랄하게 대꾸했지만, 악의는 없는 것 같았다. "그러니까 내가 진주를 훔쳐 놓고 여기서 나를 잡아갈 경찰 떼 거리를 기다리고 있다 이 말이야?"

"경찰에 신고하진 않았어, 헨리. 그리고 자넨 진주가 모조품이란 걸 몰랐을 수도 있잖아, 그 술 좀 줘."

그가 병에 남은 것 대부분을 잔에 따라 주었다. 나는 아주 흐뭇하게 들이켰다. 거울을 향해 빈 잔을 내던졌지만 다행히 빗나갔다. 묵직한 싸구려 유리잔은 방바닥을 치고도 깨지지 않았다. 헨리 아이켈버거가 폭소를 터뜨렸다.

"뭐가 우스워, 헨리?"

"그냥." 그가 말했다. "속은 것을 알게 된 도둑놈 생각을 하고 있었어. 그 진주에 대해서 말이야."

"그러니까 자네는 진주를 훔치지 않았다는 거야, 헨리?"

그가 다시 웃었지만 이번에는 다소 우울했다. "그래." 그가 말했다. "훔치지 않았단 얘기야. 자네를 한 방 갈기고 싶지만 그래 봐야 무슨 소용이 있겠어? 누구든 오해를 할 수 있는 거니까. 그래, 난 진주를 훔치지 않았어. 더구나 그게 모조품이라면 뭐하러 훔치겠어. 그게 내가 봤던, 전에 그 노부인의 목에 걸렸던 것과 같은 물건이라면, 그런 걸 훔치고서 로스앤젤레스의 싸구려 숙소에 묵으면서 경찰 떼거리가 잡으러 오길 기다릴 리가 없잖아?"

나는 다시 그의 손을 붙잡고 흔들었다.

"내가 알아야 할 건 그것뿐이야." 내가 행복하게 말했다. "이제 안심이 되는군. 이제 나랑 같이 내 아파트에 가서 진주를 어떻게 되찾을지 같이 궁리 좀 하자. 우리가 한 팀이 되면 누구든 꺾을 수 있을 거야, 헨리."

"지금 나를 놀리는 거야?"

나는 일어서서 모자를 썼다. 거꾸로. "아냐, 헨리. 나는 자네한테 필요한 것 같은 일자리 제안을 하고 있는 거야. 자네가 마실 위스키는 덤이고. 자, 가자. 그런데 운전할 상태는 되지?"

"젠장, 난 취하지 않았어." 헨리가 말했다. 좀 놀란 표정이었다.

우리는 방을 나와 어두운 복도를 지났다. 으슥한 그늘에서 뚱보 지배인이 불쑥 튀어나와 우리 앞에 서서 배를 문지르며 뭔가를 기대하는 탐욕스러운 뱁새눈으로 나를 바라보았다. "일은 잘됐어?" 그는 손때 묻은 이쑤시개를 물고 물었다.

"저 사람에게 1달러 줘." 헨리가 말했다.

"왜?"

"아, 알 것 없어. 그냥 1달러 줘."

나는 주머니에서 1달러 지폐를 꺼내 뚱보에게 주었다.

"고맙네, 친구." 헨리가 말했다. 그는 뚱보의 목 아래를 탁 치고는 그의 손가락 사이에 낀 지폐를 재빨리 빼냈다. "이건 아까의 술값이야." 그가 덧붙였다. "친구한테 삥 뜯는 건 싫어서 말이야."

우리는 팔짱을 끼고 1층으로 내려갔다. 등 뒤에서 지배인이 식도에 걸린 이쑤시개 때문에 기침을 해 대고 있었다.

3

오후 5시에 선잠에서 깨어나 보니, 할리우드 아이버 가 근처 프랭클린 가에 있는 샤토 모레인의 내 아파트 침대에 누워 있었다. 지끈거리는 머리를 들고 고개를 돌려 보니 헨리 아이켈버거가 바지에 러닝셔츠 차림으로 내 옆에 누워 있었다. 그러고 보니 내 차림새도 비슷했다. 근처의 탁자에는 1리터들이 올드 플랜테이션 호밀 위스키 병이 거의 손대지 않은 상태로 세워져 있고, 바닥에 똑같은 빈 술병이 쓰러져 있었다. 또 바닥 여기저기 옷이 나뒹굴고, 안락의자 비단 팔걸이에 담배 구멍이 하나 나 있었다.

나는 소심하게 몸 상태를 돌아보았다. 배가 땅기고 속은 쓰리고 턱은 한쪽이 부어 있었다. 그밖에는 별 탈이 없었다. 침대에서 일어서자 관자놀이가 쿡쿡 쑤셨지만, 아랑곳하지 않고 탁자 위의 술병을 향해 천천히 걸어가서, 마침내 입까지 들어 올렸다. 목구멍을 지지는 듯한 술을 꾸준히 들이켜자 갑자기 기분이 좋아졌다. 활기차고 유쾌한 기분이 들자 어떤 모험이든 감행할 준비가 되었다. 나는 침대로 돌아가 헨리의 어깨를 마구 흔들었다.

"일어나, 헨리." 내가 말했다. "해 떨어질 시간이야. 개똥지빠귀와 다람쥐들이 빨리 일어나라고 성화야. 나팔꽃은 벌써 움츠리고 잠들었어."

헨리 아이켈버거는 씩씩한 남자답게 두 주먹을 불끈 쥐고 일어났다. "뭐가 짖어 대는 거야?" 그가 으르렁거렸다. "아, 그래, 월터로군. 기분은 어때?"

"죽이는 기분이야. 자네는 푹 쉬었나?"

"그래." 신발을 신지 않은 발을 휙 돌려 방바닥에 내려놓고 무성한 금발 머리를 벅벅 긁으며 그가 말했다. "한창 물이 올랐을 때 자네가 기절을 해 버렸어. 그래서 나도 눈을 붙였지. 난 혼자 마시지 않거든. 자네 괜찮아?"

"좋아. 진짜 아주 좋아. 게다가 우린 할 일도 있잖아."

"좋군." 그가 위스키 병으로 걸어가서 넉넉히 들이켜고는 넓적한 손바닥으로 배를 쓰다듬었다. 초록 눈동자가 평온하게 빛났다. "난 환자라서 약이 좀 필요했어." 그가 말했다. 그는 탁자에 병을 내려놓고 실내를 둘러보았다. "이런, 너무 급하게 약을 먹느라고 쓰레기장을 제대로 둘러보지도 못했군그래. 쓰레기장이 멋진데? 이런, 하얀 타자기에 하얀 전화기라니. 팔자 늘어졌군. 하느님한테 선물 받은 건가?"

"그냥 멍청한 기호품일 뿐이야." 내가 손을 휘저었다. 헨리는 책상에 나란히 놓인 타자기와 전화기에 다가가 살펴보고, 은제 필기용품 세트도 살펴보았다. 각각의 물건에 내 이름 머리글자가 새겨져 있었다.

"꽤 부자로구먼?" 헨리가 초록빛 시선을 내게 돌리며 말했다.

"뭐 그럭저럭." 내가 겸손하게 말했다.

"그래, 이제 뭐 하지? 그냥 술이나 먹나? 아니면 다른 좋은 생각이라도 있어?"

"그래, 헨리. 좋은 생각이 있지. 나를 도와줄 자네 같은 남자가 있으니, 뭐든 할 수 있을 거야. 우선 비밀 정보망을 쑤셔 봐야겠어. 진주 목걸이 같은 게 도난당하면 곧바로 뒷세계에 알려지지. 진주는 팔기 어려워. 변조할 수도 없고, 전문가가 보면 금세 알아볼 수 있다는 글을 어디선가 읽은 적 있어. 뒷세계가 아마 시끌시끌할 거야. 우리가 그걸 돌려받는 대신 적당한 대가를 지불할 용의가 있다는 메시지를 당사자에게 전해 줄 만한 인물을 찾는 게 너무 어렵지 않아야 할 텐데."

"말을 잘하는군. 취했으면서도." 헨리가 말하며 술병에 손을 뻗었다. "하지만 그 진주가 모조품이라는 걸 잊은 건 아니겠지?"

"선선히 대가를 주겠다는 건 감상적인 이유에서야."

헨리는 위스키를 조금 마시고 뒷맛을 음미하는 듯싶더니 다시 조금 더 마셨다. 그리고 내게 정중하게 병을 흔들어 보였다.

"그렇다면 그건 좋아." 그가 말했다. "하지만 자네가 시끌시끌할 거라고 말한 그 뒷세계는 그깟 모조 진주 목걸이 따위로 시끌시끌할 리가 없어. 내 생각이 맞을걸?"

"내 생각은 이래, 헨리. 뒷세계도 유머 감각쯤은 있어서, 제법 웃음이 만발할 거라고."

"그것도 일리는 있군." 헨리가 말했다. "펜러독 부인이 짭짤하게 돈이 되는 진주 목걸이를 가지고 있다는 것을 어떤 얼간이가 알아내, 금고털이를 식은 죽 먹기로 해치워서 장물아비한테 달려갔는데, 장물아비가 배꼽을 잡고 웃는다 이거지. 소문이 당구장 같은 데로 퍼져서 입방아에 오르겠지. 거기까지는 좋아. 하지만 금고털이는 장물을 바로 내버릴 거야. 장물의 값어치가 세금을 포함해서 서푼밖에 안 나간다 해도 금고털이는 3년에서 10년 사이의 금고형을 받을 테니까. 무단 침입도 범죄고."

"하지만 헨리. 이 상황에는 또 다른 변수가 있어." 내가 말했다. "그 도둑이 아주 멍청하다면 물론 별문제 될 게 없을 거야. 하지만 조금이라도 머리가 있다면 문제가 돼. 펜러독 부인은 자존심이 매우 높고, 고급 주택 지구에 살고 있지. 그런데 모조 진주를 걸고 있었다는 사실이 알려지면, 또 무엇보다도, 남편이 금혼식 선물로 그런 걸 주었다고 언론에라도 알려지면 어떻게 될까? 음, 자네는 요점을 이해했을 거야, 헨리."

"금고털이가 영리하겠어?" 그가 말하며 단단한 턱을 문질렀다. 그러다 생각에 잠겨 오른손 엄지를 깨물었다. 그는 창문과 방 구석구석과 방바닥을 바라보고, 곁눈으로 나를 바라보았다.

"공갈 협박?" 그가 말했다. "그럴 수도 있겠군. 하지만 악당들은 자기 전문 분야가 아니면 집적대지 않아. 도둑놈이 말을 흘릴 순 있겠지. 그럴 가능성은 있겠어. 내 금니를 전당포에 맡기고 그 가능성에 내기까지 걸 정도는 아니지만, 가능성은 확실히 있어. 그래, 대가로 얼마나 내놓을 생각인데?"

"100달러면 충분하겠지만, 200달러까지는 내놓을 생각이야. 그게 모조품의 실제 가격이지."

헨리는 고개를 내두르고 술을 병째 들이켰다. "안 돼. 그 정도 돈으로는 녀석이 정체를 드러내지 않을 거야. 겨우 그걸 받자고 위험을 무릅쓸 리가 없어. 차라리 목걸이를 버리고 손을 씻을 거야."

"그래도 시도는 해 봐야지."

"그래, 하지만 어디서? 그런데 술이 바닥을 보이고 있어. 신발 신고 달려가서 사 올까?"

바로 그 순간, 내가 차마 입에 올리지 않은 기도에 대한 응답처럼, 아파트 문에 나직하고 둔하게 쿵 하고 울리는 소리가 들렸다. 나는 문을 열고 석간신문 최종판을 집어 들었다. 다시 문을 닫고 신문을 들고 돌아갔다. 나는 오른손 검지로 신문을 가리키며 헨리 아이켈버거에게 자신만만한 미소를 보냈다.

"여기, 이 신문 범죄란에 답이 있다는 것에 올드 플랜테이션 한 병 걸지."

"범죄란 같은 건 없어." 헨리가 환하게 웃었다. "여긴 로스앤젤레스야. 자네가 졌어."

나는 신문 3면을 펼치고 짜릿한 기분을 느꼈다. 에이다 투미 가사소개소에서 기다리는 동안 신문 초판에서 이미 보기는 했지만, 그 기사가 최종판에도 그대로 실리리라는 확신은 없었기 때문이다. 믿은 보람이 있었다. 기사는 삭제되지 않고, 예전처럼 3단 중앙에 그대로 실려 있었다. "루 갠디지, 보석 도둑 혐의로 심문"이라는 제목의 아주 짧은 기사였다. "들어 봐, 헨리" 하고 말한 나는 기사를 읽기 시작했다.

지난밤 늦게 익명의 제보를 받은 경찰은 스프링 가의 유명 술집 주인 루이스(루) C. 갠디지를 체포해서 강도 높게 심문했다. 이는 최근 서부 고급 주택지에서 일어난 디너파티 연쇄 강도 사건과 관련된 것으로, 범인은 초대받은 유명 가문의 여자 손님들에게 권총을 들이대고 20만 달러어치 이상의 보석을 강탈한 것으로 알려졌다. 늦은 시간에 풀려난 갠디지는 기자들에게 어떤 진술도 하지 않았다. 다만 "진실은 경찰이 밝힐 것"이라고 조심스럽게 말했다. 단순 절도 범죄과의 윌리엄 노가드 경감은 갠디지가 강도 사건과 무관하다며, 익명의 제보는 단순히 개인적인 원한에 의한 것이었음을 확신한다고 밝혔다.

나는 신문을 접어 침대에 던졌다.

"이런, 자네가 이겼군." 헨리가 말하며 내게 술병을 건네주었다. 나는 길게 들이켜고 돌려주었다.

"이제 어쩔 거지? 갠디지를 잡아서 쓴맛을 보여 주나?" 헨리가 말했다.

"그는 호락호락한 사람이 아닐 거야, 헨리. 우리가 맞장 뜰 수 있겠어?"

헨리는 코웃음을 쳤다. "놈은 스프링 가의 깡패일 뿐이야. 모조 루비 반지나 끼고 거들먹거리는 뚱보일 뿐이지. 나를 놈한테 데려다 줘. 뚱보 놈을 홀랑 뒤집어서 내장을 싹 뽑아내 줄 테니까. 근데 술이 거의 다 떨어졌어. 몇 모금 안 남았다고." 그가 술병을 불에 비춰 보았다.

"당장은 마실 만큼 마셨어, 헨리."

"하지만 취하질 않았잖아. 여기 와서 겨우 일곱 잔, 아니 아홉 잔밖에 안 마셨어."

"확실히 취하진 않았지만, 자네의 한 잔은 아주 크잖아. 호락호락하지 않은 상대를 곧 만나게 될 텐데, 이제 면도를 하고 옷을 입는 게 좋겠어. 그것도 디너슈트를 입는 게 좋겠지. 여기 자네한테 딱 맞을 만한 여벌의 옷이 있어. 우리는 거의 사이즈가 같으니까. 거구의 두 남자가 손을 맞잡고 같은 일을 하게 되었으니 아주 좋은 징조야. 디너슈트 차림이면 저 아랫것들을 잘 어를 수 있을 거야, 헨리."

"멋지네." 헨리가 말했다. "놈들은 우리가 거물을 위해 일하는 건달인 줄 알겠어. 갠디지는 쫄아서 넥타이를 씹어 삼키겠지."

우리는 내가 제안한 대로 하기로 하고, 나는 헨리가 입을 옷을 꺼내주었다. 그가 씻고 면도하는 동안 나는 엘런 매킨토시에게 전화를 했다.

"아, 월터, 마침 목소리를 들으니 반가워." 그녀가 외쳤다. "뭐 좀 알아냈어?"

"아직은 아냐, 자기야." 내가 말했다. "하지만 좋은 생각이 있어. 헨리와 내가 그걸 바로 실행에 옮길 참이지."

"헨리? 헨리가 누구야?"

"그야, 물론 헨리 아이켈버거지. 그새 잊었어? 헨리와 나는 따끈따끈한 친구가 됐어. 우리는……."

그녀가 차갑게 내 말을 끊었다. "자기 지금 술 마시고 있어?" 그녀가 아주 뜨악한 목소리로 물었다.

"무슨 소리야. 헨리는 절대 금주주의자야."

그녀가 예리하게 코웃음을 쳤다. 그 소리가 전화로 분명하게 들렸다. "헨리가 목걸이를 훔치지 않은 거야?" 그녀가 한참 말이 없다가 물었다.

"헨리가? 물론 훔치지 않았지. 헨리는 자기를 너무 사랑해서 떠난 거야."

"아니, 그 원숭이가? 자기 진짜 취한 게 확실해. 다시는 자기랑 말도 하기 싫어. 이제 안녕이야." 그리고 그녀가 사정없이 전화를 끊는 소리가 내 귀에 아프게 들렸다.

나는 올드 플랜테이션 병을 들고 의자에 앉아 어리둥절해했다. 그녀를 기분 나쁘게 할 만한 말이나 경솔한 말을 했나? 뾰족한 생각이 나질 않아서 그저 헨리가 욕실에서 나올 때까지 술로 마음을 달랬다. 주름 셔츠와 윙칼라, 검정 나비넥타이 차림의 너무나 멋진 모습으로 헨리가 나타났다.

우리가 집을 나선 것은 땅거미가 내리고 나서였다. 헨리는 몰라도 나는 희망과 자신감에 차 있었다. 엘런 매킨토시가 전화로 내게 뭐라고 한 것 때문에 조금 울적하긴 했지만.

4

갠디지 씨의 술집은 찾기 어렵지 않았다. 스프링 가에서 헨리가 소리쳐 부른 첫 번째 택시기사가 바로 우리를 그곳으로 안내했기 때문이다. '블루 라군'이라는 술집이었는데, 이름값을 하느라 내부가 불쾌한 푸른 빛에 휩싸여 있었다. 헨리와 나는 흔들림 없이 안으로 들어갔다. 갠디지 씨를 찾아가기 전에 맨디 캐리비언 그로토에서 제대로 된 음식을 섭취한 덕분이었다. 헨리는 두 번째로 좋은 내 디너슈트를 입고, 술 달린 하얀 스카프를 어깨 너머로 넘기고, 뒤통수에 (나보다 머리통이 좀 더 커서) 가벼운 중절모를 걸치고 있어서 제법 멋쟁이로 보였다. 그런데 그가 입은 여름 코트 양 옆주머니에는 위스키 병이 하나씩 꽂혀 있었다.

블루 라군 바는 손님들로 북적거렸지만, 헨리와 나는 뒤쪽의 작고 어둑한 다이닝룸으로 들어갔다. 더러운 디너슈트 차림의 남자가 다가오자 헨리가 갠디지를 찾았다. 남자는 먼 구석의 작은 테이블에 혼자 앉아 있는 뚱뚱한 남자를 가리켰다. 우리는 그쪽으로 다가갔다.

그 남자는 작은 레드 와인 잔을 앞에 두고 앉아, 손가락에 낀 커다란 초록빛 보석 반지를 천천히 돌리고 있었다. 그는 고개를 들지 않았다. 그 테이블에는 다른 의자가 없어서, 헨리는 두 팔꿈치로 테이블을 짚고 말했다.

"당신이 갠디지요?"

남자는 그래도 고개를 들지 않았다. 그가 짙은 검정 눈썹을 모으고 무심한 목소리로 말했다. "씨.* 그렇소."

"당신한테 은밀히 할 말이 있소." 헨리가 말했다. "방해받지 않을 곳에서."

갠디지가 그제야 고개를 들었다. 아몬드 모양의 검정 눈에 권태가 가득 차 있었다. "구래? 무슨 일루다?" 그가 물으며 어깨를 으쓱했다.

"진주 건으로." 헨리가 말했다. "진주 49개짜리 목걸이. 크기가 고른 분홍빛."

"팔 건가? 아님 살 꺼여?" 갠디지가 물었다. 즐겁다는 듯 볼살이 위

---

* Si, "yes"를 뜻하는 이탈리아 어.

아래로 실룩거렸다.

"살 거." 헨리가 말했다.

테이블의 남자가 조용히 손가락을 까딱이자 거구의 웨이터가 그의 옆에 나타났다. "이것들 ⊠어. 쪼차내." 그가 생기 없이 말했다.

웨이터가 헨리의 어깨를 잡았다. 헨리는 심드렁하게 팔을 들어 웨이터의 손을 잡고 비틀었다. 푸른 조명 속에서 웨이터의 얼굴이 전혀 건전하지 않다는 것밖에는 뭐라 말할 수 없는 색으로 바뀌었다. 그가 낮게 신음을 내뱉었다. 헨리가 손을 내리고 내게 말했다. "테이블에 100달러 내봐 봐."

나는 지갑을 꺼내 안에서 200달러를 꺼냈다. 내 아파트에서 미리 챙겨 온 것이었다. 갠디지가 지폐를 응시하며 거구의 웨이터에게 손짓하자, 웨이터는 손을 가슴에 밀착한 채 문질러 대며 물러났다.

"왜?" 갠디지가 물었다.

"5분만 시간을 내."

"아조 웃기네? 조아. 그라지." 갠디지가 지폐를 집어 곱게 접어 조끼 주머니에 넣었다. 그리고 두 손으로 테이블을 짚고 용을 쓰며 일어섰다. 그는 우리를 돌아보지 않고 어기적어기적 걸어갔다.

헨리와 나는 북적이는 테이블 사이로 그를 따라, 다이닝룸 끝까지 가서 판자문을 지나 좁고 어둑한 복도를 걸었다. 복도 끝에서 갠디지가 문을 열고 불이 켜진 방으로 들어가서, 올리브색 얼굴에 침침한 미소를 짓고 우리를 위해 문을 붙잡고 서 있었다. 내가 먼저 들어갔다.

헨리가 갠디지 앞을 지나 안으로 들어갈 때, 갠디지가 놀랍도록 민첩하게 품에서 반짝이는 작은 검정 가죽 곤봉을 꺼내 헨리의 머리를 세게 후려쳤다. 헨리는 앞으로 쓰러져 두 손과 무릎을 바닥에 댔다. 갠디지가 덩치에 비해 아주 날렵하게 방문을 닫고 왼손에 작은 곤봉을 쥔 채 문에 기대섰다. 이어 아주 갑자기 그의 오른손에 짧지만 묵직한 검정 리볼버가 나타났다.

"아조 웃겨." 그가 점잖게 말하고는 혼자 낄낄거렸다.

정확히 무슨 일이 벌어졌는지 나는 제대로 보지 못했다. 한순간 헨리는 갠디지에게 등을 보인 채 손과 무릎을 바닥에 대고 있었다. 다음 순간, 아니 어쩌면 그와 동시에, 물속에서 커다란 물고기가 용솟음치듯 뭔가가 솟구쳤고 갠디지가 끅끅거렸다. 그때 나는 헨리의 단단한 금발 머리가 갠디지의 뱃살에 파묻힌 것을 보았다. 동시에 헨리의 커다란 두 손은 갠디지의 털투성이 양 손목을 틀어쥐고 있었다. 이어 헨리가 몸을 곧추세우자, 갠디지가 헨리의 머리에 얹힌 채 공중으로 떠올랐다. 입은 떡 벌어져 있었고 얼굴은 어두운 자줏빛이었다. 헨리가 짐짓 아주 가볍게 머리를 털자, 갠디지가 끔찍하게 쿵 하는 소리를 내며 바닥에 떨어져 누운 채 숨을 제대로 쉬지 못했다. 열쇠로 문을 잠근 헨리는 문을 등진 채 왼손에 곤봉과 리볼버를 함께 틀어쥐고, 위스키가 담긴 양쪽 주머니를 걱정스레 더듬거렸다. 이 모든 일이 너무나 삽시간에 일어나서 나는 벽에 기대선 채 속이 다 메스꺼웠다.

"배꼽 빠지겠군." 헨리가 느긋하게 말했다. "코미디언 쌈 싸 먹겠어. 허리띠 좀 풀고 웃어야겠으니 좀 기다려 봐."

갠디지가 몸을 뒤집어, 아주 천천히 고통스럽게 두 발로 일어서서 비틀거리며 손으로 얼굴을 쓸어내렸다. 옷에는 먼지가 잔뜩 묻어 있었다.

"이거 곤봉이잖아. 저 자식이 이걸로 나를 친 거야?" 헨리가 작은 검정 곤봉을 내게 보여 주며 말했다.

"몰라서 묻는 거야?" 내가 물었다.

"그냥 확인하고 싶었던 거야." 헨리가 말했다. "아이켈버거 가문의 사람들에게 이런 짓을 하면 못써."

"원하는 게 뭐야?" 갠디지가 불쑥 물었다. 어눌한 이탈리아 인 말씨가 전혀 아니었다.

"우리가 뭘 원하는지 말했잖아, 뚱땡아."

"난 너희가 누군지 몰라." 갠디지가 말하고는 허름한 사무용 책상 옆의 나무 의자에 조심스레 몸을 실었다. 그는 얼굴과 목을 쓰다듬고 몸을 여기저기 주물렀다.

"갠디지, 뭔가 잘못 생각한 모양이군. 캐런들렛 공원 지역에 사는 어떤 부인이 이틀 전에 진주 49개짜리 목걸이를 도둑맞았어. 금고털이였지만, 식은 죽 먹기로 해치웠지. 그 구슬은 우리 회사에 보험을 든 거야. 근데 아까의 지폐는 돌려받아야겠어."

그가 갠디지에게 다가가자, 갠디지가 부랴부랴 주머니에서 지폐를 꺼내 내밀었다. 헨리는 내게 지폐를 건네주었고, 나는 지갑에 넣었다.

"그런 이야기는 듣지 못했어." 갠디지가 조심스레 말했다.

"넌 곤봉으로 나를 쳤어. 근데 뭘 못 들어?" 헨리가 말했다.

갠디지가 고개를 내두르고 얼굴을 찌푸렸다. "나는 금고털이의 뒷배를 봐주지 않아. 강도도 마찬가지야. 오해하지 마." 그가 말했다.

"잘 새겨들어." 헨리가 저음으로 말했다. "그래도 뭔가 들은 게 있을 거야." 그는 작은 검정 곤봉을 오른손 두 손가락으로 아주 가볍게 빙빙 돌렸다. 살짝 작은 모자가 좀 구겨지기는 했지만 여전히 그의 뒤통수에 걸려 있었다.

"헨리." 내가 말했다. "오늘 저녁 일을 혼자 다 해치우려는 거야? 그게 공평하다고 생각해?"

"좋아. 그럼 자네가 해 봐." 헨리가 말했다. "이런 뚱보는 멍이 들어도 예쁘게 들지."

이 무렵 갠디지는 조금 혈색을 되찾고 우리를 차분히 응시하고 있었다. "보험회사에서 나왔다고?" 그가 의심스럽다는 듯 물었다.

"그래."

"멜라크리노는 알아봤나?" 갠디지가 물었다.

"흥!" 헨리가 수선을 떨기 시작했다. "배꼽 빠지겠군. 코미……" 하지만 내가 칼같이 말을 끊었다.

"헨리, 잠깐만." 내가 말했다. 그리고 갠디지를 돌아보았다. "멜라크리노라는 게 사람인가?" 내가 그에게 물었다.

갠디지가 놀라서 눈이 휘둥그레졌다. "물론 남자지. 그를 모른단 말이야, 응?" 구두약같이 까만 눈에 검은 의혹이 서렸지만, 순식간에 사라졌다.

"녀석한테 전화해." 헨리가 말하며 허름한 사무용 책상 위의 물건을 가리켰다.

"전화는 곤란해." 갠디지가 생각 끝에 반대했다.

"곤봉도 곤란할 텐데." 헨리가 말했다.

갠디지가 한숨을 내쉬고 의자에 묻힌 뚱뚱한 몸을 돌려 전화기를 끌어당겼다. 그는 잉크가 묻은 손끝으로 다이얼을 돌리고 귀를 기울였다. 얼마 후 그가 말했다. "조? ……루야. 보험회사 사람 둘이 캐런들렛 공원 건을 처리하려고 왔어. ……그래. ……아니. 진주야……. 쥐뿔도 모른다고? ……알았어, 조."

갠디지는 전화기를 제자리에 돌려놓고 다시 의자 속에서 몸을 돌렸다. "모른다는군. 근데 자네들은 어느 보험회사에서 나온 거지?"

"명함을 줘." 헨리가 내게 말했다.

나는 또 다시 지갑을 꺼내 명함 하나를 뽑았다. 이름만 새겨진 명함이었다. 그래서 나는 휴대용 연필로 이름 아래 샤토 모레인 아파트의 내 주소를 적었다. 그것을 헨리에게 보여 주고 갠디지에게 건네주었다.

갠디지가 명함을 보고 말없이 손가락을 깨물었다. 그의 낯빛이 갑자기 환해졌다. "자네들은 잭 롤러를 만나 보는 게 낫겠어." 그가 말했다.

헨리가 그를 골똘히 바라보았다. 갠디지의 눈은 이제 아무런 악의도 없이 환하게 빛나며 깜빡이지도 않았다.

"그게 누구지?" 헨리가 물었다.

"펭귄 클럽 사장이지. 선셋 대로 8644번지인가 어딘가에 있어. 누군가를 찾을 수 있는 사람이 있다면, 그게 바로 그 사람이야."

"고맙군." 헨리가 조용히 말했다. 그가 나를 슬쩍 바라보았다. "이 말을 믿나?"

"그래, 헨리." 내가 말했다. "굳이 거짓말을 할 거라고는 생각지 않아."

"흥!" 갠디지가 불쑥 내뱉기 시작했다. "배꼽 빠지겠군. 코……"

"닥쳐!" 헨리가 으르렁거렸다. "그건 내 거야. 갠디지, 아까 한 말 사실이지? 그 잭 롤러 말이야."

갠디지가 열정적으로 고개를 끄덕였다. "완전 사실이지. 잭 롤러는 상류사회에서 일어난 모든 일에 발을 담그고 있거든. 하지만 만나는 건 쉽지 않아."

"그건 걱정 마. 고마워, 갠디지."

헨리는 검은 곤봉을 방구석으로 던지고 줄곧 왼손에 쥐고 있던 리볼버의 탄창을 꺼냈다. 그러고는 총알을 빼내더니 허리를 숙이고 총을 책상 아래 시선이 닿지 않는 곳으로 밀어 넣었다. 그가 손바닥 위의 탄창을 잠시 느긋하게 던졌다 받더니 바닥에 툭 떨어뜨렸다.

"잘 있어, 갠디지." 그가 차갑게 말했다. "침대 아래서 발견되기 싫으면 손을 털어."

그리고 그가 문을 열었고, 우리는 재빨리 밖으로 나가서 어떤 종업원의 방해도 받지 않고 블루 라군을 떠났다.

5

내 차는 그 블록에서 조금 떨어진 곳에 세워져 있었다. 우리는 차에 올라탔다. 헨리가 운전대에 두 팔을 얹고 앞유리창을 뚱하니 응시했다.

"이봐, 월터, 어떻게 생각해?" 마침내 그가 물었다.

"헨리, 내 의견을 묻는 거야? 난 갠디지 씨가 그저 우리를 쫓아내기 위해 귀신 씻나락 까먹는 소릴 했다고 생각해. 그는 우리가 보험회사 대리인이라는 것도 믿지 않았을 거야."

"내 생각도 그래. 한술 더 뜨자면, 무슨 멜라크리노라든가 잭 롤러라는 녀석은 아마 존재하지도 않을 거야. 전화도 아무 데나 걸어서 혼자 허튼소리를 지껄였을 테고. 되돌아가서 녀석의 팔다리를 뽑아 버려야해. 그 뒤룩뒤룩한 자식을 그냥."

"우린 나름대로 최선책을 짜냈고, 나름 최선을 다해 그걸 실행했어.

이제 내 아파트로 돌아가서 다른 걸 생각해 보는 게 좋겠어."

"술도 한잔하고." 헨리가 말했다. 그는 시동을 걸고 갓돌에 붙여 놓은 차를 뗐다.

"뭐, 조금은 마셔도 되겠지."

"흥! 자식이 수작을 부리다니." 헨리가 코웃음을 쳤다. "돌아가서 그 놈의 술집을 아작 내야 하는 건데."

그는 교차로에서 정지 신호도 떨어지지 않았는데 차를 세우고 위스키 병나발을 불었다. 그러는 동안 승용차 한 대가 다가와서 우리 차 뒤를 들이받았다. 심하게 부딪친 것은 아니었다. 헨리가 입에서 병을 떼고 캑캑거리며 술을 옷에 조금 흘렸다.

"이 도시는 너무 북적거려." 그가 으르렁거렸다. "술 좀 마셔 볼까 하면 잡것들이 팔꿈치를 친단 말이야."

우리 차가 움직일 생각을 하지 않자 뒤차가 제법 끈덕지게 경적을 울렸다. 헨리가 와락 문을 열고 밖으로 나가 뒤로 다가갔다. 꽤나 시끄러운 소리가 들려왔는데, 헨리의 목청이 더 컸다. 잠시 후 그가 돌아와 운전석에 올라타서 차를 몰았다.

"그 자식 모가지를 뽑아 버렸어야 했는데 마음이 좀 물러지더군." 그가 말했다. 할리우드와 샤토 모레인까지 가는 동안 그는 빠르게 차를 몰았다. 우리는 내 아파트로 올라가서 각자 커다란 잔을 들고 자리에 앉았다.

"남은 게 줄잡아 1.5리터는 되겠어." 헨리가 테이블 위에 놓인 술병 두 개를 바라보며 말했다. 그 옆에는 오래전에 비어 버린 술병들이 놓여 있었다. "이 정도면 묘안을 짜내기에 충분할 거야."

"모자라면 얼마든지 또 사 올 수 있어." 나는 흥겹게 잔을 꺾었다.

"너는 참 괜찮은 녀석 같아." 헨리가 말했다. "어떻게 입만 열었다 하면 그렇게 멋진 말을 할 수가 있는 거야?"

"버릇을 바꿀 수야 없지. 우리 아버지 어머니 두 분 다 뉴잉글랜드 전통에 목을 매는 분이셔서, 그분들 말투는 도무지 내 입에 붙질 않더라고. 대학 시절에도 그랬고."

헨리는 그 말을 잘 씹어 삼키려고 했지만 아무래도 체하고 만 것 같았다.

갠디지와 의심스러운 그의 조언에 대해 한동안 이야기를 나누다 보니 30분쯤 지났다. 그때 다소 갑작스레 책상 위의 하얀 전화기가 울리기 시작했다. 나는 부랴부랴 달려가며 엘런 매킨토시가 언짢은 기분을 풀고 전화한 것이기를 바랐다. 하지만 생소한 남자의 목소리였다. 빠릿빠릿하고 불쾌한 금속성이었다.

"당신이 월터 게이지야?"

"그래, 게이지올시다."

"그래, 게이지 씨, 무슨 보석을 사려고 한다던데?"

나는 전화기를 꽉 거머쥐고 몸을 돌려 헨리를 향해 얼굴을 찡그려 보였다. 하지만 헨리는 부루퉁하니 새 올드 플랜테이션 병을 따서 잔에 따르고 있었다.

"그래." 내가 전화기에 대고 말했다. 목소리를 차분하게 가라앉히려고 했지만, 흥분을 억누르기가 힘들었다. "보석이라는 게 진주를 뜻하는 거라면 말이지."

"알맹이가 49개야, 형씨. 가격은 5천이고."

"말도 안 돼." 나는 입을 딱 벌렸다. "5천 달러에 그런 걸……"

목소리가 무식하게 내 말을 자르고 들어왔다. "분명히 말했어, 형씨.

5천이라고. 한 손을 들고 손가락을 다 꼽아 봐. 그 이상도 이하도 아니야. 잘 생각해 봐. 나중에 다시 전화하지."

건조한 소리와 함께 전화가 끊겼다. 나는 손을 떨며 수화기를 전화기에 걸었다. 몸이 다 떨렸다. 나는 의자로 돌아가서 털썩 앉아 손수건으로 얼굴을 훔쳤다.

"헨리." 낮은 음성으로 내가 말했다. "효과가 있었어. 그런데 이상해."

헨리는 방바닥에 빈 잔을 내려놓았다. 그가 빈 잔을 내려놓고 빈 채로 그대로 두는 것은 처음 보았다. 그는 얼큰하게 취기가 오른 초록 눈을 깜빡이지도 않고 나를 뚫어져라 응시했다.

"뭐라고?" 그가 나직이 말했다. "뭐가 효과가 있었다고?" 그는 혀끝으로 천천히 입술을 핥았다.

"갠디지의 술집에서 벌인 작전 말이야. 어떤 남자가 방금 전화를 해서 묻더군. 진주를 살 거냐고."

"젠장." 헨리가 입술을 오므리고 나직이 휘파람을 불었다. "역시 그 염병할 이탈리아 자식이 엉큼하게 숨긴 게 있었어."

"그런데 5천 달러를 내라는군. 황당무계하게도."

"뭐?" 헨리의 눈이 튀어나올 것처럼 왕방울만 해졌다. "그런 모조품에 5천을 불러? 돌았군. 그거 200짜리라고 했잖아. 완전히 돌았어. 5천이면 모조 진주로 코끼리 궁둥이를 다 덮고도 남겠구만."

헨리가 황당해하는 표정이 역력했다. 그는 말없이 우리 잔을 채웠고, 우리는 잔 너머로 상대를 바라보았다. "월터, 그럼 이제 어쩔 건데?" 오랜 침묵 끝에 그가 물었다.

"헨리." 내가 단호하게 말했다. "할 일은 딱 한 가지야. 엘런 매킨토시가 그게 모조품이라고 내게 귀띔해 준 건 틀림없는 사실이야. 엘런이 펜러독 부인의 허락 없이 한 말이니, 난 그 비밀을 지켜 줘야 해. 그런데 엘런은 지금 나한테 화가 나 있어서 나랑 말도 안 하려고 해. 내가 덥다 술을 처마신 탓이야. 내 말이나 생각이 흐트러진 건 아니지만 말이지. 암튼 그 전화는 정말 이상해. 이렇게 된 이상 펜러독 집안과 절친한 사람이랑 상의를 해 봐야 할 것 같아. 아무래도 사업 경험이 있는 남자가 낫겠지. 그리고 보석에 대해서도 잘 아는 사람이어야겠고. 마침 그런 사람이 한 명 있으니까, 내일 아침 전화를 해 봐야겠어."

"젠장." 헨리가 말했다. "간단한 이야기를 길게도 하는군. 그게 누군데?"

"랜싱 갤러모어라는 사람이야. 7번가 갤러모어 보석상의 주인이지. 펜러독 부인과는 막역한 친구 사이라는 말을 엘런에게 종종 들었어. 실은 모조 진주를 주선해 준 게 바로 그 사람이지."

"그가 짜바리한테 신고하면 어쩌려고?" 헨리가 반대했다.

"그러지 않을 거야. 어떤 식으로든 펜러독 부인을 곤란하게 할 리가 없어."

헨리는 어깨를 으쓱해 보였다. "그래도 가짜는 가짜 아냐." 그가 말했다. "가짜인 건 어쩔 수가 없어. 보석상 할애비라도 뭘 어쩔 수 없다고."

"그렇지만 그렇게 황당무계한 금액을 부르는 데는 뭔가 이유가 있을 거야. 내가 생각할 수 있는 유일한 이유는 공갈 협박뿐인데, 솔직히 그걸 나 혼자 대처하기엔 좀 벅차. 펜러독 집안의 뒷이야기를 내가 잘 모르니까 말이야."

"알았어." 헨리가 한숨을 쉬며 말했다. "정 그렇다면 자네 생각을 따라야지 뭐. 난 슬슬 숙소로 돌아가서 자빠지는 게 좋겠어. 혹시 있을지 모를 중노동을 대비해서 컨디션 조절이나 해 둘게."

"여기서 묵는 게 좋지 않겠어?"

"고맙지만 됐어. 내 숙소로 갈 거야. 남은 병은 내가 가져갈게. 수면 제로. 아침에 혹시 직업소개소에서 전화가 오면 양치질하고 나가 봐야 할지도 몰라. 그러니 서민들과 어울리려면 다시 옷을 갈아입는 게 좋겠어."

그는 그렇게 말하고 욕실에 들어가 잠시 후 원래의 푸른 서지 정장으로 갈아입고 나왔다. 내 차를 몰고 가라고 권했지만 그 동네에서는 내 차가 무사하지 못할 거라며 사양했다. 하지만 전에 입었던 내 외투는 고분고분 받아들여 그 안에 마개를 따지 않은 위스키를 조심스레 챙겨 넣고 다정하게 악수를 나누었다.

"헨리, 잠깐만." 나는 지갑에서 20달러를 꺼내 그에게 내밀었다.

"이건 왜 주는 거야?" 그가 으르렁거렸다.

"잠깐이지만 고용됐었잖아. 결과는 곤혹스럽지만 암튼 오늘 저녁 한 몫 톡톡히 해 주었어. 보수를 받아 마땅해. 나한테 이 정도 여유는 있어."

"그럼 고맙게 받도록 하지." 헨리가 말했다. "하지만 꾼 걸로 해 둬." 뭔가 울컥한 목소리였다. "아침에 내가 이리로 전화를 할까?"

"꼭 그렇게 해 줘. 그리고 한 가지 더 생각난 게 있는데, 그 숙소를 바꾸는 게 좋지 않을까? 내가 신고하지 않아도 경찰이 절도 사건을 알게 되면, 자네를 의심하게 될 거야."

"지랄, 그렇게 되면 짜바리들이 나를 몇 시간 동안 닦달하겠지." 헨리가 말했다. "하지만 그래 봐야 나한테 아무 소리도 듣지 못할 거야. 난 그렇게 물렁하지 않아."

"암튼 잘 알아서 해, 헨리."

"그래. 잘 자게, 친구. 가위 눌리지 말고."

그리고 그가 떠나자 갑자기 울적하고 외로워졌다. 헨리와 같이 있으면 그의 말투가 거칠긴 해도 내게 활력을 불어넣어 주었다. 그는 정말 사나이다웠다. 나는 병에 남은 위스키를 꽤 큰 잔에 따라 우울한 심정으로 단숨에 들이켰다.

술기운이 올라오자 무슨 일이 있어도 엘런 매킨토시에게 연락을 하고 싶다는 열망이 걷잡을 수 없이 치밀었다. 전화기로 다가가서 전화를 걸었다. 한참을 기다리자 졸음에 겨운 음성으로 메이드가 전화를 받았다. 하지만 엘런은 내 이름을 듣자마자 전화 받기를 거부했다. 그러자 더욱 울적해진 나는 무슨 짓을 하는지도 모르고 무의식적으로 남은 위스키를 바닥냈다. 그리고 침대에 누워 괭이잠을 잤다.

6

요란스러운 전화벨 소리에 잠에서 깨니 아침 햇살이 실내로 쏟아져 들어오고 있었다. 아침 9시였는데 실내의 모든 등이 켜져 있었다. 나는 몸이 찌뿌둥하고 기운이 없는 것을 느끼며 억지로 일어났다. 여전히 디너슈트 차림이었기 때문이다. 하지만 나는 아주 담대하고 건강한 남자라서 생각보다 그리 나쁜 기분은 아니었다. 나는 전화기로 다가가서 수화기를 들었다.

헨리의 목소리가 들렸다. "기분 어때, 친구. 나는 스웨덴 사람 열두 명이랑 한판 한 것처럼 얼얼해."

"난 그리 나쁘지 않아, 헨리."

"직업소개소에서 전화가 와서 잠깐 나가 봐야겠어. 나중에 그리 들를까?"

"그래, 헨리. 꼭 좀 와 줘. 나는 간밤에 말한 볼일을 보고 11시쯤 돌아올 거야."

"녀석한테 전화가 또 왔어?"

"아직 안 왔어."

"알았어. 그럼 이따 봐." 그가 전화를 끊자 나는 찬물로 샤워와 면도를 하고 옷을 차려입었다. 수수한 갈색 비즈니스 정장을 입고 아래층 커피숍에 커피를 시켰다. 그리고 웨이터를 불러 빈 병들을 치우게 하고 수고비로 1달러를 주었다. 블랙커피 두 잔을 마시자 다시 정신이 돌아와서, 웨스트 7번가에 있는 크고 화려한 갤러모어 보석상을 향해 차를 몰았다.

전날처럼 밝고 화창한 아침이었다. 워낙 날씨가 쾌적하다 보니 어떻게든 일이 술술 풀릴 것만 같았다.

알고 보니 랜싱 갤러모어 씨는 아무나 쉽게 만날 수 있는 사람이 아니었다. 그래서 어쩔 수 없이 펜러독 부인의 일 때문에 은밀히 상담할 문제가 있다고 비서에게 털어놓지 않을 수 없었다. 그 말이 전달되자마자 나는 바로 사무실로 안내되었다. 판벽 널을 두른 긴 사무실 안쪽 끝 거대한 책상 뒤에 갤러모어 씨가 서 있었다. 그가 가느다란 분홍색 손을 내게 내밀었다.

"게이지 씨? 우리가 전에 만난 적이 있던가요?"

"아니요. 전에 뵌 적은 없습니다. 저는 엘런 매킨토시 양의 약혼자입니다. 아니, 간밤까지 약혼자였습니다. 펜러독 부인의 간호사인 엘런 양은 아실 겁니다. 아주 민감한 문제가 있어서 이렇게 찾아왔습니다. 말씀드리기 전에 먼저 꼭 비밀을 지키겠다는 약속부터 해 주셔야겠습니다."

그는 일흔다섯 살쯤 된 남자였다. 매우 수척하고 키가 크고 반듯하고, 나이에 비해 젊어 보였다. 눈은 차가운 푸른색이었지만 미소가 따뜻했다. 무척이나 젊어 보이는 회색 플란넬 슈트 차림에 옷깃에는 빨간 카네이션을 꽂고 있었다.

"약속은 하지 않는다는 게 내 방침이라네, 게이지 군." 그가 말했다. "그런 건 거의 언제나 아주 불공평한 요구라는 게 내 생각일세. 하지만 그 문제가 펜러독 부인과 관련된, 정말 민감하고 비밀을 요하는 일이라고 자네가 다짐을 하면, 예외를 두기로 하겠네."

"다짐하겠습니다, 갤러모어 씨." 내가 말했다. 그리고 즉시 숨김없이 자초지종을 털어놓았다. 전날 내가 위스키를 너무 많이 마셨다는 사실조차 숨기지 않았다.

내 이야기가 끝나자 그는 호기심 어린 눈으로 나를 응시했다. 그리고 섬세한 형태의 손으로 고풍 어린 하얀 깃펜을 들고 깃털 쪽으로 오른쪽 귀를 살살 간질였다.

"게이지 군." 그가 말했다. "그 진주 목걸이를 두고 5천 달러를 요구한 이유가 뭐라고 보나?"

"프라이버시가 걸린 문제를 추리해도 된다면 감히 설명해 보겠습니다, 갤러모어 씨."

그는 이제 왼쪽 귀를 살살 간질이며 고개를 끄덕였다. "말해 보게."

"실은 그 진주가 진짜인 겁니다, 갤러모어 씨. 당신은 펜러독 부인의 오랜 친구이고, 어쩌면 소꿉동무인지도 모르죠. 펜러독 부인이 가솔들에게 크게 인심을 쓰기 위해 절실히 돈이 필요해서 금혼식 선물인 진주를 팔아 달라고 했는데, 갤러모어 씨는 그걸 팔지 않았습니다. 당신의 주머니에서 2만 달러를 내주고 진짜 진주를 돌려준 겁니다. 그게 체코에서 만든 모조품인 척하면서 말입니다."

"음, 자넨 말투보다 추리력이 훨씬 더 멋지군." 갤러모어 씨가 말했다. 그는 일어서서 창가로 가서 섬세한 망사 커튼을 옆으로 걷고 북적거리는 7번가를 굽어보았다. 그리고 책상으로 돌아와 자리에 앉아서 다소 시름에 겨운 미소를 지었다.

"자네 추리는 당혹스러울 만큼 정확했네, 게이지 군." 그가 말하고 한숨을 내쉬었다. "펜러독 부인은 자존심이 강한 여성이지. 안 그랬으면 담보 없이 그냥 2만 달러를 빌려주었을 걸세. 어쩌다 보니 내가 펜러독 씨의 공동 유산관리인이 되었는데, 덕분에 사정을 잘 알고 있었다네. 당시 금융시장 형편으로는, 유산의 원금을 무리하게 훼손하지 않고서는 친척과 고용인들 모두를 보살필 수 있는 현금을 마련하기가 불가능했지. 그래서 펜러독 부인은 진주를 판 걸세. 팔았다고 생각했지. 그러면서 그 사실을 누가 알면 안 된다고 고집했어. 그리고 나는 자네가 추측한 대로 행동했지. 그거야 대수로울 것 없는 일이었어. 나는 그럴 만한 여유가 있었으니까. 결혼한 적이 없고, 부자라고 할 만하거든. 사실 그때 그 진주는 내가 그녀에게 준 금액의 절반에도 팔 수 없었을 걸세. 아니, 그건 지금 팔아도 마찬가지라네."

빤히 바라보면 자상한 노신사가 곤혹스러워할까 봐 나는 눈을 내리깔았다.

"그러니 5천 달러를 마련하는 게 좋다고 보네." 갤러모어 씨는 곧바로 활기찬 음성으로 덧붙였다. "훔친 진주는 커팅한 보석보다 처리하기가 훨씬 더 곤란하다지만, 그 정도 가격이면 아주 저렴한 셈이지. 흔쾌히 자네를 믿고 일을 맡기고 싶은데 어떤가? 잘 처리할 수 있겠나?"

"갤러모어 씨." 나는 나지막하지만 단호하게 말했다. "제가 갤러모어 씨에게 생판 남이고, 한낱 살과 피로 이뤄진 인간이지만, 존경하는 저의 선친과 선비의 추억을 걸고, 결코 비겁한 짓을 하지 않겠다고 다짐하겠습니다."

"그래도 그 살과 피가 장대하지 않은가." 갤러모어 씨가 자상하게 말했다. "자네가 돈을 빼돌릴 거라고는 생각지 않네. 엘런 매킨토시와 그녀의 남자 친구에 대해선 자네 생각 이상으로 내가 좀 알거든. 게다가 진주는 보험에 들어 있다네. 물론 내 이름으로 들었는데, 실은 이 사건은 보험회사에서 처리해야 마땅해. 하지만 자네와 재미난 자네 친구가 지금까지 아주 잘 대처해 온 것 같군. 나는 손에 쥔 패로 승부하길 좋아하지. 헨리는 분명 대단한 사나이야."

"좀 거칠긴 하지만 마음에 쏙 드는 친굽니다." 내가 말했다.

갤러모어 씨는 좀 더 오래 하얀 깃펜을 가지고 놀다가 큼직한 수표책을 꺼내 수표 한 장을 끊고 조심스레 압지로 잉크를 말린 다음 책상 너머로 건네주었다.

"자네가 진주를 회수하면 이 금액은 내가 보험회사에 청구할 걸세." 그가 말했다. "그들이 내 방식에 불만이 없다면 그쯤은 쉽게 처리해 주겠지. 은행은 길모퉁이에 있다네. 나는 은행에서 연락이 오는 걸 기다리도록 하지. 아마도 은행에서 내게 전화를 걸어 확인한 다음에야 현금을 내줄 걸세. 조심하게. 다치지 말고."

그는 다시 나와 악수를 했고 나는 머뭇거렸다. "갤러모어 씨는 어느 누구보다도 더 선뜻 저를 믿어 주시는군요. 물론 저의 선친은 빼고 말입니다." 내가 말했다.

"바보 같은 짓인지도 모르지." 그가 묘한 미소를 지었다. "제인 오스틴의 소설에 나오는 오만한 말투를 워낙 오랜만에 들었더니 나도 모르게 넘어가 버렸어."

"감사합니다. 제 말투가 좀 오만하긴 합니다. 그런데 작은 부탁 하나 드려도 될까요?"

"뭔가?"

"제가 엘런 매킨토시 양과 좀 서먹서먹해져서 그런데, 전화를 해서 말씀 좀 해 주셨으면 합니다. 제가 오늘 술을 마시지 않았다고 말입니다. 그리고 제가 아주 어려운 임무를 맡았다는 것도요."

그가 너털웃음을 터트렸다. "기꺼이 그렇게 하겠네. 엘런이라면 믿을 수 있는 사람이니까, 진행 중인 일에 대해서도 알려 주도록 하지."

그 후 나는 보석상을 나와 수표를 들고 은행에 들렀다. 은행 출납계원은 나를 수상쩍게 바라보더니 한참 자리를 비운 후 돌아와서 자기 돈을 내주기라도 하는 듯 마지못해 100달러 지폐를 세기 시작했다.

나는 지폐 뭉치를 주머니에 넣고 말했다. "25센트 동전 한 뭉치 주십시오."

"40개요?" 그의 눈썹이 올라갔다.

"예. 팁으로 쓸 겁니다. 포장을 뜯지 말고 한 뭉치 그대로 주십시오."

"알겠습니다. 10달러입니다."

나는 종이로 돌돌 만 동전 한 뭉치를 주머니에 찔러 넣고 할리우드로 다시 차를 몰았다.

샤토 모레인 아파트 로비에서 헨리가 억센 두 손으로 모자를 만지작거리며 나를 기다리고 있었다. 전날보다 얼굴 주름이 더 깊어 보였다. 입에서는 위스키 냄새가 풀풀 났다. 우리가 내 아파트로 올라가자 그가 냉큼 나를 향해 말했다.

"일은 잘됐어?"

"헨리, 오늘 할 일을 하기 전에 먼저 분명히 알아 둬야 할 게 있어. 오늘 난 술을 마시지 않을 거야. 자넨 벌써 거나한 것 같은데 말이야."

"그냥 해장 좀 해 볼까 한 거야." 그가 뉘우치듯 말했다. "직업소개소 에선 공쳤어. 내가 도착도 하기 전에 일자리가 사라졌더라고. 그런데 좋은 소식이라도 있는 거야?"

나는 자리에 앉아 담배에 불을 댕기고 그를 냉정하게 바라보았다. "그래, 헨리. 그런데 자네한테 말해도 좋을지 모르겠어. 하지만 간밤에 자네가 갠디지에게 그렇게까지 했는데 말해 주지 않는 건 경우가 아니겠지." 헨리가 나를 응시하며 왼팔 근육을 꼬집고 있는 동안 나는 좀 더 머뭇거렸다. "그 진주는 진짜야, 헨리. 나는 일을 진행하라는 지시를 받았고, 지금 내 주머니에는 5천 달러가 들어 있어."

나는 무슨 일이 있었는지 그에게 간단히 말해 주었다.

그는 이루 말할 수 없이 놀란 표정이었다. "아니!" 그가 입을 쩍 벌리고 탄성을 내질렀다. "그래서 갤러모어라는 양반이 5천 달러를 줬단 말이야? 서슴없이?"

"바로 그 얘기야."

"이야." 그가 열띤 음성으로 말했다. "자네한테는 정말 뭔가 있어. 사람들이 자네를 잡으려고 선뜻 큰돈을 지를 만큼 상판도 반반하고 입심도 빵빵하단 말이지. 사업가가 5천을 서슴없이 지르다니. 제기랄, 자네에 비하면 난 그냥 원숭이 사촌이야. 아니 구렁이 애비인가? 여성 클럽 오찬에 나오는 수면제 탄 술이거나?"

바로 그 순간, 내가 집에 돌아온 것이 목격되었는지 전화벨이 울렸고, 나는 벌떡 일어나 전화를 받았다.

내가 기다리던 목소리 가운데 하나였다. 더 열렬히 기다린 목소리는 아니지만. "게이지, 오늘 아침 기분은 어떤가?"

"한결 좋아." 내가 말했다. "성실한 거래를 보장해 준다면, 바로 거래에 나설 준비가 되었지."

"돈을 마련했다 이거지?"

"지금 주머니가 빵빵해."

전화선 반대편의 목소리가 천천히 숨을 고르는 듯했다. "그렇다면 진주를 받게 될 거야, 게이지. 우리가 그 돈만 받는다면 말이야. 우린 오랫동안 이런 사업을 해 와서 약속을 어기는 법이 없어. 약속을 어기면 바로 소문이 퍼져서 더 이상 아무도 우리와 거래를 하지 않으니까."

"그래, 알만 하군." 내가 말했다. "그쪽 지시를 따르도록 하지." 나는 차갑게 덧붙였다.

"잘 들어, 게이지. 오늘 밤 정각 8시에 퍼시픽 팰러세이즈로 와. 거기가 어딘지는 알지?"

"잘 알지. 선셋 대로의 폴로 경기장 서쪽에 있는 작은 주택단지잖아."

"그래. 선셋 대로가 그곳을 관통해서 지나가지. 거기 드러그스토어가 하나 있는데, 9시까지 문을 열어. 오늘 밤 8시 정각에 거기서 전화를 기다리도록 해. 혼자서. 꼭 혼자 와야 해, 게이지. 경찰이나 보디가드를 데려오면 안 돼. 그곳은 미개발 지역이라서 혼자 왔는지 아닌지는 금세 알 수 있어. 알아들었지?"

"누굴 머저리로 아나." 내가 대꾸했다.

"가짜 돈뭉치로 수작 부리지 마, 게이지. 돈을 다 세 볼 거야. 총도 안 돼. 몸수색을 할 거야. 우리한테는 사방에서 너를 둘러쌀 정도의 인원도 있고, 네 차도 알고 있어. 이상한 짓 하지 않고, 잔머리 굴리지 않고, 허튼짓만 하지 않으면 아무도 안 다쳐. 그게 우리의 사업 방식이야. 지폐 종류는 뭐지?"

"100달러짜리야. 신권은 몇 장 안 돼." 내가 말했다.

"좋아. 그럼 8시에 봐. 바보처럼 굴지 마, 게이지."

전화 끊기는 소리가 나고 나는 수화기를 내려놓았다. 거의 곧바로 다시 벨이 울렸다. 바라 마지않던 바로 그 목소리였다.

"아, 월터." 엘런이 외쳤다. "자기한테 내가 좀 쌀쌀맞게 굴었지? 용서해 줘, 월터. 갤러모어 씨한테 다 들었어. 난 정말 무서워."

"무서워할 것 없어." 내가 따뜻하게 말했다. "펜러독 부인도 아셔?"

"아니. 모르셔. 갤러모어 씨가 말하지 말랬어. 지금 6번가의 가게에서 전화를 하고 있는데, 나 정말 무서워. 헨리도 같이 갈 거지?"

"아니, 혼자 갈 거야. 약속을 잡았는데 그걸 용납하지 않더라고. 혼자 가야 해."

"아, 월터! 나 무서워. 무슨 일이 터질까 봐 견딜 수가 없어."

"무서워할 것 없다니까." 나는 그녀를 안심시켰다. "내가 철부지도 아니고, 이건 단순한 거래일 뿐이야."

"하지만, 월터…… 아, 용기를 내 볼게, 월터. 쪼그만 거 하나만 약속해 줄래?"

"한 방울도 안 마셨어, 자기야." 내가 단호하게 말했다. "결단코 단 한 방울도 안 마셨어."

"아, 월터!"

그런 이야기가 좀 더 오갔다. 그런 상황이 남들에게는 시답잖을지 몰라도 나에게는 너무나 흐뭇했다. 악당들과 볼일을 마치면 바로 전화를 걸기로 약속하고 우리는 마침내 전화를 끊었다.

돌아서서 보니 헨리가 바지 뒷주머니에서 꺼낸 술병을 한참 빨고 있었다.

"헨리!" 내가 날카롭게 외쳤다.

그가 술병 너머로 얼큰하고 결연한 표정으로 나를 바라보았다. "이봐, 친구." 그가 딱딱한 저음으로 말했다. "일이 어떻게 돌아가는지 알 만큼 다 들었어. 어딘가 키 큰 잡초가 자라는 황량한 곳에 혼자 간다는 거 아냐. 그럼 놈들이 너한테 곤봉을 먹이고 돈을 빼앗겠지. 넌 뻗어 있고, 진주는 여전히 놈들 수중에 있겠지. 그래선 안 돼. 분명히 말하는데 그래선 안 돼!"

"헨리, 이건 내 임무고, 나는 그렇게 해야만 해." 내가 조용히 말했다.

"흥!" 헨리가 콧방귀를 뀌었다. "안 된다니까. 넌 머저린데, 덤으로 말랑하기까지 해. 내가 안 된다고 했지. 위스콘신의 아이켈버거 가문, 아니 이젠 밀워키의 아이켈버거 가문이라고 해야 하나, 암튼 뼈대 있는 가문의 헨리 아이켈버거가 안 된다면 안 되는 거야. 무조건 안 돼." 그가 다시 병을 꺾었다.

"그렇게 취하면 전혀 도움이 안 돼." 내가 다소 신랄하게 말했다.

그가 병을 내리고 우락부락한 얼굴에 놀란 표정을 띠고 나를 바라보았다. "내가 취했다고?" 그가 버럭 외쳤다. "방금 취했다고 한 거 맞아? 이 아이켈버거가 취해? 이봐, 친구. 지금은 시간이 없어서 아쉽군. 뭘 증명하려면 석 달은 걸릴 테니까 말이야. 언제든 석 달쯤 시간이 나면 위스키 2만 리터랑 깔때기를 가져와 봐. 그럼 내가 기꺼이 시간을 내서 아이켈버거 가문의 사나이가 진짜 취한 모습이 어떤가를 제대로 보여 줄 테니까. 못 믿겠지? 헨리 아이켈버거가 취해서 태양을 향해 미소를 지으며 뻗을 정도면 말이야, 이 도시에 성하게 남아난 게 아무것도 없을 거야. 금 간 대들보 몇 개와 무너진 벽돌만 즐비할 거라고. 젠장, 그 폐허의 한복판에서 자네랑 영어로 수다를 떨고 있겠지. 혹시 자네가 좀 더 버텨 준다면 말이야. 그 폐허의 한복판에서, 아마 사방 100킬로미터 이내에는 인기척 하나 없이 평화롭게, 나는 뻗어서 웃고 있을 거란 말이지. 그래야 취한 거야, 월터. 그건 곤드레만드레 취하는 게 아니고, 컨트리클럽풍으로 곱게 취한 것도 아니지만, 암튼 그 정도 되면 나한테 취했다는 말을 써도 돼. 그 정도라면 취했단 소릴 들어도 기분 나쁘지 않을 거야."

그는 자리에 앉아 다시 술을 마셨다. 나는 뚱하니 방바닥을 굽어보았다. 딱히 할 말이 없었다.

"하지만 그건 나중 일이지." 헨리가 말했다. "지금 당장은 그저 약을 좀 복용하고 있을 뿐이야. 누구 말에 따르면, 나한테 진전섬망증 기미가 살짝 있다는데, 그게 없으면 나는 내가 아니야. 어려서부터 그렇게 컸거든. 암튼 월터, 나는 자네랑 같이 갈 거야. 거기가 어디라고?"

"바닷가 근처야, 헨리. 그런데 나랑 같이 갈 수 없어. 취해야겠다면 취해도 돼. 하지만 같이 갈 수는 없어."

"자네 차는 크잖아. 뒷좌석 바닥 깔개 아래 숨어 있을게. 어려운 일도 아니잖아."

"안 돼, 헨리."

"월터, 자넨 너무 말랑해서 탈이야." 헨리가 말했다. "난 같이 이 함정에 뛰어들 거야. 내가 보기에 자넨 약해. 이 술 냄새라도 좀 맡지그래."

한 시간 동안 입씨름을 했더니 머리가 아프고, 피곤하고 신경이 곤두섰다. 치명적이라고 할 수 있는 실수를 한 건 바로 그때였다. 헨리의 부추김에 넘어가 순전히 의료용으로 위스키를 찔끔 마신 것이다. 그러자 긴장이 확 풀려서 다시 더 마셨다. 아침에 먹은 음식이라고는 커피밖에 없고, 전날 저녁 식사도 조금밖에 하지 않았다. 다시 한 시간이 지나자 헨리가 밖에 나가 위스키 두 병을 더 사 왔고, 나는 새처럼 명랑해졌다. 모든 문제가 씻은 듯 사라져서, 나는 헨리가 내 차 뒷좌석 깔개 아래 숨어서 약속 장소까지 동행한다는 데 흔쾌히 동의했다.

　우리는 오후 2시까지 아주 유쾌하게 시간을 보냈다. 2시가 되자 나는 졸음이 쏟아져서 침대에 누워 까무룩 잠이 들었다.

7

　다시 깨어나 보니 거의 날이 저문 뒤였다. 화들짝 놀라 침대에서 일어났다. 역시나 관자놀이가 욱신거렸다. 하지만 이제 겨우 6시 반이었다. 나는 집에 혼자 있었고, 긴 그림자들이 방바닥을 가로지르고 있었다. 테이블 위에 놓인 빈 위스키 병들이 욕지기를 일으켰다. 헨리 아이켈버거는 어디에도 보이지 않았다. 본능적으로 의자 등받이에 걸어놓은 재킷으로 달려가 안주머니에 손을 찔러 넣고는 거의 곧바로 창피한 생각이 들었다. 돈다발이 그대로 있었기 때문이다. 잠시 머뭇거린 후 내심 죄책감을 느끼며 돈다발을 꺼내 천천히 세어 보았다. 한 장도 없어지지 않았다. 다시 돈을 돌려놓고 신뢰를 잃은 나 자신에게 용서의 미소를 보내려고 애를 쓰며 전등 스위치를 켜고 욕실에 들어가 머리가 좀 맑아질 때까지 온수와 냉수를 교대로 틀어 샤워를 했다.

샤워를 마치고 새 옷으로 갈아입었을 때 현관문 자물쇠가 돌아가며 헨리 아이켈버거가 겨드랑이에 포장된 술병 두 개를 끼고 들어왔다. 그가 진짜 애정 어린 눈빛으로 나를 바라보았다.

"자고 일어나기만 하면 술이 다 깨다니 참 대단해, 월터." 그가 탄복했다. "깨우지 않으려고 열쇠를 좀 빌렸어. 먹을 거랑 술이 좀 필요해서 말이야. 혼자 좀 마셨거든. 전에 말했듯이 그건 내 원칙에 어긋나는 짓이지만, 오늘은 큰일을 앞두고 있잖아. 하지만 이제부터 무리는 하지 말자고. 일이 끝날 때까지 노닥거릴 여유가 없으니까."

그런 말을 하면서도 그는 술병 포장을 벗겨 내게 술을 조금 따라 주었다. 나는 고맙게 마셨다. 곧바로 따뜻한 피가 도는 것이 느껴졌다.

"돈다발이 온전한지 주머니 들여다봤지?" 헨리가 히죽 웃었다.

나는 낯가죽이 달아오르는 것을 느꼈지만 아무 말도 하지 않았다.

"괜찮아, 친구. 헨리 아이켈버거란 놈에 대해 자네가 뭘 알겠어? 암튼 내가 따로 준비를 한 게 있어." 그가 손을 등 뒤로 뻗어 뒷주머니에서 짧은 자동 권총을 꺼냈다. "녀석들이 거칠게 굴 경우를 대비해서 5달러짜리 쇠붙이를 마련했지. 아이켈버거 가문에서는 일단 쏘았다 하면 빗나간 적이 없어."

"그건 곤란해, 헨리." 내가 심각하게 말했다. "그건 약속을 어기는 거라서."

"약속은 무슨." 헨리가 말했다. "어쨌거나 놈들은 돈을 받을 거고, 경찰도 없어. 나는 놈들이 곱게 진주를 돌려주는지, 딴짓은 하지 않는지 지켜보려는 거야."

입씨름을 해 봐야 소용이 없다는 것을 알고 나는 옷을 다 차려입고 떠날 준비를 했다. 우리는 각자 한 잔씩 더 마셨다. 헨리가 주머니에 술병을 넣자 우리는 집을 나섰다.

복도를 따라 승강기까지 가는 동안 그가 목소리를 낮추고 설명했다. "놈들이 나랑 같은 생각을 했을지 몰라서, 내가 뒤따라갈 택시를 대절해 놓았어. 꼬리가 붙었는지 살펴보게 조용히 몇 블록만 길을 돌아 봐. 놈들이 해변까지 미행하는 일은 아마 없을 거야."

"헨리, 자네가 이러는 데는 돈깨나 들 거야." 내가 말했다. 승강기가 올라오기를 기다리는 동안 지갑에서 또 20달러를 꺼내 그에게 주었다. 그는 마지못해 돈을 받고는 결국 접어서 주머니에 넣었다.

나는 헨리의 말대로 했다. 할리우드 대로의 북쪽 언덕길을 오르락내리락하자, 곧 뒤에서 택시 경적이 또렷이 울렸다. 나는 도로변에 차를 댔다. 헨리가 택시에서 내려 요금을 주고 내 차 조수석에 올라탔다.

"이상 없어." 그가 말했다. "미행은 없어. 난 이제 자빠져 있을 테니까, 어디든 배를 채울 만한 곳에 차를 좀 대도록 해. 잡것들과 한판 붙을 경우 밥심도 필요할 테니까 말이야."

그래서 나는 서쪽으로 차를 몰아 선셋 대로로 내려가서 북적거리는 드라이브인 레스토랑에 곧바로 차를 세웠다. 우리는 카운터에 앉아 오믈렛과 블랙커피로 끼니를 때웠다. 그런 다음 다시 길을 나섰다. 베벌리힐스에 이르자 헨리가 다시 나더러 주택단지 거리를 빙빙 돌라고 하고는 뒤창을 통해 주변을 면밀히 살폈다.

마침내 충분히 살펴본 우리는 다시 선셋 대로로 돌아가서 무사히 벨에어를 지나고 웨스트우드 외곽을 지나 리비에라 폴로 경기장 근처에 이르렀다. 그곳 골짜기에는 맨더빌 캐니언이라는 협곡이 있는데, 아주 조용한 곳이었다. 헨리가 시키는 대로 거기까지 내가 차를 몰았다. 그리고 차를 세운 우리는 그가 가져온 위스키를 조금 마셨다. 그는 뒷좌석 바닥으로 넘어가서 커다란 덩치를 웅크리고 깔개로 몸을 가렸다. 자동 권총과 술병은 그의 손이 쉽게 닿는 곳에 내려놓았다. 그런 다음 나는 또 다시 차를 몰았다.

퍼시픽 팰러세이즈의 주민들은 다소 일찍 잠자리에 드는 듯했다. 상점가라고 할 만한 거리에 이르러 보니 은행 옆의 드러그스토어 외에는 문을 연 가게가 없었다. 나는 주차를 했다. 헨리가 뒷좌석의 깔개 아래 조용히 몸을 웅크리고 있도록 남겨 두고 어두운 보도에 내려서자 어디선가 희미하게 물 흐르는 소리만 들렸다. 드러그스토어로 들어가 시계를 보니 7시 45분이었다. 담배 한 갑을 사고 한 대 뽑아 불을 댕긴 후 빈 전화 부스 근처에 자리를 잡았다.

드러그스토어 주인은 나이를 짐작하기 어려운 붉은 얼굴의 건장한 남자였다. 그는 작은 라디오 볼륨을 높이고 얼빠진 연속극을 듣고 있었다. 나는 중요한 전화를 기다리는 참이라 그에게 볼륨을 낮춰 달라고 부탁했다. 그가 볼륨은 낮추어 주면서도 뜨악한 표정을 짓더니, 바로 가게 뒤로 물러났다. 가만 보니 작은 유리창을 통해 악의에 찬 눈빛으로 나를 내다보고 있었다.

드러그스토어 시계로 정확히 8시 1분 전에 전화 부스에서 날카롭게 벨이 울렸다. 나는 재빨리 안으로 들어가서 문을 단단히 닫고 나도 모르게 살짝 떨면서 수화기를 들었다.

예의 차가운 금속성 목소리였다. "게이지?"

"그래, 게이지야."

"내가 말한 대로 했나?"

"그래." 내가 말했다. "주머니에 돈을 챙겨 왔고, 혼자 왔어." 나는 도둑이라 해도 뻔뻔하게 거짓말을 하는 것이 내키지 않았지만, 마음을 모질게 먹었다.

"그럼 잘 들어. 왔던 길로 차를 몰고 90미터쯤 되돌아가도록 해. 거기 소방서 옆에 주유소가 있는데, 문은 닫혀 있고 초록과 빨강과 하얀색이 칠해져 있지. 그 옆에 남쪽으로 난 비포장도로가 있어. 그 길을 따라 1.2킬로미터쯤 가다 보면 10센티미터 굵기의 하얀 각목들로 된 울타리가 도로를 거의 가로막고 있는 곳이 나올 거야. 울타리 왼쪽 옆으로 승용차가 간신히 지나갈 수 있지. 전조등을 희미하게 켜고 그곳을 지나도록 해. 작은 언덕길을 죽 내려가면 세이지가 무성하게 자란 우묵한 공터가 나올 거야. 거기에 차를 세우고 전조등을 모두 끄고 기다려. 알았나?"

"잘 알았어." 내가 차갑게 말했다. "그렇게 하지."

"그리고 잘 들어, 친구. 한 1킬로미터 이내엔 집이 한 채도 없고, 주변에 사람도 전혀 없어. 10분 안에 거기까지 오도록 해. 지금 이 순간에도 우린 너를 지켜보고 있어. 거기까지 지체 없이 달려와. 혼자 말이야. 안 그러면 헛걸음치게 될 거야. 거기선 성냥불도 담뱃불도 안 되고 손전등도 안 돼. 자, 출발해."

전화가 끊겼고, 나는 부스를 나왔다. 드러그스토어를 미처 나가기도 전에 주인이 라디오 앞으로 달려들어 쿵쾅거릴 만큼 볼륨을 높였다. 나는 운전석에 올라타 차를 돌리고 지시받은 대로 선셋 대로를 따라 길을 되짚어갔다. 헨리는 내 뒤 바닥에 무덤처럼 꼼짝 않고 웅크리고 있었다.

이제 불안감이 밀려왔다. 우리가 가져온 술은 모두 헨리가 가지고 있었다. 나는 이내 소방서에 도착했다. 소방관 네 명이 카드놀이를 하고 있는 모습이 정면 유리창을 통해 보였다. 나는 빨강과 초록과 하얀 색 주유소를 지나 오른쪽 비포장도로로 차를 돌렸다. 거의 곧바로 시골 저녁의 적막감이 엄습해 왔다. 내 차에서 조용한 소리가 났지만, 귀뚜라미와 나무개구리 소리가 사방에서 들려왔고, 근처의 물가에서 황소개구리 한 마리가 쉰 목소리를 내지르고 있었다.

내리막 비포장도로는 다시 오르막길이 되고 멀리 노란 창문 하나가 보였다. 그리고 앞쪽, 달 없는 밤의 어둠 속에서 길을 가로지른 하얀 울타리가 어슴푸레 나타났다. 그 옆이 열려 있는 것을 보고 전조등 조명을 낮추고 조심스레 그 사이를 지나 지면이 고르지 않은 짧은 내리막길을 달린 후 타원형의 오목한 공터에 이르렀다. 키 작은 관목에 둘러싸인 공터에는 빈 병과 깡통과 휴지가 지천으로 널려 있었다. 어두운 시간이라서인지 인기척은 전혀 없었다. 나는 차를 세우고 엔진과 전조등을 끄고, 운전대에 두 손을 얹은 채 가만히 앉아 있었다.

내 뒤에서 헨리가 쥐 죽은 듯 아무 소리도 내지 않았다. 5분쯤 기다렸다. 시간이 더 길게 느껴진 것인지는 모르겠지만, 아무런 일도 일어나지 않았다. 아주 고요하고 호젓했고, 나는 기분이 좋지 않았다.

결국 내 뒤에서 부스럭거리는 소리가 들렸다. 뒤를 돌아보니 깔개 아래서 나를 빼꼼 내다보는 헨리의 얼굴이 어렴풋이 보였다.

그가 쉰 목소리로 소곤거렸다. "무슨 움직임 없나, 월터?"

내가 힘차게 고개를 내두르자 그는 다시 깔개를 끌어당겨 얼굴을 가렸다. 뭔가 꿀꺽대는 소리가 살짝 들렸다.

족히 15분은 지나서야 나는 용기를 내서 다시 움직였다. 이번에는 기다리면서 긴장한 탓에 몸이 뻣뻣했다. 그래서 대담하게 차 문을 열고 울퉁불퉁한 지면에 발을 내디뎠다. 아무런 일도 일어나지 않았다.

주머니에 손을 찔러 넣고 천천히 앞뒤로 오락가락했다. 한참 더 시간이 굼뜨게 흘렀다. 30분이 넘게 지나자 나는 참을성을 잃고 말았다. 내 차 뒤창으로 가서 안에 대고 나직이 말했다.

"헨리, 우리가 아주 저질스러운 놀림감이 된 모양이야. 간밤에 네가 갠디지를 윽박지른 것에 대한 보복으로 그쪽에서 장난을 친 것 같아. 여긴 아무도 없는데, 이리로 올 수 있는 길은 하나뿐이야. 여긴 우리가 기대한 거래 장소로는 전혀 어울리지 않는 곳으로 보여."

"그 자식이!" 헨리가 나지막이 말했다. 차 안의 어둠 속에서 꿀꺽대는 소리가 이어졌다. 그리고 뭔가 움직이더니 깔개 아래서 그가 나타났다. 문이 내 몸을 치고 열렸다. 헨리의 머리가 나타났다. 그는 또르르 눈을 굴려 사방을 살폈다. "차 발판에 앉아 봐." 그가 소곤거렸다. "나는 밖으로 나갈 거야. 저 덤불 속에서 놈들이 우리를 겨누고 있다고 해도 놈들한테는 머리가 하나만 보일 거야."

나는 헨리가 말한 대로 하고 목깃을 바짝 세운 후 눈이 가릴 만큼 모자를 푹 눌러썼다. 헨리가 그림자처럼 소리 없이 차에서 나와 조용히 문을 닫고 내 앞에 서서 짧은 지평선을 눈으로 훑었다. 그의 손에 들린 총신이 희미하게 번들거리는 것이 보였다. 우리는 10분 동안 그대로 있었다.

이윽고 헨리는 화를 내며 신중함을 걷어 치웠다. "속았어!" 그가 으르렁거렸다. "이게 무슨 수작인지 알겠어, 월터?"

"아니, 난 모르겠어."

"놈들은 옆구리를 찔러 본 거야. 간을 본 거라고. 우리가 오는 도중의 어디선가 그 잡것들이 자네가 지시받은 대로 움직이는지 확인을 했어. 그리고 그 드러그스토어에 자네가 들렀는지 다시 확인을 했어.

백금 자전거를 걸고 장담컨대, 그건 장거리 전화였던 게 분명해."

"그래, 헨리. 듣고 보니 그 말이 맞는 것 같군." 내가 처연하게 말했다.

"그렇지? 놈들은 시내를 벗어나지도 않은 거야. 지금쯤 곱상하게 생긴 타구통을 옆에 끼고 앉아 자네한테 빅엿을 날리고 있을 거야. 내일 또 전화를 걸어 이렇게 말하겠지. '어이, 잘했어. 하지만 우린 몸을 사리지 않을 수 없었지. 오늘 밤 산 페르난도 골짜기에서 다시 시도를 해 보자고. 가격은 1만으로 올릴 거야. 생고생을 또 해야 하니까' 하고 말할 게 분명해. 난 갠디지한테 돌아가서 녀석의 주리를 틀어서 자기 왼쪽 다리를 올려다보게 만들어 줘야겠어."

"암튼 헨리, 결국 난 놈들이 시킨 대로 행동하지 않았어." 내가 말했다. "자네가 같이 오겠다고 우기는 바람에 말이야. 어쩌면 놈들이 자네 생각보다 더 똑똑한 건지도 몰라. 그러니 이제 시내로 돌아가서 내일 다시 기회를 잡을 수 있기를 바라는 게 최선이라고 봐. 그리고 자네는 이제 나를 방해하지 않겠다고 단단히 약속을 해 줘야겠어."

"허튼소리!" 헨리가 성을 냈다. "내가 없으면 녀석들은 고양이가 카나리아를 날름 잡아먹듯 자네를 낚아챌걸? 자넨 너무 말랑해, 월터. 베이비 르로이*만큼도 몰라. 녀석들은 도둑놈들이야. 잘 처리하면 2만 달러쯤 너끈히 우려낼 수 있는 진주를 가진 도둑놈 말이야. 놈들은 일을 빨리 처리하길 바라지만, 가능한 많이 우려내려고 하는 거지. 나는 지금 당장 그 뚱뚱한 이탈리아 녀석을 다시 찾아가야겠어. 아직 아무도 생각해 내지 못한 방법으로 뚱보에게 따끔한 맛을 보여 줄 거야."

"아냐, 헨리. 폭력은 쓰지 마." 내가 말했다.

---

* 1930년대 할리우드 영화에서 인기를 끌던 유아 영화배우.

"흥!" 헨리가 콧방귀를 뀌었다. "놈들 때문에 지금 내 허벅지 햄스트링이 저리단 말야." 그는 왼손의 술병을 입에 대고 목마른 사람처럼 마셔 댔다. 그리고 언성을 낮추고는 좀 더 평온하게 말했다. "목 좀 축이지 그래, 월터. 파티는 쫑 났어."

"그래, 자네 말이 맞겠지." 나는 한숨을 쉬었다. "지금 30분 내내 내 간덩이가 마른 낙엽처럼 떨렸다는 걸 인정해."

그래서 나는 대담하게 그의 옆에 서서 목을 지지는 듯한 액체를 벌컥벌컥 들이켰다. 순식간에 용기가 불끈 되살아났다. 술병을 헨리에게 돌려주자 그가 차 발판에 살짝 내려놓았다. 내 옆에 선 그의 넓적한 손바닥 위에서 총신이 짧은 자동 피스톨이 위아래로 춤을 추었다.

"그런 녀석들을 다루는 데는 연장도 필요 없어. 이딴 건 필요 없다고" 하면서 팔을 휘둘러 피스톨을 덤불 속으로 패대기쳤다. 픽 하는 소리를 내며 피스톨이 땅바닥에 떨어졌다. 그는 차에서 몇 걸음 물러나 양손을 허리에 얹고 서서 하늘을 올려다보았다.

나는 옆으로 다가가서 어스레하게 눈에 들어오는 그의 옆모습을 지켜보았다. 야릇하게 울적한 기분이 들었다. 헨리를 알게 된 지 얼마 되지 않았는데도 정말 그를 좋아하게 되었다.

"그래, 헨리, 이제 어떡하지?" 마침내 내가 말했다.

"집에 돌아가야겠지, 뭐." 그가 천천히, 쓸쓸하게 말했다. "그리고 얼큰히 마시자고." 그는 두 주먹을 불끈 쥐고 천천히 주먹을 휘둘렀다. 그러다 내게 고개를 돌리고 말했다. "그래. 달리 뾰족하게 할 게 없어. 집에 돌아가는 거, 그것밖엔 할 게 없어."

"아직은 아냐, 헨리." 내가 부드럽게 말했다.

나는 주머니에서 오른손을 꺼냈다. 나는 손이 컸다. 내 손아귀에는 아침에 은행에서 받은 25센트 동전 한 뭉치가 쥐어져 있었다. 나는 그걸 감싼 채 주먹을 말아 쥐었다.

"안녕, 헨리." 나는 조용히 말하고 온 체중을 실어 주먹을 날렸다. "자네가 내게 투 스트라이크를 날렸지, 헨리." 내가 말했다. "아직 큰 게 하나 남아 있어."

그러나 헨리는 내 말을 듣고 있지 않았다. 금속 뭉치를 감싼 내 주먹이 그의 턱을 정통으로 가격했다. 그는 다리에 뼈가 없는 것처럼 바로 앞으로 픽 쓰러지며 내 소매를 스쳤다. 나는 재빨리 옆으로 피했다.

헨리 아이켈버거는 땅에 엎어져 꼼짝도 하지 않고 고무장갑처럼 축 늘어져 있었다.

나는 다소 슬프게 그를 굽어보며 그가 움직이기를 기다렸지만, 그는 근육 한 올 움직이지 않았다. 완전히 의식을 잃고 맥없이 누워 있었다. 나는 동전 뭉치를 주머니에 다시 찔러 넣고는 몸을 숙이고 그를 밀가루 포대처럼 굴리며 몸을 샅샅이 뒤졌다. 한참 뒤진 끝에 겨우 진주를 찾아냈다. 진주 목걸이가 왼쪽 양말 안쪽 발목에 감겨 있었다.

"어이, 헨리." 그가 듣지 못하더라도 나는 마지막이라고 생각하며 말했다. "넌 비록 도둑이지만 괜찮은 신사야. 오늘 오후에 내게 아무것도 주지 않고 열두 번은 돈을 빼 갈 수 있었지. 좀 전에 총을 들고 있을 때도 그럴 수 있었어. 하지만 그것조차 하지 않았지. 네가 총을 던져 버리자 우리는 연장의 도움도 없고 훼방하는 것도 없이 남자 대 남자로 일대일이 됐어. 그런데도 넌 망설였어, 헨리. 솔직히 넌 성공한 도둑치고는 너무 오래 망설인 거야. 하지만 스포츠맨 정신을 지닌 남자로서 너를 높이 평가할 만해. 안녕, 헨리. 행운을 빌어."

나는 지갑에서 100달러 지폐를 꺼내, 헨리가 돈을 넣곤 하던 주머니에 그것을 찔러 넣어 주었다. 그리고 차로 돌아가 위스키를 한 모금 마시고 코르크 마개를 단단히 닫은 후 헨리 옆에 내려놓았다. 오른손으로 쉽게 잡을 수 있게끔.

깨어나면 분명 그것이 필요할 것이다.

8

집으로 돌아온 것은 10시가 넘어서였다. 늦은 시간이지만 곧바로 전화기 앞으로 가서 엘런 매킨토시에게 전화를 걸었다. "자기야!" 내가 외쳤다. "진주를 찾았어."

그녀가 숨을 몰아쉬는 소리가 전화선을 타고 들려왔다. "아, 자기." 그녀가 긴장과 흥분이 섞인 음성으로 말했다. "안 다쳤지? 다친 거 아니지, 그치? 그들이 돈만 가져가고 자기는 놔준 거지?"

"그들이 아니었어." 내가 뿌듯하게 말했다. "갤러모어 씨의 돈은 고스란히 내가 갖고 있어. 범인은 헨리였지."

"헨리가!" 그녀가 아주 이상한 목소리로 외쳤다. "하지만 내 생각엔…… 바로 이리 와, 월터 게이지. 와서 말해 줘."

"지금 입에서 위스키 냄새가 좀 나, 엘런."

"마시지 않을 수 없었을 거야. 얼른 이리 와."

그래서 또다시 거리로 나가 부랴부랴 캐런들렛 공원으로 가서 지체 없이 펜러독 부인의 저택으로 들어갔다. 엘런이 현관 밖으로 마중을 나와, 우리는 어두운 현관마루에서 손을 맞잡고 조용히 이야기를 나누었다. 집 안 사람들 모두 잠자리에 들었기 때문이다. 나는 가급적 간단하게 이야기를 간추려서 들려주었다.

"하지만 자기야, 범인이 헨리라는 것을 어떻게 안 거야?" 그녀가 마침내 말했다. "난 자기가 헨리랑 친구가 된 줄 알았어. 그리고 전화를 건 다른 사람은……"

"헨리랑 친구가 된 거 맞아." 내가 다소 서글프게 말했다. "그가 일을 그르친 것도 그 때문이었어. 전화를 건 다른 사람은 별것도 아냐. 아무나 시키면 되는 거니까. 헨리는 그 일을 시키려고 몇 번인가 내 곁을 떠났어. 내가 낌새를 알아챈 것은 한 가지 사소한 일 때문이었지. 내가 갠디지에게 명함을 주면서 주소를 적어 줬는데, 헨리는 동료에게 그 사실을 알릴 필요가 있었어. 우리가 갠디지를 만났고, 내가 그에게 내 이름과 주소를 알려 주었다는 사실을 말이야. 우리가 돈을 주고 진주를 되찾겠다는 말을 전하기 위해 지하세계의 유명 인사를 찾아간다는 바보 같은 아이디어를, 아니 어쩌면 아주 영악한 아이디어를 내가 냈잖아. 당연히 그 덕분에 헨리는 기회를 잡게 된 거야. 우리가 갠디지에게 이런저런 이야기를 하고 우리 문제를 털어놓았으니, 그 때문에 당연히 거래하자는 전화가 걸려 온 거라고 오해하게 만들 기회를 잡은 거지. 그런데 우리가 갠디지를 만났다는 정보를 헨리가 동료에게 알려 줄 겨를도 없이 첫 번째 전화가 내 아파트로 걸려 왔어. 뭔가 절묘한 속임수를 쓰지 않으면 그럴 수가 없었지.

그래서 돌이켜 보니 그 전에 우리 차가 뒤에서 들이받힌 적이 있었어. 그때 헨리가 뒤로 가서 그 운전자를 꾸짖었지. 그런데 물론 그건 고의로 충돌한 거야. 헨리가 그럴 기회를 만든 거지. 우리를 미행하던 그 차에 헨리의 동료가 타고 있었던 거야. 그래서 헨리는 그에게 소리를 지르는 척하면서 필요한 정보를 전할 수 있었지."

"하지만 월터." 엘런이 설명에 귀를 기울이다가 참지 못하고 말했다. "그게 핵심이 아니잖아. 내가 진짜 알고 싶은 건, 헨리한테 진주가 있다는 걸 어떻게 확신할 수 있었냐는 거야."

"헨리가 진주를 가져갔다고 자기가 말했잖아." 내가 말했다. "자긴 그걸 확신했어. 헨리는 아주 강인한 남자야. 어딘가에 진주를 숨겨 놓고, 경찰이 자기한테 무슨 짓을 할지 겁을 내지도 않고, 다른 일자리를 찾은 다음 아주 오랫동안 충분히 시간을 끈 뒤, 진주를 챙겨서 유유히 다른 곳으로 떠나려고 한 거야. 그건 정말 헨리답잖아?"

엘런이 어두운 현관마루에서 참을성 없이 고개를 내두르고는 날카롭게 말했다. "월터, 지금 나한테 숨기고 있는 거 있지? 자기가 정말 확신하지 않았다면, 그렇게 무자비하게 헨리를 후려쳤을 리가 없어. 자기가 어떤 사람인지 내가 모를 줄 알아?"

"그래, 그래. 단서가 하나 더 있었어." 내가 겸손하게 말했다. "아무리 영리한 사람이라도 포착할 수 없는 아주 사소한 실수였지. 자기도 알다시피, 난 아파트 공용 전화선을 사용하지 않아. 광고 전화 같은 걸 받기 싫어서 말이야. 내가 사용하는 아파트 전화는 개인적으로 개통한 건데 전화번호부에도 안 나와. 그런데 헨리의 동료한테 받은 전화가 바로 그 직통전화였단 말이야. 헨리는 내 아파트에 꽤 오래 있었고, 나는 갠디지 씨에게 직통전화 번호를 일부러 알려 주지 않았어. 갠디지 씨한테는 당연히 아무것도 기대하지 않았으니까. 진주를 가져간 게 헨리라고 처음부터 확신했거든. 숨겨 놓은 곳에서 그걸 어떻게 꺼내 오게 할 것인가? 오로지 그것만이 문제였던 거야."

"아, 자긴 어쩌면 그렇게 용감하고 영리한 거야? 자긴 머리 굴리는 게 정말 독특한 것 같아. 그런데 헨리가 정말 나를 사랑했을까?"

그건 도무지 관심을 기울이고 싶지 않은 주제였다. 나는 진주를 엘런에게 맡기고, 많이 늦은 시간이었지만 바로 랜싱 갤러모어 씨네 집으로 차를 몰고 가서, 자초지종을 이야기하고 돈을 돌려주었다.

몇 달 후 호놀룰루 우체국 소인이 찍힌 편지를 받고 나는 기분이 좋아졌다. 싸구려 종이에 이런 내용이 쓰여 있었다.

어이, 친구, 자네 강펀치는 금메달감이었어. 그렇게 화끈할 줄은 미처 몰랐지. 물론 대비를 못 한 탓도 있지만 말이야. 암튼 워낙 매워서, 한 일주일 동안 이빨을 닦을 때마다 자네 생각이 나더라고. 내가 줄행랑을 쳐야 했다니 참 유감이야. 좀 어수룩한 구석이 있지만 그래도 마음씨 좋은 자네를 버리고 떠나야 했다니. 둘이서 진하게 취하고 싶은데 난 여기서 오일 밸브나 닦고 있는 신세야. 물론 여긴 이 편지를 부친 곳에서 수천 킬로미터는 떨어진 곳이야. 자네한테 알려 주고 싶은 게 두 가지 있는데, 둘 다 진실이야. 난 정말 그 키다리 금발한테 홀딱 반했댔어. 그게 노부인 곁을 떠난 주된 이유였지. 진주를 슬쩍한 것은, 남자가 여자한테 홀렸을 때 나사가 좀 풀리는 것과 같은 그런 짓이었을 뿐이야. 진주를 그런 빵 상자 같은 금고에 아무렇게나 넣어 두는 건 범죄 행위야. 나는 지난날 동아프리카 지부티의 프랑스 인 보석상에서 일한 적이 있어서, 진주가 진짜인지 모조품인지 구별할 정도의 안목은 갖췄지. 그런데 그 공터에 우리 둘만 남았을 때 아무런 방해도 받지 않고 거래를 잘 밀어붙일 수 있었는데, 그만 마음이 물러지고 말았지 뭐야. 자네가 사로잡은 금발한테 내 안부 전해 줘.

친구,
헨리 아이켈버거(가명)가

추신 : 이거 알아? 자네한테 전화를 건 날라리 녀석이 말이야, 자네가 내 주머니에 찔러 준 지폐를 반으로 가르자고 하더라고. 그래서 녀석의 주리를 좀 틀어 줬지.

골칫거리가 내 일거리
Trouble Is My Business

1

검은 수제 정장을 입은 중년의 애나 핼지는 체중이 109킬로그램에 달하고 혈색이 좋지 않았다. 눈은 흑요석처럼 반짝이고 두 볼은 쇠기름처럼 부드럽고 색깔도 쇠기름 같았다. 그녀는 나폴레옹의 무덤처럼 보이는 검정 유리 책상 뒤에 앉아, 딱히 접은 우산만큼 길다고는 말할 수 없는 검정 파이프에 담배를 꽂아 피우고 있었다.

그녀가 말했다. "나한텐 남자가 필요해."

나는 그녀가 반들거리는 책상 위에 담뱃재를 터는 모습을 지켜보았다. 담뱃재가 열린 창문으로 들어온 바람에 쏠려 이리저리 책상 위로 흩어졌다.

"기품 있는 여성이 반할 만큼 잘생긴 남자가 필요하단 말이야. 그렇다고 잘생기기만 해서는 안 되고 포클레인 삽으로 펀치를 주고받을 만큼 터프해야 해. 벡티사우루스 공룡처럼 당당하고, 프레드 앨런*처럼 말발 좋고, 거기에 더 보태서, 맥주 트럭에 머리를 부딪혀도 귀여운 언니한테 막대 빵으로 맞은 것쯤으로 여기는 남자라면 좋겠어."

"그거야 별것 아니군요." 내가 말했다. "뉴욕 양키스 팀과 로버트 도냇**, 그리고 요트 클럽의 남자들이 필요한 거잖아요."

"그렇지?" 애나가 말했다. "좀 정리가 되네. 하루 20달러에 경비는 별도, 어때? 몇 년 동안 일거리 알선을 하진 않았지만, 이번만은 예외야. 탐정 사업은 잘 굴러가고 있고, 내 깡통을 굴리지 않고도 돈을 벌 수 있는 건이니까. 어디 글래디스가 너를 얼마나 좋아하는지 좀 볼까?"

그녀는 담배 파이프를 후진시켜 커다란 검정색 크롬 호출기 상자 위의 버튼을 톡톡 쳤다. "얘, 들어와서 언니 재떨이 좀 비워 줘."

우리는 기다렸다.

문이 열리고 윈저 공작 부인보다 더 잘 차려입은 장신의 금발 여자가 들어왔다.

그녀는 우아하게 방을 가로질러 애나의 재떨이를 비우고, 그녀의 푸짐한 볼을 토닥거린 후, 내게 부드러운 잔물결 같은 눈길을 던지고는 다시 밖으로 나갔다.

"그녀가 얼굴을 붉힌 것 같지?" 문이 닫히자 애나가 말했다. "너 아직도 매력이 있는 것 같다?"

"그녀가 얼굴을 붉히다니요. 20세기 폭스 사의 거물 대릴 재녁과 내

* 1930~40년대 미국의 인기 코미디언. 1932년부터 1949년까지 〈프레드 앨런 쇼〉를 진행했다.
** 영국의 영화배우.

가 오늘 만찬 데이트라도 한다면 또 모를까. 장난은 그만두죠. 일거리 이야기나 해 봐요."

"여자 하나 떼어 내면 되는 일이야. 눈이 섹시한 빨강 머리 아가씨지. 어떤 도박꾼의 바람잡이로 일하면서 부잣집 강아지를 한 마리 낚았어."

"그녀를 어떻게 하면 되는데요?"

애나가 한숨을 쉬었다. "이건 좀 야비한 일이야, 필립. 그 여자의 과거가 좀 구리다면, 그걸 캐내서 여자 면전에 패대기치면 돼. 과거가 깨끗하면, 사실 그 여자는 양갓집 규수일 가능성이 높은데, 그러면 네가 알아서 처리해. 넌 좋은 아이디어를 곧잘 내잖아, 안 그래?"

"최근에 좋은 아이디어를 낸 기억이 안 나는데? 근데 그 도박꾼은 누구죠?"

"마티 에스텔."

나는 미련 없이 툭툭 자리를 털고 일어서다가 지난 한 달 동안 한 일이 없어서 돈이 궁하다는 사실을 떠올렸다.

나는 다시 자리에 앉았다.

"물론 골치 좀 썩을 거야." 애나가 말했다. "백주에 마티 에스텔이 대놓고 누굴 작살 냈다는 소린 들어 보지 못했지만, 그렇다고 시가 쿠폰이나 챙기는 좀생이도 아니니까."

"골칫거리가 내 일거리죠." 내가 말했다. "하루 25달러에 총 250달러를 보장해 주면 일을 맡겠습니다."

"나도 좀 챙기는 게 있어야 할 거 아냐." 애나가 우는소리를 했다.

"그럼 알아서 하시죠. 이 도시엔 값싼 애송이들도 많으니까. 오랜만에 애나의 멋진 모습을 봐서 반가웠습니다. 잘 있어요, 애나."

이번에는 확실히 자리를 털고 일어섰다. 내 인생이 좀 허접하기는 하지만, 그래도 그 정도 가치는 있었다. 마티 에스텔은 꽤 터프한 사람인데, 수족으로 부리는 사람들이 있을 뿐만 아니라 뒷배경도 만만치 않다. 그의 집은 선셋 대로 웨스트 할리우드에 있었다. 그가 치졸한 짓을 하지는 않겠지만, 무슨 짓이든 했다 하면 일이 크게 터질 것이다.

"앉아. 보장해 줄게." 애나가 시큰둥하게 말했다. "나는 가난하고 늙고 망가진 여자야. 뚱뚱하고 건강도 안 좋으면서 주제도 모르고 고급 탐정소개소를 운영하려고 하는 여자인 거야. 그러니 나를 홀랑 벗겨 먹고 비웃어도 어쩔 수 없지."

"그 여자는 누구죠?" 나는 이미 다시 앉아 있었다.

"해리엇 헌트리스라는 여자야. 나름 멋진 이름이지. 엘 밀라노 아파트에 살아. 노스 시카모어 가 1900블록, 아주 고급스러운 곳이지. 아버지는 1931년에 파산해서 사무실 창밖으로 투신했어. 어머니도 죽었고. 여동생은 코네티컷 주의 기숙학교에 다니지. 이만하면 감이 잡힐 거야."

"그런 건 누가 조사했죠?"

"강아지가 마티에게 준 어음 복사본을 우리 의뢰인이 받았어. 5만 달러짜리지. 강아지는 의뢰인의 양아들인데, 어음을 자기가 쓴 게 아니라고 발뺌했어. 애들이 다 그렇지. 그래서 우리 의뢰인이 아보개스트라는 사람에게 그 어음이 진짜인지를 알아보게 했어. 아보개스트는 전문가인 양 잘난 척깨나 했지. 그가 일을 맡아 조사를 하게 됐는데, 나처럼 너무 뚱뚱해서 발로 뛰는 일은 할 수가 없었어. 그래서 지금은 일을 접었지."

"그 사람을 만나 볼 수 있을까요?"

"못 만날 이유가 없지." 애나가 고개를 끄덕이며 늘어진 턱을 출렁거렸다.

"그 의뢰인은…… 근데 의뢰인 이름이 뭐죠?"

"마침 잘 물어봤어. 직접 만나 봐. 바로 지금."

그녀가 다시 호출기 버튼을 눌렀다. "얘, 지터 씨 들어오시라고 해."

"글래디스한테 애인 있나요?" 내가 물었다.

"넘보지 마!" 애나가 고함을 지르다시피 말했다. "걔가 이혼 사업에서 해마다 1만 8천 달러를 벌어 주고 있어. 이봐, 필립 말로*, 누구든 손가락 하나라도 그녀를 건드렸다가는 진짜 죽여 버릴 거야."

"그녀도 언젠가는 익어 떨어질 텐데, 왜 내가 받아먹으면 안 되죠?" 내가 말했다.

문이 열리자 이야기가 중단되었다.

접수실에서 그를 보지 못한 걸로 보아 별실에서 기다린 것이 분명했다. 기다린 것이 싫었는지 그는 재빨리 들어와서 재빨리 문을 닫고 얇은 팔각형의 백금 시계를 조끼에서 홱 꺼내서 노엽게 바라보았다. 그는 키가 크고 백금발에 젊어 보이는 가느다란 세로 줄무늬 플란넬 정장을 입고 있었다. 옷깃에는 작은 분홍색 장미 꽃봉오리가 하나 꽂혀 있었다. 예리하고 냉담한 얼굴에 눈 아래가 좀 불룩했고, 입술은 도톰했다. 은 손잡이가 달린 흑단 지팡이를 들고 각반을 찬 그는 예순 살의 멋쟁이로 보였지만, 내가 보기에는 열 살은 더 얹어야 할 것 같았다. 나는 그가 마음에 들지 않았다.

"핼지 양, 26분이나 늦었소." 그가 차갑게 말했다. "내겐 시간이 금싸

---

* 1939년 《다임 디텍티브》지 발표 당시의 주인공 이름은 Johnny Dalmas였다.

라기요. 시간을 소중히 여긴 덕분에 아주 많은 돈을 번 사람이란 말이오."

"음, 우린 그 돈을 많이 절약해드릴 겁니다." 애나가 느릿느릿 말했다. 그녀 역시 그가 마음에 들지 않았다. "지터 씨, 기다리시게 해서 죄송합니다만, 제가 고른 전문가를 만나 보고자 하셨기에, 이렇게 불러오느라 늦은 거예요."

"그다지 전문가로 보이지 않는데?" 지터 씨가 나를 뜨악하게 바라보며 말했다. "내 생각엔 좀 더 신사다운 사람을……"

"영감님이 혹시 『타바코 로드』*의 지터 씨는 아니겠죠?" 내가 물었다.

그는 나를 천천히 돌아보며 지팡이를 반쯤 들어 올렸다. 차가운 눈이 야수의 발톱처럼 나를 찢어발길 듯 노려보았다. "감히 나를 모욕하다니. 사회적 지위가 있는데."

"진정하세요." 애나가 말문을 열었다.

"진정은 무슨." 내가 말했다. "이 양반이 나더러 신사가 아니라잖아요. 그건 좋습니다. 뭔지 몰라도 사회적 지위가 있으시다니. 하지만 나역시 아무나 깔볼 만큼 만만한 사람은 아니올시다. 영감님은 더구나지금 그럴 여유가 없을 텐데요? 물론 얼떨결에 한 소리라면 또 모를까."

지터 씨는 굳은 표정으로 나를 노려보았다. 그는 다시 시계를 꺼내서 바라보았다. "28분 지났군." 그가 말했다. "내가 사과하지. 무례하게

---

* 『타바코 로드』는 1932년 미국 작가 콜드웰이 쓴 장편소설로, 담배 운반 도로변에서 살아가는 농부 지터 일가의 빈곤과 무지와 몰락을 그린 작품이다. 1941년에 영화화되었는데, 이 탐정소설이 발표된 것은 1939년이다.

굴 생각은 없었네, 젊은이."

"그러시다니 다행이군요." 내가 말했다. "물론 영감님이『타바코 로드』의 지터 씨가 아니란 건 알고 있었습니다."

그 말에 그가 다시 발끈했지만 이내 진정했다. 그는 내가 무슨 말을 하는지 모르는 것 같았다.

"이렇게 만난 김에 한두 가지 여쭈어 볼 게 있습니다." 내가 말했다. "영감님은 헌트리스라는 아가씨에게 돈을 좀 집어 주실 겁니까? 실비라도?"

"한 푼도 못 줘." 그가 부르짖었다. "주긴 내가 왜."

"그건 일종의 관습 아닙니까. 암튼 그녀가 그와 결혼을 했다고 칩시다. 그럼 그가 뭘 갖게 되죠?"

"결혼하는 순간 녀석의 생모, 그러니까 작고한 내 아내가 남긴 신탁 기금에서 매달 1천 달러를 받게 될 거야." 그가 머리를 한 번 끄덕했다. "28세가 되면 그보다 훨씬 더 많이 받지."

"그 아가씨가 아드님과 결혼하려고 한 것을 비난할 수는 없어요. 요즘 같은 세상에는 말입니다." 내가 말했다. "마티 에스텔은 어떻습니까? 그에 대한 대책은 있나요?"

그는 자줏빛 핏줄이 비치는 손으로 회색 장갑을 와락 구겼다. "그 빚은 갚아 줄 수 없어. 도박 빚이니까."

애나가 한숨을 푹 내쉬었다. 그녀의 책상 위의 담뱃재가 이리저리 날렸다.

"그렇군요." 내가 말했다. "하지만 그걸 떼이고도 도박꾼들이 가만있을 리 없습니다. 혹시 아드님이 이겼다면 마티는 지불을 했을 겁니다."

"나는 관심 없소." 키 크고 여윈 노인이 차갑게 말했다.

"그래요. 하지만 생각 좀 해 보십시오. 마티가 5만 달러짜리 어음을 갖고 있는데, 그게 휴지 조각이 되었습니다. 그러고도 밤에 잠이 올까요?"

지터 씨는 뭔가 생각하는 눈치였다. "무슨 폭력의 위험이라도 있다는 건가?" 그가 거의 부드러운 말투로 물었다.

"단정하긴 어렵습니다. 그는 고급 업소를 운영하고 있고, 손님도 많습니다. 그러니 자기 평판도 생각해야 하죠. 하지만 그는 조직을 가지고 있고, 아는 사람도 많습니다. 무슨 일이 터질지 알 수 없죠. 마티와는 무관한 곳에서 말입니다. 그리고 마티는 누구한테 짓밟힐 사람이 아닙니다. 짓밟을 사람이죠."

지터 씨는 다시 시계를 보고 언짢아했다. 그는 시계를 조끼 속에 푹 집어넣었다. "알아서 처리하시오." 그가 딱 잘라 말했다. "지방 검사는 나와 개인적으로 친한 사람이오. 이 문제를 당신이 감당할 수 없을 것 같다면……"

"알겠습니다." 내가 그에게 말했다. "그래도 기왕 여기까지 오셨으니 맡겨 주시죠. 지방 검사가 그 시계처럼 영감님 조끼 주머니 안에 있다고 해도 말입니다."

그는 모자를 쓰고 장갑도 끼고는 지팡이로 신발 끝을 툭툭 친 후 입구로 다가가서 문을 열었다.

"결과를 보고 그에 따라 보수를 주겠소. 즉시 말이오." 그가 차갑게 말했다. "남들은 나를 관대한 사람으로 보지 않지만, 나는 때로 손이 크지. 그럼, 우리 모두 서로 잘 이해한 것으로 알겠소."

그는 윙크라도 하는 듯한 표정으로 밖으로 나갔다. 도어체크 안의 압축 공기로 인해 문이 부드럽게 닫혔다. 나는 애나를 바라보며 씩 웃었다.

"구미가 확 당기지? 이런 거라면 한 8인분쯤 칵테일을 곁들여서 먹고 싶다." 그녀가 말했다.

나는 소요 경비로 일단 20달러를 챙겼다.

2

내가 찾은 아보개스트는 이름이 존 D. 아보개스트였다. 사무실이 선셋 대로의 이바 근처에 있었다. 나는 먼저 공중전화로 그에게 연락을 했다. 전화를 받은 목소리에 기름기가 흘렀다. 그는 파이 먹기 시합에서 방금 우승한 사람처럼 나직이 숨을 씨근덕거리며 말했다.

"존 D. 아보개스트 씨?"

"예."

"저는 사립 탐정 필립 말로입니다. 선생이 먼저 조사한 사건을 맡았습니다. 의뢰인의 이름은 지터입니다."

"예?"

"찾아뵙고 이야기를 나눌 수 있을까요? 점심 식사 후에?"

"예." 그가 전화를 끊었다. 참 과묵한 남자라는 생각이 들었다.

나는 점심을 먹은 후 차를 몰고 그를 찾아갔다. 그곳은 이바의 동쪽에 있는 낡은 2층 건물이었다. 맞은편에는 최근에 새로 페인트를 칠한 벽돌 건물이 있었고, 거리를 향해 있는 1층에는 가게들과 식당 하나가 있었다. 건물 입구에는 2층으로 곧장 향하는 널찍한 계단이 있었다. 아래쪽에 붙은 문패에 "212호. 존 D. 아보개스트"라고 쓰인 것을 보고 계단을 올라가자, 길거리와 평행을 이루고 있는 널따랗고 곧은 복도가 나왔다. 우측의 열려 있는 문간에 작업복을 입은 남자가 서 있었다. 이마에 둥근 거울을 착용하고 있던 그는 거울을 뒤로 젖히고 누군지 궁금해하는 표정을 지었다. 그는 자기 사무실로 돌아가 문을 닫았다.

나는 좌측의 복도를 반쯤 지났다. 선셋 대로 쪽의 문에 달린 문패가 눈에 띄었다. "존. D. 아보개스트. 문서 조사 연구원 겸 사립 탐정. 들어오시오." 문이 저항 없이 열리고 창문이 없는 작은 대기실이 나왔다. 편안한 의자 두 개와 잡지 몇 권, 크롬 스탠드 재떨이 두 개가 있었다. 천장등 한 개와 바닥 램프 두 개가 켜져 있었다. 맞은편 문 아래쪽에 두툼한 싸구려 깔개 새것이 깔려 있고, 앞서와 같은 문패가 걸려 있었다. "존 D. 아보개스트. 문서 조사 연구원 겸 사립 탐정."

내가 바깥쪽 문을 열었을 때 울리기 시작한 버저가 문을 닫을 때까지 계속 울렸다. 그밖에는 아무런 일도 일어나지 않았다. 대기실에는 아무도 없었다. 안쪽 문은 열려 있지 않았다. 나는 문짝에 귀를 대 보았지만 안에서는 아무런 말소리도 들리지 않았다. 노크를 해 봤지만 역시 반응이 없었다. 문손잡이를 돌려 보았다. 돌아갔다. 그래서 문을 열고 안으로 들어갔다.

이 방에는 북쪽으로 창문이 두 개 나 있었다. 둘 다 옆에 커튼이 달리고, 꽉 닫혀 있었다. 창턱에는 먼지가 내려앉아 있었다. 책상 하나, 서류철 두 개, 평범한 양탄자와 평범한 벽이 보였다. 왼쪽에는 유리창이 달린 또 다른 문이 있고, 역시 문패가 달려 있었다. "존 D. 아보개스트. 연구원 겸 탐정."

한동안 그의 이름을 잊기 어려울 것 같았다.

내가 서 있는 방은 작았다. 목수의 연필처럼 생긴 통통한 연필을 쥔 채 미동도 없이 책상 언저리에 얹혀 있는 살집 좋은 손 하나에 견주어 봐도 방이 너무 작아 보일 정도였다. 손목시계를 찬 그 손은 털 없는 접시 같았다. 외투 소매 밖으로 비어져 나온 단추 달린 셔츠 커프스는 깨끗하지 않았다. 책상 옆으로 늘어뜨린 다른 손은 소매 일부만 보였다. 책상은 길이가 1.8미터를 넘지 않았으니 남자는 체격이 클 리가 없었다. 내가 서 있는 자리에서는 뚱뚱한 손 하나와 두 소매만 보였다. 나는 조용히 대기실로 돌아가 밖에서 열 수 없도록 문을 잠그고 조명 세 개를 모두 끈 다음 다시 작은 사무실로 가서 책상을 돌아갔다.

그는 어찌나 뚱뚱한지 애나 핼지보다 훨씬 더 뒤룩뒤룩했다. 얼굴은 거의 농구공만큼 커 보였다. 얼굴은 아직도 흥겨운 핑크빛을 띠고 있었다. 그는 바닥에 무릎을 꿇고 있었다. 커다란 머리는 책상 아래 날카로운 안쪽 구석에 처박혀 있었고, 바닥을 짚고 있는 왼손 아래 노란 종이가 한 장 깔려 있었다. 뚱뚱한 손가락이 최대한 넓게 벌어져 있었고, 그 사이로 노란 종이가 보였다. 그는 몸으로 책상을 밀어붙이고 있는 것처럼 보였지만 실제로 그런 것은 아니었다. 몸을 지탱하고 있는 것은 그의 살집이었다. 엄청나게 굵은 허벅지 위에 상체가 접혀 있었는데, 허벅지의 두께와 살집 때문에 그런 식으로 무릎을 꿇은 채 몸이 굳어 있었던 것이다. 저런 덩치를 때려눕히려면 미식축구 수비수 두 명은 필요할 것 같았다. 이 순간 그런 생각을 한다는 것이 온당치는 않았지만, 그래도 그런 생각이 드는 걸 어쩌겠는가. 나는 잠시 긴장을 풀고, 덥지 않은데도 목덜미를 적신 땀을 훔쳤다.

그의 머리는 백발이고 짧았다. 목은 아코디언처럼 잔뜩 주름이 잡혀 있었다. 뚱뚱한 남자가 대개 그렇듯 발이 작고, 반짝이는 검정 구두를 신고 있었다. 양탄자 위에 가지런히 모로 놓은 두 발의 구두가 꼴사나위 보였다. 나는 아래로 몸을 숙이고 깊이를 알 수 없는 목의 살집 속에 손가락을 찔러 넣었다. 어딘가에는 동맥이 있겠지만 찾을 수 없었다. 어차피 그에게는 동맥이 필요 없었다. 양탄자 위의 비대한 두 무릎 사이에는 검붉은 핏자국이 넓게 퍼져 있었다.

나는 다른 곳에 무릎을 꿇고 앉아 노란 종이를 짚고 있는 뚱뚱한 손가락들을 쳐들었다. 차갑다고는 할 수 없는 서늘한 손가락들이 물렁하고 약간 끈적거렸다. 종이는 메모지 철에서 떼어 낸 것이었다. 거기에 무슨 메시지를 남겼다면 좋았겠지만 그런 것은 없었다. 의미 없는 어렴풋한 자국만 나 있고, 문장은커녕 글자 하나 없었다. 총을 맞은 후 뭔가를 쓰려고 했고, 아마 쓰고 있다고 생각한 모양인데, 정작 남긴 것은 연필 자국뿐이었다.

그 후 그는 종이를 쥔 채 쓰러졌고, 종이를 쥔 뚱뚱한 손으로 바닥을 짚었다. 다른 손에는 여전히 연필을 쥔 채 우람한 허벅지 위에 상체를 떨구고 죽은 상태였다. 존 D. 아보개스트. 문서 조사 연구원. 탐정. 이런 우라질. 그는 얼마 전에 전화상으로 오로지 "예"라고 세 번 내게 말했다.

그리고 이 꼴이 되었다.

나는 손수건으로 문손잡이를 닦고, 대기실의 불들을 끄고, 바깥문이 잠기도록 하고 문을 닫은 후 복도를 벗어났고, 건물을 벗어났고, 동네를 벗어났다. 내가 아는 한 나를 본 사람은 없었다. 내가 아는 한.

3

애나한테 들은 대로 엘 밀라노 아파트는 노스 시카모어 가 1900블록에 있었다. 아파트가 블록의 대부분을 차지하고 있었다. 잘 꾸며진 앞뜰 가까이 차를 세워 놓고, 입구의 연푸른 네온사인을 따라 지하 차고로 걸어갔다. 난간을 두른 경사로를 내려가자 반짝이는 차들이 주차된 환한 공간이 나왔다. 공기는 서늘했다. 푸른 소매가 달린 아주 깨끗한 상하 일체형 작업복을 입은 말쑥한 흑인이 유리벽을 두른 사무실에서 나왔다. 피부는 그리 검지 않았고, 검은 머리칼은 악단 지휘자처럼 말쑥했다.

"바쁜가?" 내가 물었다.

"그저 그렇습니다만."

"세차를 해야 할 차를 밖에 세워 두었어. 5달러어치의 세차가 필요한데."

그에게는 통하지 않았다. 그런 것에 혹할 사람이 아니었다. 그의 밤색 눈동자가 먼 곳을 향하며 생각에 잠겼다. "차가 꽤나 더러운 모양이군요. 혹시 그것 말고 더 필요한 게 있는 것 아닙니까?"

"조금 더 있지. 해리엇 헌트리스 양의 차가 이 안에 있나?"

그가 둘러보았다. 나는 그의 눈길이 반짝이는 차들 사이에서 앞마당의 뒷간만큼이나 눈에 잘 띄지 않는 노란 카나리아색 컨버터블로 향하는 것을 보았다.

"예. 여기 있습니다."

"그녀의 아파트 호수와 로비를 통하지 않고 그 집으로 올라갈 수 있는 길도 알고 싶군. 나는 사립 탐정이오." 나는 그에게 탐정 배지를 보여 주었다. 그는 배지를 바라보았다. 표정이 심드렁했다.

그러다 그가 미소를 지었다. 내 평생 그렇게 희미한 미소는 처음 보았다. "일꾼에게 5달러면 큰돈입니다만, 내 일자리를 걸기엔 좀 부족

합니다. 태평양에서 지중해까지의 거리만큼 말이죠. 차라리 5달러를 아끼고 정식 방문 절차를 밟아 보시죠."

"알고 보니 멋진 친구로군." 내가 말했다. "커서 뭐가 되고 싶지? '5피트의 책장'*이라도 되려고?"

"나는 이미 다 컸습니다. 나이가 서른네 살입니다. 행복한 결혼 생활을 하고 있고, 자녀도 둘 있습니다. 그럼, 안녕히 가십시오."

그가 등을 돌렸다. "아, 잘 가게." 내가 말했다. "그리고 내가 술 냄새를 풍긴 건 이해해 주게. 방금 뷰트**에서 왔거든."

나는 다시 경사로를 따라 돌아가서 애당초 가야 했던 길을 따라 걸었다. 엘 밀라노 같은 곳에서는 5달러와 탐정 배지가 통하지 않는다는 것을 미리 알았어야 했다.

그 흑인은 아마 곧바로 사무실에 전화를 했을 것이다.

하얀 벽토를 바른 무어풍의 거대한 이 공동주택 건물에는 뇌문 장식을 한 커다란 외등이 늘어서 있고 아름드리 대추야자 나무들이 서 있었다. 입구는 ㄴ 자 건물의 안쪽 구석에 있었다. 대리석 계단을 오르자, 테두리를 모자이크로 장식한 아치가 나왔다.

도어맨이 문을 열어 주자 나는 안으로 들어섰다. 로비가 양키스 구장만큼 크지는 않았다. 바닥에는 밑에 스펀지 고무가 달린 연푸른 양탄자가 깔려 있었다. 어찌나 푹신한지 벌렁 누워서 뒹굴고 싶을 정도였다. 나는 데스크로 다가가서 거기에 팔꿈치 하나를 얹었다. 손톱 밑에 박힐 만한 까칠한 콧수염을 기른 창백하고 여윈 접수계원이 나를

---

* 하버드대학교 총장으로 재직했던 찰스 엘리엇이 은퇴할 무렵인 1909년에 편집해 내놓은 하버드 인문학 고전 선집으로, 별칭 '5피트의 책장'으로 불린다. 여기서는 교양이 철철 넘치는 사람이라는 의미다.
** 몬태나 주 뷰트Butte는 광산촌으로, 유서 깊은 알코올과 마약 중독 치료 센터가 지금도 있다.

빤히 바라보았다.

그는 콧수염을 만지작거리며 호랑이 한 마리를 집어넣을 만큼 큰 알리바바 기름 항아리를 내 어깨 너머로 바라보았다.

"헌트리스 양 계신가요?"

"누구시라고 전해드릴까요?"

"마티 에스텔이오."

이런 절차는 차고에서의 내 연극보다 나을 게 없었다. 그는 왼발로 뭔가를 꾹 눌렀다. 데스크 끝에 있는 푸른색과 금색의 문이 열리고, 조끼에 시가 재가 묻은 커다란 모래색 머리칼의 남자가 나타나 데스크 끝에 멍하니 상체를 기댄 채 알리바바 기름 항아리를 바라보았다. 그것이 타구통이 맞는지를 생각하는 것 같았다.

접수계원이 언성을 높였다. "당신이 마티 에스텔 씨라고요?"

"그가 보낸 사람이오."

"그건 좀 다르잖습니까? 귀하의 성함을 여쭤도 되겠습니까?"

"됩니다." 내가 말했다. "하지만 말해 줄 수 없습니다. 내가 받은 지시사항이 그래서 말이지. 고지식하고 같잖은 것에 대해서는 사과하리다."

그는 내 태도를 좋아하지 않았다. 나에 대한 어떤 것도 좋아하지 않았다. "누구신지 전해드릴 수가 없겠습니다." 그가 차갑게 말했다. "호킨스 씨, 당신 생각은 어떻습니까?"

모래색 머리칼의 남자가 항아리에서 눈을 떼고 데스크를 따라 곤봉의 유효타 거리 안으로 걸어왔다.

"그레고리 씨, 뭐라고요?" 그가 하품을 했다.

"그쪽 둘 다 빡빡하군그래?" 내가 말했다. "여자 친구들도 빡빡할 거야."

호킨스가 씩 웃었다. "어이, 내 사무실로 들어오슈. 우리가 댁의 고민을 해결해 줄 수 있을지 알아봅시다."

나는 그가 나왔던 개구멍으로 그를 따라갔다. 그곳은 생각보다 커서 작은 책상 하나와 의자 두 개, 무릎 높이의 타구통 하나, 그리고 열려 있는 시가 박스 하나를 둘 만한 공간은 되었다. 그가 책상에 엉덩이를 걸치고 나를 향해 사교적으로 히죽 웃었다.

"어이, 그쪽 행동이 좀 점잖지 못한 거 아뇨? 나는 이 아파트에 고용된 탐정이오. 말해 보슈."

"언젠가는 점잖아지겠지." 내가 말했다. "그리고 또 언젠가는 와플굽는 틀처럼 반듯하게 격식도 차릴 거고." 나는 지갑을 꺼내서 탐정 배지와 지갑의 셀로판지에 끼워 놓은 면허증 사진을 보여 주었다.

"이제 보니 사립 탐정이었군?" 그가 고개를 끄덕였다. "진작 나를 찾지 그랬소?"

"그럴 건데, 당신이 있는 줄 몰랐소. 나는 헌트리스 양을 만나고 싶은데, 그녀는 나를 모릅니다. 하지만 중요한 용건이 있으니, 시끄러운 일이 생기진 않을 거요."

그는 두 걸음 옆으로 비켜서더니 입꼬리에 물고 있던 시가를 다른 쪽 입꼬리로 옮겨 물었다. 그는 내 오른쪽 팔꿈치를 바라보았다. "이건 무슨 농담일까나? 또 데스크에서는 왜 환심을 사려고 했을까? 비용이 좀 들 텐데 줄 거요?"

"가능합니다."

"나는 착한 놈이오. 하지만 고객을 보호할 의무가 있지." 그가 말했다. "시가가 거의 바닥났군요." 나는 90 뭐라고 쓰인 시가 박스를 바라보며 말했다. 시가 두 개를 들고 냄새를 맡아 본 다음, 시가를 다시 돌려놓으며 잘 접은 10달러 지폐를 그 아래 찔러 넣었다.

"맘에 드는군." 그가 말했다. "당신과는 죽이 잘 맞겠어. 원하는 게 뭐요?"

"마티 에스텔이 보낸 사람이 왔다고 전해 주시오. 그럼 나를 만나 줄 거요."

"뇌물을 받았다간 골치 아픈데?"

"그런 일은 없을걸? 내 뒤에는 막강한 사람이 있으니까."

내가 10달러를 향해 팔을 뻗자 그가 내 손을 밀어 냈다. "기회를 잡아 보지." 그가 수화기를 집어 들고 814호실을 부탁하더니 콧노래를 부르기 시작했다. 콧노래가 병든 젖소의 신음 같았다. 그가 갑자기 상체를 앞으로 숙이고 얼굴에 달콤한 미소를 짓더니 꿀물 같은 음성을 흘렸다.

"헌트리스 양? 저는 호킨스입니다. 이 아파트의 탐정이죠. 호킨스요. 아, 예…… 호킨스 맞습니다. 그럼요, 헌트리스 양은 만나는 분이 많으시니 그러실 겁니다. 무슨 일인고 하니, 제 사무실에 신사 한 분이 계시는데, 헌트리스 양에게 전할 말씀이 있다는군요. 에스텔 씨의 전갈이랍니다. 그쪽 허락이 없이 사람을 올려 보낼 순 없죠. 이 양반이 자기 이름을 밝히지 않으니 말입니다. 예예, 아파트의 탐정 호킨스 맞습니다. 이 양반은 헌트리스 양이 자기를 모른다는데, 제가 보기엔 괜찮은 사람 같습니다. ……아, 예, 고맙습니다, 헌트리스 양. 당장 올려 보내죠."

그는 수화기를 내려놓고 가만히 토닥거렸다.

"당신한테는 기름칠이 좀 필요했던 것뿐이군." 내가 말했다.

"올라가 보슈." 그가 몽롱하게 말했다. 그는 딴생각에 잠긴 채 시가 박스로 손을 뻗어 지폐를 챙겼다. "정말 굉장해." 그가 나긋하게 말했다. "그 아가씨 생각만 하면 밖에 나가서 한참 바람을 쐬지 않을 수 없다니까. 갑시다."

우리는 다시 로비로 나왔다. 호킨스가 나를 승강기까지 데려다 주고 올라타라고 신호를 했다.

승강기 문이 닫힐 무렵 그는 출입구로 향하고 있었다. 바깥바람을 쐴 모양이었다.

승강기에는 거울이 붙어 있고 간접 조명이 켜져 있었다. 바닥에는 양탄자가 깔려 있었다. 승강기가 온도계 속의 수은처럼 부드럽게 상승했다. 문이 스르르 열리고, 나는 복도에 깔린 이끼색 양탄자 위를 걸어 814호라고 표시된 문 앞에 이르렀다. 옆에 있는 작은 버튼을 누르자 안에서 차임벨 소리가 나고 문이 열렸다.

그녀는 외출복인 연초록 모직 드레스 차림에, 귀에 걸리는 나비 모양의 작은 모자를 삐딱하게 쓰고 있었다. 두 눈 사이는 멀찍이 떨어져서, 그 사이에 생각의 공간이 넉넉히 있어 보였다. 눈동자는 파란 청금석 색이고, 머리칼은 다소 죽었어도 여전히 위험한 불길 같은 어스레한 빨간색이었다. 워낙 늘씬해서 귀여워 보이진 않았다. 적재적소에 화장을 넉넉하게 했고, 내 얼굴을 찌를 듯한 담배가 10센티미터 길이의 빨부리에 꽂혀 있었다. 그녀는 힘들어 보이는 표정이 아니었다. 이미 모든 답을 들어서 알고 있고, 언젠가는 이용할 수 있다고 생각하는 답들을 기억하고 있는 사람의 표정이었다.

그녀가 나를 차갑게 건너다보았다. "그래, 갈색 눈동자 씨, 전할 말이란 게 뭐죠?"

"일단 들어가는 게 좋겠습니다. 이렇게 서서 할 이야기가 아니라서." 내가 말했다.

그녀가 차갑게 웃었다. 나는 그녀의 담배 끝을 지나 다소 좁고 긴 실내로 들어갔다. 멋진 가구가 많고, 창문도 많고, 커튼도 많고, 모든 것이 많았다. 벽난로 망 안에서는 연료 불쏘시개 위에 놓인 커다란 통나무 하나가 타고 있었다. 멋진 불길 앞의 멋진 장밋빛 책상 앞에 동양의 비단 깔개가 깔려 있었고, 그 옆의 받침대 위에 스카치와 소다수, 얼음 한 통이 있었다. 모든 장식이 남자의 마음을 편하게 해 주었다.

"한잔하세요. 술잔을 들지 않으면 말문이 잘 안 열리시죠?" 그녀가 말했다.

나는 자리에 앉아 스카치를 집어 들었다. 여자는 푹신한 의자에 앉아 다리를 꼬았다. 바람을 쐬고 있을 호킨스가 떠올랐다. 그의 심정이 조금은 이해가 되었다.

"그래, 마티 에스텔이 보냈다고요?" 그녀가 술을 사양하며 말했다.

"그를 만난 적은 없습니다."

"그럴 줄 알았어요. 용건이 뭐죠? 당신이 자기 이름을 팔았다는 소리를 들으면 마티가 엄청 좋아할 거예요."

"와들와들 떨리는군. 근데 왜 나를 만나 준 거요?"

"호기심 때문이죠. 언젠가는 당신 같은 사람이 찾아올 줄 알았어요. 난 현실도피하지 않아요. 탐정 나부랭이죠, 당신?"

나는 담배에 불을 댕기고 고개를 주억거렸다. "사립 탐정입니다. 당신한테 제안할 게 있어요."

"해 봐요." 그녀가 하품을 했다.

"얼마면 지터 청년한테서 손을 떼겠습니까?"

그녀가 다시 하품을 했다. "재미난 말씀을 하시는군요. 바라는 게 너무 없어서 드릴 말씀이 없네요."

"허세 부리지 마세요. 얼마나 요구할 겁니까? 아니면 그냥 창피나 주려는 건가요?"

그녀가 빙그레 웃었다. 멋진 미소였다. 치아가 예뻤다. 그녀가 말했다. "난 이제 못된 년이에요. 무얼 요구할 필요도 없어요. 그들이 리본으로 잘 묶어서 알아서 갖다 바치겠죠."

"그 영감은 꽤 터프합니다. 배경도 만만치 않고."

"배경은 배경일 뿐이죠."

나는 고개를 끄덕이고 좀 더 술잔을 기울였다. 좋은 스카치였다. 아니 완벽했다. "그는 한 푼도 못 준답니다. 당신은 오물을 밟았어요. 곤란한 일에 엮인 거죠. 배경은 그냥 배경이 아닙니다."

"근데 당신은 그를 위해 일하시는군요."

"웃기는 일이긴 하죠. 이번 일을 잘 해결할 방법이 있을 텐데, 지금 나로선 어찌해야 좋을지 모르겠습니다. 아무튼 얼마를 원합니까?"

"5만?"

"당신한테 5만, 그리고 마티한테 또 5만?"

그녀가 웃었다. "마티가 얼마를 바라는지야 내가 왈가왈부할 수 있나요? 나는 내가 바라는 걸 생각할 따름이죠."

그녀는 꼰 다리를 바꾸었다. 나는 술잔에 새 얼음덩이를 넣었다.

"나는 500을 생각했습니다." 내가 말했다.

"500 뭐요?" 그녀가 어리둥절한 표정을 지었다.

"500달러 말입니다. 롤스로이스 500대가 아니라."

그녀가 깔깔 웃었다. "정말 재미난 분이시군요. 당장 꺼지라고 말해야겠지만, 제가 갈색 눈동자를 좋아하거든요. 당신처럼 금빛이 섞인 따뜻한 갈색 눈동자를요."

"500을 다 마다하시는군요. 난 땡전 한 푼 없는데."

그녀는 빙그레 웃고 새 담배를 입에 물었다. 내가 다가가서 불을 댕겨 주었다. 그녀가 눈을 치켜뜨고 내 눈을 응시했다. 그녀의 눈동자가 반짝였다.

"땡전 정도는 이미 있거든요." 그녀가 나직이 말했다.

"그가 뚱보를 고용한 이유가 그 때문인가 보군요. 당신이 그런 뚱보를 춤추게 할 순 없으니까." 나는 다시 자리에 앉았다.

"누가 어떤 뚱보를 고용했다고요?"

"지터 영감이 아보개스트라는 뚱보를 고용했습니다. 내가 고용되기 전에 이번 일을 맡았죠. 몰랐나요? 그는 오늘 오후에 살해되었습니다."

나는 충격 효과를 높이기 위해 아주 태연히 말했지만, 그녀는 반응하지 않았다. 그녀의 입꼬리에서 도발적인 미소가 떠나지 않았다. 눈빛도 변하지 않았다. 다만 희미한 숨소리만 냈다.

"그게 나와 무슨 관계가 있어야 하나요?" 그녀가 조용히 물었다.

"모르죠. 누가 그를 살해했는지 나는 모릅니다. 사건은 그의 사무실에서, 정오 무렵이나 그 얼마 후에 일어났습니다. 지터의 문제와는 무관할수도 있겠지만, 사건 시점이 참 절묘해서 말이죠. 하필이면 내가 이 일을 맡아서 막 그를 만나 보려던 참에 그런 일이 일어나다니 말입니다."

그녀가 고개를 끄덕였다. "알겠어요. 그래서 당신은 마티가 관련되었다고 생각하는군요. 물론 경찰에 신고했겠죠?"

"물론 신고하지 않았습니다."

"그런 점에서는 책임을 좀 회피하시네요?"

"그래요. 금액이나 맞춰 봅시다. 액수는 낮추는 게 좋아요. 경찰이나를 어쩔지는 몰라도, 마티 에스텔과 당신을 가만두진 않을 겁니다.

그들이 자초지종을 알게 된다면 말입니다."

"협박하는 건가요?" 여자가 차갑게 말했다. "뭐, 그렇게 말할 수도 있겠죠. 하지만 이쯤에서 그만두세요, 갈색 눈동자 씨. 그런데 성함이 어떻게 되시죠?"

"필립 말로."

"이봐요, 필립. 나는 한때 명사록에 이름이 올랐던 여자예요. 어머니 아버지도 훌륭한 분이셨고요. 그런데 지터 영감탱이가 우리 아버지를 몰락시켰죠. 물론 그건 합법적이었어요. 인간쓰레기들이 사람을 몰락시킬 때 다들 그런 것처럼 말예요. 아무튼 그는 우리 아버지를 몰락시켰고, 아버지는 자살을 하셨어요. 어머니마저 돌아가신 뒤에는 어린 여동생을 내가 챙겨서 학교에 보냈어요. 나는 특별할 게 없는 여잔데, 어린 동생을 보살피기 위한 돈을 어떻게 벌었겠어요? 불원간 그 지터 영감탱이한테 복수를 하고야 말 거예요. 그의 아들과 결혼을 해서라도."

"양아들입니다. 실은 아무런 관계도 없어요." 내가 말했다.

"그래도 그 영감탱이는 타격을 받을 걸요? 아들 지터한테는 몇 년 안에 큰돈이 생기거든요. 나는 더 심한 짓이라도 할 수 있어요. 아들은 이미 술에 절었지만 말이죠."

"그의 면전에서 그런 말을 하진 마십시오."

"그게 어때서요? 탐정 씨, 당신의 뒤나 좀 돌아보시죠. 귓밥 좀 파셔야겠어요."

나는 일어서서 획 돌아섰다. 1미터쯤 뒤에 그가 서 있었다. 그가 어느 문으로인가 들어와 양탄자를 밟고 슬그머니 왔는데, 나는 잘난 척하느라 여념이 없어서 그가 오는 소리를 듣지 못했다. 그는 거구에 금발이고, 노타이에 스카프를 맨 아주 활동적인 차림새였다. 얼굴은 붉고 두 눈이 번들거렸는데, 눈의 초점이 어디에도 맞지 않았다. 일찍부터 거나하게 취해 있었던 것이다.

"아직 걸을 수 있을 때 튀지그래." 그가 비아냥거렸다. "나도 다 들었는데, 그녀는 나에 대해 무슨 말을 해도 좋아. 나는 그렇게 솔직한 걸 좋아하지. 어서 토끼라니까? 그쪽 이빨을 목구멍에 쑤셔 넣기 전에!"

여자가 내 뒤에서 웃었다. 마음에 들지 않았다. 나는 금발의 거구를 향해 한 걸음 내디뎠다. 그가 눈을 깜박거렸다. 덩치만 크고 물러 터진 녀석이었다.

"묵사발을 내, 자기." 여자가 내 뒤통수를 향해 차갑게 말했다. "이 건달이 무릎 꿇은 꼴을 보고 싶어."

나는 그녀를 곁눈질했다. 실수였다. 그는 고주망태였지만 가만히 있는 물건 정도는 후려칠 수 있었다. 내가 어깨 너머로 돌아보는 순간 그가 나를 후려쳤다. 억센 일격이 턱관절에 작렬했다.

나는 옆으로 쓰러지며 다리에 힘을 주려다가 비단 깔개 위에서 미끄러졌다. 어딘가에 머리를 박았는데, 내 머리는 들이받은 물건만큼 딱딱하지 않았다.

의기양양하게 나를 굽어보는 그의 불콰한 얼굴이 순간적으로 눈에 들어왔다. 그런 순간에도 어쩐지 그가 좀 안돼 보였다.

어둠이 덮쳐 오고 나는 까무러쳤다.

4

정신을 차리자 창문으로 들어온 빛이 방을 가로질러 내 눈을 찔렀다. 뒤통수가 욱신거렸다. 만져 보니 끈적했다. 낯선 집에 들어온 고양이처럼 천천히 주위를 돌아다니다가, 무릎을 꿇고 앉아 커다란 소파끝의 작은 의자 위에 놓인 스카치를 집어 들었다. 용케도 병이 깨지지않았다. 쓰러지면서 발톱 모양의 의자 다리에 머리를 박았던 것이다. 그건 청년 지터의 일격보다 더 아팠다. 턱의 통증이 고스란히 느껴졌지만, 그 정도는 일기장에 기록할 거리도 되지 않았다.

다리를 펴고 일어서서, 스카치를 벌컥벌컥 들이켜고 주위를 둘러보았다. 아무도 보이지 않았다. 방은 텅 비어 있었다. 침묵이 괴괴하게깔렸고, 멋진 향수 냄새의 기억만 아련했다. 마지막 나뭇잎처럼 사라진 다음에야 비로소 알아차리는 그런 향수 냄새였다. 다시 머리를 만져 보고, 끈적한 곳을 수건으로 닦아 냈다. 이까짓 것은 신음할 거리도되지 않는다고 생각하며 다시 술병을 꺾었다.

의자에 앉아 무릎에 술병을 얹은 채, 어딘가 멀리서 들려오는 자동차 소리에 귀를 기울였다. 이 방은 훌륭했다. 해리엇 헌트리스 양은 멋진 여자였다. 그녀는 몹쓸 인간 몇 명과 알고 지냈지만 누군들 안 그런가? 비난할 만한 일은 그런 사소한 것밖에 없었다. 나는 다시 술병을꺾었다. 내용물이 부쩍 줄었다. 스카치가 너무나 부드러워서 넘어가는줄도 모르게 술술 넘어갔다. 아직 간에 기별도 가지 않았다. 나는 좀더 들이켰다. 비로소 머리가 괜찮아졌다. 기분도 좋았다. 팔리아치에게 프롤로그를 노래하는 기분이었다.* 그래, 그녀는 역시 멋진 여자였어. 그녀가 스스로 집세를 내고 있다면 그건 잘 살고 있는 것이다. 나는 그녀의 손을 들어 주겠다. 그녀는 매력적이다. 나는 그녀의 스카치

* 〈팔리아치〉는 레온 카발로의 오페라 제목으로, '광대들'이라는 의미이다.

를 좀 더 이용했다.

아직도 반이나 남아 있었다. 나는 살짝 흔들어 보고 병을 외투 주머니에 찔러 넣은 다음, 내 머리 어딘가에 모자를 얹고 떠났다. 승강기가 통로 양쪽 벽을 들이받지 않도록 얌전히 승강기를 타고 붕 떠서 아래층으로 내려가 어슬렁어슬렁 로비로 걸어갔다.

아파트의 탐정 호킨스가 다시 데스크 끝에 상체를 기대고 알리바바 기름 항아리를 바라보고 있었다. 예의 접수계원은 예의 콧수염을 만지작거리고 있었다. 나는 그에게 미소를 지어 보였다. 그가 내게 미소를 지었다. 호킨스도 내게 미소를 지었다. 나도 미소를 지었다. 모두가 멋진 사람들이다.

처음으로 프런트 도어로 가서 도어맨에게 25센트를 주고 붕 뜬 기분으로 계단을 내려가서 잠시 보도를 따라 내 차가 있는 곳으로 갔다. 금세 캘리포니아의 노을이 지고 있었다. 아름다운 밤이었다. 서녘의 샛별이 가로등만큼이나 밝았다. 인생만큼 밝고, 헌트리스 양의 눈동자만큼 밝고, 스카치 병만큼 밝았다. 그러고 보니 스카치 생각이 났다. 나는 네모난 병을 꺼내 조심스레 코르크 마개를 뽑고, 다시 막고, 다시 뽑았다. 집에 갈 수 있을 만큼 양은 충분하다.

집에 가는 도중에 빨간 신호등을 다섯 번이나 무시했지만 운이 좋아서 아무도 시비를 걸지 않았다. 얼추 내 아파트 앞에, 그리고 얼추 갓돌 가까이 차를 세웠다. 승강기를 타고 올라가서 다소 힘들게 승강기 문을 열어젖히고 스카치 병을 바닥냈다. 현관문에 열쇠를 꽂아 문을 열고 들어가 보니 불이 켜져 있었다. 좀 더 탈진하기 전에 내 돈 들여 사 놓은 약을 좀 더 빨았다. 그러고는 이제 제대로 마시기 위해 얼음과 진저에일을 가지러 부엌으로 갔다. 문득 집에서 아주 얄궂은 냄새가 난다는 생각이 들었다. 얼른 그 이름이 떠오르지 않았는데, 무슨 약 냄새 같았다. 그런 냄새가 나는 것을 집에 둔 적이 없고, 내가 외출할 때도 그런 냄새는 나지 않았다. 냄새가 너무 뚜렷했다. 부엌으로 반쯤 다가갔을 때 그들이 불쑥 나타났다.

그들은 거의 나란히 서서 다가왔다. 벽침대 옆의 옷방에서 나타난 두 남자는 총을 들고 있었다. 키가 큰 쪽이 히죽 웃었다. 이마까지 모자를 푹 눌러쓰고, 턱이 뾰족한 쐐기꼴 얼굴이었다. 다이아몬드 에이스의 아래 반쪽 같은 얼굴에 갈색 눈이 촉촉했다. 핏기가 전혀 없는 코는 하얀 밀랍으로 만든 것 같았다. 손에 쥔 총은 총신이 긴 콜트 우즈맨인데, 가늠쇠를 잘라낸 것이었다. 스스로 명사수라고 생각한다는 뜻이다.

다른 남자는 작은 테리어처럼 생긴 애송이였는데, 빨갛고 억센 머리칼에 모자는 쓰지 않았고, 축축하고 멍한 눈동자에 귀는 박쥐 같고, 작은 발에 때가 탄 흰 스니커즈를 신고 있었다. 손에 쥔 자동 권총은 들고 있기가 버거워 보였지만, 그렇게 들고 있는 편을 좋아하는 것 같았다. 그는 입을 벌리고 소리 내어 숨을 쉬며 냄새를 풀풀 풍겼다. 박하 담배 냄새였다.

"손들어, 짜샤." 그가 말했다.

나는 두 손을 들었다. 달리 어쩔 수가 없었다.

작은 남자가 옆으로 빙 돌아서 다가왔다. "이러시면 곤란하다고 말해 봐."

"이러시면 곤란합니다." 내가 말했다.

키 큰 남자는 여전히 맥없이 히죽 웃고 있었고, 코는 여전히 하얀 밀랍으로 만든 것처럼 보였다. 작은 남자가 내 양탄자에 침을 뱉었다.

"얼씨구!" 그가 나를 째려보며 다가와서는 커다란 총으로 내 볼을 쓸었다.

나는 슬쩍 피했다. 보통은 그런 상황에서 내가 취해야 하는 행동이 바로 그렇게 피하는 것일 테고, 보통은 그것으로 만족할 것이다. 그런데 나는 보통을 넘어섰다. 나는 잘난 놈이었다. 누구에게도 질 것 같지 않은 기분이었다. 총을 든 두 놈도 그 누구에 포함시켰다. 먼저 작은 남자의 목을 휘어 감아 내 배 쪽으로 확 당겨서 권총을 쥔 그의 작은 손을 감싸 쥐고 총을 쳐서 바닥에 떨어뜨렸다. 식은 죽 먹기였다. 놈의 역겨운 입 냄새만 빼면 다 좋았다. 그가 침을 질질 흘리더니 욕설을 내뱉었다.

키 큰 남자는 가만히 서서 바라볼 뿐 총을 쏘지 않았다. 그는 움직이지도 않았다. 눈빛이 다소 불안해 보인다고 나는 생각했다. 하지만 당장은 바빠서 확인을 해 볼 수 없었다. 나는 작은 애송이를 계속 붙든 채 그의 뒤쪽에서 자세를 낮추고 그의 총을 집어 들었다. 그 짓은 실수였다. 내 총을 뽑아야 했다.

나는 애송이를 패대기쳤다. 그는 의자에 걸려 휘청거리다 쓰러져서 씩씩거리며 의자를 걷어찼다. 키 큰 남자가 웃음을 터트렸다.

"그 총에는 공이가 없어." 그가 말했다.

"어이." 내가 열띤 음성으로 그에게 말했다. "나는 훌륭한 스카치를 반병이나 마셔서 누구든 작살을 낼 준비가 된 사람이야. 내 시간 뺏지 말고 원하는 거나 말해 봐."

"그 총에는 공이가 없다니까." 밀랍 코가 말했다. "한번 쏘아 보든지. 나는 저 프리스키 녀석한테 장전된 놈을 함부로 갖고 다니게 하지 않아. 녀석이 워낙 충동적이라서 말이지. 자네는 팔 좀 쓸 줄 아는군그래. 빈말이 아니야."

프리스키는 바닥에 주저앉아 양탄자에 다시 침을 뱉고 웃음을 터트렸다. 나는 커다란 자동 권총 총구를 바닥으로 향한 채 방아쇠를 당겼다. 찰칵거리는 마른 소리만 울렸다. 무게로 보아 실탄은 장전되어 있는 것 같았다.

"우린 누구를 해칠 생각이 없어." 밀랍 코가 말했다. "이번만큼 말이지. 다음에도 그럴까? 그거야 모르지. 자네라면 알 것도 같지만. 암튼 지터 녀석의 일에서 손을 떼란 말씀이야. 알겠나?"

"아니."

"손을 떼지 않겠다고?"

"아니, 모르겠다고. 지터 녀석이란 게 누구지?"

밀랍 코는 웃지 않았다. 그는 기다란 22구경을 살살 흔들었다. "기억을 좀 바로잡아야겠군. 아울러 현관문도 고치고 말이지. 들어오는 게 식은 죽 먹기더라고. 프리스키가 입으로 훅 부니까 열리지 뭐야."

"그 말은 이해가 가는군." 내가 말했다.

"내 총 내놔." 프리스키가 빽 소리를 질렀다. 그가 다시 방바닥에서 일어났지만, 이번에는 내가 아닌 동료에게 달려갔다.

"그만둬, 바보 같은 자식!" 키 큰 남자가 말했다. "우리는 그저 그 이야기를 전하러 온 거야. 없애려고 온 게 아니라고. 적어도 오늘은."

"그게 뭔 소리야!" 프리스키가 씩씩거리며 밀랍 코의 손에서 22구경을 잡아채려고 했다. 밀랍 코는 가볍게 그를 뿌리쳤다. 하지만 그 틈에 나는 커다란 자동 권총을 왼손으로 바꿔 들고 내 루거를 뽑아 들 수 있었다. 나는 그것을 밀랍 코에게 보여 주었다. 그는 고개를 끄덕일 뿐 아무런 감흥도 느끼지 않는 듯했다.

"저 녀석에게는 부모가 없어." 그가 안쓰럽게 말했다. "그래서 나를 따라다니게 하는 것뿐이지. 녀석이 자네를 물지만 않으면 신경 쓸 것 없어. 우린 이제 가 봐야겠군. 이제 알아들었겠지? 지터 녀석한테서 손을 떼."

"이 루거 안 보이나?" 내가 말했다. "도대체 지터 녀석이란 게 누구지? 너희가 떠나기 전에 경찰을 부를 수도 있어."

그가 피곤한 미소를 지었다. "이봐, 내 권총은 장식품이 아니야. 나를 잡을 수 있을 것 같으면 어디 해 봐."

"좋아. 그런데 아보개스트는 누군지 아나?" 내가 말했다.

"글쎄, 내가 만나는 사람이 워낙 많아서." 그가 다시 피곤한 미소를 지었다. "알 수도 있고 모를 수도 있지. 잘 있게, 친구. 말썽 피우지 마."

그는 나를 예의 주시하며 살짝 옆걸음으로 현관을 향해 천천히 걸어갔다. 나 역시 그를 예의 주시했다. 어느 쪽이 먼저 정확히 쏘느냐가 문제였다. 하지만 정말 쏠 필요가 있는지, 매우 얼큰하게 스카치를 들이켠 마당에 내가 그를 맞출 수나 있을지가 문제였다. 나는 그를 보내주었다. 그는 킬러로 보이지 않았다. 하지만 내가 잘못 보았을 수도 있다.

그런 생각을 하고 있을 때 키 작은 남자가 내게 다시 달려들었다. 그는 내 왼손에 들린 자동 권총을 낚아챈 후 현관으로 뛰어가서는 다시 양탄자에 침을 뱉고 밖으로 빠져나갔다. 밀랍 코가 그를 엄호했다. 길고 날카로운 얼굴, 하얀 코, 뾰족한 턱에 지친 표정. 나는 그를 잊지 못할 것이다.

그는 조용히 문을 닫았고, 나는 내 권총을 든 채 바보처럼 우두커니 서 있었다. 승강기가 올라왔다가 다시 내려가서 멈추는 소리가 들렸다. 여전히 나는 우두커니 서 있었다. 마티 에스텔이 누구에게 겁을 주기 위해 그렇게 웃기는 사람들을 고용하지는 않았을 것이다. 그런 생각이 들기는 했지만, 생각을 해서 얻을 건 없었다. 나는 반 남은 스카치가 생각나서 호사스러운 잔치를 벌였다.

한 시간 반 후 기분이 좋아졌지만, 여전히 뾰족한 수가 떠오르지는 않았다. 그저 졸리기만 했다.

전화벨 소리에 잠이 깼다. 의자에 앉아 꾸벅꾸벅 졸았던 것이다. 그것은 썩 좋지 않은 실수였다. 잠이 깨 보니 내 입에는 플란넬 천이 쑤셔 박혔고, 머리는 빠개질 듯하고, 뒤통수에 멍이 들었고, 턱에도 또 다른 멍이 들었는데, 그 멍이 야키마 사과만큼 크지는 않았지만 여간 얼얼하지 않았다. 기분이 처참했다. 사지가 절단당한 기분이었다.

나는 전화기가 있는 곳으로 기어가서 그 옆의 의자에 몸을 부리고 전화를 받았다. 건너편의 목소리가 고드름처럼 똑똑 떨어졌다.

"말로 씨? 나는 지터 씨올시다. 오늘 아침에 만난 사람이오. 그때는 내가 좀 무례했던 것 같소."

"저도 좀 무례했습니다. 귀하의 아드님께서 내 턱에 일격을 날렸습니다. 그러니까 귀하의 의붓아들인지, 양자인지 하는 청년 말입니다."

"그 아이는 의붓아들이자 양자지. 근데 정말이오?" 그가 관심을 보였다. "그 아이를 어디서 만났소?"

"헌트리스 양의 아파트에서요."

"아, 알겠소." 갑자기 해빙 분위기가 돌았다. 고드름이 녹은 것이다. "대단히 흥미롭군. 헌트리스 양은 뭐라던가?"

"좋아하더군요. 그가 내 턱을 갈긴 것을 좋아했습니다."

"알겠네. 그 아이가 왜 그랬지?"

"그 아가씨가 그를 숨겨 주고 있었습니다. 우리가 나눈 이야기를 그가 엿들었죠. 그 이야기를 그는 좋아하지 않았습니다."

"알겠네. 그 아가씨의 협조를 받기 위해 뭔가 배려를, 물론 크지 않은 배려를, 좀 해 줘야겠다고 생각은 했소. 그러니까 협조가 확실하다면 말이지."

"5만 달러는 들 겁니다."

"터무니없는……"

"농담이 아닙니다." 내가 쏘아붙였다. "5만 달러. 5만. 나는 그녀에게 500달러를 제안했습니다. 농담이었지만."

"자네는 이 일을 상당히 경솔하게 다루고 있는 것 같군." 이번엔 그가 쏘아붙였다. "나는 경솔한 짓에 익숙지 않고, 좋아하지도 않아."

하품이 나왔다. 무슨 꾸중을 듣는 것쯤은 대수로울 게 없었다. "이봐요, 지터 씨. 내가 입방정을 떠는 데 일가견이 있지만, 일처리 역시 그렇습니다. 그래서인데 이번 일에는 심상찮은 구석이 있더군요. 예를 들어 총잡이 두 명이 조금 전에 여기 내 아파트에서 나를 덮치더니 지터 사건에서 손을 떼라더군요. 일이 왜 이렇게 터프하게 돌아가는지 이유를 모르겠습니다."

"맙소사!" 그는 충격을 받은 듯했다. "당장 내 집으로 달려와서 의논을 좀 하는 게 좋겠소. 내 차를 보내리다. 당장 이리 올 수 있겠소?"

"예. 하지만 내 차를 몰고……"

"아니요. 내 차와 기사를 보내겠소. 그의 이름은 조지요. 조지는 확실히 믿을 수 있는 사람이오. 20분쯤 후에 거기 도착할 거요."

"좋습니다." 내가 말했다. "그럼 덕분에 저녁 요기로 한잔 걸칠 시간이 나겠군요. 프랭클린 쪽 켄모어 모퉁이에 주차하라고 하십시오." 나는 전화를 끊었다.

냉수와 온수로 번갈아 샤워를 하고 깨끗한 옷으로 갈아입자 한결 점잖아진 기분이었다. 기분 전환으로 가볍게 몇 잔 걸치고, 가벼운 외투를 입고 거리로 내려갔다.

차가 이미 와 있었다. 반 블록쯤 아래쪽 샛길에 차가 세워져 있었다. 신시장을 개척하기 위한 차 같았다. 전조등 두 개는 유선형의 앞쪽 끝에 달렸고, 호박색의 안개등 두 개가 앞쪽 펜더에 달려 있었다. 차폭등이 보통의 전조등만큼이나 컸다. 내가 옆으로 다가가서 걸음을 멈추자, 한 남자가 그늘 속에서 나타나 가볍게 손을 튕겨 담배꽁초를 어깨 너머로 던졌다. 키가 크고 떡 벌어진 어깨, 검은색 머리에 제복용 모자를 썼고, 샘브라운 벨트가 딸린 러시아식 제복 상의를 입고 있었다. 거기에다 영국 주임 상사의 제복처럼 허벅지가 펑퍼짐한 바지를 입고, 반들거리는 각반을 차고 있었다.

"말로 씨?" 그가 장갑을 낀 검지를 모자챙에 갖다 댔다.

"예." 내가 말했다. "편하게 말하지? 이게 설마 지터 영감의 차인가?"

"그중 한 대지." 건방지게 들릴 수도 있는 차가운 목소리였다.

그가 승용차 뒷문을 열자 나는 차에 올라타 푹신한 쿠션에 몸을 묻었다. 조지가 운전석으로 올라타 커다란 차를 출발시켰다. 차가 갓돌에서 멀어지며 지폐가 지갑 속에서 내는 소리만큼이나 가볍게 길모퉁이를 돌았다. 우리는 서쪽으로 향했다. 물결에 실려 떠가는 기분이었다. 우리는 온갖 것을 스쳐 지나갔다. 할리우드의 심장부를 관통해서 그 서쪽 끝을 지나고 선셋 중심가를 지나 반짝이는 불빛을 따라 승마용 도로가 대로를 나누고 있는 조용하고 서늘한 베벌리힐스로 향했다.

베벌리힐스를 재빨리 지나 언덕배기를 따라 올라가서 대학 건물들의 먼 불빛을 보고 북쪽으로 방향을 꺾어 벨에어로 접어들었다. 이어 커다란 대문에 높은 담장이 세워지고 보행로가 없는 좁고 긴 도로를 따라갔다. 저택들의 불빛이 초저녁을 고즈넉이 밝히고 있었다. 움직이는 것은 아무것도 없었다. 콘크리트 도로 위로 구르는 부드러운 타이어 소리 말고는 아무런 소리도 들리지 않았다. 우리가 다시 왼쪽으로 방향을 틀었을 때 "칼벨로 드라이브"라는 간판이 눈에 띄었다. 그 길을 반쯤 올라간 조지가 왼쪽으로 차를 크게 돌려 4미터쯤 되는 두 짝짜리 연철 대문으로 향했다. 순간 일이 벌어졌다.

대문 저편에서 한 쌍의 빛이 갑자기 날아오더니 날카로운 경적 소리가 들리고 차가 질주해 왔다. 차는 빠르게 우리를 향해 돌진했다. 조지가 손목을 홱 꺾어 길을 비켜 주고 브레이크를 밟은 후 오른쪽 장갑을 벗어 던졌다. 그 모든 것이 한 동작에 이루어졌다.

그 차는 계속 다가왔다. 전조등이 흔들렸다. "빌어먹을 주정뱅이 같으니." 조지가 어깨 너머로 욕을 내뱉었다.

주정뱅이일 수도 있었다. 차를 모는 주정뱅이들은 여기저기 쏘다니며 술을 마시니까. 정말 그럴 수도 있었다. 나는 승용차 바닥으로 재빨리 자세를 낮추고 겨드랑이에서 루거를 뽑아 든 후 팔을 뻗어 문고리를 잡았다. 살짝 문을 열고 그대로 문을 붙든 채 창턱 너머로 내다보았다. 전조등이 내 얼굴을 비추자 얼른 고개를 숙였다가 불빛이 지나가자 다시 고개를 들었다.

그 차가 갑자기 브레이크를 밟고 멈추었다. 차 문이 와락 열리더니 누군가가 튀어나와 총을 흔들며 빽빽 소리를 질렀다. 목소리를 들어 보니 누군지 알 수 있었다.

"손들어, 개자식들!" 프리스키가 우리를 향해 소리를 질렀다.

조지는 운전대에 왼손을 얹고 있었고, 나는 문을 좀 더 열었다. 키 작은 남자가 밖에서 방방 뛰며 소리를 질러 댔다. 그가 뛰쳐나온 어둠 속의 작은 차에서는 엔진 소리만 날 뿐 조용했다.

"탈탈 털어 주겠어!" 프리스키가 외쳤다. "밖으로 나와서 손들고 서, 이 자식들!"

나는 차 문을 발로 차고 루거를 옆구리에 늘어뜨린 채 몸을 밖으로 내밀었다.

"이놈이 뒈지려고!" 작은 남자가 외쳤다.

나는 재빨리 몸을 낮추었다. 그의 손에 들린 총이 불꽃을 내뿜었다. 누군가가 공이를 끼워 준 게 분명했다. 내 머리 뒤의 차창이 박살 났다. 이런 특별한 순간에 한눈팔아서는 곤란하지만, 나는 곁눈질로 조지를 바라보았다. 조지가 잔물결처럼 매끄럽게 움직였다. 내가 루거를 겨누고 방아쇠를 당기려는 순간 옆에서 먼저 총이 발사되었다. 조지였다.

나는 발사하지 않았다. 이제는 그럴 필요가 없었다.

어둠 속의 차가 앞으로 급발진해서 사납게 언덕을 내려가기 시작했다. 차가 사나운 소리를 내며 멀리 떠나는 동안, 벽에 반사된 불빛에 키 작은 남자가 비쳤다. 그는 길 한복판에서 기괴하게 몸을 뒤틀고 있었다.

그의 얼굴에 암영이 드리워지더니 그의 총이 콘크리트 바닥을 굴렀다. 그는 작은 두 다리가 오그라들며 옆으로 팩 쓰러져 한 바퀴 구르더니 갑자기 잠잠해졌다.

"예스!" 조지가 한마디하고는 총구를 훅 불었다.

"나이스 슈팅." 나는 차에서 나와, 나동그라진 작은 남자를 바라보았다. 흙 묻은 그의 하얀 운동화가 자동차 불빛을 받아 조금 번들거렸다.

조지가 곁으로 다가왔다. "왜 나한테 미뤘지?"

"난 쏘지 못했어. 자네의 잘빠진 엉덩이를 지켜보느라고 말이지. 꿀보다 더 달던데?"

"잘 봐 줘서 고맙군. 놈들은 지터 청년을 노린 게 분명해. 이 시간쯤 내가 늘 클럽에서 집으로 그를 데려왔거든. 실컷 마시고, 실컷 카드를 쪼고 온 제럴드 지터 씨를 말이지."

우리는 작은 남자에게 다가가 굽어보았다. 보고 말 것도 없었다. 작은 남자는 얼굴에 커다란 총알을 맞고 피를 흘린 채 절명했다.

"빌어먹을 자동차 불빛 좀 끄지." 내가 툴툴거렸다. "어서 여길 뜨자고."

"길 건너편이 바로 영감네 집이야." 조지는 사람에게 총알을 날린 게 아니라 슬롯머신에 동전을 집어넣은 것뿐이라는 듯 태연히 말했다.

"지터 씨들은 여기 없어. 자네가 자기 일에 관심이 있다면 그 정도 눈치는 채야지. 내 아파트로 돌아가서 처음부터 다시 시작해야겠어."

"알겠어." 그가 불쑥 말하고는 커다란 차 안으로 뛰어들었다. 그는 안개등과 차폭등을 껐고, 나는 그의 옆자리 조수석에 탔다.

우리는 직진해서 언덕을 올라가기 시작했다. 비탈길을 올라 언덕배기를 넘었다. 언덕을 넘어가며 나는 깨진 창문을 돌아보았다. 맨 뒤에 있는 작은 창이었는데 안전유리가 아니었다. 커다란 유리 조각이 떨어져 있었다. 조각이 경찰 손에 넘어가면 증거가 될 수도 있었다. 그런다고 문제가 될 것 같지는 않았지만, 혹시라도 문제가 될 여지는 있었다.

언덕 꼭대기에서 커다란 리무진이 우리를 스쳐 지나가며 언덕을 내려갔다. 실내등이 켜져 있었고, 불을 밝힌 진열장처럼 차내에 초로의 남녀가 뻣뻣하게 앉아 로열 설루트를 마시고 있었다. 남자는 저녁 예복을 입고 하얀 스카프에 오페라모자 차림이었다. 여자는 모피와 다이아몬드로 치장했다.

조지는 별 감흥 없이 그들을 지나치며 가속을 한 상태로 오른쪽으로 급회전을 해서 어두운 거리로 접어들었다. "그 커플에게 맛 좋은 만찬은 물 건너갔겠어." 그가 나른하게 말했다. "그래도 보나 마나 신고를 하진 않을 거야."

"그래. 집에 가거든 한잔하자고." 내가 말했다. "정말이지 사람을 죽이는 건 항상 끔찍해."

5

우리는 해리엇 헌트리스 양의 스카치를 잔에 따라 들고 마주 앉아 잔 너머로 서로를 바라보았다. 모자를 벗은 조지는 인상이 좋았다. 곱슬곱슬한 진한 갈색 머리가 더부룩했고, 치아는 아주 하얗고 깨끗했다. 그는 스카치를 음미하며 담배를 빨았다. 생기 있는 검은 눈동자가 차갑게 반짝였다.

"예일 대학?" 내가 물었다.

"다트머스. 그게 자네 일거리와 관계가 있나?"

"내 일거리와 무관한 건 아무것도 없어. 근데 이런 시대에 대학을 나올 가치가 있나?"

"세 끼 밥과 제복을 얻었지."

"제럴드 지터는 어떤 친구지?"

"금발에 거구의 싸움꾼이야. 골프를 잘 치고, 여자깨나 밝히고, 술고 래지만 아직까지 양탄자에 토한 적은 없지."

"지터 영감은?"

"자네한테 지폐 좀 주겠지. 동전이 없다면."

"쯧쯧. 지터 영감은 자네 보스잖아."

조지가 씩 웃었다. "그 양반은 워낙 빡빡한 사람이라 모자를 벗을 때 도 빠드득거리는 소리가 날 정도야. 나는 늘 위험을 무릅써 왔지. 내가 누군가의 운전기사 노릇을 하고 있는 것도 그 때문인지 몰라. 이거 좋 은 스카치로군."

병이 바닥나자 칵테일을 만들었다. 나는 다시 자리에 앉았다.

"아까의 두 녀석이 제럴드 지터를 노린 거라고?"

"그야 물론이지. 이 시간쯤이면 내가 항상 그를 집으로 태우고 오는 데, 오늘은 그러지 않았어. 그는 숙취가 심해서 아침 늦게까지 집에 있 었지. 자넨 탐정이니 그거야 이미 알고 있었겠지, 안 그런가?"

"내가 탐정이라고 누가 말해 줬지?"

"탐정이 아니면 그런 빌어먹을 질문을 해 대지 않아."

나는 고개를 내둘렀다. "이거야 원. 자네한테 여섯 개밖에 안 물어 봤구먼. 보스가 자네를 꽤나 신뢰하는 모양이야. 그가 자네한테 말해 준 게 분명해."

흑인이 희미하게 웃으며 고개를 끄덕이고는 칵테일을 음미했다. "상 황은 명백해." 그가 말했다. "우리가 차를 돌려 진입로로 접어들기 시 작했을 때, 녀석들이 작업을 시작한 거야. 누구든 다 죽일 생각이었을 까? 그건 모르겠지만 아무튼 녀석들은 살벌했지. 그 작은 녀석은 그냥 미친놈이었어."

나는 조지의 눈썹을 바라보았다. 잘빠진 검은 눈썹이었다. 말갈기처럼 윤이 났다.

"마티 에스텔이 그런 녀석들을 조수로 썼을 것 같진 않군."

"그렇지. 아마도 그래서 그런 녀석들을 조수로 썼을 거야."

"자네는 정말 머리가 팽팽 돌아가는군. 자네와 나는 죽이 잘 맞겠어. 하지만 그 작은 녀석을 쏜 것은 좀 심했어. 대책은 있나?"

"없어."

"좋아. 경찰이 자네를 추적해서 그 사건을 자네의 총과 결부시킨다면, 그리고 그럴 리가 없지만 혹시 자네가 계속 그 총을 가지고 있다면, 아마도 그건 총기 강도 미수 사건으로 간주되겠지. 그럴 수밖에 없어."

"그래?" 조지는 두 번째 잔을 비우고 잔을 옆에 내려놓은 뒤 새 담배에 불을 댕기고 씩 웃었다.

"한밤중에는 앞에 있는 차를 식별하기가 아주 어렵지. 아무리 불을 밝혀도 그래. 강도가 아니라 손님으로 볼 수도 있는 거지."

그는 어깨를 으쓱하고 고개를 끄덕였다. "하지만 협박을 당했다면 되는 거 아냐? 집 안 사람들도 들은 게 있을 테고, 지터 영감은 그들이 누군지, 왜 왔는지를 짐작할 수 있을 테니까."

"오, 영리하군." 내가 탄복해서 말할 때 전화벨이 울렸다.

발음이 정확하고 똑똑 끊어지는 영국인 집사의 목소리였다. 내가 필립 말로 씨라면 지터 씨가 통화를 하고 싶다는 것이었다. 곧바로 냉기를 풀풀 풍기는 노인의 목소리가 들려왔다.

"시간을 충분히 주었는데 왜 아직도 안 오는 거지? 내 운전기사가 안 갔나?" 그가 으르렁거렸다.

"아 예, 그는 여기 도착했습니다만, 곤란한 일이 생겼습니다, 지터 씨. 조지가 말씀드릴 겁니다."

"이봐, 젊은이. 내가 뭔가를 하라고 했을 땐……"

"이봐요, 지터 씨. 나는 오늘 힘든 하루를 보냈습니다. 당신 아들이 내 턱을 갈기는 바람에 쓰러지면서 머리가 다 빠개졌습니다. 반송장 이 되어 비틀거리면서 아파트로 돌아왔더니, 깡패 두 놈이 총을 들고 위협하면서 나더러 지터 사건에서 손을 떼라고 으름장을 놓았습니다. 나는 최선을 다하고 있지만 일이 호락호락하질 않아요. 나를 갈구지 마세요."

"이봐, 젊은이……"

"이봐요, 지터 씨. 그렇게 사사건건 지시를 하고 싶다면 아예 직접 나서지 그래요. 그러면 돈을 많이 절약할 수 있을 겁니다. 아니면 시키 는 대로 일하는 사람을 고용하거나. 나는 내 방식대로 일합니다. 그런 데 오늘 밤 경찰이 찾아오지 않았나요?"

"경찰?" 그가 언짢은 음성으로 되뇌었다.

"예, 경찰."

"경찰이 왜 찾아오지?" 그가 거의 잡아먹을 듯이 말했다.

"30분 전쯤 댁의 정문 앞에 시체가 한 구 있었습니다. 죽은 남자 말 입니다. 꽤 작은 남자죠. 걸리적거린다면 쓰레받기로 치울 수도 있을 겁니다."

"맙소사! 진담인가?"

"예. 더구나 그는 조지와 나한테 총을 쏘기까지 했습니다. 그가 차를 알아봤어요. 당신의 아드님 때문에 고용된 게 분명합니다, 지터 씨."

가시 돋친 침묵이 감돌았다. "아까 시체라고 말하지 않았나?" 지터 씨가 아주 차가운 목소리로 말했다. "그런데 그가 자네들을 쏘았다고?"

"죽기 전에 쏘았다는 이야깁니다." 내가 말했다. "조지가 자세한 이야기를 해드릴 겁니다. 조지……"

"자네 당장 이리 오게!" 그가 전화에 대고 내게 고함을 질렀다. "당장. 알아들었나? 당장!"

"조지가 말씀드릴 겁니다." 내가 나직하게 말하고 전화를 끊었다.

조지가 나를 차갑게 바라보았다. 그가 일어서서 모자를 썼다. 그가 말했다. "뭐, 별일 있겠어? 일이 잘 풀리면 자네한테 알려 주지." 그가 현관으로 향했다.

"그 일은 그럴 수밖에 없었어. 일은 이제 영감한테 달렸지. 영감이 알아서 결단을 내려야 할 거야."

"제기랄" 하고 투덜거리며 그가 어깨 너머로 돌아보았다. "암튼 입 조심해, 탐정 양반. 엉뚱한 곳에서 나에 대해 무슨 소리를 하면 아주 시끄러운 일이 생길 거야."

그가 문을 열고 나가서는 문을 닫았다. 나는 여전히 수화기를 들고 앉아 입을 벌리고 있었다. 입안에 있는 것은 혓바닥과 쓰디쓴 뒷맛뿐이었다.

나는 부엌으로 가서 스카치 병을 흔들어 봤지만 역시 비어 있었다. 호밀 위스키 병을 따서 한 모금 마셔 보니 시큼했다. 뭔가가 마음에 걸렸다. 얼른 해결하지 않으면 더욱 꺼림칙할 것 같았다.

그들은 간발의 차로 조지와 마주치지 못한 게 분명했다. 승강기가 아래로 내려가서 멈추자마자 다시 올라오는 소리가 들렸다. 복도에서 뚜벅거리는 발소리가 점점 커졌다. 주먹으로 문을 두드리는 소리가 들렸다. 나는 다가가서 문을 열었다.

한 명은 갈색 옷을, 또 한 명은 파란 옷을 입었는데, 둘 다 덩치가 크고 육중하고 심드렁한 표정이었다.

갈색 옷의 남자가 기미가 낀 손으로 모자를 뒤로 젖히고 말했다. "필립 말로 맞습니까?"

"맞습니다." 내가 말했다.

그들이 다짜고짜 나를 밀어붙이고 안으로 들어왔다. 파란 옷의 남자가 문을 닫았다. 갈색 옷의 남자가 손아귀에 움켜쥔 경찰 배지를 내밀었다. 금빛과 에나멜이 번쩍였다.

"경찰 본부 강력반, 핀레이슨 경위올시다." 그가 말했다. "이쪽은 내 파트너 시볼드요. 우리는 껄렁한 경찰이 아니라 민완 형사올시다. 듣자니 당신이 한 총 한다던데?"

시볼드가 모자를 벗고 손바닥으로 희끗희끗한 머리를 뒤로 툭툭 털었다. 그리고 소리 없이 부엌으로 사라졌다.

핀레이슨은 의자 가장자리에 걸터앉아 각얼음처럼 네모나고 겨자처럼 노란 엄지손톱으로 자기 턱을 톡톡 쳤다. 그는 시볼드보다 나이가 많았는데, 그다지 인상이 좋지 않았다. 출세하지 못한 고참 경찰의 전형적인 우거지상이었다.

나는 자리에 앉아 말했다. "한 총 한다는 게 무슨 뜻입니까?"

"사람을 잘 쏜다는 거요."

나는 담배에 불을 댕겼다. 시볼드가 부엌에서 나와 벽침대 뒤의 옷방으로 들어갔다.

"사립 탐정 면허를 가진 것으로 알고 있소." 핀레이슨이 침중하게 말했다.

"그렇습니다."

"봅시다." 그가 손을 내밀었다. 그에게 지갑을 건네주었다. 그가 면허증을 살펴보고는 지갑을 돌려주었다. "총을 가지고 다닙니까?"

나는 고개를 끄덕였다. 그가 손을 내밀었다. 시볼드가 옷방에서 나왔다. 핀레이슨이 킁킁거리며 루거 냄새를 맡아 보고, 탄창을 뽑아서 개머리를 비운 후, 탄창을 끼운 개머리 입구부터 총신 끝까지 작은 불빛으로 비춰 보았다. 그는 눈을 가늘게 뜨고 총구를 들여다보았다. 시볼드에게 권총을 건네주자, 시볼드가 같은 행동을 했다.

"이것 참. 깨끗하지만 아주 깨끗한 건 아니군." 시볼드가 말했다. "그새 아주 깨끗해질 수는 없을 텐데. 먼지도 약간 끼었고."

"맞아."

핀레이슨이 양탄자에 떨어진 총알을 집어서 탄창에 밀어 넣은 후 다시 탄창을 제자리에 꽂았다. 그는 권총을 내게 돌려주었다. 나는 권총을 다시 옆구리에 찔러 넣었다.

"오늘 밤 외출했었나요?" 그가 짧게 물었다.

"길게 이야기할 것 없습니다. 나는 단역에 지나지 않아요." 내가 말했다.

"영리한 친구로군." 시볼드가 차분히 말했다. 그는 다시 머리를 털고 책상 서랍을 열었다. "단역이라, 재밌는 표현이야. 난 그런 게 좋더군. 블랙잭도 좋지만 말이야."

핀레이슨이 한숨을 내쉬었다. "오늘 밤에 외출을 했나요, 탐정 선생?"

"그럼요. 줄곧 들락거렸죠. 왜요?"

그는 내 질문을 무시했다. "어디를 다녀왔나요?"

"저녁 식사를 하고 왔습니다. 사업상 호출도 두 번인가 있었고."

"어딥니까?"

"안됐지만 그건 사업상의 비밀입니다. 사업이란 게 다 그렇듯이."

"동행이 있었군." 시볼드가 조지의 안경을 집어 들고 냄새를 맡아 보았다. "따끈해. 얼마 되지 않았어."

"잘못 짚었습니다." 내가 시큰둥하게 말했다.

"커다란 캐딜락을 몰았죠?" 핀레이슨이 계속 심드렁한 표정을 지으며 심호흡을 했다. "서부 LA 쪽을 지나갔고?"

"크라이슬러를 타고 바인 가 쪽을 달렸습니다."

"아무래도 체포하는 게 좋겠군." 시볼드가 자기 손톱을 꼬나보며 말했다.

"강력반 말투는 그만두시고 무슨 조사를 하고 있는지나 말해 주시죠. 나는 경찰과 친합니다. 시민만을 위하는 척할 때를 제외하곤 말이죠."

핀레이슨이 나를 뜯어보았다. 내가 어떤 말을 해도 그에게는 씨알도 먹히지 않았다. 시볼드가 어떤 말을 해도 역시 마찬가지였다. 그에게는 자기 생각이 있었고, 그 생각을 병든 아기처럼 품고 있었다.

"프리스키 레이번이라는 이름의 쥐새끼를 알고 있죠?" 그가 한숨을 내쉬고 말했다. "사기꾼이었는데 잘도 숨어 살았습니다. 다시 말하면 한 12년 그런 짓을 해 온 겁니다. 총을 소지했고 행동이 단순했어요. 그런데 오늘 밤 7시 반쯤 그걸 작파했습니다. 머리에 총알을 박은 채 차갑게 세상을 뜬 겁니다."

"그런 사람 모릅니다." 내가 말했다.

"오늘 밤 누굴 만났습니까?"

"수첩을 봐야 알겠군요."

시볼드가 점잖게 몸을 앞으로 숙였다. "아구창 한 방 시식하고 싶은가 보지?" 그가 물었다.

핀레이슨이 불쑥 손을 내밀었다. "그만둬, 벤. 그만둬. 이봐요, 말로. 우리가 잘못 짚은 것인지도 모르지만, 아무튼 우린 살인을 추궁하려는 게 아닙니다. 정당방위일 수도 있으니까요. 프리스키 레이번이 오늘 밤 벨에어의 칼벨로 드라이브에서 죽었습니다. 길 한복판에서. 사건을 본 사람도, 들은 사람도 없습니다. 그래서 우린 뭐든 알고 싶은 겁니다."

"알겠습니다. 그런데 그걸 왜 나한테 묻는 겁니까?" 내가 으르렁거렸다. "저 들러리 형사님더러 내 신경 좀 건들지 말라고 해 주시죠. 멋진 양복에 손톱도 깨끗한데, 사람을 배지로 찍어 누르려고 하는군요."

"지랄." 시볼드가 말했다.

"우린 묘한 전화를 받았습니다." 핀레이슨이 말했다. "당신의 진술이 필요한 전화죠. 우리는 직권남용을 하고 있는 것이 아닙니다. 그리고 우리가 원하는 것은 45구경에 대한 것입니다. 아직 어떤 기종인지는 모릅니다."

"영리한 녀석이었지. 레비스의 스탠드바 아래 그걸 버렸더군." 시볼드가 비아냥거렸다.

"나는 45구경을 가져 본 적이 없습니다." 내가 말했다. "그렇게 큰 권총이 필요하다면 차라리 곡괭이를 쓰는 게 낫지."

핀레이슨이 내게 인상을 쓰고 딴생각에 잠겼다. 그러다 심호흡을 하고는 갑자기 인간미를 드러냈다. "아, 확실히 나는 멍청한 짭새였습니다." 그가 말했다. "누가 귀를 잡아당겨도 그걸 모를 정도였다니. 아무튼 입방정 그만 떨고 진지하게 이야기를 해 봅시다.

서부 LA 경찰서에 익명의 신고가 들어왔습니다. 프리스키의 시신을 보았다는 신고였죠. 그는 투자회사를 소유한 지터라는 사람의 저택 밖에서 죽은 채로 발견되었습니다. 지터는 프리스키 같은 자를 걸레로도 쓰지 않았을 테니, 그 집과는 무관합니다. 그 집 하인들은 아무런 소리를 듣지 못했고, 그 블록의 인근 저택 네 곳의 하인들도 마찬가지입니다. 프리스키는 거리에 쓰러져 있었고, 발이 차에 깔렸지만, 그가 죽은 것은 얼굴에 맞은 45구경 탄환 때문이었습니다. 서부 LA 경찰이 일과를 시작하자마자 누군가가 살인 사건 신고를 했죠. 프리스키 레이번을 누가 해치웠는지 알고 싶다면 필립 말로라는 사립 탐정에게 물어보라면서 주소까지 가르쳐 주고 재빨리 전화를 끊었습니다.

　일이 이렇게 된 겁니다. 나는 프리스키가 누군지 몰랐는데, 그 신고를 전해 듣고 신원 조회를 해 보니 정말 그런 인물이 있더군요. 그래서 사건 조사를 할 무렵 서부 LA 서에서 팩스가 왔고, 인상착의가 거의 일치했습니다. 그래서 우리가 직접 확인해 보니 피살자가 프리스키가 맞았습니다. 그래서 형사반장이 우리를 이리 보냈고, 우리가 이렇게 찾아오게 된 겁니다."

　"그렇게 된 거로군. 한잔하시겠습니까?" 내가 말했다.

　"집 안을 수색해 봐도 되겠습니까?"

　"물론이죠. 좋은 단서로군요. 전화 신고 말입니다. 한 6개월 조사하면 해결이 되겠어요."

　"우리 생각도 그렇습니다." 핀레이슨이 딱딱거렸다. "그 쓰레기를 치우고 싶었을 사람이 100명은 되는데, 그중 3분의 2는 당신에게 덮어씌울 절호의 기회라고 생각했을 겁니다. 우리는 그 3분의 2가 누군지 궁금한 겁니다."

나는 고개를 내둘렀다. "전혀 모르겠습니다만?"

"그래, 이죽거릴 줄만 알지." 시볼드가 말했다.

핀레이슨이 무거운 발걸음을 옮겼다. "그럼 집 좀 둘러보겠소."

"수색영장을 가져와서 다짜고짜 뒤집어엎을걸." 시볼드가 말하고는 혀끝으로 윗입술을 핥았다.

"내가 저 친구와 한판 떠도 될까요?" 내가 핀레이슨에게 물었다. "아니면 저 친구가 뭐라고 지껄이든 꾹 참아야만 할까요?"

핀레이슨이 천장을 쳐다보고 건조하게 말했다. "그의 아내가 엊그제 가출했소. 심란해서 그러는 거니 이해하십시오."

시볼드가 창백해진 안색으로 주먹을 부르쥐었다. 그러더니 잠깐 웃음을 터트리고는 벌떡 일어섰다.

그들은 수색을 시작했다. 10분 동안 온 서랍을 열고 닫고, 선반 뒤를 살펴보고, 쿠션을 떠들어 보고, 벽침대를 내려 보고, 냉장고와 쓰레기통까지 뒤졌다.

그들이 돌아와서 다시 자리에 앉았다. "제기랄. 전화번호부를 보고 이름을 찍었는지도 모르지. 그거야 얼마든지 그럴 수 있으니까."

"이제 난 한잔하겠습니다."

"난 안 마셔." 시볼드가 딱딱거렸다.

핀레이슨이 팔짱을 끼고 말했다. "그렇다고 화분에 술을 줄 수야 없지."

나는 세 잔을 만들어 와서 두 잔은 핀레이슨 옆에 내려놓았다. 그는 한 잔을 들어 반쯤 마시고 천장을 쳐다보았다. "살인 사건이 또 있었습니다." 그가 생각에 잠긴 채 말했다. "당신과 같은 업계의 사람이오, 말로. 선셋 대로의 뚱보. 아보개스트라는 사람인데, 들어 봤겠죠?"

"필적 감정 전문가인 걸로 알고 있습니다." 내가 말했다.

"그런 걸 밝혀도 됩니까?" 시볼드가 파트너에게 차갑게 말했다.

"그래. 아침 신문에 날 이야기인데 뭘. 아보개스트라는 사람은 22구경 세 발을 맞았습니다. 경기용 총으로. 그런 총을 갖고 다니는 녀석들을 아시죠?" 나는 술잔을 힘주어 쥐고 천천히 오래 술을 들이켰다. 밀랍 코가 그 정도로 위험한 인물이라고는 생각지 않았지만, 그건 모를 일이었다.

"압니다." 내가 천천히 말했다. "알 테실로어라는 이름의 킬러를 한 명 알죠. 하지만 그는 폴섬 교도소에 있습니다. 그는 콜드 우즈맨을 썼죠."

핀레이슨은 첫 잔을 비우고 잇달아 두 번째 잔까지 비운 다음 자리에서 일어섰다. 시볼드도 여전히 성난 표정으로 일어섰다.

핀레이슨이 현관문을 열었다. "가자, 벤." 두 사람이 떠났다.

복도에 발소리가 울리고, 승강기 멈추는 소리가 두 번 들렸다. 아래 거리에서 차가 시동을 걸고 으르렁거리며 어둠 속으로 떠났다.

"그런 광대들은 살인을 하지 않아." 나는 소리 내어 말했다. 하지만 살인을 한 모양이었다.

나는 15분을 기다린 후 다시 밖으로 나갔다. 기다리는 동안 전화벨이 울렸지만 받지 않았다.

차를 몰고 엘 밀라노로 가며 꼬리가 붙었는지 확인하기 위해 몇 번 방향을 꺾었다.

로비는 변함이 없었다. 천천히 데스크로 가는 동안 예전처럼 파란 양탄자가 발목을 간질였고, 예전처럼 창백한 얼굴의 접수계원이 트위드 차림에 말상을 한 두 여자에게 열쇠를 건네주고 있었다. 나를 본 그가 다시 왼발에 몸무게를 싣자, 데스크 끝의 문이 벌컥 열리며 뚱뚱하고 호색한 호킨스가 나타났다. 예전과 같은 시가를 입에 물고 있었다.

그는 부산하게 다가와서 이번에는 함박웃음을 지어 보이며 내 팔을 붙들었다. "보고 싶었던 친구로군." 그가 낄낄 웃었다. "잠시 위로 올라갑시다."

"무슨 문제라도?"

"문제?" 그의 미소가 승용차 두 대용의 차고 문처럼 커졌다. "문제는 무슨. 이리 오슈."

그가 나를 승강기에 밀어 넣고 기름기 흐르는 명랑한 음성으로 "8층"이라고 말했다. 우리는 위로 올라가서 밖으로 나와 복도를 걸었다. 호킨스는 손아귀가 억셌고, 어디를 잡는 게 좋은지 알고 있었다. 나는 그의 손아귀를 묵과할 만큼 호기심이 동했다. 그가 헌트리스 양의 현관 옆에서 버저를 눌렀고, 안에서 빅벤 종소리가 울리더니 문이 열렸다. 더비 중산모에 디너재킷 차림의 무표정한 사람이 서 있었다. 그는 재킷 안주머니에 오른손을 넣고 있었다. 더비 중산모 아래 두 눈썹에는 흉터가 있고, 눈썹 아래 두 눈은 가스통의 마개처럼 표정이 풍부했다.

입이 발성 가능할 만큼만 움직였다. "뭐요?"

"보스의 회사 사람이오." 호킨스가 우렁차게 말했다.

"무슨 회사?"

"나도 좀 낍시다." 내가 말했다. "그건 유한책임회사요."

"뭐?" 눈썹이 꿈틀거리더니 턱이 떨어졌다. "농담은 집어치웠으면 좋겠군."

"아니, 아니, 신사분들……" 호킨스가 입을 열었다.

더비 중산모 뒤에서 튀어나온 말소리가 호킨스의 입을 막았다. "무슨 일이지, 비프?"

"비프는 스튜에 들어가는 건데." 내가 말했다.

"이 깡통이……"

"아니, 아니, 점잖은 사람들……" 아까와 같은 소리가 이어졌다.

"별문제 없습니다." 비프가 말했다. 그가 밧줄처럼 목소리를 어깨 너머로 던졌다. "아파트의 탐정이 한 녀석을 데려왔는데, 녀석이 회사에서 나왔다는군요."

"그 회사 사람 들여보내, 비프."

나는 그 목소리가 마음에 들었다. 부드럽고 조용해서, 15킬로그램짜리 망치와 얼음끌만 있으면 거기에 이름을 새길 수도 있을 것 같았다.

"기어들어 오슈." 비프가 말하며 한쪽으로 비켜섰다.

우리는 안으로 들어갔다. 나를 뒤따라 호킨스가 들어가자 비프가 우리 뒤로 문짝처럼 빙글 돌아섰다. 너무 가까이 붙어서 들어간 바람에 우리는 분명 세 겹짜리 샌드위치처럼 보였을 것이다.

헌트리스 양은 안에 없었다. 벽난로 안의 장작에서는 연기가 거의 나지 않았다. 실내에서는 백단향 냄새가 났다. 거기에 담배 냄새가 섞여 있었다.

소형 책상 끝에 한 남자가 서 있었다. 검은 중절모를 쓰고 옷깃을 높이 세운 청색 낙타털 외투 주머니에 두 손을 찔러 넣고, 외투 밖으로 스카프를 느슨하게 늘어뜨리고 있었다. 그는 미동도 없이 서서 입에 담배를 물고 있었다. 키가 컸고, 검정 머리에 상냥하고 위험해 보였다. 그는 아무런 말도 하지 않았다.

호킨스가 천천히 그에게 다가갔다. "전에 말씀드린 게 이 친구입니다, 에스텔 씨." 뚱보가 수다스럽게 말했다. "이 친구가 오늘 일찍 여기에 와서 당신이 보냈다고 말했습니다. 나를 우롱한 거죠."

"10달러를 줘, 비프."

더비 중산모가 어딘가에서 왼손을 꺼내자 손에 지폐가 들려 있었다. 그 손이 호킨스에게 지폐를 건넸다. 호킨스는 얼굴을 붉히며 지폐를 받았다.

"이건 필요 없는데요, 에스텔 씨. 암튼 대단히 감사합니다."

"꺼져."

"네?" 호킨스는 충격을 받은 것처럼 보였다.

"말씀 못 들었어?" 비프가 표독하게 말했다. "궁둥이를 걷어차야 나가겠나, 엉?"

호킨스가 차렷 자세를 했다. "저는 임차인을 보호할 의무가 있습니다. 두 분은 그게 어떤 건지 아시잖습니까. 이런 일을 하는 것이 어떤 건지."

"알았으니까. 꺼져." 에스텔이 입술을 움직이지 않고 말했다.

호킨스가 돌아서서 빠르고 부드럽게 밖으로 나가고 문이 살그머니 닫혔다. 비프가 그것을 돌아보고 내 뒤로 왔다.

"총을 가졌는지 뒤져 봐, 비프."

더비 중산모가 내 몸을 뒤졌다. 그는 내 루거를 뽑아 들고 뒤로 물러섰다. 에스텔이 루거를 슬쩍 보고는 내게 눈길을 돌렸다. 그는 무심하고 혐오스러운 눈빛을 지었다.

"이름이 필립 말로라고? 사립 탐정이고?"

"그런데 왜요?" 내가 말했다.

"누군가가 누군가의 얼굴을 누군가의 마룻바닥에 처박으려고 하고 있어서 말이지." 비프가 차갑게 말했다.

"아, 헛소리는 헛간에서나 해." 내가 그에게 말했다. "오늘 저녁에는 우악스런 남자들 때문에 신물이 나는군. 그런데 왜? 왜 그러냐고."

마티 에스텔이 은근히 즐거운 표정을 지었다. "어이, 진정하게. 나는 친구들을 돌봐 줘야 했지. 자네는 내가 누군지 알잖나. 그래, 자네가 헌트리스 양에게 무슨 이야기를 했는지 알아. 그리고 자네에 대해서도 이런저런 것을 알고 있지. 내가 안다는 것을 자네가 모른다는 것도 알고."

"알겠소." 내가 말했다. "그 뚱땡이 호킨스는 오늘 오후 나를 여기로 보내 주는 대가로 내게 10달러를 받았지. 내가 누군지 빤히 알면서 말이오. 그리고 방금 나를 엿 먹이는 대가로 당신의 철인한테 또 10달러를 챙겼군. 내 총이나 돌려주고, 대체 왜 내 일거리에 개입하는지 이유나 말해 주시오."

"이유는 많지. 첫째로, 해리엇 헌트리스 양이 지금 집에 없다는 거야. 지난 일 때문에 우린 그녀를 기다리고 있다네. 클럽에 일하러 가야 해서 말일세. 그런데 자네는 왜 여길 다시 찾아온 거지?"

"지터라는 녀석을 찾아온 거요. 오늘 밤 누군가가 그의 차에 대고 총질을 했소. 이제 그에게는 보디가드가 필요해요."

"내가 그런 짓을 하고 있다고 생각하는 건가?" 에스텔이 차갑게 물었다.

나는 캐비닛으로 다가가서 문을 열고 스카치 병을 꺼냈다. 마개를 돌려 따고, 받침대 위에 놓인 잔을 들어 한 잔 따랐다. 맛을 보았다. 역시 맛이 좋았다.

나는 얼음통을 살펴봤지만, 얼음이 보이지 않았다. 다 녹아 버린 것이다.

"내가 물었네만." 그가 침중하게 말했다.

"들었습니다. 생각을 정리하는 중이오. 답은 이렇습니다. 그런 건 생각도 못 했는데, 사건이 일어났습니다. 내가 현장에 있었죠. 나는 차 안에 있었습니다. 지터 청년 대신에 말입니다. 그의 아버지가 얘기 좀 하자면서 나를 집으로 불렀기 때문이죠."

"무슨 얘기?"

나는 대수롭지 않다는 표정으로 말했다. "당신은 그 청년이 서명한 5만 달러짜리 어음을 갖고 있죠. 그러니 그 청년에게 무슨 일이 일어난다면, 당신에게 좋을 턱이 없을 겁니다."

"난 그 총질에 대해 알지 못해. 내가 그런 짓을 해 봐야 내 돈만 날리고 말 테니까. 그 영감이 돈을 내놓을 리는 없고 말이지. 하지만 나는 몇 년이라도 기다렸다가 그 젊은 녀석한테 수금을 할 걸세. 그는 28세가 되면 신탁한 재산을 갖게 되지. 지금도 한 달에 1천 달러는 받고 있는데, 자기 맘대로 돈을 꺼내 쓸 순 없어. 아직 신탁이 되어 있으니까. 감이 오나?"

"그러니 그를 처치하지는 않겠죠." 스카치를 마시며 내가 말했다. "하지만 겁을 줄 수는 있을 겁니다."

에스텔이 얼굴을 찌푸렸다. 그는 담배를 재떨이에 버리고 연기가 피어오르는 것을 잠시 지켜보다가 다시 집어서 비벼 껐다. 그는 고개를 내둘렀다.

"자네가 그를 지켜 준다면, 자네의 보수 일부는 거의 내가 책임져야겠군그래? 거의 말이야. 내 휘하의 사람이 모든 것을 다 살필 수는 없지. 암튼 지터 청년은 성인이니까, 자기가 누구랑 놀아날 것인가는 자기 마음이지. 예를 들어 여자 말일세. 멋진 여자라면 500만 달러 중에서 한몫 챙기지 말아야 할 이유가 없지 않겠나?"

내가 말했다. "괜찮은 생각이라고 봅니다. 그런데 나에 대해 당신이 아는 데 내가 모른다는 것이 대체 뭡니까?"

그가 희미하게 웃었다. "자네가 헌트리스 양에게 무슨 말을 했는지 내가 다 안다는 거지. 그 살인 사건 말이야."

그가 다시 희미하게 웃었다.

"이보게, 말로. 게임을 하는 데는 여러 방식이 있다네. 나는 승산을 보고 게임을 하지. 게임의 승자가 되기 위해 필요한 모든 것이 바로 그걸세. 무엇이 나를 터프하게 만드는지 아나?"

나는 손가락에 끼운 새 담배를 만지작거리다가, 두 손가락으로 담배를 잡고 술잔 둘레로 돌렸다. "누가 당신더러 터프하다고 하던가요? 나는 항상 당신을 극찬하는 말만 들었는데?"

마티 에스텔이 고개를 주억거리며 살짝 흐뭇한 표정을 지었다. "나한테는 정보원이 있다네." 그가 조용히 말했다. "한 녀석에게 5만 달러를 투자할 때는 당연히 녀석에 대한 정보를 수집해 봐야 하지 않겠나. 지터가 무슨 수작을 부리려고 아보개스트라는 자를 고용했는데, 아보개스트는 오늘 자기 사무실에서 살해당했지. 22구경으로 말이야. 그건 지터의 일과 아무런 관계가 없을 수도 있어. 그런데 자네가 거기 갔을 때 미행이 붙었는데, 자네는 경찰에 신고를 하지 않았지. 그렇다면 자네와 나는 이제 한편이 됐다는 얘기가 아니겠나?"

나는 술잔 가장자리를 핥고 고개를 끄덕였다. "그런 것 같군요."

"이제는 더 이상 해리엇을 귀찮게 하지 말게, 알겠나?"

"알겠소."

"그럼 우리는 이제 서로를 잘 이해한 셈이군."

"예."

"그럼 난 가 보겠네. 비프, 이 친구의 루거를 돌려줘."

더비 중산모가 다가와 얼마나 거칠게 총을 돌려주는지 내 손아귀 뼈가 부러진 줄 알았다.

"여기 있겠나?" 에스텔이 현관으로 향하며 물었다.

"좀 기다려 보겠소. 호킨스가 또 10달러를 챙기려고 올라올 때까지."

에스텔이 히죽 웃었다. 비프가 목석같은 표정으로 에스텔 앞으로 가서 현관문을 열었다. 에스텔이 밖으로 나갔다. 문이 닫혔다. 실내는 조용했다. 나는 사라져 가는 백단향 냄새를 들이마시며 가만히 서서 주위를 둘러보았다.

누군가 얼간이였다. 나도 얼간이였다. 모두가 얼간이였다. 모든 것을 꿰맞춰 봐도 말이 되지 않았다. 마티 에스텔은 스스로 말했듯이 누군가를 살해할 동기가 없었다. 그래서는 돈을 수금할 기회만 날리고 말 테니까. 누군가를 살해할 동기가 있다 해도 그런 일에 밀랍 코빼기나 프리스키를 동원하지는 않았을 것이다. 나는 경찰과 사이가 좋지 않았고, 소요경비로 받은 20달러 가운데 이미 10달러를 날렸는데, 뭐 하나 건진 게 없었다.

나는 술잔을 비우고 잔을 내려놓은 다음, 실내를 오락가락하다가 세 번째 담배에 불을 댕기고는 손목시계를 보고 어깨를 으쓱하며 욕지기를 느꼈다. 객실의 내실은 문이 닫혀 있었다. 그날 오후 지터 청년이 숨어 있다가 나타난 방으로 가 보았다. 문을 열고서 장밋빛이 도는 회색과 아이보리색 침실을 들여다보았다. 풋보드가 없는 커다란 더블베드가 무늬 비단에 덮여 있었다. 패널 조명이 딸린 내장된 경대 위의 화장품들이 반짝거렸다. 조명은 켜져 있었다. 문 옆 탁자 위에 작은 램프도 켜져 있었다. 경대 근처의 열린 문 틈으로 욕실 타일의 서늘한 초록빛이 보였다.

나는 다가가서 욕실 안을 들여다보았다. 크롬 도금 제품들, 유리 칸막이 샤워실, 선반 위의 모노그램을 새긴 수건, 향수를 놓는 유리 선반, 욕조 끄트머리에 놓인 욕실 소금, 모든 것이 세련된 고급품이었다. 헌트리스 양은 사치스럽게 살았다. 나는 그녀가 자기 돈으로 집세를 냈기를 바랐다. 그래 봐야 달라지는 것은 없었지만, 아무튼 그러기를 바랐다.

다시 거실로 돌아오다가 문간에서 걸음을 멈추고 주위를 둘러보았다. 안으로 들어서자마자 알아차려야 했던 것을 이제야 알아차릴 수 있었다. 얼얼한 코다이트 화약 냄새를 맡은 것이다. 냄새가 거의 지워졌지만 다 사라진 건 아니었다. 그리고 나는 또 다른 것을 알아차렸다.

침대가 살짝 이동된 것이다. 완전히 닫히지 않은 벽장문 가장자리와 침대 헤드가 겹쳐 있었다. 침대에 걸려 벽장문이 조금 열리다 만 것이다. 나는 왜 그렇게 되었는지 살펴보려고 다가갔다. 천천히 반쯤 다가섰을 때 나도 모르게 총을 꺼내 들었다.

나는 벽장문에 몸을 기댔다. 문은 움직이지 않았다. 좀 더 체중을 싣고 벽장문을 밀었다. 여전히 꼼짝하지 않았다. 벽장문에 몸을 기댄 채 발로 침대를 밀었다. 침대가 천천히 밀렸다.

벽장문의 하중이 엄습해 왔다. 무슨 일이 벌어지기 전에 나는 뒤로 몸을 조금 뺐다. 벽장문이 살짝 열리며 그가 보였다. 옆으로 몸을 웅크린 모습이었다. 나는 다시 벽장문에 체중을 싣고 살짝 문이 열린 상태에서 그를 바라보았다.

그는 여전히 덩치가 크고, 여전히 금발이고, 여전히 노타이에 스카프를 맨 아주 활동적인 차림새였다. 그러나 얼굴이 여전히 붉지는 않았다.

다시 뒤로 물러서자 그가 밖으로 굴러 떨어졌다. 파도를 타며 수영하는 것처럼 몸이 살짝 돌아가더니 쿵 하며 쓰러져서 바닥에 등을 거의 붙인 채 시선이 나를 향했다. 침대 램프 불빛에 비친 그의 머리가 번들거렸다. 심장이 있음직한 자리의 외투가 젖었고 불탄 자국이 나 있었다. 그는 결국 500만 달러의 유산을 챙기지 못하게 되었다. 그 누구도 어떤 것도 챙기지 못할 테고, 마티 에스텔 역시 5만 달러를 챙기지 못할 것이다. 제럴드 지터가 이렇게 죽어 버렸으니 말이다.

나는 그가 있던 벽장을 돌아보았다. 이제는 문이 활짝 열려 있었다. 여성복과 멋진 의상들이 걸려 있었다. 그는 아마도 두 손을 쳐든 채 가슴에 들이댄 총구에 밀려 뒷걸음질하며 벽장 안으로 들어갔을 것이다. 그러고는 총을 맞아 사망했고, 누가 쏘았는지는 몰라도 그 작자는 벽장문을 충분히 빨리 힘 있게 닫지 못했다. 아니면 겁이 나서 얼른 침대로 벽장문을 받쳐 놓고 자리를 뜬 것이든가.

바닥에서 무언가가 반짝였다. 나는 그것을 집어 들었다. 25구경의 작은 자동 권총이었다. 손잡이를 은과 상아로 예쁘게 장식한 여성용 권총이었다. 나는 권총을 내 주머니에 쑤셔 넣었다. 이런 행동이 어쩐지 우스꽝스럽게 여겨졌다.

남자에게는 손을 대지 않았다. 존 D. 아보개스트처럼 죽은 것은 마찬가지였지만, 맥을 짚어 볼 필요도 없이 절명한 것이 분명했다. 나는 문을 열어 둔 채 귀를 기울이다가, 재빨리 거실로 돌아가서 침실 문을 닫으며 문손잡이의 흔적을 지웠다.

열쇠로 현관문을 따는 소리가 들렸다. 내가 왜 지체하고 있는지 알아보려고 호킨스가 다시 돌아온 것이다. 그는 자신의 마스터키로 문을 열었다.

내가 술을 잔에 따를 때 그가 들어왔다.

그는 실내로 성큼 들어와서 우뚝 멈추어 선 채 차갑게 나를 쏘아보았다.

"에스텔과 똘마니가 떠나는 걸 보았어." 그가 말했다. "그런데 자네가 떠나는 것은 보지 못했지. 그래서 올라온 거야. 나는 당연히……"

"당연히 고객을 보호해야지." 내가 말했다.

"그래. 고객을 보호해야지. 자네가 여기 남아 있으면 안 돼. 집에 안주인도 없으니 말이야."

"하지만 마티 에스텔과 똘마니는 되고?"

그가 좀 더 다가왔다. 눈빛이 험상궂었다. 아마 항상 그랬겠지만, 이제야 그게 눈에 띄었다.

"그래서 한판 붙자는 건 아니겠지?" 그가 나에게 물었다.

"아니지. 누구나 양심에 찔리는 구석이 있는 법인데 뭘. 한잔하지그래."

"그건 자네 술도 아니잖아."

"헌트리스 양이 내게 한 병 주었지. 우린 친구야. 마티 에스텔과 나도 친구고. 모두가 친구야. 자네는 친구가 되고 싶지 않나?"

"지금 나를 놀리는 건가, 엉?"

"한잔하고 잊어버려."

나는 유리잔을 찾아 한 잔 따라 주었다. 그가 잔을 받았다.

"나한테서 술 냄새가 나면 곤란한데." 그가 말했다.

"그래?"

그는 혀로 술을 굴리며 천천히 마셨다. "좋은 스카치로군."

"혹시 이런 건 생전 처음 맛보는 거 아냐?"

그는 다시 험상궂은 표정을 짓다가 긴장을 풀었다. "자넨 정말 입이 방정맞군." 그는 단숨에 잔을 비워 내려놓고 큼직하고 잔뜩 구겨진 손수건으로 입술을 토닥거린 다음 한숨을 내쉬었다.

"좋아. 하지만 이제 그만 떠나는 게 좋겠어."

"떠날 준비야 이미 됐지. 내가 보기에 그녀는 한동안 집에 돌아오지 않을 거야. 자네는 그들이 나가는 걸 봤나?"

"그녀와 남자 친구를 봤지. 그래, 한참 전에."

나는 고개를 끄덕였다. 우리는 입구로 향했고, 호킨스가 나를 배웅했다. 그는 나를 아래층으로 안내한 후 건물 밖까지 바래다 주었다. 그는 헌트리스 양의 침실에 무엇이 있는지 보지 못했다. 그가 다시 올라가 볼까? 그런다 해도 스카치 병이 아마 그의 발목을 붙잡을 것이다.

나는 차에 올라타서 집으로 향했다. 애나 핼지에게 전화로 보고하기 위해서였다. 더 이상은 우리가 할 일이 없었다.

7

이번에는 도로 갓돌 가까이에 주차를 했다. 더는 기분이 좋지 않았다. 승강기를 타고 올라가서 문을 따고 들어가 조명 스위치를 켰다.

가장 좋은 의자에 밀랍 코가 앉아 있었다. 손으로 직접 만 갈색 담배를 불붙이지 않은 채 손가락 사이에 끼우고, 앙상한 무릎을 꼬고 앉아 있었다. 긴 콜트 우즈맨이 그의 허벅지 위에 야무지게 놓여 있었다. 그가 미소를 지었다. 보기 좋은 미소는 아니었다.

"어이, 친구." 그가 느릿느릿 말했다. "아직 저 문을 고치지 않았군그래. 문 좀 닫지?" 느릿한데도 말투가 살벌했다.

나는 문을 닫고 서서 그를 건너다보았다.

"자넨 내 친구를 죽였어." 그가 말했다.

그는 천천히 일어나 천천히 방을 가로질러 와서 내 목에 22구경을 들이댔다. 얇은 입술로 미소를 짓고 있는데도 그 입은 밀랍 코처럼 아무런 표정이 없었다. 그는 태연히 내 외투 아래로 손을 집어넣고 루거를 꺼냈다. 이제부터는 차라리 루거를 집에 두고 다니는 게 낫겠다 싶었다. 내게서 루거를 빼앗아 가지 못할 사람이 이 도시에는 없는 것 같다.

그는 뒤로 물러서서 다시 아까의 의자에 앉았다.

"고분고분하게 굴도록 해." 그가 거의 부드럽게 말했다. "엉덩이 내려봐, 친구. 허튼짓하지 말고. 꼼짝도 하지 마. 자네와 나는 출발선에 섰어. 시간은 째깍거리고, 우린 출발 시간을 기다리고 있지."

나는 자리에 앉아 그를 응시했다. 별난 녀석이었다. 나는 마른 입술을 적셨다. "자네는 그의 총에 공이가 없다고 했어." 내가 말했다.

"그랬지. 근데 녀석한테 내가 한 방 먹었어. 그 망할 녀석한테. 암튼 지터 녀석한테서 손을 떼라고 내가 말했을 텐데? 하지만 그건 이제 내 알 바 아냐. 난 프리스키 생각을 떨칠 수가 없어. 정말 엿 같잖아? 그런 빌어먹을 녀석 생각에 시달리다니 말이야." 그는 한숨을 내쉬고 짧게 덧붙였다. "녀석은 내 친동생이었어."

"내가 죽인 게 아냐." 내가 말했다.

그의 미소가 살짝 더 짙어졌다. 그는 항상 미소를 머금고 있었다. 입 꼬리에 미소를 그냥 꿰매 놓은 것처럼.

"그래?"

그는 루거의 안전장치를 풀고 자기 오른쪽 의자 팔걸이에 조심스레 올려놓더니 주머니에 손을 넣었다. 그가 꺼낸 것을 보고 나는 얼음통처럼 싸늘해졌다.

그것은 검고 투박해 보이는 금속 대롱이었는데, 10센티미터 길이에 작은 구멍이 송송 뚫려 있었다. 그는 우즈맨을 왼손에 들고 그 끝에 대롱을 느긋이 돌려 끼우기 시작했다.

"소음기야." 그가 말했다. "자네같이 영리한 친구들은 이게 그냥 폼인 줄 알겠지. 하지만 아니야. 세 발만 쏘면 망가지는 게 아니라고. 내가 모를 수가 없지. 직접 만들었으니까."

나는 다시 입술을 적셨다. "첫 발은 나가겠지." 내가 말했다. "그런 다음에는 구멍이 막힐 걸? 그거 무쇠 같은데, 어쩌면 자네 손을 날려 버릴지도 몰라."

그가 특유의 밀랍 같은 미소를 짓고 계속 소음기를 천천히, 사랑스럽게 조이더니 마지막으로 한 번 힘주어 돌리고 느긋하게 기대앉았다. "얘는 안 그래. 강모로 속을 채웠거든. 세 발은 잘 쏠 수 있어. 그다음엔 다시 강모를 채워야지. 그러면 반동을 죽여서 총이 망가지질 않아. 어때, 기분은 괜찮나? 난 자네 기분이 괜찮았으면 좋겠어."

"기분 죽여. 넌 사디스트 개자식이야." 내가 말했다.

"잠시 후 자네를 침대에 쓰러뜨릴 거야. 그럼 아무런 기분도 못 느낄 거야. 나는 좀 깔끔한 킬러거든. 프리스키도 아무런 기분을 느끼지 못했을 거야. 자네가 녀석을 깔끔하게 보냈지."

"자네는 눈이 안 좋군." 내가 비아냥거렸다. "그 운전기사가 스미스 앤드 웨슨 44구경으로 쏜 거야. 나는 쏘지도 않았어."

"그래?"

"그래. 내 말을 안 믿는군." 내가 말했다. "자네는 아보개스트를 왜 죽였지? 그는 결코 깔끔하게 죽지 않았어. 책상에서 총에 맞아 죽었지. 22구경에 세 발이나 맞아서 바닥에 쓰러졌어. 자네의 그 덜떨어진 동생에게 그가 뭘 어쨌기에 그랬지?"

그가 총을 홱 쳐들었지만, 여전히 미소를 물고 있었다. "배짱이 아주 두둑하군." 그가 말했다. "그런데 아보개스트가 누구야?"

나는 설명을 해 주었다. 천천히 세심하고 세밀하게. 그에게 많은 것을 말해 주었다. 그러자 그는 다소 묘하게 걱정스러운 표정을 짓기 시작했다. 눈을 껌벅거리며 나를 보다가 외면하고는 다시 불안하게 벌새처럼 나를 돌아보았다.

"아보개스트란 녀석을 나는 전혀 몰라." 그가 천천히 말했다. "이름을 들어 본 적도 없어. 그리고 오늘 내가 죽인 뚱보는 한 명도 없어."

"자네가 죽인 거 맞아." 내가 말했다. "그리고 자네는 지터 청년까지 죽였어. 엘 밀라노 아파트의 여자 집에서. 그의 시체가 지금도 거기 있지. 자네는 마티 에스텔을 위해 일하고 있는데, 그가 그 사실을 알면 아주 유감스러워할 거야. 자 어서, 세 발을 연발로 날려 봐."

그의 얼굴이 얼어붙었다. 마침내 미소가 사라졌다. 이제는 얼굴 전체가 밀랍 같았다. 그가 입을 열고 입으로 숨을 쉬었다. 숨소리가 불안정했다. 이마에서는 땀이 희미하게 반들거리는 게 보였고, 그 땀이 증발하면서 생기는 냉기를 내 피부로 느낄 수 있었다.

밀랍 코가 아주 부드럽게 말했다. "이봐 친구, 나는 누구도 죽이지 않았어. 그 누구도. 누구를 죽이라고 시키지도 않았어. 프리스키가 그 꼴이 되기 전까지 그런 생각조차 한 적이 없어. 이건 사실이야."

나는 우즈맨 끝에 달린 대롱을 보지 않으려고 애를 썼다.

그의 두 눈에서 불꽃이 가물거렸다. 작고, 약하고, 연기가 나는 불꽃이었다. 불꽃은 점점 더 커지고 밝아지는 것 같았다. 그는 발밑을 굽어보고 있었다. 나는 조명 스위치를 찾아 두리번거렸지만, 너무 멀리 있었다. 그가 다시 고개를 들었다. 아주 천천히 그가 소음기를 돌려 떼어내기 시작했다. 그는 떼어 낸 소음기를 손에 들고 있다가 주머니에 넣고, 양손에 총을 한 자루씩 쥔 채 우두커니 서 있었다. 그는 다시 자리에 앉아 루거에서 재빨리 총알을 모두 털어 낸 후 루거를 바닥에 내던졌다.

그는 슬며시 내게 다가왔다. "자네 오늘 운수 대통한 줄 알아." 그가 말했다. "나는 어디 좀 가서 만나 볼 사람이 있어."

"그래, 정말 운수 대통했군. 기분도 죽여 줬어."

그는 우아하게 내 옆을 지나 현관으로 가서 30센티미터쯤 문을 열고 좁은 틈으로 밖을 내다보고는 다시 미소를 머금었다.

"만나 볼 사람이 있어." 그가 아주 부드럽게 말하고는 위아래 입술을 혀로 쓸었다.

"아직 안 돼." 내가 말하며 벌떡 일어났다.

그의 권총 손잡이가 문밖으로 살짝 나간 상태였다. 나는 문을 세게 걷어찼고, 그는 손을 재빨리 거두지 못했다. 그는 피하지 못했다. 나는 있는 힘을 다해 현관문에 그를 밀어붙였다. 미친 짓이었다. 그가 이미 나를 놓아주었으니, 나는 그저 가만히 서서 그를 보내 주기만 하면 되었다. 그런데 나 역시 만나 볼 사람이 있었다. 내가 먼저 만나야 했다.

밀랍 코가 나를 노려보았다. 그가 으르렁거렸다. 그는 문틀에 한 손이 낀 채로 나와 싸웠다. 나는 자세를 바꾸어 전력을 다해 그의 턱을 후려쳤다. 그것으로 충분했다. 그는 축 늘어졌다. 한 번 더 후려쳤다. 그가 문짝 가장자리에 머리를 찧었다. 문 너머에서 가볍게 통 하는 소리가 났다. 세 번째로 그를 후려쳤다. 그보다 더 세게 칠 수는 없었다.

뒤로 물러서자 그가 내 쪽으로 스르르 쓰러졌다. 초점 잃은 눈으로 흐물흐물 쓰러지는 그를 붙잡고, 그의 빈손을 뒤로 튼 후 바닥에 눕혔다. 나는 숨을 헐떡이며 그를 굽어보았다. 현관문으로 가 보니 그의 우즈맨이 문턱에 살짝 걸쳐 있었다. 그것을 집어 들어 주머니에 넣었다. 헌트리스 양의 총이 있는 주머니가 아닌 다른 주머니였다. 그는 그것을 미처 발견하지 못했다.

그는 그대로 쓰러져 있었다. 그가 여위어서 무겁지 않았지만, 그래도 숨이 찼다. 잠시 후 그가 눈을 깜빡이다가 눈을 뜨고 나를 쳐다보았다.

"탐욕스러운 자식." 그가 힘없이 말했다. "내가 세인트루이스를 떠나는 게 아니었는데."

그의 손목에 수갑을 채운 후, 양어깨를 붙들고 옷방으로 끌고 가서 밧줄로 발목을 묶었다. 살짝 모로 눕혀 놓은 그의 코는 예의 밀랍처럼 하얬고, 눈빛은 이제 흐렸다. 혼자 뭐라고 중얼거리는 듯 입술이 살짝 움직였다. 묘한 녀석이었다. 나쁜 놈은 아니었지만, 그렇다고 해서 동정할 만큼 순수한 녀석도 아니었다.

내 루거도 찾아서 권총을 세 자루나 지니고 집을 나섰다. 아파트 밖에는 아무도 없었다.

8

지터의 저택은 대지 1만 평이 넘는 작은 언덕에 세워져 있었다. 식민지 시대의 웅장한 이 저택에는 우람한 하얀 기둥들과 지붕창들, 승용차 넉 대가 들어갈 수 있는 주차장이 있고, 목련이 우거져 있었다. 진입로 끝에 있는 원형의 주차 공간에는 승용차 두 대가 주차되어 있었다. 한 대는 내가 타 본 커다란 전함 같은 리무진이었고, 다른 한 대는 전에 본 적이 있는 노란 카나리아색의 컨버터블이었다.

나는 1달러 은화 만한 벨을 눌렀다. 문이 열리고, 장신에 검은 옷을 입은 작고 차가운 눈의 남자가 나를 내다보았다.

"지터 씨 계십니까? 지터 영감님 말입니다."

"누구신지 여쭤 봐도 될까요?" 스코틀랜드식의 억센 억양이 들렸다.

"필립 말로입니다. 그분을 위해 일하고 있습니다. 하인들 출입문으로 갔어야 했나요?"

그는 높고 빳빳한 옷깃에 한 손가락을 걸고 달갑지 않다는 표정으로 나를 바라보았다. "아, 어쩌면. 아무튼 들어오셔도 됩니다. 지터 씨에게 알리겠습니다. 아마 지금 좀 바쁘실 겁니다. 여기 홀에서 좀 기다려 주십시오." 그는 홀hall과 여기here의 h 음을 빠뜨리고 발음했다.

"그거 좀 고약하군요." 내가 말했다. "올해 영국 집사들은 h 음을 빼먹지 않던데."

"허, 거참 잘난 친구로군." 그가 으르렁거렸다. 대서양을 건넌 게 허드슨 강을 건넌 것만큼 대수롭지 않다는 어투였다. "여기서 기다리시오." 그가 멀어졌다.

나는 조각을 새긴 의자에 앉아 갈증을 느꼈다. 잠시 후 집사가 고양이 걸음으로 홀로 돌아와 불쾌한 표정으로 내게 턱을 홱 돌렸다.

우리는 아찔하게 긴 복도를 걸었다. 복도 끝은 문이 없이 큼직한 일광욕실로 이어져 있었다. 일광욕실을 지나 집사가 커다란 문을 열었다. 나는 그를 지나 검은색과 은색의 타원형 깔개가 깔린 타원형 방으로 들어갔다. 깔개 중앙에는 검은 대리석 테이블이 놓여 있었고, 높다란 수직 등받이에다 조각이 새겨진 의자들이 벽 쪽에 놓여 있었다. 벽에 걸린 커다란 타원형 거울에 비친 내 모습은 뇌수에 물이 찬 피그미처럼 보였다. 실내에는 세 사람이 있었다.

내가 들어온 쪽 맞은편 문 옆에 운전기사 조지가 단정한 검정 유니폼 차림으로 뻣뻣이 선 채 운전기사용 모자를 손에 들고 있었다. 조금도 불편하지 않을 의자들 가운데 하나에 앉은 해리엇 헌트리스 양은 반쯤 찬 유리잔을 들고 있었다. 지터 영감은 타원형 깔개의 은색 테두리에서 서성거리고 있었다. 여전히 화가 나 있었는데, 그것을 억누르고 있는 기색이었다. 얼굴이 빨갛고 코의 정맥이 부풀어 있었다. 두 손은 벨벳 흡연복 재킷 주머니에 찔러 넣고 있었다. 앞가슴에 흑진주가 하나 달린 주름 셔츠에 검은 박쥐 날개 모양 타이를 맸다. 에나멜가죽 구두는 한쪽 끈이 풀려 있었다.

그가 휙 돌아서서 내 뒤에 있는 집사에게 소리를 질렀다. "나가서 문 닫아! 그리고 누가 찾더라도 난 집에 없어, 알겠나? 누가 찾더라도!"

집사가 문을 닫았다. 아마 그는 다시 돌아갔을 것이다. 발소리는 들리지 않았다.

조지는 입꼬리 한쪽으로만 내게 차가운 미소를 지어 보였고, 헌트리스 양은 유리잔 너머로 나를 빤히 바라보았다.

"마침 잘 왔어요." 그녀가 새치름하게 말했다.

"뜻밖에도 당신 아파트에 나를 혼자 두셨더군요." 내가 그녀에게 말했다. "내가 향수를 좀 집어 갔을지도 모릅니다."

"그래, 자네가 원하는 게 뭐야?" 지터가 내게 고함을 질렀다. "알고 보니 자네 참 대단한 탐정이더군? 내가 은밀하게 일을 시켰는데, 곧장 헌트리스 양에게 가서 죄다 까발려 버렸어."

"효과가 있었군요, 그렇죠?"

그가 노려보았다. 그들 모두가 노려보았다. "그건 또 어떻게 알았지?" 그가 버럭버럭 소리를 질렀다.

"멋진 여자는 척 보면 알아보죠. 그녀라면 좋은 생각을 떠올렸을 겁니다. 그걸 들어 보면 아마 영감님은 걱정을 떨쳐 버릴 수 있을 겁니다. 그런데 제럴드 씨는 어디 있죠?"

지터 영감이 걸음을 멈추고 나를 뚫어지게 노려보았다. "나는 자네가 여전히 무능하다고 생각하고 있어. 내 아들은 실종됐어." 그가 말했다.

"나는 영감님을 위해 일하고 있는 게 아닙니다. 애나 헬지를 위해 일하고 있죠. 불만이 있다면 애나에게 말씀하시죠. 제가 한잔 직접 따라 마실까요, 아니면 자주색 제복을 입은 하인에게 시킬까요? 그런데 아드님이 실종되었다고 하셨습니까?"

"제가 따끔한 맛을 좀 보여 줄까요, 어르신?" 조지가 조용히 물었다.

지터가 검은 대리석 테이블에 놓인 술병과 잔을 가리키고는 다시 깔개 주위를 돌기 시작했다. "괜한 짓 하지 말게." 그가 조지에게 쏘아붙였다.

조지의 광대뼈 부위가 살짝 붉어졌다. 입이 부루퉁해 보였다.

나는 직접 술을 따라서, 잔을 들고 자리에 앉아 마시다가 다시 물었다. "아드님이 실종되었다는 게 무슨 뜻입니까, 지터 씨?"

"나는 자네한테 거금을 들이고 있어." 그가 여전히 화난 음성으로 내게 소리를 지르기 시작했다.

"실종된 게 언제죠?"

그는 느린 걸음을 우뚝 멈추고 다시 나를 바라보았다. 헌트리스 양이 가볍게 웃었다. 조지는 얼굴을 찡그렸다.

"그래, 내 아들이 실종되었다는 게 무슨 뜻인 것 같나?" 그가 윽박지르듯 말했다. "그게 무슨 뜻인지는 자네도 잘 알 텐데? 녀석이 어디 있는지 아무도 몰라. 헌트리스 양도 모르고. 나도 몰라. 녀석의 얼굴이 팔린 그 어디에도 그 아이의 소재를 아는 사람이 없어."

"하지만 나는 좀 더 영리한 편이라서 말입니다. 난 알아요." 내가 말했다.

한참 아무도 움직이지 않았다. 지터가 물고기처럼 눈을 동그랗게 뜨고 나를 쏘아보았다. 조지도 나를 쏘아보았다. 여자도 나를 쏘아보았다. 그녀는 당황한 표정이었다. 다른 사람은 그저 쏘아보기만 했다.

나는 그녀를 바라보았다. "외출해서 어디를 다녀왔는지 말씀해 주시겠습니까?"

그녀의 검고 푸른 두 눈이 물처럼 맑았다. "그건 비밀이랄 것도 없어요. 우리는 함께 나가서 택시를 탔어요. 제럴드가 한 달 동안 면허 정지를 받았거든요. 워낙 딱지를 많이 떼여서 말예요. 우리는 해변으로 향했는데, 짐작하시다시피 도중에 난 마음이 바뀌었어요. 복수를 해 봐야 고작 사기꾼이 될 뿐이라는 생각이 들었거든요. 나는 사실 제럴드의 돈을 바라지 않았어요. 내가 바란 건 복수였죠. 아버지를 파멸시킨 이 지터 씨에 대한 복수 말예요. 물론 불법적인 일은 하지 않았지만 파멸시킨 것에는 변함이 없어요. 하지만 나는 복수도 할 수 없고, 형편없는 사기꾼 흉내도 낼 수 없는 처지가 되고 말았어요. 그래서 제럴드에게 다른 여자를 찾으라고 말했죠. 그는 가슴 아파했고, 우린 말다툼을 했어요. 나는 택시를 세우고 베벌리힐스에서 내렸어요. 그는 계속 갔죠. 어디로 갔는지는 몰라요. 나중에 나는 엘 밀라노로 돌아가서 차고에서 내 차를 몰고 나와 이리 왔어요. 지터 씨에게 다 잊어버리라고, 괜히 나한테 탐정을 붙일 필요 없다고 말하려고요."

"같이 택시를 타고 갔다는데, 그가 직접 운전을 할 수 없었다면 왜 조지가 운전을 하지 않았나요?" 내가 물었다.

나는 그녀를 쏘아보았지만, 사실 그녀에게 말한 것이 아니었다. 지터가 냉기를 뚝뚝 흘리며 대답했다. "조지는 물론 사무실에서 나를 태우고 집에 왔지. 그때 제럴드는 벌써 나가고 없었어. 거기에 무슨 문제라도 있나?"

나는 그를 돌아보았다. "예. 있을 겁니다. 제럴드 씨는 엘 밀라노에 있습니다. 아파트 소속 탐정인 호킨스에게 들었죠. 그는 거기로 돌아가서 헌트리스 양을 기다렸습니다. 호킨스가 제럴드를 그녀의 아파트 안으로 들여보냈죠. 그는 10달러만 쥐여 주면 누구에게나 그 정도 호의를 베풀 겁니다. 제럴드는 아마 아직도 거기 있을 것 같은데, 없을 수도 있겠죠."

나는 계속 그들을 지켜보았다. 세 사람 모두를 지켜보는 것은 쉬운 노릇이 아니었다. 하지만 그들은 움직이지 않았다. 그저 그들은 나를 바라보기만 했다.

"음, 듣고 보니 마음이 놓이는군." 지터 영감이 말했다. "녀석이 어디서 술에 곯아떨어졌을까 봐 걱정이 됐는데 말이지."

"그럴 리가요. 그는 그럴 사람이 아니죠." 내가 말했다. "그런데 그가 어디 있는지 여기저기 전화를 해 보셨는데, 엘 밀라노에는 전화해 보지 않으셨단 말입니까?"

조지가 대신 답했다. "내가 해 봤는데, 거기 없다더군. 그 아파트의 탐정이라는 사람이 전화 교환양에게 아무 말도 하지 말라고 했는지."

"그럴 필요도 없었을걸? 교환양이 전화를 돌려 주어도 제럴드는 당연히 응답을 하지 않았을 테니까." 그러면서 나는 지터 영감을 자못 흥미롭게 골똘히 지켜보았다. 영감이 그런 사실을 받아들이는 것이 쉽지는 않을 것이다. 하지만 받아들여야만 할 것이다.

그는 받아들였다. 그는 먼저 입술에 침을 발랐다. "그런데 그게 왜 당연하지?" 그가 차갑게 물었다.

나는 대리석 테이블에 잔을 내려놓고 두 손을 늘어뜨리고 벽에 기대섰다. 나는 그들, 세 명 모두를 여전히 유심히 지켜보려고 애를 썼다.

"이번 일을 한번 돌이켜 봅시다." 내가 말했다. "우리는 상황을 잘 알고 있습니다. 안타깝지만 조지가 그저 하인일 뿐이라는 것을 나는 알고 있습니다. 헌트리스 양에 대해서도 나는 알고 있습니다. 그리고 물론 지터 영감님에 대해서도 알고 있습니다. 그러니 우리가 이미 알고 있는 것에 대해 살펴봅시다. 우리는 많은 것을 알고 있는데, 아직 그것을 종합해 보지 않았습니다. 하지만 난 바보가 아닙니다. 어떻게든 그 모든 것을 한번 종합해 보죠. 먼저 마티 에스텔이 보낸 어음 사본을 생각해 봅시다. 제럴드는 그것을 준 사실을 부인하고, 지터 씨는 그걸 지불하지 않으려고 합니다만, 지터 씨는 아보개스트라는 필적 감정사에게 서명을 감정하게 했습니다. 진짜인지 알아보려고 말입니다. 그래서 감정을 했고, 그건 진짜였습니다. 그 아보개스트가 다른 무슨 짓을 했는지도 모릅니다. 난 몰라요. 그에게 물어볼 수도 없었습니다. 그를 만나러 갔더니 죽어 있더군요. 세 방을 맞았는데, 듣기로는 그게 22구경이라고 합니다. 물론 경찰에 신고를 하진 않았습니다, 지터 씨."

키 큰 백발의 남자는 큰 충격을 받은 듯했다. 그의 여윈 체구가 냇가의 부들처럼 떨렸다. "죽었다고?" 그가 속삭이듯 말했다. "살해됐어?"

나는 조지를 바라보았다. 조지는 근육 한 올 움직이지 않았다. 나는 여자를 바라보았다. 그녀는 입을 앙다물고 조용히 앉아서 기다렸다.

내가 말했다. "그의 살해가 지터 씨 사건과 관계가 있다고 추정할 만한 이유가 딱 한 가지 있습니다. 22구경에 맞았고, 이 사건과 관련해서 22구경을 갖고 다닌 남자가 한 명 있다는 겁니다."

나는 여전히 그들의 주목을 받고 있었다. 그들은 여전히 입을 다물고 있었다.

"그가 왜 총을 맞았는지는 알 수가 없습니다. 그는 헌트리스 양이나 마티 에스텔에게 위험한 인물이 아니었습니다. 너무 뚱뚱해서 어딜 돌아다니기도 힘든 사람이었죠. 내가 짐작하기엔, 그가 너무 똑똑하지 않았나 싶습니다. 그는 단순히 필적 감정을 의뢰받았는데, 거기서 더 나아가서 의뢰받은 것 이상을 알아낸 겁니다. 알아내야 할 것 이상을 알아내고, 추리해야 할 것 이상을 추리한 후, 그걸로 돈푼깨나 우려내려고 했겠죠. 그래서 누군가가 오늘 오후 22구경으로 그를 지워 버린 겁니다. 나야 뭐 상관없습니다. 알지도 못하는 사람이니.

그래서 나는 헌트리스 양을 만나러 갔고, 공돈을 밝히는 그 호텔 탐정과 실랑이를 벌인 끝에 그녀를 만나게 되었고, 둘이 이야기를 좀 나누고 있는데, 숨어 있던 제럴드 씨가 느닷없이 튀어나와 내 턱을 된통 갈겼고, 나는 나동그라져서 의자 다리에 머리를 찧었죠. 정신을 차렸을 땐 집에 아무도 없었어요. 그래서 내 집에 돌아갔습니다.

집에 와 보니 22구경을 가진 남자가 나를 기다리고 있었습니다. 그리고 아주 커다란 권총을 들고 악취를 풍기는 프리스키 레이번이라는 얼간이가 그의 곁에 있었습니다. 오늘 밤 영감님의 집 앞에서 총에 맞아 죽어 버렸으니 이제 그 얼간이는 볼일 없지만 말입니다. 그 얼간이는 영감님 차를 가로막고 총을 쏘았더랬죠. 경찰은 그 남자에 대해 알고 있었습니다. 그래서 그 문제로 나를 만나러 왔죠. 22구경을 가진 다른 남자는 그 얼간이의 형이었는데, 내가 얼간이를 쏜 줄 알고 나한테 빚을 받으러 찾아왔습니다. 하지만 그러지 못했죠. 암튼 이렇게 두 사람이 살해되었습니다.

이제 가장 중요한 세 번째를 이야기할 때가 되었군요. 나는 엘 밀라노로 돌아갔습니다. 제럴드 씨가 천방지축 돌아다니는 게 좀 걱정스러워서 말이죠. 그에게는 적이 있는 것 같았습니다. 오늘 밤 프리스키 레이번이 총질을 할 때 그 차에는 원래 그가 타고 있어야 했던 모양이더군요. 하지만 물론 그건 함정이었죠."

지터 영감은 하얀 눈썹을 모으며 당황한 표정을 지었다. 조지는 당황한 것 같지 않았다. 그는 어떤 표정도 짓지 않았다. 그는 담배 가게 의 목각 인디언처럼 얼굴이 굳어 있었다. 여자는 이제 다소 창백하고 다소 긴장한 듯이 보였다. 나는 계속 밀어붙였다.

"엘 밀라노로 돌아온 나는 호킨스가 마티 에스텔과 그의 경호원을 헌트리스 양의 집 안에 들여보낸 것을 알게 되었습니다. 집 안에서 기 다리게 한 거죠. 마티는 그녀에게 할 말이 있었습니다. 아보개스트가 죽었다는 말을 하려는 것이었죠. 그건 잠시라도 그녀를 지터에게서 떼어 놓은 데 안성맞춤의 사건이었습니다. 경찰이 움직이는 동안만이 라도 말입니다. 마티는 영악했어요. 영감님의 생각보다 훨씬 더 영악 할 겁니다. 예를 들어 그는 아보개스트에 대해 알고 있었고, 영감님이 오늘 아침 애나 핼지의 사무실에 찾아간 것도, 또 내가 사건을 맡게 되 었다는 것도 알고 있었습니다. 애나가 직접 그에게 알려 주었는지 모 르죠. 그러지 않았을 거라고 장담은 못 합니다. 아무튼 그는 내가 아보 개스트를 찾아가는 걸 미행했고, 나중에 경찰 친구들을 통해 아보개 스트가 살해되었다는 것을 알아냈고, 내가 신고를 하지 않은 것도 알 게 되었습니다. 그래서 그가 헌트리스 양의 집에서 나를 만났고, 우리 는 한편이 되었습니다. 그는 자기가 아는 것을 내게 알려 준 후 나를 헌트리스 양의 집에 혼자 남겨 두고 떠났습니다. 하지만 이번에는 나 도 서둘러 집에 돌아갈 이유가 없었습니다. 그래서 침실 벽장에서 제 럴드 청년을 발견하게 된 겁니다."

나는 여자에게 재빨리 다가가며 주머니에서 작은 25구경 자동 권총 을 꺼내 그녀의 무릎 위에 얹어 놓았다.

"이걸 본 적이 있죠?"

그녀의 목소리가 묘하게 굳어 있었지만, 검푸른 두 눈은 침착하게 나를 바라보았다.

"그래요. 제 거예요."

"어디에 보관했었죠?"

"침대 옆의 작은 테이블 서랍에요."

"확실한가요?"

그녀는 생각했다. 두 남자는 전혀 움직이지 않았다.

조지의 입꼬리가 뒤틀리기 시작했다. 그녀가 갑자기 고개를 들고 갸우뚱했다.

"아니요. 다시 생각해 보니 누군가에게 이걸 보여 주고 물어보려고 꺼내 놓았어요. 총에 대해 별로 아는 게 없어서요. 거실 벽난로 위에 얹어 놓았어요. 그래요. 제럴드에게 그걸 보여 주었어요."

"그렇다면 그가 거기서 총을 집어 들었을 수도 있겠군요. 누군가가 그의 목숨을 노렸다면 말이죠."

그녀는 고개를 끄덕이며 당황한 표정을 지었다. "근데 아까 그가 벽장 속에 있었다는 게 무슨 뜻이죠?" 그녀가 작은 목소리로 빠르게 물었다.

"이미 짐작하실 겁니다. 그게 무슨 뜻인지는 여기 계신 모든 분이 알 거예요. 내가 당신에게 그 총을 보여 준 이유가 뭔지도 알 겁니다." 나는 그녀에게서 물러나 조지와 그의 보스를 마주 보았다. "물론 그는 죽었습니다. 총알이 심장을 관통했는데, 아마 그 총에 당했을 겁니다. 총이 현장에 남아 있었는데, 그걸 썼기 때문에 거기 남아 있는 겁니다."

영감이 한 걸음 내딛고는 멈춰 서서 탁자에 몸을 기댔다. 방금 창백해진 것인지, 이미 창백했던 것인지는 분명치 않았다. 그가 싸늘하게 여자를 바라보았다. 그리고 이빨 사이로 아주 느릿느릿 말했다. "네년이 죽였구나!"

"자살일 수도 있잖습니까?" 내가 비아냥거렸다.

그가 고개를 돌리고 나를 바라보았다. 자살일 수 있다는 생각이 그의 관심을 끈 것 같았다. 그가 살짝 고개를 끄덕였다.

"아니, 자살일 리가 없습니다." 내가 말했다.

그는 그런 생각을 좋아하지 않았다. 그의 얼굴에 피가 몰려 코의 핏줄이 두꺼워졌다. 여자가 무릎 위에 놓인 총을 집어 들고 손잡이 둘레를 느슨하게 감쌌다. 나는 그녀의 엄지가 슬그머니 안전장치 쪽으로 향하는 것을 보았다. 권총에 대해 별로 아는 것이 없다는 그녀가 그것은 알고 있는 모양이었다.

"그건 자살일 리가 없습니다." 아주 천천히 내가 다시 말했다. "어쩌면 별개의 사건일지도 모르죠. 하지만 지금까지 일어난 다른 사건들을 생각하면 그럴 리가 없습니다. 아보개스트, 카벨로 드라이브에서 총을 쏜 녀석, 내 아파트에 침입한 녀석들, 22구경의 그 사건으로 볼 때 말입니다."

나는 다시 주머니에 손을 넣어 밀랍 코의 우즈맨을 꺼내, 왼손 손바닥에 얹은 채 무심히 쥐고 말했다. "그리고 정말 이상하게도 이게 바로 그 총잡이의 22구경인데, 어째 이게 그 사건의 22구경이라는 생각은 들지 않는다 이겁니다. 그래요, 그 총잡이도 내가 때려잡았죠. 그는 내 아파트에 묶여 있습니다. 나를 때려눕히려고 다시 찾아왔지만, 내가 잘 설득했죠. 내 이빨이 좀 세서 말이죠."

"지나쳐서 탈이죠." 여자가 싸늘하게 말하며 총을 살짝 쳐들었다.

"누가 그 청년을 살해했는지는 명백합니다, 헌트리스 양." 내가 말했다. "그건 동기와 기회의 문제일 뿐이거든요. 마티 에스텔은 그러지 않았고, 시키지도 않았습니다. 그래 봐야 5만 달러만 날릴 뿐이니까. 프리스키 레이번의 형도 그러지 않았습니다. 그가 누구의 하수인인가와는 상관이 없어요. 나는 그가 마티 에스텔의 하수인이라고는 생각지 않아요. 그는 엘 밀라노에 침입할 수 없었고, 분명 헌트리스 양의 아파트에도 침입할 수 없었습니다. 누가 살인을 했든 그걸로 뭔가 얻는 게 있는 사람, 그리고 현장에 침입할 수 있는 사람이 살인을 한 거죠. 그렇다면 얻을 게 있는 사람은 누굴까요? 제럴드는 2년 후 500만 달러의 유산을 받게 됩니다. 그걸 받기 전에는 그걸 유언으로 물려줄 수도 없죠. 그래서 그가 죽는다면 혈족 상속인이 물려받게 됩니다. 그의 혈족 상속인은 누구죠? 아마 깜짝 놀랄 겁니다. 미국의 모든 곳은 아니지만, 캘리포니아 주와 몇몇 주에서는 인위적으로 혈족이 될 수 있다는 것을 아십니까? 재산이 있는데 상속인은 없는 사람을 입양하면 혈족이 됩니다!"

그때 조지가 움직였다. 움직임이 잔물결만큼이나 부드러웠다. 손에 쥔 스미스 앤드 웨슨이 칙칙한 빛을 발했다. 그러나 그는 총을 쏘지 못했다. 여자의 손에 들린 작은 자동 권총이 작렬했다. 조지의 억센 갈색 손에서 피가 분출했다. 스미스 앤드 웨슨이 바닥에 떨어졌다. 그가 욕설을 내뱉었다. 역시 그녀는 총에 대해 썩 잘 알지는 못했다.

"그래요!" 그녀가 엄숙하게 말했다. "조지는 아무런 문제없이 아파트에 침입할 수 있었어요. 제럴드가 거기 있을 때 말예요. 운전기사 차림으로 차고에 들어가서 승강기를 타고 올라가서 문을 두드렸겠죠. 그리고 제럴드가 문을 열자, 저 스미스 앤드 웨슨으로 제럴드를 뒤로 밀어붙였을 거예요. 하지만 제럴드가 거기에 있다는 걸 어떻게 알았을까요?"

내가 말했다. "당신이 탄 택시를 따라간 게 분명합니다. 그가 나와 헤어진 후 저녁 내내 어디에 있었는지 우린 모릅니다. 그에겐 차가 있었죠. 그건 경찰이 찾아낼 겁니다. 조지, 자네는 얼마를 받기로 했지?"

조지는 왼손으로 오른손 손목을 꽉 움켜쥔 채, 얼굴을 험상궂게 찡그리고 있었다. 그는 아무 말도 하지 않았다.

"조지는 스미스 앤드 웨슨으로 그를 밀어붙인 후, 벽난로 위에 있는 내 총을 보았겠죠. 안성맞춤이다 싶었을 거예요. 그래서 그걸 썼겠죠. 제럴드를 침실 벽장 안으로 밀어붙인 후, 조용하고 침착하게 살해한 후 바닥에 총을 떨어뜨렸겠죠."

"아보개스트를 죽인 것도 조지입니다." 내가 말했다. "22구경으로 살해한 것은, 프리스키 레이번의 형이 22구경을 갖고 있다는 사실을 알고 있었기 때문입니다. 그 사실을 아는 이유는, 그가 프리스키와 그의 형을 고용해서 제럴드에게 겁을 주라고 시켰기 때문입니다. 그래서 그가 살해되면, 마티 에스텔이 사주한 것처럼 보일 거라고 생각한 겁니다. 내가 오늘 밤 지터 씨네 차를 타고 이곳에 불려 온 것도 그 때문입니다. 미리 경고를 받고 잠복한 두 녀석이 도발을 해서, 내가 터프하게 굴면 나를 해치우려고 한 겁니다. 살인을 즐긴 건 조지뿐이었습니다. 그는 프리스키를 아주 깔끔하게 해치웠죠. 얼굴에 총알을 박았어요. 실수로 그랬나 싶을 정도로 너무나 정확했습니다. 정말 실수였나, 조지?"

말이 없었다.

나는 마침내 지터 영감을 바라보았다. 나는 그가 총을 뽑을 것이라고 예상했지만 그는 그러지 않았다. 그는 그저 놀라서 입을 쩍 벌리고 검정 대리석 테이블에 기대서서 몸을 떨고 있었다.

"그럴 수가. 아아, 신이시여." 그가 나지막이 말했다.

"당신한테 신은 없어요. 돈만 있을 뿐."

내 뒤에서 문이 삐걱거렸다. 나는 돌아섰지만, 굳이 그럴 필요도 없었다. 시트콤 콤비 에이모스와 앤디만큼이나 영국적인 딱딱한 말소리가 들려왔다. "거기, 손들어."

집사, 예의 영국인 집사가 문간에 서서 총을 들고 입을 앙다물고 있었다. 여자가 손목을 돌려 대수로운 일이 아니라는 듯 총을 쏘아 그의 어깨어림을 맞추었다. 그가 돼지 멱따는 소리를 냈다.

"끼어들지 말고 꺼져요." 그녀가 차갑게 말했다.

그가 달아났다. 줄행랑치는 발소리가 들렸다.

"저러다 쓰러지겠네." 그녀가 말했다.

나는 평소처럼 행차 뒤에 나팔 불 듯 뒤늦게 루거를 오른손에 쥐었다. 그러다 문득 정신이 들었다. 테이블을 움켜쥐고 있는 지터 영감의 얼굴이 잿빛 보도블록처럼 우중충했다. 그의 무릎이 후들거리고 있었다. 조지는 피가 흐르는 손목에 손수건을 감고 뻐딱하게 서서 영감을 지켜보고 있었다.

"쓰러지게 내버려 둬. 어차피 몰락한 인생인걸 뭐." 내가 말했다.

영감이 쓰러졌다. 고개가 틀어졌다. 입이 헤 벌어졌다. 양탄자 위에 모로 쓰러져 살짝 굴러서 두 무릎이 위로 들렸다. 입에서는 살짝 침이 흘렀다. 피부가 거무죽죽해졌다.

"가서 경찰을 불러요. 이들은 내가 지키고 있을 테니까." 내가 말했다.

"알았어요." 그녀가 말하며 일어섰다. "그런데 말로 씨, 사립 탐정 주제에 남의 손을 너무 많이 빌리시는군요?"

9

나는 족히 한 시간은 그곳에 혼자 있었다. 중앙에 흠집이 난 책상 하나, 벽에 붙여 놓은 또 하나의 책상, 매트 위에 놓인 놋쇠 타구통, 벽에 걸린 경찰 스피커, 묵사발 난 파리 세 마리, 차가운 시가와 낡은 옷가지 냄새. 펠트 천 패드를 댄 두 개의 단단한 안락의자와 패드를 대지 않은 단단한 직각 등받이 의자 둘이 있었다. 전구는 쿨리지 대통령의 첫 임기 무렵에 이미 때가 탄 듯했다.

문이 와락 열리면서 핀레이슨과 시볼드가 들어왔다. 시볼드는 전처럼 말쑥하면서도 역겨워 보였지만, 핀레이슨은 더 늙고, 더 지치고, 더욱 꾀죄죄해 보였다. 그는 손에 서류 뭉치를 쥐고 있었다. 내 맞은편 책상에 앉은 그가 딱딱하고 암울하게 나를 응시했다.

"댁 같은 탐정들은 골치깨나 썩겠군요." 핀레이슨이 시금털털하게 말했다. 시볼드는 벽에 기대앉아 눈 위로 모자를 눌러쓰고는 하품을 하고 새로 산 스테인리스 손목시계를 바라보았다.

"골칫거리가 내 일거리입니다. 달리 무엇으로 밥벌이를 하겠습니까?" 내가 말했다.

"그 모든 사건을 은폐한 죄로 당신은 콩밥을 먹어도 쌉니다. 이번 일로 얼마나 벌었습니까?"

"지터 영감의 의뢰를 받은 애나 핼지의 일을 했을 뿐입니다. 아마 크게 적자가 났을 겁니다."

시볼드가 내게 곤봉 같은 미소를 던졌다. 핀레이슨은 시가에 불을 댕기고, 터진 시가 옆구리에 침을 발라서 눌러 붙였지만, 다시 빨자 여전히 연기가 샜다. 그는 책상 너머로 내게 서류를 밀어 주었다.

"세 부 모두 서명을 해 주십시오."

나는 서명을 했다.

서류를 돌려받은 그는 하품을 하고 반백의 머리를 헝클어뜨렸다. "그 영감은 뇌출혈을 일으켰습니다." 그가 말했다. "근데 증거가 없어요. 외출한 시간을 알아낼 수도 없을 겁니다. 그 조지 해스터먼이라는 운전기사 말입니다. 그 녀석이 우리를 비웃고 있어요. 유감스럽게도 녀석은 술에 곯아떨어졌습니다. 녀석하고 먹살잡이 한판 하고 싶은 마음뿐입니다."

"그는 터프해요." 내가 말했다.

"그렇죠. 다 됐습니다, 이제 가서도 됩니다."

나는 일어나서 고갯짓으로 인사하고 문으로 갔다. "아무튼 수고하십시오."

두 사람 모두 인사를 받지 않았다.

나는 밖으로 나가서 복도를 지나 야간 승강기를 타고 시청 로비로 내려갔다. 스프링 가 옆으로 나간 나는 사람 없는 계단을 한참 내려갔다. 싸늘하게 바람이 불었다. 계단을 다 내려가서 담배에 불을 댕겼다. 내 차는 아직도 지터 씨네 집 밖에 있었다. 길을 건너 반 블록쯤 아래에 있는 택시 정류장으로 가기 위해 막 걸음을 떼었을 때였다. 가까이 주차된 차에서 날카로운 소리가 들려왔다.

"잠깐 이리 좀 오게."

딱딱하고 카랑카랑한 남자 목소리였다. 마티 에스텔의 목소리가 그랬다. 앞자리에 두 남자가 타고 있는 커다란 세단에서 들려온 소리였다. 나는 그곳으로 다가갔다. 뒷좌석 창문이 내려가고 마티 에스텔이 장갑 낀 한 손을 창턱에 얹었다.

"타게나." 그가 문을 열어 주었다. 나는 올라탔다. 너무 피곤해서 상대하고 싶지도 않았다. "가자, 스킨."

서쪽으로 향한 차는 어둡고 쥐 죽은 듯한 거리와 인적 드문 거리를 지났다. 밤공기가 깨끗하지는 않았지만 서늘했다. 언덕을 넘은 우리는 속도를 올리기 시작했다.

"경찰이 뭘 찾아냈지?" 에스텔이 싸늘하게 물었다.

"듣지 못했습니다. 아직 운전기사의 알리바이도 깨지 못했더군요."

"사나이의 도시에서 200만 달러짜리 살인에 유죄 판결을 내릴 순 없지." 스킨이라고 불리는 운전기사가 고개도 돌리지 않고 웃었다. "이제 내 5만 달러는 만져 보지도 못하겠군. ……그녀가 자네를 좋아하던데?"

"그것 참. 그래서요?"

"그녀를 건들지 마."

"건들면 어쩔 건데요?"

"건들면 알게 될 걸세."

"그래요, 그래." 내가 말했다. "제발, 엿 같은 소린 그만두십시오. 안 그래도 피곤해 죽겠구먼." 나는 눈을 감고 뒷좌석 구석에 몸을 기대고는 그대로 잠이 들어 버렸다. 심하게 긴장을 한 후에는 종종 그럴 때가 있었다.

나는 어깨를 흔드는 손길에 잠이 깼다. 차는 멈춰 있었다. 내 아파트 입구가 내다보였다.

"집에 다 왔어." 마티 에스텔이 말했다. "잊지 말게, 그녀를 건들지 마."

"왜 집까지 태워 준 거죠? 고작 그 말을 하려고?"

"그녀가 부탁을 했다네. 자네한테 신경 좀 써 달라고. 덕분에 자네가 풀려난 거야. 그녀는 자넬 좋아해. 나는 그녀를 좋아하지. 알겠나? 더 이상 골칫거리를 쫓지 말게."

"골칫거리는……" 나는 말을 시작하다 그만두었다. 이 밤중에는 그런 농담을 하는 것도 피곤했다. "태워다 줘서 고맙소이다. 고마운 건 고마운 거니까. 하지만 엿 같은 소린 하지 마십시오." 나는 돌아서서 아파트로 들어가 위로 올라갔다.

잠금장치는 여전히 풀려 있었지만 이번에는 나를 기다리는 사람이 없었다. 경찰은 이미 밀랍 코를 데려갔다. 나는 현관문을 열어 둔 채 창문도 열어젖혔다. 경찰들이 남긴 담배꽁초 냄새가 미처 다 빠지기 전에 전화벨이 울렸다. 그녀의 목소리였다. 선선하고 다소 딱딱했지만 전혀 언짢지 않고 오히려 거의 즐거운 기색이었다. 겪은 일을 돌이켜 보면 충분히 그럴 만하다 싶었다.

"안녕하세요, 갈색 눈 아저씨. 댁에는 잘 들어가셨나요?"

"당신의 친구 마티가 데려다 주었소. 나더러 당신을 건드리지 말라 더군. 진심으로 고맙소. 진심이란 게 내게 있다면 말이지. 하지만 더 이상 전화하지 마십시오."

"겁먹었나 봐요, 말로 씨?"

"아니. 내가 전화할 때까지 기다리란 겁니다. 잘 자요." 내가 말했다.

"주무세요, 갈색 눈 아저씨."

전화가 끊겼다. 수화기를 내려놓고 문을 닫고 벽침대를 끌어 내렸다. 옷을 벗고 차가운 공기 속에 잠시 누워 있었다.

그러다 일어나서 한잔 마시고 샤워를 하고 잠이 들었다.

경찰이 마침내 조지의 알리바이를 깼다. 하지만 그것으로는 충분치 않았다. 조지는 진술했다. 그곳에서 그 여자를 두고 싸움이 붙었고, 제럴드 지터가 벽난로 위의 총을 거머쥐었고, 둘이 싸울 때 총이 발사되었다고. 물론 그 모든 것이 가능해 보였다. 문서로만 보면 말이다. 경찰은 아보개스트가 조지나 어느 누군가에게 피살당했다는 것을 증명하지 못했다. 범행에 쓰인 총을 찾지도 못했지만, 그것이 밀랍 코의 총은 아니었다. 밀랍 코는 사라졌다. 어디로 떴는지 나는 이야기를 듣지 못했다. 경찰은 지터 영감을 건드리지 못했다. 뇌졸중에서 회복하지 못한 영감은 침대에 누워 간호를 받으며 사람들에게 대공황 때 자신이 어떻게 재산을 지켜 냈는지 자랑스레 떠벌렸다.

마티 에스텔은 네 번이나 전화를 해서 해리엇 헌트리스를 건드리지 말라고 다짐을 놓았다. 그가 딱해 보였다. 그는 홀딱 빠져 있었다. 나는 그녀와 두 번 외출을 했고, 따로 또 두 번 집에서 시간을 보내며 그녀의 스카치를 마셨다. 그건 썩 좋았지만, 내게는 돈이 없었고, 좋은 옷도 시간도 매너도 없었다. 그러자 그녀는 더 이상 엘 밀라노에 있지 않았다. 뉴욕으로 떠났다고 한다.

그녀가 떠나자 나는 기뻤다. 내게 작별 인사도 하지 않고 떠나 버렸지만.

기다리는 여자
I'll Be Waiting

새벽 1시, 야간 포터인 칼은 윈더미어 호텔 중앙 로비의 테이블 램프 세 개 가운데 마지막 램프의 조도를 줄였다. 파란 양탄자의 음영이 좀 더 짙어지고 사방의 벽이 좀 더 멀게 느껴졌다. 로비의 의자를 채우고 있는 사람들의 모습도 어둑해졌다. 로비 모퉁이에는 추억이 거미줄처럼 드리워졌다.

호텔에 고용된 탐정인 토니 리섹은 하품을 했다. 고개를 옆으로 돌리고 로비 멀리 어둑한 아치 너머의 무선실에서 지저귀듯 흘러나오는 희미한 라디오 음악 소리에 귀를 기울였다. 그는 얼굴을 찡그렸다. 새벽 1시 이후에는 무선실이 그의 것이었다. 다른 사람은 무선실에 들어갈 수 없었다. 그 빨강 머리 아가씨가 그의 밤을 망치고 있었다.

찡그린 표정이 사라지고 그의 입꼬리에 작은 미소가 걸렸다. 그는 자리에 앉아 긴장을 풀었다. 키가 작고, 창백하고, 올챙이배가 나온 이 중년 남자는 길고 섬세한 손가락으로 회중시계 줄에 매달린 엘크 이빨을 쥐고 있었다. 손재주 좋은 예술가의 길고 섬세한 손가락은 첫 번째 관절부터 점점 가늘어지다가 살짝 뭉툭한 손끝에서 손톱이 부채꼴로 퍼지며 광채가 났다. 잘생긴 손가락이었다. 토니 리섹은 양손 손가락을 서로 살살 문질렀다. 그의 청회색 눈동자는 고요하고 평온했다.

그는 다시 얼굴을 찡그렸다. 음악이 귀에 거슬린 것이다. 그는 시곗줄에서 손을 떼지 않고 몸가짐을 흐트리지 않고 이상할 만큼 유연한 동작으로 자리에서 일어섰다. 그는 순간적으로 몸을 뒤로 젖혀 긴장을 풀었다가, 다음 순간 아주 똑바로 균형을 잡고 섰다. 너무나 빠른 동작이라서 한순간 주춤했던 것이 착시였던가 싶을 정도였다.

그는 잘 닦인 작은 구두를 신고 우아하게 파란 양탄자를 밟고 아치 아래로 지나갔다. 음악 소리가 더 커졌다. 열렬하고 시끌벅적하고 광적이고 요란한 즉흥 연주였다. 소리가 너무 컸다. 빨강 머리 아가씨가 그곳에 앉아서 커다란 라디오의 뇌문 장식을 묵묵히 바라보고 있었다. 등줄기에 땀을 뻘뻘 흘리며 확고한 프로의 미소를 띠고 노래하는 밴드가 눈에 선하다는 표정이었다. 그녀는 실내의 거의 모든 쿠션을 한데 모아 놓은 듯한 소파에 다리를 얹은 채 웅크리고 앉아 있었다. 꽃 가게 색종이로 감싼 코르사주처럼 조심스레 쿠션 사이에 자리 잡고 있는 듯한 모습이었다.

그녀는 고개를 돌리지 않았다. 그대로 등을 기댄 채 주먹 쥔 한 손을 복숭아빛 무릎에 얹고 있었다. 검은 연꽃 봉오리를 수놓은 이랑 무늬의 비단 파자마 차림이었다.

"크레시 양, 베니 굿맨을 좋아하나요?" 토니 리섹이 물었다.

여자가 천천히 눈을 들었다. 그 안의 빛은 어스레했지만, 자줏빛 눈동자는 상대의 마음을 후볐다. 어떤 생각의 흔적도 깃들지 않은 크고 깊은 눈이었다. 얼굴은 고아하고 표정이 없었다.

그녀는 말이 없었다.

토니는 미소를 짓고 자신의 옆구리를 손가락으로 누르며 그 움직임을 느꼈다. "크레시 양, 굿맨을 좋아해요?" 그가 부드럽게 다시 물었다.

"울지 않으려는 거예요." 여자가 억양 없이 말했다.

토니가 놀라서 그녀의 눈을 바라보았다. 크고, 깊고, 공허한 눈이었다. 전에도 그랬던가? 그는 아래로 팔을 뻗어 라디오 소리를 줄였다.

"오해하지 마세요." 여자가 말했다. "굿맨은 돈을 잘 버는데, 오늘날엔 나쁜 짓 않고 돈 잘 버는 사람을 존경하지 않을 수 없죠. 하지만 이 시끄러운 음악은 맥줏집의 배경음악일 뿐이에요. 저는 장미처럼 화려한 음악을 좋아해요."

"그럼 모차르트를 좋아하겠군요." 토니가 말했다.

"지금 놀리는 건가요?" 여자가 말했다.

"크레시 양, 놀리는 거 아닙니다. 나는 모차르트야말로 역사상 가장 위대한 인물이라고 생각합니다. 토스카니니는 그의 선지자이고요."

"탐정 아저씨가 별걸 다 아시네요." 그녀가 쿠션에 머리를 기대고 속눈썹 사이로 그를 응시했다. "그 모차르트를 좀 들려주시겠어요?" 그녀가 덧붙였다.

"시간이 너무 늦었습니다." 토니는 한숨을 쉬었다. "지금은 곤란하군요."

그녀가 다시 한참 그를 골똘히 바라보았다. "나를 감시해 왔나요, 탐정 아저씨?" 그녀가 소리 죽여 가볍게 웃었다. "내가 뭘 잘못한 거죠?"

토니가 예의 희미한 미소를 지었다. "전혀요. 크레시 양, 전혀 잘못한 것 없어요. 하지만 바람을 좀 쐬는 게 좋겠습니다. 크레시 양은 이 호텔에 닷새나 있었는데, 한 번도 밖에 나가질 않았어요. 최상층의 스위트룸에 묵으면서 말이죠."

그녀는 다시 웃었다. "그게 어때서요? 얘기해 보세요. 난 지금 따분하거든요."

"당신이 묵고 있는 스위트룸에서 지낸 여자가 있었습니다. 당신처럼 일주일 내내 호텔에 묵었죠. 전혀 밖에 나가지 않았다는 이야깁니다. 거의 말도 하지 않았어요. 그런 다음 그녀가 어쨌을까요?"

여자가 그를 침중하게 바라보았다. "계산을 하지 않고 달아났을까?"

그가 길고 섬세한 손을 뻗더니 나른하게 파도가 부서지듯 손가락을 꿈틀거리며 천천히 손을 뒤집었다. "아니요. 그녀는 방으로 계산서를 가져오게 해서 지불을 했죠. 그리고 호텔 보이에게 30분 후에 다시 와서 옷가방을 날라 달라고 말했어요. 그런 다음 발코니를 통해 호텔을 나갔죠."

여자는 여전히 침중한 눈길로 한 손은 복숭아빛 무릎을 덮은 채 몸을 살짝 앞으로 숙였다. "당신 이름이 뭐랬죠?"

"토니 리섹."

"동유럽 쪽 이름 같네요."

"그래요, 폴란드 출신이죠."

"이야기 계속해 줘요, 토니."

"꼭대기 층 스위트룸에는 모두 전용 발코니가 있습니다, 크레시 양. 14층 발코니치고는 난간 높이가 너무 낮아요. 그때는 어두운 밤이었는데, 그날 밤은 먹구름까지 꼈죠." 그는 작별의 손짓을 하고는 손을 떨어뜨렸다. "그녀가 뛰어내리는 것을 아무도 보지 못했어요. 하지만 떨어지는 소리가 거의 포성처럼 들렸죠."

"지어낸 이야기군요, 토니." 그녀의 목소리가 맑고 건조한 속삭임 같았다.

그는 특유의 희미한 미소를 지었다. 그의 고요한 청회색 눈동자가 그녀의 물결 같은 긴 머리칼을 쓰다듬는 듯했다. "이브 크레시." 그가 생각에 잠긴 표정으로 말했다. "빛을 기다리는 이름이군요."

"착하지 않은 장신의 흑인을 기다리고 있어요, 토니. 이유를 알고 싶진 않으시겠죠. 그는 전 남편이에요. 그런데 다시 그이와 결혼할지도 모르겠어요. 고작 한 번 사는 인생에 실수도 참 많이 하는 것 같아요." 그녀의 무릎 위에 놓인 손이 천천히 펴지더니 손가락들이 최대한 뒤로 젖혀졌다. 그러고는 재빨리 야무지게 오므라들었다. 어스레한 불빛 속에서도 손가락 관절들이 잘 닦은 작은 뼈처럼 빛났다. "전에 그이를 좀 속인 적이 있어요. 그이를 나쁜 곳에 빠뜨리고 말았죠. 그럴 뜻은 아니었어요. 당신이 알 바는 아니겠지만 말예요. 아무튼 그이에게 빚을 졌어요."

그는 슬그머니 몸을 숙이고 라디오 채널을 돌렸다. 따뜻한 실내에 왈츠곡이 아련히 흘렀다. 곡이 좀 경박했지만 왈츠는 왈츠였다. 그가 볼륨을 높였다. 스피커를 통해 음울한 멜로디가 우렁우렁 흘러나왔다. 비엔나가 쇠락한 이후 왈츠는 모두 음울하다.

여자는 한 손을 옆구리에 얹은 채 콧노래로 서너 소절을 따라 부르다 갑자기 입을 다물었다.

"이브 크레시." 그녀가 말했다. "한때 빛 속에서 지냈죠. 싸구려 나이트클럽에서. 그러다 몰락했어요. 경찰이 급습을 했고, 빛은 사라졌죠."

그는 그녀를 향해 거의 조롱처럼 보이는 미소를 띠었다. "당신이 거기 있을 때 몰락한 건 아니죠, 크레시 양. ······이건 예전의 늙은 포터가 가슴에 훈장을 치렁치렁 달고 호텔 앞에서 오락가락하던 시절에 늘 흘러나오던 왈츠입니다. 〈마지막 웃음〉이라는, 에밀 재닝스가 주연한 무성영화의 OST죠. 미스 크레시, 당신은 기억하지 못할 겁니다."

"봄날, 아름다운 봄날이 생각나요. 아니, 난 아름다운 봄날을 본 적이 없어요." 그녀가 말했다.

그는 그녀에게서 세 걸음 뒤로 물러나서 등을 돌렸다. "이제 나는 올라가서 문단속을 확인해야 합니다. 혹시 제가 귀찮게 한 것은 아닌지 모르겠군요. 이제 주무실 시간입니다. 꽤 늦었어요."

가벼운 왈츠가 끝나고 진행자의 말소리가 흘러나오기 시작했다. 그 말소리 사이로 여자가 말했다. "당신은 정말로 그 생각을 했나요? 발코니 말예요."

그는 고개를 끄덕였다. "그래요. 하지만 더는 생각하지 않습니다." 그가 부드럽게 말했다.

"그럴 리가 없어요, 토니." 그녀의 미소는 죽은 잎사귀 같았다. "나중에 다시 와서 좀 더 얘기를 해 주세요. 빨강 머리는 뛰어내리지 않아요, 토니. 그냥 매달려 있죠. 그러다 시들어요."

그는 잠시 침중하게 그녀를 바라보다가 양탄자를 밟고 사라졌다. 중앙 로비로 이어지는 아치 길에 포터가 서 있었다. 토니는 그쪽을 바라보지 않았지만, 그쪽에 누군가가 있다는 것을 알고 있었다. 누군가가 접근하면 그는 항상 그것을 알아차렸다. 그는 풀이 자라는 소리도 들을 수 있었다. 〈파랑새〉에 나오는 당나귀처럼.

포터가 그를 향해 고개를 획 돌렸다. 제복 깃 위의 넓적한 얼굴에는 땀이 번들거리고 흥분한 기색이 역력했다. 토니가 다가가서, 두 사람은 같이 아치를 지나 어둑한 로비 중앙으로 나갔다.

"무슨 문제라도?" 토니가 심드렁하게 물었다.

"밖에 찾는 녀석이 있어요, 토니. 근데 들어오려고 하질 않아요. 유리문을 닦고 있을 때 다가오더니 '토니를 불러 주시오' 하고 입꼬리로 말하더군요."

토니가 말했다. "그것 참." 그러고는 포터의 연푸른 눈을 바라보았다. "누구라던가?"

"앨, 앨이라더군요."

토니의 얼굴이 밀가루 반죽처럼 무표정해졌다. "알았어." 그가 몸을 돌려 떠나려 했다.

포터가 그의 소매를 잡았다. "이봐요, 토니. 혹시 적이 있는 거예요?"

여전히 무표정한 얼굴로 토니가 점잖게 웃었다.

"이봐요, 토니." 포터가 소매를 단단히 붙잡았다. "저 아래 커다란 검은 차가 한 대 있어요. 택시들 맞은편에요. 녀석은 승용차 발판에 한 발을 올려놓고 있었어요. 녀석이 내게 말을 걸었죠. 짙은 갈색 외투를 입었는데 깃을 귀까지 세워 올렸고, 모자를 푹 눌러써서 얼굴은 거의 보이지 않았어요. '토니를 불러 주시오' 하고 입꼬리로 말하더라고요. 혹시 적이 있는 건가요, 토니?"

"그냥 금융회사에서 온 거야." 토니가 말했다. "자네 일이나 봐."

그는 천천히 걸음을 옮기며 다소 뻣뻣하게 파란 양탄자를 가로질러, 한쪽에 승강기 세 대가 있고 다른 쪽에는 데스크가 있는 입구 로비로 이어진 야트막한 세 계단을 올라갔다. 승강기 한 대만이 움직이고 있었다. 문이 열린 두 대의 승강기 옆에는 은색 가두리 치장을 한 단정한 파란 유니폼 차림의 야간 승강기 기사가 팔짱을 끼고 묵묵히 서 있었다. 여위고 얼굴이 검은 멕시코 출신의 고메스라는 청년으로, 야간 교대근무 중이었다.

다른 쪽의 장밋빛 대리석 데스크에는 야간 접수계원이 우아하게 데스크에 상체를 기대고 있었다. 키가 작고 단정한 이 남자는 성기고 붉은 콧수염을 길렀고 볼이 너무 붉어서 우락부락해 보였다. 그가 토니를 물끄러미 바라보며 손톱으로 콧수염을 긁적거렸다.

토니는 세 손가락은 손바닥에 붙인 채 엄지를 치켜들고 곧게 편 검지로는 그를 가리키며 손가락을 위아래로 까딱거렸다. 접수계원은 따분한 표정으로 콧수염의 다른 부위를 긁적거렸다.

토니는 문을 닫은 어둑한 신문 판매대와 드러그스토어로 이어진 측면 출입구를 지나, 황동 테두리를 두른 유리문 현관으로 향했다. 그는 유리문 옆에 잠시 서서 깊게 숨을 몰아쉬었다. 그리고 어깨를 펴고 문을 밀어 연 후 차갑고 축축한 밤공기 속으로 발을 들여놓았다.

거리는 어둡고 조용했다. 두 블록 떨어진 윌셔 거리를 지나가는 자동차 소리가 들렸지만 그마저도 뜸했고, 의미도 없었다. 왼쪽에 택시 두 대가 있었다. 운전기사들이 바퀴 덮개에 나란히 기대서서 담배를 피우고 있었다. 토니는 다른 길로 걸어갔다. 커다란 검은 차는 호텔 입구에서 3분의 1 블록쯤 떨어진 곳에 있었다. 차량 불빛은 희미했고, 가까이 다가가서야 부드러운 엔진 소리가 들렸다.

키가 큰 인물이 차체에서 몸을 떼고 그를 향해 느긋이 걸어왔다. 두 손은 깃을 세운 짙은 갈색 외투 주머니에 찔러 넣고 있었다. 입에 문 담배 끝에서 녹슨 진주 같은 불빛이 희미하게 번들거렸다.

두 사람은 한 걸음쯤 떨어진 곳에서 걸음을 멈추었다.

키 큰 남자가 말했다. "어이, 토니. 오랜만이군."

"그래. 형은 잘 지냈어?"

"불만은 없지." 키 큰 남자가 외투 주머니에서 오른손을 꺼내다가 멈추고 조용히 웃었다. "깜빡 잊었군. 너는 악수를 좋아하지 않지?"

"그건 의미 없는 짓이니까." 토니가 말했다. "악수는 원숭이도 할 수 있지. 형, 용건이 뭐야?"

"넌 여전히 살집이 좋네?"

"그래." 토니는 뻑뻑한 눈을 깜빡였다. 목구멍도 뻑뻑했다.

"거기 일은 마음에 들고?"

"그냥 밥벌이지 뭐."

앨이 다시 나직하게 웃었다. "넌 여전히 느긋하군, 토니. 나는 성급하고 말이야. 그래, 그게 밥벌이라니, 그걸 계속하려나 보군. 좋아, 너희 조용한 호텔에 이브 크레시라는 여자가 묵고 있을 거야. 그녀를 데리고 나와. 지금 빨리."

"무슨 문제라도 있는 거야?"

키 큰 남자가 거리를 둘러보았다. 차 뒷좌석에 앉은 남자가 가볍게 기침을 했다. "그 여잔 나쁜 놈한테 낚였어. 그 여자한테 개인적으로 아무 유감이 없지만, 그녀가 너에겐 골칫거리가 될 거야. 여자를 데리고 나와, 토니. 한 시간 안에 나와야 해."

"그러지." 토니가 아무런 뜻도, 목적도 없이 말했다.

앨이 주머니에서 한 손을 꺼내 토니의 가슴을 향해 뻗었다. 그리고 살짝 토니를 밀었다. "배불뚝이 동생, 이건 장난으로 하는 소리가 아니야. 여자를 꼭 데리고 나와야 해."

"그러지." 다시 담담하게 토니가 말했다.

키 큰 남자는 회수한 손을 차 문 쪽으로 뻗었다. 그는 문을 열고 날렵한 검은 그림자처럼 안으로 미끄러져 들어가기 시작했다.

그러다 멈칫하고는 차 안의 남자들에게 뭐라고 말하고 다시 밖으로 나왔다. 그는 토니가 묵묵히 서 있는 곳으로 돌아왔다. 거리의 희미한 불빛에 비친 그의 두 눈이 창백했다.

"잘 들어, 토니. 너는 손을 더럽히지 마. 너는 착한 동생이니까."

토니는 대꾸하지 않았다.

귀에 닿을 만큼 목깃을 세운 앨이 그를 향해 긴 그림자를 기울였다. "토니, 이건 골치 아픈 일거리야. 우리 애들이 싫어하겠지만, 그래도 너니까 해 주는 말인데, 이브 크레시는 조니 레일스라는 청년과 결혼을 했어. 레일스는 이삼일 전인가, 일주일 전인가 쿠엔틴 교도소에서 출감했지. 그는 과실치사로 3년 형을 살았어. 그 여자가 그를 교도소에 집어넣었지. 그는 어느 날 밤 술에 취해서 어떤 노인을 차로 치었어. 그녀가 함께 있었지. 그는 차를 멈추려 하지 않았어. 그녀는 그에게 자수하라고 말했지. 그는 자수하지 않았어. 결국 경찰이 그를 찾아냈지."

토니가 말했다. "그거 안됐군."

"경찰이란 게 원래 그렇지. 이쪽 일을 하다 보면 별걸 다 알게 되는데, 레일스는 자기가 나갈 때까지 여자가 기다리고 있을 거라고 늘 나불댔어. 그는 용서하고 잊어버릴 만반의 준비가 되었다면서 출소하면 곧장 그녀에게 달려가겠다고 했지."

토니가 말했다. "그게 형과 무슨 관계가 있는데?" 그의 목소리가 두꺼운 종이처럼 건조하게 바스락거렸다.

앨이 웃었다. "조직의 까칠한 녀석들이 그를 만나고 싶어 하거든. 레일스는 선셋 대로의 어느 카지노에서 테이블 하나를 맡고 있었어. 카지노 실정을 알아낸 그는 다른 녀석과 함께 5만 달러를 빼돌렸지. 다른 녀석은 전부 토해 냈어. 하지만 아직 레일스의 2만 5천 달러는 돌려받지 못했지. 카지노에서 보호료를 받고 있는 까칠한 녀석들이 그런 일을 잊을 리가 없잖아."

토니는 어두운 거리를 살펴보았다. 택시 운전기사 하나가 던진 담배꽁초가 택시 지붕 너머로 포물선을 그렸다. 토니는 도로에 꽁초가 떨어져 불꽃이 튀는 것을 지켜보았다. 그는 커다란 승용차의 조용한 엔진 소리에 귀를 기울였다.

"내가 끼어들고 싶진 않군. 그녀를 데리고 나올게." 그가 말했다.

앨이 고개를 끄덕이며 뒤로 물러섰다. "잘 생각했어. 어머니는 요새 어떠셔?"

"좋아." 토니가 말했다.

"어머니한테 안부 전해 줘."

"그야 어려울 것 없지." 토니가 말했다.

앨은 재빨리 돌아서서 차 안으로 들어갔다. 차가 도로 중앙에서 천천히 유턴을 해서 길모퉁이로 되돌아갔다. 그러고는 전조등을 위로 향하며 한쪽 벽을 비추더니, 모퉁이를 돌아 사라졌다. 어른거리는 배기가스 냄새가 토니의 코를 스쳤다. 그는 호텔로 돌아가서 무선실로 향했다.

무선실에서는 아직도 나지막한 소리가 들렸지만, 소파에 앉아 있던 여자는 떠나고 없었다. 그녀의 몸에 눌린 소파 자리가 움푹 들어가 있었다. 토니는 손을 뻗어 그 자국을 만져 보았다. 아직 온기가 남아 있는 듯했다. 그는 라디오를 끄고 우두커니 서서 손바닥을 배에 얹고 엄지로 천천히 배를 쓸었다. 그러다 로비를 지나 승강기 쪽으로 가서 하 얀 모랫빛의 마졸리카 도자기 옆에 섰다. 접수계원이 데스크 한쪽 끝 의 불투명한 유리 칸막이 뒤에서 부산을 떨고 있었다. 로비의 분위기 는 죽은 듯 가라앉아 있었다.

승강기 통로는 어두웠다. 토니는 중앙 승강기의 위치 표시 바늘을 바라보았다. 14층을 가리키고 있었다.

"자러 갔군." 그가 나지막이 말했다.

승강기 옆의 포터 휴게실 문이 열리더니 멕시코계의 키 작은 야간 승강기 당번이 사복을 입고 나왔다. 말린 밤색 눈동자가 곁눈질로 토 니를 바라보았다.

"안녕하세요, 보스."

"그래." 토니가 멍하니 대답했다.

그는 가느다란 줄무늬 시가를 조끼 주머니에서 꺼내 냄새를 맡았다. 시가를 단정한 손가락들 사이에 끼우고 천천히 돌리며 살펴보았다. 시가 옆구리가 살짝 터져 있었다. 그는 낯을 찡그리며 시가를 내던졌 다.

멀리서 무슨 소리가 들렸다. 승강기 위치 표시 바늘이 살짝 움직이 기 시작했다. 승강기 통로에서 불빛이 깜빡이더니 승강기 바닥이 어 둠을 밀고 내려왔다. 승강기가 멈추고 문이 열리더니 야간 포터인 칼 이 내렸다.

칼이 다소 흠칫하며 토니와 눈을 마주쳤다. 그가 머리를 한쪽으로 갸웃한 채 다가왔다. 분홍빛 윗입술이 살짝 반들거렸다.

"저기요, 토니."

토니가 거칠고 민첩한 손으로 그의 팔을 잡고 그를 돌려세웠다. 그는 재빨리, 그러나 다소 무심하게 세 계단 아래의 어둑한 중앙 로비 쪽으로 그를 밀어붙인 후 모퉁이를 돌았다. 그리고 팔을 놓아주었다. 다시 목구멍이 뻣뻣했지만 이유를 알 수 없었다.

"그래, 저기 뭐?" 그가 험악하게 말했다.

포터가 주머니에 손을 넣어 1달러 지폐를 꺼냈다. "그가 이걸 주었어요." 그가 어물어물 말했다. 반짝이는 그의 두 눈이 토니의 어깨 너머 허공을 슬쩍 바라보았다. 두 눈이 재빨리 깜빡였다. "얼음을 띄운 진저에일도요."

"거짓말하지 마." 토니가 윽박질렀다.

"14층 B호실의 남자 말예요." 포터가 말했다.

"숨을 내쉬어 봐."

포터가 고분고분 그를 향해 몸을 기울였다.

"술 냄새군." 토니가 거칠게 말했다.

"그가 한 잔 주었어요."

토니는 지폐를 내려다보았다. "14층에는 아무도 없어. 내 명단엔 없단 말이야." 그가 말했다.

"아니요, 있어요." 포터가 입술을 핥고 두 눈을 여러 번 깜빡였다. "키가 큰 흑인이에요."

"좋아." 토니가 까칠하게 말했다. "14B호실에 키가 큰 흑인이 한 명 있는데, 그가 너에게 1달러와 술을 한 잔 주었어. 그리고 또?"

"그의 겨드랑이에 권총이 있었어요." 칼이 말하고 눈을 깜빡였다.

토니는 히죽 웃었지만 두 눈은 두꺼운 얼음처럼 생기 없이 번들거렸다. "네가 크레시 양을 방까지 모셔다드렸어?"

칼이 고개를 내둘렀다. "고메스가요. 나는 그녀가 올라가는 것만 봤어요."

"가 봐. 그리고 다시는 손님한테 술을 받아먹지 마." 토니가 이를 앙 다물고 말했다.

칼이 승강기 옆의 작은 방으로 들어가 문을 닫을 때까지 그는 움직이지 않았다. 그리고 그는 소리 없이 세 계단을 올라 데스크 앞에 서서 장밋빛 대리석과 줄마노 펜 세트와 가죽 테를 두른 숙박계를 바라보았다. 그는 한 손을 들어 대리석을 쾅 내리쳤다. 접수계원이 구멍에서 나타난 다람쥐처럼 유리 칸막이 뒤에서 불쑥 튀어나왔다.

토니는 안주머니에서 종이 한 장을 꺼내 데스크 위에 펼쳤다. "여길 보면 14B호실에는 아무도 없어." 그가 싸늘한 음성으로 말했다.

접수계원이 콧수염을 점잖게 비틀었다. "죄송합니다만, 그 손님이 들어왔을 때 보스는 식사를 하러 나간 모양인데요."

"누구야?"

"샌디에이고의 제임스 워터슨이라고 숙박계에 썼어요." 접수계원이 하품을 했다.

"누군가를 찾지 않았어?"

접수계원이 하품을 하다 말고 토니의 머리 위를 바라보았다. "예, 스윙 밴드를 찾았죠. 근데 왜요?"

"쌈박하고 템포가 빠르고 우스꽝스러워서 스윙 밴드를 찾곤 하지. 그걸 좋아한다면 말이야." 토니가 말했다. 그는 자기 종이에 뭔가를 쓰고 다시 주머니에 집어넣었다. "난 올라가서 문단속이나 점검해야겠어. 꼭대기 층 객실 네 곳은 비어 있으니까 말이야. 허튼짓하지 말고 잘 지켜. 게으름 피우지 말고."

"여태 잘해 왔어요." 접수계원이 말하고는 하품을 마쳤다. "빨리 돌아오세요. 심심해 죽겠어요."

"그 코 밑의 붉은 솜털이나 좀 깎고 있지그래." 토니가 말하고는 승강기로 향했다.

그는 어두운 승강기를 열고 천장 등을 켠 후 14층으로 올라갔다. 그는 다시 등을 끄고, 밖으로 나가 승강기 문을 닫았다. 이쪽 로비는 바로 아래층의 로비만 빼고는 다른 곳보다 더 작았다. 승강기 벽을 제외한 다른 벽들 각각에 푸른 패널 문이 나 있었다. 각 문에는 금테를 두른 금빛 숫자와 문자가 쓰여 있었다. 토니는 14A로 다가가 패널 문에 귀를 댔다. 아무 소리도 들리지 않았다. 이브 크레시는 침대에서 자고 있거나, 욕실에 있거나, 발코니에 나가 있을 것이다. 아니면 문에서 좀 떨어진 곳에 가만히 앉아 벽을 바라보고 있을 수도 있다. 그녀가 가만히 앉아 벽을 바라보고 있는 소리가 들리기를 기대할 수는 없을 것이다. 그는 14B로 다가가서 패널 문에 귀를 댔다. 이번에는 달랐다. 안에서 무슨 소리가 났다. 남자의 기침 소리였다. 기침 소리가 왠지 고독하게 들렸다. 말소리는 들리지 않았다. 토니는 문 옆의 작은 자개 버튼을 눌렀다.

서두르지 않고 느긋한 발소리가 들렸다. 굵은 목소리가 패널 문을 통해 들렸다. 토니는 아무런 대답도 하지 않고, 소리도 내지 않았다. 굵은 목소리가 거듭 물었다. 토니는 심술궂게 다시 벨을 살짝 눌렀다.

샌디에이고의 제임스 워터슨 씨는 이제 문을 열고 버럭 소리라도 질러야 마땅했다. 하지만 그러지 않았다. 문 뒤편에서 빙하의 침묵과도 같은 침묵이 내려앉았다. 토니는 또다시 나무 문에 귀를 댔다. 괴괴한 침묵이 계속됐다.

그는 사슬에 매달린 마스터키를 꺼내 문구멍에 잘 찔러 넣었다. 열쇠를 돌리고 10센티미터쯤 문을 밀어 열고 열쇠를 뽑았다. 그리고 기다렸다.

"들어올 거면 각오해." 거친 목소리가 들렸다.

토니는 문을 활짝 열고 로비의 불빛을 등진 채 그대로 서 있었다. 남자는 키가 컸고, 검은 머리에 얼굴은 희고 각이 져 있었다. 그는 총을 쥐고 있었다.

"어서 들어오지그래." 그가 느긋하게 말했다.

토니는 안으로 들어가서 어깨로 문을 밀어 닫았다. 두 손은 양옆에서 살짝 내민 채, 숙련된 손가락은 살짝 말아 쥐고 있었다. 그는 살짝 미소를 지어 보였다.

"워터슨 씨?"

"그래, 그런데 용무가 뭐지?"

"저는 이 호텔의 탐정입니다."

"그거 뜻밖이군."

키 크고 하얀 얼굴에, 어찌 보면 잘생겼고 어찌 보면 못생긴 남자가 천천히 뒤로 물러섰다. 이곳은 큰 방이 하나 있고, 두 벽면에 야트막한 발코니가 딸려 있었다. 꼭대기 층 객실에만 있는 개별적인 이 야외 발코니의 여닫이 유리문이 열려 있었다. 푹신한 소파 앞의 패널 칸막이 뒤에는 장작불을 피우는 벽난로가 있었다. 깊고 푹신한 의자 옆에는 호텔 쟁반 위에 늘씬한 우윳빛 유리잔 하나가 놓여 있었다. 남자는 그쪽으로 물러나 그 앞에 섰다. 반짝이는 커다란 권총이 축 늘어져 바닥을 향했다.

"정말 뜻밖이야." 그가 말했다. "내가 이 호텔에 몸을 부린 지 한 시간밖에 안 됐는데, 벌써 호텔 탐정이 납시다니. 좋아, 자기. 벽장이랑 화장실을 살펴봐. 하지만 그 여자는 떠났어."

"당신은 아직 그녀를 보지 못했군." 토니가 말했다.

남자의 탈색된 얼굴에 뜻밖에도 잔뜩 주름살이 잡혔다. 그의 굵은 목소리에 날이 섰다. "응? 내가 누구를 아직 보지 못했다고?"

"이브 크레시라는 여자."

남자가 침을 삼켰다. 그는 쟁반 옆 테이블에 총을 내려놓았다. 뒤쪽 의자에 몸을 부린 그는 요통이 있는 것처럼 뻣뻣하게 앉았다. 그러고는 상체를 앞으로 숙이더니 두 손을 양쪽 무릎 슬개골에 얹고 이빨이 보이도록 환하게 웃었다. "그래, 그녀가 여기 있었다고? 나는 아직 그녀에 대해 묻지도 않았는데. 나는 조심성이 많은 놈이지. 그래서 아직 묻지도 않았고."

"그녀가 여기 머문 지 닷새가 됐소. 댁을 기다리면서, 잠시도 호텔을 떠나지 않았지." 토니가 말했다.

남자의 입이 살짝 씰룩였다. 알 만하다는 듯이 한쪽 입꼬리가 올라갔다. "저 북쪽 동네에서 시간 좀 잡아먹었지. 그게 어떤 건지 알 거야. 옛 친구들을 찾아다니는 것 말이지." 그가 순순히 말했다. "그쪽은 내 용무에 대해 꽤 아는 것 같군그래, 탐정 씨."

"그렇소이다, 레일스 씨."

남자가 벌떡 일어나 권총을 낚아챘다. 그는 테이블을 짚은 채 몸을 숙이고 서서 토니를 노려보았다. "여자는 말이 많은 게 탈이라니까." 이빨로 뭔가 부드러운 것을 물고 말하듯이 그가 웅얼거렸다.

"여자가 아니오, 레일스 씨."

"엉?" 권총이 딱딱한 목제 테이블 위로 죽 미끄러졌다. "말해 보슈. 내 독심술이 작동을 안 하는군."

"여자가 아니라 남자들이었지. 총을 가진 남자들."

빙하 같은 침묵이 다시 두 사람 사이에 내려앉았다. 남자가 천천히 몸을 세웠다. 얼굴에서 표정이 씻은 듯 사라졌지만, 두 눈에 불안한 기색이 깃들었다. 옹달샘처럼 소박한 두 눈과 조용하고 창백하고 우호적인 얼굴을 가진 통통한 남자 앞으로 토니는 몸을 기울였다.

"그들은 포기란 걸 몰라. 그 녀석들은." 조니 레일스가 입술을 핥았다. "조만간에 손을 쓰겠지. 오래된 회사는 잠들지 않는다는 말도 있으니."

"그들이 누군지 아나?" 토니가 부드럽게 말했다.

"아홉 번 추리를 하면 열두 번은 맞을 거야."

"까칠한 녀석들이지." 토니가 날 선 미소를 지었다.

"그녀는 어딨지?" 조니 레일스가 거칠게 물었다.

"바로 옆방에."

남자는 벽까지 걸어가서 총을 테이블 위에 내려놓았다. 그는 벽 앞에 서서 살펴보았다. 그는 팔을 들어 올리고 발코니 난간의 창살을 틀어쥐었다. 팔을 내리고 돌아본 그의 얼굴에는 주름살이 좀 펴져 있었다. 두 눈은 더욱 조용히 반짝였다. 그는 토니가 있는 곳으로 돌아와 그를 굽어보았다.

"돈은 좀 가져왔지." 그가 말했다. "이브가 내게 좀 보내 줬고, 북쪽에서 조금 빌리기도 했어. 하지만 그건 비상금에 지나지 않아. 그 까칠한 녀석들은 2만 5천 운운하는데, 내가 가진 건 500이 전부라고." 그가 삐딱하게 미소를 지었다. "녀석들에게 그걸 믿게 하려면 꽤나 즐거운 시간을 보내야겠군. 그러겠어."

"나머지 돈은 어쨌는데?" 토니가 무심히 물었다.

"그런 건 애당초 있지도 않았어. 그걸 믿는 사람은 세상에 나밖에 없지만 말이지. 실은 나도 감쪽같이 당했어."

"나도 믿어 보지." 토니가 말했다.

"녀석들이 자주 사람을 죽이진 않아. 하지만 엄청 터프해."

"깡패지." 토니가 갑자기 경멸조로 말했다. "총을 든 녀석들. 그저 깡패일 뿐이야."

조니 레일스는 잔을 들고 단숨에 비웠다. 잔을 내려놓을 때 남은 얼음이 달그락거렸다. 그는 총을 집어 들고 뱅뱅 돌리다가 안주머니에 찔러 넣었다. 그는 바닥 양탄자를 굽어보았다.

"근데 왜 나한테 그걸 말해 준 거지?"

"자네라면 그녀를 좀 도와줄 것 같았어."

"내가 돕지 않는다면?"

"아무튼 도울 거라고 봐." 토니가 말했다.

조니 레일스가 조용히 고개를 끄덕였다. "여기서 몰래 나갈 수 있나?"

"종업원용 승강기를 타고 차고로 가면 돼. 차를 빌릴 수 있을 거야. 명함을 줄 테니 그걸 차고 관리인에게 보여 주면 돼."

"자네는 좀 웃기는 친구로군." 조니 레일스가 말했다.

토니가 낡은 타조 가죽 지갑을 꺼내 명함에 뭐라고 썼다. 조니 레일스가 그걸 읽어 보고, 명함을 든 채 우두커니 서서 명함으로 엄지손톱을 톡톡 쳤다.

"내가 그녀를 데려가도 될까?" 그가 눈살을 찌푸렸다.

"지옥으로 직행하고 싶다면야." 토니가 말했다. "그녀가 이곳에 5일 동안 묵었다고 내가 말했지? 놈들이 그녀를 봤어. 내가 아는 사람이 나를 불러내더니, 나더러 그녀를 데리고 나오라더군. 왜 그러는지도 이야기해 주고 말이지. 그래서 자네를 이렇게 뒷문으로 내보내려는 거야."

"녀석들이 참 좋아하겠군그래." 레일스가 말했다. "자네한테 애도의 꽃다발이라도 보내 주겠어."

"그럼 나도 쉬는 날 찾아가서 애도를 표해야겠군."

조니 레일스가 손을 뒤집어 손바닥을 바라보았다. "암튼 그녀를 만나 봐도 되겠지? 떠나기 전에 말이야. 이 옆방이라고 했나?"

토니가 몸을 틀어 현관으로 향했다. 그가 어깨 너머로 말했다. "너무 시간 낭비를 하진 마. 내가 언제 마음이 바뀔지 모르니까."

남자가 거의 부드러운 음성으로 말했다. "그래, 그쪽이 이제 나를 팔아 버릴지도 모르지."

토니가 고개를 돌리지 않고 말했다. "그 정도 위험은 감수해야겠지."

토니는 계속 문으로 나아가서 밖으로 나갔다. 그는 조심스레 조용히 문을 닫고, 14A호 문을 한번 바라본 후 어두운 승강기에 올라탔다. 침구류 보관실이 있는 층까지 내려가서, 밖으로 나가 화물 승강기를 잡아 두고 있는 침구류 바구니를 제거했다. 승강기 문이 조용히 닫혔다. 그는 소리가 나지 않도록 승강기 문을 살짝 잡았다 놓았다. 복도 저편의 객실 청소 담당 사무실의 열린 문에서 불빛이 새어 나오고 있었다. 토니는 앞서 타고 내려온 승강기로 돌아가 로비로 내려갔다. 접수계원은 표면이 울퉁불퉁한 불투명 유리 칸막이 뒤에서 장부 정리를 하고 있어서 보이지 않았다. 토니는 중앙 로비로 가서 무선실로 향했다. 라디오가 다시 켜져서 나직한 소리가 흘러나왔다. 그녀가 그곳에 있었다. 전처럼 소파에 올라가 웅크린 채였다. 스피커가 그녀를 향해 웅

582

얼거리고 있었다. 말소리가 너무 낮아서 숲의 나뭇잎들이 사각거리듯 뜻 없는 소리가 흘러나오고 있었다. 그녀가 천천히 고개를 돌리고 그를 향해 미소를 지었다.

"문단속 점검을 마쳤나요? 저는 통 잠을 이룰 수가 없더라고요. 그래서 다시 내려왔어요. 괜찮죠?"

그는 미소를 짓고 고개를 끄덕였다. 초록 의자에 앉은 그는 통통한 비단 팔걸이를 토닥거렸다. "괜찮고말고요, 크레시 양."

"기다리는 것처럼 힘든 건 없는 것 같아요. 근데 저 라디오 좀 어떻게 해 봐요. 무슨 프렌치 호른 연주하는 소리처럼 들려요."

토니는 다이얼을 만지작거리다가 마음에 드는 채널을 찾지 못하고 다시 원래 채널로 돌려놓았다.

"이제 맥주 카운터의 술꾼들 말고는 손님이 없어요."

그녀가 다시 그에게 미소를 지어 보였다.

"내가 여기 있어서 방해되지 않나요, 크레시 양?"

"좋기만 한걸요. 당신은 참 상냥하세요, 토니."

뻣뻣하게 바닥을 바라보는 그의 척추에 전율이 흘렀다. 그는 전율이 사라지기를 기다렸다. 전율은 천천히 사라졌다. 그 후 그는 등을 기대고 앉아 다시 긴장을 풀고 시곗줄에 매달린 엘크 이빨을 손가락으로 움켜쥐었다. 그는 귀를 기울였다. 라디오 소리가 아니라, 멀리서 뭔가 거친 소리가 어렴풋이 들려온 것이다. 어쩌면 그저 낯선 밤거리를 누비고 가는 마차 소리일 것이다.

"나쁘기만 한 사람은 없어요." 그가 큰 소리로 말했다.

여자가 나른히 그를 바라보았다. "그럼 내가 만난 두어 명에 대해선 내가 착각을 한 거네요?"

그가 고개를 끄덕였다. "그래요." 그가 신중하게 긍정했다. "더러 나쁜 사람도 있겠지만 말입니다."

여자는 하품을 하고 진한 보랏빛 눈을 반쯤 감았다. 그녀는 다시 쿠션에 몸을 파묻었다. "잠깐만 거기 있어 줘요, 토니. 저는 잠깐 눈 좀 붙이고 싶어요."

"그러죠. 어차피 할 일도 없으니. 나한테 월급은 왜 주나 모르겠어요."

그녀는 금세 잠이 들어 아이처럼 꼼짝도 하지 않았다. 토니는 10분쯤 숨소리를 죽이고 앉아 있었다. 살짝 입을 벌린 채 그저 묵묵히 그녀를 지켜보았다. 그의 맑은 두 눈에는 조용한 열망이 어려 있었다. 마치 제단을 바라보는 사제처럼.

그러다 아주 조심스레 일어선 그는 아치문을 지나 입구 로비를 거쳐 데스크로 갔다. 그는 데스크에 서서 잠시 귀를 기울였다. 보이지 않는 곳에서 펜을 긁는 소리가 들렸다. 그는 모퉁이를 돌아 전화기들이 놓인 아담한 유리 부스로 갔다. 수화기를 든 그는 교환원에게 야간 차고 담당자를 연결해 달라고 말했다.

벨이 서너 번 울린 후 소년 같은 목소리가 응답했다. "윈더미어 호텔, 차고입니다."

"토니 리섹이야. 워터슨이라는 친구에게 내 명함을 주었는데, 그는 떠났나?"

"예. 한 30분 전에 떠났어요. 아저씨 손님인가요?"

"그래. 내 동료지." 토니가 말했다. "고마워. 나중에 보자."

그는 수화기를 내려놓고 목을 긁었다. 데스크로 돌아간 그는 손으로 데스크를 찰싹 내리쳤다. 접수계원이 접대용 미소를 머금고 얼른 칸막이를 돌아 나왔다. 그는 토니를 보고 미소를 거두었다.

"아 좀, 나도 밀린 일 좀 하자고요." 그가 툴툴거렸다.

"직원 할인으로 하면 14B호실 요금이 얼마지?"

접수계원이 뚱하니 바라보았다. "그 스위트룸은 직원 할인이 안 되는데요."

"되게 해. 그 친구는 이미 떠났어. 한 시간만 묵었지."

"음, 알았어요." 접수계원이 쾌활하게 말했다. "그럼 투숙을 하지 않은 걸로 하죠. 그냥 빼자고요."

"5달러면 되겠어?"

"친구인가요?"

"아니. 돈도 없으면서 망상에 사로잡힌 어떤 술꾼이야."

"승강기를 탔으면 내가 봤을 텐데, 그 사람 어떻게 밖으로 나갔어요?"

"내가 직원용 승강기에 태워 보냈어. 너는 졸고 있었지. 5달러면 되겠어?"

"왜 돈을 주는데요?"

낡은 타조 가죽 지갑이 나오고 5달러 지폐 한 장이 대리석 상판 위로 건너갔다. "그에게 해 줄 수 있는 게 이것뿐이라서." 토니가 건성으로 말했다.

접수계원이 5달러를 집어 들고 황당한 표정을 지었다. "뭐, 보스 좋을 대로." 그가 말하며 어깨를 으쓱했다. 데스크 위의 전화가 울리고 그가 수화기를 들었다. 귀를 기울이더니 전화기를 토니에게 내밀었다. "보스한테 온 거예요."

토니가 전화기를 가슴에 안고 송화기를 입 가까이 댔다. 낯선 목소리가 들렸다. 금속성 목소리였다. 누군지 알 수 없었다.

"토니? 토니 리섹?"

"그렇습니다. 말씀하세요."

"앨이 전하는 말이야. 듣겠나?"

토니는 접수계원을 바라보며 전화기 너머로 말했다. "친구야." 접수계원이 그를 보며 살짝 미소를 짓고는 사라졌다. "말해." 토니가 송화기에 대고 말했다.

"우린 자네 호텔에 있던 어떤 녀석과 볼일이 있었어. 달아나는 걸 붙잡았지. 앨은 자네가 그 녀석을 도망치게 할 줄 진작 알고 있었어. 우린 녀석의 차를 쫓아가서 보도로 밀어붙였지. 그렇게 잘하진 못했어. 반격을 당했으니까."

토니는 전화기를 잡은 손에 힘을 주었다. 땀이 증발하며 관자놀이가 서늘해졌다. 그가 말했다. "그래서? 좀 더 할 말이 있는 모양인데."

"조금 있지. 녀석이 큰 거 한 방을 맞았어. 싸늘해졌지. 앨, 앨이 자네에게 작별 인사를 전하라더군."

토니는 데스크에 몸을 기대고 머리를 축 늘어뜨렸다. 말이라고 할 수 없는 소리가 입에서 흘러나왔다.

"무슨 말인지 알아들었나?" 성마르고 다소 짜증 섞인 금속성 목소리가 들렸다. "그 녀석이 총을 갖고 있었어. 그걸 사용했지. 그래서 앨은 더 이상 그 누구에게도 전화를 할 수 없게 됐어."

토니는 전화기를 들고 몸을 휘청했다. 전화기 바닥이 장밋빛 대리석 카운터에 부딪쳤다. 입이 바짝 말랐다.

전화 음성이 들렸다. "뭐, 그렇게 됐어. 어이, 잘 자게." 벽에 자갈 부딪치는 소리처럼 전화가 뚝 끊겼다.

토니는 전혀 소리 나지 않게, 아주 조심스레 전화기를 걸어 놓았다. 그리고 전화기를 움켜쥐었던 왼 손바닥을 바라보았다. 손수건을 꺼내 부드럽게 손바닥을 닦고 손가락들을 다른 손으로 문질러 폈다. 그리고 이마의 땀을 훔쳤다. 접수계원이 다시 칸막이를 돌아 나와서 눈을 반짝이며 그를 바라보았다.

"금요일은 제가 쉬는 날입니다. 아까의 거액은 나한테 빌려준 걸로 하죠?"

토니는 접수계원에게 고개를 끄덕이고 희미하게 미소를 지어 보였다. 그는 손수건을 주머니에 집어넣고 주머니를 툭툭 쳤다. 그리고 돌아서서 데스크를 떠나 입구 로비를 가로질러 낮은 계단 세 개를 내려가서 어둑한 중앙 로비로 가서는 다시 무선실로 통하는 아치문을 지났다. 그는 중환자실에 들어간 사람처럼 발소리를 죽여 걸었다. 전에 자신이 앉았던 의자에 이르러 그는 몸을 천천히 낮추어 의자에 앉았다. 여자는 잠이 든 채 움직이지 않았다. 몇몇 여자와 모든 고양이가 그러듯 둥글게 몸을 말고 있었다. 그녀의 숨소리는 라디오의 희미한 소리에 가려 전혀 들리지 않았다.

토니 리섹은 의자에 등을 기대고 두 손으로 엘크 이빨을 쥔 채 조용히 눈을 감았다.

펄프 픽션의 정점을 찍은 작가

'펄프 픽션pulp fiction' 또는 '펄프 스토리pulp story'라는 말은 펄프 매거진pulp magazine에서 유래한 것이다. 펄프 매거진은 1896년부터 1950년대까지 미국에서 발행된 저가의 대중소설 잡지를 가리키는 말인데, 1920년대 《로스앤젤레스 타임스》지에서 이 말이 처음 사용된 것으로 알려져 있다.

가로 18센티미터에 세로 25센티미터의 판형에 128쪽 정도로, 갱지에 인쇄한 이 잡지는 초기에 10센트(오늘날의 생활수준으로 환산하면 약 8,000원)에 팔렸다. 고급 종이에 인쇄한 잡지가 25센트 하던 시절이었다. 펄프 매거진 특유의 소설은 선정적이거나 충격적이고 대중적인 소설로 대개 격이 낮았다.

펄프 매거진이 미국에서 선풍적인 인기를 끈 것은 1920~1930년대이다. 1930년대 중반 미국에서 가판대에 깔린 펄프 매거진은 150종에 이르렀다. 이때 가격은 25센트(환산하면 역시 8,000원 정도)였는데, 베스트셀러는 판매부수가 100만 부에 이르렀다. 이렇게 펄프 매거진이 인기를 끌자 적자를 면치 못하던 유서 깊은 문학잡지 출판사에서도 펄프 매거진 발행에 뛰어들었다. 레이먼드 챈들러가 초기에 작품을 발표한《블랙 마스크Black Mask》지도 그중 하나다.《블랙 마스크》지에서는 범죄소설을 비롯해서, 모험, 미스터리, 탐정, 서부극, 로맨스, 연애 소설, 오컬트 등 가운데 최고의 작품들이 선을 보였다. 재미있는 사실은, 오늘날 고전으로 분류되는 명작 작가들도 더러 펄프 매거진을 통해 밥벌이를 했다는 것이다.

전형적인 펄프 픽션 작가는 밥벌이를 위해 빠른 속도로 다작을 했다. 요즘 한국의 양판소(양산형 판타지 소설) 작가와 비슷한 셈이다. 그러나 챈들러는 집필을 하는 데 아주 긴 시간 공을 들였다. 동료 펄프 작가인 조지 하면 콕스에게 보낸 편지에서 챈들러는 이렇게 썼다. "나는 글쓰기로 돈을 벌지 못했어. 너무 느리게 쓰고, 너무나 많이 버렸거든." 또 로버트 호건 부인에게는 이렇게 썼다. "나는 본격소설을 쓰는 것만큼 공들여 펄프 스토리를 썼는데, 공을 들인 것에 비해 수입은 너무나 빈약했습니다."

그러나 잘 팔리는 작가만 살아남는 치열한 생존의 현장에서 챈들러는 살아남았다. 공을 들인 것에 비해 수입이 빈약했던 것이지 인기가 없었던 것이 아니기 때문이다. 게다가 공을 들인 만큼 완성도 높아서 레이먼드 챈들러는 미국 문학사의 한자리를 차지할 수 있었다. 챈들러 덕분에 우리는 그 시대 삶의 편린을 더욱 다양하게 음미할 수 있고, 고전 명작이라는 작품에서는 찾아보기 힘든 리얼한 삶의 이면과 미국의 맨 얼굴을 엿볼 수도 있다. 한마디로 레이먼드 챈들러는 펄프 픽션의 전성기에 정점을 찍은 작가였다.

특히 레이먼드 챈들러는 대실 해밋, 로스 맥도널드와 더불어 하드보일드 탐정소설의 시조로 일컬어진다. 미국 대중문학에 막대한 영향을 미친 챈들러를 무라카미 하루키는 "나의 영웅"이라고 일컬었다. 폴 오스터는 이렇게 말했다. "레이먼드 챈들러는 미국을 이야기하는 새로운 방식을 고안해 냈고, 이후 우리에게 미국은 결코 예전처럼 보이지 않았다(Raymond Chandler invented a new way of talking about America, and America has never looked the same to us since)." 첫 장편 『빅 슬립』은 2005년 말 《타임》지가 선정한 20세기의 100대 영어소설에 들었고, 『기나긴 이별』은 《히치콕 매거진》 선정 세계 10대 추리소설에 꼽혔다. 그의 장편 7편 가운데 6편이 영화화되었고, 거듭 영화와 드라마로 만들어졌다.

레이먼드 챈들러가 창조한 필립 말로는 셜록 홈스와 더불어 불멸의 탐정이 되었다. 챈들러는 에세이 「살인이라는 단순한 예술」에서 이렇게 썼다. "남자라면 이 비열한 거리들을 지나가야 한다. 그 자신은 비열하지 않고, 물들지 않고, 두려워하지도 않으면서(Down these mean streets a man must go who is not himself mean, who is neither tarnished nor afraid)." 필립 말로가 바로 그 남자다.

옮긴이의 푸념 한마디. 대중잡지에 실린 대중소설인데, 고전 명작이라는 소설보다 훨씬 더 번역이 어려웠다. 번역하기 까다로운 묘사가 나오지는 않지만 당시의 비속어와 통속 어법이 오늘날과 사뭇 달랐기 때문이다. 그런 곤혹스러움 때문에 번역을 하면서 레이먼드 챈들러가

싫어졌는데, 번역이 끝난 후 문장을 다듬으며 다시 읽어 보니 싫어할
수가 없다.

독자께서도 펄프 픽션의 한 정점을 음미해 보시길, 하드보일드 탐정
소설 시조의 문을 한번 열어 보시길 바란다.

레이먼드 챈들러 연보

1888 7월 23일 레이먼드 손턴 챈들러, 시카고에서 탄생하다. 철도회사를 다닌 아버지는 술꾼으로 거의 집에 들어오지도 않다가 이듬해 이혼하고 종적을 감추었다.

1895 어머니와 함께 잉글랜드로 이주했다. 외할머니와 이모에게 냉대를 받으며 함께 지냈다.

1903~04 그리스어로 고전 명작을 공부하기 시작했다.

1905~06 가족의 결정에 따라 외국어 공부를 위해 파리로 가서 비즈니스 칼리지에서 프랑스어를 익히고, 개인 교사를 두고 독일어를 공부했다.

1907~08	잉글랜드로 돌아와 어머니와 함께 지내며 공무원 시험에 응시했다. 600명 중 3등으로 합격해서 영국 해군의 창고 관리직을 얻었지만 6개월 만에 사직했다.
1909~11	《데일리 익스프레스》지 기자를 잠간 거쳐 《웨스트민스터 가제트》지에 취직, 유럽 문제에 관한 기사를 쓰고, 스케치와 시를 기고했다. 《디 아카데미》지에 에세이를 기고했다.
1912	외삼촌에게 500파운드를 빌려 미국으로 이주했다. 과수원 막노동과 스포츠용품점에서 테니스 라켓 줄을 끼우는 일 등을 했다.
1913~16	회계 공부를 한 후 경리 일자리를 얻었다. 문학과 음악 등에 관심이 많은 사람들과 교류했다.
1917~18	캐나다 육군에 입대하여 프랑스 전투 등에 참전했다. 후일 이렇게 썼다. "한번이라도 빗발치는 기관총 공격 속으로 소대원을 이끌고 가야만 했던 사람에게는 모든 것이 영영 달라지고 만다."
1919	제대하고 캐나다로 돌아와 은행에서 일했다. 로스앤젤레스로 돌아와 잠시 《데일리 익스프레스》지에 근무했다. 18세 연상의 시시 파스칼과 연애했는데, 나이 차가 많아 어머니가 반대한 탓에 결혼을 미루다가 1924년 1월, 어머니가 돌아가신 후에 결혼했다.
1920~31	대브니 오일 신디케이트(후일 사우스 베이신 오일 회사) 경리 책

임자로 근무했다. 1924년에 회계감사관이 된 후, 곧 로스앤젤레스 지사 부사장으로 승진했다. 아내와의 나이 차를 점점 의식하며 과음을 하고 회사의 젊은 여직원들과 불륜을 저지르기도 했다.

1932 과음과 잦은 결근으로 해고당했다. 친구에게 월 100달러의 용돈을 받으며 집필에 몰두하고 절주하기 시작한다.

1933 펄프 매거진에 기고하기로 결심하고, 5개월에 걸쳐 쓴 첫 탐정소설 「협박자는 총을 쏘지 않는다Blackmailers Don't Shoot」를 《블랙 마스크》지에 발표하고 180달러(오늘날의 생활수준으로 환산하면 8,220달러)를 받는다.

1934~37 《블랙 마스크》지(1934~37)에 「밀고자」, 「네바다 가스」, 「스페인 혈통」, 「금붕어」, 「눈 가의 돈다발」 등 10편을 발표했다. 동 잡지의 편집자 쇼가 해임된 후 《다임 디텍티브Dime Detective》지(1937~39)에 「붉은 바람」, 「진주는 애물단지」 등 7편을 발표했다. 《디텍티브 픽션 위클리Detective Fiction Weekly》(1936)에 「골칫거리가 내 일거리」를 발표했다.

1938~39 봄에 첫 장편소설 『빅 슬립』을 집필하기 시작해 이듬해 2월에 출판했다. 호평을 받았으며, 판매도 좋았다. 장편소설 『호수의 여인』을 쓰다가 멈추고 『안녕 내 사랑』을 집필하기 시작했다. 캐나다 육군 장교로 지원했으나 나이가 많다는 이유로 거부당했다. 10월에 범죄소설 「기다리는 여자」를 발표했고, 11월에 판타지소설

「청동문」을 발표했다.

1940   10월에 『안녕 내 사랑』을 출판했으나 판매는 부진했다. 『하이 윈도』 집필을 시작했다.

1941   『하이 윈도』와 『호수의 여인』 집필을 계속했다. 9월에 펄프 매거진에 발표한 마지막 소설 「산에는 범죄가 없다No Crime in the Mountains」를 발표했다. 『안녕 내 사랑』에 대한 영화 판권을 2,000 달러(환산하면 5만 8,300달러)에 판매했으며, 이듬해 영화화되어 상영되었다.

1942   『하이 윈도』가 출판되고, 영화 판권을 3,500달러에 판매했다. 영화는 이듬해에 상영되었다. 『안녕 내 사랑』이 B급 영화로 제작되었다.

1943   리 와일더 감독의 영화 〈이중 배상〉에 각본가로 참여하여, 13주 동안 매주 750달러(환산하면 1만 9,300달러)를 받았다. 다시 과음을 하기 시작했다. 『호수의 여인』이 출판되었으며, 판매도 호조를 보였다.

1944   〈이중 배상〉이 상영되고, 아카데미 각본상 후보에 올랐다. 『안녕 내 사랑』이 두 번째로 영화화되었다. 『빅 슬립』의 영화 제작에 자문역을 맡았다. 에세이 「살인이라는 단순한 예술The Simple Art of Murder」을 발표했다.

1945	최초의 오리지널 각본 〈블루 달리아The Blue Dahlia〉를 집필했다. 이 듬해에 상영된 〈블루 달리아〉는 아카데미 각본상 후보에 오르고, 에드거 상을 수상했다.

1945 · 최초의 오리지널 각본 〈블루 달리아The Blue Dahlia〉를 집필했다. 이 듬해에 상영된 〈블루 달리아〉는 아카데미 각본상 후보에 오르고, 에드거 상을 수상했다.

1946 · 험프리 보가트가 필립 말로 역을 맡은 『빅 슬립』이 영화화되어 상 영되었다. 파라마운트 사의 각본 작업을 시작했다. 과음을 중단했 다.

1947 · 〈플레이백Playback〉의 오리지널 각본을 집필하기 시작했다. 이듬해 탈고했지만 제작비가 너무 많이 든다는 이유로 영화 제작은 불발 되었다. 『하이 윈도』가 영화화되었다.

1948 · 『리틀 시스터』를 집필하여 1949년에 출간했다. 그 이듬해 알프레 드 히치콕과 각본 작업을 했으나, 히치콕의 마음에 들지 않는다.

1951 · 『기나긴 이별』을 집필했다. 이듬해 이 작품 속의 말로가 "말랑"하 다는 평을 듣고 대폭 개작한다.

1953 · 〈플레이백〉 각본의 소설화 작업을 시작했다. 『기나긴 이별』이 출 판되었다.

1954 · 12월에 아내 시시가 향년 84세의 나이로 사망했다.

1955 · 아내에 대해 이렇게 썼다. "그녀는 내 인생의 빛이자 내 모든 야

망이었다. 내가 한 다른 모든 일은 그녀가 따뜻하게 두 손을 쬘 수 있도록 지핀 난롯불에 지나지 않았다." 과음을 하며 심한 우울증에 시달리고 권총 자살을 시도하고, 입원하기까지 한다. 『기나긴 이별』로 에드거 상을 수상했다.

1956   계속된 과음으로 인해 영양실조와 탈진으로 입원했다.

1957   『플레이백』 집필을 재개하고 12월에 탈고했다. 과음으로 다시 입원했다.

1958   『푸들 스프링스*Poodle Springs*』 집필을 시작했다. 하지만 과음으로 건강이 악화되어 이 작품은 미완성 유작이 된다. 1989년에 이르러서야 로버트 파커가 완성하여 출판되었다. 『플레이백』이 출판되었다.

1959   2월. 4년 전에 만난 담당 에이전트 헬가 그린에게 병원에서 청혼했다. 3월 초, 미국 미스터리 작가 협회장이 되었다. 술을 끊지 못하고 계속 과음을 하여 건강을 해쳤다. 결국 3월 23일에 폐렴으로 입원하여 사흘 후인 3월 26일에 사망했다.

세계문학 단편선을 펴내며

세상의 모든 이야기는 단편으로 시작되었다. 성서와 그리스 신화를 비롯해 인류의 많은 신화와 설화는 단편의 형식으로 사물의 기원, 제도와 금기의 탄생, 운명이라는 이름의 삶의 보편적 형식을 설명했다.

〈세계문학 단편선〉은 모든 산문의 형식 중 가장 응축적이고 예술성이 높은 단편소설에 포커스를 맞추어 세계문학을 바라보는 새로운 관점을 제시하고자 한다. 단편소설을 언급할 때 빼놓을 수 없는 작가들의 작품들은 물론이고, 한두 편의 장편소설로만 우리에게 알려진 세계적 작가들이 남긴 주옥같은 단편들을 통해 대가의 진면모를 총체적으로 바라볼 수 있게 할 것이다. 또한 우리에게 문학의 변방으로 여겨져 왔던 나라들의 대표적 단편 작가들도 활발히 소개할 것이며 이미 순문학과의 경계가 불분명해진 장르문학의 형성과 발전에 크게 기여한 작가들의 작품 역시 새롭게 조명해 나갈 것이다.

에드거 앨런 포는 문학작품은 독자가 앉은자리에서 다 읽을 수 있을 정도로 짧아야 한다고 했다. 바쁜 일상의 삶을 사는 현대인들에게 〈세계문학 단편선〉은 삶과 사회, 나아가 세계를 바라볼 수 있게 하는 더할 나위 없이 좋은 친구가 될 것이라 확신한다.

21세기인 현재에 이르기까지 단편소설은 그리스 신화가 그러했듯이 삶의 불변하는 조건들을 응축된 예술적 형식으로 꾸준히 생산해 왔다. 그리고 새로운 문학적 기법과 실험적 시도를 통해 단편소설은 현재도 계속 진화, 확장되고 있다. 작가의 치열한 예술적 열정이 가장 뜨겁게 반영된 다양한 개성으로 빛나는 정교한 단편들을 통해 문학의 진정한 존재 이유를 독자들이 느낄 수 있기를 소망하며 이번 〈세계문학 단편선〉을 펴낸다.

현대문학 편집부

H 세계문학 단편선

37

끝나지 않는 불안의 꿈을 극도의 예민함으로
현실에 투영한 실존주의의 영원한 해시태그

프란츠 카프카

변신 외 77편

박병덕 옮김 | 840면 | 값 19,000원

38

광활한 우주의 끝, 고독과 슬픔의 별에서도
인류의 잠재력과 선한 의지를 믿었던
위대한 낙관주의자

시어도어 스터전

황금 나선 외 12편

박중서 옮김 | 792면 | 값 19,000원

39

독보적인 스토리텔링으로 빅토리아 시대를 사로잡은
센세이션의 정점에 있었던 영국적 미스터리의 시초

윌키 콜린스

꿈속의 여인 외 9편

박산호 옮김 | 564면 | 값 16,000원

40

현존하는 거의 모든 SF 장르의 도서관
우주의 불가해 속 인간 존재를 탐험했던 미래의 철학자

스타니스와프 렘

미래학 학회 외 14편

이지원 · 정보라 옮김 | 660면 | 값 17,000원

「세계문학 단편선」 앤솔러지

총 39인의 작가, 40권의 책, 1천여 편의 단편들 중
'사랑'과 '죽음'이라는 인류 보편적 테마를
가장 탁월하게 그린 작품만을 엄선하다

사랑의 책

프랜시스 스콧 피츠제럴드 외 지음

'현명한 선택' 외 16편

김석희 외 옮김 | 436면 | 값 16,000원

죽음의 책

사키 외 지음

거미줄 외 18편

김석희 외 옮김 | 472면 | 값 16,000원

※「세계문학 단편선」은 계속 출간됩니다.

레이먼드 챈들러

초판 1쇄 펴낸날 2016년 4월 8일
초판 6쇄 펴낸날 2022년 12월 13일

지은이 레이먼드 챈들러
옮긴이 승영조
펴낸이 김영정

펴낸곳 (주)현대문학
등록번호 제1-452호
주소 06532 서울시 서초구 신반포로 321(잠원동, 미래엔)
전화 02-2017-0280
팩스 02-516-5433
홈페이지 www.hdmh.co.kr

ISBN 978-89-7275-752-8 04840
세트 978-89-7275-672-9

* 책값은 뒤표지에 있습니다.
* 파본은 구입처에서 교환해 드립니다.